# Mortelle attirance

Melissa Darnell

# Mortelle attirance

DARKISS

*Collection :* DARKISS

*Titre original :*
COVET

*Traduction de l'américain par* EMMANUELLE DEBON



*Photo de couverture*
*Femme :* © SUSAN FOX/TREVILLION IMAGES
*Réalisation graphique couverture :* L. SLAWIG (Harlequin SA)



83-85 boulevard Vincent-Auriol, 75646 PARIS CEDEX 13.
Service Lectrices — Tél. : 01 45 82 47 47
www.harlequin.fr

ISBN 978-2-2802-8502-5 — ISSN 2109-7631

*Loi n° 49-956 du 16 juillet 1949 sur les publications destinées à la jeunesse.*

*Aux mères (par ordre d'apparition dans ma vie) :*

*Joyce, Janet et Judy, pour m'avoir montré tant de façons différentes d'être une femme, une mère et une épouse solide.*

*A mon père, Joy, et à mon beau-père, Mack, pour m'avoir révélé les diverses facettes d'un père et d'un mari avec tellement d'honnêteté, de sagesse et d'humour.*

*A Dawn : merci d'être la grande sœur que j'ai toujours voulue !*

*Et aux grands-mères de la vraie vie qui m'ont inspiré le personnage de Granny : Mamaw et (à la mémoire de) Nanna.*

*Je vous aime tous, les amis !*

# 1

*Savannah*

Le jet privé du Conseil des Vampires, immense cocon de cuir blanc paré de boiseries exotiques, fredonnait sa berceuse sournoise, comme pour m'inciter à sombrer dans le sommeil. Pourtant, j'avais beau être au chaud et en sécurité entre les bras du seul garçon que j'aie jamais aimé, je ne parvenais pas à céder à l'épuisement qui me plombait le corps. Pas encore. Il me restait si peu de temps pour profiter de cette illusion de paix et de bonheur parfait… il fallait que je lutte contre le sommeil aussi longtemps que possible.

Assis à côté de moi, Tristan avait déjà perdu cette bataille. Il s'était effondré sur un coin du canapé que nous partagions à l'arrière de la cabine. Son menton, ombré d'une barbe de trois jours, reposait inconfortablement sur sa poitrine. Pourtant, un léger sourire relevait la commissure de ses lèvres, et ses bras, solidement noués autour de moi, ne relâchaient pas leur étreinte. Même en plein rêve, il essayait de me protéger.

*En réalité, c'est moi qui aurais dû le protéger.*

En dépit du cuir moelleux où nous étions installés, Tristan ne devait guère être à l'aise. Après tout, contrairement à moi, il était humain, et il y avait des limites à ce que son corps pouvait endurer. La première fois que ses paupières avaient commencé à s'alourdir, quelques heures plus tôt, j'avais tenté de le convaincre d'aller s'allonger sur l'un des sièges inclinables ou, du moins, de s'approprier la totalité du canapé afin de pouvoir s'y étendre de tout son long. Mais il avait refusé, s'obstinant à dormir assis afin que nous puissions rester serrés l'un contre l'autre.

Connaissant le sort qui nous attendait, j'avais cédé… C'était égoïste de ma part, je sais — mais moi non plus, je ne voulais pas m'éloigner de lui.

Une boucle de cheveux blonds, aussi rebelle que son propriétaire, lui était tombée sur le front. Avec précaution, j'ai tendu la main pour la repousser en arrière, m'efforçant de ne pas m'appesantir sur le contraste frappant entre sa peau et la mienne, si blanche qu'elle en était presque translucide.

Dans quelques heures, même ce genre de contact furtif nous serait interdit à jamais.

Je me suis efforcée de graver dans ma mémoire chacun des détails de son visage. En règle générale, celui-ci affichait une détermination abrupte, ou bien l'un de ces sourires si célèbres qui aveuglaient son entourage. Pour l'heure, ses traits étaient adoucis par le sommeil et par le fait que Tristan était persuadé que désormais, tout irait bien — ce en quoi il se trompait, malheureusement. Il n'avait pas la moindre idée des sacrifices auxquels j'avais dû consentir pour que le Conseil des Vampires accepte de le relâcher après s'être servi de lui et de la force de son sang, empreint de la magie du Clan, afin de mettre ma résistance à l'épreuve. Menotté à une chaise placée dans une salle d'interrogatoire en béton nu, juste à côté de la pièce où je me trouvais, il n'avait pu entendre les terribles promesses qui m'avaient été arrachées par l'assemblée de créatures implacables qui le retenaient prisonnier.

Des créatures auxquelles je ressemblerais bientôt — la transformation se faisait lentement, *mais sûrement.*

J'aurais pu tout avouer à Tristan après que le Conseil nous avait autorisés à quitter leur quartier général à Paris. Mais je n'en avais rien fait, en partie parce que je craignais sa réaction, mais aussi parce que je tenais à profiter de chaque seconde de bonheur qu'il nous restait à passer ensemble.

Les muscles de ma poitrine étaient contractés, m'empêchant de respirer aussi librement que je l'aurais voulu ; une nouvelle larme s'est mise à glisser le long de mon nez. Saletés de larmes. Depuis que Tristan et moi avions émergé du labyrinthe de tunnels qui constituait le siège du Conseil, il ne s'était guère écoulé plus de quelques minutes sans que je craque de nouveau.

Sachant ce qui m'attendait afin de préserver la sécurité de Tristan une fois que nous serions de retour chez nous, à Jacksonville, au Texas, j'avais le pressentiment que je ne cesserais plus jamais de pleurer.

Je représentais un danger pour Tristan — il existait une foule de bonnes raisons, toutes plus logiques les unes que les autres, qui confirmaient ce fait et m'obligeaient à respecter ma promesse de mettre fin à toute relation avec lui. Alors pourquoi est-ce que je ne parvenais pas à convaincre mon cœur que c'était la meilleure solution ?

La tête appuyée contre le dossier du canapé, Tristan a laissé échapper un soupir en m'attirant plus près de lui. Même si je savais que je n'aurais pas dû le laisser faire, et qu'en gardant mes distances, j'œuvrais pour sa sécurité, j'ai laissé parler mon cœur — une dernière fois. J'ai enfoui ma tête dans le creux de son épaule, dans cette courbe chaude et solide qui semblait avoir été modelée spécialement pour moi. J'ai pris une profonde inspiration, et mes narines ont frémi en percevant les notes piquantes de son après-rasage, à peine perceptibles désormais — la dernière fois qu'il avait eu accès à un rasoir, c'était vendredi dernier. Et sous ce parfum, je sentais une autre odeur, subtile, riche, et surtout, interdite : celle du sang de son Clan, le sang qu'il avait été obligé de verser pour que le Conseil me mette à l'épreuve. J'avais été à deux doigts d'échouer. *Cette épreuve avait failli lui coûter la vie.*

Avalant ma salive avec peine, j'ai chassé ces images de mon esprit.

*Bientôt*. Bientôt, je tiendrais ma promesse envers le Conseil. Mais… pas tout de suite. J'avais besoin de ces quelques heures durant lesquelles, dans cet avion, nous pouvions défier tout à la fois les lois de la gravité, celles du Clan et du Conseil des Vampires. J'avais besoin de quelques souvenirs de plus à chérir avant que nous atterrissions et soyons séparés une fois de plus. Je voulais être certaine de me rappeler les bras de Tristan serrés autour de moi, et l'amour qu'il me portait. Je voulais garder en moi la sensation de mes bras à moi autour de sa taille, des muscles durs de son torse contre ma joue, conserver dans mes oreilles le battement de son cœur.

Entretenir encore un peu l'illusion de la sécurité, blottie entre ses bras ; il avait posé ses grandes mains sur ma hanche et mon dos, aussi délicatement que s'il protégeait un trésor fragile au lieu du monstre que j'étais en réalité…

— Savannah ? a murmuré une voix familière près

de mon oreille, aussi importune que le bourdonnement d'une mouche.

J'ai marmonné une vague réponse. Je voulais que cette voix s'éloigne. Il n'y avait qu'une seule voix masculine que j'avais envie d'entendre à ce moment précis — et ce n'était pas celle-là.

— Savannah, réveille-toi, a insisté mon père en haussant légèrement le ton.

Pour les oreilles humaines de Tristan, son chuchotement restait imperceptible.

Avec une grimace, j'ai soulevé une paupière.

— Dans une heure, nous arriverons à l'aéroport de Cherokee County, et le pilote vient de m'annoncer que l'atterrissage se fera dans des conditions météorologiques difficiles. Tu devrais appeler ta mère et ta grand-mère pour les prévenir.

Mon père m'a tendu un téléphone portable arborant, en lettres d'or, l'inscription « A n'utiliser qu'en phase de vol ».

Je me suis emparée du téléphone, et mon père est retourné s'asseoir sur son siège à l'avant de la cabine.

Craignant que ma conversation ne réveille Tristan, j'ai tenté de me dégager doucement de ses bras afin de me rapprocher de l'endroit où mon père s'était rassis. Mais j'avais à peine esquissé un mouvement qu'il s'est réveillé.

— Désolée, ai-je murmuré. Il faut que je passe quelques coups de fil. Rendors-toi.

— Non, ça va.

De nouveau, il m'a attirée face à lui et m'a fait rasseoir sur ses genoux tout en frottant son nez contre le mien — sa façon à lui, si familière, de me réclamer un baiser en silence. A la dernière seconde, j'ai détourné la tête et, au lieu de ma bouche, ses lèvres ont rencontré ma joue. Il a basculé la tête en arrière pour me regarder dans les yeux. Son regard, encore lourd de sommeil, était à la fois étonné et blessé.

— Il ne faut pas… pas avant que nous ayons atterri et que tu puisses refaire le plein d'énergie.

Je pouvais dire merci à la démone Lilith, la créatrice de la race de vampires hybrides à laquelle appartenait mon père, grâce à qui, ou plutôt, *à cause de qui* j'étais capable d'absorber l'énergie d'un être humain par l'entremise d'une morsure ou d'un baiser, chose que j'avais apprise tout récemment, et à mes dépens. Tant que nous nous trouvions loin du sol, un simple baiser de ma part pouvait tuer Tristan, et ce malgré le fait qu'il était l'héritier de la plus puissante famille de sorciers du Clan. Il avait le pouvoir de capter l'énergie de la terre par simple contact avec le sol, et c'était la seule chose qui l'avait sauvé quelques jours plus tôt, quand nous nous étions embrassés trop longtemps et qu'il s'était battu avec Dylan Williams, un autre membre du Clan. Si je n'étais pas parvenue à traîner Tristan sur une bande de gazon à proximité, où il avait alors pu se recharger en énergie, il serait sans doute mort ce soir-là.

Avec une moue déçue, il a acquiescé et m'a laissée me glisser à côté de lui puis m'installer à l'extrémité opposée du canapé, les jambes repliées entre nous deux. Aussitôt, il a posé une main sur mes chevilles, juste sous l'ourlet de mon pantalon. Ce besoin inhabituel qu'il avait de maintenir un contact physique constant avec moi me surprendrait toujours. *Soupçonnait-il ce que le Conseil m'avait fait promettre ?* A moins que l'épreuve à laquelle j'avais été soumise ne lui ait mis les nerfs à vif, et qu'il s'inquiète simplement pour moi ?

J'ai posé une main sur la sienne et, de l'autre, composé le numéro sur le téléphone de l'avion.

Chez moi, la sonnerie a retenti quatre fois, puis le répondeur s'est déclenché. Surprise, j'ai jeté un coup d'œil à ma montre, toujours réglée sur le fuseau horaire de Jacksonville. Il était 10 heures du matin, et nous étions dimanche.

Granny, avec qui ma mère et moi vivions depuis presque toujours, aurait dû être à la maison, en train de se préparer pour aller à l'église. En tant que pianiste attitrée, elle ne manquait jamais la messe du dimanche. *Pourquoi ne répondait-elle pas ?*

J'ai de nouveau essayé de la joindre ; peut-être était-elle dans sa chambre, en train de s'habiller. Une fois de plus, je suis tombée sur le répondeur. Envahie d'un mauvais pressentiment, j'ai laissé un message.

Aussitôt après, j'ai appelé ma mère sur son portable. Elle était probablement encore sur la route, pour l'un de ses fréquents voyages d'affaires.

Elle a décroché à la première sonnerie, me faisant sursauter. Contrairement à Granny, maman avait rarement du réseau — elle livrait des équipements de protection et des produits chimiques à des sylviculteurs perdus au beau milieu des bois ou en pleine campagne.

— Oh ! salut maman. Je voulais juste te dire que tout va bien et que…

— Savannah ! Dieu soit loué ! Je… Nous… ta grand-mère…

Elle était à la limite de crier. Sa voix, habituellement basse, était montée dans les aigus au point de me faire mal aux oreilles. Je me suis raidie.

— Je suis sur le chemin du retour, a-t-elle repris d'une

voix où perçaient toujours des accents hystériques. Mais je ne serai pas à Jacksonville avant plusieurs heures, et…

Mes mains se sont crispées autour du téléphone et des doigts de Tristan.

— Attends, maman, du calme ! Que se passe-t-il ?

Une expression inquiète sur le visage, Tristan a glissé sa main sous la mienne pour entrelacer nos doigts. Soulagée d'avoir quelque chose de solide à quoi m'agripper, je l'ai serrée très fort.

— Savannah, ils ont enlevé Granny ! Ils m'ont appelée, et…

— Attends une minute. Comment ça ? *Qui* l'a enlevée ?

Le peu de chaleur que m'avait jusqu'alors prodigué Tristan s'est instantanément retiré de mon corps. *Le Conseil des Vampires avait-il décidé de s'en prendre à ma grand-mère, à présent ?*

— Le Clan ! Ils m'ont appelée en me demandant où était le fils Coleman, comme si je pouvais le savoir. Pour une raison que j'ignore, ils pensent que vous sortez ensemble, tous les deux. J'ai essayé de leur dire qu'ils se trompaient, que tu n'enfreindrais jamais les règles de la sorte. Mais ils ne m'ont pas crue.

Oh ! mon Dieu. *Le Clan était au courant.* Dylan avait dû leur raconter qu'il nous avait surpris, Tristan et moi, en train de nous embrasser après l'entraînement de danse vendredi soir.

Doucement, j'ai dégagé ma main de celle de Tristan et l'ai posée sur mes cuisses. Avec un froncement de sourcils, il s'est avancé pour s'asseoir sur le bord du canapé, les coudes appuyés sur les genoux, sans cesser de me dévisager.

— Ils m'ont affirmé qu'il était avec toi, a repris ma mère. Je leur ai dit que ce n'était pas possible, que tu étais partie en voyage avec ton père, et alors ils sont devenus comme fous ! Ils prétendent qu'ils détiennent ta grand-mère et qu'ils ne la relâcheront pas tant que nous ne leur aurons pas ramené le fils Coleman. J'ai essayé d'appeler Granny, mais elle ne répond pas.

Bon sang.

— Maman, attends une seconde. Je vais chercher papa.

Mon père avait dû entendre notre conversation depuis l'avant de la cabine, car il nous a aussitôt rejoints pour s'emparer du téléphone. Pendant que ma mère lui résumait la situation, je me suis tournée vers Tristan et, les yeux plantés dans les siens, me suis efforcée d'assimiler les paroles de ma mère et leur portée.

— Le Clan… ils ont kidnappé ma grand-mère, ai-je murmuré.

Alors même que je les prononçais, les mots qui sortaient de ma bouche me semblaient impossibles à croire.

— Ils ne feraient jamais une chose pareille, a protesté Tristan. Il s'agit certainement d'une erreur.

Je lui ai alors répété mot pour mot les paroles de ma mère. Quand j'ai achevé, son visage était devenu livide et son genou gauche tressautait de façon si rapide que seul un colibri aurait pu en suivre le rythme.

Il a serré les poings.

— Je vais arranger ça, a-t-il promis. Passe-moi le téléphone, je vais appeler mes parents.

— Joan, nous sommes à une demi-heure de la piste de Rusk, était en train d'annoncer mon père à maman. Je vais tirer les choses au clair et je te rappellerai dès que j'aurai des nouvelles.

Il a raccroché avant de tendre le téléphone à Tristan.

Celui-ci a tout d'abord tenté de joindre son père, puis sa mère et, en désespoir de cause, sa sœur Emily. Avec une grimace frustrée, il a essayé d'appeler d'autres Descendants, chez eux ou sur leur portable. En vain. Personne ne répondait.

— Je ne comprends pas. Ils devraient pourtant attendre ton appel, non ?

Tristan a froncé les sourcils.

— Ouais, ils devraient. A moins que…

Il a détourné un instant le regard, puis croisé de nouveau le mien, les mâchoires serrées.

— A moins qu'ils se soient déjà réunis dans le Cercle et qu'ils n'utilisent leurs pouvoirs. S'ils ont rassemblé assez de pouvoir, tous ensemble, cela peut bloquer les ondes radio et celles des téléphones portables. C'est déjà arrivé.

— Pourquoi rassembleraient-ils autant de pouvoir, d'un seul coup ? ai-je demandé.

J'espérais qu'il me répondrait que c'était une procédure normale dans toutes les réunions du Clan, une sorte de cérémonial ou quelque chose dans le genre.

Pour toute réponse, Tristan m'a regardée en silence, et mon estomac s'est mis à faire des nœuds.

Cela n'avait *rien* d'une procédure classique pour le Clan. Ce qui signifiait qu'ils étaient en train de faire quelque chose à Granny…

Un goût de bile m'a empli la bouche et soudain, j'ai été incapable de soutenir le regard de Tristan plus longtemps. Si quoi que ce soit arrivait à Granny, si les Descendants lui faisaient du mal afin de le retrouver, ce serait de notre faute à tous les deux. Nous avions enfreint la loi pour pouvoir être ensemble.

J'avais cru que le Conseil des Vampires constituait

notre seul et unique problème, et que le Clan ne pouvait plus porter atteinte à ma famille dans la mesure où nous avions déjà été bannis de leur société quand ma mère, membre du Clan, avait épousé mon vampire de père avant ma naissance.

*Je m'étais trompée.* Et maintenant, Granny était en train de payer pour mes erreurs.

— Regagnez vos sièges et attachez votre ceinture, nous a intimé mon père, brisant le lourd silence qui s'était installé. Nous allons atterrir.

Nous avons obtempéré. Tout en bouclant ma ceinture, j'ai évité soigneusement son regard, ainsi que celui de Tristan. Le cœur battant la chamade, je me suis accrochée de toutes mes forces aux accoudoirs.

*Pitié, faites que nous arrivions à temps,* ai-je pensé dans une prière muette.

Aussitôt que le jet a touché le sol de la piste et commencé à rouler vers son point d'arrêt, j'ai détaché ma ceinture et me suis levée d'un bond. Malgré cela, mon père a été plus rapide, et il a atteint la porte avant que j'aie eu le temps de dire ouf. Il l'a ouverte, et l'escalier s'est déplié. Nous l'avons descendu en courant pour rejoindre la voiture de location qu'il avait réservée pendant le vol et qui nous attendait devant l'aérodrome. Le ciel, qui aurait dû être d'un bleu éclatant, avait pris une teinte grise de mauvais augure ; des nuages orageux masquaient la lumière au point de rendre l'atmosphère crépusculaire. Le vent fouettait mon indomptable chevelure bouclée, m'enveloppant le visage d'une tempête rousse qui me giflait les joues sans relâche. Je me suis installée à l'arrière du véhicule, Tristan sur les talons.

Sans même y penser, je lui ai attrapé la main — et me suis figée instantanément. A présent, nous n'étions plus qu'à dix kilomètres de Jacksonville. J'avais promis au Conseil de rompre toute relation avec Tristan dès l'instant où nous arriverions chez nous.

*Pas encore.* Pas tant que nous n'aurions pas éclairci la situation entre le Clan et Granny.

Percevant mon hésitation, Tristan m'a décoché un coup d'œil et froncé les sourcils.

— Tout va s'arranger, Savannah.

Il m'a étreint la main.

Avec un hochement de tête forcé, j'ai dégluti avec peine afin de me débarrasser de la boule douloureuse qui m'encombrait la gorge, puis j'ai détourné le regard vers la vitre. Mon père s'est engagé sur l'autoroute en direction de Jacksonville. Il roulait vite, et avec les collines plantées de pins qui bordaient la route, j'avais l'impression de faire des montagnes russes au milieu des bois.

Je n'ai pas décroché un mot de tout le trajet, luttant silencieusement contre un sentiment de culpabilité qui me donnait la chair de poule et me tordait le ventre.

*Qu'avais-je fait ?*

Je n'aurais jamais dû laisser Tristan me convaincre d'enfreindre les règles avec lui. Si j'avais résisté, Granny serait en sécurité à cette heure.

Pourtant, il me semblait inimaginable de vivre sans avoir fait l'expérience de l'amour, celui qu'il me portait. Ce que nous avions partagé faisait partie de moi, à présent. Cela avait tout changé… ma façon de considérer le monde et l'avenir, ma manière de me voir, et de voir les autres.

Quand j'étais avec Tristan, je me sentais forte, « réelle », bien ancrée dans le monde et surtout, je me percevais comme quelqu'un de bien. Comme si le fait d'être mi-vampire, mi-sorcière n'était qu'une simple circonstance dans ma vie au lieu de définir mon être profond. Comme si j'avais le pouvoir de choisir ce que je voulais, et qui je voulais être, au lieu que les autres décident à ma place.

Sauf que c'était un leurre, parce que je ne pouvais changer ce que j'étais, pas plus que choisir qui je voulais être. Croire le contraire était un mensonge, au même titre que ceux que j'avais servis à ma famille ces six derniers mois afin de rester avec Tristan. Notre amour l'un pour l'autre avait beau être immense, notre relation était une erreur monumentale. Il s'agissait d'un amour égoïste qui avait failli tuer Tristan et était sans doute, à ce moment précis, en train de se retourner contre Granny.

*Comment en étais-je arrivée là ?*

Il n'y a pas si longtemps, je me considérais comme une personne digne de confiance. Mais en vérité, j'étais un monstre — à l'intérieur comme à l'extérieur — et pas seulement parce que ma part vampirique commençait à prendre le dessus. Combien de personnes avais-je déjà blessées ? Certes, il y avait eu des accidents excusables, comme ces garçons de mon cours de maths que j'avais accidentellement pétrifiés du regard quelques mois plus tôt, ou même mon premier petit copain, Greg Stanwick, lui aussi victime de ce même regard pétrifiant alors que j'ignorais encore tout de la créature que j'étais. Mais par contre, j'avais toujours su que sortir avec Tristan était mal et pourtant, j'avais continué de le faire pendant des mois. Pour cela, je n'avais aucune excuse, même si ces mois-là avaient été les plus merveilleux de ma vie.

De toutes mes forces, j'ai prié. *Pourvu qu'il ne soit pas trop tard pour réparer le mal que j'avais fait.*

Quand nous sommes arrivés dans le centre de Jacksonville, Tristan a demandé à mon père de tourner à droite dans Canada Street, de passer devant notre lycée et de remonter la rue jusqu'à la sortie de la ville, jusqu'au domicile des Coleman où, d'après ce que j'avais compris, se trouvait le Cercle.

Après tous ces mois avec lui, ce n'était qu'aujourd'hui que j'apprenais où se tenaient les réunions secrètes du Clan…

Je me suis rendu compte que nous avions atteint la limite de la propriété des Coleman : sur la droite de la route, il n'y avait plus aucune maison. Cinq minutes plus tard, mon père a ralenti et bifurqué dans une allée de gravier barrée d'un immense portail de fer forgé. Tristan a abaissé sa vitre, s'est penché et a tapé un code sur un clavier incrusté dans un pilier gris acier planté du côté conducteur. Le portail a coulissé lentement.

J'avais une envie folle de bondir hors du véhicule et de pousser ce fichu portail pour qu'il s'ouvre plus vite.

L'allée était longue et ponctuée de virages, bordée d'arbres feuillus dont je ne parvenais pas à identifier l'espèce dans l'ombre qui nous enveloppait. Leurs branches se balançaient violemment dans le vent. Quelques gouttes de pluie se sont soudain écrasées sur le pare-brise et le toit de la voiture. Mon père n'a pas pris la peine de mettre les essuie-glaces en route. Soudain, la rangée d'arbres s'est interrompue et l'allée s'est divisée pour former un cercle entourant un bâtiment de trois étages en grès brun. Toutes les fenêtres étaient illuminées. Je me suis efforcée de ne pas comparer l'immense demeure à la modeste maison de briques où j'avais grandi, avec ses trois chambres et sa petite salle de bains. La maison de Granny.

Une trentaine de voitures au moins étaient garées devant la demeure. La nôtre est venue grossir le rang quand mon père s'est garé. Nous sommes descendus du véhicule et, emboîtant le pas à Tristan, nous avons contourné la maison par l'extérieur. La pluie s'est de nouveau mise à tomber, plus drue. En dépit de l'humidité, la fraîcheur des gouttes sur ma peau m'a surprise. Une fois parvenus à l'arrière de la demeure, nous nous sommes tous mis à courir malgré l'obscurité. J'ai eu le temps de reconnaître la grande cour arborée que nous traversions pour l'avoir vue dans les rêves que Tristan et moi avions partagés à maintes reprises au cours des derniers mois. Puis nous nous sommes enfoncés dans la forêt qui cernait le jardin, et l'ombre s'est faite encore plus dense. Aussitôt, une sensation bien connue m'a envahie et j'ai perçu une série de picotements douloureux, comme si des milliers d'aiguilles s'enfonçaient dans mes bras et ma nuque. Je détestais cela. C'était la preuve irréfutable que les Descendants étaient en train d'utiliser leur pouvoir non loin de là.

La forêt me semblait familière, à tel point que j'avais l'impression que j'aurais pu reconnaître l'emplacement et la taille de chaque aiguille de pin au-dessus de ma tête et que, si je n'avais pas porté de chaussures, j'aurais identifié la forme et la rugosité de chaque plaque de mousse sous mes pieds. Une mousse qui poussait partout, formant un tapis vert sombre sur le sol de la forêt, s'accrochant au tronc des sapins. Mes yeux commençaient à s'habituer à l'obscurité et, quand j'ai aperçu la clairière en face de moi, j'ai reconnu les lieux.

*Il ne pouvait pas s'agir du Cercle !*

Nous nous trouvions dans la forêt de nos rêves, à Tristan et à moi — ceux où nous nous rencontrions quand, endormis, nos esprits se connectaient l'un à l'autre.

C'était bien ça. Le lieu lui-même était presque exactement semblable au décor de ces rêves. Il y avait le ruisseau, qui courait à travers la clairière circulaire tapissée de mousse. Là, nous avions dansé et parlé des heures durant. Mais où était la petite cascade qui bondissait par-dessus les rochers et alimentait le ruisseau ?

Peut-être Tristan avait-il imaginé ce détail pour agrémenter nos rêves ?

De chaque côté du ruisseau se tenaient des Descendants, trop nombreux pour que j'en fasse le compte. Ils étaient rassemblés comme des corbeaux géants autour d'un champ de blé mûr, le visage masqué par l'obscurité sous leurs parapluies bleus et noirs. Quand elle était jeune fille, ma mère était-elle venue ici avec Granny pour les réunions du Clan ? avait-elle, elle aussi, apporté son parapluie au cas où il pleuvrait ? Cela expliquait peut-être pourquoi elle aimait travailler dans l'industrie forestière… Elle avait grandi en arpentant les bois, qu'il pleuve ou qu'il vente, à l'occasion de ce genre de rassemblements…

Sur la berge la plus éloignée du ruisseau, là où, dans nos rêves, Tristan et moi passions des heures à discuter, assis ou allongés sur une couverture de pique-nique, trônait un siège de pierre occupé par Sam Coleman, père de Tristan et chef du Clan. Derrière lui se tenaient Nancy, la mère de Tristan, et Emily, sa sœur aînée.

Aucun doute : c'était bel et bien le Cercle. Et là, j'ai compris. *Nos ennuis ne faisaient que commencer.*

Puis j'ai levé la tête ; là, un murmure horrifié m'a échappé : flottant à plusieurs mètres au-dessus du ruisseau, comme suspendue par des fils invisibles, Granny regardait l'assemblée d'un regard vide.

# 2

*Tristan*

Mme Evans, la grand-mère de Savannah, semblait consciente, mais elle était immobilisée dans les airs. Le Clan avait dû s'emparer d'elle avant qu'elle ait eu le temps de s'habiller ; sa longue chemise de nuit de coton ondulait comme un drap enveloppant un fantôme autour de ses jambes et de ses pieds nus. Savannah a fait un pas vers elle, et un murmure est monté parmi les Descendants. En l'entendant, elle s'est figée. Ses yeux se sont plissés et ont pris une teinte d'un gris éclatant. *Le signe irréfutable qu'elle était sur le point d'entrer dans une colère noire.*

J'ai brisé le silence.

— Maman, papa, qu'est-ce que vous faites ?

J'avais dû hurler pour me faire entendre par-dessus les bourrasques de vent qui balayaient la clairière. Il fallait que je mette un terme à ce cirque avant que quelqu'un ne soit blessé.

— Tristan ! a crié ma mère.

Elle a jailli de derrière le siège où se tenait mon père et a fait deux pas vers moi avant de s'arrêter. Le sourire de joie qui illuminait son visage s'est glacé, laissant place à une expression choquée, puis à de la peur, avant de se muer carrément en une grimace d'horreur tandis qu'elle fixait Savannah.

— Non, ce n'est pas possible. Tristan, comment as-tu pu ? Je leur ai dit que jamais tu ne…

— Mon fils, connais-tu sa vraie nature ? Et celle de son père ?

La voix de mon père a résonné comme un coup de tonnerre dans la clairière.

— Ce sont des…

— Des vampires, je sais, l'ai-je interrompu. Mais comme vous pouvez le constater, je vais bien. Vous n'avez pas besoin de faire cela. Libérez sa grand-mère.

De nouveau, Savannah a levé les yeux vers cette dernière, toujours suspendue dans les airs.

Le visage parcheminé de Mme Evans s'est convulsé horriblement, comme sous l'effet d'un hurlement silencieux. Les yeux brillants de larmes contenues, Savannah a tendu les bras vers les pieds de sa grand-mère, mais ils étaient hors d'atteinte.

Tout ceci n'avait aucun sens. A quoi donc pensaient les gens du Clan en arrachant une vieille femme de son foyer pour la traîner dans les bois en chemise de nuit ? A la seconde où ils la libéreraient, Mme Evans aurait toutes les raisons de jeter un sort à chacun des membres de l'assemblée.

— Faites-la descendre, ai-je hurlé.

A présent, j'étais hors de moi. Le vent était tombé, mais l'odeur d'ozone qui imprégnait l'atmosphère laissait promettre une nouvelle averse.

Dans le silence qui s'est ensuivi, mon père a annoncé :

— Ce n'est pas si simple.

*Quoi ?*

Vacillant sur mes talons, je l'ai dévisagé, cherchant

à deviner quelles étaient ses pensées. Au ton formel qu'il employait, je comprenais qu'il était encore dans son rôle de chef du Clan, trop conscient, sans doute, du public de Descendants qui nous entourait. Mais tout cela n'avait rien à voir avec les règles qui régissaient la politique entre vampires et membres du Clan. Quoi qu'il arrive, et quelle que soit la puissance du Clan, ce qui se passait n'entrait en aucun cas dans nos méthodes.

— C'est très simple, au contraire, ai-je rétorqué. Cette femme n'a rien à voir avec ma disparition.

— Nous savons où tu étais, a dit mon père. Nous savons que les vampires — le père de cette… fille — t'ont kidnappé. A présent, mon fils, dis-nous la vérité. Comment vas-tu ? T'ont-ils fait du mal ? Quelles questions t'ont-ils posées ? Ont-ils essayé de déterminer nos faiblesses ?

Savannah s'est avancée d'un pas.

— Ils ne sont pas en train de préparer une nouvelle guerre, monsieur Coleman. Ils l'ont juste fait venir à Paris afin de me mettre à l'épreuve, afin de voir si je constituais un danger pour quiconque. Et ce n'est pas mon père qui a enlevé Tristan. Personne, dans ma famille, n'a rien à voir avec ce qui lui est arrivé.

— Ils ne m'ont pas kidnappé. Je me suis porté volontaire pour aider Savannah, ai-je affirmé.

J'étais maintenant assez désespéré pour mentir.

— Tristan, ne fais pas ça, a sifflé Savannah entre ses dents.

Je me suis refusé à la regarder. Mon regard s'est concentré sur l'unique personne qui détenait le pouvoir de décision. Mon père.

Son visage s'est assombri.

— Alors Dylan avait raison. Tu sors avec elle.

Sans hésiter un instant, j'ai répondu :

— Oui. Je l'aime.

Mon aveu a provoqué un murmure de stupéfaction dans l'assemblée. Savannah elle-même s'est immobilisée, paralysée. J'ai réprimé un sourire : en prononçant ces mots, je venais de me débarrasser d'un poids dont j'ignorais la présence jusqu'alors. Voilà, c'était le moment que j'avais attendu, celui où le Clan allait enfin être contraint de nous donner notre liberté.

Debout à côté de notre père, Emily a secoué lentement la tête, la bouche pincée dans cette moue familière qui disait : *Oh ! petit frère, tu as encore mis les pieds dans le plat.*

Croisant les bras pour mieux affirmer ma détermination, j'ai affronté son regard sans ciller. Emily était mon aînée et pensait tout savoir mieux que moi, mais elle ignorait ce que c'était d'être amoureux, et d'avoir besoin de quelqu'un comme j'avais besoin de Savannah. A sa façon, ma sœur était une briseuse de cœurs, encore plus que moi avant que je sorte avec Savannah. N'importe quel prétexte lui était bon pour rayer un garçon de son carnet d'adresses. Elle n'était jamais sortie avec quelqu'un plus de deux mois, et elle n'avait jamais enfreint aucune règle, celles du Clan ou les autres, juste pour pouvoir être avec son petit copain.

Et quoi qu'il arrive, elle n'envisagerait jamais de quitter le Clan, même si c'était le seul moyen pour elle de rester avec la personne qu'elle aimait.

*Moi, si.* Et il était temps que le Clan le sache.

— Il est temps d'enterrer le passé, ai-je dit en élevant le ton afin que tous les Descendants réunis dans le cercle puissent m'entendre. Il y a des dizaines d'années que nous sommes en paix avec les vampires. Combien de temps cette paix doit-elle encore durer avant que nous ne surmontions nos vieux préjugés et nos peurs ? J'aime Savannah, et elle m'aime. Et je ferai tout ce qui est en mon pouvoir pour que vous compreniez que nous sommes faits l'un pour l'autre. Même si, pour cela, je dois quitter le Clan.

— Tristan ! s'est exclamée ma mère.

Au même instant, mon père a sursauté sur son siège, ses mains immenses agrippant les accoudoirs de pierre sculptée.

Au loin, un éclair a illuminé le ciel nocturne. Quelques secondes plus tard, le tonnerre s'est mis à gronder de façon menaçante, annonçant l'orage imminent.

— Il *croit* qu'il m'aime, est alors intervenue Savannah. Mais en vérité… tout ceci est ma faute.

*Mais qu'est-ce qu'elle racontait ?*

Je me suis tourné vers elle, certain d'avoir mal entendu.

— Poursuis, a intimé mon père à Savannah.

Elle a dégluti péniblement, évitant mon regard.

— Je suis à moitié vampire. Pendant tout ce temps, votre fils était persuadé d'être amoureux de moi parce que ma part vampirique l'a… disons qu'elle l'a ensorcelé. Je l'ai pétrifié avec mon regard. Il n'a rien pu faire pour résister.

Elle avait perdu l'esprit, là ! C'était le stress, sans aucun doute : d'abord, elle avait dû affronter le Conseil des Vampires, et maintenant, l'enlèvement de sa grand-mère par le Clan avait achevé de la secouer.

Elle savait parfaitement que son regard pétrifiant n'avait *aucun* effet sur moi !

— Je le savais, a coassé l'une des Jumelles Pimbêches — Vanessa ou Hope, je ne sais plus, et je m'en fichais. Elle avait des yeux de monstre, en tout cas.

D'un chuchotement, sa mère lui a ordonné de se taire.

— Savannah, arrête ça, ai-je grogné.

J'ai serré les poings contre mes flancs, m'efforçant de ne pas céder à l'envie de la secouer pour la faire revenir à la raison.

— Tu sais très bien que ton regard ne m'affecte pas.

— Apparemment, si.

Elle continuait de parler fort afin que chacun puisse entendre ce qui aurait dû être une conversation privée entre nous.

— Si ce n'était pas le cas, pourquoi aurais-tu subitement décidé, cette année, d'enfreindre les règles du Clan et de sortir avec moi, à moins d'avoir été hypnotisé par mon regard ?

Moitié vampire ou pas, elle avait le visage le plus impénétrable que j'aie jamais vu. Elle savait très bien qu'elle était en train de mentir ouvertement à des dizaines de personnes. Mais pourquoi ?

Je ne comprenais pas quel intérêt elle avait à se mettre ainsi en danger, alors que la vérité était enfin étalée au grand jour. Nous étions rentrés chez nous, et presque libres. Tout ce que nous avions à faire, c'était de nous serrer les coudes et de refuser de nous rétracter, ce qui forcerait le Clan à voir la réalité en face.

— Tu sais très bien pourquoi, ai-je murmuré en me rapprochant d'elle.

Mais elle a reculé précipitamment, maintenant une certaine distance entre nous.

— Savannah, ne fais pas cela. Dis-leur juste la vérité.

Elle a secoué la tête, et ses yeux ont repris une teinte plus sombre, un gris ardoise teinté de tristesse.

— Tu es sous l'emprise de mon regard. En ce moment, tu dirais n'importe quoi pour pouvoir rester avec moi.

— Vous voyez ? a sifflé ma mère sans s'adresser à

personne en particulier. Je vous avais dit que Tristan ne transgresserait jamais volontairement les lois du Clan. C'est elle qui l'a forcé à le faire.

Savannah a acquiescé.

— Oui, c'est vrai. Et j'en suis sincèrement désolée. Je n'avais pas conscience de ce dont ma part vampirique était capable. Mais maintenant que j'ai compris qui je suis et quelle est l'étendue de mes pouvoirs, je peux vous promettre que…

J'ai vu les muscles de sa gorge se tendre tandis qu'elle avalait sa salive.

— Savannah, ne fais pas ça, ai-je répété entre mes dents serrées.

Elle s'est redressée, a relevé le menton.

— Je promets de ne plus entretenir de relation d'aucune sorte avec votre fils. Tant que vous acceptez de ne pas punir Granny ou Tristan. Granny n'était même pas au courant de ce qui se passait, et quant à Tristan…

— Non ! me suis-je écrié.

Ses mots me brûlaient les entrailles.

— Ne l'écoutez pas ! Elle ment pour essayer de…

— Comment pouvons-nous être certains que tu tiendras ta promesse ? a demandé mon père sans me prêter la moindre attention.

— Parce que…

La voix de Savannah s'est mise à trembler. Elle s'est éclairci la gorge et a repris :

— Parce que j'ai déjà fait cette même promesse au Conseil des Vampires. Et ils me surveilleront pour s'assurer que je tiens parole. Tout comme vous le ferez vous-mêmes, j'en suis sûre.

Elle mentait. C'était obligé.

J'ai scruté son visage. Mais cette fois, elle disait la vérité, cela ne faisait aucun doute.

Il m'était aisé de le deviner au tremblement de son menton, aux larmes qui noyaient son regard, au soudain affaissement de ses épaules.

Elle avait promis à une poignée d'inconnus de rompre avec moi. Des heures plus tôt. Bien avant que nous n'ayons embarqué ensemble dans cet avion, à Paris. Avant qu'elle se soit blottie contre moi sur ce canapé de cuir, me regardant sourire et même m'endormir, me laissant croire qu'enfin, tout allait s'arranger pour nous deux.

Pendant toutes ces heures, elle avait programmé cet instant — celui où elle rompait avec moi. Où elle me *larguait*. Et je n'avais rien soupçonné.

Le vent s'est levé de nouveau, violent, soulevant les longues boucles de Savannah dans une tornade rousse qui me masquait son visage. Les bourrasques menaçaient de me faire perdre l'équilibre, mais je les sentais à peine.

— Nous accédons à ta demande, a enfin dit mon père.

Il a incliné la tête, et la grand-mère de Savannah a commencé à descendre vers le sol.

Savannah s'est tournée pour surveiller la manœuvre et s'assurer que la vieille dame ne risquait pas de tomber. J'aurais dû aller l'aider à attraper Mme Evans, mais j'étais incapable de bouger. J'étais pétrifié, comme une statue prête à être renversée et à se briser en mille morceaux.

Ce n'était pas possible. Savannah et moi étions faits l'un pour l'autre, et pour l'éternité. Elle le savait. *Elle m'aimait.* Je *savais* qu'elle m'aimait.

Elle avait simplement choisi la solution de facilité,

cédant sous la pression parce qu'elle n'avait pas encore compris à quel point la liberté était proche.

Il fallait que je mette un terme à cette mascarade, d'une façon ou d'une autre. Trouver les mots pour effacer ceux qu'elle avait prononcés.

Rassemblant toute ma volonté, j'ai avancé un pied, puis l'autre, pour me trouver enfin à portée d'elle.

— Savannah, ne fais pas cela. Tu sais que nous sommes faits l'un pour l'autre.

Main tendue, j'ai touché son bras dans une prière silencieuse pour qu'elle se tourne vers moi.

— Donne-nous une chance, ai-je supplié.

Elle refusait obstinément de me regarder.

— Savannah, a soudain soufflé Mme Evans.

Les Aînés avaient mis fin au sort qui la retenait en leur pouvoir. Elle a basculé en avant et, avec l'aide de Savannah, je suis parvenu à la rattraper avant qu'elle ne s'effondre. Elle était pareille à une poupée de chiffon entre nos bras.

Ensuite, deux paires de mains m'ont saisi par les épaules pour m'entraîner en arrière, obligeant Savannah à supporter seule le poids de sa grand-mère. Ensemble, elles sont tombées par terre.

A peine mes ravisseurs m'avaient-ils remis sur mes pieds que j'ai fait volte-face pour les dévisager avec haine. Dylan et un autre Descendant de deux ans notre cadet. J'aurais dû m'en douter.

— Je t'avais prévenu, mec, a murmuré Dylan, grimaçant sous ses cheveux blonds trop longs.

Jurant, j'ai tenté de me libérer, mais les Aînés devaient user de leur pouvoir sur moi, car j'ai été incapable de me dégager de la poigne des deux comparses. Leurs mains me faisaient l'effet de deux paires de menottes métalliques.

Une bourrasque de vent a de nouveau balayé la clairière, et les Descendants se sont mis à pousser des cris de terreur : le père de Savannah venait de surgir du couvert de pins où il s'était tenu jusqu'alors, pour venir s'agenouiller sur le sol détrempé à côté de sa fille et de son ex-belle-mère.

Tout autour de nous, des mains se sont levées en silence, menaçantes. J'ai tenté de lancer un sort pour les immobiliser, mais Savannah m'a pris de vitesse.

Les bras écartés, elle s'est écriée :

— Non ! Attendez, c'est mon père, il vient juste m'aider.

Ils se sont tous deux accroupis de concert, de chaque côté de Mme Evans ; leurs yeux d'un gris semblable scrutaient avec inquiétude les Descendants sur la défensive.

— Laissez-le, a dit mon père.

Presque dans un même mouvement, les mains se sont abaissées lentement.

Savannah a reporté son attention sur sa grand-mère.

— Granny, ça va ?

Mme Evans a tendu une main tremblante, aux doigts noueux, et Savannah s'en est saisie. Au même instant, les nuages se sont enfin déchirés, et un rideau de pluie s'est abattu sur le Cercle et ses occupants.

*Savannah*

Le pouls de Granny battait à toute vitesse sous la peau fine et ridée de son poignet. En dépit de son âge, elle avait pourtant toujours été le membre le plus solide de la famille. A quel moment Granny était-elle devenue si fragile ?

Je me suis penchée sur elle, essayant de faire de mon corps un rempart entre elle et la pluie qui fondait sur nous comme pour nous punir à sa façon. Malgré tous mes efforts, nous avons toutes deux été trempées en quelques secondes.

Mon père a posé sa joue contre la poitrine de Granny pendant quelques instants, puis il s'est redressé avant de se pencher vers moi.

— Son cœur a souffert, m'a-t-il murmuré à l'oreille.

Le vent perfide a fait de son mieux pour emporter ses mots avant que je ne les entende — mais en vain.

— J'ai trop lutté, a chuchoté Granny.

En dépit de mon ouïe de vampire, il m'a presque fallu coller mon oreille à sa bouche pour discerner ses paroles.

— Je suis une vieille femme stupide. Je n'aurais pas dû essayer de contrer leurs pouvoirs.

— Tout ira bien, maintenant, Granny. Papa et moi te ramenons à la maison.

J'ai essuyé la pluie qui trempait ses joues.

Mais Granny a secoué la tête.

— Trop… fatiguée.

J'ai senti sa main se relâcher autour de la mienne.

— Aidez-nous ! Aidez-la ! ai-je alors hurlé en me tournant vers les visages choqués qui nous entouraient.

Etaient-ils froids et indifférents au point de laisser une vieille femme mourir sous leurs yeux ? Une femme qui avait, en son temps, été des leurs ?

Pourtant, alors que le vent se faisait plus violent, tentant d'arracher les parapluies qui protégeaient les

Descendants, ceux-ci se sont éloignés d'un pas hésitant sous le couvert des arbres.

*Ils ne nous aideraient pas.*

A ce moment, un homme s'est avancé, seul, sous les trombes d'eau.

Quand il s'est approché de nous, je l'ai reconnu : c'était le Dr Faulkner, le père des Jumelles Pimbêches, chirurgien à l'hôpital local.

— Je suis médecin. Je peux vous aider.

Mon père s'est écarté pour lui laisser la place, et le Dr Faulkner s'est agenouillé au niveau des épaules de Granny, sans se préoccuper de la mousse détrempée qui mouillait son pantalon. Il a posé deux doigts sur le côté de sa nuque tout en consultant sa montre.

*Le pouls de son poignet, que je sentais jusqu'alors filer sous le bout de mes doigts, s'est arrêté d'un coup.*

— Granny ? ai-je hurlé par-dessus les grondements du tonnerre tout en lui tapotant le dos de la main. Granny !

Le temps a commencé à passer au ralenti ; le rugissement du vent outrepassait tous les sons alentours, rendant l'instant irréel, comme si j'étais devant un film. J'ai regardé le Dr Faulkner se servir de ses mains comme des palettes électriques d'un défibrillateur pour stimuler le cœur de Granny, agitant son corps de secousses à chaque mouvement. Comme au ralenti, le père de Tristan s'est mis à courir vers nous, abandonnant son trône pour venir s'agenouiller auprès du sol détrempé afin de joindre ses efforts à ceux du Dr Faulkner. Leur énergie combinée a soulevé le buste de Granny à plusieurs centimètres au-dessus du sol, comme s'il était agité de décharges électriques, retombant ensuite avec un bruit d'éclaboussure dans les flaques grandissantes qui se formaient sous nos pieds. De toutes mes forces, je réfléchissais à un moyen de les aider, mais le Clan avait interdit à ma famille de m'enseigner la magie à quelque titre que ce soit. N'étant pas encore arrivée à maturité en tant que vampire, je n'étais pas non plus capable de transformer Granny en créature immortelle.

Malgré toutes les craintes du Conseil des Vampires et du Clan concernant les pouvoirs que ma double nature risquait de me conférer un jour, j'étais en réalité impuissante à sauver quiconque — même ma propre grand-mère. Je n'étais capable que de semer la destruction et de faire planer la menace d'une nouvelle guerre entre nos espèces.

Ainsi que de prendre des décisions stupides à cause desquelles ma grand-mère se retrouvait aujourd'hui à lutter contre la mort en pleine tempête, au beau milieu d'une forêt.

M. Coleman et le Dr Faulkner avaient adopté un rythme alterné, massant chacun leur tour le cœur de Granny, tout en prenant son pouls et lui faisant la respiration artificielle. Les minutes se sont écoulées, aussi longues que des heures. J'avais perdu toute notion du temps. La pluie battante détrempait nos vêtements et nos cheveux, finissant par couler en minuscules rivières le long de nos bras.

Granny n'a jamais repris conscience.

Au bout d'un long moment, les mains des deux hommes se sont écartées de son corps figé dans une immobilité terrifiante. Le Dr Faulkner me parlait. Mais je ne l'entendais pas.

— *Quoi ?*

La sensation d'irréalité causée par le choc s'est lentement estompée, et j'ai soudain pris conscience que j'étais trempée et glacée jusqu'aux os. Ce n'est qu'à cet instant que je me suis aperçue que le vent était de nouveau tombé, et que le rugissement assourdissant que je croyais percevoir était provoqué par le sang qui affluait dans ma tête.

Je me suis penchée devant M. Coleman pour poser la main sur la joue froide de Granny.

— Granny ? Tu m'entends ? Allez, Granny, il faut que tu te réveilles. Il faut que je te ramène à la maison, que tu enfiles des vêtements secs. Réveille-toi, Granny, je t'en prie, réveille-toi !

Ses yeux restaient clos.

J'ai contourné M. Coleman, me suis accroupie pour pouvoir soulever la tête et les épaules de ma grand-mère afin de les poser sur mes genoux. Elle continuait de dormir, mais bientôt, elle se réveillerait. Il fallait juste que je redresse sa tête pour l'aider à mieux respirer. Tout ce qu'il lui fallait, c'était un peu de temps pour revenir à elle.

J'ai levé les yeux au ciel, ignorant la nuée de corbeaux rassemblés sous leurs parapluies au bord de la clairière. Au moins, l'orage semblait passé. Le tonnerre et les éclairs ne se manifestaient plus que de loin en loin, et au lieu de tomber en cascade, la pluie s'était muée en une légère averse. Bien, très bien. A présent, papa allait pouvoir transporter Granny jusqu'à la voiture. Nous allions la ramener à la maison et lui faire prendre un bain chaud pour la réchauffer avant de l'aider à enfiler des vêtements secs.

Elle m'expliquerait comment lui préparer l'une de ces tisanes qu'elle aimait tant, avec des feuilles de menthe, celle qu'elle cultivait dans son jardin…

J'ai levé le regard vers M. Coleman, mais j'avais beau

cligner les yeux, son image restait brouillée. Tout ce que je distinguais, c'était sa barbe blanche et broussailleuse.

— Je suis affreusement désolé, Savannah. Nous avons tout essayé. Mais… elle est partie.

— *Non !*

C'était faux. Elle était juste endormie. De nouveau, des gouttes de pluie se sont écrasées sur le visage de Granny, puis se sont rejointes en rigoles dans les rides profondes que ses rires avaient formées de chaque côté de sa bouche. Je lui ai essuyé le visage.

— Savannah, c'est trop tard, a dit mon père en s'approchant de moi. Il n'y a plus rien à faire.

— *Non*, ai-je répété comme une machine. Non !

Je secouais la tête, obstinément, soutenant le regard de M. Coleman, l'implorant de me venir en aide.

— Utilisez vos pouvoirs, l'ai-je supplié.

— Nous l'avons fait.

— Alors essayez autre chose !

Je me suis tournée vers le Dr Faulkner. Etais-je la seule, ici, à vouloir encore me battre pour sauver la vie de Granny ?

Soigner les gens, c'était son métier, et il était un Descendant. Il était forcément capable de la guérir.

— Vous êtes chirurgien. Vous ne pouvez pas *voir à l'intérieur* et utiliser vos pouvoirs magiques pour réparer son cœur ?

D'un signe de tête, il a indiqué que non.

— C'est ce que j'ai essayé de faire. Mais je n'ai pas été assez rapide. Son cœur était endommagé depuis des années. Elle devait avoir des problèmes cardiaques depuis longtemps. Elle ne t'en avait jamais parlé ?

J'ai baissé les yeux pour regarder Granny, son visage, sa poitrine qui refusait de se soulever. Elle avait gardé tellement de choses pour elle. J'avais dû attendre d'avoir quinze ans pour qu'elle me fasse des révélations sur le passé de ma famille…

Mais pourquoi avoir gardé ce secret sur sa maladie ? Si seulement elle nous l'avait dit, nous aurions pu l'aider à se soigner, nous l'aurions empêchée de se nourrir de ces plats frits pleins de graisse dont elle raffolait. Nous aurions trouvé quelque chose !

Il existait bien des opérations chirurgicales, des transplantations pour ce genre de problèmes, non ?

Une fois de plus, regardant tour à tour le docteur et le père de Tristan, j'ai imploré les deux hommes de me venir en aide :

— Mais vous pouvez encore le réparer, non ? En utilisant un sort, ou…

Faulkner a secoué la tête.

— Nos pouvoirs ont des limites. Nous ne pouvons pas ramener les morts à la vie. Du moins, pas avec une âme…

— Alors ramenez-la sans son âme ! me suis-je écriée en serrant les poings pour me retenir de le gifler.

Il refusait juste de nous aider parce que nous étions des proscrits, parce que j'étais une sang-mêlé !

— C'est ma grand-mère. C'est vous qui l'avez tuée. Faites ce que vous voulez, mais ramenez-la à la vie !

— Non, a répondu M. Coleman sur un ton sans réplique. Nous ne le ferons pas. La loi du Clan nous interdit de créer des zombies. Et c'est bien ce qu'elle serait : *un zombie* — une créature sans personnalité et sans vie à l'intérieur d'elle-même. Rien d'autre qu'un cadavre animé. C'est vraiment ce que tu veux ? C'est ce que ta grand-mère voudrait ?

J'ai failli répondre par l'affirmative, mais les mots se

sont bloqués dans ma gorge. Si elle nous entendait en ce moment, Granny serait aussi horrifiée que furieuse. Elle qui ne supportait pas les films de zombies et refusait de lire les livres qui leur étaient consacrés… Même si je parvenais à convaincre le Clan de la ramener à la vie, à quoi cela servirait-il ? Ce ne serait plus vraiment Granny.

— Je vous en prie, il doit bien y avoir quelque chose à faire, ai-je murmuré en m'absorbant dans la contemplation des minuscules rides qui plissaient les paupières fines de Granny.

J'ai caressé la peau douce de ses joues, avant d'interrompre mon geste en m'apercevant qu'elles avaient déjà refroidi et perdaient leurs couleurs.

Non. Ce n'était pas possible. Elle ne pouvait pas être *morte*.

— Je suis désolé, mais nous ne pouvons plus rien pour elle, a murmuré M. Coleman. Je te jure que si c'était en mon pouvoir, je ferais tout pour te la rendre, ou pour que ce qui s'est passé aujourd'hui ne soit jamais arrivé. Mais même les Descendants ont leurs limites.

Alors voilà, c'était tout. Comme moi, et en dépit de leurs prétendus pouvoirs, le Clan n'était capable que de prendre la vie de ma grand-mère, pas de la lui rendre. *Granny était vraiment partie.* Finalement, j'étais arrivée trop tard pour la sauver.

Et maintenant, je devais lui faire mes adieux.

— Granny, ai-je dit à voix basse.

La tempête de douleur née dans ma poitrine a commencé à se propager à tout mon corps. Mes membres étaient devenus si lourds que je parvenais à peine à bouger. La souffrance est remontée d'un coup comme une bulle prête à éclater, envahissant ma gorge, brûlant mes yeux et l'intérieur de mon nez ; bientôt, c'était certain, elle exploserait dans mon crâne. Si j'avais été debout, cette souffrance m'aurait balayée comme un raz-de-marée, me projetant au sol. Mais j'étais déjà à genoux, et la vague m'a simplement propulsée au-dessus du corps de ma grand-mère, pliée en deux, la respiration coupée.

J'ai enveloppé Granny de mes bras et l'ai soulevée dans une étreinte qu'elle ne pouvait me rendre. Chacune des fois où elle m'avait serrée contre elle quand j'étais petite, assise sur ses genoux dans son rocking-chair, me revenait à présent à la mémoire. Je me souvenais aussi de la façon qu'elle avait de s'agenouiller, comme moi maintenant, jour après jour en dépit de l'âge et de la douleur qui faisait craquer ses genoux, afin de parler aux herbes et aux fruits qu'elle entretenait avec tant de soin dans notre petit jardin. C'était la dernière fois que je tenais ma grand-mère dans mes bras, cette femme qui m'avait élevée et qui avait toujours été là pour moi, parfois plus que ma propre mère.

*Elle était morte. A cause de moi.*

— Pardon, Granny.

Je pouvais répéter ces mots des milliers de fois, m'excuser auprès d'elle pendant ma vie entière, cela ne suffirait pas à effacer ce que j'avais fait.

— Savannah, a dit M. Coleman, je voudrais te présenter mes plus sincères excuses et j'aimerais que tu transmettes toutes mes condoléances à Joan… à ta mère. Aucun d'entre nous n'a souhaité ce qui vient d'arriver. Je voulais seulement revoir mon fils sain et sauf, et nous pensions que ta grand-mère savait où il se trouvait… je n'aurais jamais imaginé…

Apparemment, l'homme massif qui se tenait près de moi ne trouvait plus ses mots. Levant le regard, j'ai découvert que ses yeux étaient pleins de larmes — des yeux qui, les rides mises à part, étaient presque la copie conforme de ceux de son fils. Soudain, j'ai eu un aperçu de l'homme que deviendrait un jour Tristan. Dans un avenir où je n'avais plus rien à faire.

Des mains se sont posées sur les miennes, les ont recouvertes, puis ont doucement détaché mes doigts du corps de ma grand-mère. Comme assommée, j'ai baissé les yeux ; le Dr Faulkner essayait de me faire relâcher mon étreinte autour de Granny. Parce qu'elle était partie. Morte.

Je l'ai laissé la prendre et il a reposé son corps sur le sol. J'étais incapable de bouger, mes jambes et mes bras ne répondaient plus, et je ne sentais même plus les vêtements trempés collés sur mon corps, ni les mèches de cheveux qui me pendaient le long du visage et de la nuque.

Que devais-je faire ? Que faisaient les gens normaux quand une personne qu'ils aimaient mourait entre leurs bras au milieu des bois ? Il devait exister une procédure, certaines formalités à accomplir ! Mais mon esprit semblait se refuser à y penser. En bougeant les mains, je me suis aperçue qu'à un moment ou un autre, j'avais dû enfoncer mes doigts dans la terre. Quand je les ai portés devant mon visage, des lambeaux de mousse et de la boue y sont restés collés. La même boue qui devait maculer le dos de Granny en ce moment même.

Granny n'aimerait pas cela. Elle détesterait me savoir assise dans la boue en train de sangloter sur son corps, surtout devant les Descendants qui l'avaient bannie et lui avaient tourné le dos. Elle aurait exigé que je me lève, que je me reprenne, que je masque mon chagrin. Que je leur montre à tous combien les femmes de la famille Evans savaient être fortes. Que je me concentre sur la marche à suivre, et que je ne m'effondre qu'une fois seule, en privé.

Alors, en mémoire d'elle, j'ai pris une grande inspiration et j'ai essayé d'essuyer mes mains souillées sur mon pantalon, m'apercevant presque aussitôt que lui aussi était couvert de terre et de mousse. J'allais devoir attendre d'être rentrée chez moi pour me laver.

*Chez moi.* Où ma mère serait bientôt là, s'attendant à ce que je lui explique tout. Oh ! mon Dieu. Elle ne savait pas encore…

— Nous vous aiderons pour l'organisation des obsèques, a murmuré M. Coleman.

Le Dr Faulkner a hoché la tête en signe d'assentiment.

Quelles auraient été les dernières volontés de Granny ?

— Je crois… qu'elle aurait voulu mourir chez elle, dans son sommeil, ai-je confié à Faulkner. Elle n'aurait pas voulu que tout le monde sache…

Incapable de poursuivre, j'ai désigné de la main le désastre autour de nous, les taches de boue et d'herbe sur la chemise détrempée de Granny, cette chemise de nuit autrefois immaculée et d'un blanc éclatant dont, comme tous ses autres vêtements, elle avait toujours pris si grand soin.

— C'est ce que j'indiquerai dans mon constat de décès officiel, a répondu le Dr Faulkner.

Il s'est levé, imité par mon père et M. Coleman.

J'ai balayé la clairière du regard, affrontant pour la première fois le public mortifié qui observait mes moindres gestes. Ils me dévisageaient et beaucoup chuchotaient entre eux, comme s'ils assistaient à une sorte de pièce de théâtre dont ils n'étaient pas partie prenante. N'éprouvaient-ils donc aucun sentiment de culpabilité pour la mort de ma grand-mère ? Devais-je me considérer comme la seule véritable meurtrière, aujourd'hui ?

M. Coleman a pivoté lentement sur ses talons, parcourant l'assistance du regard afin d'attirer son attention et d'obtenir le silence.

— L'incident de ce jour est un sujet qui ne devra jamais être évoqué. Est-ce clair ?

Lentement, les Descendants ont acquiescé, même si, grâce à mes facultés de vampire, je percevais la réticence générale que dégageaient la plupart d'entre eux tandis que la foule s'éparpillait et s'éloignait dans la forêt en petits groupes.

— Savannah…, a lancé Tristan d'une voix éraillée, comme si mon nom lui étranglait la gorge.

Il a tenté de parcourir la courte distance qui nous séparait, mais Dylan et son acolyte l'ont retenu une fois de plus. Lançant un flot d'injures, Tristan s'est débattu pour se libérer.

Une série de picotements m'a parcouru la peau, m'indiquant que le niveau d'énergie de Tristan montait. Il était prêt à utiliser la magie contre eux.

— Tristan, arrête, lui ai-je intimé.

Je me suis tournée vers son père.

— Puis-je… ?

Le regard de M. Coleman s'est posé brièvement sur le corps de Granny, puis il a hoché la tête.

Une nouvelle vague de souffrance s'est répandue dans ma poitrine, menaçant de m'asphyxier. Une part de moi hurlait que j'avais déjà assez perdu, que j'avais besoin de me raccrocher à ce qui me restait de bonheur. Que si je devais perdre encore quelque chose dans ma vie, je n'y survivrais pas.

Mais il le fallait. J'avais fait deux promesses, à présent. Et c'était pour le bien de Tristan, pour sa sécurité.

J'ai forcé mes pieds engourdis à me porter en direction de Tristan. A chaque pas que je faisais, la mousse gorgée d'eau émettait un bruit de succion, un son dégoûtant assez fort pour être perceptible à présent que l'orage était passé.

Il m'a fallu bien trop peu de pas pour m'amener à la fin du seul véritable amour que j'aie connu.

De nouveau, j'ai tenté de graver le visage de Tristan dans ma mémoire... de détailler chacun des plis de son front, la courbe sensuelle de ses lèvres à présent pincées par la colère, la culpabilité et la panique, les gouttes de pluie qui perlaient à ses cheveux et les assombrissaient, leur donnant la teinte d'un or ancien, les collant à son visage et sa nuque. A la périphérie de mon champ de vision, je distinguais un peu partout des éléments qui me rappelaient les moments partagés dans les rêves communs que nous avions faits ici... tous ces baisers échangés sur une couverture étalée sur la mousse, toutes ces conversations que nous avions eues pendant des heures. Les pins avec leurs branches lourdes qui se balançaient maintenant dans le vent d'après l'orage, tout comme elles s'étaient balancées autour de nous tandis que Tristan et moi dansions pieds nus sur le sol mousseux.

Ces mêmes arbres dont les branches avaient été chargées de milliers de petites bougies de Noël à l'occasion de mon anniversaire en novembre dernier, la nuit où j'avais goûté sur les lèvres de Tristan le gâteau aux fraises imaginaire qu'il m'avait offert.

Et maintenant, nous y étions vraiment. Nous avions fini par venir dans la vraie clairière de cette vraie forêt afin de créer un nouveau souvenir. Un souvenir que je serais pour toujours incapable d'effacer de ma mémoire, quels que soient mes efforts.

Tandis que je franchissais les quelques centimètres qui nous séparaient, soudain, Tristan s'est figé.

— Savannah, je regrette tellement. Je n'ai jamais voulu que…

— Je sais, ai-je répondu. Moi aussi, je regrette. Mais le Conseil et le Clan ont raison de vouloir que nous gardions nos distances, tous les deux. C'est mieux comme ça. Plus sûr.

— Non, Savannah…

J'ai posé le bout de mes doigts froids sur ses lèvres tièdes. L'eau ruisselait en cascade sur son visage et autour de mes doigts, comme les flots d'une rivière autour de rochers. J'ai fermé les yeux. Je ne voulais pas voir l'expression de son visage quand je prononcerais les paroles qui allaient suivre. Sinon, je serais à coup sûr incapable de dire ce qui devait à tout prix être dit.

Me hissant sur la pointe des pieds, je l'ai embrassé sur la joue, goûtant la pluie froide sur sa peau. J'ai pris mon temps, afin de pouvoir humer le parfum léger de son après-rasage mêlé à l'odeur d'ozone de la pluie, et sentir une dernière fois la chaleur de sa peau contre la mienne. Seulement alors, je me suis écartée, les yeux toujours clos, m'efforçant de rester imprégnée de toutes ces sensations alors même que je m'obligeais à m'éloigner de lui.

— Nous devons mettre fin à notre relation. N'essaie plus de me voir, s'il te plaît. C'est la meilleure chose à faire. Un jour, tu comprendras.

Sans lui laisser le temps de répondre quoi que ce soit qui pourrait me faire changer d'avis, j'ai fait volte-face et suis sortie de notre forêt pour la dernière fois. J'ignore comment, mais je suis parvenue à prendre sur moi pour ne pas me retourner.

Mais déjà, je savais que je passerais le reste de ma vie à revenir sur aujourd'hui, sur ces derniers mois, sur chacune des décisions que j'avais prises, et à me poser cette question : et si j'avais été plus forte ? Si seulement j'avais réussi à maîtriser mes sentiments pour lui… si seulement j'avais respecté les règles…

Granny serait encore en vie.

# 3

*Savannah*

Les quelques minutes que j'ai passées ensuite à attendre mon père dans la voiture de location se sont écoulées dans un brouillard, et le chagrin que j'avais jusqu'alors réussi à tenir en respect en a profité pour plonger ses griffes dans mon cœur et mon esprit.

A un moment donné, une ambulance est arrivée. Je l'ai vue déboucher dans l'allée puis tourner en direction de la cour derrière la demeure des Coleman. Deux infirmiers urgentistes en sont descendus et ont déchargé du véhicule une civière métallique qu'ils ont emportée avec eux dans les bois. Une éternité plus tard, ils sont réapparus ; cette fois, ils avaient ralenti le pas. La civière qu'ils faisaient rouler entre eux était chargée d'un gros sac noir de forme oblongue.

Alors, j'ai détourné le regard, me suis penchée en avant et, appuyée au tableau de bord, j'ai enfoui mon visage dans mes mains.

Enfin, mon père est revenu à la voiture et il est monté. Pendant quelques secondes, il est resté assis en silence et sans bouger. Puis il m'a tapoté maladroitement le dos. Cette tentative de réconfort de sa part m'était si peu familière qu'elle m'a fait l'effet d'une bourrade mentale, qui m'a rappelé que je n'avais pas le droit de m'effondrer, pas encore. *Nous devions d'abord mettre maman au courant du drame.*

Mon père a démarré et emprunté l'allée circulaire pour revenir sur la route. Puis nous avons pris le chemin de la maison.

La maison de Granny.

— As-tu appelé maman ? lui ai-je demandé.

Ma voix était rauque, et j'ai dû tousser pour m'éclaircir la gorge.

— Non.

— Alors ne le fais pas, pas encore, lui ai-je demandé. Je ne veux pas qu'elle entende ça pendant qu'elle conduit.

Il a consulté sa montre.

— Elle devrait arriver d'ici environ une demi-heure.

Aucun de nous deux n'a plus parlé jusqu'à ce que nous ayons atteint notre destination.

Quand nous sommes arrivés dans la courte allée parsemée d'aiguilles de pin, toutes les fenêtres de ma maison étaient sombres. Les Descendants avaient fermé la porte d'entrée sans la verrouiller derrière eux après avoir emmené Granny contre sa volonté. En pénétrant dans la maison, j'ai eu un mouvement de recul, persuadée que nous allions retrouver les lieux saccagés par une bataille magique. Mais ils avaient dû prendre ma grand-mère par surprise et l'assommer avant qu'elle ait eu le temps de réagir. Tout était en ordre, exactement comme quand j'avais quitté les lieux pour la dernière fois.

J'ai allumé la lampe du salon, attrapé une pile de serviettes de toilette dans le placard à linge de l'entrée et en ai tendu deux à mon père afin qu'il puisse se sécher. Pour ma part, je me changerais plus tard, après le retour de ma mère. J'avais peur d'aller dans ma chambre avant d'avoir pu lui parler ; je craignais de ne pas résister à la tentation de craquer.

Je me suis laissée tomber sur le tabouret du piano, le seul siège de la pièce qui ne soit pas garni de coussins et que je ne risquais pas d'abîmer avec mes vêtements mouillés. Puis, un pied aidant l'autre, j'ai ôté mes baskets détrempées et me suis lentement débarrassée de mes chaussettes. Tout était bon pour me distraire de la tragédie que nous étions en train de vivre.

Il régnait dans la maison un silence pesant. Jamais les lieux n'avaient été aussi calmes. En général, Granny allumait la télévision pour pouvoir l'écouter pendant qu'elle cuisinait à côté ou qu'elle faisait du crochet dans son rocking-chair. Ou encore elle s'asseyait au piano dans le salon, emplissant la maison de cantiques qu'elle répétait en prévision des prochaines messes à l'église.

J'ai pivoté sur le tabouret pour faire face au piano et j'ai posé mes mains sur le clavier pour sentir sa surface froide et lisse — aussi froide et lisse que celle de mes doigts en ce moment. Je ne l'avais jamais remarqué jusqu'alors, mais les touches de l'octave médiane du piano comportaient un emplacement rugueux à force d'être utilisées plus souvent que celles des extrémités du clavier. J'en ai caressé la surface, posant le bout de mes doigts à l'endroit où ceux de Granny avaient usé le vernis.

Granny avait essayé de m'apprendre à jouer, mais je n'étais jamais parvenue à déchiffrer une partition correctement.

Il y avait un livre de cantiques relié de cuir craquelé encore ouvert sur le pupitre du piano. Le dernier morceau qu'elle avait joué était « *Amazing Grace* ».

Un vers m'a soudain semblé se détacher de la page et me sauter aux yeux…

*I was blind, but now I see — J'ai été aveugle, mais tout est si clair à présent.*

Il fallait que je me lève, que je fuie cet endroit.

A ce moment, un bruit de moteur s'est rapproché de la maison avant de s'éteindre brusquement, aussitôt suivi du claquement d'une portière. Mon père et moi avons échangé un regard.

Maman était rentrée.

Je n'étais pas prête.

Pendant les quelques secondes qu'il lui fallait pour atteindre la porte d'entrée et l'ouvrir, je me suis tordu les mains, entrelaçant mes doigts en tremblant de façon incontrôlable.

Ma mère a débarqué comme une tornade.

— Savannah ! Mon Dieu, tu es trempée comme une soupe ! Tu t'es douchée tout habillée, ou quoi ?

Avant de franchir le seuil, elle a replié son parapluie à pois rose vif et brun, l'a secoué rapidement sur les marches de ciment puis l'a appuyé contre le mur de faux bois.

Elle s'est retournée pour me faire face, les bras grands ouverts pour son habituel câlin de bienvenue. Mais je ne pouvais pas bouger. Mes jambes semblaient s'être enracinées dans le sol. Elle a jeté un regard sur ma droite et son sourire s'est estompé. Levant une main bronzée, elle a tenté de redonner du volume à ses cheveux blonds frisés alourdis par l'humidité.

— Oh. Bonjour Michael. Je pensais que tu passerais juste déposer Savannah.

Sourcils froncés, ma mère a refermé la lourde porte de chêne derrière elle.

— Alors, où est Granny ? Vous n'avez pas appelé, alors je me suis dit que…

— Maman, j'aimerais que tu viennes t'asseoir, l'ai-je interrompue.

J'appréhendais sa réaction, mais il fallait bien lui annoncer l'affreuse nouvelle.

Pendant un court instant, elle a battu des paupières, l'air interdit, puis elle s'est installée sur le rocking-chair matelassé dont les vieux ressorts ont émis un grincement lugubre sous son poids.

Je me suis agenouillée à ses pieds sur la moquette vert et or usée jusqu'à la trame, cette moquette que nous avions mille fois tenté de persuader Granny de nous laisser remplacer. Là, j'ai pris les mains de ma mère entre les miennes et, le cœur battant à tout rompre, me suis efforcée de trouver une façon d'avouer à maman que je venais de provoquer la mort de ma grand-mère.

— Maman, Granny est…

— Oh ! non, a-t-elle aussitôt lâché.

Ses yeux noisette se sont écarquillés.

— Ils l'ont tuée, n'est-ce pas ? C'est ça ?

Son chuchotement s'était mué en cri.

— Je le savais ! Je savais qu'un jour, ils l'assassineraient. Ces sorciers infâmes, ces… Oh ! Seigneur ! J'aurais dû être là, j'aurais pu la protéger. Si seulement je n'avais pas été si souvent sur les routes, je leur ai facilité la tâche, c'est ma faute…

— Non, maman, c'est *ma* faute, ai-je laissé échapper.

— C… comment ? a-t-elle soufflé.

J'étais incapable de la regarder. Alors, les yeux fixés sur la moquette, je lui ai tout confessé… comment j'étais sortie avec Tristan en me cachant de tous, la bagarre qui avait eu lieu vendredi soir entre Dylan et Tristan après les répétitions de l'équipe de danse, les espions du Conseil des Vampires au lycée. Puis les tests du Conseil à Paris, et enfin le moment où nous avions raccompagné Tristan chez lui, pour découvrir qu'il était trop tard. Quand je lui ai raconté que Granny était morte dans mes bras en dépit des tentatives de réanimation de M. Coleman et du Dr Faulkner, ma voix s'était réduite à un murmure. J'ai ajouté que, selon le médecin, Granny devait souffrir de problèmes cardiaques depuis des années. Pour finir, je lui ai expliqué que j'avais promis, à la fois au Conseil des Vampires et au Clan, de ne plus jamais revoir Tristan, et que j'avais tenu ma promesse en rompant avec lui devant les Descendants.

Le silence s'est installé dans la pièce pendant que ma mère digérait ces informations. Puis elle a bondi sur ses pieds et est allée se planter près de la bibliothèque sombre qui flanquait un mur, le dos tourné. Durant de longues minutes, nous n'avons plus entendu que le tic-tac de la pendule d'argent baroque posée sur le piano et la respiration de ma mère, rauque et furieuse.

— *Maman ?*

Je me sentais redevenue petite fille, minuscule et effrayée.

Je ne l'avais jamais vue dans un tel état de fureur, au point qu'elle ne puisse même pas me regarder dans les yeux.

J'avais toujours respecté les règles, toujours fait mon possible pour être une bonne petite fille. Jusqu'à cette année. *Jusqu'à Tristan.* Et maintenant, à cause de moi, notre famille était brisée.

Je me suis levée. Mes vêtements glacés me collaient

à la peau. J'ai fait deux pas dans sa direction puis me suis arrêtée, n'osant pas m'approcher plus près.

— Maman, je suis tellement désolée. Je ne sais même pas comment te le dire. Je ne savais pas… je n'aurais jamais imaginé que le Clan serait capable de faire une chose pareille. Quand ils se sont rendu compte, pour papa et toi, tout ce qu'ils ont fait, c'est te bannir, avec Granny. Et le Conseil… enlever Tristan comme ils l'ont fait…

Comment pouvais-je lui expliquer que rien ne m'avait paru très grave, jusqu'à ce que la situation m'échappe et que tout parte en vrille ?

— Tu es bien la fille de ta mère, hein ? a murmuré maman.

L'affaissement de ses épaules, la déception et la résignation que trahissait sa posture, tout cela était pire qu'une gifle.

Puis elle s'est tournée vers moi. Des larmes coulaient le long de son visage. Alors, j'ai été incapable de retenir plus longtemps mes propres larmes et mes sanglots.

— Viens, a-t-elle dit en ouvrant les bras.

De nouveau, j'avais cinq ans, et j'ai couru me réfugier dans le giron de ma mère pour qu'elle me console. Sauf que cette fois, il ne s'agissait pas d'un genou égratigné à la suite d'une simple chute de vélo dans la rue. C'était incommensurablement plus grave, et je ne serais jamais capable de réparer toutes les erreurs que j'avais commises cette année.

Je lui ai répété combien j'étais désolée, je lui ai demandé pardon sans discontinuer, alors même que je savais qu'aucune excuse au monde ne nous ramènerait jamais Granny.

— Chut…, a-t-elle murmuré en me caressant les cheveux, comme elle le faisait quand j'étais petite.

Sauf que cela ne faisait que me rendre la situation plus insupportable, parce que je savais que je ne méritais ni réconfort ni pardon.

Elle a secoué la tête, emplissant mes narines de l'odeur de *Wind Song*, son parfum favori, puis elle a soupiré :

— Si tu ignorais ce dont le Clan était capable, c'était parce que je ne voulais pas que tu le saches. J'ai essayé de te prémunir de toutes ces bassesses, tout comme ta grand-mère a apparemment tenté de nous protéger toutes les deux en nous cachant ses problèmes de santé.

Elle s'est écartée un peu et m'a enveloppé le visage de ses mains calleuses, m'adressant un petit sourire triste.

— J'espérais sincèrement que tu n'aurais jamais à subir les mêmes épreuves que ton père et moi avons dû endurer. Et maintenant, on dirait que l'histoire a trouvé le moyen de se répéter.

Par-dessus mon épaule, elle a décoché un regard à mon père et ses yeux se sont emplis d'une tristesse accrue, ce que je n'aurais pas cru possible.

Bruyamment, elle a expulsé l'air de ses poumons ; jamais je ne l'avais entendue soupirer si fort.

— Où est Granny… ?

— Tout a été arrangé, Joan, a répondu mon père avec une douceur insoupçonnée. Bien sûr, il y aura d'autres problèmes à évoquer, quand tu te sentiras prête.

Elle a opiné.

— Savannah, tu devrais peut-être aller enfiler des vêtements secs. Repose-toi si tu en as envie, et demain nous reparlerons de tout cela, d'accord ?

J'ai acquiescé sans un mot. A présent, je me sentais si vide et fatiguée que j'avais à peine la force de me traîner dans ma chambre et d'enfiler un grand T-shirt en guise de pyjama. Je me suis glissée sous les couvertures, et mes pieds ont buté contre une pile de linge soigneusement plié que Granny avait dû poser au bout de mon lit pour que je le range.

Je me suis endormie en caressant du bout des doigts les douces franges du plaid couleur lavande qu'elle m'avait crocheté pour mes six ans.

*Tristan*

Je faisais les cent pas dans ma chambre, de la porte de ma salle de bains jusqu'au bureau puis dans l'autre sens, mes poings se serrant et se desserrant de rage et d'impuissance. Je n'arrivais toujours pas à accepter le tour affreux qu'avaient pris les événements ce matin, alors même que j'étais persuadé que j'allais pouvoir tout arranger en ce qui concernait notre relation, à Savannah et moi.

Pour la centième fois, j'ai tenté de tourner la poignée de la porte de ma chambre. Une décharge électrique m'a parcouru la main, me forçant à la lâcher, avec un cri et un juron.

Mes parents avaient posé un sortilège terriblement puissant sur ma porte pour me garder enfermé ici. Il ne faisait aucun doute que la fenêtre était protégée elle aussi. Me laisseraient-ils seulement sortir pour le dîner ? Ou pour aller au lycée demain ?

Avec un soupir furieux, je me suis assis sur le bord de mon lit, laissant tomber ma tête entre mes mains.

Il fallait absolument que je sorte d'ici, que j'aille voir Savannah. Que je l'épaule pendant l'épreuve qu'elle traversait. Elle parlait tout le temps de sa grand-mère. Celle-ci avait été comme une seconde mère pour elle, en particulier depuis que sa mère avait commencé à sillonner les routes pour son travail.

Cette perte allait être dévastatrice pour Savannah. Elle allait avoir besoin de tout le soutien possible, et j'aurais *dû* me trouver à ses côtés, en ce moment. Au lieu de cela, j'étais prisonnier de ma propre chambre ! Et à cause des autres charmes que ma mère avait placés dans cette même chambre des années plus tôt, tant que je me trouvais enfermé ici, je ne pouvais même plus me connecter en rêve avec Savannah. Les seules fois que nous étions parvenus à faire se rejoindre nos esprits pendant notre sommeil, c'était quand je campais dehors, dans la cour près des bois.

*Et si je balançais mon bureau à travers la fenêtre…* Le charme se briserait-il en même temps que la vitre ?

C'est alors qu'une série de coups secs sur ma porte m'a fait bondir sur mes pieds.

— Ouais ? ai-je lancé.

La porte s'est ouverte d'un coup. Emily a passé la tête dans l'entrebâillement.

— Salut. Je voulais voir comment ça allait pour toi.

Avec une grimace, je lui ai demandé :

— Comment arrives-tu à ouvrir cette fichue porte sans te faire griller ?

— C'est un charme sélectif. Maman l'a fabriqué de telle sorte qu'il ne fonctionne que sur toi, m'a-t-elle répondu comme si ça coulait de source, avant d'ajouter : Mais n'essaie pas de sortir, même si la porte est ouverte. A la seconde où tu franchiras le seuil, tu vas être projeté en arrière et te retrouver sur les fesses. Et fais-moi confiance, tu t'en souviendras toute ta vie.

Je lui ai décoché un regard surpris, et elle a ajouté :

— Ben quoi, tu crois être le seul dans cette baraque à avoir été mis en quarantaine, dans ta vie ?

Grommelant dans ma barbe, je me suis de nouveau laissé tomber sur mon lit en lui tournant le dos. Bon sang, c'était l'enfer. Pourquoi diable n'étais-je pas né dans une famille normale ?

Emily a marqué un temps d'arrêt.

— C'est quoi, cette musique que tu écoutes ? Non… ne me dis pas que c'est Phil Collins ?

Si. C'était bien ça. Mais qu'est-ce que ça pouvait lui faire ? Roulant des yeux exaspérés, je me suis penché pour baisser le volume de la station d'accueil de mon Ipod. Puis j'ai basculé en arrière sur mon lit.

— Tu as encore pillé la collection de vieux disques de papa ?

Avec un large sourire, elle s'est avancée d'un pas pour entrer dans ma chambre.

Les yeux fixés sur le plafond, j'ai laissé échapper un soupir.

— Ça te fait jubiler d'être redevenue le petit ange de la famille ? C'est pour ça que tu es venue ?

— Il faut dire qu'avec toi en face, la barre n'était pas placée bien haut.

Elle s'est assise sur le coin de mon lit le plus proche de la porte.

— Sans rire, petit frère, qu'est-ce qui t'a pris de faire un coup pareil, tout à l'heure, dans le Cercle ? Tu t'attendais vraiment que le Clan te mange dans la main juste parce que tu leur as lancé un ultimatum ?

— *Non.*

Bon, en fait, peut-être que si…

— Alors que croyais-tu vraiment qu'il allait arriver ?

J'ai haussé les épaules.

— Soit ils auraient accepté ma relation avec Savannah, soit j'aurais quitté le Clan. Ce n'est pas parce que je suis né dans cette famille que je n'ai pas voix au chapitre.

Elle a émis un petit rire moqueur.

— Ben voyons ! Comme si maman allait te laisser partir et flanquer tous ses plans à l'eau sans lever le petit doigt.

Honnêtement, peu m'importait désormais l'avis de ma mère. Il s'agissait de *ma* vie, non de la sienne.

J'ai soupiré.

— Quand vont-ils me laisser sortir d'ici, à ton avis ?

— J'ai entendu maman au téléphone. Apparemment, elle était en train de laisser un message à l'administration du lycée. Tu es dispensé de cours pendant au moins une semaine pour cause de grippe.

Une semaine *entière* ?

Comme je la dévisageais, incrédule, Emily a ajouté :

— Ils veulent que tu prennes un peu de temps pour te calmer et revenir à la raison. Et aussi pour laisser aux ragots le temps de se dissiper.

*Incroyable. Ils n'avaient toujours pas compris.*

Du poing, j'ai martelé le matelas.

— Il faut que je sorte d'ici *maintenant*. Savannah vient de perdre sa grand-mère. Sans compter le savon qu'elle doit se prendre de la part de ses parents. Elle a besoin de moi auprès d'elle.

— Eh bien je crois qu'elle va devoir affronter seule les démons de l'enfer pendant quelque temps, parce qu'il n'y a aucune chance pour que tu mettes les pieds hors de cette chambre avant un bon moment.

J'ai proféré une série de jurons. Emily n'a même pas tressailli.

— Cela dit, il y aurait peut-être un moyen que tu sortes plus tôt…

Cette fois, je lui ai accordé toute mon attention.

— Comment ?

— Tu n'as qu'à dire à maman ce qu'elle souhaite entendre. Que tu es désolé, que tu t'es trompé et que tu envisages toujours de devenir le prochain chef du Clan.

— Et aussi que je promets de ne plus jamais revoir Savannah, je suppose ?

Je n'ai même pas pris la peine de dissimuler le mépris dans ma voix.

Elle a levé un sourcil blond, dans cette expression qui était sa marque de fabrique et signifiait *A ton avis, benêt ?*

Je me suis remis à contempler le plafond.

— Pas question que je lui raconte un truc pareil. Je pensais vraiment ce que j'ai dit ce matin. Ils ne peuvent pas me forcer à rester dans le Clan. Et si je n'en fais plus partie, leurs règles ne s'appliquent plus à moi.

— Les règles du Clan, peut-être pas. Mais celles de nos parents, si.

Les dents serrées, je me suis efforcé de garder mon calme ; j'avais envie de tout casser autour de moi.

Emily a laissé échapper un long soupir.

— Seigneur, quelle tête de mule tu fais ! Je sais ce que tu aimes bien Savannah et tout ça, mais franchement, je ne vois pas comment elle peut valoir le coup que tu prennes tous ces risques !

— *Si*, elle en vaut le coup, tu peux me croire, ai-je martelé. Et tu te trompes en disant que je l'aime *bien*. Je l'aime, tout court. Je n'ai jamais ressenti une chose pareille pour quiconque. Jamais. Et je ne vais pas renoncer à elle uniquement parce que nos parents sont un couple de vieux coincés.

— Autrement dit, tu comptes passer le reste de tes jours dans cette chambre, c'est ça ?

— Ils ne peuvent pas me garder enfermé ici éternellement, quand même ! Ils finiront par me laisser sortir, il faut bien que je retourne au lycée, non ?

— Sauf s'ils décident de te faire donner des cours à domicile. Tu y as pensé, à ça ?

Je me suis soulevé sur les coudes.

— Ils ne peuvent pas me faire un coup pareil !

Avec un haussement d'épaules, elle a répondu :

— Ils en viendront là, si tu les pousses à bout. Crois-moi.

Plus que dubitatif, je l'ai dévisagée sans répondre, et elle m'a fusillé du regard.

— Sans rire, tu connais si mal nos parents ? Ils feront tout ce qui est en leur pouvoir pour te faire entrer dans le crâne que cette fille t'est interdite, point barre ! Laisse tomber, Tristan, et oublie-la. C'est mieux pour tout le monde.

— *Jamais*. Pas tant que nous serons amoureux l'un de l'autre. En outre, dès que j'aurai dix-huit ans, papa et maman seront bien obligés de lâcher le morceau. Ce jour-là, je ficherai le camp d'ici et ils ne pourront pas m'en empêcher.

— Oh. Je vois. Tu penses utiliser l'argent qu'ils ont mis de côté pour toi, c'est ça ?

— Dans le mille.

— Et tu crois vraiment pouvoir y accéder ? A ton avis, qui est titulaire de ce compte ?

J'ai juré intérieurement. Je n'avais pas pensé à cela, alors que c'était évident… Quel génie je faisais ! Voilà pourquoi Emily avait toujours été le cerveau de la plupart de nos méfaits quand nous étions gamins…

— Très bien. Dans ce cas, je trouverai un travail.

— Et pour faire quoi, petit génie ? Servir des sandwichs dans un fast-food ? Tu crois que tu seras en mesure de vous faire vivre tous les deux avec ce genre de boulot ? Parce que je te rappelle que ses parents à elle ne sont pas vraiment tes plus grands fans. Dans le Cercle, son père semblait prêt à te tuer. Et maintenant que tu as pratiquement causé la mort de la grand-mère de Savannah, je vois mal comment sa mère pourrait t'apprécier, elle aussi. Pour vous, la seule façon de rester ensemble serait que Savannah s'enfuie carrément de chez elle.

— C'est le Clan qui a provoqué l'infarctus de Mme Evans, pas Savannah ni moi.

Emily n'a pas répondu tout de suite. Puis, le regard inquisiteur, elle a repris :

— Savannah ne me semblait pas voir les choses de cet œil.

*Pardon, Granny,* avait murmuré Savannah sans discontinuer en serrant le corps de sa grand-mère contre le sien.

Comme si elle se tenait pour responsable de la mort de celle-ci.

— Je lui expliquerai que c'était la faute du Clan.

— Bonne chance, alors. Je ne vois pas comment tu vas faire alors que tu risques de rester en quarantaine dans ta chambre jusqu'à tes dix-huit ans.

Non contente de me séquestrer, ma mère m'avait également confisqué mon téléphone portable et mon ordinateur. Mon pied gauche a commencé à s'agiter nerveusement.

— Passe-moi ton téléphone, Emily !

— Dans tes rêves ! Si je fais ça, maman me le confisquera à moi aussi. Et ce n'est pas la peine non plus de me demander de te prêter mon ordinateur portable. Il est hors de question que je ruine ma vie sociale parce que tu es tombé raide dingue d'une des seules filles de la planète que tu ne peux pas avoir.

D'un bond, elle s'est levée.

— Vois les choses en face, frérot : tu t'es bien amusé, mais ta petite aventure avec Savannah est bel et bien finie. Plus vite tu l'oublieras pour une autre, mieux ce sera. Pour toi, et pour elle.

Elle s'est dirigée vers la porte puis, d'une voix hésitante, elle a ajouté :

— Au fait… Maman te fait envoyer ça.

Du pied, elle a poussé à l'intérieur de ma chambre un plateau d'osier et de bois sur lequel reposaient une cannette de soda et un sandwich.

— Beurre de cacahuète et confiture de fraise. Ton sandwich préféré.

Comme si j'avais le cœur à manger ! Ma mère avait sans doute bourré ma nourriture de charmes destinés à me faire oublier Savannah, ou quelque chose dans le genre.

— Je refuse de manger tant qu'ils me garderont enfermés ici.

Lentement, un sourire a étiré la bouche d'Emily.

— Stupide, mais admirable. Je te ferai passer autre chose en douce.

Oui, mais… la nourriture qu'elle volerait pour moi serait-elle réellement sans danger ?

A ma mine déconfite, elle a compris mes pensées et éclaté franchement de rire.

— Ce sera du cent pour cent garanti sans sortilèges. Juré, craché.

— Merci, sœurette.

A présent, il ne me restait plus qu'à trouver un charme assez puissant pour sortir de ma prison.

*Savannah*

Le lendemain matin, je me suis extirpée avec peine de mon lit ; j'avais l'impression de m'être transformée en l'une des danseuses de verre de ma collection, froide et fragile — comme si un rien pouvait me briser.

Mes yeux me démangeaient, et ils étaient tellement gonflés qu'au début, j'ai eu toutes les peines du monde à les ouvrir.

Il me fallait absolument une dose de caféine.

Je me suis traînée dans le couloir, j'ai descendu l'escalier et me suis dirigée vers la table de la cuisine, impatiente de boire la tasse de thé — un thé à l'ancienne, cultivé par nos soins — que me servait Granny chaque matin.

Deux choses m'ont arrêtée sur ma lancée.

D'abord, mon père était assis à table en compagnie de ma mère. Je ne me souvenais pas de les avoir jamais vus à table tous les deux. Ils avaient divorcé quand j'avais tout juste deux ans, et depuis, ils parvenaient à peine à rester courtois l'un envers l'autre au téléphone. De là à partager un repas ensemble !

La seconde pensée qui m'a figée sur place a été que je ne boirais plus jamais le thé cultivé par Granny. En tout cas, il ne serait plus dosé ou infusé de ses propres mains.

— Bonjour, ma chérie, comment te sens-tu ?

Ma mère s'est levée vivement de la chaise qu'elle occupait habituellement à table et s'est rendue dans la cuisine afin de me préparer une assiette de quelque chose que je me savais de toute façon incapable d'avaler.

Comment je me sentais ? Comme une traîtresse, une menteuse, une criminelle. Comme quelqu'un qui avait assassiné sa propre grand-mère.

— Très bien, ai-je grommelé en me laissant tomber sur la chaise à côté de ma mère.

Et donc face à mon père.

Je me suis surprise à le dévisager. C'était trop bizarre de le voir assis à table, dans la maison de Granny.

Ma mère a posé devant moi une assiette de gaufres réchauffées au micro-ondes. Mon ventre s'est noué et mon estomac a menacé de se révolter pendant que je cherchais à gagner du temps en découpant les gaufres collantes et dégoulinantes en morceaux aussi minuscules que possible, comme si c'était mon propre sentiment de culpabilité que j'essayais de disséquer.

Ma mère s'est rassise, a posé ses mains jointes sur la table puis a échangé avec mon père un regard entendu.

Aussitôt, tous mes instincts se sont mis en alerte.

— Savannah, il faut qu'on parle, a-t-elle commencé.

Mon regard s'est arrêté sur son visage, puis sur celui de mon père. J'ai réprimé un soupir.

— Bon, d'accord.

— Ton père et moi avons pas mal discuté, a poursuivi ma mère. Et nous pensons tous les deux que tu devrais aller vivre avec lui pendant quelque temps. Du moins, jusqu'à ce que tu aies ton bac.

Sidérée, je l'ai fixée sans répondre ; mon cerveau peinait à décoder ces mots que je n'aurais jamais imaginés qu'elle puisse prononcer un jour.

— Tout au long de l'année qui vient, ta part vampirique va continuer à se développer, et tu auras besoin de moi à tes côtés pour t'apprendre à identifier et contrôler chacun de tes nouveaux pouvoirs à mesure qu'ils se présenteront, a ajouté mon père.

— Et pourquoi je ne te demanderais pas tout simplement conseil par téléphone ? lui ai-je rétorqué un peu sèchement.

— Il ne s'agit pas seulement des souhaits de ta mère ou des miens. Le Conseil des Vampires a également… exigé que je reste auprès de toi pendant cette période cruciale.

Voilà qui n'était pas vraiment une surprise : par le passé, ils avaient déjà menacé de m'obliger à vivre avec mon père afin de contrebalancer les « effets » que ne pouvait manquer de produire ma cohabitation avec d'anciens Descendants du Clan depuis mon plus jeune âge.

— Si ton envie de sang s'accroît, je t'assure que ce n'est pas une petite conversation téléphonique qui va permettre de te maîtriser.

— Me *maîtriser* ? Tu penses vraiment que je suis susceptible de constituer une telle menace pour mon entourage ?

Il m'a regardée droit dans les yeux.

— C'est possible, en effet, à moins que nous nous organisions de façon à reconnaître les signes précurseurs d'une telle situation et à réagir rapidement.

J'ai tenté de me représenter en train de vivre avec lui, mais c'était difficile. Jusqu'à ce week-end, je ne le voyais que deux fois par an, au cours d'un dîner d'une heure pendant lequel nous faisions tous les deux semblant de manger et de nous intéresser à la vie l'un de l'autre.

Mon expérience personnelle ne contribuait donc guère à étayer mon imagination…

— Et c'est ce que tu veux, toi aussi ? ai-je demandé à ma mère.

De toutes mes forces, je souhaitais qu'elle dise non, qu'elle affirme qu'elle préférait me garder auprès d'elle.

Durant ma vie entière, maman et Granny avaient constitué toute ma famille. A présent, Granny était partie… et ils parlaient de m'éloigner de ma mère !

— Trésor, c'est la meilleure solution, a-t-elle répondu. Pour tout le monde.

— Bien entendu, j'achèterai une maison pour nous deux, ici, dans ta ville natale, a repris mon père. De cette façon, tu n'auras pas à t'inquiéter de t'adapter à un nouveau lycée, et tu n'auras pas non plus besoin de quitter tes amis et ton équipe de danse.

— Mais pourquoi ferais-tu une chose pareille ? ai-je balbutié, désarçonnée.

S'il essayait de me rassurer, c'était le raté du siècle. Bien que les Descendants soient éparpillés un peu partout dans le monde, Jacksonville était un peu le quartier général du Clan, et leur concentration y était plus forte que partout ailleurs. La tentation que représentaient ces centaines de personnes et leur sang chargé de magie allait rendre sa vie ici insupportable. S'il y avait eu un avantage à aller vivre avec mon père, ç'aurait été justement de pouvoir m'éloigner du Clan de Jacksonville.

*Et de ne plus être tentée de revenir vers Tristan.*

— C'est le vœu du Conseil, a-t-il dit pour toute réponse.

Peut-être le Conseil voulait-il continuer de me mettre à l'épreuve en me forçant à rester ici deux ans de plus ?

— Eh bien, je pourrai au moins continuer à te voir le week-end, n'est-ce pas ? ai-je demandé à maman.

— Trésor, essaie de comprendre… La retraite de Granny nous permettait tout juste de boucler les fins de mois. A présent qu'elle n'est plus là, je n'ai plus les moyens de payer les frais de cette maison.

Mon père a esquissé une grimace dédaigneuse, et elle a roulé des yeux exaspérés.

— Oui, Michael, je sais que tu m'as proposé de m'aider pour ça. Mais je trouve cela déplacé, maintenant qu'on n'est plus mariés. Je ne dépends plus de toi, tu te souviens ?

Elle s'est tournée pour me faire face.

— Par ailleurs, cette maison est trop grande pour moi toute seule. Il faudrait que j'attrape cinquante millions de chats pour me tenir compagnie.

Un sourire réticent m'a étiré les lèvres et m'a aidée à ravaler mes larmes. J'ai reniflé puis me suis essuyé les joues du revers de la main.

— Voilà, c'est mieux comme ça, a-t-elle dit en me retournant mon sourire.

Elle a pris une profonde inspiration et là, elle m'a assené la dernière nouvelle — et la plus étourdissante de toutes.

— Mais la raison essentielle qui m'oblige à partir, c'est que maintenant que ta grand-mère est morte, sa magie a commencé à s'affaiblir. D'ici quelques jours, elle aura complètement disparu. Tout dépend de la force de chaque charme, et du fait qu'elle les ait ou non renforcés récemment. Et ces charmes incluent les barrières d'atténuation qui se trouvent ici.

En prononçant ces derniers mots, elle ne pouvait me regarder dans les yeux.

*Ça y est, je comprenais* : elle parlait des charmes destinés à atténuer l'envie de sang — des charmes dont seule Granny connaissait le secret de fabrication, et pour cause… Elle était la seule Descendante dotée d'assez de pouvoirs magiques qui ait jamais eu besoin d'atténuer le désir de sang d'un vampire — le mien, en l'occurrence — sans repousser complètement le vampire en question.

A l'époque de son adolescence, ma mère avait choisi de laisser ses propres pouvoirs s'atrophier comme un muscle qu'on ne sollicite plus. Mais cette décision ne suffisait pas à effacer le fait qu'elle demeurait une Descendante : dans ses veines, le sang puissant du Clan continuait de couler, le genre de sang auquel les vampires avaient le plus grand mal à résister.

Sans les charmes d'atténuation disposés dans la maison, j'allais sans doute commencer à sentir monter le désir de sang… *envers ma propre mère.* A l'idée que ces charmes étaient appelés à disparaître, je me suis mise à frissonner. La pensée ne me réjouissait guère, mais il ne me restait qu'une chose à faire.

— Je crois qu'on devrait commencer à faire nos bagages, ai-je dit.

# 4

*Savannah*

J'aurais dû essayer de profiter de ma dernière semaine dans la maison de mon enfance. J'aurais aussi dû, sans doute, appeler mes amies et leur dire que j'allais bientôt emménager avec mon père. Mais ma mère avait déjà contacté leurs parents pour les informer des obsèques de Granny, et pour le reste, elles l'apprendraient lors de mon retour au lycée la semaine prochaine.

A ce moment précis, je n'avais pas la moindre envie de parler à qui que ce soit. Discuter avec mes amies impliquerait de leur mentir sur les véritables conditions du décès de Granny ou sur les raisons pour lesquelles je partais vivre avec mon père, et mon fardeau de culpabilité était déjà suffisamment pesant pour que je n'en rajoute pas avec ça. Même si ma meilleure amie, Anne, était vaguement au courant des pouvoirs du Clan pour avoir aidé Tristan à tenir à distance les garçons de mon cours de maths que j'avais accidentellement soumis à mon regard pétrifiant, elle ne se doutait pas le moins du monde que j'étais une *dhampir*, mi-vampire, mi-sorcière — ni même, d'ailleurs, qu'il existait des vampires tout court. Mes amies ne l'auraient probablement pas vu du même œil, mais moi j'étais intimement convaincue que moins elles en savaient sur les vampires et le Clan, plus elles seraient en sécurité.

Ainsi, la semaine a passé calmement, et beaucoup trop vite.

Ma mère et moi avons employé tout notre temps à débarrasser la maison et à la confier aux agences immobilières. Maman avait décidé de la mettre en vente et d'utiliser cet argent pour financer mes études à l'université, ainsi que pour s'acheter une caravane ou un camping-car afin d'élargir ses zones de prospection. Les effets de la crise se faisant encore sentir, nous nous étions dit qu'il faudrait plusieurs mois avant que la maison trouve un acquéreur. Malgré ça, la vente s'est faite en quelques jours seulement, à la grande surprise de ma mère et de l'agent immobilier. Apparemment, deux sociétés l'avaient repérée sur internet le jour où les agences avaient mis l'annonce en ligne, et elles s'étaient mises en concurrence, faisant monter le prix bien au-dessus de celui que nous avions fixé au départ. En outre, l'enchérisseur qui l'avait emporté avait également payé comptant et négligé de visiter la maison, de sorte que l'affaire avait été conclue en quelques jours au lieu d'un mois. Sa seule condition avait été que nous évacuions les lieux aussi vite que possible ; manifestement, la société comptait remettre la maison sur le marché dès notre départ.

Beaucoup trop tôt à mon goût, un étranger est donc devenu propriétaire de notre maison d'enfance, à maman et à moi.

Un peu plus tard cette semaine-là, nous avons pris la voiture de ma mère pour nous rendre à Tyler et faire le tour des concessions pour lui acheter son camping-car. Mon père avait essayé de me dissuader d'accompagner maman. Elle m'avait défendue en arguant que, si on me laissait aller au lycée au milieu de Descendants du Clan, je pouvais bien accompagner ma propre mère pendant une journée de shopping, tout de même ! Mon père avait rétorqué qu'au lycée, je me retrouvais dans de grandes salles de classe avec les Descendants, pas dans un petit habitacle de voiture. Maman avait répondu que c'était ridicule — et que la discussion était close.

Cela dit, histoire de mettre toutes les chances de son côté, maman avait fourré dans sa poche l'un des plus récents charmes d'atténuation fabriqués par Granny, et pour ma part, j'ai gardé ma vitre grande ouverte pendant tout le trajet. *Juste au cas où.*

A mi-chemin de Tyler, j'ai enfin laissé libre cours à la curiosité qui me taraudait depuis des jours.

— Maman, quand tu étais dans le Clan, es-tu déjà entrée dans le Cercle ?

Elle a plissé le nez d'un air un peu dégoûté, comme si elle venait de sentir un putois.

— Malheureusement, j'ai passé la moitié de mon enfance là-bas. Non seulement la plupart des grandes réunions du Clan ont lieu dans le Cercle, mais c'est aussi un endroit où les Aînés peuvent aller former les Descendants en toute sécurité, en particulier les enfants qui ont du mal à contrôler leurs pouvoirs. Ils ont toute une panoplie de barrières magiques pour tenir à distance les v…

Elle s'est mordu les lèvres et m'a jeté un coup d'œil navré.

— Les *étrangers*, je veux dire. Ces charmes permettent aussi d'empêcher les Descendants de mettre accidentellement le feu aux arbres, ou bloquent la magie à l'intérieur du Cercle. Et crois-moi, j'ai sans doute testé ces barrières plus que tous les Descendants réunis.

— Alors comment papa et moi avons-nous fait pour outrepasser ces charmes et ces barrières ?

— Ton sang de Descendante te permettra toujours d'entrer dans le Cercle. Et si tu te trouvais là-bas, il te suffirait de penser que ton père doit être autorisé à entrer pour que les barrières lui deviennent surmontables. C'est ainsi que ça marche et que ces barrières ont été érigées : pour que nous puissions choisir précisément lesquels de nos alliés faire entrer dans le Cercle en période de danger.

— Alors tout ce que j'ai eu à faire l'autre fois, c'est de penser « Laissez entrer mon père », et ça a suffi ? Il n'y a même pas de formule magique à réciter ?

— En général, non. La magie du Clan est essentiellement basée sur la volonté et la concentration, pas sur des incantations fantaisistes, des bougies magiques ou des potions de sorcières.

Elle a laissé échapper un soupir bruyant entre ses lèvres, un peu comme un cheval qui renâcle. Elle faisait toujours cela pour me faire sourire.

— Quand j'avais ton âge, a-t-elle repris, j'aurais tout donné au monde pour que nos pouvoirs soient soumis à ce genre de conditions fantaisistes — œil de salamandre ou bave de crapaud. Parce que dans ce cas, je n'aurais pas eu à me démener autant pour les maîtriser.

— Pourquoi ne pas te jeter un sort à toi-même afin de te débarrasser de ces pouvoirs ?

Cela me paraissait une solution évidente. Mais il devait y avoir un hic quelque part…

En effet, ma mère a éclaté de rire.

— Oh ! trésor, tu crois que je n'y ai pas déjà pensé ?

Quand j'étais adolescente, j'ai tenté le coup des millions de fois ! Mais certaines choses font partie intégrante de notre nature et ne peuvent être éliminées comme ça, par la seule volonté. Rappelle-toi quand Granny te donnait ces infusions spéciales tous les jours, pour tenter de retarder ta puberté et ainsi empêcher ta part vampirique de se développer aussi longtemps que possible. Tu te rappelles comme ça a bien marché, pour finir ?

*Tu parles que je m'en souvenais.* Au final, mon corps était entré en guerre contre lui-même quelques mois plus tôt, et j'avais failli en mourir — jusqu'à ce que mon métabolisme évacue complètement les infusions magiques de ma grand-mère.

— Et le charme qu'a fait Granny pour atténuer l'envie de sang ? Est-ce qu'il n'affecte pas la nature intrinsèque des vampires ?

— D'une certaine façon, si, a admis ma mère. Tu vois, les charmes destinés à repousser les vampires agissent sur les ondes cérébrales en émettant une sorte de champ énergétique ciblé qui interfère avec certaines fréquences de la pensée. Mais c'est un peu comme créer un signal sonar établi à une fréquence indécelable par nos oreilles. Sur le plan cellulaire, cela n'a aucune conséquence. Pour ce qui est du désir de sang, en revanche, il ne s'agit ni de ton esprit ni de tes émotions — l'envie de sang est inscrite dans le code génétique des vampires. Ainsi, le charme d'atténuation doit fonctionner sur le même niveau d'ADN. Et là, nous entrons dans les grandes profondeurs de la magie. Ce n'est en rien comparable à ce que le Clan enseigne en général à ses Descendants de nos jours. C'est pourquoi Granny a dû recourir aux anciennes méthodes de nos ancêtres irlandais pour fabriquer ce charme d'atténuation. Elle affirmait que si le Clan n'utilisait plus les anciennes méthodes, c'est qu'il y avait une bonne raison : elles sont trop dangereuses. Elle a même laissé entendre qu'elle avait dû, pour faire fonctionner ce charme, se sacrifier personnellement — mais de quelle façon je l'ignore. C'est pourquoi elle refusait de mettre le procédé de fabrication par écrit ou de l'enseigner à quiconque. Elle craignait que d'autres Descendants s'en emparent et, dans certaines situations, utilisent le charme sans réfléchir aux conséquences.

Les yeux fixés sur l'autoroute devant moi, j'avais le cœur qui battait la chamade et le cerveau qui fonctionnait à toute allure. Le Dr Faulkner avait affirmé que Granny était morte de complications cardiaques, que son cœur présentait des signes d'usure remontant à des années.

Mais elle ne nous avait jamais avoué qu'elle avait des problèmes de santé.

Cette maladie cardiaque pouvait-elle être liée aux charmes d'atténuation qu'elle avait fabriqués pour mes parents pendant des années, puis plus tard dans sa propre maison, afin que je puisse continuer de vivre avec elle et maman en toute sécurité ?

*Non.* Non, je me sentais déjà assez coupable d'avoir provoqué l'enlèvement de Granny par le Clan et son enfermement dans le Cercle. Ma part vampirique ne pouvait pas, en plus, être à l'origine de sa défaillance cardiaque ! Elle était morte parce que ce jour-là, elle avait lutté trop fort contre le Clan, parce qu'elle mangeait de la nourriture bourrée de cholestérol, parce qu'elle ne faisait jamais de sport, et parce qu'elle était génétiquement prédisposée aux infarctus.

Et pourtant… tout se recoupait, non ? Si, quelle qu'en

soit la manière, elle donnait une partie de sa vie ou de sa santé afin de juguler l'avidité naturelle des vampires envers le sang puissant du Clan, elle n'aurait jamais avoué à ma mère ce que son amour pour mon père lui coûtait. Et, plus sûrement encore, elle n'en aurait rien dit à sa *dhampir* de petite-fille.

Oh ! Granny, pourquoi t'être fait tant de mal ?

La tête tournée vers ma vitre ouverte, je me suis mise à me mordre les phalanges pour m'empêcher d'éclater en sanglots. Les larmes coulaient le long de mes joues, et la culpabilité qui avait fait son nid au plus profond de moi a commencé à remonter et à sortir ses griffes, me coupant la respiration. Je ne pouvais pas craquer, pas ici, pas maintenant, alors que ma mère se faisait une joie d'aller acheter le camping-car dont elle avait toujours rêvé. Je lui avais assez posé de problèmes comme ça. Pas question que je lui gâche sa journée en plus.

— Tout va bien, ma chérie ? m'a demandé maman. Tu es devenue bien silencieuse, tout à coup.

Je me suis éclairci la voix. Heureusement, le vent avait séché mes larmes à mesure qu'elles coulaient. D'un ton que je voulais enjoué, j'ai répondu :

— Ça va très bien ! J'ai juste hâte de voir quel camping-car tu vas choisir.

— Mais pourquoi toutes ces questions au sujet du Clan ?

J'ai haussé les épaules.

— Oh ! tu sais, je pensais juste à… certaines choses.

— Ta grand-mère te manque ?

Elle avait murmuré ces mots d'une voix grave et tellement chargée de compassion que mes larmes ont menacé de jaillir de nouveau.

J'ai hoché la tête. Puis, les yeux fermés, j'ai tenté de

faire le vide dans mon esprit. Malgré cela, des images de ce jour maudit dans le Cercle sont parvenues à se frayer un chemin… tous les Descendants en train de regarder Granny mourir, de me voir me décomposer, d'écouter M. Coleman nous offrir ses condoléances…

Il y avait eu quelque chose d'étrange dans le ton de ce dernier, une sorte d'hésitation bizarre quand il avait prononcé le prénom de ma mère.

J'étais tellement désireuse de changer de sujet que la question a fusé de ma bouche avant que j'aie pu la retenir :

— Tu connaissais bien Sam Coleman ?

Juste l'espace d'un instant, il y a eu un flottement.

— Quand j'étais enfant, il était le futur chef du Clan. Bien sûr que je le connaissais.

Voilà qui ne répondait pas vraiment à ma question. Les yeux bien secs à présent, j'ai risqué un regard dans sa direction. Ses mains s'accrochaient si fort au volant que ses doigts bronzés avaient blanchi aux jointures.

— Il a parlé de toi, ai-je poursuivi. Tu sais, quand papa et moi étions dans le Cercle.

Elle a gardé les yeux rivés droit devant elle.

Quelques secondes se sont écoulées.

— Maman ?

Elle a soupiré.

— Je suis sortie avec Sam Coleman quand nous étions au lycée.

Alors là, je ne m'attendais carrément pas à cette réponse !

— Et c'était… sérieux ?

— Suffisamment pour qu'il me demande en mariage quand nous sommes entrés en Terminale.

— Mais ça ne s'est pas fait parce que tu as… rencontré papa, c'est ça ?

Elle a fait signe que non.

— J'ai dit à Sam que je ne pouvais pas l'épouser bien avant que je ne rencontre ton père. Je n'avais pas la moindre envie de faire partie du Clan, et encore moins de me retrouver mariée à son futur chef, même si j'aimais Sam. Vraiment. Alors nous avons rompu.

— Et ensuite, tu as rencontré papa et tu t'es enfuie avec lui, ai-je achevé pour elle.

Elle a acquiescé d'un signe de tête.

— Tu étais vraiment amoureuse de papa ? Ou c'était juste parce que c'était un vampire ?

Cette fois, elle m'a regardée franchement :

— Oh ! Savannah… les choses ne sont jamais aussi simples, crois-moi. Aujourd'hui, avec le recul, je crois que c'était un peu de tout ça. Michael était très attirant et terriblement dangereux, et en même temps, tellement poli et protecteur envers moi… c'était facile de tomber amoureuse de lui. Le fait que notre amour me donnait finalement l'échappatoire parfaite pour quitter le Clan n'a fait que renforcer mes sentiments à son égard.

— Je croyais que quiconque voulait quitter le Clan pouvait le faire à tout moment ?

A l'entendre, on aurait pu croire que le Clan était une secte ou une sorte de gang !

— Oui… si on n'a pas une mère comme la mienne. Maman était déterminée à me garder dans le Clan aussi longtemps qu'elle le pourrait. Elle avait toujours cru que je changerais d'avis quant à nos pouvoirs, que je finirais par revenir à la raison et reprendre ma formation.

— Mais le Clan a découvert ta relation avec papa et t'a jetée dehors…

— Oui. Malheureusement, mon plan avait quelques failles. Je n'avais jamais pensé, par exemple, qu'ils tiendraient ma mère pour responsable de mes choix et qu'ils la banniraient, elle aussi.

Je commençais à comprendre pourquoi elle s'était enfuie de Jacksonville avec papa et n'était revenue, des années après, qu'à cause de ma naissance. Et aussi pourquoi elle avait choisi ce travail de commerciale qui l'obligeait à sillonner les routes le plus clair de l'année.

Ce n'était pas seulement pour fuir Jacksonville ou le Clan, ni pour m'éviter de sentir mon envie de sang à son contact.

Elle essayait de fuir Sam Coleman et son passé, aussi.

Je ne pouvais pas lui en vouloir pour cela. Si je pensais que quitter Jacksonville pouvait vraiment m'aider à oublier mes erreurs, je partirais en courant de chez moi ; je partirais à toute vitesse et au bout du monde, et le Conseil des Vampires pourrait bien aller se faire voir.

Hélas, contrairement à ma mère, le déni et moi ne faisions pas bon ménage. Je pouvais bien aller à l'autre bout du monde, j'aurais toujours du mal à me regarder dans un miroir — impossible d'échapper au souvenir des choix que j'avais faits.

Mais si partir sur les routes rendait ma mère heureuse, alors il fallait qu'elle le fasse. A tout le moins, elle était plus en sécurité loin du quartier général du Clan. Et loin de moi et de mon père.

J'ai été soulagée quand nous sommes enfin arrivées chez le concessionnaire. En général, c'était affreux de faire du shopping avec ma mère, parce qu'elle avait tendance à tomber amoureuse de tout ce qui lui tombait sous le nez, et elle se trouvait alors dans l'incapacité de prendre la moindre décision.

Mais cette fois, elle avait pris de l'avance et fait des recherches, et j'ai été surprise de la trouver aussi efficace et déterminée dans le choix de sa nouvelle maison sur roues. Elle n'en a conduit que deux pour les tester avant de se décider pour une caravane assez fine qu'elle pourrait tirer derrière sa voiture et laisser dans les campings pendant qu'elle allait dans les campagnes et les forêts livrer produits chimiques et équipements de sécurité à ses clients.

En signant les papiers, elle arborait un sourire triomphant. Sur le chemin du retour, sa nouvelle acquisition était arrimée derrière nous. Quand elle a fait visiter à mon père la caravane tant convoitée, elle lui a montré avec une fierté non déguisée tous les détails ultramodernes dont elle était équipée. Sa voix était tellement… enthousiaste. D'accord, il fallait bien l'avouer : j'étais un peu jalouse d'elle.

Au moins, l'une de nous deux avait sa liberté…

Dimanche, les obsèques ont été encore plus pénibles que ce que j'avais imaginé. Je n'arrivais pas à regarder le corps de Granny, étendu dans le cercueil ouvert au milieu de l'église où elle avait joué du piano chaque dimanche. Je n'arrivais pas à penser à sa mort ou à ses possibles causes, je n'arrivais pas à regarder ma mère qui, en dépit de sa joie d'avoir une nouvelle maison, sanglotait de façon incontrôlable. Elle avait le cœur brisé à l'idée de devoir faire ses adieux à sa mère, et cela se voyait. Quand le nouveau pianiste a entonné le morceau favori de Granny, « *In the garden* », j'ai eu toutes les peines du monde à ne pas joindre mes sanglots à ceux de maman.

Je ne me souviens pas des paroles du prêtre, que ce soit à l'église ou au cimetière de Larissa, un peu en dehors de la ville, où toute notre famille était enterrée. Nous n'étions qu'en avril, mais il faisait déjà assez chaud pour que tout le monde transpire sous le soleil radieux. La chaleur faisait faner les couronnes d'œillets qui couvraient le cercueil, soulevant leur parfum douceâtre dans l'atmosphère trop lourde.

J'essayais de ne pas respirer trop fort, mais l'odeur écœurante de ces fleurs mortuaires s'insinuait en moi, s'accrochant à l'intérieur de ma gorge et de mes poumons. Je savais que je détesterais le parfum de ces fleurs le reste de ma vie, quelle que soit sa durée. Après que le prêtre a prononcé ses derniers mots, ma mère a parlé avec chacun des nombreux amis de Granny pendant que je serrais brièvement dans mes bras Anne, Carrie et Michelle pour les remercier d'être venues. Aussitôt que j'avais vu mes amies, j'avais pris conscience qu'elles m'avaient beaucoup manqué, mais aussi que j'appréhendais la prochaine fois où je les verrais. Mais aujourd'hui tout au moins, aucune d'elles ne semblait s'attendre à ce que je leur explique quoi que ce soit, et c'était un soulagement. Puis mes parents et moi sommes rentrés chez Granny pour nous changer et achever les derniers préparatifs de notre déménagement.

Mon père avait déjà trouvé une maison en ville. C'était une bâtisse décrépite de deux étages qui avait dû, autrefois, être de style victorien.

La maison elle-même ressemblait au manoir de la famille Addams. Pourtant, au-delà de son apparence, il y avait pire : en effet, elle était située de l'autre côté de la voie de chemin de fer, en face du Tomato Bowl, le stade où les équipes des collèges et lycées locaux disputaient leurs matches de foot et de football américain. Le seul avantage, c'est que je n'aurais pas à marcher beaucoup après les rencontres de nos équipes cette année…

Mon père affirmait qu'il avait choisi cette maison parce qu'elle représentait un projet de rénovation idéal pour son entreprise de restauration historique ; elle lui servirait en quelque sorte de maison témoin destinée à mettre en avant les compétences de sa société. J'espérais qu'ils allaient travailler vite… En tout cas, l'argent ne serait pas un problème. Selon lui, l'un des avantages à être l'un des plus anciens vampires, doté du pouvoir de lire dans les esprits et de traverser des siècles d'histoire, c'était qu'il était passé expert dans l'art de dénicher les bonnes affaires.

Dimanche soir, les larmes aux yeux, maman et moi avons fait en silence des adieux à notre maison, et nous nous sommes longuement dit au revoir. Puis mon père et moi avons emménagé dans notre nouveau chez-nous en travaux, et ma mère est montée dans sa voiture. Fidèle à sa parole, mon père avait installé mon ancien lit dans notre nouvelle maison. Voilà qui m'épargnerait au moins la sensation étrange de m'endormir dans un lit étranger. Restait cette chambre bizarre et poussiéreuse, encombrée des cartons qui contenaient mes affaires. Heureusement, j'avais lavé tous mes vêtements avant de les emballer, ce qui me permettrait d'avoir du linge de rechange jusqu'à ce qu'on nous livre et nous installe lave-linge et sèche-linge la semaine prochaine.

Entretemps, si seulement je parvenais à m'habituer à tous les craquements et grondements que produisait ma nouvelle maison !

C'est la nuit que c'était le pire, quand, en attendant de m'endormir, rien ne venait distraire mes pensées. Avant, Tristan et moi avions pour habitude d'utiliser nos pouvoirs de Descendants pour nous rejoindre psychiquement et connecter nos esprits en rêve. Nous l'avions fait si souvent, en particulier au cours des derniers mois de notre relation, qu'il me semblait étrange de ne pas rêver de lui à présent. Encore une habitude contre laquelle il me fallait lutter.

Ce serait tellement simple de fermer les yeux et de venir le rejoindre en esprit. De le retrouver comme je l'avais fait des centaines de fois auparavant, toujours au clair de lune, généralement dans une version imaginaire de la cour derrière sa maison, ou dans le Cercle situé au milieu de la forêt privée des Coleman. Le voir, sentir ses doigts se mêler aux miens, ses lèvres se poser sur les miennes…

Allongée sur mon vieux lit, dans ma nouvelle chambre, je regardais les pins du jardin se balancer dans la brise comme s'ils dansaient. Tristan et moi dansions souvent, serrés dans les bras l'un de l'autre comme si nous étions deux arbres intimement enlacés, qui avaient grandi ensemble et que rien ne pourrait séparer. J'avais été si stupide, si naïve de penser que lui et moi pouvions nous en sortir en dépit de tous les gens qui étaient contre nous, avec leurs croyances et leurs peurs !

Etouffant un grognement, je me suis allongée en chien-de-fusil et me suis couvert la tête de mon oreiller. J'aurais aimé pouvoir appuyer assez fort pour extraire tous ces souvenirs de mon esprit.

*
* *

L'alarme de mon réveil a sonné beaucoup trop tôt le lendemain matin. J'avais passé la nuit à me battre contre les cauchemars où figuraient Granny et mes souvenirs de Tristan, et je n'avais guère dormi. Avec un grognement, j'ai abattu le plat de ma main sur le réveil pour arrêter la sonnerie. D'accord : il était l'heure de me préparer pour l'entraînement des *Charmeuses* avant les cours.

Cette pensée m'a paralysée : Tristan serait-il là ?

J'avais appelé Mme Daniels la veille pour l'informer que je reprendrais les entraînements aujourd'hui. J'aurais dû en profiter pour lui demander si Tristan serait présent… Sans doute pas. Ses parents allaient s'arranger pour nous garder aussi loin que possible l'un de l'autre. Avec un peu de chance, ils l'auraient même retiré du cours d'histoire que nous partagions un jour sur deux.

Tout en m'habillant, je me suis efforcée de me détendre. A un moment donné, j'avais envisagé de me préparer une bouillie d'avoine au micro-ondes, comme le faisait Granny pour moi avant sa mort, mais un seul regard dans la cuisine sombre et crasseuse avait réussi à m'en dissuader. Les vampires ne pouvant pas ingurgiter de nourriture normale, mon père ne songerait sans doute pas à la rénover avant un bon moment. Je serais incapable d'avaler quoi que ce soit dans cette espèce de donjon affreux et tapissé de toiles d'araignée tant que je n'y aurais pas passé un bon coup de balai. En outre, avec la chance que j'avais en ce moment, si j'essayais d'utiliser le micro-ondes, j'allais probablement provoquer un court-circuit dans les vieilles installations électriques et mettre le feu à la maison.

Il fallait que je prévienne mon père que je partais. Mais où était-il ? Guidée par le bruit de coups de marteau, je me suis dirigée vers le salon. Là, je me suis immobilisée, bouche bée : papa avait la tête plongée dans le conduit de cheminée ; l'ouverture caverneuse semblait avoir avalé la partie supérieure de son corps. A chaque coup qu'il donnait avec ses outils, des nuages de suie s'échappaient du conduit.

Il portait… un jean ? Jamais de ma vie je ne l'avais vu habillé autrement qu'en costume !

— Euh, papa ?

Il a émergé de la cheminée.

— Bonjour, Savannah. Bien dormi ?

*Tu parles, comme un bébé.*

— Euh, tu répares toi-même la cheminée ?

— Oui. Il faut juste la nettoyer un peu pour enlever les nids à l'intérieur. Ensuite, elle devrait fonctionner parfaitement.

J'ai eu une soudaine vision de mon père en train d'essayer d'allumer un feu et de la maison qui explosait, et j'ai réprimé un frisson.

— Tu ne devrais pas plutôt faire appel à un professionnel ?

— J'ai plus que les qualifications nécessaires pour jouer les ramoneurs, Savannah.

Un point pour lui. Il était sans doute assez vieux pour avoir assisté à l'invention des cheminées.

— Il faut que j'y aille, ai-je repris en jetant un coup d'œil à ma montre. Entraînement des *Charmeuses*. Et je vais être en retard si je ne me bouge pas.

Il a hoché la tête.

— A quelle heure rentres-tu cet après-midi ?

— Je ne sais pas. Nous avons encore une répétition après les cours.

Ses sourcils bruns se sont arqués d'un coup, disparaissant sous la masse de cheveux sombres et ondulés qui, pour la première fois, avaient perdu la belle ordonnance qu'ils affichaient d'ordinaire.

— Tu ne sais pas à quelle heure l'entraînement finit ?

Dans sa voix, j'ai décelé quelque chose entre la suspicion et l'accusation.

Je lui ai rendu son regard. L'homme qui me faisait face n'avait pris quasiment *aucune* part dans ma vie pendant des années. Et maintenant, il se croyait habilité à contrôler tous mes faits et gestes uniquement parce que j'étais obligée d'habiter avec lui ?

— Savannah, je n'ai pas l'indolence de ta grand-mère ni de ta mère. Je tiens à connaître précisément ton emploi du temps et je veux savoir l'heure exacte à laquelle tu rentreras à la maison chaque soir.

*Indolence* ? Il y avait encore des gens pour utiliser ce mot, de nos jours ?

Par ailleurs, ma mère et ma grand-mère m'avaient parfaitement bien élevée. Ce n'est pas parce que j'avais commis une seule erreur qui avait provoqué un affreux désastre que…

Bon, d'accord. Je voyais ce qu'il voulait dire.

— En général, je sais à quelle heure l'entraînement finit. Mais en ce moment, les *Charmeuses* se préparent pour notre spectacle de printemps qui aura lieu dans une semaine. Du coup, nous nous entraînons chaque matin avant les cours à partir de 6 h 45, et une autre fois après les cours jusqu'à 19 ou 20 heures au moins. Dans ce cas de figure, je ne sais jamais exactement à quelle heure l'entraînement s'achève, parce que ça dépend de ce que décide chaque groupe de filles, et je dois rester jusqu'au départ de la dernière danseuse pour pouvoir fermer la salle. Je ne peux pas te dire mieux. Veux-tu que je t'appelle tous les soirs à la fin des répétitions ?

— Oui, je veux bien, merci. J'ai mémorisé mon numéro dans ton téléphone.

Il a fouillé dans sa poche, et m'a lancé mon appareil. Une laisse numérique, en quelque sorte.

Je l'ai fourré dans mon sac de sport de cuir bleu aux couleurs des *Charmeuses* et me suis tournée vers la porte d'entrée — la liberté !

— Au fait, Savannah ?

Je me suis arrêtée, le temps de lui jeter un regard par-dessus mon épaule, étouffant difficilement un soupir d'impatience. S'il continuait comme ça, je n'arriverais jamais à temps à l'entraînement.

— Si tu commences à te sentir bizarre, quels que soient les symptômes, appelle-moi aussitôt.

Au ton de sa voix, j'ai compris qu'il était on ne peut plus sérieux. Qu'entendait-il par là ? Que sinon je risquais de massacrer mes camarades avant qu'il puisse intervenir pour m'en empêcher ? Ben voyons.

— Oui, papa, ai-je marmonné avant de m'échapper à toutes jambes.

L'agacement qui me nouait l'estomac ne m'a pas lâchée pendant la traversée de la ville jusqu'au parking du lycée. Tout en arpentant le campus encore plongé dans l'obscurité, je me souvenais de la peur que j'avais éprouvée à l'époque où les espions du Conseil m'observaient. *Quelle ironie.* A présent que j'étais en train de me transformer en véritable vampire, j'étais la créature la plus dangereuse dans les parages.

Avec un mouvement de tête impatient pour chasser ces pensées, je me suis dirigée vers la passerelle de ciment menant aux salles de sport et d'art et leur enfilade de portes peintes en bleu. Tout à coup, une vive douleur m'a paralysée sur place.

*Pour la première fois depuis des mois, Tristan n'était pas là à m'attendre.*

J'ai forcé mes jambes à bouger et me suis remise en marche d'un pas hésitant. J'ai dégluti pour chasser la boule dans ma gorge avant de chercher dans mon trousseau la clé de la porte du gymnase.

*Ce n'est pas juste*, a gémi une voix au fond de mon crâne. Il aurait *dû* être là, appuyé contre la porte, aussi parfait qu'un top model. Il aurait dû être là, en train de tendre le bras pour me prendre le Thermos de thé préparé par Granny, pendant que je le dévisageais, délicieusement perturbée par sa présence.

Mais je n'avais pas le thé de Granny. Et j'étais seule.

Une fois à l'intérieur, je me suis arrêtée, bien trop consciente que j'étais la seule personne présente dans le bâtiment sombre et vide. J'ai grimacé de dépit. Tout allait parfaitement bien avant que Tristan ne débarque dans ma vie. J'étais entrée dans cette salle un nombre incalculable de fois, et je n'avais jamais éprouvé le plus petit sentiment de solitude.

J'allais devoir m'habituer à être seule de nouveau.

J'ai avancé à tâtons dans l'entrée, fait basculer les quatre interrupteurs d'un coup, puis j'ai monté les marches. Mes pas renvoyaient un écho dans la cage d'escalier à demi éclairée, chacun semblant murmurer « Seule. Seule. Seule ».

Les dents serrées, j'ai ouvert la porte du troisième étage et pénétré dans la salle. Il y faisait noir comme dans une mine de charbon. La porte s'est refermée en claquant derrière moi et m'a fait sursauter.

J'ai continué d'avancer ; mes yeux s'habituaient rapidement à l'obscurité.

J'ai déverrouillé les portes de la salle de danse et allumé les lumières — pour me figer aussitôt, confrontée à une nouvelle scène de crime. Juste devant moi, près de la chaîne stéréo, Tristan et moi nous étions assis par terre, il y a peu de temps encore, pour partager une pizza dans la pénombre. C'était la première fois que nous étions sortis ensemble. Nous avions dansé ensemble une valse idiote qui m'avait fait bien rire, puis un slow, jusqu'à ce que nous échangions notre premier baiser depuis le CM1.

C'était ici même, dans cette salle de danse, que je l'avais aussi pour la première fois, et sans le savoir, drainé d'une bonne partie de son énergie.

*Assez.* Je me suis secouée pour chasser les souvenirs et la culpabilité qui me paralysaient. J'avais un travail à faire.

Une douleur familière enflait dans ma poitrine et mon ventre, et cette fois, les souvenirs n'y étaient pour rien. *Oh ! non.* Il n'y avait qu'une seule personne pour me causer cette sensation précise.

*Je n'étais plus seule.*

Brusquement, j'ai fait volte-face avant de respirer un grand coup.

— Tristan !

Il est entré paresseusement dans la salle, puis est venu s'appuyer d'une épaule massive contre le chambranle de la porte, bras croisés. Il m'a dévisagée ; ses yeux verts avaient la couleur et la profondeur d'une forêt de pins.

— Bonjour, Savannah.

J'ai failli m'étrangler de stupeur. Qu'avait donc mon cœur à bondir au son de cette voix basse et rocailleuse qui prononçait mon nom ? Qu'avaient mes pieds à vouloir décoller du sol pour courir vers lui ? Il ne fallait pas.

— Il faut qu'on parle, a-t-il dit.

Sa voix avait la même douceur chaude que le bout de ses doigts quand il les passait sur ma joue.

J'ai lutté pour me reprendre et me suis forcée à avancer en direction du bureau de la directrice des *Charmeuses*. La routine. Concentre-toi sur la routine.

D'une voix mal assurée, je lui ai demandé :

— Que fais-tu ici ? Tes parents ne t'ont pas…

— Quoi qu'en dise la rumeur locale, mes parents ne dirigent pas le monde.

Sourcils froncés, je me suis appliquée à déverrouiller la porte du bureau. Je suis entrée, ai allumé le plafonnier puis me suis dirigée vers la porte du placard, jambes flageolantes.

— Le Clan a sans doute un tout autre avis sur la question, ai-je lâché, amère.

La porte du placard ouverte, je me suis penchée pour attraper la sono portable Megavox et les amplis. Puis j'ai retenu de nouveau une exclamation : Tristan venait de me prendre doucement par les bras, ses grandes mains chaudes étaient posées sur ma peau nue, juste sous les manches de mon T-shirt. A son contact, j'ai failli pousser un gémissement.

— Savannah, je t'en prie, arrête-toi une minute et écoute-moi.

Seigneur. Comment étais-je censée résister à cette voix sourde et douce qui me suppliait ? J'ai fermé les yeux et me suis mise à prier tandis que tout mon corps m'adjurait de me retourner et de le serrer contre moi.

— Je suis désolé, pour ta grand-mère.

Ses paroles m'ont fait l'effet d'un coup de poing. J'en ai eu la respiration coupée.

— Je veux que tu saches que je n'aurais jamais cru qu'une chose pareille puisse arriver.

— Mais c'est arrivé, ai-je répondu d'une voix brisée, toujours face au placard. A cause de nous.

*A cause de moi.*

Il a posé son front sur ma tête, et son souffle chaud a caressé mes cheveux.

— Nous n'y sommes pour rien. C'est la faute du Clan, a-t-il martelé. Je sais combien tu l'aimais. Nous avons essayé de la sauver. Toi, moi, ton père et le mien, même le Dr Faulkner. Elle savait que tu l'aimais et que nous essayions de l'aider.

Une montée d'acide m'a laissé un arrière-goût brûlant dans la bouche.

— Elle n'aurait même pas dû être là. Et ça ne serait pas arrivé si nous n'avions pas enfreint les règles. Nous n'aurions jamais dû sortir ensemble.

Tristan a serré les poings.

— Non, Savannah : le Clan et le Conseil des Vampires n'auraient jamais dû nous interdire de sortir ensemble.

J'ai senti mes forces revenir peu à peu.

— Nous garder à distance l'un de l'autre est l'une des rares bonnes choses qu'ils aient faites.

— Savannah, je t'aime, a-t-il murmuré d'une voix rauque, comme si ces mots lui arrachaient les poumons. Et je sais que tu m'aimes.

Je n'allais pas lui mentir. Alors, j'ai acquiescé.

— Alors pourquoi refuses-tu de voir que le problème

n'est pas de respecter ou non les règles ? Ces règles sont absurdes. Nous sommes faits l'un pour l'autre, c'est une évidence absolue. Nous n'avons pas à les laisser contrôler nos vies. C'est à toi et à moi de déterminer notre avenir, pas à eux.

Je me suis tournée pour lui faire face ; il fallait que je voie s'il pensait sincèrement ce qu'il disait. Il ne comprenait vraiment pas ? Il ne s'agissait plus de ce que je voulais, ni de ce que lui voulait.

— Je vais quitter le Clan, a-t-il annoncé très vite. Tu sais que de toute façon, ça ne m'a jamais plu d'en faire partie. Après, ils ne pourront plus nous arrêter. Les règles ne nous concerneront plus.

— Et tu vas briser le cœur de tes parents, c'est ça ?

Seigneur, s'il savait à quel point je voulais qu'il n'y ait plus que nous deux au monde, libres de ces règles, libres d'être ensemble ! Mais alors, nous nous retrouverions exactement dans la situation de mes propres parents à l'époque, toujours en fuite, toujours aux aguets. Nous ne serions nulle part hors de portée du Clan ou du Conseil des Vampires.

Même s'il ne faisait plus partie du Clan, il resterait un Descendant. Et je resterais une vampire.

Il a pincé les lèvres.

— Ils s'en remettront, crois-moi.

— Et le Conseil des Vampires ?

— Nous leur parlerons, nous les convaincrons que nous pouvons rester ensemble sans représenter le moindre danger pour leur traité de paix. Ce n'est pas parce qu'ils ont le pouvoir de s'entretuer qu'ils y sont obligés. Nous pouvons leur montrer cela, leur montrer qu'ils peuvent choisir la coexistence pacifique. Tu ne comprends pas ? Toi et moi, tous les deux… nous sommes la *preuve* dont ils ont besoin pour croire que cette coexistence est possible.

— Tout n'est pas aussi simple que cela, l'ai-je arrêté.

— Bien sûr que si. Tu aurais pu boire mon sang des milliers de fois, mais tu ne l'as jamais fait. Pas vrai ?

— Oui, mais toutes ces fois où je t'ai embrassé ?

Il a hésité.

— Tu m'as pris un peu d'énergie, et alors ? Ça valait le coup.

— Je t'ai mis *en danger,* Tristan. *Moi,* je t'ai mis en danger. Chaque fois que nous nous sommes embrassés, je t'ai pris un peu de vie. Et ce n'est pas un choix que j'ai fait. C'est quelque chose d'automatique. Il n'y a pas de bouton *off* pour empêcher ça.

Il a d'abord répondu par une grimace, puis :

— Dans ce cas, nous chercherons un moyen d'y remédier. Tu n'es pas un danger pour moi.

Il était complètement idiot. Ou suicidaire. *Comment pouvait-il se cacher la vérité, ne pas voir l'impasse dans laquelle nous nous trouvions ?* Quel que soit l'amour que nous éprouvions l'un pour l'autre, aucun bon sentiment ne changerait le fait que je représentais un danger pour lui à chaque seconde que nous passions ensemble. Même maintenant, à cet instant précis, il était en danger. Et il refusait de le voir. J'allais le sauver de lui-même et lui faire *voir.*

Je me suis approchée tout près de lui, me suis haussée sur la pointe des pieds, et j'ai enfin cédé au besoin de me coller contre son corps. Il a étouffé un grognement de plaisir, m'a enlacée et a baissé la tête.

Je l'ai embrassé, le forçant à écarter les lèvres, rendant intentionnellement notre baiser aussi profond que possible. De la douceur, je me suis laissée aller à une perte de contrôle affolante. Son énergie s'est déversée en moi, enivrante ; sa puissance s'est ruée dans mes veines comme un flot de lumière liquide. Il a gémi dans ma bouche, et son souffle lui-même me nourrissait.

Je n'avais pas à fournir le moindre effort. Tout ce que j'avais à faire pour le drainer, c'était de l'embrasser. Il n'y avait pas de commutateur interne à basculer, pas de panneau de contrôle du flux d'énergie entre son corps et le mien. J'étais un réceptacle abyssal, un vase sans fond prêt à accueillir chaque particule de sa vie jusqu'à ce qu'il soit vidé. *Et je ne pouvais rien faire pour modifier ce pouvoir dont j'étais dotée.*

Il a reculé en titubant vers le mur, m'entraînant avec lui.

Là, nous avons continué de nous embrasser, ses doigts largement écartés dans mon dos, les miens plongés dans la douceur des boucles rebelles à la base de sa nuque. Son cœur pulsait contre ma poitrine, à un rythme que je sentais s'affaiblir peu à peu.

J'étais en train de le tuer. *Et une partie de moi refusait d'arrêter.*

Ses genoux se sont agités contre mes cuisses avant de céder. Il a glissé lentement le long du mur, s'effondrant sur le sol.

Alors, seulement, j'ai mis fin à notre baiser dans un soupir rauque et me suis écartée de lui. Assis sur la moquette grise du bureau, il semblait au bord de l'asphyxie, et la bataille qu'il menait pour retrouver son souffle m'a mis les larmes aux yeux.

— Comment te sens-tu ? ai-je murmuré.

— Ouah ! a-t-il répondu sur le même ton, le regard perdu dans le vide.

J'ai dû lutter contre le besoin douloureux de tendre

de nouveau les bras vers lui pour le toucher, l'aider à se relever. *L'attirer vers moi pour l'embrasser encore.*

— Tu peux te lever ?

Il s'est mis à rire, inconscient de la torture intérieure que je vivais.

— Il va falloir que tu me laisses quelques minutes pour me remettre.

Il venait de me prouver que j'avais raison. Et de confirmer ma plus grande crainte.

— Tu refuses toujours de voir combien je suis dangereuse pour toi ? Combien les vampires — *tous* les vampires — sont dangereux pour les Descendants ? Un seul baiser de ma part, et tu ne peux même plus tenir debout. Si un autre vampire se trouvait ici en ce moment, aurais-tu assez d'énergie pour te protéger ?

Il a plissé le front tout en battant rapidement des cils, comme pour éclaircir sa vision.

C'était une vraie tête de mule. Mais je le sauverais, quel qu'en soit le prix. Il le fallait. Je ne voulais pas vivre dans un monde où il n'existait pas — mais nous ne pouvions pas vivre ensemble.

Je me suis penchée sur lui, jusqu'à ce que mes lèvres survolent la veine qui battait paresseusement le long de son cou. J'entendais les battements de son cœur, lointains et lents, comme la note la plus basse d'un piano invisible, répétée sans fin. Je ne pouvais lui dire combien cette musique serait à jamais précieuse pour moi.

Le souvenir de son sang dans ma bouche, sucré et délicieux, m'a soudain emplie d'une incroyable douleur, au point que j'en ai été momentanément paralysée.

J'ai chassé ce souvenir. Encore une preuve qu'à chaque

seconde qui passait, le danger que je représentais pour lui allait croissant.

Résistant à l'envie de goûter de nouveau son sang, j'ai déposé un baiser tremblant dans son cou, me repaissant de son odeur familière, du crissement contre mes lèvres de quelques poils devant son oreille, qu'il avait oubliés en se rasant ce matin.

— J'ai beau t'aimer plus que tout au monde, j'ai beau vouloir plus que tout au monde changer ce que je suis, ce n'est pas possible. Ni toi ni moi n'y pouvons rien. On dit que l'amour est plus fort que tout, mais ce n'est pas toujours vrai. Parfois, on est obligé de renoncer. Le Clan et le Conseil des Vampires agissent dans notre intérêt, ils veulent juste que nous soyons en sécurité, l'un comme l'autre. Ecoute-les, je t'en prie. Aide-moi à tenir la promesse que je leur ai faite. Renonce.

*Renonce à moi.*

*Et aide-moi à trouver un moyen de renoncer à toi.*

Autant lui demander de m'aider à m'arracher le cœur sur place.

# 5

*Tristan*

Ses longues mèches rousses me chatouillaient les joues, leur parfum de lavande emplissait mon nez, ajoutant à la confusion de mon esprit. Avait-elle la moindre idée du bouleversement qu'elle provoquait dans mon esprit, de la perte de contrôle qu'elle suscitait chez moi ? Se doutait-elle combien l'odeur de son parfum m'avait manqué toute la semaine passée ? Savait-elle que, même maintenant, privé de tout pouvoir de l'arrêter ou de me protéger, je n'en demeurais pas moins plus heureux que je ne l'avais jamais été ?

Quand j'étais près d'elle, le monde prenait un sens. Je savais qui j'étais. Avant de la rencontrer, j'ignorais ce que je voulais faire de ma vie, à part passer professionnel en foot. Jour après jour, j'avais fait ce que mes parents attendaient de moi, sans réfléchir. J'étais sortie avec d'autres filles, sans compter. Des blondes, des brunes, des rousses. Elles m'avaient toutes fait le même effet… et ne m'avaient en rien transformé. Il s'agissait de petits flirts classiques, rien de plus — en tout cas en ce qui me concernait. J'adorais traîner avec ces filles, mais aucune d'entre elles ne m'avait jamais amené à me demander ce qu'elles pensaient ou faisaient quand nous n'étions pas ensemble, ou à m'interroger si elles s'entendaient bien avec leurs parents, par exemple. Je ne m'étais jamais inquiété en songeant que personne ne voyait à quel point elles étaient formidables. Quand je ne pouvais pas les voir ou leur parler, je dois l'avouer, elles ne me manquaient pas, et au moment où nous avions rompu, je n'en avais aucunement souffert.

Jamais je n'avais eu *besoin* de quelqu'un comme j'avais besoin de Savannah.

Mes pensées se déroulaient paresseusement dans mon cerveau, mais j'ai quand même entendu l'adieu dans sa voix, dans ses mots, je l'ai lu dans ses yeux noyés de larmes.

*Elle me laissait tomber.*

Il fallait que je l'arrête.

Elle s'est détournée, a franchi la porte du bureau en s'essuyant les joues du revers de la main, puis s'est éloignée dans le couloir en direction de l'escalier qui menait à la scène.

Je me suis relevé avec peine. Mes jambes refusaient de m'obéir, mais je les ai forcées à bouger. Savannah était presque au bout du couloir quand je l'ai rattrapée.

— Transforme-moi.

Elle s'est arrêtée net, et j'ai dû me rattraper au mur pour ne pas lui rentrer dedans. Elle m'a adressé un regard par-dessus son épaule ; ses yeux pâles avaient viré à l'argenté — et ils étaient ronds de surprise.

L'instant d'après, elle s'était remise en marche.

— Je ne peux pas.

— Réfléchis-y, Savannah. Si j'étais un vampire, nous n'aurions plus de problèmes, n'est-ce pas ? Tu ne pourrais pas me vider de mes forces, et le Clan n'aurait plus à se soucier que nous mettions leur traité de paix en danger.

*Surtout, mes parents n'auraient plus d'excuse pour nous tenir séparés l'un de l'autre.*

— Si je suis la première *dhampir* connue, Tristan, c'est qu'il y a une bonne raison. Le corps des Descendants rejette le sang de vampire. Tous les Descendants qu'on a essayé de transformer en sont morts.

— C'est ce qu'ils disent. Mais quand cela a-t-il été essayé pour la dernière fois ? Je suis prêt à prendre le risque. Il doit exister un charme pour rendre le processus plus efficace, ou…

— Pas question. Je refuse de mettre ta vie en péril.

Elle était entrée dans les coulisses. Dans l'obscurité totale de la pièce, j'ai entendu un bruit sourd quand elle a déposé la sono portable à terre. Un autre bruit, de métal cette fois, m'a indiqué qu'elle était en train d'ouvrir le tableau électrique fixé au mur ; sans doute utilisait-elle sa capacité de vampire à voir dans le noir. Les spots de la scène se sont allumés.

— Je pourrais trouver un autre vampire pour m'aider.

— Non, tu ne peux pas, m'a-t-elle coupé. Tout le monde sait qui tu es. Aucun vampire ne s'opposerait au Conseil ou aux Descendants de cette façon.

Elle a refermé le tableau d'un coup sec qui a résonné dans les coulisses désertes. Puis elle a amené la sono portable à l'avant de la scène, dans un coin. Elle s'est accroupie dans l'ombre, hors de portée de la rampe d'éclairage fixée au-dessus de nous, afin de programmer la musique à diffuser.

A mon tour, je me suis accroupi près d'elle, comme je le faisais chaque fois, pendant qu'elle préparait la sono, mes genoux contre les siens, son bras frôlant le mien pendant qu'elle se concentrait sur le matériel. Au début de l'automne l'année dernière, je m'étais rapproché d'elle pour l'amener à reconnaître ses sentiments pour moi. C'était avant qu'elle sache que même m'embrasser constituait un problème… A l'époque où mon seul problème avec elle était de lui faire admettre qu'elle était amoureuse de moi.

A présent, nous savions ce que nous éprouvions l'un pour l'autre, mais cela ne suffisait toujours pas. Pas tant que mes parents, le Clan et le Conseil des Vampires étaient déterminés à nous séparer.

— Et si j'arrivais à faire changer tout le monde d'avis à notre sujet ?

Alors même que je prononçais ces mots, je savais que ça paraissait insensé. Pourtant, il devait bien y avoir un moyen !

Elle m'a dévisagé, et ses yeux encore pleins de larmes ont lancé un éclair d'espoir qui m'a comprimé l'estomac comme s'il était pris dans un étau.

— Comment ?

Peut-être qu'effectivement, je n'avais pas encore de réponse à cette question — mais je trouverais, quitte à remuer ciel et terre.

— Je trouverai un moyen.

C'est alors qu'une voix s'est élevée dans la salle :

— Monsieur Coleman, que faites-vous ici ?

Mme Daniels venait d'entrer dans le théâtre par la porte réservée au public.

— Je crois savoir que vous n'êtes plus censé nous aider.

*Génial, j'avais justement besoin de ça.*

— Il s'agit d'un malentendu.

— Je ne pense pas, m'a-t-elle rétorqué sèchement. J'ai discuté avec vos parents la semaine dernière. Ils ont été très clairs à ce sujet.

Mme Daniels s'est assise à sa place habituelle, dans la rangée du fond.

Savannah s'est essuyé furtivement le visage avant de s'absorber de nouveau dans la programmation de la sono. De toute évidence, je ne pourrais pas compter sur son aide pour me sortir de ce mauvais pas.

J'ai sauté en bas de la scène et remonté l'allée pour rejoindre Mme Daniels. Son regard était aussi glacé que celui de Savannah quand elle essayait de se débarrasser des indésirables.

— Madame, je tiens à continuer mon travail avec l'équipe, ai-je insisté en affichant mon sourire le plus charmeur.

Cela marchait toujours sur les profs et les secrétaires de l'administration du lycée.

Elle a haussé ses sourcils blonds.

— Personne ne travaille dans l'équipe sans le consentement de ses parents, quelle que soit sa fonction. Pas même les volontaires de la régie plateau. C'est le règlement du lycée. Si vous voulez revenir nous aider, il va falloir vous mettre d'accord avec vos parents. D'ici là, je vais devoir vous demander d'aller au secrétariat. Vous y avez été réaffecté pour donner un coup de main le matin.

D'un air absorbé, elle a soulevé une page de son bloc-notes, me signifiant ainsi mon congé.

*Génial.* Et maintenant, comment allais-je pouvoir parler avec Savannah, ou même seulement m'approcher d'elle, sans que tout le Clan soit au courant ? Le seul cours que nous avions en commun était celui d'histoire, un jour sur deux, avec M. Smythe, mais aussi Dylan et les Jumelles Pimbêches… quatre Descendants qui garderaient désormais l'œil sur nous.

J'ai lancé un regard en direction de Savannah. Ses épaules se sont affaissées, mais elle n'a pas levé la tête vers moi.

D'accord. Savannah avait été très claire. Tant que je n'aurais pas trouvé le moyen de changer les règles du Clan, elle refuserait de me voir. Quant à Mme Daniels, je n'arriverais pas à la faire changer d'avis, c'était peine perdue.

Mais si elle pensait que j'avais renoncé à nous, Savannah se trompait.

Je trouverais un moyen de changer les règles. D'une façon ou d'une autre.

*Savannah*

Ce jour-là, quand je les ai rejointes à la cafétéria, mes amies, assises à notre table habituelle, se sont tues d'un seul coup. Je n'avais pas faim, mais comme j'avais sauté le petit déjeuner, j'avais tout de même pris un paquet de chips et un Coca — tout en m'efforçant de ne pas prêter attention à la douleur provoquée par la présence de Tristan, à quelques mètres de là. En général, pendant le déjeuner, il mangeait dehors, sous un arbre. Mais aujourd'hui, il était assis avec sa sœur, à la table du Clan, et il me regardait.

Le bruit qu'a fait mon paquet de chips quand je l'ai ouvert a résonné comme un coup de feu dans le silence ambiant. Malheureusement, j'avais tiré trop fort. Le sachet s'est déchiré en deux et a explosé, répandant une pluie de chips aromatisées au cheddar sur mes genoux et la table devant moi.

J'ai soupiré :

— Ça tombe bien, je n'avais pas faim.

— Savannah…, a commencé Anne.

La compassion hésitante que j'entendais dans sa voix me hérissait. Elle n'avait pas besoin de poursuivre, je connaissais la suite. Mme Daniels et la plupart des *Charmeuses* avaient toutes eu ce ton de voix pour me présenter leurs condoléances pour la mort de ma grand-mère un peu plus tôt dans la matinée.

J'ai levé les yeux. Mes trois amies me dévisageaient avec le même visage crispé, le regard plein de pitié. J'ai esquissé un geste qui se voulait rassurant.

— Je sais que vous vous inquiétez sans doute toutes pour moi. Et j'apprécie votre compassion, je vous assure. Mais je vais bien. Promis.

Elles ont acquiescé d'un même mouvement de la tête, trop vite et trop vivement.

Cherchant à tout prix à changer de sujet, j'ai affiché un sourire forcé et me suis tournée vers Michelle :

— Alors, c'est quoi les derniers ragots ? J'ai manqué des trucs bien, la semaine dernière ?

Michelle a ouvert la bouche, puis elle s'est mordu la lèvre :

— Eh bien, en fait de ragots, les plus croustillants tournaient tous autour de Tristan et… de toi.

C'était bien ma veine ! Mais pas question de m'aventurer sur ce terrain-là.

— D'accord, ai-je répondu. Dans ce cas, moi, j'ai de vraies nouvelles. La semaine dernière, j'ai emménagé avec mon père.

— Tu es sérieuse ? a demandé Anne en étouffant un petit cri de surprise. Mais comment… je veux dire, je croyais qu'il vivait dans un autre Etat. Il va falloir que tu changes de lycée ?

— Justement, non. Il a acheté cette vieille bâtisse victorienne en face de la voie de chemin de fer. Vous savez, celle qu'on aperçoit depuis le Tomato Bowl ? Il la retape pour en faire une sorte de maison témoin pour sa société de rénovation.

Leurs yeux se sont écarquillés.

— Oh ! Savannah, c'est affreux, a murmuré Michelle sur le même ton que si je lui avais annoncé que je souffrais d'une maladie incurable. Tout le monde sait que cette maison est hantée.

— Elle est surtout dangereuse, a souligné Carrie. Cette bâtisse est inhabitée depuis des dizaines d'années. Elle doit être dans un état abominable. Et sans doute bourrée de tuyauteries en plomb et d'isolations en amiante.

— A vrai dire, il y a du boulot pour la remettre en état, ai-je admis en notant mentalement de penser à faire des réserves d'eau en bouteille. Mais c'est le métier de mon père. Son entreprise est spécialisée dans la rénovation de maisons historiques, il essaie de leur redonner leur état d'origine. Du coup, je suis certaine qu'il abattra tous les travaux en un rien temps.

En tout cas, c'est ce que j'espérais…

— Tu as déjà vu des fantômes ? m'a demandé Anne avant d'aspirer une longue gorgée de soda.

— Non, ai-je répondu en riant. Mais je dois avouer que la maison est un peu sinistre, en effet. Mon père m'a dit que si elle fait tant de bruit la nuit, c'est à cause du bois qui craque et des tuyauteries qui travaillent. Elles se dilatent et se rétractent en fonction des changements de température, ou quelque chose comme ça. En tout cas, j'ai une vue superbe depuis ma chambre, et elle est immense, au moins quatre fois la taille de celle que j'avais avant. Maintenant, il y aura de la place pour tout le monde pour nos prochaines soirées pyjama !

Avec un sourire, je les ai dévisagées tour à tour, m'attendant à ce que cette perspective, au moins, réveille un peu leur enthousiasme. Au lieu de ça, d'un seul coup, mes trois amies se sont mises à s'intéresser fébrilement au contenu de leur assiette, que ce soit pour l'engloutir, ou le mettre de côté avant d'aller le jeter.

Ma nouvelle maison leur flanquait déjà la frousse, et elles n'y avaient même pas mis le pied…

J'ai alors pensé à leur propre domicile : la demeure de briques de Carrie, au bord du lac ; celle d'Anne, en briques elle aussi, située en ville près de Buckner Park, et toujours impeccable. Même la maison de Michelle, souvent un peu en désordre à cause de tous ses frères et sœurs, était relativement récente.

Et maintenant, elles étaient persuadées qu'en venant chez moi, elles allaient être frappées de saturnisme ou je ne sais quoi encore.

De la main, j'ai balayé une chips qui m'était tombée sur les genoux, puis je l'ai écrasée du pied en silence.

A cet instant précis, *j'ai senti que cela arrivait de nouveau…* les cheveux à la base de ma nuque se sont dressés, comme si quelqu'un était en train de me fixer. J'ai tourné lentement la tête.

Tristan.

Mes poumons se sont contractés, refusant de laisser entrer l'air. Allait-il venir vers moi et insister de nouveau pour que nous discutions de choses qu'il n'était pas en mon pouvoir de changer ? Allait-il me pousser à me donner en spectacle sous les yeux des gamins du Clan ?

Heureusement, il s'est contenté de garder les yeux rivés sur moi, mâchoire serrée. Ses prunelles avaient cette tonalité de vert qui rappelait les émeraudes les plus sombres — une couleur indiquant généralement qu'il était en colère ou inquiet.

Peut-être commençait-il enfin à prendre conscience de la réalité de notre situation.

Ma tête m'affirmait que j'aurais dû en éprouver du soulagement.

Mais tout ce que j'ai ressenti était une douloureuse envie de pleurer.

*Tristan*

J'ai tenté de retrouver en moi cette vieille confiance : puisque j'avais raison, je parviendrais à trouver un moyen de faire changer d'avis le Conseil des Vampires et mes parents — c'était obligé ! Sauf que mes parents refusaient de parler de tout cela ; ma mère allait même jusqu'à menacer de me confisquer mes clés de voiture et de me remettre en quarantaine si j'évoquais une fois de plus Savannah en sa présence. Quant au Conseil des Vampires, je n'avais aucun moyen de le contacter directement. Et même si j'avais pu le faire…

Bref, quand est arrivé le vendredi soir, alors que j'étais assis dans le théâtre du lycée pour assister aux répétitions du spectacle de printemps des *Charmeuses,* j'ai compris qu'il n'y avait qu'une solution à ce problème.

*Il fallait que je devienne un vampire.*

Il m'était impossible de convaincre le Clan ou le Conseil de modifier leurs lois. En revanche, si je devenais vampire, fréquenter Savannah ne présenterait plus aucun danger pour moi. Ils seraient bien obligés de nous laisser tranquilles.

Cela dit, je connaissais quelqu'un qui pourrait me dire comment joindre ce fameux Conseil... Et cette personne était dans l'annuaire. Je me suis éclipsé de la salle de spectacle pour l'appeler. A mon grand soulagement, c'est elle qui a décroché.

— Salut, Michelle, c'est Tristan Coleman. Tu sais, je donne un coup de main le matin au secrétariat...

Un cri perçant m'a obligé à éloigner l'appareil de mon oreille. Mais qu'est-ce qui lui prenait ?

— Michelle, tu es toujours là ? ai-je demandé en craignant que le téléphone n'ait pas résisté à son hurlement.

— Ouais, je suis là, a-t-elle dit dans un souffle.

Ouf.

— Ça doit te paraître bizarre que je t'appelle comme ça, mais j'espérais que tu pourrais me rendre un grand service. Connais-tu l'adresse de Savannah ? J'ai besoin de parler à son père.

— N'en dis pas plus, a-t-elle répondu d'une voix dont le volume montait à chaque mot. J'ai toujours pensé que tous les deux, vous formiez le couple idéal.

Voilà bien un point sur lequel nous étions parfaitement d'accord !

— Ils ont acheté cette vieille baraque hantée de l'autre côté du chemin de fer, en face du Tomato Bowl. Tu sais, la grande maison victorienne vert et blanc ?

— Oui, je vois de laquelle tu parles.

Sans perdre de temps, je me suis précipité sur la coursive pour rejoindre ma voiture garée au fond du parking.

— Merci, Michelle.

— Tu sais, Savannah était vraiment abattue, cette semaine. Tout le monde raconte que c'est parce que vous deux, vous êtes sortis ensemble en secret et qu'ensuite vous avez rompu, mais elle refuse de dire un seul mot à ce sujet. C'est toi qui l'as larguée ?

J'ai fait de mon mieux pour ne pas lâcher un soupir…

— Non. C'était plutôt l'inverse, pour être franc.

Silence. Enfin, elle a repris :

— Eh bien, j'espère que vous vous remettrez ensemble.

— En ce qui me concerne, ce n'est pas faute d'essayer, crois-moi !

— Alors bonne chance.

Je l'ai remerciée chaudement puis j'ai raccroché, et je suis monté dans ma voiture avant de traverser la ville en réfléchissant à toute vitesse : comment diable allais-je convaincre son père de me transformer alors que j'étais incapable de faire entendre raison à sa fille ?

Arrivé devant la maison, je me suis garé le long du trottoir, j'ai coupé le moteur et suis resté assis dans la voiture pendant quelques minutes à écouter les cliquètements du moteur qui refroidissait. Ce que je faisais était-il juste ? Ou devais-je me plier à la volonté de chacun et oublier Savannah ?

J'ai fermé les yeux ; comme toujours, le visage de Savannah s'est aussitôt offert à moi, comme s'il m'attendait. J'avais des centaines de souvenirs d'elle… quand elle était petite fille, adorable avec ses fleurs dans les cheveux, et qu'elle me donnait le plus doux des baisers dans la cour de récréation, en CM1… ou encore vêtue d'un costume d'ange, belle à couper le souffle tandis qu'elle dansait pieds nus avec moi dans les feuilles, dehors, au bal masqué du lycée cette année.

Elle craignait de perdre le contrôle et de me tuer, mais tout ce que je connaissais d'elle, c'était ce côté innocent et aimant. Tout le monde s'acharnait à me la montrer sous un jour monstrueux. Mais cette part d'elle, si elle existait, me demeurait invisible. Je *refusais* de renoncer à elle. Pas maintenant. Pas s'il me restait une dernière chance de remettre les pendules à l'heure.

Je suis sorti de ma voiture et j'ai traversé le jardin ; je n'étais toujours pas plus avancé sur ce que j'allais bien pouvoir dire à son père. Les planches devant l'entrée ont craqué sous mes pas. Je me suis arrêté, le cœur battant. Qu'est-ce qui me rendait le plus nerveux, cette maison lugubre ou l'idée d'affronter son père ?

*Les deux*, ai-je décidé sans pour autant renoncer à ma visite. Le gémissement perçant d'une scie électrique a retenti quelque part dans la maison, et je me suis figé devant la porte d'entrée. Pouvait-il s'agir d'une tronçonneuse ? Bon sang, j'avais soudain l'impression de me retrouver dans un vrai film d'horreur. Malgré cela, j'ai levé la main pour frapper à la porte. Même avec le bruit de la scie, un vampire serait capable de m'entendre.

Le gémissement s'est interrompu et, trop vite à mon goût, la porte s'est ouverte.

Je n'avais vu le père de Savannah qu'une seule fois, lors du voyage qui nous ramenait du quartier général des vampires, à Paris et… de ce qui s'était passé après. M. Colbert m'était apparu comme l'archétype du vampire classique, vêtu d'un costume impeccable, le visage aussi peu expressif que celui d'une statue de marbre.

Ce soir-là, il portait un polo aux manches relevées jusqu'aux coudes et un jean, le tout couvert de poussière et de sciure ! Il ressemblait à n'importe quel type de base en train de bricoler dans sa maison.

Et moi, j'étais venu pour lui demander de me transformer en vampire…

De façon surprenante, ma présence n'a pas semblé

surprendre M. Colbert. Il ne m'a pas pour autant invité à entrer chez lui.

— Bonjour, Tristan. En quoi puis-je t'être utile, ce soir ? Savannah n'est pas à la maison.

— Je sais, monsieur. C'est pour ça que je suis venu maintenant. J'ai besoin de votre aide.

Il m'a considéré avec gravité, immobile. J'avais espéré que nous pourrions discuter de tout cela à l'intérieur. Même si je savais que cela ne m'aurait pas rendu les choses beaucoup plus faciles. Embarrassé, j'ai toussé pour m'éclaircir la gorge.

— J'aime Savannah. Et ça n'a rien à voir avec une poussée d'hormones, je vous assure. Je l'aime depuis que nous sommes gamins. Je ne me suis jamais senti aussi proche de quelqu'un. Et je sais qu'elle m'aime, elle aussi.

Les battements de mon cœur se sont accélérés. Le fait qu'il soit sans doute capable de les entendre ne m'aidait pas à garder mon calme. Pour le coup, mes mains sont devenues moites et je les ai enfoncées dans les poches de devant de mon jean.

— Tu connais la teneur des promesses qu'elle a faites.

Ce n'était pas une question, mais j'ai quand même acquiescé.

— Le Conseil des Vampires et le Clan craignent qu'elle me tue, même par accident, ce qui entraînerait la rupture du traité de paix. Savannah aussi a peur de cela. Mais je crois qu'il y a une solution.

M. Colbert a levé un seul sourcil, sombre et fourni, dans un questionnement silencieux. Cette façon qu'il avait de rester complètement immobile commençait à me porter sur les nerfs.

*Si je parvenais à mes fins ce soir, aurais-je moi aussi cette capacité à me statufier comme lui ?*

— Vous pourriez faire de moi un vampire, ai-je fini par lâcher.

Quelques secondes se sont écoulées. Une brise légère s'était levée, faisant bruisser les arbres dans mon dos. Une brise qui n'était pas assez forte pour sécher la sueur d'angoisse qui s'était mise à me couler le long du dos.

Enfin, M. Colbert s'est effacé pour me laisser le passage.

— Entre.

Etait-ce sa façon de me dire qu'il acceptait de me transformer ?

Le cœur battant à tout rompre, je suis entré dans la maison ; les lames du plancher craquaient et grognaient sous chacun de mes pas. Il a refermé la porte derrière moi, puis m'a précédé dans la pièce d'à côté, en direction d'un canapé marron foncé. La sciure rendait le sol glissant, une odeur de pin flottait dans l'air et des outils traînaient un peu partout. Il a désigné le canapé d'un geste, et nous y avons pris place, chacun à une extrémité, tournés l'un vers l'autre.

A peine m'étais-je assis qu'il m'a demandé :

— Tu es prêt à renoncer à ton humanité pour ma fille ?

Je n'ai pas hésité une seconde. Voilà au moins une chose dont j'étais sûr et certain.

— Oui.

Il m'a étudié avec attention.

— Tu sembles être confiant. Mais c'est peut-être seulement parce que tu ignores ce qu'implique véritablement l'état de vampire. Veux-tu que je te l'explique ?

J'étais beaucoup moins sûr de vouloir entendre ça… Pourtant, je me suis forcé à hocher la tête. Autant que je connaisse les détails les plus sanglants de ce qui m'attendait. Même si une partie de moi aurait préféré les découvrir plus tard, une fois transformé, et dans l'impossibilité de me dégonfler.

— Nous autres vampires appartenons à une espèce très évoluée, a-t-il commencé. Certains éléments qui constituaient au départ de véritables problèmes vitaux, comme la lumière du jour, ne représentent aujourd'hui plus de menaces pour nous. On pourrait même dire que nous sommes des créatures parfaites, d'apparence relativement normale, capables de se fondre aux humains. Nous ne craignons que le feu, la décapitation ou les pieux enfoncés dans le cœur. En dehors de cela, nous sommes immortels. Aucune maladie ne peut nous atteindre, et nous ne vieillissons pas : nous restons pour toujours à l'âge que nous avions lorsque nous avons été transformés. Nous sommes capables de lire dans les pensées des autres vampires et des humains, mais pas dans celles des Descendants. Nous avons acquis une vitesse, une force et une agilité hors du commun.

Là, il s'est interrompu, et un silence inconfortable s'est installé dans la pièce, si longtemps que je me suis senti obligé de parler pour le rompre :

— Jusque-là, être un vampire ne me paraît pas être trop insupportable.

Son regard argenté, le même que celui de Savannah en plus intense, s'est planté dans le mien.

— Vu sous cet angle, en effet. Le revers de la médaille, c'est que pendant les heures qui suivent la transformation, le nouveau vampire ressent une soif qui n'est comparable à rien de ce que tu pourrais imaginer. C'est ce qu'on appelle l'envie de sang, elle le déchire de l'intérieur. L'envie de sang humain, *n'importe* quel humain. Durant les premières semaines, beaucoup de nouveaux vampires tuent accidentellement leurs proches à cause de cette soif aveuglante.

D'accord, au début, être un vampire n'est pas foncièrement cool.

— Mais ça ne dure pas, non ?

— L'envie de sang s'estompe après quelque temps, en effet. Mais elle ne disparaît jamais complètement. Et se trouver près de quelqu'un comme toi, doté d'un sang aussi puissant et chargé de magies, représente un véritable défi à cette envie. La puissance de ton sang attiserait la soif du plus ancien des vampires, aussi violemment que s'il venait juste d'être transformé. Même à mon âge — j'ai plus de trois cents ans — côtoyer un Descendant un peu longuement exige que je fasse un gros effort sur moi-même.

Soudain mal à l'aise, je me suis tortillé sur le canapé, faisant grincer ses ressorts.

— Mais vous y arrivez. Je veux dire, vous avez épousé la mère de Savannah. Et il y a deux semaines, vous vous êtes retrouvé cerné de Descendants dans le Cercle, et il n'est rien arrivé.

Ses lèvres se sont étirées en un sourire glacial.

— Avec la mère de Savannah, je bénéficiais d'un charme que sa propre mère avait créé pour moi — une formule connue d'elle seule, qui atténuait le désir de sang et le rendait supportable. Et dans les bois avec le Clan, il est vrai que je suis parvenu à n'attaquer personne, mais j'ai eu beaucoup de mal à me refréner. Si j'avais été plus jeune, je n'aurais sans doute pas réussi à me contrôler.

Me détournant, je me suis mis à fixer l'ouverture noire et vide de la cheminée.

— Si je comprends bien, cela signifie que je devrais éviter ma famille quelque temps.

— Dans l'hypothèse où cela *marcherait*, bien sûr. Malheureusement, il est impossible de transformer un Descendant de façon satisfaisante.

J'ai reporté mon regard sur lui :

— J'ai entendu ces histoires. Je n'y crois pas. Ce ne sont que des mensonges destinés à empêcher les Descendants d'essayer de devenir vampires !

En un éclair, M. Colbert a quitté sa place pour revenir aussitôt, juste le temps pour moi de sentir un courant d'air. A son retour, il se tenait près de la table basse, deux soucoupes et un couteau en main.

— Je vais te prouver que c'est la vérité. Entaille-toi le doigt, juste un peu, s'il te plaît, et recueille ton sang dans la soucoupe. Ensuite, ajoute-le au mien et vois ce qui se passe.

Sans attendre, il a pratiqué une incision sur son propre doigt, et rapidement, une petite flaque de sang s'est formée dans l'une des soucoupes. Puis il m'a tendu le couteau ; la plaie sur son doigt s'était déjà refermée et il n'y avait pas la moindre cicatrice, comme s'il ne s'était jamais coupé.

— Quand tu auras fini, nous reprendrons cette conversation dehors.

L'instant d'après, il était parti, laissant la porte d'entrée ouverte. Apparemment, il n'avait guère envie de tester ses limites auprès d'un Descendant même pour une petite coupure de rien du tout. *Le problème se posait-il donc à ce point ?*

Suivant son exemple, je me suis donc entaillé le pouce et j'ai laissé le sang couler sur la soucoupe immaculée. Quand la petite flaque a atteint à peu près la taille d'une pièce de cinq centimes, j'ai plongé l'extrémité du couteau dans l'autre soucoupe puis je l'ai égouttée au-dessus du mien afin de mélanger nos deux sangs.

Jusqu'alors, j'étais convaincu que lui et tous les autres avaient menti. Mais sous mes yeux incrédules, j'ai soudain vu nos sangs mélangés se transformer en une boule noire et opaque ; la chose s'est mise à dégager une odeur écœurante d'animal écrasé sur la route et resté en plein soleil, avant de grésiller, produisant de petits tentacules de fumée. J'ai alors compris qu'il n'était plus question de mythe. Et encore, il ne s'agissait que de quelques gouttes… Qui sait quels ravages causerait une grande quantité de sang de vampire mêlé à celui d'un Descendant ?

*Il était impossible que je devienne vampire.*

A cet instant, j'ai remarqué qu'un morceau de papier dépassait de sous la soucoupe. Un pansement. Avec mes dents, j'ai ouvert le mince emballage de papier qui le protégeait. J'ai collé le sparadrap en travers de ma plaie, puis me suis dirigé vers le porche, les jambes flageolantes.

— Si vous saviez, pourquoi vous être donné la peine de m'expliquer ce que c'était que d'être un vampire ?

Depuis que j'étais arrivé, il s'était joué de moi en me laissant croire que ma transformation en vampire était possible, me permettant du même coup d'envisager de passer ma vie — l'éternité — avec Savannah. S'il n'avait pas été son père, j'aurais été tenté de lui coller mon poing dans la figure.

— Juste pour que tu saches à quel point votre relation à tous deux est impossible.

J'ai détourné le regard vers les réverbères dans la rue, dont le halo projetait de longues ombres dans le jardin.

Un élan de désespoir m'a saisi et j'ai lancé :

— Il doit bien exister un moyen pour que nous restions ensemble ! Si vous l'aimez, dites-moi quoi faire, quoi dire pour les forcer à modifier les lois. Vous savez que c'est faisable. Vous-même, vous l'avez fait. Vous avez épousé sa mère. Donnez-nous une chance de vivre ça, nous aussi.

— Tu ignores peut-être que ça n'a pas marché. Même après que la mère de Savannah a été bannie du Clan, notre union demeurait un danger pour le traité de paix à cause de ce qu'elle a… produit.

— Vous voulez parler de Savannah.

Il a opiné.

— Vous deux pourriez donner naissance à un autre *dhampir* comme elle, si elle ne se transforme pas d'abord complètement en vampire. Et le Conseil ne permettra jamais que cela arrive de nouveau. Pas plus que le Clan, d'ailleurs.

Une image a surgi dans ma tête — celle d'une petite fille aux cheveux roux et bouclés comme ceux de sa mère. Et peut-être avec des yeux verts comme ceux de son père.

Je n'avais jamais imaginé être père jusque-là ; pour autant, quelque chose s'est serré dans ma poitrine, me coupant la respiration.

M. Colbert n'a pas semblé s'en apercevoir.

— Cet enfant représenterait un danger, autant pour les vampires que pour les Descendants, encore plus que Savannah elle-même. Comme elle, il se muerait en grandissant en un vampire immortel doté en plus des pouvoirs légendaires de son père à travers la lignée Coleman, ou encore il deviendrait un puissant sorcier possédant tous les attributs des vampires : rapidité, force, et agilité. D'une façon ou d'une autre, cela présenterait des risques énormes. Des risques que le Conseil — et, j'en suis sûr, le Clan — considérera toujours comme inacceptables.

J'ai baissé la tête. Je ne pouvais pas être transformé en vampire. Et tant que j'étais encore humain et que Savannah pouvait avoir des enfants, le Clan et le Conseil ne nous permettraient jamais de vivre notre amour.

— Que va-t-il se passer si elle se transforme complètement ?

— Il y aura toujours le risque qu'elle te tue. Et dans ce contexte, tes parents se fichent que tu sois encore un membre du Clan ou non. En premier lieu, tu seras toujours leur enfant, et ils feront tout ce qui est en leur pouvoir pour te protéger.

Il s'est tourné vers moi et a placé une main sur mon épaule avant de reprendre :

— S'il existait un moyen pour que toi et ma fille soyez heureux ensemble, je ferais tout mon possible pour vous aider, crois-moi. Mais personne ne changera les lois uniquement pour vous. Et je sais d'expérience que même l'amour le plus fervent ne peut survivre longtemps quand on est en fuite, ou qu'il ne résiste pas aux nombreuses tactiques que chaque camp déploie pour vous traquer.

Sa main est retombée.

— Rien que le fait de devoir nous cacher m'a fait perdre l'amour de la mère de Savannah.

J'aurais voulu croire qu'il se trompait, que les choses pouvaient être différentes pour moi et Savannah. Que ce qui existait entre nous pouvait résister à tout, y compris aux offensives du Clan.

Mais s'il avait raison ? Le Clan avait déjà arraché à

Savannah sa grand-mère. Mes parents seraient-ils assez désespérés pour s'en prendre ensuite à sa mère ? Ou à son père ? Et les vampires s'attaqueraient-ils en retour à Emily pour pouvoir m'atteindre ?

Savannah et moi ne pourrions plus jamais nous regarder en face s'il arrivait une chose pareille. Savannah avait déjà assez de mal à encaisser la mort de sa grand-mère comme ça...

C'est alors que j'ai vraiment compris, et la vérité m'a fait l'effet d'un coup de massue : *c'était fichu*, il n'y avait plus rien à faire.

Le Clan et le Conseil des Vampires allaient obtenir ce qu'ils voulaient, finalement. A l'encontre de ce que Savannah et moi souhaitions si ardemment.

Même cumulés, tous les matches de foot que j'avais perdus ne m'avaient pas préparé à la cuisante défaite que je subissais maintenant. Jamais je ne m'étais retrouvé à ce point dans l'impasse. J'avais toujours été en mesure d'obtenir ce que je voulais dans la vie. Non pas parce que j'étais un enfant gâté, ainsi qu'Emily se plaisait à le souligner, mais parce que mon père m'avait toujours affirmé que si on voulait quelque chose assez fort et qu'on s'acharnait à atteindre son objectif, on finissait par arriver à ses fins.

Eh bien, il s'était trompé. Ce que je voulais plus que tout autre chose au monde, c'était être avec Savannah. Mais c'était impossible. Pas maintenant et, si j'en croyais son père, jamais, même. Pas tant que perdureraient la haine et la terreur entre le Clan et le Conseil.

J'ai forcé mes pieds à avancer pour descendre les marches et rejoindre ma voiture, puis je me suis dirigé vers la prison qu'était devenue ma maison.

# 6

*Savannah*

Tristan avait renoncé.

Jusqu'à ce moment, je n'avais pas compris combien je croyais secrètement en lui. Tristan était un battant, un vrai, et il obtenait presque toujours ce qu'il voulait. Il voulait que nous soyons de nouveau ensemble, et s'il y avait eu un moyen d'y arriver, il l'aurait trouvé.

*Apparemment, cette fois, ça n'avait pas été le cas.*

Il n'avait pas besoin de me dire que pour nous, c'était vraiment fini. Je percevais la frustration et le désespoir qui émanaient de lui chaque fois que nous nous croisions dans le couloir principal aux intercours. Je les lisais dans le vide de son regard, dans le relâchement abattu de ses épaules. Et surtout, je le voyais à sa façon d'éviter mon regard.

C'était fini. *Fini.*

J'essayais de me convaincre que ce n'était pas la fin du monde, qu'un jour, peut-être, mon cœur guérirait de cette blessure, et que je trouverais quelqu'un d'autre à aimer.

Hélas, c'était un mensonge, et je le savais.

Pour oublier, je me suis alors jetée à corps perdu dans mes études et les répétitions des *Charmeuses* dans l'espoir que plus je serais ainsi occupée, plus vite je parviendrais de nouveau à respirer sans que m'étouffe l'envie permanente de pleurer.

Les semaines suivantes se sont écoulées sans que je voie le temps passer ; mon année de Première s'achevait. A la maison, je passais chaque instant de mon temps libre à aider mon père à décoller les vieux papiers peints et moquettes de notre maison. Malheureusement, cela me laissait beaucoup trop de loisirs à présent que le spectacle de printemps des *Charmeuses* et les auditions pour les nouvelles intégrations dans l'équipe étaient passés. Le jour des auditions avait été le seul durant lequel, à mon grand soulagement, je n'avais eu aucune seconde à moi pendant quatre heures bénies : j'avais en effet dû endosser toute la charge de travail des régisseuses pendant que mes collègues repassaient avec succès les épreuves pour entrer dans l'équipe. Je m'efforçais de me réjouir de leur réussite, et de me réjouir également du fait que cela faisait de moi l'unique candidate au poste de responsable des régisseuses l'année prochaine. Par-dessus tout, je tentais de ne pas regretter le fait que le Conseil des Vampires m'avait interdit à jamais de danser de nouveau en public afin de ne pas dévoiler accidentellement ma part vampirique aux humains. De toute façon, je doutais de savoir encore danser, maintenant.

En mars, l'équipe avait également fait passer des auditions pour recruter la nouvelle capitaine de l'équipe. Mme Daniels m'avait demandé de rester tard après les cours ce jour-là pour m'occuper de la musique pendant qu'avec deux juges, elle notait les candidates sur leur solo de capitaine ainsi que les mouvements en équipe. Ce jour-là, Bethany Brookes est devenue l'une des capitaines suppléantes de l'équipe junior, ce qui n'a surpris personne. C'était une excellente meneuse pour les *Charmeuses*, elle était toujours prête à aider les autres, toujours d'humeur radieuse, pleine de gentillesse et d'une grande sociabilité. Elle donnait l'impression d'être perpétuellement entourée d'un halo de lumière partout où elle allait. Ce qui expliquait sans doute que son surnom dans l'équipe de danse soit *Lil'Miss Sunshine*.

J'aurais aimé pouvoir être comme elle. Mais tout, dans ma vie, était diamétralement opposé à ce que vivait Bethany. Alors qu'elle évoluait sous les feux de la rampe, j'étais confinée dans l'obscurité des coulisses, et je ne voyais pas comment en sortir. J'aurais voulu être celle que j'étais il y a seulement un an, avant de tomber malade, avant que me soient révélés mes secrets de famille, avant que je prenne le risque de tomber amoureuse d'un garçon qui me resterait à jamais inaccessible. Avant que Granny meure, et que ma mère parte en permanence sur les routes.

Mais je ne pouvais pas repartir en arrière, ni revenir sur mes actes ou mettre un terme à la transformation que je subissais inexorablement. Tout ce que je pouvais faire, c'était adresser des sourires de façade à mes amies pendant la pause déjeuner, jour après jour, et leur faire croire que tout allait bien.

Et surtout, m'assurer de ne jamais regarder derrière moi, en direction de la table du Clan, et du garçon que je ne pourrais plus jamais fréquenter.

— Savannah ? a lancé Anne.

Elle avait parlé plus fort que de coutume, et sa voix a résonné dans la cafétéria.

J'ai sursauté, renversant ma boisson dans le mouvement. Nous nous sommes toutes précipitées sur les serviettes en papier pour éponger les dégâts pendant que je marmonnais une excuse. Voilà, mon repas liquide était fichu. Ces derniers temps, je n'avais pu me résoudre à avaler quoi que ce soit de solide. L'odeur des aliments, quels qu'ils soient, m'écœurait.

— Tu viens, ou pas ? a répété Anne une fois jugulée l'inondation que j'avais provoquée.

— Aller où ?

Je lui ai décoché un regard qui disait « Pardon, pardon, pardon… ». Il fallait vraiment que j'arrête de me perdre dans mes pensées quand j'étais en compagnie d'autres personnes.

— Faire du shopping ce week-end, a répondu Michelle en me fixant intensément.

Comme je ne répondais pas, elle a ajouté :

— On doit acheter nos robes pour le bal de printemps, tu te rappelles ? Nous allons au centre commercial de Tyler samedi prochain.

Elle était tellement excitée à cette idée que son corps menu en bondissait sur sa chaise.

Un bal ? Pourquoi irais-je à ce genre de festivités ?

A son tour, Carrie m'a dévisagée avec curiosité, comme si j'étais une bactérie d'un genre nouveau sous la lentille d'un microscope.

Anne, quant à elle, s'est contentée de rouler des yeux exaspérés :

— Allô la Lune, ici Houston ! Redescends sur terre, Savannah ! Le bal a lieu dans deux semaines, et nous y allons toutes. Y compris toi.

Hérissée à cette idée, j'ai fait mine d'ouvrir la bouche pour protester.

Mais Anne a secoué vivement la tête, entraînant sa queue-de-cheval aux reflets châtains dans un mouvement de balancier.

— Pas question que tu me fasses faux bond, n'y pense même pas !

Désignant Michelle et Carrie, elle a ajouté, en guise d'explication :

— Ces deux-là ont un cavalier. Moi non. Par conséquent, tu m'accompagnes. Je ne compte pas passer la soirée au bord de la piste de danse toute seule.

— Mais dans ce cas, pourquoi aller…, ai-je commencé.

— Pour les robes, quelle question ! a rétorqué Anne avec un large sourire. Eh, ne me regarde pas comme ça. Même les garçons manqués comme moi aiment jouer les princesses de temps à autre.

Carrie a étouffé un ricanement qu'Anne a soigneusement ignoré.

— Allez, Sav. Tu ne sors plus avec nous, ces derniers temps. Ce n'est pas parce qu'on n'est pas aussi cool que tes *Charmeuses* chéries que…

Ç'a été mon tour de pousser un grognement en levant les yeux au ciel :

— Tu ne vas pas recommencer avec ça !

Anne a esquissé un semblant de sourire :

— Dans ce cas, ne m'y force pas ! Viens écumer les magasins avec nous. Fais semblant d'être humaine, pour changer.

Je me suis figée. *Est-ce qu'elles savaient ?*

Non. Il était *impossible* qu'elles aient pu deviner mes secrets. J'étais juste un peu parano.

Cela dit, par simple précaution, mieux valait sans doute que je fasse quelques efforts pour me mêler à la masse et paraître normale.

— Très bien, ai-je dit avec un soupir, regrettant déjà d'avoir cédé. Je me rends. Allons faire les boutiques ensemble ce week-end.

Michelle a poussé un petit cri de plaisir et commencé à délirer au sujet d'un magazine quelconque qu'elle avait acheté pour nous aider à nous préparer pour cette occasion. J'ai hoché la tête et fait de mon mieux pour paraître intéressée.

Tout à coup, les paroles qu'Anne avait prononcées quelques instants plus tôt me sont revenues en tête :

— Attends une minute, ai-je lancé en me tournant vers elle. Pourquoi ne vas-tu pas au bal avec Ron ?

Elle sortait avec Ron Abernathy depuis des mois, comme Tristan et moi. En fait, ils étaient sortis ensemble pour la première fois lors du bal masqué des *Charmeuses* en octobre dernier. Ce même bal où Tristan et moi avions dansé tous les deux dehors, dans les feuilles, sous la lueur de la lune qui se reflétait sur la fausse armure de mon chevalier, la faisant étinceler comme si elle avait été en argent véritable.

— … alors nous avons décidé de ne plus nous voir, a fini Anne dans un murmure.

Je m'étais encore perdue dans mes pensées et j'avais loupé son explication. Bon sang, je n'étais pas terrible, comme copine, ces derniers temps !

— Je suis désolée, avec tout ce bruit, je n'ai pas entendu. Qu'est-ce que tu disais ?

Anne m'a fixée un instant d'un drôle d'air puis a haussé les épaules.

— Je disais juste que Ron et moi nous sommes disputés et que j'ai rompu avec lui. Nous ne sommes plus ensemble, c'est tout.

— Pourquoi vous êtes-vous disputés ?

Anne a fait mine de rassembler ses idées.

— C'était à cause de… d'histoires de famille. Je n'ai

vraiment pas envie d'en parler. Et ça va sonner, de toute façon. Allez, on y va.

J'ai ouvert la bouche pour objecter, mais la sonnerie a retenti à cet instant, coupant court à mes protestations. De toute façon, ai-je pensé en regardant Anne serrer les mâchoires, je n'obtiendrais rien de plus de sa part aujourd'hui, têtue comme elle était.

Manifestement, il s'était produit quelque chose d'important, et je n'avais rien vu. Soit parce que je n'y avais pas prêté attention, soit parce qu'elle n'avait pas voulu me le dire. Quand avait-elle rompu avec Ron ? Avait-elle traversé une période difficile sans que je m'en aperçoive ? Avait-elle essayé d'en parler ?

Je l'ai rattrapée au niveau des poubelles.

— Anne, attends. Au moins, dis-moi à quel moment vous avez rompu.

Elle a versé lentement le reste de son soda dans l'évier avant de répondre :

— C'était la semaine après que ta grand-mère…

*Oh.* Voilà qui expliquait que je n'aie entendu parler de rien.

— Je suis désolée de n'avoir pas été là pour toi. Cette semaine-là, c'était…

Elle a secoué brièvement la tête.

— Ne t'en fais pas pour ça. Ça n'aurait rien changé. Prête à foncer en cours ?

Une partie de moi aurait voulu la pousser dans ses retranchements afin qu'elle me raconte ce qui s'était passé. Avant leur rupture, chaque fois que Ron était dans les parages, elle semblait sur un petit nuage. Qu'est-ce qui expliquait ce changement, alors ?

Cela dit, qui étais-je pour essayer de lui soutirer les détails d'une histoire aussi délicate ? Ce n'est pas comme si je lui avais raconté quoi que ce soit concernant ma propre rupture avec Tristan. Ou la façon dont Granny avait réellement trouvé la mort, ni aucun de mes nombreux secrets de famille…

Non, je n'étais pas *du tout* en position de me montrer curieuse.

Sauf que cela constituait un élément de plus qui s'interposait entre nous, dans notre amitié, et que je ne savais pas comment remédier à cela. Malgré tout, il fallait que j'essaie.

Ce samedi-là, j'ai fait de mon mieux pour rester dans le présent et accorder toute mon attention à mes amies quand nous nous sommes rendues à Tyler pour faire les magasins, d'abord au centre commercial, puis dans les différentes boutiques que Michelle avait repérées. Je me suis astreinte à m'intéresser aux robes, aux coiffures, et aux avantages des bijoux en or sur ceux en argent, ou encore à la supériorité du strass sur les perles. Peut-être que si je me forçais suffisamment, j'arriverais à oublier que ma vie était un désastre et à redevenir normale — du moins pendant quelques heures. Et le fossé qui commençait à s'ouvrir entre mes amies et moi se comblerait… avec un peu de chance.

J'avais laissé carte blanche à Michelle pour m'habiller et me coiffer pour le bal, et je me suis efforcée de paraître enthousiaste à cette idée. Malheureusement, elle ne m'a pas facilité la tâche en choisissant une longue robe de satin au décolleté plongeant et aux bretelles agrémentées de paillettes. Du noir. *Sur une vampire.* C'était tellement cliché que c'en était ridicule. Sauf qu'à sa décharge, elle ne connaissait pas ma véritable nature. Elle a donc insisté, affirmant que le noir faisait resplendir la pâleur de ma peau et le roux éclatant de mes cheveux. *Oui : ça resplendissait tellement que les gens allaient avoir mal aux yeux,* ai-je songé, ironique. Mais après tout, je me fichais pas mal de mon apparence. Tristan ne serait pas avec moi, et je ne comptais pas m'intéresser à qui que ce soit d'autre, jamais. Alors tant que Michelle était contente, cela m'allait très bien.

— Eh, Savannah, ça va ? a demandé celle-ci, me tirant brusquement de mes pensées.

Nous étions dimanche, et j'étais assise sur la chaise de bureau dans la chambre d'Anne. Je ne l'avais pas vue s'approcher de moi.

Anne s'acharnait à taquiner Carrie, l'accusant d'être trop douillette pour laisser Michelle lui appliquer son mascara. Assise sur le divan, Carrie l'ignorait calmement, tout en se maquillant les yeux à l'aide d'un petit miroir de poche.

— Oui, ça va, ai-je menti à Michelle après avoir dégluti pour retrouver ma voix.

Par accident, Carrie a balayé le bout du nez d'Anne avec le pinceau de son mascara, y déposant une large traînée noire. Anne s'est mise à pousser les hauts cris, lui arrachant le miroir des mains puis se léchant le doigt pour nettoyer la tache. Elle a traité Carrie de tous les noms avant d'insérer son doigt dans son oreille, lui arrachant des cris d'orfraie et quelques insultes bien senties.

— Surveille ton langage, jeune fille ! a crié la mère de Carrie depuis le salon où les parents de mes trois amies nous attendaient, certainement bardés d'appareils photo et de caméras.

Ce soir-là, ma mère était sur les routes quelque part

en Arkansas, ignorant même que je me rendais à un bal. Je ne l'en avais pas informée, et mon père n'avait apparemment pas pris la peine de le faire non plus. Et bien sûr, il ne lui était pas non plus venu à l'esprit de se déplacer pour se joindre aux autres et faire des photos de la soirée afin de les conserver dans un album.

D'ailleurs, les vampires faisaient-ils des albums photos ?

J'imagine que non. Ils n'avaient pas envie de constater de visu leur propre longévité.

— Mais, maman…, a protesté Carrie.

— Carrie Lynn, surveille ton langage ou tu iras à ce bal la bouche pleine de savon !

L'image m'a arraché mon premier sourire sincère de la soirée.

Michelle s'est esclaffée dans un petit rire, puis elle est tombée à genoux à côté de moi sur l'épaisse moquette.

— C'est bon de te voir sourire de nouveau.

J'ai battu des cils sans savoir que répondre.

— Désolée. Je crois que j'ai été un peu rabat-joie, dernièrement.

Elle a haussé les épaules :

— Je ne serais pas aux anges non plus si j'avais perdu un garçon aussi sexy, et qu'en plus il se mette à sortir avec Bethany Brookes comme si de rien n'était.

Avec une grimace, elle a ajouté :

— Je croyais vraiment que vous alliez vous remettre ensemble ! Surtout quand il m'a appelée, le soir du spectacle de printemps des *Charmeuses*.

*Quoi ?* Soudain, j'avais l'impression que mes yeux allaient me sortir de la tête. Des dizaines de questions me montaient aux lèvres, et je ne savais pas par quoi commencer.

D'abord, comment savait-elle que j'étais sortie avec Tristan ? Je ne l'avais dit à personne, à part Anne ! Peut-être quelqu'un du Clan avait-il vendu la mèche, genre l'une des Jumelles Pimbêches ? Ou encore une *Charmeuse*… l'une des danseuses ou des régisseuses avait dû faire tilt en remarquant que Tristan et moi avions tous deux manqué le lycée et les répétitions du spectacle de printemps en même temps, puis qu'il avait soudain cessé de venir aider l'équipe sans plus d'explications.

Voilà qui expliquait comment Michelle avait sans doute entendu parler de notre relation — *mais pas tout le reste.*

J'ai aspiré une grande goulée d'air avant de commencer à l'interroger. Une question à la fois.

— Il sort avec Bethany ?

Elle a acquiescé, écarquillant ses yeux noisette avec solennité.

— D'après ce qu'on dit, ils vont au bal ensemble.

Bravo, il n'avait pas traîné pour se remettre de notre rupture et me remplacer !

Une fois de plus, je me retrouvais piégée dans le combat que se livraient ma tête et mon cœur. En toute logique, je savais que j'aurais dû être contente pour lui. Bethany le ferait rire, elle l'accompagnerait aux soirées et aux fêtes, partagerait son déjeuner à la cafétéria avec les autres Descendants. En outre, les parents de Tristan allaient certainement l'adorer. *Si je l'avais vraiment aimé, je n'aurais voulu que le meilleur pour lui, n'est-ce pas ?*

Mon cœur, quant à lui, affirmait qu'il préférait mille fois que Tristan soit aussi malheureux que moi pour le restant de nos vies.

J'ai soupiré avant de passer à la question suivante :

— Pourquoi t'a-t-il appelée le soir du spectacle ?

— Il voulait savoir où tu habitais, maintenant. Il voulait parler à ton père, je crois. J'ai eu l'impression qu'il souhaitait obtenir la permission de ton père pour sortir officiellement avec toi, ou quelque chose du genre.

Ma respiration s'est bloquée d'un coup. *Il n'existait qu'une seule raison au monde pour que Tristan veuille parler à mon père.* Et ce n'était pas pour obtenir la permission de sortir avec moi. Mon père n'avait pas suffisamment d'influence sur le Conseil des Vampires pour cela. *En revanche, il avait le pouvoir de transformer un humain en vampire.*

Pourquoi étais-je surprise que Tristan ait demandé à mon père de le transformer ? Il était évident qu'il aurait tout essayé pour que nous puissions de nouveau être ensemble.

Michelle a jeté un regard par-dessus son épaule avant de se mettre debout d'un bond.

— Anne, arrête ça tout de suite ! Tu vas fiche ma création en l'air !

Toujours sous le choc, j'ai à peine eu le temps d'ôter mes pieds de son chemin : déjà, elle traversait la pièce en trombe pour attraper Anne par le poignet et lui arracher une brosse de la main.

— Mais il y a toutes ces mèches qui tombent, se plaignait Anne.

Elle était penchée au-dessus de sa coiffeuse et essayait vainement d'épingler les cheveux qui lui tombaient dans le cou.

— Ces boucles sont censées rester où elles sont, a asséné Michelle en écartant les mains d'Anne. Elles ajoutent à l'effet de cascade.

— C'est plutôt raté, comme effet, a marmonné Anne.

On dirait que je n'ai pas mis assez de laque, ou un truc comme ça.

Je me suis accrochée des deux jambes aux pieds de ma chaise, les yeux rivés aux vaguelettes de satin noir qui parcouraient mes genoux. *Tristan était allé voir mon père pour lui demander de le transformer.*

Et pourtant, maintenant, il sortait avec une autre ?

A ce moment, la sonnette de la porte d'entrée a retenti, annonçant l'arrivée des cavaliers de Michelle et Carrie. Je me suis levée et j'ai fait l'effort d'aller poser avec les autres dans le salon pour la photographie de groupe. Les parents s'affairaient autour de nous avec leurs appareils photo. Leurs flashes m'aveuglaient, ajoutant à la confusion de mon esprit. Les actes de Tristan n'avaient aucun sens. D'abord, il m'avait amenée à penser que je ne parviendrais jamais à lui faire voir en face la réalité de notre situation. Ensuite, il avait apparemment agi de façon suicidaire en allant voir mon père pour lui demander de le transformer en vampire, même s'il savait très bien que le processus de transformation ne pouvait qu'aboutir à sa mort et au déclenchement d'une nouvelle guerre entre vampires et sorciers. Et à présent, à peine quelques semaines plus tard… il sortait avec Bethany Brookes ?

Les flashes des appareils photo se sont enfin arrêtés, mais cela n'a pas mis fin au tourbillon de mes pensées. Et la boule qui m'obstruait la gorge ne s'est pas dissipée non plus.

Michelle et Carrie sont parties en voiture avec leur cavalier dans la voiture de Carrie, et Anne et moi les avons suivies dans mon propre véhicule jusqu'au campus du lycée où se tenait le bal, dans la cafétéria. J'ai été momentanément distraite de mes pensées pendant que je m'efforçais de sortir du véhicule sans montrer mes sous-vêtements à tout le monde dans le parking. Les robes fendues étaient à la fois une merveille et une horreur : elles permettaient de marcher sans encombre, mais pour entrer ou sortir d'une voiture, c'était l'enfer. Ensuite, nous nous sommes retrouvées toutes ensemble et, en titubant sur nos talons hauts, nous avons traversé le parking pour nous diriger vers la cafétéria.

L'intérieur de la salle circulaire avait été transformé pour la nuit. Le comité de danse, dirigé par les équipes de Terminale, avait choisi pour thème de la soirée : « Nuit au cinéma ». Nous nous sommes déplacées en groupe entre des piles de bobines de films en carton de quatre mètres de haut et des gobelets géants remplis de ballons de baudruche jaunes et blancs, et assemblés de telle sorte qu'ils ressemblent à d'énormes masses de pop-corn. Autour de nos chevilles s'enroulaient des rubans de fumée provenant d'une machine invisible. La plupart des tables et chaises avaient été déplacées afin de dégager assez d'espace pour la piste de danse, et nous avons donc traversé la salle en direction du fond.

Anne nous a ouvert la marche vers un escalier tapissé de moquette que je n'avais jamais remarqué auparavant. Il aboutissait dans une grande pièce mansardée au-dessus des cuisines et du réfectoire. Ce soir-là, les murs avaient été décorés d'une série de rideaux en satin argenté, et plusieurs bobines de films servaient d'accessoires pour des photos réalisées par des professionnels. Anne a insisté pour que nous nous fassions tous photographier sur-le-champ, avant que nous ne soyons obligés de faire la queue.

*Minute.* Des photos. Maintenant que j'étais vraiment en train de devenir vampire, les photos ne constituaient-elles pas un problème ? Certes, j'avais été photographiée des dizaines de fois dans ma vie. Et, un peu plus tôt chez Anne, les révélations de Michelle au sujet de Tristan m'avaient trop choquée pour que je songe à toutes les photos que les parents prenaient de nous.

Mais là, j'avais le temps de réfléchir. *Et de paniquer.* N'y avait-il pas une croyance selon laquelle les vampires n'apparaissaient pas sur les photos ?

Et si c'était vrai ? Je n'avais jamais interrogé mon père à ce sujet. Nous avions passé en revue tout le reste… le désir de sang, l'aspiration de l'énergie par le baiser, les pieux, la décapitation, l'eau bénite, l'ail, les croix, les églises, les bibles, la terre consacrée, le feu ; nous avions même évoqué le fait que notre race hybride de vampires soit censée être la création de la démone Lilith qui, selon le mythe juif, fut la première véritable femme d'Adam. Mais les photos ? Non, nous étions passés à côté du problème.

Ma part vampirique était-elle assez développée pour que cette caractéristique s'applique à moi dès à présent ? Allais-je être invisible sur chaque cliché et faire la peur du siècle à tous ceux qui les regarderaient plus tard en s'attendant à m'y voir ?

Un simple coup de fil à mon père réglerait la question. J'ai fouillé dans mon sac à main à la recherche de mon portable.

— Savannah, c'est notre tour, a alors annoncé Anne en me tirant par le poignet.

— Attends, il faut juste que je passe un coup de…

— Plus tard, a-t-elle dit en m'entraînant vers le déferlement de satin devant lequel le photographe positionnait déjà mes comparses.

J'avais trouvé le numéro de mon père dans mon répertoire.

— D'accord, mais laisse-moi d'abord appeler mon père.

Anne m'a arraché le téléphone juste au moment où j'appuyais sur la touche « Appel ».

— Quand je pense qu'il n'y a pas longtemps, tu détestais ces trucs ! Cinq secondes, jolie princesse, et ensuite je te rendrai ton précieux joujou !

— Tu veux bien me redonner ça ?

Vivement, j'ai tendu la main vers mon téléphone, mais elle a été plus rapide et l'a laissé tomber dans le décolleté de sa robe.

— Anne ! ai-je lancé, éberluée.

— Tu ne viendras pas le chercher ici, hein ? a-t-elle rétorqué avec un petit rire. Maintenant, tourne-toi et dis « ouistiti ».

J'ai obtempéré avant d'obéir aux instructions du photographe, m'efforçant de plaquer un sourire figé sur mon visage.

C'est alors que la voix de mon père s'est élevée d'entre les seins de ma meilleure amie.

Un silence s'est installé dans le groupe tandis que mon père répétait mon nom sur un ton interrogateur.

Et puis, tout le monde a éclaté de rire. Même moi. Mon Dieu, que c'était bon de rire comme ça ! J'avais l'impression de reprendre ma respiration après être restée en apnée pendant des mois.

Piquant un fard, Anne s'est penchée en avant pour fourrager à l'intérieur de sa robe. Puis elle a relevé la tête d'un coup.

— Oh ! non ! s'est-elle exclamée.

— Savannah ? Savannah ! Ça va ? hurlait mon père quelque part dans la robe d'Anne.

A en juger par la forme rectangulaire qui bombait son estomac, le téléphone avait passé la barrière de son soutien-gorge.

A ce stade, l'hilarité générale s'est muée en cacophonie hystérique, et j'en pleurais de rire pendant qu'Anne se contorsionnait dans tous les sens pour essayer de sortir le portable de sa robe.

— Oh ! non, ça va faire couler tout notre maquillage ! se plaignait Michelle.

Apparemment, je n'étais pas la seule à qui la scène faisait cet effet.

— Allez, venez !

Michelle, toujours pliée en deux, nous a poussées vers l'escalier et entraînées vers les toilettes.

— Arrête de me rentrer dedans, sinon il va tomber et se fracasser sur les marches, a sifflé Anne sans cesser de serrer le téléphone contre son ventre.

Dans l'escalier, nous avons croisé un autre groupe qui montait. En nous apercevant, ils se sont figés et nous ont dévisagées, l'air horrifié.

— Papa, ne quitte pas, tout va bien ! ai-je crié au ventre d'Anne. C'est juste que…

Je riais tellement fort que j'avais du mal à parler.

— Non, en fait, raccroche. Je te rappelle dans un instant et je t'expliquerai, promis.

Dans les toilettes, nous avons attrapé du papier par poignées et fait de notre mieux pour réparer les dégâts. Heureusement, je ne portais guère de maquillage. En revanche, Carrie ressemblait à un raton laveur, ce qui ne contribuait pas à calmer mon hilarité, au contraire.

Anne est entrée dans l'un des deux box, la mine faussement rageuse :

— Je ne sais pas ce qui me retient de jeter cette saleté de téléphone dans la cuvette !

— Je suis toujours là et j'attends une explication, a répliqué la voix de mon père.

A vrai dire, il semblait un peu tendu.

J'ai plaqué une main contre ma bouche pour étouffer un nouveau fou rire. J'étais prête à parier que c'était la première fois qu'il se retrouvait dans pareille situation.

— Oh ! euh, pardon, monsieur, a dit Anne. Laissez-moi juste le temps de vous sortir de ma robe...

— Je peux vous assurer qu'en ce moment précis, je ne suis à proximité ni de votre robe ni de vous ! a aboyé la voix de mon père. Dites-moi, les filles, vous avez fumé quelque chose ?

Sa réflexion a déclenché un nouvel accès d'hilarité de la part de Carrie, Michelle et moi.

Cramoisie, Anne a fini par émerger du box en brandissant mon portable.

— Beurk, tu vas le nettoyer, quand même ? a demandé Carrie en plissant le nez de dégoût.

— Il n'est pas... Je me suis douchée ce... Bon, laissez tomber.

Lassée de s'expliquer, Anne a préféré céder et a entrepris d'essuyer le téléphone à l'aide d'une serviette en papier. Bien entendu, dans le mouvement, elle a raccroché au nez de mon père.

Voilà qui allait lui faire péter les plombs une bonne fois pour toutes.

— Il vaut mieux que je le rappelle tout de suite, ai-je expliqué avec un large sourire tout en saisissant l'appareil que me tendait Anne.

J'ai trouvé son numéro, j'ai appuyé sur la touche d'appel, porté le téléphone à mon oreille puis ai fait mine de renifler l'appareil.

— Eh, Anne, tu as changé de parfum ?

Ma réflexion a plongé Carrie et Michel dans de nouveaux éclats de rire.

Mon père a décroché à la première sonnerie.

— Que se passe… ?

— Pardon, papa, ai-je lancé pour couper court à son éventuel sermon. Je voulais t'appeler pour te demander si je pouvais me faire photographier au bal. Mais Anne m'a piqué mon téléphone et l'a caché dans le… enfin, dans la seule poche qu'elle avait sur sa robe. Et ensuite, il y a eu un petit problème de… sous-vêtements et elle a eu du mal à ressortir le téléphone.

Un petit rire m'a échappé.

— Désolée.

Au bout du fil, il est resté silencieux un long moment avant de s'éclaircir la voix.

— Bon, au moins, tu as l'air de t'amuser, pour changer. Appelle-moi avant de rentrer.

Ses paroles m'ont surprise. Il avait raison : en effet, je passais une excellente soirée. Je m'amusais follement, pour tout dire.

Maintenant, si je pouvais juste éviter de voir Tristan en train de danser avec Bethany toute la nuit…

# 7

*Tristan*

C'était idiot de ma part de prendre la route de Drip Rock. J'avais déjà quinze minutes de retard pour aller chercher Bethany, et ma colline favorite se trouvait à l'opposé de sa maison.

Pourtant, je me suis retrouvé à rouler dans cette direction. J'avais besoin de… quelque chose.

De l'air frais. Du calme. Quelques minutes de liberté. Mes parents m'avaient séquestré chaque seconde que je ne passais pas au lycée. S'ils m'avaient autorisé à sortir ce soir, c'était uniquement parce que j'avais écouté les suggestions on ne peut plus subtiles de ma mère, et que j'avais demandé à Bethany de m'accompagner au bal. Non parce que les choix de ma mère en matière de petites copines de substitution me semblaient judicieux, mais parce que j'avais juste besoin de voir Savannah en dehors des cours une dernière fois avant la fin de l'année scolaire.

J'avais donc appelé Bethany — comme on m'en avait prié la semaine précédente. Ensuite, j'avais enfilé le smoking que ma mère avait loué et quitté la maison avec les fleurs qu'elle avait achetées pour ma cavalière. Mais au moment de quitter l'autoroute et de rejoindre le quartier où Bethany habitait, j'avais pris la direction opposée pour me rendre ici, sur cette colline que j'affectionnais.

Malgré le soleil couchant, l'air était encore chaud, et aucun vent ne venait le rafraîchir. Le ciel s'obscurcissait au-dessus des pins et frissonnait sous l'effet de la chaleur. Et ce n'était que le début. Dans les semaines à venir, quand l'été s'installerait pour de bon, rester à l'extérieur après 11 heures du matin relèverait de la pure torture.

Rien que là, j'avais déjà l'impression d'être entré par erreur dans un marécage… Même l'air ambiant semblait déterminé à m'étouffer.

J'ai jeté un bref coup d'œil aux fleurs que Bethany devait agrafer à sa boutonnière. Posées sur le tableau de bord, elles semblaient attendre en silence. Ma mère serait furieuse si elle apprenait que je les laissais s'étioler dans ma voiture au lieu de me précipiter directement chez la fille qu'elle m'avait choisie pour les lui offrir comme le gentil petit garçon que j'étais censé être.

J'ai laissé traîner mon regard sur les collines environnantes, puis j'ai levé les yeux vers le ciel. A l'est, les premières étoiles commençaient à briller. *Où se trouvait Savannah en ce moment ?* Pour la millième fois, je me le suis demandé. Etait-elle chez Anne en compagnie de ses amies, en train de se préparer, souriant à son image dans le miroir, ses longs doigts occupés à maquiller son visage et à coiffer ses cheveux ?

Pensait-elle à moi, rien qu'un peu ?

Je savais qu'en arrivant au bal, elle serait plus belle que jamais. Plus tôt dans la semaine, au secrétariat, j'avais intercepté une pensée de Michelle se représentant Savannah dans une longue robe de satin noir. Elle paraissait sincèrement fière d'avoir déniché cette robe pour son amie. Et si la mémoire de Michelle était fidèle, cette fierté était justifiée ! Savannah allait être encore plus éblouissante qu'à l'accoutumée.

Cette soirée où j'allais regarder Savannah sans pouvoir la prendre dans mes bras ou danser avec elle serait à coup sûr une véritable séance de torture.

*Surtout avec une autre fille à mon bras.*

Si j'avais été un peu plus futé, je serais carrément resté chez moi.

Sauf que je ne pouvais pas. Tout comme je ne pouvais me convaincre de faire une croix sur notre relation. Ce n'était pourtant pas faute d'avoir essayé. Je m'étais répété sans cesse que nous étions dans une impasse, qu'il n'y avait plus rien à faire. Trop de personnes en position de force entravaient notre chemin. Mais chaque fois que je m'exhortais à l'oublier, tout en moi se rebellait. Je ne pouvais tout simplement pas imaginer mon avenir sans Savannah.

Comment deux personnes pouvaient-elles sembler tellement faites l'une pour l'autre, être tellement heureuses ensemble, et pourtant, main dans la main, paraître à ce point choquantes aux yeux des autres ?

Il devait exister une solution qui m'avait échappé. Il me fallait peut-être prendre un peu de recul par rapport au problème. A moins que je n'en sache pas assez sur le Conseil des Vampires. Quant à mes parents, je les comprenais… ils essayaient seulement de me protéger. Ils n'arrivaient pas à imaginer que Savannah ne représente aucun danger pour moi. Mais si je parvenais à convaincre le Conseil de changer d'avis en ce qui nous concernait, Savannah et moi, et si en parallèle j'arrivais à fabriquer un charme d'atténuation du désir de sang me permettant de côtoyer Savannah sans risque, mes parents reviendraient certainement sur leur décision, eux aussi. Je ne voyais pas comment leur crainte des vampires pouvait surpasser leur amour pour moi, tout de même. Je savais qu'au fond, ils souhaitaient mon bonheur. Il me fallait juste trouver un moyen de balayer leurs peurs.

J'étais convaincu que Savannah et moi, c'était pour la vie, que notre amour serait la preuve dont tout le monde avait besoin pour venir à bout des frayeurs et des haines qui faisaient rage dans chaque camp. Une chose était certaine : avant que nous puissions nous retrouver, Savannah et moi, nous allions devoir nous débarrasser de tous ces préjugés. *Mais comment ?*

Savannah en savait plus que moi sur le Conseil. Si je pouvais la persuader de me parler, nous pourrions échafauder un plan ensemble afin de les apaiser. Mais elle refusait de m'adresser la parole, parce qu'elle écoutait les autres ; leurs peurs lui avaient fait baisser les bras, et elle s'était laissé convaincre de ne plus lutter pour sauver notre amour. Pourtant, je *savais* qu'elle m'aimait. Je n'avais pas l'ombre d'un doute là-dessus. Certes, nous avions joué la comédie aux yeux des autres, nous avions tous les deux gardé le secret concernant sa part vampirique, mais ce que nous avions vécu et ressenti ensemble n'était pas un mensonge. Nos discussions, nos baisers, nos étreintes, les regards échangés… jamais je n'avais rien senti d'aussi réel ; aucune magie sur terre n'était plus forte que tout cela.

Plus jamais je n'éprouverais pareils sentiments.

Hélas, je ne pouvais mener cette bataille à moi seul. J'avais besoin de l'aide de Savannah. Comment la convaincre que nous pouvions l'emporter alors qu'elle refusait même de me parler ?

*La magie.* Je pouvais fabriquer un charme lui permettant de sentir ce que je ressentais. Je pouvais littéralement lui offrir ma confiance et ma foi dans ce que nous étions l'un pour l'autre. Alors, elle retrouverait la force de se battre pour nous. Il le fallait.

La cafétéria serait plongée dans la pénombre durant le bal… Ce serait certainement l'occasion idéale d'entraîner Savannah hors de vue. Si le charme fonctionnait, elle accepterait de se connecter avec moi en rêve, plus tard dans la nuit. Alors, nous pourrions mettre au point un nouveau plan ensemble.

Quel charme devais-je utiliser ? Mon père ne m'avait jamais appris à donner de la confiance à quelqu'un !

Cela dit, pourquoi me creuser la tête à trouver un charme spécifique, de toute façon ? La magie n'était pas une question de formules ou d'incantation. Il s'agissait de se concentrer sur ce que l'on voulait obtenir, d'instiller ces intentions par la force de la volonté, puis de libérer le charme afin qu'il fasse effet.

En retournant dans ma voiture, j'ai eu l'impression de respirer pour la première fois depuis des semaines ; aussitôt, j'ai créé le charme dans mon esprit.

— *Je veux que tu ressentes ce que je ressens, Savannah,* ai-je murmuré en démarrant. *J'ai besoin que tu aies confiance en nous, comme moi. Je veux que tu aies envie de continuer de te battre à mes côtés, de m'aider à trouver un moyen de les faire changer d'avis.*

Je me suis représenté ces pensées puis les ai imaginées en train de se remplir d'énergie. Ensuite, je les ai libérées dans l'air, vers le lieu où j'imaginais que Savannah se trouvait en ce moment… au bal.

Prudemment, je suis redescendu de la colline et j'ai

pris la direction de la ville. Je pouvais aller chercher Bethany et être au bal d'ici un quart d'heure.

Le charme allait sans doute prendre effet immédiatement. J'espérais qu'il durerait assez longtemps : une fois arrivé à la cafétéria, il me faudrait quelques minutes pour trouver Savannah, plus une ou deux autres pour lui parler et la convaincre de se connecter en rêve avec moi cette nuit.

Ma voiture filait à toute allure sur la route en pente raide qui, heureusement, restait rectiligne sur une grande distance. Mais bientôt, j'ai distingué le virage serré au bout de la ligne droite. J'ai entrepris de freiner pour le négocier en douceur.

*La voiture n'a pas ralenti.*

Cette fois, j'ai écrasé la pédale jusqu'au plancher. Les freins n'ont pas davantage répondu, et la voiture a continué de prendre de la vitesse ; le virage se rapprochait inexorablement.

Jurant à mi-voix, j'ai rétrogradé d'un coup pour forcer le moteur à ralentir la voiture.

Mais il était trop tard.

Mâchoires serrées, je me suis accroché au volant de toutes mes forces, tentant de prendre le virage sans quitter la route, mais j'allais beaucoup trop vite. Le véhicule a basculé sur les roues de gauche sans ralentir. Le paysage autour de moi s'est mis à tournoyer dans un fracas de verre brisé dont les éclats ont volé dans l'habitacle. Ma ceinture de sécurité s'est bloquée, m'enserrant la poitrine et me coupant la respiration d'un coup.

*Je n'aurais peut-être pas dû pratiquer la magie au volant* a été ma dernière pensée.

C'est en raccrochant le téléphone que je l'ai entendu. C'était comme si Tristan était juste derrière moi et qu'il me parlait tout bas à l'oreille.

« Je veux que tu ressentes ce que je ressens, Savannah, murmurait-il. J'ai besoin que tu aies confiance en nous, comme moi. Je veux que tu aies envie de continuer de te battre à mes côtés, de m'aider à trouver un moyen de les faire changer d'avis. »

Sa voix était si claire dans ma tête que j'ai littéralement fait volte-face, certaine qu'il devait s'être discrètement introduit dans les toilettes.

Mais il n'était pas là.

J'ai passé la tête par la porte entrebâillée. Pas de Tristan en vue, ni dans le petit couloir menant aux toilettes, ni dans le réfectoire transformé en salle de bal situé juste en face.

— Savannah ? a demandé Carrie, qui était en train de rectifier son maquillage. Quelque chose ne va pas ?

— Non, rien, ai-je répondu avec un sourire forcé. J'ai cru entendre quelqu'un nous appeler à l'extérieur.

J'ai refermé la porte avant de faire semblant de vérifier mon maquillage dans le miroir. C'est alors que le choc m'a atteinte de plein fouet. Une vague de douleur, puis une autre, puis encore une autre, est venue assaillir chaque parcelle de mon corps. Une douleur atroce, comme je n'en avais jamais ressenti auparavant — pas même durant la semaine où, alors que j'étais en Seconde, le début de ma puberté avait réveillé les cellules de mes deux parts génétiques, sorcière et vampire, provoquant entre elles une guerre interne qui avait failli me tuer.

*Oh ! mon Dieu.* Cette fois, j'étais vraiment en train de mourir.

Je me suis agrippée au lavabo, les mains crispées sur la faïence froide, les jambes agitées de tels tremblements que, sans ce soutien improvisé, je serais tombée à coup sûr. *Que m'arrivait-il, bon sang ?*

— Sav ? Savannah ! Que se passe-t-il ?

Les voix de mes amies me parvenaient, distantes, étouffées. J'ai secoué la tête et focalisé mon attention sur la douleur. Qu'arrivait-il à mon corps ? Etait-ce un signe que le désir de sang s'apprêtait à me submerger, ou quelque chose du même acabit ? Non, ce n'était pas possible. J'avais déjà éprouvé l'envie de sang, et je n'avais rien ressenti de tel.

— Mais qu'est-ce qu'elle a ? a demandé Michelle d'une voix suraiguë.

— Aucune idée. Va chercher un prof, a ordonné Carrie.

Anne s'est avancée vers la porte, mais je lui ai attrapé le bras au passage.

— Non, attends. Ce n'est pas…

J'ai fermé les yeux et fouillé mentalement dans mon corps pour trouver l'origine de la douleur.

— Ce n'est pas moi. Je veux dire, je vais bien.

— Mais alors que se passe-t-il ? a insisté Anne en s'accroupissant devant moi.

De nouveau, je n'ai pu que secouer la tête.

— Je ne sais pas…

*Mais soudain, j'ai compris.* Et à ce moment, j'ai sincèrement regretté qu'il ne s'agisse pas de l'envie de sang ou d'un quelconque trait vampirique qui aurait décidé de se manifester dans mon corps précisément ce soir. J'aurais préféré qu'il s'agisse de n'importe quoi d'autre que ce que mon instinct, mon cœur et mon âme m'affirmaient que c'était.

— Oh ! mon Dieu. *C'est Tristan*, ai-je murmuré.

J'ignorais comment je le savais. Mais j'en étais certaine. Quelque chose n'allait pas.

Il était grièvement blessé.

Il fallait que je prévienne quelqu'un. Tout de suite.

— Quoi ? s'est étonnée Anne.

Ouvrant les yeux d'un coup, je l'ai écartée sans ménagement et me suis mise à secouer la poignée de la porte des toilettes. Mais nous l'avions fermée à clé.

— Est-ce qu'Emily Coleman est là ? me suis-je écriée tout en m'acharnant sur la poignée.

— Qui ? a demandé Michelle.

— La sœur de Tristan !

Mes doigts tremblaient trop pour parvenir à tourner la clé dans la serrure. Une terreur folle s'est emparée de moi et, mêlée à un accès de désespoir, m'a transformée en une créature quasi animale. J'ai enserré la poignée de mes deux mains, tiré d'un coup violent, puis perçu avec satisfaction le craquement du bois et le grincement du métal. L'instant d'après, la poignée me restait dans les mains.

Je l'ai balancée par terre, et elle est venue s'écraser sur le carrelage dans un tintamarre métallique.

— Savannah, quelle mouche t'a piquée ? s'est exclamée Carrie, les yeux écarquillés.

Mais j'étais déjà sortie. J'ai traversé le petit couloir et j'ai couru en direction des éclairages stroboscopiques et des bouquets de ballons au milieu de la cafétéria, à l'affût de la sœur de Tristan. Elle devait être là. L'équipe de danse de Terminale organisait toujours le bal de printemps ; c'était ainsi qu'elles collectaient des fonds pour aider à financer l'ensemble des équipes du lycée. Emily était forcément quelque part dans les parages.

La table des punchs. Bingo.

— Restez ici ! ai-je ordonné à mes amies.

Quelque chose dans ma voix ou dans mon expression devait les impressionner, car pour une fois, elles ont obéi sans discuter.

Je me suis efforcée de ne pas courir, adoptant à la place les plus larges enjambées possibles, ce qui n'était pas chose aisée avec ces saletés de talons qui menaçaient de se dérober sur le sol glissant.

J'avais à peine parcouru la moitié de la piste de danse que j'ai vu la tête blonde d'Emily se dresser d'un coup. L'expression de mon visage devait me trahir, car elle a gardé les yeux rivés sur moi tandis que j'approchais.

— Tristan, ai-je haleté en arrivant enfin à sa table.

Penchée vers elle, j'ai ajouté :

— Il y a un problème. Il faut que tu l'appelles.

Elle a froncé les sourcils dans un mélange d'inquiétude et de confusion. Mais au moins, elle s'est emparée de son téléphone et a essayé aussitôt de le joindre.

— Il ne répond pas, a-t-elle crié pour se faire entendre par-dessus la musique.

— Je ne sais pas où il est, mais il est blessé. Il faut qu'on le trouve, lui ai-je dit en contournant la table.

— Comment sais-tu…

— Je ne sais pas comment. Il était peut-être en train d'essayer un charme de connexion ou quelque chose comme ça. J'ai cru l'entendre me parler, et ensuite j'ai ressenti sa douleur.

Alors même que je la précédais hors de la cafétéria, une souffrance incroyable continuait de palpiter dans tout mon corps.

J'ai poussé les portes pour les ouvrir — trop fort. Elles ont claqué violemment contre le mur de briques du bâtiment. Les yeux d'Emily se sont écarquillés.

Son étonnement m'importait peu. Rien n'avait d'importance, à part trouver Tristan à temps.

— Où est ta voiture ? ai-je demandé.

Elle a bifurqué à droite et j'ai repéré son véhicule, une décapotable d'un rose immanquable, garée dans la rangée la plus proche du trottoir.

— Qu'est-ce que tu fais ? a-t-elle demandé en me voyant attraper la poignée de la porte passager.

— Je viens avec toi.

— Tu ne peux pas. Vous deux, vous n'êtes pas censés…

— Je sens encore sa douleur.

De fait, elle était même plus forte depuis que nous avions quitté la cafétéria.

— Je crois que je peux m'en servir pour le retrouver.

— Tu plaisantes, je suppose ?

J'ai ouvert la portière et suis montée dans la voiture.

Gonflant les joues, Emily s'est installée au volant ; elle a démarré la voiture et est sortie du parking. Arrivée au stop, elle m'a demandé :

— De quel côté ?

Je me suis penchée sur la gauche, et la douleur a reflué légèrement.

— A droite.

Nous avons répété le procédé à chaque intersection, processus qui s'est avéré affreusement long, mais nous n'avions que mes seules sensations pour nous guider.

Emily avait essayé d'appeler ses parents, mais ils n'avaient pas la moindre idée de l'endroit où Tristan se trouvait. Apparemment, il aurait dû passer prendre Bethany une demi-heure plus tôt, mais celle-ci l'attendait toujours. Emily avait mis fin à la conversation sans leur expliquer pourquoi elle s'inquiétait à son sujet, ni leur dire que j'étais avec elle.

Dix minutes plus tard, nous étions arrivées à la sortie de la ville, et nous avons pris la direction de Three Mile Drive.

— Qu'est-ce qu'il ficherait par là ? a marmonné Emily.

Je me posais la même question. C'était à l'opposé de la maison de Bethany.

Mais je n'avais pas le temps de me soucier de ce détail pour le moment. La douleur était devenue si forte que j'avais du mal à respirer.

— Il est tout près, l'ai-je prévenue. Ralentis.

Dieu merci, elle a aussitôt obtempéré, nous évitant quatre pneus crevés — en effet, quelques mètres plus loin, à l'endroit du virage, le bitume était couvert de bris de verre qu'elle a évités de peu.

En sortant de route, la voiture de Tristan avait emporté tout un pan de barrière de bois et fils barbelés. Manifestement, elle avait fait plusieurs tonneaux dans le champ attenant avant de s'arrêter à une vingtaine de mètres de la route.

Je ne me souviens pas d'être sortie de la voiture, ni même que celle-ci se soit arrêtée. Je me rappelle juste m'être retrouvée dehors, à courir à toutes jambes dans le champ en direction de l'amas de ferraille qui y gisait, priant de toutes mes forces pour que Tristan soit sain et sauf.

Alors que je contournais la voiture pour aller du côté conducteur, j'ai senti la douleur cesser d'un coup, comme si on avait appuyé sur un bouton *off*.

— Tristan ! ai-je hurlé en attrapant la poignée de la portière.

Mais celle-ci était tordue et refusait de bouger d'un millimètre.

— Emily, je ne le sens plus du tout. Appelle les secours !

J'ai passé la main par la vitre brisée et, avec précaution, j'ai posé mes doigts sur sa nuque, là où son pouls aurait dû battre avec régularité. Je le sentais — mais à peine.

— Tristan, s'il te plaît, ai-je chuchoté. S'il te plaît, reste avec moi.

# 8

*Savannah*

Emily achevait de discuter avec quelqu'un au téléphone. Après avoir raccroché, elle s'est glissée près de moi et a touché l'épaule de son frère.

— Oh ! mon Dieu, a-t-elle soufflé. Tristan, tu n'as pas intérêt à me claquer dans les doigts !

Dans son acharnement à tirer sur la poignée de la portière, son chignon banane, soigneusement lissé l'instant d'avant, s'est défait, laissant échapper des mèches blondes dans tous les sens.

— A trois, on tire ensemble, lui ai-je intimé.

J'ai attrapé fermement la base de la fenêtre sans prêter attention aux fragments de verre qui s'incrustaient dans ma chair.

— Un, deux… trois.

Nous avons tiré de toutes nos forces, et la portière s'est ouverte si brusquement que nous nous sommes retrouvées les fesses par terre. Maladroitement, je me suis relevée, maudissant mes talons hauts qui s'enfonçaient dans la terre meuble.

Emily devait être plus habituée à porter des escarpins, car elle était déjà auprès de Tristan, la main de nouveau posée sur son épaule.

— Il faut qu'on le sorte de là, a-t-elle marmonné. Comme ça, j'arriverai mieux à travailler sur lui.

— Est-ce que tu sais ce que tu fais ? lui ai-je demandé.

*En le transportant, ne risquions-nous pas d'aggraver ses blessures ?*

— Il faut qu'on essaye. L'ambulance ne sera pas là avant cinq ou dix minutes. Et son pouls…

— Je sais.

Je ne voulais pas l'entendre dire ce que je savais déjà : que les battements de son cœur étaient beaucoup trop faibles. Que nous étions en train de le perdre.

Non. Nous ne *pouvions pas* le perdre. Je *refusais* de le perdre. Je m'en fichais, de ne pas pouvoir être avec lui. J'avais besoin de savoir qu'il était en vie, quelque part, dans ce monde. Sinon, je deviendrais folle.

— D'accord, prends-le par les pieds, ai-je ordonné en attrapant Tristan par les épaules.

Je l'ai tiré vers moi. Emily s'est glissée à grand-peine entre la portière et moi, et elle a libéré les jambes de son frère de la colonne de direction enfoncée.

Sans trop savoir comment, nous sommes parvenues à extirper Tristan de la voiture et à le déposer sur le sol. Tenant délicatement sa tête sur mes genoux, j'ai essuyé le sang qui coulait de son front tandis qu'Emily s'agenouillait à côté de lui.

— Il est cassé de partout, a-t-elle murmuré d'une voix brisée.

— S'il te plaît, fais quelque chose, ai-je gémi.

Je la suppliais, je suppliais Dieu, je suppliais un univers qui n'avait montré que cruauté envers moi, dans l'espoir que, pour une fois, il accéderait à ma demande.

Emily a fermé les yeux, puis elle a posé ses mains sur la poitrine de Tristan, comme si elle s'apprêtait à faire des mouvements de réanimation cardiorespiratoire. Mais ses mains n'ont pas bougé d'un centimètre. Elle est demeurée parfaitement immobile, les paumes à plat sur le T-shirt souillé de sang. La peau de mes bras et de ma nuque s'est mise à picoter douloureusement, bien plus fort que je ne l'avais ressenti jusqu'alors, même le jour où Tristan avait recouru à la magie pour se battre contre Dylan. Cette fois-là, j'avais eu l'impression de subir une attaque de fourmis rouges. A présent, j'avais le sentiment de me trouver au beau milieu d'un essaim de guêpes particulièrement virulentes. Mon Dieu, Emily était une sorcière vraiment puissante ! *Mais l'était-elle assez pour le sauver ?*

Si seulement j'avais été autorisée à apprendre et à pratiquer la magie…

Je me suis penchée sur lui. Cette fois, la douleur que j'éprouvais dans ma poitrine était bel et bien la mienne, et elle était si forte qu'elle me pliait en deux. Du sang coulait d'une entaille sur le front de Tristan, près de sa tempe droite, et j'ai perçu l'envie de sang, en arrière-plan, qui réclamait mon attention. Mais rien ne pouvait me détourner de la terreur sans nom qui me glaçait les veines à cet instant précis, pas même mes instincts de vampire.

— Je t'en prie, Tristan, reste avec moi, ai-je murmuré contre son front.

Les lèvres posées sur le seul emplacement qui ne soit pas ensanglanté, je sentais ses cheveux me frôler le nez et les joues.

*Et puis je l'ai entendu.* Un battement puissant, solide, suivi de ces pulsations rapides et à peine audibles qui m'avaient tant effrayée.

— Encore, Emily, l'ai-je encouragée.

Elle a augmenté son niveau d'énergie, et j'ai frémi tandis que des milliers d'aiguilles s'enfonçaient dans mes bras et ma nuque.

Un nouveau battement, solide et rassurant. Puis un autre. Puis encore un autre, chacun venant soutenir le pouls qui, bientôt, a adopté un rythme régulier.

Mon visage était baigné de larmes. J'ai interrogé Emily du regard pour qu'elle me confirme que ce n'était pas le fruit de mon imagination.

— Oui, il revient ! s'est-elle écriée avec un sourire de triomphe.

— C'est bien, Tristan, ai-je murmuré en retirant délicatement des éclats de verre de ses cheveux. Continue de te battre. Reviens-nous.

*Reviens-moi.*

La sirène d'une ambulance, au loin. Les secours étaient là. Ils se sont arrêtés au milieu de la route, et deux silhouettes ont sauté de la cabine pour décharger une civière à l'arrière du véhicule.

— Je crois que ça va aller, a dit Emily à mi-voix. Quelques points de suture ici et là, et pas mal de fractures qu'il va falloir réduire, mais je suis sûre que la magie du Clan l'aidera à se remettre très vite. Ça va aller.

J'ai tenu la main de Tristan pendant que les urgentistes ajustaient une minerve autour de son cou avant de glisser un brancard sous lui pour pouvoir le hisser sur la civière. Quand ils l'ont emporté dans l'ambulance, je les ai accompagnés sans lâcher la main de Tristan. Il n'avait toujours pas repris conscience. J'avais besoin de voir ses yeux verts me regarder pour être convaincue qu'il s'en sortirait.

— Mademoiselle, a dit l'un des urgentistes, il faut que vous le lâchiez pour que nous puissions le charger.

— Je veux monter avec lui.

Emily a posé une main sur mon avant-bras.

— Ce n'est pas possible. J'ai appelé mes parents. Ils sont déjà en route pour l'hôpital où il va être transporté. Ils seront là-bas quand l'ambulance arrivera.

— Je m'en fiche. Il faut que j'y aille.

— Tu ne peux pas, a répété Emily avec plus de fermeté. Tu sais ce qui va se passer.

— Je t'en prie, l'ai-je implorée. Je veux être sûre qu'il va s'en sortir.

— Je comprends très bien. Mais il faut que tu le laisses, maintenant.

Elle s'est rapprochée un peu plus pour me murmurer à l'oreille :

— Je t'en prie, ne m'oblige pas à utiliser la magie pour te forcer à le lâcher. Je sais que tu l'aimes. Je te promets de t'appeler pour te tenir au courant.

En cet instant, je la haïssais presque. Mais une partie de moi, plus logique, m'a fait entendre raison, et j'ai lâché la main de Tristan avant de m'écarter.

— C'est quoi, le numéro de ta copine ? a-t-elle demandé pendant que les urgentistes glissaient la civière dans l'ambulance.

— Quoi ? Pourquoi ?

— Parce que je vais devoir suivre l'ambulance. Il faut que quelqu'un vienne te récupérer.

Je lui ai dicté le numéro d'Anne, et elle l'a appelée aussitôt. Elle n'a pas eu à palabrer longtemps pour que mon amie accepte de venir me chercher.

— Elle a dit qu'elle serait là dans dix minutes, a annoncé Emily après avoir raccroché. Maintenant, donne-moi ton numéro.

Comme figée, je l'ai dévisagée sans répondre. J'étais

tellement focalisée sur les portières de l'ambulance qui se refermaient sur Tristan que je n'arrivais pas à comprendre le sens de sa question.

Elle m'a touché l'épaule.

— Savannah, j'ai besoin de ton numéro si tu veux que je te donne des nouvelles de Tristan.

J'ai sursauté.

— Tu vas vraiment m'appeler ?

Un petit sourire a étiré ses lèvres.

— Je t'ai promis de le faire, non ? Tristan ne t'a pas dit que je tenais toujours mes promesses ?

Je lui ai donc donné mon numéro. Puis je me suis demandé où j'avais laissé mon téléphone… C'était peut-être Anne qui l'avait.

Emily a enregistré le numéro dans son répertoire.

— Tu vas t'en sortir, le temps qu'elle arrive ? Tu veux que je l'attende avec toi ?

— *Non !* ai-je protesté d'une voix rendue suraiguë par la panique.

L'un des ambulanciers m'a jeté un bref regard par-dessus son épaule avant de s'installer au volant.

— Non, s'il te plaît, suis-les, ai-je repris plus calmement.

Elle serait mon seul contact à l'hôpital. Ma seule façon de savoir si l'état de Tristan empirait.

Elle a eu un instant d'hésitation puis m'a serrée contre elle, très vite mais avec force.

— Tiens le coup. Il va s'en sortir. Dans quelques semaines, il sera redevenu le sale gosse pourri-gâté que j'ai toujours connu. Et au fait, Savannah… ?

L'ambulance s'est éloignée en direction de la ville, ses feux arrière s'estompant peu à peu.

— Oui ? ai-je demandé distraitement.

— Merci.

Cette fois, je l'ai regardée en face :

— Remercie-moi en me donnant des nouvelles.

— Je le ferai, c'est promis.

Et, à son tour, elle est partie à la suite de l'ambulance.

Soudain, je me retrouvais toute seule dans un champ au beau milieu de la nuit, avec pour seule compagnie l'épave de la voiture de Tristan. Pourtant, je ne parvenais pas à verser la moindre larme. Tant que Tristan s'en sortait, rien d'autre n'avait réellement d'importance.

Au loin, un mouvement à la lisière des bois a soudain attiré mon attention. La lumière de la lune était suffisamment forte pour que je distingue une silhouette pénétrant sous les arbres. Malheureusement, elle était trop loin pour que j'en distingue les détails avant qu'elle soit de nouveau avalée par la forêt et l'obscurité. Serait-ce un voisin venu observer la dernière tragédie locale ? Sans doute.

Mon regard est revenu se poser sur la carcasse de métal située entre la lisière des bois et l'endroit où je me trouvais. Vacillant sur mes talons hauts, je suis retournée auprès du véhicule accidenté et me suis arrêtée près de la portière conducteur. L'image de Tristan effondré sur le siège, inconscient et couvert de sang, m'est revenue à la mémoire. Comme mus par une volonté propre, mes doigts sont venus caresser l'appuie-tête de cuir et j'ai frissonné.

*Ce soir, j'avais failli le perdre.*

Anne m'a rejointe quelques minutes plus tard. Elle m'a touché le bras et a étouffé un cri :

— Savannah, tu es gelée ! Ça va ? Que s'est-il passé ?

L'espace d'un instant, j'ai eu comme un blanc.

— Anne… Tristan a eu un accident. Sa voiture est fichue. Mais Emily affirme qu'il va s'en sortir.

— Allez, viens, il faut que tu te réchauffes.

Je l'ai suivie sur la route où elle avait laissé son pick-up dont le moteur continuait de tourner. Nous nous y sommes installées et, après avoir monté le chauffage au maximum, elle a pris la direction de la ville.

— C'est toi qui as mon téléphone ? lui ai-je demandé.

J'avais l'impression d'être engourdie des pieds à la tête. Je n'arrivais même pas à sentir la chaleur qui, d'après le bruit que produisaient les aérations situées sur le tableau de bord, devait avoir empli l'habitacle.

— Emily a promis de m'appeler pour me tenir au courant de l'état de Tristan, ai-je ajouté.

— Oui, c'est moi qui l'ai.

Elle a fait mine de me le lancer puis, après une hésitation, s'est contentée de le poser sur le siège entre nous, estimant sans doute qu'elle en avait assez fait voir à ce pauvre téléphone pour ce soir. Je l'ai pris à deux mains et l'ai serré contre mon cœur, jurant de m'endormir, si nécessaire, avec cet engin qu'autrefois je maudissais, du moins jusqu'à ce qu'on m'annonce que Tristan était hors de danger.

— J'ai dit aux filles qu'on les retrouverait au *Sonic*, comme prévu, a dit Anne en s'engageant sur la route principale.

J'ai jeté un coup d'œil à l'horloge de l'autoradio, sidérée : le bal devait déjà toucher à sa fin. *Combien de temps Emily et moi étions-nous restées dans ce champ à essayer de sauver Tristan ?*

Anne vibrait de curiosité tandis qu'elle conduisait, je le sentais. Mais elle est parvenue à ne poser aucune des questions qui lui brûlaient les lèvres, et elle a conduit en silence, jusqu'à ce que nous trouvions une place de parking au *Sonic*. Là, elle a passé une commande susceptible de rassasier un ogre.

— Tu veux quelque chose ? a-t-elle demandé.

— Un Coca *float*, ce sera parfait.

Je ne me sentais pas capable d'avaler quoi que ce soit d'autre tellement mon ventre était serré. Ma mère avait toujours prétendu que le mélange de l'acide et du lait faisait du bien aux estomacs dérangés. J'allais avoir l'occasion de mettre sa théorie à l'épreuve.

Anne a laissé le chauffage en route jusqu'à ce que le guichetier nous tende notre commande. Alors seulement, elle l'a éteint.

— Désolée, mais je crève de chaud. Et toi, tu as encore froid ?

En toute honnêteté, j'aurais été bien en peine de le savoir vu que, ces derniers temps, j'étais perpétuellement frigorifiée.

— Ça va, merci. Et merci d'être venue me chercher. Merci pour tout.

— Ce n'est rien, m'a fait Anne. Mais pourrais-tu au moins me dire ce qui se passe ? Avec Emily, vous vous êtes enfuies comme des voleuses, sans un mot d'explication. Et puis voilà qu'elle m'appelle pour me demander de te récupérer dans un champ au beau milieu de nulle part, à côté de l'épave de la voiture de Tristan. Je ne savais même pas que vous étiez amies, toutes les deux.

— Non, nous ne le sommes pas. Pas vraiment. C'est juste que…

Bon sang ! Dans mes bons jours, je mentais déjà très mal. Alors comment diable allais-je pouvoir inventer une histoire qui tienne la route pour expliquer la tragédie de ce soir ?

Je me suis laissée aller contre l'appuie-tête et j'ai fermé les yeux ; ma fatigue de tout à l'heure revenait, décuplée cette fois. J'en avais tellement marre de tout ça. Les secrets qu'il fallait garder à tout prix, la solitude, la culpabilité. Je n'en pouvais plus. Peut-être Michelle et Carrie devaient-elles être gardées à l'écart de tout cela. Carrie ne me croirait jamais, de toute façon, et Michelle risquait de vendre la mèche sans le vouloir. En revanche, Anne était une tombe. Elle n'avait jamais trahi les secrets de quiconque, même sous l'effet de la colère.

*Alors, j'ai décidé de lui dire la vérité.*

— Je suis moitié vampire, moitié sorcière.

# 9

*Savannah*

Au moment où je lui ai fait ma révélation, Anne était en train d'ouvrir un sachet de sel. Sous l'effet de la surprise, elle a tiré trop fort et le sel a volé dans tout l'habitacle. J'ai ouvert un œil juste à temps pour voir les minuscules cristaux s'abattre sur le volant et le siège entre nous. Mieux valait que je garde les yeux fermés, finalement… Ainsi, elle pourrait faire toutes les grimaces de dégoût qu'elle voulait sans que ma dignité soit atteinte.

— Tu peux me redire ça, s'il te plaît ? a-t-elle demandé.

J'ai inspiré un grand coup et je lui ai tout raconté depuis le début, en lui expliquant l'essentiel de ce qui avait trait aux vampires et au Clan ; j'ai ensuite évoqué la relation interdite qu'avaient entretenue mon père et ma mère, et comment elle avait abouti au retrait de mon père du Conseil des Vampires, ainsi qu'au bannissement de Granny et de ma mère du Clan. Je lui ai dévoilé la vérité sur la mort de ma grand-mère, mes pouvoirs grandissants et la rupture avec Tristan. Je lui ai tout raconté, sans rien omettre, et me suis même risquée, à la fin de mon récit, à ouvrir les yeux. Anne était immobile, suspendue à mes lèvres. C'était bien la première fois que je la voyais délaisser un cheeseburger.

En tout cas, elle prenait tout cela bien mieux que je ne l'avais escompté. Du moins, jusqu'à présent.

Quand j'ai achevé mon récit, je me sentais… plus légère. C'était la première fois que je me confiais spontanément à quelqu'un de « normal », quelqu'un qui n'était pas impliqué dans toutes ces histoires de vampires et de Clan.

J'ai dévisagé mon amie, suspendue à ses lèvres. Allait-elle piquer une crise ? N'allait-elle pas se demander si je risquais un jour de la mordre ou de lui jeter un sort ?

Pendant un long moment, elle n'a rien dit. Enfin, elle a avalé une grande gorgée de soda, battu des paupières et dit :

— Incroyable. Et dire que je pensais avoir des problèmes familiaux…

— Tu n'imagines même pas, ai-je répondu en laissant échapper un petit rire.

— Si elle savait tout ça, ma mère ferait un infarctus.

*Mince. Et si, après tout, Anne n'était pas la tombe que je croyais ?*

J'ai repris, très sérieuse de nouveau :

— Tu ne dois rien lui dire, Anne. Ni à Carrie, à Michelle ou à qui que ce soit d'autre. Considère ça comme le plus grand secret qu'on t'ait jamais demandé de garder.

Elle a eu un reniflement de mépris.

— Oh ! arrête ! Tu m'as déjà vue trahir un secret ?

— Pas que je sache. C'est bien pour cela que tu es la seule personne normale à qui j'aie raconté tout ça.

Ma réflexion lui a arraché un sourire.

— Tu me considères comme *normale* ? Bon sang, c'est que tu dois avoir de sacrés numéros dans ta famille, alors !

— Très drôle. Mais sérieusement, Anne, c'est super-important. Et il y a autre chose, ai-je ajouté sans parvenir à réprimer un frisson. Non seulement tu ne peux rien dire à quiconque concernant tout ceci, mais tu ne dois pas non plus y penser quand il y a du monde. Les Descendants comme les vampires peuvent lire dans les pensées des humains.

A ces mots, son sourire s'est effacé.

— C'est aussi affreux que ça en a l'air, ai-je confirmé. Maintenant, tu comprends pourquoi j'ai attendu aussi longtemps pour t'en parler ?

— Ouais. Sauf que si tu me l'avais dit plus tôt, j'aurais au moins pu être une véritable amie pour toi. Tu sais, te soutenir pendant que tu traversais toutes ces épreuves.

Elle parlait d'une voix douce, presque sur le ton de l'excuse. *Et Anne était tout, sauf douce.* J'ai failli en rester muette. Enfin, j'ai répondu :

— Désolée. J'essayais juste de te protéger. Et je ne pensais pas que tu réagirais aussi bien. D'ailleurs, ai-je ajouté en la fixant d'un air soupçonneux, je me demande pourquoi tu réagis aussi bien !

La plupart des gens auraient pensé que j'étais complètement folle et se seraient moqués de moi, ou bien ils auraient paniqué.

Sur le point de porter une frite à sa bouche, Anne s'est immobilisée.

— Disons juste que… ce n'est pas forcément la chose la plus étrange que j'aie entendue récemment.

J'ai tiqué.

— Sans rire ? Qu'est-ce qui pourrait être plus bizarre que d'apprendre que Jacksonville est secrètement dirigée par une poignée de magiciens avides de pouvoir, et que ta meilleure amie est moitié sorcière, moitié vampire ?

Elle a pris une profonde inspiration.

— Je… je ne peux pas te le dire.

A mon tour, je l'ai regardée en battant des paupières.

— Pourquoi ?

— Parce que ça concerne quelqu'un d'autre, et que j'ai promis de garder le secret.

— De qui s'agit-il ?

— Ça non plus, je ne peux pas te le dire.

Elle s'est remise à mâcher ses frites, les engouffrant à toute vitesse, comme si cela lui permettait de gagner du temps avant ma prochaine question. Sauf que j'étais bien placée pour savoir qu'elle savait très bien parler la bouche pleine.

— Anne, que se passe-t-il ?

— Je ne peux rien te dire ! a-t-elle marmonné entre deux bouchées.

Elle a semblé sur le point de se resservir des frites, puis elle a marqué un temps d'hésitation.

— Au fait, tu ne peux pas lire dans mes pensées, n'est-ce pas ?

La légère angoisse qui émanait d'elle est venue agacer mes terminaisons nerveuses déjà mises à rude épreuve — comme le crissement strident d'une craie sur un tableau.

— Non, rassure-toi.

Du moins, pas encore.

Elle s'est visiblement détendue et s'est remise à mâcher lentement.

Tout à coup, ma portière s'est ouverte à la volée. Si je n'avais pas encore porté ma ceinture de sécurité, je serais tombée du pick-up.

— Alors, le monstre, on est partie en courant pour essayer de sauver son amoureux ? a lancé Dylan Williams.

Je me suis redressée, agrippée à ma ceinture dont les bords me mordaient les mains.

— Comment sais-tu…

— Tout le monde sait, a-t-il dit.

Il émanait de lui une aura sombre, aussi repoussante qu'un mauvais parfum, qui me donnait envie de me recroqueviller le plus loin possible de lui. Mais j'ai réussi à garder mon sang-froid.

— Il paraît que Roméo a essayé de se foutre en l'air dans sa voiture, ce soir, a poursuivi Dylan.

— Il ne ferait jamais une chose pareille, ai-je dit sur un ton que je voulais assuré.

Dylan a haussé les épaules.

— L'autre hypothèse qui circule, c'est que ses freins auraient lâché.

Une chape de ciment s'est abattue sur moi.

— Qui t'a dit ça ?

— Oh ! mon petit doigt, a-t-il répondu avec un sourire narquois.

*Une affreuse pensée m'a alors envahie.*

— Tu as trafiqué sa voiture ?

Cette fois, je me suis carrément penchée vers lui, prête à l'étrangler s'il répondait par l'affirmative. Il a haussé les sourcils d'un air exagérément surpris avant de répondre, sur un ton traînant :

— Et pourquoi je ferais un truc pareil, dis-moi ?

— Oh ! je ne sais pas, peut-être parce que tu es le Mal incarné, est intervenue Anne.

Il s'est penché au-dessus de mon épaule pour mieux la dévisager.

— Fais attention, ou je vais te montrer ce que c'est que le vrai Mal, Albright.

*Je rêvais, ou il était en train de menacer ma meilleure amie ?*

J'allais le tuer.

J'étais tellement hors de moi que j'ai eu toutes les peines du monde à trouver la boucle de ma ceinture de sécurité, et plus encore à la détacher.

— Si tu touches à un seul de ses cheveux…

Il a éclaté de rire.

— Bravo, Colbert. On dirait que tu commences à comprendre.

Se penchant davantage, il a murmuré :

— Alors pourquoi tu ne quittes pas la ville avant qu'il arrive quelque chose d'autre à ton entourage ?

— Oh ! arrête ! s'est exclamée Anne. Si tu crois que tu nous fais peur…

Vivement, il a reporté son regard sur elle, et un lent sourire s'est affiché sur son visage.

— Tu sais, j'ai vraiment hâte de te voir au lycée, l'année prochaine. Je sens que je vais m'éclater à t'apprendre à respecter le Clan.

Guidée par mon seul instinct, j'ai tendu la main vers lui avec l'intention de l'attraper, de le gifler — n'importe quoi pour le faire taire. J'étais tellement furieuse que j'en avais la vision brouillée.

Avec un grand rire, il a évité ma main puis s'est tourné et, d'un pas lent, s'est éloigné pour traverser le monticule de bitume qui séparait les rangées de voitures et rejoindre son propre véhicule.

J'allais le *tuer.* Je trouverais un moyen de lui trancher la gorge. S'il était pour quelque chose dans l'accident qui avait failli coûter la vie à Tristan… Et dire qu'il venait juste de menacer Anne d'être la prochaine sur sa liste !

Une voix, une voix qui me paraissait tellement lointaine a prononcé mon nom ; j'ai senti qu'on me prenait par le poignet.

— Savannah ! Tu vas casser la ceinture de sécurité !

Battant lentement des paupières, je me suis tournée vers la voix, et mes yeux sont tombés sur Anne, qui se mordait la lèvre tout en me tirant sur les mains. Je n'avais pas lâché la ceinture.

— Dis donc, quel caractère ! Et dire que je pensais être la seule à avoir du mal à maîtriser ma colère…

Elle souriait, et je lui ai adressé un regard sombre :

— Je rêve, ou il vient de dire qu'il était responsable de l'accident de Tristan ce soir ?

Son sourire s'est effacé.

— Je pense que c'était juste de la provocation. C'est un crétin, rien d'autre. Il n'est pas assez intelligent pour commettre une tentative de meurtre sans y laisser lui-même des plumes. Tu l'imagines en train de se demander où sont les tambours de freins dans une voiture ? Il finirait probablement par la retourner lui-même sur le toit pour vérifier leur emplacement !

— Mais il a bel et bien menacé de te faire du mal, ai-je rétorqué. Tu l'as entendu, ça au moins ?

Elle a levé les yeux au ciel.

— Oh ! arrête ! C'est du vent, il ne passera jamais à l'acte ! En plus, s'il lui venait dans l'idée de s'en prendre à moi, je n'aurais qu'à lui tirer dessus avec mon nouvel arc et mes flèches.

*J'avais bien entendu ?*

— Euh, un arc et des flèches ?

— Ouais. Mon grand-père m'a envoyé le dernier modèle professionnel de chez *Firestorm* pour l'ouverture de la chasse. Je meurs d'envie de l'essayer.

— Depuis quand tires-tu à l'arc ?

— Depuis l'âge de cinq ans. C'est un truc de famille. Mon grand-père dirige une manufacture d'arcs. Je t'en ai déjà parlé, tu ne t'en souviens pas ? J'ai bien dû te bassiner des milliers de fois avec ça.

Je me rappelais vaguement qu'elle nous avait toutes écœurées pendant la pause de midi avec ses histoires ; elle partait chasser le chevreuil chaque année en novembre avec son oncle. Je me souvenais très bien de l'avoir entendue mentionner qu'elle devait s'asperger d'urine de chevreuil pour ces occasions... En revanche, je ne me rappelais absolument pas qu'elle ait précisé le type d'arme avec lequel ils partaient en chasse.

— Je savais que tu aimais la chasse, mais pas que tu la pratiquais avec un arc et des flèches. Ce n'est pas un peu... démodé ? Pourquoi n'utilisez-vous pas tout simplement un pistolet ?

Elle a poussé un long soupir.

— Seigneur... Savannah, promets-moi de ne plus jamais dire une chose pareille. Premièrement, personne ne part chasser avec un pistolet. Les pistolets, c'est pour chasser *les gens*. Pour les animaux, on se sert de *fusils*. Et deuxièmement, mon grand-père m'écorcherait vivante s'il apprenait que j'utilise autre chose qu'un arc à poulies fabriqué par son usine. De toute façon, chasser à l'arc est beaucoup plus amusant qu'au fusil, et on peut difficilement se tirer dessus soi-même.

Elle s'est interrompue, comme pour réfléchir à ce qu'elle venait de dire.

— Encore que, a-t-elle repris, un parfait demeuré pourrait accidentellement se tirer dans le pied, je suppose. Ou en admettant qu'on ait vraiment un coup de malchance et que la flèche soit de mauvaise qualité, une tige pourrait exploser et te traverser la main. Sans compter, bien sûr, qu'il faut avoir une bonne expertise de son engin pour ne pas faire dérailler la corde et se massacrer le bras ou s'énucléer…

Avant qu'elle se lance dans une nouvelle diatribe sur le sujet, je suis intervenue tant que j'en avais l'occasion :

— Depuis combien de temps ton grand-père fabrique-t-il des arcs ?

— Oh ! ça fait bien quarante ans, maintenant. Tu veux voir des photos ?

Avant que j'aie pu répondre, elle s'était penchée au-dessus du siège central, avait ouvert la boîte à gants et farfouillé à l'intérieur jusqu'à ce qu'elle ait trouvé un catalogue.

— Regarde mon nouveau Firestorm, a-t-elle dit en posant le doigt sur une page. Il n'est pas sublime ? Sauf que le mien est noir. Je vais l'appeler la « Veuve Noire », d'ailleurs. J'ai trop hâte de le prendre pour aller chasser le sanglier de nuit.

Je l'ai dévisagée, éberluée. Elle devait plaisanter, là.

— Euh… le sanglier ?

Elle a hoché la tête avec enthousiasme, les yeux écarquillés d'excitation.

— Ces saletés commencent à pulluler dans toute la région. Ils représentent une véritable menace pour les cultures, ce qui explique qu'on soit autorisés à les chasser toute l'année sans permis. Avec mon oncle Danny, on a déjà fait deux expéditions cette année, essentiellement en repérage, histoire d'estimer leur nombre dans les environs, et la première fois, on a failli y laisser notre peau. Ces bestioles sont d'une agressivité inouïe !

Je me suis plongée dans l'examen de l'engin qu'elle m'avait désigné sur le catalogue. Il paraissait d'une incroyable complexité. Les arcs à poulie ne ressemblaient en rien aux arcs classiques que je connaissais.

Ils avaient une allure futuriste, et la partie principale comportait des dizaines de trous bizarres. A chaque extrémité de ce que je supposais être le corps de l'arc pendaient des poulies encore plus étranges, avec non pas une, mais trois cordes tendues sur l'engin. On aurait dit une arme tout droit sortie d'un film d'*Alien*. Comment pouvait-on tirer sur quoi que ce soit avec un truc pareil ?

J'ai feuilleté le catalogue et me suis brusquement arrêtée sur une page, l'œil attiré par une couleur incongrue.

— Ils font des arcs en rose fuchsia ?

— Oui, m'a-t-elle répondu avec un sourire, c'est l'un des modèles pour débutants. Le tout premier arc qu'on m'a offert ressemblait à ça.

Je me suis efforcée d'imaginer Anne à cinq ans, courant à travers les champs en brandissant un arc à poulie rose fuchsia deux fois plus grand qu'elle et tirant des flèches sur un Dylan qui s'enfuyait en poussant des cris d'orfraie. Un sourire réticent a commencé à dénouer les muscles de mes mâchoires. Voilà qui serait drôle à voir. Malheureusement, dans la vraie vie, Dylan n'était pas du genre à s'enfuir en courant. Il choisirait certainement de faire face et de balancer à mon amie une boule de feu magique ou quelque chose dans le genre.

Mon sourire s'est estompé et je lui ai rendu le catalogue.

— Ecoute, Anne, tu devrais vraiment être prudente. Je sais que tu te crois assez forte pour faire face aux menaces de Dylan. Mais le Clan… ils sont beaucoup plus puissants que tu ne l'imagines. Même Dylan a plus d'un tour dans son sac, et ton arc ne ferait sans doute pas le poids face à sa magie.

— Pff. Qu'il y vienne ! Je voudrais bien le voir essayer.

Je lui réglerais son compte avant qu'il ait eu le temps de me voir ou de m'entendre.

Elle a fait mine de tenir un arc dans la main gauche et de tirer une flèche imaginaire avec la droite, avant d'émettre un sifflement, sans doute censé simuler le bruit de la flèche qui volait. Puis elle a souri.

J'ai secoué la tête en soupirant. Anne connaissait les pouvoirs magiques du Clan. Elle avait entendu les rumeurs à ce sujet, tout comme les autres habitants de Jacksonville. Et elle avait même été témoin des conséquences mineures de certains de ces pouvoirs quand elle avait aidé Tristan à cacher des charmes dans mon sac de sport et dans mon casier l'année dernière, des charmes destinés à empêcher les victimes de mon regard pétrifiant de me harceler. En revanche, ce qu'elle n'avait pas encore vu, c'était la facilité avec laquelle les Descendants pouvaient, grâce à une simple décharge d'énergie, mettre quelqu'un par terre — voire le tuer. Si elle s'était trouvée là le soir où Tristan et Dylan s'étaient engagés dans une bataille magique, elle n'aurait pas été si prompte à négliger mes avertissements aujourd'hui.

Quelques minutes plus tard, Michelle et Carrie se garaient à côté de nous, en compagnie de leur cavalier respectif. La vitre du conducteur était baissée, et je les ai vaguement entendues prononcer mon nom, celui d'Emily et Tristan, puis évoquer un accident de voiture. Les nouvelles allaient vite à Jacksonville, et Tristan était le sujet favori des rumeurs.

Carrie m'a jeté un coup d'œil, a attrapé Michelle par la main, et toutes deux ont piqué un fard.

— Euh, qu'est-ce que vous voulez manger ? a demandé Carrie en s'adressant aux autres passagers de la voiture.

Pendant qu'ils passaient leur commande, j'ai consulté

mon téléphone pour voir si j'avais manqué des appels ou si l'on m'avait laissé un message. *Rien pour le moment.* Par acquit de conscience, j'ai vérifié que j'avais du réseau. Peut-être Emily n'avait-elle pas encore eu l'occasion de trouver un endroit tranquille pour m'appeler ?

Quand les commandes sont arrivées pour Carrie et les autres, Anne est sortie pour les embêter un peu par la vitre ouverte pendant qu'ils essayaient de manger. Je ne l'ai pas rejointe : l'angoisse me collait à mon siège.

J'aurais dû avoir des nouvelles, à l'heure qu'il était. Que se passait-il, à l'hôpital, avec Tristan ? Allait-il vraiment s'en sortir ?

Si Emily ne m'avait toujours pas appelée, c'est sans doute qu'il était en train de passer des radios ou d'autres examens. A moins que…

*Non, il ne fallait pas que je pense à ça.* Il allait s'en sortir. C'était obligé. Emily avait fait ce qu'il fallait pour le maintenir en vie jusqu'à sa prise en charge à l'hôpital, et le Clan allait prendre le relai. En aucun cas ils ne laisseraient mourir leur futur chef !

Mais cela ne signifiait pas pour autant que quelques Descendants n'avaient pas l'intention de se débarrasser de Tristan. Et si quelqu'un avait des raisons de vouloir faire du mal à Tristan, c'était bien Dylan. Qu'avait-il dit, le soir où il nous avait surpris en train de nous embrasser, Tristan et moi, après l'entraînement des *Charmeuses* ?

Il nous avait menacés : selon lui, les photos qu'il avait prises de nous permettraient de destituer le père de Tristan de la direction du Clan.

Ça me semblait un motif valable — pour Dylan en tout cas.

Pourtant, une part de moi donnait raison à Anne :

Dylan semblait bien trop bête pour faire quelque chose d'aussi compliqué que trafiquer les freins d'une voiture. Cela dit, il avait peut-être fini par apprendre à se servir d'internet ou à ouvrir un livre. Les miracles existaient, surtout pour des gens aussi motivés que ce crétin. Il tenait dur comme fer à évincer la famille de Tristan de la direction du Clan ; assez, du moins, pour affronter Tristan dans une bataille magique sur le campus du lycée et le laisser pour mort. Bricoler la voiture de Tristan ce soir lui aurait-il vraiment demandé plus de motivation ?

Et s'il était capable de saboter la voiture de Tristan, qu'est-ce qui l'empêchait de s'en prendre à quelqu'un d'autre, à présent ?

Quelqu'un qui n'appartenait pas au Clan, et qui n'était doté d'aucun pouvoir magique. Quelqu'un comme Anne, dont les parents, qui travaillaient dur pour gagner leur vie, n'avaient aucun appui politique dans les environs.

Et si cette menace en l'air cachait en fait une véritable intention ? S'il avait réellement prévu de lui faire du mal l'année prochaine ?

Il fallait que je trouve un moyen de protéger Anne et Tristan à la fois.

Si seulement j'avais été élevée dans la magie, comme les autres Descendants, j'aurais pu fabriquer des charmes de protection pour eux ! J'aurais aussi pu aider Tristan à guérir, ne serait-ce qu'à distance.

Mais je ne pouvais ni protéger ni aider qui que ce soit, parce que ma mère et ma grand-mère avaient promis au Clan qu'elles ne m'enseigneraient jamais la magie. Point final.

Tout cela me paraissait incroyablement injuste. Pourquoi

n'avais-je pas le droit d'user d'un pouvoir dont j'avais été dotée à la naissance ? Si mon sang était marqué par la magie de la famille Evans, alors c'était une partie de moi, au même titre que mes mains ou mes pieds ! Si Dylan et les Jumelles Pimbêches nous harcelaient, moi et mes amies, c'était parce qu'ils savaient que ma famille avait promis de ne jamais m'apprendre comment me protéger d'eux. Cela étant, c'était ma mère et Granny qui avaient fait cette promesse. Pour ma part, je n'y étais pour rien.

Si seulement j'avais accès à quelques livres de magie…

— Enfin ! s'est écriée Anne en aidant Carrie et Michelle et leurs amis à jeter leurs déchets à la poubelle. Ce n'est pas trop tôt !

Puis elle s'est rassise au volant de sa voiture et a mis le moteur en route.

— Il est temps de faire la fête !

Une demi-heure plus tard, après avoir déposé les cavaliers de Michelle et Carrie, nous nous entassions dans la chambre d'Anne, en pyjamas, parées pour une orgie de films. A mon grand soulagement, les filles avaient opté pour des comédies au lieu des films d'amour dont elles se régalaient habituellement, et elles ont fait semblant de ne pas prêter attention au téléphone qui n'a pas quitté ma main de la soirée.

A 23 heures, Emily m'a envoyé un texto pour me dire que Tristan allait bien, et qu'il dormait paisiblement. Enfin, je pouvais respirer ! Tout irait bien. Je ne savais toujours pas comment j'allais faire pour les protéger, lui et Anne, des agressions potentielles de Dylan. Mais Tristan était en vie, et il se remettait.

Pour le moment, cela me suffisait.

Tandis que mes amies alternaient éclats de rire et cris de surprise d'une scène à l'autre du film, je me suis laissé bercer par leur joie de vivre. J'étais nerveusement épuisée, et j'avais besoin de ce répit. C'était la première fois que je trouvais une application positive à ma capacité, généralement pesante, à ressentir les émotions d'autrui. Lentement mais sûrement, la tension de ma nuque et de mes épaules s'est relâchée, et je me suis aperçue que je pouvais même sourire de nouveau sans me forcer.

En regardant l'ambulance emporter Tristan, j'avais vraiment cru sur le coup que je ne survivrais pas à l'horreur de cette soirée. Au minimum, je m'étais attendue à faire les cent pas dans ma chambre pendant des heures, malade d'inquiétude et de frayeur. En aucun cas je n'aurais imaginé pouvoir passer le reste de la nuit dans mon pyjama douillet en compagnie de mes trois meilleures amies, toutes les quatre serrées autour de la télé dans la chambre d'Anne, passant de la surprise à l'hilarité la plus franche devant un film parlant d'une bande de petites vamps en Vespa et tenues bling-bling. Et pourtant, c'est exactement ainsi que s'achevait l'une des soirées les plus difficiles de ma vie.

Ce soir, j'avais affronté mes deux plus grandes peurs. D'avoir failli perdre Tristan m'avait montré que, tant qu'il serait en vie quelque part sur cette terre, je survivrais à tout ce que l'univers pourrait me faire de crasses. Cela m'avait donné le courage de faire face à ma deuxième plus grande peur et de dire toute la vérité à ma meilleure amie. Il y avait plus d'un an que je cherchais en vain à le faire, mais j'étais trop effrayée pour cela. Et j'avais découvert qu'Anne pouvait se montrer une personne bien plus ouverte que je ne l'en aurais crue capable.

Tout ce soulagement a fini par avoir raison de moi et, au lieu de coucher tout le monde comme c'était généralement le cas, j'ai été la première à m'endormir, la main sous l'oreiller, toujours serrée autour de mon téléphone comme si c'était un talisman magique. Il m'a semblé qu'à un moment, Anne se levait pour me couvrir d'une couette, ce qui m'a fait sourire dans mon demi-sommeil : qui aurait pensé qu'elle avait ne serait-ce qu'un soupçon de fibre maternelle ?

Ensuite, je me suis profondément endormie.

Le lendemain matin, à huit heures et demie, j'ai été réveillée par une vibration dans ma main. Le texto d'Emily disait :

> *24 pts de suture sur le crâne, 26 agrafes bras gche, 2 côtes KC, 2 fractures jambe gche, réduites & plâtrées, poignet gche idem. Mais tj aussi mignon. Dit que freins ont lâché ? ? ?*

# 10

*Savannah*

J'ai été obligée de lire trois fois le message — deux pour intégrer la liste de ses nombreuses blessures, et une troisième fois pour être certaine que j'avais bien compris la dernière phrase. Je serrais tellement fort mon téléphone dans ma main que le boîtier de plastique a craqué, menaçant de voler en éclats.

*Un problème de freins.* Juste comme Dylan l'avait si subtilement suggéré.

Se pouvait-il qu'il soit réellement derrière tout ça ?

Bien sûr, il aurait pu en entendre parler par l'intermédiaire d'un Descendant, ou même par un policier, et se servir de cette rumeur pour m'embrouiller, comme l'avait suggéré Anne.

Mais si Dylan n'avait pas trafiqué les freins de la voiture de Tristan, alors pourquoi avaient-ils cédé ?

En un éclair, une image m'est revenue à l'esprit : celle de cette silhouette sombre se glissant furtivement dans les bois après l'accident de Tristan. *Pouvait-il s'agir de Dylan ?*

Mais comment aurait-il pu savoir où et quand les freins lâcheraient ?

Anne avait raison. Dylan était probablement trop bête pour fomenter tout cela.

Sauf s'il était, au contraire, assez intelligent pour faire semblant d'être bête…

Bon, d'accord, cela tournait au ridicule et me donnait mal à la tête, à force. Je devenais paranoïaque. Ça arrivait assez souvent que les freins d'une voiture lâchent, non ?

*Les freins d'une voiture relativement neuve et parfaitement entretenue ?* Tu parles.

Je suis allée dans la salle de bains en face de la chambre pour m'habiller, puis j'ai rassemblé mes affaires en faisant le moins de bruit possible. Les filles avaient dû veiller bien après que je m'étais écroulée de fatigue : Michelle et Anne étaient des ronfleuses impénitentes, mais il fallait vraiment que Carrie soit épuisée pour se joindre à leur concert. Ce matin, toutes les trois ronflaient comme des bûcherons.

J'ai enjambé prudemment Michelle et Carrie pour venir tapoter Anne sur le bout du nez, à l'endroit où elle était le plus chatouilleuse.

— Moui ? a-t-elle marmonné en ouvrant un œil, tandis que sa main volait hors des couvertures pour venir frotter son nez.

— Il faut que j'y aille. Histoires de famille.

— Mmh… d'ac.

J'allais me redresser et partir quand quelque chose m'est revenu à l'esprit :

— Oh ! je peux te demander un immense service ? Tu peux brûler ma robe pour moi ?

A ces mots, elle a ouvert les yeux d'un coup.

— *Quoi ?*

M'assurant que Michelle et Carrie ronflaient toujours, j'ai murmuré :

— Elle est couverte du sang de qui-tu-sais.

Comme elle était noire, les taches n'étaient guère

visibles. Mais si je la ramenais à la maison, mon père sentirait le sang à coup sûr et il saurait que j'avais approché Tristan juste après son accident.

Anne a plissé le nez.

— Tu as une dent contre moi, ou quoi ?

Désemparée, je cherchais quoi lui répondre quand j'ai surpris son sourire narquois.

Une blague pour vampire.

— Ah ah. Tu te trouves drôle ?

Attrapant le coin de son oreiller, je l'ai brusquement tiré de sous sa tête avant de le lui écraser sur le visage.

D'une voix étouffée, elle m'a promis de se débarrasser de la robe sans tarder et je l'ai laissée là, secouée de rire sous son oreiller.

Je me suis glissée hors de la maison et, tout en avançant sur le trottoir pour rejoindre ma voiture, je me suis efforcée de me raccrocher au soulagement et à la gratitude éprouvés la veille en apprenant que Tristan allait aussi bien que possible. Mais les points d'interrogation à la fin du message d'Emily continuaient de me perturber. Tristan avait failli perdre la vie hier soir. Si Emily et moi n'étions pas arrivées sur place à temps, ou si Emily n'avait pas su le soigner, il serait mort à coup sûr.

Quelqu'un avait-il vraiment essayé de le tuer ? *Et si c'était le cas, allaient-ils récidiver ?*

Quand je suis arrivée chez moi, mon père m'attendait dans la cuisine, une tasse de chocolat chaud à la main. Il avait dû la passer au micro-ondes dès qu'il avait entendu ma voiture arriver dans l'allée.

— Merci, lui ai-je dit en acceptant la tasse de bon cœur.

J'en ai avalé une gorgée, réconfortée par la chaleur de la boisson.

Puis je lui ai lancé un coup d'œil curieux au-dessus de ma tasse.

— Tu es au courant, pour l'accident ?

Il a acquiescé.

— J'ai des relations à l'hôpital.

Je ne voulais pas savoir à quoi lui servaient les relations en question. A la place, je me suis concentrée pour conserver une voix calme et assurée.

— Emily m'a envoyé un texto ce matin. Elle a dit qu'il va bien, en dehors de quelques points de suture et de quelques fractures que les Descendants l'aideront à guérir plus rapidement. Mais il a dit que ses freins avaient lâché et que c'est pour cela qu'il n'a pas pu ralentir dans le virage. Et il semble aussi qu'il y ait eu quelqu'un qui observait la scène de loin.

Ce n'était pas un mensonge. J'omettais juste de préciser *qui* avait repéré l'observateur en question. Tout ce que savait mon père, le Conseil des Vampires l'apprendrait également la prochaine fois qu'on l'appellerait à Paris pour y faire son rapport. Ils liraient dans ses pensées et y dénicheraient tout ce qui s'y trouvait, qu'il le veuille ou non.

Si mon père soupçonnait que je ne lui disais pas tout, il n'en a rien montré.

— Voilà de bien étranges nouvelles, a-t-il marmonné. Avons-nous des raisons de penser que cette défaillance des freins puisse être un accident ?

— Emily n'a pas l'air de croire à la thèse de l'accident. La voiture de Tristan était presque neuve, et il l'entretenait avec beaucoup de sérieux.

Il m'avait même cassé les pieds pour que je fasse

la vidange de ma voiture avant l'arrivée de l'hiver, l'année dernière !

— Si les freins lâchent, soit c'est un problème de fabrication, soit…

— Soit quelqu'un essaie de déclencher une nouvelle guerre, a achevé mon père en se figeant comme seul un vampire savait le faire. Je vais alerter le Conseil.

Il a disparu dans le salon. Je suis restée dans la cuisine, assise à la petite table, jouissant de la chaleur de la tasse qui se diffusait dans mes mains. J'en avais tellement marre d'avoir froid tout le temps ! Quand mon père est revenu dans la cuisine, il m'a surprise en train de frissonner.

— Tu as froid ?

J'ai fait signe que oui.

— Je pensais à me trouver un petit chauffage d'appoint pour ma chambre.

— Tu es anémiée. C'est un symptôme de la transformation. Nous allons bientôt devoir t'apprendre à chasser et à te nourrir.

La petite quantité de chocolat que j'avais ingurgitée a commencé à faire des vagues dans mon estomac.

— Beurk, papa ! Laisse tomber. Il n'est pas question que je me… *nourrisse*. Jamais.

Rien que de prononcer ce mot, j'en avais la nausée.

— Savannah, tu es *née* avec ce besoin.

Ouais, grâce à lui et à ma mère. Merci d'avoir enfreint les règles et d'avoir fusionné, tous les deux !

Il a soupiré. C'était l'une des rares choses humaines qu'il faisait encore.

— Résister à l'appel de ta nature est à la fois stupide et inutilement dangereux pour les humains avec lesquels tu vas entrer en contact, quels qu'ils soient.

— C'est de céder à ma part vampirique qui est dangereux, ai-je riposté. Je n'ai pas besoin de sang pour survivre. Je suis toujours à moitié humaine.

*Jusqu'à présent, en tout cas.*

— Et pourtant, tu continues de perdre du poids, m'a-t-il renvoyé.

— D'accord, mes jeans sont un peu lâches, ces derniers temps. C'est juste le stress. J'aurai bientôt repris tous ces kilos perdus.

— Pas si tu ne t'alimentes pas correctement pour répondre aux besoins de ton corps. Des besoins qui ne sont plus les mêmes.

— Mais si, ce sont les mêmes, ai-je insisté. Je continue de manger de la nourriture tout ce qu'il y a de plus normal.

J'ai tenté d'adopter une expression impénétrable. Comme si j'avais déjà eu ça dans ma panoplie !

Mon père a aussitôt contre-attaqué :

— Que manges-tu, précisément ? Et n'essaie pas de me mentir, une fois de plus. Je vois bien que les réserves de nourriture dans les placards n'ont pas bougé, et je sais aussi que tu dépenses des sommes ridicules pour tes déjeuners au lycée. Pourquoi crois-tu que je t'aie encouragée à faire les courses toi-même ? Tu es libre d'acheter ce que tu veux pour manger, et pourtant tu continues à ne rien avaler.

*Saletés de relevés de compte.* J'aurais dû me douter qu'il me surveillerait par tous les moyens.

J'ai inspiré profondément par le nez, retenu ma respiration, puis soufflé lentement afin de résister à l'envie de lui faire une scène comme quand j'étais en maternelle.

— Si tu dois espionner tous mes faits et gestes, je te rends ma carte de crédit.

— C'est pour ton bien, Savannah. Pour ta sécurité, mais aussi celle des autres. A moins que tu ne souhaites que tes amies soient aussi tes premières victimes ?

— Bien sûr que non !

— Cela arrivera pourtant, à moins que tu ne décides de prendre enfin soin de toi. Tôt ou tard, ton corps va t'obliger à trouver la nourriture dont il a besoin. Soit tu choisis la nourriture en question, soit je décide à ta place.

— Très bien, me suis-je écriée, agacée. Je vais essayer de manger plus, tu es content ? Mais uniquement de la nourriture pour les humains.

— Pourquoi dis-tu que tu vas « essayer » ? Ce n'est pas facile, pour toi, de manger ?

J'ai baissé les yeux sur ma tasse, encore aux trois quarts pleine. Quelques mois plus tôt, je l'aurais engloutie en deux secondes.

— Je trouve que tout sent mauvais, ces derniers temps, ai-je avoué.

— Encore un symptôme. Bientôt, ton désir de sang ne se manifestera plus seulement envers les Descendants, mais aussi envers les humains.

Voilà bien une chose que je n'avais nulle envie d'entendre.

— On est obligés d'en parler maintenant ?

— Tu ne peux pas échapper à ta nature, Savannah.

— Je peux essayer, ai-je grommelé.

— Tu n'y arriveras pas. Et alors, des innocents seront blessés, et tu ne pourras jamais te pardonner pour ça.

J'ai soutenu son regard.

— On dirait que tu connais bien le problème.

Il n'a rien dit, et j'ai compris que c'était sa façon de répondre par l'affirmative.

Ainsi, mon père, apparemment si parfait, avait commis quelques erreurs, lui aussi. C'était perturbant mais d'un autre côté, étrangement, plutôt rassurant. S'il n'avait pas toujours été irréprochable, alors il ne pouvait attendre de moi que je me conduise de façon exemplaire.

— Tu dois affronter la réalité. Tu es unique, et tes besoins le sont tout autant.

— Comment pourrais-je l'oublier ? Toi, maman et le Clan êtes là pour me le rappeler en permanence.

Mon chocolat avait refroidi. Vivement, je me suis levée pour le réchauffer au micro-ondes.

— Te le rappeler ? Comment ça ?

— *Savannah, comment te sens-tu ?* ai-je fait en imitant sa voix grave. *Savannah, comment s'est passée ta journée ? Rien de particulier aujourd'hui, Savannah ?*

Le micro-ondes a sonné. J'ai récupéré ma tasse, l'ai posée sur le comptoir avant d'ouvrir sans ménagement le tiroir pour y prendre une cuiller. *La poignée du tiroir m'est restée dans la main.*

— Ta force s'accroît. Il va falloir que je t'apprenne à la cacher quand tu es en public.

— Excuse-moi si je ne saute pas de joie à l'idée de jouer au vampire avec toi.

Peut-être qu'en y ajoutant des chamallows, le chocolat aurait meilleur goût. J'ai entrepris de fouiller le garde-manger pour en trouver. Une fraction de seconde plus tard, mon père se tenait près de moi, son regard d'argent pâle planté dans le mien.

— Apprendre à maîtriser ta nature n'a rien d'un jeu, a-t-il commencé d'une voix glacée. Que ça te plaise ou pas, ta part vampirique se développe et s'affirme. Tu es ma fille, et tu es sous ma responsabilité. Je vais veiller à ce que tu apprennes à survivre dans ce monde avec lequel nous sommes obligés de composer. Tu apprendras à te nourrir correctement et en toute sécurité. Et je t'assure que tu vas apprendre à maîtriser suffisamment tes pouvoirs pour te fondre à la société des humains. Pas question que je te laisse exécuter par le Conseil ou que les humains fassent de toi un rat de laboratoire parce que je t'aime trop, que j'ai cédé à tes désirs et négligé de t'apprendre à ne pas être repérée.

Ouah ! C'était la première fois que je voyais mon père se mettre dans une telle fureur. Il était drôlement impressionnant. Déglutissant avec peine, j'ai malgré tout rétorqué, en ébauchant un petit salut militaire :

— Très bien. Tout ce qui vous fera plaisir, mon colonel.

— Ce qui me ferait vraiment plaisir, ce serait que tu commences ton entraînement sur-le-champ.

— *Maintenant ?* ai-je demandé d'un ton plaintif.

Il y avait à peine une heure que j'étais debout ! Et nous étions dimanche. J'aurais préféré aller dans ma chambre et finir ma nuit avant d'entamer les festivités...

— Oui, maintenant.

Il a désigné le salon d'un index intransigeant.

Tout en râlant sur ces vampires despotiques qui voulaient toujours tout régenter, je me suis dirigée d'un pas rageur vers le salon. Là, j'ai fait demi-tour pour lui faire face, les bras croisés sur la poitrine.

— Ah, les adolescents..., a-t-il maugréé avant de refaire son agaçant petit numéro de disparition-réapparition.

Il a resurgi à deux mètres de moi.

— Tu vas m'apprendre à faire ça aussi ? ai-je demandé.

Je ne plaisantais qu'à moitié.

— En fait, je vais t'apprendre à ne *pas* le faire. Du

moins, pas sans l'avoir décidé. Avec le temps — et la nourriture adaptée — tu sauras bouger plus vite que l'œil humain n'est capable de le détecter, et ta force augmentera constamment, que tu le veuilles ou non. L'objectif de cet entraînement est d'enseigner à ton corps maîtrise et autodiscipline afin de ne pas dévoiler involontairement ta force et ta vitesse devant des humains.

J'ai poussé un grognement. Mes parents avaient le chic pour enlever tout le côté *fun* des choses. J'étais à moitié sorcière, mais personne ne voulait m'enseigner la magie. Et à présent que je devenais vampire, on refusait de me laisser m'amuser avec mes nouveaux pouvoirs !

— D'accord. Mais alors qu'est-ce que je fais, je m'entraîne juste à bouger lentement et à jouer les mauviettes en permanence ?

Montant ma voix dans les aigus, j'ai battu des cils comme une midinette et me suis écriée :

— Oh ! non, ce sac est vraiment trop lourd pour moi. Quelqu'un pourrait me le porter ?

Avec un sourire, j'ai ajouté, d'une voix normale :

— Facile. C'est fait. Fin de la séance.

Mon père m'a fusillée du regard.

— Il ne te sera pas si facile d'ignorer ce qui sera bientôt un réflexe pour ton corps de vampire. Tu devras exercer une vigilance de tous les instants pour ne pas trahir tes véritables pouvoirs. Le meilleur moyen d'y parvenir, c'est de prendre l'habitude de te déplacer lentement. Au début, ça va te paraître très artificiel, alors tu dois entraîner ton corps à s'habituer à cette sensation. Nous travaillerons également sur tes muscles à l'aide de la mémoire kinésique.

Je l'ai dévisagé, complètement perdue :

— Qui n'est quoi ?

— La mémoire *kinésique*. Tu n'en as jamais entendu parler ? a-t-il demandé en levant les sourcils. Les danseurs s'en servent tout le temps. Tes muscles ont leur propre mémoire. Si tu répètes le même mouvement assez souvent, tes muscles vont commencer à se souvenir de ce mouvement à ta place. Ensuite, ton esprit aura de moins en moins de choses à se rappeler, et tu vas te mouvoir à la même vitesse que les humains, naturellement, sans avoir besoin de te concentrer pour cela.

J'ai poussé un soupir.

— Si tu le dis. Bon, alors, comment on procède ? Je me transforme en mime et je fais tout au ralenti ?

Au tic qui agitait le coin de sa bouche, j'ai compris qu'il réprimait un sourire.

— Je pensais plutôt à quelque chose comme le tai-chi.

Perplexe, je lui ai demandé :

— Ce n'est pas ce truc que les vieux font dans le parc ?

— Des gens de tout âge pratiquent le tai-chi comme une méthode de concentration et d'apaisement de l'esprit, qui permet également d'enseigner au corps la maîtrise et l'autodiscipline.

Il semblait un peu vexé. Les vampires étaient-ils complexés par leur âge ?

Puis je réfléchis à ce qu'il venait de dire : le tai-chi était un moyen de maîtriser son corps. Voilà qui pouvait m'intéresser.

— Très bien. Que dois-je faire ?

Nous nous sommes entraînés pendant deux heures, alternant avec lenteur des mouvements qui s'apparentaient presque à des enchaînements de danse classique. Sauf qu'il fallait garder les pieds à plat. Finalement, le tai-chi avait quelque chose d'apaisant, même si, au début, je trouvais ces gestes un peu étranges.

Cela me rappelait mes premiers cours de danse, en Troisième, avant que mes pouvoirs de vampire n'apparaissent et que le Conseil m'interdise de danser en public.

Certes, j'étais devenue beaucoup plus gracieuse qu'alors. Mais tout cela n'en demeurait pas moins nouveau pour moi, et j'apprenais avec maladresse à me positionner précisément pour chaque mouvement, me concentrant pour obliger mon corps à effectuer chaque nouvel enchaînement bien plus lentement qu'il ne le réclamait. C'était un véritable défi, qui avait au moins le mérite de détacher mon esprit des sujets qui me préoccupaient.

*Et mon esprit avait bien besoin de repos.*

Nous nous sommes interrompus à l'heure du déjeuner. Je voulais sauter le repas, mais mon père a insisté pour que je fasse un essai avec des légumes vapeur et des fruits, aliments qui ne faisaient généralement guère partie de mes menus... Mais comme je refusais d'ingérer du sang, il semblait déterminé à trouver les aliments humains les plus sains que je supporte de manger — puis à m'en faire avaler une ration suffisante pour une semaine.

Ce n'était pas si terrible, cela dit. Ainsi, j'ai découvert que mes nouveaux plats préférés étaient les poires en conserve et les carottes à la vapeur. Leur texture moelleuse ne blessait pas mes dents hypersensibles qui, récemment, me faisaient mal en permanence ; par ailleurs, leur goût était assez subtil pour ne pas me retourner l'estomac à peine ces aliments avalés. Je me suis également aperçue que je supportais le jus de légumes, bien que je doive le diluer dans de l'eau pour éviter que mes papilles ne se révoltent.

De toute évidence, les vampires avaient le palais délicat.

Après le repas, nous avons refait du tai-chi, nous concentrant cette fois sur les techniques de respiration, et les heures se sont écoulées sans que j'y prenne garde.

— Merci, papa, ai-je murmuré quand la lumière qui baignait la pièce à travers les stores entrouverts a commencé à prendre une teinte orangée.

Le soleil se couchait déjà, et je n'avais pas vu le temps passer.

— Ça m'a vraiment fait du bien, ai-je ajouté.

Il m'a retourné mon sourire, une expression bienveillante sur le visage. Pendant un instant, il a ressemblé à n'importe quel père humain.

— Je l'ai fait avec plaisir. Le tai-chi m'a toujours procuré l'apaisement quand j'en avais le plus besoin. J'espère sincèrement qu'il en sera de même pour toi.

Il a jeté un coup d'œil en direction des fenêtres qui s'assombrissaient.

— Malheureusement, il va nous falloir mettre un terme à notre entraînement pour aujourd'hui. Il se fait tard et je ne me suis pas nourri de la semaine. Je vais donc devoir te laisser un moment.

*Fin de la sensation d'apaisement.*

Il parlait de sucer le sang d'un pauvre type avec autant de détachement que s'il m'avait annoncé qu'il partait faire quelques courses à l'épicerie du coin. Même s'il s'agissait d'un être malfaisant, comme il appelait ses « pourvoyeurs », je trouvais déplacé d'aller à la pêche au sang avec autant de désinvolture.

Je me suis réfugiée dans ma chambre, ai ajusté mon

casque sur mes oreilles, mis la musique à fond, et me suis appliquée à ne pas penser à mon père et à ses escapades nocturnes. *Ni au fait que je risquais de finir exactement comme lui.*

# 11

*Tristan*

— Arrête de faire semblant, je sais que tu es réveillé, a grogné Emily quelque part à ma droite.

J'ai entrouvert un œil. La voie était libre, pas de parents ni de Descendants dans les parages.

— Salut. Comment tu savais que je ne dormais pas ?

Elle a haussé les épaules sans répondre et croisé les bras.

— Où sont papa et maman ?

— Je leur ai dit de faire une pause et d'aller se chercher quelque chose à manger. Tu sais, il faut que je te dise un truc : j'ai toujours su que tu étais un sale gosse, mais là, ton égoïsme dépasse tous les records. Je devrais te mettre mon poing dans la figure, mais je crois que les infirmières n'apprécieraient pas.

— Quoi ? Bon sang, mais qu'est-ce que j'ai fait ? Tu es censée me montrer de la compassion, pas m'insulter ! Je te rappelle que je suis *blessé*.

Elle a levé les yeux au ciel.

— Oh ! je t'en prie. Tu crois que j'ai avalé cette histoire de freins qui lâchent ? Tout le monde sait que tu n'étais pas supposé être là-bas, hier soir. Ils pensent que tu as tenté de te suicider.

— Arrête de délirer. J'avais besoin de prendre l'air,

c'est tout. Les parents me traitent comme un détenu en liberté conditionnelle, ces derniers temps. Je ne peux pas prendre deux minutes pour moi sans que tout le monde me croie suicidaire ?

Emily s'est absorbée dans la contemplation du carrelage, les poings serrés. Elle semblait prête à m'assommer.

C'est alors que j'ai remarqué les larmes qui perlaient au coin de ses yeux.

— Allez, petit sœur, ne pleure pas. Je vais bien, maintenant.

Emily a explosé.

— *Non,* tu ne vas pas bien, espèce d'idiot. Tu as pratiquement la moitié du corps en miettes ! Il va te falloir des mois pour te remettre !

J'ai parcouru mon corps du regard. *Parlait-elle sérieusement ?*

— Et tu as failli mourir. Savais-tu que tu as fait un arrêt cardiaque ? S'il n'y avait pas eu Savannah…

— Attends, qu'est-ce que tu racontes ? l'ai-je interrompue. Que vient faire Savannah dans tout ça ?

Je ne croyais pas un mot de ce qu'elle disait au sujet de l'arrêt cardiaque. Comme à l'accoutumée, elle en faisait des tonnes, c'est tout. En revanche, le fait qu'elle mentionne Savannah était inhabituel de sa part, et je trouvais la coïncidence trop énorme pour la laisser passer.

Ma voiture avait-elle quitté la route parce que j'avais libéré ce charme tout en conduisant ? Peut-être le brusque afflux d'énergie avait-il malmené le système de freinage ou quelque chose dans le genre ?

— Elle était la première à savoir que tu étais blessé. Elle a traversé la cafétéria en courant pendant le bal pour venir me dire qu'elle sentait littéralement ta douleur.

Elle ignorait où tu te trouvais, mais nous avons réussi à utiliser cette connexion avec toi pour déterminer si nous nous approchions ou nous éloignions de toi. Ensuite, nous t'avons trouvé et elle m'a aidée à ouvrir ta portière et à te sortir de la voiture. Et puis…

Elle a pris une longue respiration entrecoupée de tremblements.

— Et puis j'ai utilisé un charme de guérison pour obliger ton cœur à continuer de battre.

— *Ah.*

Ainsi, le charme de connexion avait fonctionné. Mais pas exactement comme je l'avais imaginé… Savannah était censée ressentir mes émotions — pas ma souffrance physique.

Soudain, les yeux d'Emily se sont plissés et, d'un ton méfiant, elle m'a demandé :

— Qu'est-ce que tu as fait ? Tu as utilisé tes pouvoirs magiques là-bas, n'est-ce pas ?

Là, il était temps de changer de sujet.

— Elle va bien ?

— Comment ça, elle va bien ? Tu as failli mourir, espèce de crétin ! *Tu m'entends ?* Ton cœur a failli s'arrêter ! Tu as même réussi à faire pleurer papa.

J'ai réprimé un frisson. Finalement, peut-être qu'elle ne plaisantait pas, avec son arrêt cardiaque…

— D'accord, d'accord, je t'entends, arrête de hurler. Mais je ne sais pas quoi te dire. Merci de m'avoir sauvé ?

Elle m'a lancé un regard furieux.

— De rien. Et oui, elle va bien. Quand ton cœur a commencé à lâcher, le sort que tu lui as lancé a cessé de fonctionner sur elle.

Elle s'est penchée sur moi et a sifflé :

— Tu sais que les parents deviendraient fous s'ils apprenaient ça ?

J'ai esquissé un sourire.

— Dans ce cas, ne leur dis pas.

Emily a poussé un soupir exaspéré.

— Quel charme as-tu utilisé, au juste ?

J'ai haussé les épaules et aussitôt, mon bras et mon épaule blessés se sont rappelés à moi ; une douleur fulgurante m'a arrêté en plein mouvement. Quand elle s'est un peu estompée, j'ai pu reprendre mes esprits et répondre :

— Je voulais juste qu'elle sente la même chose que moi.

— Un charme *d'amour* ?

Elle a fait une grimace qui laissait suggérer qu'elle n'avait pas de mots pour décrire à quel point elle me trouvait pathétique. Et elle avait peut-être raison.

— Non, pas exactement. Elle m'aime déjà. Je voulais juste qu'elle reprenne confiance en nous deux.

Elle m'a dévisagé longuement avant de secouer la tête.

— Incroyable. Tu sais que tu es vraiment le roi des causes perdues ? Combien de fois, de combien de façons et par combien de personnes devras-tu entendre que vous deux, c'est fini et qu'en plus, votre relation était vouée à l'échec depuis le départ ? Elle représente l'*ennemi*, Tristan, c'est aussi simple que ça. Oublie-la une bonne fois pour toutes.

Cette fois, Emily commençait à m'échauffer les oreilles.

— Je croyais que le cerveau, ici, c'était toi. Je veux dire, d'accord, je n'aurais pas dû essayer ce charme de connexion sur elle. Maintenant, je vois que ce n'était pas très intelligent de ma part.

Du moins, pas sans me préparer sérieusement au préalable.

— Pourtant, ai-je repris, je ne comprends pas pourquoi tu as tant de mal à comprendre que nous sommes tous victimes d'un lavage de cerveau ! Nous tous, dans un camp comme dans l'autre. Nous n'aurions jamais dû être ennemis. Nous devrions collaborer…

A ce moment, la porte de ma chambre s'est ouverte, et mes parents sont entrés.

Il m'a fallu endurer de longues et pénibles minutes d'embrassades larmoyantes de la part de ma mère avant qu'elle accepte enfin de me lâcher et de me laisser reprendre de l'air. A leur arrivée, Emily avait battu en retraite.

Je pensais qu'elle allait quitter la chambre, mais au lieu de cela, elle s'était arrêtée près de la porte pour s'appuyer contre le chambranle.

Mon père se tenait au pied de mon lit et m'observait, le visage crispé dans une expression que je ne lui avais jamais vue auparavant. Il m'a tapoté le pied droit par-dessus les draps.

— Content de te voir de retour parmi nous, fiston. Tu nous as fait faire un sang d'encre.

Emily m'a lancé un regard signifiant « Je te l'avais bien dit ».

— Euh… je suis vraiment désolé. Je vous jure que c'était un accident.

Combien de fois allais-je devoir répéter cela avant qu'ils ne comprennent ?

— J'ai essayé de ralentir à temps pour négocier le virage, mais les freins ont refusé de répondre. Le temps que je rétrograde, et j'avais pris trop de vitesse. Ma voiture a quitté la route.

Ma mère a attrapé un mouchoir en papier dans la boîte posée sur la table pour se tamponner les yeux.

— J'imagine que ma voiture…, ai-je commencé.

— Une épave, a répondu Emily sans une once de compassion. Elle est bonne pour la casse, maintenant.

Bon sang ! J'adorais cette bagnole. C'était le seul espace qui soit réellement à moi.

Sans compter que Savannah était montée une fois avec moi dans cette même voiture, un soir où nous étions sortis ensemble…

— Je vais te dire une chose, a lancé mon père. Toi, tu t'occupes de bien te remettre pendant les mois qui viennent, et ta mère et moi, on s'occupe de te trouver un nouveau véhicule.

— Merci, papa, ai-je simplement répondu.

*Enfant gâté !* a lentement articulé Emily dans leur dos.

Comme ma mère se tournait vers elle, Emily lui a décoché un sourire angélique.

— Je vais appeler les autres pour leur donner de tes nouvelles, a murmuré ma mère en se dirigeant vers la porte.

En secouant la tête, Emily l'a suivie, me laissant seul avec mon père.

Il s'est laissé tomber lourdement sur l'unique chaise de la chambre.

— Tu as l'air fatigué, lui ai-je dit en examinant les rides qui étoilaient le coin de ses yeux et les larges cernes qui les soulignaient.

— Ça, on peut dire que tu m'as fait faire pas mal de cheveux blancs.

— Ça m'étonnerait, ai-je rétorqué avec un sourire. Ils l'étaient déjà avant.

Mon père a émis un toussotement réprobateur sans

parvenir à dissimuler un sourire. Pourtant, après quelques secondes, ce sourire s'est effacé de nouveau. Il s'est penché et est venu poser ses coudes sur ses genoux.

— Ecoute, fiston, tu peux me dire la vérité, et je te jure que ça restera entre nous. Etait-ce réellement…

— Papa, je ne mens pas. Les freins ne marchaient pas. Tu ne peux pas demander à un flic ou un mécanicien d'y jeter un coup d'œil ?

Il m'a dévisagé longuement.

— Tu es sûr de ce que tu dis ?

— Sûr et certain.

— D'accord. Je dirai à quelqu'un de vérifier ta voiture.

Il a plissé le front, et ses épais sourcils se sont rejoints.

— Se passe-t-il quelque chose au lycée que je devrais savoir ? a-t-il demandé. Quelqu'un qui aurait des raisons de saboter ta voiture ?

— Tu veux dire, en dehors de la famille Williams ?

Nous avons échangé un regard.

— A part eux, personne, ai-je enfin ajouté.

Il m'a considéré d'un air inquisiteur, comme s'il cherchait sur mon visage une autre réponse que celle que je venais de lui fournir. Pour finir, il a soupiré et est revenu s'appuyer contre le dossier de sa chaise.

— Bon, il y a au moins un aspect positif à tout cela. Ta mère a accepté de te laisser rejouer au football l'année prochaine. Si tu as suffisamment récupéré physiquement, bien sûr.

A ces mots, mon cœur s'est mis à battre plus fort :

— C'est vrai ?

Il a acquiescé.

— Nous nous sommes dit que… eh bien, nous avons peut-être été un peu durs avec toi, cette année. En général, grâce au foot, tu évitais les embrouilles. Et ta punition pour avoir utilisé ta magie sur Dylan et en public a duré assez longtemps pour satisfaire tous les Descendants qui avaient leur mot à dire dans l'affaire.

— Tu crois que l'entraîneur Parker sera d'accord pour me reprendre dans l'équipe après tout ce temps ?

Cette fois, mon père a souri franchement :

— Laisse-moi m'occuper de ça. Toi, concentre-toi sur ta guérison, remets-toi sur pied le plus vite possible et à l'automne prochain, tu seras sur le terrain autant que tu le pourras.

— Merci, papa.

Toute ma famille a ensuite quitté l'hôpital pour se reposer à la maison. Quelques heures plus tard, ils étaient de retour pour m'apporter de quoi faire ma toilette — une toilette de chat, dans la mesure où j'étais cloué au lit. Puis le téléphone de ma mère a sonné, et pendant qu'elle répondait, mon père en a profité pour se rapprocher de moi et me murmurer calmement qu'il avait demandé à un mécanicien de jeter un coup d'œil à ma voiture. Il avait constaté que les câbles de frein étaient arrachés, mais n'avait pu dire s'ils avaient été sabotés ou s'ils avaient cédé à cause de l'accident.

Le Dr Faulkner m'a également rendu visite un peu plus tard dans l'après-midi afin de me montrer mes radios et de discuter avec moi de ma rééducation. Quand j'ai vu les radios, j'ai compris pourquoi ils avaient tous eu tellement peur.

Il ne s'agissait pas que de « quelques fractures ». Quand la portière de ma voiture s'était enfoncée, elle avait pratiquement réduit en miettes mon poignet gauche et pulvérisé ma jambe gauche au-dessous du genou. Je souffrais également de profondes coupures occasionnées par des éclats de verre : l'une barrait mon front, et j'en avais trois ou quatre sur l'épaule et l'avant-bras gauches. Apparemment, j'avais essayé de m'accrocher au volant alors que j'étais ballotté en tous sens comme une chaussette dans un sèche-linge.

Même avec l'aide de ma famille et celle des Descendants locaux qui utilisaient leur magie à distance pour accélérer ma guérison, il me faudrait au moins une semaine avant que mes os soient suffisamment ressoudés pour que je quitte l'hôpital, puis un mois de plâtre et de béquilles.

C'était bien la dernière fois que je faisais de la magie au volant. *Juste au cas où ce serait la cause de la défaillance de mes freins…*

Quand est arrivé le lundi après-midi, j'étais convaincu que j'allais vivre la plus longue semaine de ma vie. Jusqu'à ce que je perde temporairement l'usage de la main gauche, je n'avais jamais réalisé à quel point les deux mains étaient utiles. Je ne pouvais pas jouer aux jeux vidéo. Même avec l'aide d'une infirmière qui tenait le miroir devant moi, je n'arrivais pas à me raser : j'avais beau prendre toutes les précautions du monde, j'étais incapable de positionner le rasoir correctement, et je me suis retrouvé couvert de petites coupures sur la partie gauche de mon visage.

Il n'y avait rien d'intéressant à la télé. Et j'avais déjà vu tous les films que l'hôpital mettait à disposition des patients.

Sans compter que mon dernier plan en date pour résoudre nos problèmes, à Savannah et moi, avait lamentablement échoué.

Alors, quand une tête familière a émergé par la porte entrebâillée, j'ai bondi de surprise et de joie mêlées. Même si la fille en question était blonde au lieu d'être rousse, Bethany me permettrait au moins d'avoir quelqu'un avec qui discuter, quelqu'un qui me distrairait de la frustration qui bouillonnait dans mon crâne et menaçait de se transformer en tornade et d'exploser.

Elle est entrée dans la chambre et m'a retourné mon sourire.

— Salut, champion, comment tu te sens ?

— Mieux, maintenant que tu es là. Tu n'imagines même pas combien cet endroit est mortel.

Après avoir pris place sur la chaise, Bethany a ouvert son sac de sport aux couleurs des *Charmeuses*.

— Je t'ai apporté tes devoirs pour la semaine. J'espère que ça ne t'ennuie pas ? Ta mère m'a demandé de passer au secrétariat pour les récupérer.

— Elle t'a appelée ?

Depuis quelque temps, ma mère ressortait sa panoplie de marieuse… Soit elle appréciait réellement Bethany, soit elle était passablement inquiète pour moi.

— Euh, non. En fait, c'est moi qui lui ait téléphoné pour avoir de tes nouvelles et lui ai demandé si je pouvais passer te voir.

Elle a sorti une pile de livres de son sac ; plusieurs feuilles de papier étaient insérées dans chacun d'entre eux. J'ai retiré l'une des pages, jeté un coup d'œil à ce qui y était inscrit et poussé un grognement.

— Nom d'un chien, ça va être l'enfer…

— Tu as du mal à suivre en histoire ? m'a-t-elle fait d'un ton moqueur après avoir consulté à son tour les instructions laissées par M. Smythe.

J'ai pensé à Savannah, à ses longues jambes repliées sous le bureau à côté du mien pendant le cours d'histoire que nous avions en commun.

— Toujours, oui.

— Si tu as besoin d'un peu d'aide cette semaine, je pourrais venir travailler avec toi.

J'ai réfléchi deux secondes, juste le temps de me rappeler combien Emily était furieuse contre moi en ce moment. Nul doute qu'elle serait trop en colère pour accepter de me donner un coup de main sur mes devoirs cette semaine.

— Bien sûr, ce serait génial. Merci.

Ses joues ont viré au rose, et elle a souri.

— Avec plaisir. Les *Charmeuses* n'ont pas de répétitions cette semaine ni la suivante, ça nous laissera plus de temps pour préparer les examens de fin d'année. Du coup, je peux passer juste après les cours. Et en attendant… tu veux commencer avec les devoirs d'aujourd'hui ?

— Oui, pourquoi pas ? ai-je soupiré. Ce n'est pas comme si j'avais autre chose de prévu.

Elle a éclaté de rire, sorti un livre de la pile et nous nous sommes mis au travail.

Au final, Bethany s'est avérée être un bien meilleur professeur que ma sœur.

Pour commencer, elle a déployé des trésors de patience pour m'expliquer les consignes du devoir de littérature anglaise, consignes qui, au premier abord, me dépassaient complètement.

Sans compter que, quand l'image d'une certaine rousse venait me distraire de mes devoirs — ce qui arrivait régulièrement —, elle ne m'envoyait pas une tape derrière la tête pour me faire revenir aux réalités du jour, chose que n'aurait pas manqué de faire ma sœur.

Vers 6 heures, quand une aide-soignante est entrée dans la chambre chargée d'un plateau-repas, talonnée par ma mère, nous avons tous deux été surpris — moi le premier : nous n'avions pas vu le temps passer.

J'ai fait semblant de manger la nourriture fade de l'hôpital jusqu'à ce que ma mère sorte pour aller chercher une cuiller afin d'avaler l'en-cas qu'elle avait apporté pour elle.

Aussitôt qu'elle a quitté la chambre, j'ai lancé à mi-voix :

— Vite, sauve-moi la vie ! Mange ça avant qu'elle ne rapplique !

Bethany a considéré mon plateau d'une mine méfiante.

— Euh, pourquoi ?

— Parce que ça a un goût de m… euh, *infect*, et je n'ai pas envie qu'on me fasse un sermon si je ne mange pas tout.

Elle a éclaté de rire.

— Et ça ne te dérange pas que ce soit moi qui avale ce truc infect, comme tu dis ? Non, merci, très peu pour moi !

— Allez, s'il te plaît, Bethany ! Tu n'as vraiment pas pitié de moi ?

Affichant mon plus bel air de chien battu, j'ai posé délibérément la main droite sur mon bras plâtré.

Au lieu de prêter l'oreille à mes supplications, elle a commencé à rassembler ses affaires.

— Désolé, champion, mais il vaut mieux que je rentre chez moi avant que ma mère s'inquiète. Elle savait que je venais te voir, mais elle ne pensait sans doute pas que je resterais aussi longtemps.

Ma mère avait laissé la porte ouverte. J'entendais le claquement régulier et décidé de ses talons dans le couloir. Elle n'allait pas tarder à entrer.

— Bethany, je t'en supplie !

Je lui ai tendu le bol de céréales bouillies.

— Balance-le dans la poubelle, au moins !

Après s'être mordu la lèvre un instant, elle a fini par prendre le bol qu'elle a vidé dans la poubelle placée sous l'évier.

Elle était en train remettre le bol sur le plateau quand ma mère est entrée dans la pièce.

— Voilà, a dit Bethany avec un large sourire, bien salé et poivré, comme tu l'aimes !

— Oh ! les hommes se comportent comme des bébés quand ils sont malades ou blessés, tu ne trouves pas ? lui a demandé ma mère en souriant.

— Il va falloir que j'y aille, maintenant, a répondu Bethany.

Puis, s'adressant à moi :

— On se voit demain ?

J'ai opiné puis entrepris de mélanger la sauce gélatineuse aux morceaux de dinde dans mon assiette ; ma mère s'est approchée pour remonter les oreillers dans mon dos.

— Merci d'être venue, ma chérie, a-t-elle soufflé à Bethany avant de se remettre à tripoter les oreillers dans une vaine tentative pour rendre ma position confortable.

Derrière son dos, Bethany a articulé silencieusement :

— McDo ?

D'un mouvement de l'index, elle a dessiné deux arches jaunes imaginaires. J'ai hoché la tête avec frénésie.

Ma mère m'a fait pencher en avant pour pouvoir fourrer un oreiller supplémentaire derrière moi. Profitant qu'elle me tournait le dos, j'ai tendu le cou vers Bethany et prononcé en silence :

— Big Mac !

Bethany a levé les deux pouces puis s'est éclipsée.

Quand elle est revenue me voir le lendemain, je n'aurais su dire si c'était sa présence qui me réjouissait le plus, ou le sachet de sandwichs McDonald qu'elle a retiré de son sac de sport à peine arrivée.

— Oh ! Bethany, tu es un ange, ai-je lancé un instant plus tard avant d'engouffrer la plus grosse bouchée possible de mon Big Mac.

Des brins de laitue sont tombés sur ma blouse d'hôpital, et elle s'est mise à rire. J'ai avalé tout ce qu'elle m'avait rapporté en un rien de temps et promis de la rembourser dès que les geôliers m'auraient restitué mon portefeuille. Elle a caché les restes de mon repas clandestin au fond de son sac, et puis nous nous sommes attaqués aux devoirs du jour.

Quand ma mère a fait irruption un peu plus tard, elle a froncé le nez avant de demander, l'air inquisiteur :

— Ça ne sentirait pas un peu le hamburger ?

Avec un sourire timide, Bethany a placé sa main devant sa bouche :

— Oh ! je suis vraiment désolée, madame Coleman. C'est ma faute, je viens juste de roter.

J'ai feint d'éternuer pour masquer mon éclat de rire.

— Tiens, mon chéri, tiens !

Ma mère a attrapé la boîte de mouchoirs en papier posée sur la table de chevet.

— Ne retiens pas tes éternuements comme ça ! C'est mauvais pour tes sinus.

Elle tenait un mouchoir devant mon visage. Comme je le considérais sans rien faire, elle l'a agité brièvement :

— Souffle.

— Maman, ai-je marmonné entre mes dents serrées, sentant le rouge m'envahir les joues.

— Il faut que j'y aille, a lancé précipitamment Bethany.

Elle aussi était cramoisie. Sans doute à force de se retenir de rire.

— A demain, Tristan.

Pendant que je me mouchais en suivant les recommandations de ma mère, Bethany est sortie de la pièce. Tandis qu'elle s'éloignait, j'ai entendu de petits rires étouffés résonner dans le couloir.

Au cours des jours suivants, ce scénario s'est répété, prenant l'allure d'une routine. A l'exception, heureusement, des démonstrations cauchemardesques de ma mère dans le rôle du parent surprotecteur. Les visites de Bethany sont rapidement devenues mon rayon de soleil quotidien, essentiellement à cause de la nourriture qu'elle introduisait clandestinement dans ma chambre, mais aussi grâce à sa gentillesse. Je n'avais jamais vraiment eu l'occasion de parler avec elle auparavant ; pendant les entraînements des *Charmeuses*, quand elle venait me voir, je prenais soin d'écourter nos bavardages pour éviter de susciter la jalousie de Savannah. Et au lycée, nous n'avions guère le temps de nous attarder pour discuter entre deux cours. En dehors des quelques fois où elle me taquinait en me traitant de petit garçon à sa maman, Bethany avait un merveilleux sens de l'humour. Elle n'hésitait pas non plus à me rabrouer quand j'essayais de tirer au flanc pendant nos sessions de rattrapage et que je la suppliais de me laisser regarder la télé au lieu d'étudier.

Le vendredi, Emily en a enfin eu assez de me faire la tête, et elle est passée à l'hôpital m'embêter un peu. Bethany était encore là quand ma sœur est arrivée. En dehors d'un léger froncement de sourcils, Emily a eu la décence de ne pas jouer les étonnées en constatant la présence de Bethany dans ma chambre.

*Au début, du moins.*

— Alors, grande sœur, tu m'amèneras à l'hôpital la semaine prochaine pour mes séances de rééducation ? Les médecins disent que j'en aurai deux ou trois par semaine, à raison d'une heure chaque fois. On peut les programmer dans l'après-midi, si tu veux.

La semaine prochaine, le lycée ne serait ouvert que le matin, avec deux examens de fin d'année chaque jour. Comme je sortais de l'hôpital samedi, j'aurais le temps de me reposer pendant le week-end afin de passer ces examens avec les autres.

— Pas possible, a répondu Emily tout en mordant avec application dans un hamburger XXL avec supplément fromage.

Malheureusement pour elle, sa tentative de torture plus que flagrante ne marchait pas : grâce à Bethany, j'avais déjà englouti un triple club-sandwich de chez *Dairy Queen* une heure plus tôt.

— Et pourquoi tu ne peux pas m'amener ?

Je ne voyais pas ce qui l'en empêchait. Elle aussi devait passer ses examens de fin d'année afin d'obtenir son diplôme. Et comme je serais dans l'incapacité de conduire avant des semaines, elle allait déjà devoir m'emmener au lycée chaque matin.

— Parce qu'après les examens, je dois rester aux entraînements de danse senior avec l'équipe des Demoiselles. Et ensuite, je dois aller à Tyler, à l'université du Texas, pour mes propres entraînements.

— Là, je sais que tu mens, ai-je grommelé. C'est la fin de l'année scolaire. Je ne vois pas pourquoi tu aurais besoin de t'entraîner maintenant, il n'y a plus de matches ni de spectacles !

— J'ai des tas de raisons de m'entraîner, m'a-t-elle

rétorqué. L'équipe de danse de l'université du Texas organise une compétition pendant le camp d'été, alors nous devons commencer à nous préparer aussi tôt que possible. En plus, c'est une équipe mixte, et comme je n'ai aucune expérience en acrobatie mixte, j'ai vraiment besoin de pratiquer un maximum avec cette équipe, crois-moi. Sans compter que je dois continuer à travailler avec l'équipe des Demoiselles ce mois-ci pour pouvoir former ma remplaçante au poste de capitaine pour l'année prochaine. Les filles ont élu Sally Parker.

J'ai émis un reniflement de mépris.

— On peut dire adieu à notre équipe senior, alors.

A ces mots, Bethany n'a pu s'empêcher d'étouffer un petit rire derrière sa main.

Emily a soupiré :

— Ouais, je vois ce que tu veux dire. Les Demoiselles ont opté pour la gentillesse simplette au lieu du génie diabolique. Mais je ne peux pas vraiment leur en vouloir. C'était soit ça, soit Vanessa Faulkner. Personne d'autre ne s'est présenté pour être capitaine.

— Bon choix, dans ce cas, ai-je commenté avec un frisson.

Vanessa était d'une telle méchanceté que si elle avait été élue capitaine, tout le monde aurait démissionné de l'équipe en moins de deux.

Bethany a toussoté pour masquer un nouvel éclat de rire, puis elle s'est levée et a rassemblé ses affaires.

— Il vaut mieux que j'y aille. Bonne chance pour la semaine prochaine.

— Merci, ai-je répondu en même temps qu'Emily.

— Et merci à toi pour ton aide avec mes devoirs, et aussi pour… enfin, tu sais quoi, ai-je ajouté maladroitement.

Je ne voulais surtout pas évoquer la nourriture clandestine et donner à Emily une raison de plus de me faire du chantage avec nos parents dès que l'occasion se présenterait.

Mais en entendant ces mots, ma sœur a froncé les sourcils.

— Pas de problème ! a dit précipitamment Bethany.

Elle s'est dirigée vers la porte puis s'est arrêtée et retournée :

— Tu sais, je pourrais peut-être t'emmener à tes séances de rééducation la semaine prochaine. Si tu te débrouilles pour qu'elles aient lieu après le déjeuner, on pourrait partir directement du lycée et grignoter un morceau sur le chemin.

— D'accord, mais cette fois, c'est moi qui régale, lui ai-je répondu. Sinon, je refuse ton offre.

— Tu es dur en affaires ! On se voit lundi après les cours ?

En agitant la main, Bethany a fait demi-tour et emprunté le couloir en direction des ascenseurs.

Alors, Emily s'est éclairci bruyamment la voix.

— Quoi ?

— Elle a l'air drôlement gentille.

— Oui, elle est assez sympa.

Emily m'a jeté une serviette roulée en boule au visage. Ravi de la distraction, j'ai utilisé un peu d'énergie pour l'arrêter en plein vol, puis lui faire changer de direction et la précipiter sur ma sœur. Retour à l'envoyeur ! Sans pouvoir se retenir de rire, elle m'a imité et a levé une main pour arrêter la serviette avant qu'elle ne l'atteigne.

— Je crois qu'elle t'aime bien.

Elle a esquissé un léger mouvement du poignet, et la serviette a de nouveau foncé dans ma direction.

Je l'ai attrapée sans la toucher et, grâce à mon énergie, l'ai envoyée rebondir dans les airs à plusieurs reprises. J'ai répondu à son commentaire par un haussement d'épaules, fait mine de frapper la boule de papier qui a volé vers Emily avant de se mettre en orbite autour de son crâne.

Rentrant la tête dans les épaules, elle a immobilisé la serviette entre ses mains.

— Et donc, si ce n'est pas réciproque, tu devrais faire attention.

Pendant quelques instants, nous avons joué avec la serviette comme avec un ballon de basket, la faisant rebondir contre le plafond, les murs, l'écran de télé, chacun essayant de surpasser chacune des folles trajectoires dessinées par l'autre.

— Pourquoi ne serions-nous pas juste amis ? ai-je suggéré.

— *Juste amis* ? Avec une fille ? Je ne pensais pas que tu en étais capable !

— Je dois pouvoir apprendre. Il y a des tas de types dont les meilleurs potes sont des filles, pas vrai ?

— Mouais.

Elle a attrapé la serviette au moment où elle passait en tournoyant devant la porte de la salle de bains, puis l'a envoyée planer au-dessus des stores.

— Bon, je suppose que tu peux toujours essayer et voir ce que ça donne…

— Ta confiance me submerge, grande sœur ! Réprime ton enthousiasme.

Fronçant les sourcils, j'ai arrêté la boule de papier devant moi. Puis, comme s'il s'agissait de l'embout d'une bombe de peinture invisible, j'ai essayé de dessiner des formes dans le vide.

Emily m'a subtilisé la serviette.

— Je crois juste que tu vas avoir du mal à la convaincre que vous devez seulement être amis.

Elle a envoyé la boule de papier dessiner un grand cœur dans les airs.

— Et si je joue franc jeu avec elle ? Si je lui dis dès maintenant que je ne suis pas à la recherche d'une amoureuse ? (A l'exception de Savannah.) Dans ce cas, elle comprendra que nous devons rester dans les limites de l'amitié.

Emily a soupiré :

— Bonne chance avec ça…

Sur ce, la porte s'est ouverte et ma mère est entrée avec la même détermination que le chef d'une équipe d'intervention antiterroriste.

— Qu'est-ce que vous fabriquez, tous les deux ? On sent vos décharges d'énergie depuis le parking !

Emily a baissé la main et la serviette est tombée par terre avant de rouler hors de vue sous un meuble.

— Rien. On discutait, ai-je répondu avec un grand sourire innocent.

Ma mère nous a alternativement fusillés du regard puis a soupiré :

— Je vais aller voir si je peux vous dénicher quelques DVD, histoire que vous arrêtiez de faire des bêtises. Soyez sages pendant mon absence !

Elle a marmonné quelque chose au sujet de gamins incontrôlables qu'elle allait finir par envoyer rejoindre leurs cousins en Irlande pour les vacances d'été, puis elle a de nouveau quitté la pièce.

— Elle plaisante, j'espère ? ai-je demandé avec une moue inquiète. Elle doit bien se souvenir qu'elle a accepté de me laisser rejouer au foot, et que je dois reprendre les entraînements dès que j'aurai fini ma rééducation, non ?

Emily a eu un petit rire condescendant.

— Je l'espère pour toi.

Surgie de nulle part, la serviette est venue me frapper à la tempe, et les hostilités ont repris.

J'avais l'intention d'expliquer dès la semaine suivante à Bethany qu'il ne pouvait être question que d'amitié entre nous. Les mots prêts à sortir, j'avais même ouvert la bouche pour lui faire part de mes intentions quand, le lundi d'après, nous nous sommes arrêtés au *Taco Bell* après les examens de la matinée.

A ce moment précis, elle a sauté de sa chaise pour aller chercher des sauces ; quand elle est revenue, elle rapportait également une pile de serviettes en papier.

— Au cas où tu déciderais de recommencer à baver, a-t-elle plaisanté en déposant les serviettes sur la table entre nous.

J'étais tellement occupé à trouver une repartie à sa taquinerie que j'en ai oublié d'avoir cette conversation avec elle.

Le vendredi suivant, quand je suis entré dans le bâtiment préfabriqué qui hébergeait la salle d'examen de M. Smythe, notre prof d'histoire, j'ai croisé le regard de Savannah ; elle semblait au bord des larmes. Appuyé sur mes béquilles, j'avais toutes les peines du monde à monter le petit escalier. Je commençais à bien maîtriser mes déplacements en béquilles, mais mon aisselle droite me faisait un mal de chien. Le plâtre de ma jambe était lourd, et une fois assis à côté de Savannah, j'ai dû me démener pour le positionner correctement sous mon bureau. Le temps que je m'installe, M. Smythe distribuait déjà les sujets d'examen en réclamant le silence — dans le cas contraire, il nous collerait automatiquement zéro pour cause de triche. Je n'ai donc pas pu adresser la parole à Savannah.

J'espérais pouvoir le faire après l'examen, mais elle a profité de ma difficulté à me déplacer et s'est échappée de la salle en un éclair. C'était fichu pour avoir une dernière conversation avec elle avant l'été.

# 12

*Savannah*

Les vacances d'été n'arriveraient donc jamais ! Tout ce dont j'avais envie, c'était me réfugier dans ma chambre afin d'échapper au bombardement permanent d'émotions provenant de mon entourage chaque fois que je quittais la maison. J'avais cru un moment que ce pouvoir de perception s'était estompé. Mais depuis quelque temps, mes propres sentiments s'apparentaient à une équipée sur les montagnes russes, et il m'était d'autant plus difficile de maîtriser ma perception des émotions d'autrui. Heureusement, plusieurs semaines d'une solitude bienfaisante s'offraient maintenant à moi. Comme d'habitude, les parents de mes amies avaient déjà tout prévu pour leurs filles : ceux de Michelle l'avaient placée comme baby-sitter dans la famille, Carrie devait aller faire du bénévolat dans une maison de retraite, et Anne partait en camp de vacances avec sa paroisse, puis elle allait donner un coup de main pour les foins à la ferme de son oncle.

Pendant deux mois, même les *Charmeuses* n'auraient pas besoin de moi. La première semaine des vacances, toute l'équipe partait en camp, puis ce serait le tour des capitaines et directeurs de se réunir la semaine suivante ; ensuite, nous serions libres pendant tout le mois de juillet et nous ne nous retrouverions pas avant le camp d'entraînement annuel et la traditionnelle soirée feu de camp en août, juste avant la reprise des cours.

Il ne me restait plus qu'une épreuve à surmonter : la soirée des classes de Première, le premier samedi après le début des vacances d'été.

Mais ce qui aurait dû être une simple fête au bord du lac s'est révélé bien plus difficile que je ne m'y attendais. Je m'étais pourtant bien préparée à l'avalanche d'émotions qui m'a submergée quand je suis entrée dans la résidence secondaire de Bethany pour y déposer deux bouteilles de Sprite, ma contribution au buffet. En revanche, quand je suis descendue sur l'appontement privé, je ne m'attendais pas à entendre Bethany confier à ses amies qu'en ce moment… elle sortait avec Tristan.

*C'était donc vrai ?* Tristan s'était déjà trouvé une nouvelle amoureuse ? Mais il venait juste de sortir de l'hôpital ! Comment pouvait-on sortir avec quelqu'un sur des béquilles, avec deux plâtres, couvert d'agrafes et de points de suture ?

Pendant quelques secondes, j'ai été incapable de bouger. Le clapotis de l'eau contre les piliers du ponton ne m'apaisait pas ; il n'était pas assez fort pour couvrir la voix de Bethany tandis qu'elle racontait à ses amies qu'elle lui servait de chauffeur pour l'emmener à ses séances de kinésithérapie trois fois par semaine, et pour le ramener chez lui du lycée chaque jour, ou qu'elle leur faisait la liste des endroits où ils avaient déjeuné tous les deux et leur expliquait à quel point il était courageux, supportant des douleurs horribles pendant ses sessions de rééducation afin d'être sur pied aussi vite que possible et de pouvoir être prêt pour la saison de football.

Si j'avais avalé quoi que ce soit au déjeuner, j'aurais tout vomi dans le lac, et sur-le-champ.

*Tristan sortait avec Bethany.* Il ne lui avait pas seulement servi de cavalier d'un soir, pour un bal. Il sortait vraiment — et souvent ! — avec elle.

Quelques têtes se sont tournées dans ma direction, et quelqu'un a donné un coup de coude à Bethany. Elle a levé les yeux et m'a vue debout sur le ponton. Le rouge lui est monté aux joues et elle s'est tue d'un seul coup.

Trop de regards étaient posés sur moi. J'ai affiché un sourire forcé, salué tout le monde de la main et suis allée m'asseoir au bord du ponton en compagnie des deux filles qui avaient été régisseuses avec moi cette année, jusqu'à ce qu'elles repassent l'audition et soient intégrées dans l'équipe de l'année prochaine. J'ai fait semblant de les écouter mais en réalité, je n'avais pas la moindre idée de ce dont elles parlaient.

Bethany s'est remise à faire le récit de toutes ses dernières sorties avec Tristan, à voix basse, cette fois. Mais évidemment, ma saleté d'ouïe de vampire étant ce qu'elle était, je n'ai eu aucun mal à entendre chacun des mots qu'elle prononçait. Je croyais connaître Tristan, mais depuis quelque temps, j'avais bien du mal à le comprendre. Même avant l'accident, sa décision de servir de cavalier à Bethany m'avait perturbée. D'abord, il avait promis de trouver un moyen pour que nous restions ensemble, et il avait même demandé à mon père de faire de lui un vampire. Une semaine plus tard, il emmenait Bethany au bal ! Là, dans ma tête, j'avais cru l'entendre me dire d'avoir foi en nous, que nous trouverions une solution… J'avais aidé sa sœur à lui sauver la vie. Et ensuite, juste après être sorti de l'hôpital, voilà qu'il se trouvait une nouvelle petite copine ! Pour me rendre jalouse ? Ou pour faire croire à ses parents qu'il m'avait oubliée ?

*A moins qu'il n'ait effectivement renoncé à nous deux et qu'il soit véritablement passé à autre chose.*

Je suis restée pendant une heure à la fête, une heure durant laquelle je me suis obligée à discuter avec les uns et les autres tout en m'efforçant de sourire. J'étais incapable de faire mieux. Ensuite, j'ai inventé une excuse pour partir : mon père était malade et il fallait que je rentre chez moi pour m'occuper de lui. J'ai eu toutes les peines du monde à ne pas rejoindre ma voiture en courant, puis à rentrer chez moi pied au plancher.

Une fois garée dans l'allée, j'ai pris de profondes inspirations et essayé de réfléchir calmement à la situation.

Bien. Il sortait avec une autre.

*Tu savais que ça pouvait arriver. Que ça arriverait certainement,* ai-je pensé. J'avais posé le front sur le volant, et le chauffage commençait enfin à réchauffer ma peau moite. Peut-être avais-je imaginé entendre Tristan au bal parce qu'un instinct quelconque m'avait avertie qu'il était en danger et que j'étais trop bouleversée pour comprendre ce qui arrivait. Ensuite, mes pouvoirs avaient repris le dessus, et au lieu de l'entendre me parler, j'avais ressenti sa souffrance physique.

Si c'était le cas, alors il n'avait pas fabriqué de charme destiné à me convaincre de garder espoir pour nous deux. Il était vraiment passé à autre chose.

Je n'avais aucune raison de me sentir trahie. J'avais rompu avec lui, non pas une fois mais deux. Maintenant qu'il avait compris qu'entre nous, c'était vraiment fini, il sortait avec une autre fille pour essayer de retrouver une vie un tant soit peu heureuse.

Et j'allais être heureuse pour lui, je me le promettais. Parce que les choses auraient pu être bien pires, n'est-ce pas ? Est-ce que je préférais le savoir mort, ou vivant et heureux avec une autre ?

Quand j'ai envoyé un texto à Anne pour lui relater la nouvelle, elle m'a répondu depuis son camp de vacances, et sa réaction n'a pas été aussi tempérée que la mienne. En fait, son message était émaillé d'une série d'insultes à l'adresse de Tristan ; j'étais certaine que les prêtres du camp n'allaient guère apprécier ce vocabulaire si elle se faisait surprendre en train de les taper sur le clavier de son téléphone.

Elle était convaincue qu'il n'aurait plus jamais dû sortir avec personne. Elle aurait voulu qu'il passe le restant de ses jours à gémir sur notre amour perdu, avant de mourir vieux, seul et malheureux.

Bien que sa loyauté sans faille m'émeuve et m'amuse tout à la fois — et qu'une minuscule part de moi-même soit d'accord avec elle, il fallait l'avouer — je savais pour l'essentiel qu'il était franchement déraisonnable de notre part d'entretenir de telles pensées.

Heureusement, j'avais deux mois et demi pour que mon cœur se mette d'accord avec ma tête avant d'être obligée de le croiser de nouveau au lycée.

C'est alors que j'ai reçu un coup de fil qui a complètement changé mes plans pour l'été.

— Alors, comment se sont passés tes examens de fin d'année ? Et la fête des *Charmeuses* ? m'a demandé ma mère quand elle a appelé au cours de ma première semaine de vacances.

— Euh, pas mal, je crois.

A vrai dire, je commençais à m'apercevoir que ma décision d'être reconnaissante et heureuse à tout prix était bien plus difficile à mettre en œuvre que ne l'affirmaient tous les ouvrages de développement personnel que maman m'avait donnés quand nous déménagions la maison de Granny.

Le silence s'est installé un instant. Enfin, ma mère a dit :

— Ecoute, tu te rappelles ce carton de bouquins que je t'ai donné ?

— Justement, oui. Je suis en train de les parcourir. J'ai lu la moitié de *Aimez-vous et changez votre vie*.

Et ça ne m'avait pas aidée du tout, pour le moment…

Elle s'est éclairci la voix :

— En fait, tu devrais aller directement chercher au fond du carton. Mais ne le fais pas quand ton père est dans les parages.

*Tiens donc.*

— Pourquoi ?

Maman a baissé la voix.

— Il y a quelques-uns des livres de ta grand-mère, sous les miens.

Les livres de Granny ? Granny lisait tout le temps. Elle adorait en particulier les biographies de gens célèbres. Elle affirmait qu'ils avaient vécu des choses tellement folles que sa propre vie, en comparaison, lui paraissait presque normale. Bien sûr, aucune de ces célébrités n'était morte après avoir été kidnappée par magie et prise en otage dans les bois par une bande de Descendants furieux.

De nouveau, le silence.

— D'accord, maman. Où veux-tu en venir ?

— Ce ne sont pas des livres… normaux.

Là, je commençais à éprouver une drôle de sensation.

— Tu veux dire que c'est…

— Quelque chose dont nous ne devrions pas discuter au téléphone. Et que ton père ne doit jamais voir. Entendu ?

Sans raccrocher, j'ai posé mon portable et me suis dirigée vers la boîte pour aller fouiller au fond. Elle était immense et m'arrivait presque à la taille. Au fond, j'ai trouvé de vieux bouquins à reliure de cuir, dont les pages étaient remplies de dessins et de formules griffonnés à la main.

*Des livres de magie.*

J'ai poussé un cri étouffé.

— Maman ! Pourquoi diable me dire…

— Elle m'a fait promettre de te les donner s'il lui arrivait quelque chose ! Elle savait que moi, je n'avais jamais voulu de ce pouvoir. Alors il est juste que je te transmette ces livres. Non que je cautionne quoi que ce soit, entendons-nous bien. Je ne veux même pas entendre parler de ce que tu vas faire avec ces livres. Je me contente de respecter la promesse que je lui ai faite. Oh ! et elle m'a aussi demandé de te dire que si elle et moi avons promis certaines choses au Clan, toi par contre, ces promesses ne t'engagent en rien.

A ces mots, j'ai senti mes bras se couvrir de chair de poule. Je m'étais dit exactement la même chose il y avait deux semaines à peine, juste après l'accident de Tristan et ma « discussion » avec Dylan au *Sonic*.

Elle a soupiré.

— Maintenant, peut-être qu'elle va arrêter de débarquer dans mes rêves chaque nuit et de me harceler avec ça.

— Granny te *hante* ?

— Bon, ce n'est peut-être pas vraiment son fantôme.

Je ne sais pas. Ces rêves paraissent tellement réels, on dirait que je suis éveillée. En tout cas, quoi qu'il en soit, ça va peut-être s'arrêter à présent que j'ai exaucé les vœux de Sa Majesté la Reine de la Magie.

Maman semblait plutôt fâchée.

Tout cela commençait à être franchement flippant.

Après ma conversation avec ma mère, j'ai décidé de ranger tous les livres de magie de Granny dans une boîte plus petite. Puis je me suis demandé où j'allais bien pouvoir la cacher. Sous mon lit ? Non, mon père risquait de les trouver s'il décidait un jour de venir poncer le parquet de ma chambre, comme il en avait plusieurs fois manifesté l'intention.

Il n'était pas à la maison aujourd'hui. Il était parti à Tyler chercher des pendeloques de cristal pour garnir un vieux lustre.

Avant que je ne change d'avis ou que je perde tout mon courage, je lui ai envoyé un bref texto expliquant que je devais m'occuper de quelques formalités administratives pour les *Charmeuses* et que je rentrerais plus tard dans la soirée.

Puis j'ai attrapé les livres secrets de Granny et j'ai emporté la boîte dans ma voiture.

Quand je suis entrée dans l'allée tapissée d'aiguilles de pins qui menait à l'ancienne maison de Granny, j'ai été submergée par une palette d'émotions… de la surprise en voyant qu'aucun panneau « à louer » n'était posé sur la façade, du soulagement en constatant que la maison semblait intacte, de la nostalgie, de la tristesse et, par-dessus tout, de la culpabilité. C'était pire que de me rendre sur la tombe de ma grand-mère. Mes souvenirs de Granny ne se trouvaient pas dans un cimetière sans vie.

Elle était là, sous le porche, en train d'arroser les plantes vertes, aujourd'hui mourantes, qui pendaient à des crochets de chaque côté du toit. Elle était dans le jardin, menant une lutte aussi futile qu'interminable pour y ratisser les aiguilles qui tombaient sans discontinuer des hauts pins qui abritaient et menaçaient tout à la fois la maison de briques avec leurs troncs et leurs branches inclinées. Des souvenirs fantomatiques liés à cet endroit qui avait un jour été ma maison m'assaillaient de toute part.

J'ai respiré un grand coup, me suis emparée de la boîte de livres et ai contourné le garage pour me rendre dans le jardin derrière la maison. Là, je l'ai déposée sur la balançoire de métal sur laquelle j'avais l'habitude, enfant, de m'asseoir et de tournoyer pendant des heures, à l'ombre du vieux pacanier.

Le jardin était en train de retourner à l'état sauvage. Granny avait coutume d'y travailler chaque jour pour l'entretenir et tenir les mauvaises herbes en respect.

Elle aurait dû être ici, transpirant sous le soleil du Texas pendant que ma mère et moi la suppliions de rentrer pour se reposer un peu. Elle aurait dû être à genoux sur ce coussin vert et spongieux dont elle se servait pour épargner ses genoux tandis qu'elle parlait aux plantes comme si c'étaient ses enfants, œuvrant pour embellir cette petite parcelle du monde et la rendre utile aux autres grâce à sa récolte d'herbes aromatiques, de fraises, de noix de pécan et de pêches.

*Sans le Clan, Granny serait toujours là.*

J'ai passé la main sur le couvercle de la boîte en pensant à son précieux contenu. Des livres écrits de la main de Granny, remplis de ses pensées, et peut-être de celles d'autres membres de la famille Evans avant elle.

En me concentrant très fort, j'arrivais presque à entendre sa voix.

*D'accord, Savannah. Tu as eu le temps d'y réfléchir, et tu as compris que rester assise sans rien faire ne t'apportera rien. Ces Descendants ont pris beaucoup trop d'importance. Maintenant, que comptes-tu faire pour les remettre à leur place ?*

*Parce que quand les choses tournent mal, nous autres Evans ne restons pas comme des biches apeurées dans la lumière des phares, n'est-ce pas ? Surtout quand ceux que nous aimons se retrouvent en danger…*

J'ai entrouvert le couvercle de la boîte.

J'avais tant perdu par la faute du Clan… Granny, ma mère, Tristan, ma maison. Et voilà que Dylan projetait sans doute de s'en prendre à Anne l'année prochaine. A moins que je ne trouve un moyen de l'arrêter. J'avais deux mois et demi pour mettre en place ma contre-attaque. La question était la suivante : en étais-je capable ? Je n'avais personne pour m'enseigner la magie ; tout ce dont je disposais, c'était les mots enfermés dans cette seule boîte de carton. Si je me trompais, si je m'énervais ou que je commettais des erreurs graves, je n'avais personne vers qui me tourner. D'après ce que j'en savais, apprendre à utiliser la magie pouvait même se révéler dangereux.

Mais si je trouvais un moyen d'affronter Dylan, les Jumelles Pimbêches et le reste du Clan, un moyen de protéger les gens que j'aimais, cela valait la peine de prendre des risques.

Peut-être mon imagination me jouait-elle des tours, mais j'aurais presque pu jurer que je sentais le bras de Granny autour de mes épaules, comme une étreinte rassurante tandis que j'ouvrais complètement la boîte et sortais le premier livre.

Le processus d'apprentissage était d'une lenteur incroyable. Pas étonnant que les Descendants commencent à s'entraîner dès leur plus jeune âge et durant des années.

Je m'étais attendue à réaliser au moins *quelque chose* en ce premier jour.

Mais il ne se passait rien, quels que soient mes efforts. Peut-être parce que j'avais commencé par la première leçon du livre adressé aux débutants, une leçon qui traitait de la décharge d'énergie. Or, je n'avais pas besoin de me libérer d'une énergie superflue. Contrairement à la plupart des Descendants, apparemment, j'étais déjà fatiguée en permanence. J'avais besoin d'absorber de l'énergie, pas d'en évacuer.

Ce premier jour m'avait donc un peu déçue. Mais j'étais loin de renoncer. Alors, je lendemain, j'ai informé mon père que pendant un certain temps, j'aurais du travail chez les *Charmeuses* chaque jour de la semaine. J'étais terrifiée à l'idée qu'il allait lire la vérité sur mon visage, mais il était trop occupé à feuilleter des nuanciers de peinture pour la salle de bains du haut. Il m'a simplement fait promettre de garder mon téléphone sur moi à tout moment et de l'appeler si je me sentais « bizarre ».

Voilà comment, pour finir, j'ai passé tous mes après-midi d'été chez Granny. J'avais gardé les clés, les serrures n'avaient pas été changées, et la maison n'était toujours pas occupée. L'agence qui l'avait achetée ne semblait pas très pressée de la louer. Ils n'avaient même pas mis de panneau sur la façade pour informer le public qu'elle était disponible. Pour couronner le tout, ils n'avaient pas coupé l'électricité ni l'eau, ce qui me permettait d'aller boire au robinet de l'évier ou d'aller aux toilettes quand j'en avais besoin. J'évitais de mettre la climatisation en route afin de ne pas consommer d'électricité, ce qui aurait pu trahir ma présence. De toute façon, j'appréciais la canicule qui régnait dans la maison et me permettait, chaque jour, de réchauffer mes muscles généralement glacés.

J'avais l'impression de partir en camping : j'avais volé des rouleaux de papier-toilette, ainsi qu'une couette à étaler dans le salon vide et sur laquelle je m'allongeais pour lire. Il y avait des mois que je ne m'étais autant amusée.

En outre, contrairement à ma nouvelle maison qui donnait sur le Tomato Bowl où j'avais si souvent regardé Tristan jouer au football, chez Granny, il n'y avait rien pour me rappeler mon ancien amoureux, ce qui était un grand soulagement.

Mais au bout d'un mois à lire des formules et à répéter les exercices que les livres préconisaient, je commençais à en avoir assez. J'étais prête à faire de la magie. *Maintenant*.

Avais-je attendu trop longtemps pour essayer de développer les pouvoirs transmis par la branche de ma famille qui appartenait aux Descendants ? Ma mère affirmait que faire de la magie s'apparentait à solliciter un muscle… si on ne s'en servait pas, il s'atrophiait. Pour sa part, elle avait fait exprès de laisser son pouvoir s'affaiblir en refusant de pratiquer.

Peut-être mes gènes de vampire étaient-ils trop forts ?

Dehors, une portière a claqué. Etouffant un petit cri, j'ai à peine eu le temps de jeter la couette sur la pile de livres à côté de moi que mon père entrait dans le jardin. Arrivé devant la baie vitrée, il a marqué un temps d'arrêt avant de se pencher pour regarder à travers la vitre.

— Savannah ? Mais que diable fais-tu ici ? Je croyais que tu avais du boulot à faire pour les *Charmeuses.*

J'ai bondi sur mes pieds, ouvert la porte du patio et suis sortie pour le rejoindre.

— Oh. Euh… j'étais juste en train de… de traîner dans le coin, tu vois. Et toi, qu'est-ce que tu fais ici ?

— Je venais jeter un coup d'œil sur la maison pour m'assurer que tout allait bien.

— Mais pourquoi ?

— Parce qu'il faut toujours garder un œil sur ce qui vous appartient.

— Tu… la maison de Granny est à toi, maintenant ?

L'avait-il rachetée aux nouveaux propriétaires ? Cela expliquerait pourquoi il n'y avait pas de panneau « A louer » à l'extérieur.

— Je suis propriétaire de l'agence qui l'a achetée à ta mère. Je savais qu'un jour viendrait où toi et ta mère auriez la nostalgie de cette maison, et où vous ressentiriez l'envie de la revoir. Ta mère aussi a grandi dans cette maison, tu sais.

*Oui, je le savais.*

— Mais tu as payé trop cher ! Si tu nous avais simplement dit que tu voulais l'acheter, nous aurions pu mettre fin aux enchères avec l'autre société et tu l'aurais obtenue pour un prix bien moindre.

— En fait, je dirige les deux sociétés qui étaient en concurrence. Et ta mère n'aurait jamais accepté que j'achète la maison où elle a vécu toute son enfance.

*Il plaisantait, ce n'était pas possible autrement.*

— Mais pourquoi faire monter le prix comme ça ?

— Ta mère m'a souvent répété combien elle avait envie de voyager en caravane, de se sentir libre de bouger autant qu'elle en avait envie. Et bien sûr, je voulais m'assurer que tu aurais tous les fonds nécessaires pour faire les études que tu voulais. Sauf que, orgueilleuse comme elle l'est, ta mère ne m'aurait jamais laissé lui donner directement l'argent, que ce soit pour la caravane ou tes études.

— Alors tu as fait exprès d'acheter cette maison plus cher qu'elle ne valait.

— *Oui.*

— Et tu as menti à maman sur la provenance réelle de l'argent.

— En fait, elle n'a jamais demandé qui dirigeait les deux sociétés qui se sont portées acquéreuses de la maison. Par conséquent, techniquement, je n'ai jamais eu à mentir concernant mon implication dans cet achat.

Bon sang, il était sacrément retors ! Je n'aurais pas su dire si je trouvais son geste romantique ou tout bonnement sournois.

— Il faut que tu saches que cette maison est censée te revenir dès que tu auras dix-huit ans, a-t-il ajouté. Tu pourras faire ce que tu veux avec… la vendre, la louer pour bénéficier de loyers, ou même y habiter si tu le souhaites. D'ici là, elle restera inoccupée et disponible pour que tu y fasses ce que bon te semble.

*Incroyable.* Je ne savais pas quoi dire.

— Euh, merci.

— Il n'y a vraiment pas de quoi.

— Et donc, si j'avais envie de venir ici passer un peu de temps, ça ne poserait pas de problème ?

Il a jeté un coup d'œil derrière moi, sur le linoléum où traînait ma couette.

— Vu qu'il n'y a plus aucun meuble, je crois que ce ne serait pas très confortable pour dormir. Je préférerais donc que tu rentres le soir coucher à la maison. Et je serais plus rassuré en étant certain que tu viens toujours ici toute seule.

Sous-entendu, pas question de prévoir des rendez-vous secrets avec Tristan, ni d'organiser des fêtes déjantées entre amies.

— Pas de problème.

Comme si j'avais envisagé de faire des trucs pareils ! Je venais juste ici pour apprendre la magie...

— Eh bien, tout m'a l'air parfait. Il est temps que je retourne à mon bricolage. On se voit pour le dîner ? Vers 8 heures, disons ?

Dévorée par un affreux sentiment de culpabilité, je me suis obligée à pincer les lèvres et à acquiescer, persuadée que, si j'ouvrais la bouche, j'allais lui révéler d'un coup la véritable raison de ma présence ici.

Puis il a refait le tour de la maison jusqu'à sa voiture et s'en est allé. J'ai enfin pu respirer de nouveau.

*Il fallait que j'y arrive*, me suis-je répété. La haine que manifestaient Dylan, les Jumelles Pimbêches et tous les Descendants, envers moi et chacun de mes amis m'obligeait à faire tout ce qui était en mon pouvoir pour nous protéger tous. Même le fantôme de Granny, si c'était bien lui qui embêtait ma mère, semblait tenir à ce que j'apprenne la magie. Et si je n'y recourais qu'à des fins de protection, je ne voyais pas ce que le Clan et le Conseil des Vampires pouvaient trouver à y redire.

Avec un soupir, je me suis emparée du livre de magie

destiné aux débutants et suis sortie m'asseoir à l'ombre du grand arbre planté au milieu du jardin.

— D'accord, Granny. Tu tenais à ce que j'apprenne la magie. Et si tu me donnais un petit coup de main ?

Il devait y avoir quelque chose qui m'avait échappé dans ce livre. Un jour, Tristan m'avait dit que les Descendants commençaient à s'entraîner dès les premiers signes de la puberté ; j'avais donc le bon âge pour ça. Si un gosse de douze ans pouvait faire de la magie de base, je devais bien pouvoir y arriver, moi aussi.

J'ai rouvert le livre quelques pages en arrière, à la toute première leçon sur la décharge d'énergie. Je n'avais pas besoin des effets de cette décharge, mais peut-être était-il indispensable d'effectuer les exercices de chaque leçon dans l'ordre. Le fait d'en sauter quelques-unes n'avait manifestement pas servi à grand-chose jusqu'alors.

Suivant les instructions de la leçon numéro un, j'ai fermé les yeux, posé mes deux paumes à plat sur l'herbe, et tenté d'imaginer que j'envoyais mon énergie dans le sol à travers mes mains.

Mes paumes me picotaient un peu. Parce que la magie commençait à se manifester, ou à cause de l'herbe qui me chatouillait la peau ?

J'ai essayé une nouvelle fois, bien décidée à ne pas quitter ce jardin tant que je n'aurais pas réussi l'exercice. Des fourmillements féroces se sont alors mis à me parcourir les paumes et ont gagné mes doigts, m'arrachant un petit cri. J'ai retiré vivement mes mains.

A l'emplacement où elles avaient reposé, l'herbe avait pris une teinte plus sombre qui suivait exactement le contour de mes doigts.

— Ça marche ! me suis-je exclamée d'une voix stridente avant de plaquer une main sur ma bouche.

Les jardins attenants étaient déserts, mais si je faisais trop de bruit et qu'il y avait quelqu'un dans l'une des maisons voisines, il risquait de sortir pour voir d'où venait ce vacarme.

*Allez, calme-toi, Savannah,* me suis-je dit. *Tu sais décharger ton énergie dans le sol. Maintenant, passons à l'étape suivante.*

En tournant la page du livre de magie, j'ai découvert que la leçon suivante portait sur le drainage d'énergie, toujours à partir du sol. Il me suffisait donc, en toute logique, d'appliquer le processus inverse, non ?

J'ai fermé les yeux, posé de nouveau mes mains sur l'herbe et tenté de visualiser l'énergie de la terre qui entrait dans mes mains.

*Rien.* Pas de picotement, pas de déferlement de chaleur.

J'ai relu les consignes de la leçon, sans rien relever qui ait pu m'échapper la première fois. Mon dos et ma tête étaient douloureux, sans doute d'être restée assise et penchée au-dessus du sol pendant trop longtemps. Avec un grognement, je me suis laissée tomber en arrière sur l'herbe baignée de soleil et j'ai essayé de nouveau.

*Allez,* ai-je pensé en pressant mes mains contre le sol. *Vas-y, donne-moi de l'énergie, maintenant !*

Cette fois, une vague de chaleur a gagné mes mains et j'ai ressenti ce picotement familier. J'ai poussé un soupir de soulagement. Enfin, ça marchait ! Pourtant, quand j'ai tenté de me redresser, j'étais incapable de bouger. J'avais l'impression qu'on avait garé une voiture sur mon corps.

*Et zut.* Qu'avais-je fait ?

Sans doute avais-je involontairement libéré mon énergie au lieu d'en puiser dans mon corps. Saisie de panique, j'ai ouvert la bouche pour crier à l'aide, mais il n'en est sorti qu'un couinement pathétique. Quant à mon téléphone, je l'avais évidemment laissé dans la maison, hors de portée.

*Bon, détends-toi, Sav. Tu peux le faire. Tu as appris comment décharger ton énergie. Trop bien, sans doute. Maintenant, concentre-toi et fais l'inverse !*

La chaleur dans mes mains se dissipait, et mes pensées devenaient brumeuses. Le jardin a soudain semblé s'obscurcir. Est-ce que le soleil se couchait ? Etait-il déjà si tard ? J'aurais dû avoir froid, mais je ne sentais rien, ou pas grand-chose du moins, en dehors d'une écrasante envie de dormir. Sauf qu'une voix dans ma tête m'expliquait que c'était une très mauvaise idée. Il fallait que j'appelle quelqu'un.

J'ai tenté de rouler en direction de la porte du patio. Mais mon corps refusait absolument de m'obéir. Même respirer me coûtait.

Le jardin était tellement silencieux que j'entendais le vent se faufiler dans les plantes autour de moi, les faisant frissonner et chuchoter entre elles. Si seulement je trouvais un moyen de puiser dans l'énergie de ces plantes…

Déjà, j'aurais dû commencer par les arroser. Granny l'aurait souhaité.

Ç'a été ma dernière pensée, puis les branches de l'arbre qui me surplombait se sont évanouies.

Et soudain, j'étais libre. Je flottais au-dessus de mon corps allongé dans l'herbe, reliée à lui par un mince cordon argenté sortant de mon nombril.

— Savannah, tu peux m'expliquer ce que tu fais ? a demandé Granny en traversant le jardin dans ma direction.

Ses pieds ne touchaient même pas le sol.

— Granny ! Comment…

— Mon enfant, tu es dans l'entre-deux monde. Ce qui signifie que tu as dû faire une sacrée bêtise. Ils m'ont envoyée pour que je te ramène d'où tu viens.

Interloquée, j'ai froncé les sourcils. Alors elle a ajouté :

— Tu es en train de mourir, ma chérie.

# 13

*Tristan*

L'entraînement de l'après-midi touchait à sa fin, et j'avais l'impression d'être passé sous un rouleau compresseur. Ce n'était pas parce que la défense m'avait laminé, ni à cause du soleil brûlant de juillet qui me cuisait la peau. Non, j'avais le sentiment qu'on m'avait vidé de toute mon énergie petit à petit, jusqu'à ce que je puisse à peine respirer. Vingt minutes avant la fin, l'entraîneur Parker m'a fait quitter le terrain et m'a ordonné d'aller me reposer sur le banc de touche, persuadé que j'avais attrapé une insolation. Mais je savais qu'il s'agissait de quelque chose de beaucoup plus grave.

Quand je suis parvenu à reprendre mon souffle, j'ai compris que ce n'était pas mon propre épuisement que je ressentais. *C'était celui de Savannah.*

Savannah était en danger. J'ignorais comment je le savais, peut-être mon charme de connexion continuait-il de fonctionner, mais en tout cas je savais. Je la sentais, là-bas, quelque part, et elle s'éloignait.

Pour autant, je n'avais pas la moindre idée de l'endroit où elle se trouvait, ni de ce qui lui arrivait, et encore moins de la façon dont je pouvais la rejoindre.

J'ai été obligé d'attendre la fin des entraînements avant

de pouvoir me précipiter aux vestiaires pour prendre mon téléphone dans mon casier et lui envoyer un texto.

Savannah, je sais que tu ne veux pas me parler, mais j'ai le sentiment que tu as des ennuis. Est-ce que ça va ? Réponds au moins à cette question.

*Savannah*

— Zut, alors ! ai-je lancé.

J'avais bel et bien raté mon exercice de magie, et pas qu'un peu.

— J'étais en train d'apprendre à absorber de l'énergie. Sauf que tout ce temps, je n'ai fait qu'en évacuer dans le sol, c'est ça ?

— Oui, eh bien, recommence ça une seule fois, et c'est toi qui vas finir dans le sol, m'a rétorqué Granny.

— Déjà, je n'aurais peut-être pas dû faire de magie du tout, ai-je grogné. Si le Clan ou le Conseil s'en aperçoivent, ils vont péter les plombs.

— Tu parles, a-t-elle soufflé avec une moue méprisante. Ils ont juste peur que tu leur rendes la monnaie de leur pièce. Bien sûr, si on ne te ramène pas vite fait dans ton corps, qu'ils découvrent que tu fais de la magie sera le cadet de tes soucis.

*Ce ne serait peut-être pas une si mauvaise chose, après tout…*

— Je préfère être comme ça. Etre là, avec toi.

— Mais je ne peux pas rester ici, trésor. Et toi non plus.

Sa voix était plus lointaine, à présent, comme une main frôlant mes cheveux avec délicatesse.

— Pourquoi ?

Ici, la douleur n'existait pas, les cœurs ne se brisaient

pas, il n'y avait ni colère, ni solitude, ni sentiment de culpabilité. Seulement une grande paix. Je l'ai dévisagée, reconnaissant chacune des rides sur ses joues et son front, des rides qui s'étaient installées à force de sourire ou de plisser les yeux au soleil.

— Tu me manques, Granny.

— Moi aussi, tu me manques, ma puce. Mais il faut que tu retournes là-bas. Il n'est pas temps pour toi de passer de l'autre côté. Dieu a de grands projets pour toi.

— De grands projets pour la créature la plus monstrueuse du monde ? Pourquoi ?

Elle a émis un petit sifflement de colère.

— Tu es autant Sa créature que tous les autres êtres vivants de la terre. Qui es-tu pour me demander pourquoi Il choisit l'un ou l'autre pour servir Ses desseins ? C'est ainsi, c'est tout. Il faut juste que tu cesses de te rebeller contre tout et n'importe quoi.

— Je me rebelle, moi ? Tout ce que je fais, c'est me plier à des règles absurdes à longueur de temps !

— Tu te rebelles contre *celle que tu es*. Même quand tu commences à te laisser tenter par la magie et prendre conscience de tes pouvoirs, tu finis toujours par te rebeller contre eux. Regarde ton corps allongé là, dans la poussière, en train de mourir. C'est parce que tu t'es rebellée contre l'énergie.

— Mais j'essayais de l'absorber…

— Tu ne comprends pas la nature de l'énergie : tout est une question de don et d'accueil. En ce moment même, ce que tu essaies de faire, c'est tendre la main et attraper l'énergie comme si c'était un objet solide que tu peux ramasser, comme une pierre ou une feuille. Mais ça ne marche pas de cette façon.

De nouveau, elle a soupiré, et j'ai eu l'impression d'entendre le vent dans les arbres.

— On n'aurait jamais dû appeler ce processus « puiser de l'énergie ». Il n'est pas question de tirer quoi que ce soit de la terre. On aurait dû le nommer « accueillir », ou « accepter », parce que c'est tout ce dont il s'agit. Ce n'est pas en pourchassant l'énergie qu'elle viendra à toi. Il faut que tu entres dans l'eau de la rivière et que tu la laisses couler sur toi et en toi.

Se rapprochant, elle m'a pris la main. J'étais étonnée de constater combien elle me semblait solide et réelle.

— Ne sens-tu pas l'énergie qui circule déjà dans ton corps, et celle qui bat dans la terre, dans l'herbe et les racines des plantes qui t'entourent ?

— Comment le pourrais-je ? lui ai-je fait, un peu agacée. En ce moment, mon corps ne sent plus rien !

— Tête de mule. Retourne dans ton corps. Ensuite, détends-toi et ouvre tous tes sens. Le monde est comme une immense batterie pour toi, trésor. Tout ce que tu dois faire, c'est laisser l'énergie te remplir.

Je ne voyais pas comment je pouvais être plus détendue dans la mesure où j'étais manifestement en train de mourir... Pourtant, ravalant mes protestations, je me suis allongée de nouveau dans mon corps. Là, j'ai étouffé un cri.

J'avais l'impression de reposer sur une couverture de laine parcourue d'électricité statique.

— Je la sens ! me suis-je écriée.

Cette fois, les mots sont sortis des lèvres de mon vrai corps.

— Parfait ! Maintenant, détends-toi. Imagine que tu es allongée dans un ruisseau, et laisse le flot du courant te caresser la peau.

Des picotements m'ont parcouru les mains, les avant-bras et la cheville gauche, à l'endroit où mon jean s'était retroussé et où ma peau nue touchait le sol.

— C'est ça, ma chérie.

La voix de Granny s'affaiblissait.

— Attends ! Et pour le reste ? Quel est le prochain livre que je dois étudier ?

J'avais tant de questions à lui poser. Mais surtout, je n'avais pas envie qu'elle parte.

— Ta mère te l'a déjà dit. La plupart des charmes du Clan ne requièrent que de la volonté et de la concentration. Ces livres sont simplement destinés à te donner une idée de ce qui peut être réalisé grâce à cette volonté et cette concentration.

— Mais pour le charme d'atténuation du désir de sang, qu'est-ce que je fais ?

Granny m'a arrêtée d'un signe de la main.

— Ah, ça, c'est de la magie antique, il vaut mieux que tu n'y touches pas, ma chérie. Elle ne fonctionne qu'au prix de nombreux sacrifices. Elle est *dangereuse.*

J'ai hésité un instant. Mais il fallait absolument que je sache la vérité.

— Granny, as-tu dû… sacrifier ta vie à cause de ce charme ?

Elle a laissé passer un moment avant de reprendre :

— D'une certaine façon, oui. Et c'est pour cela qu'on n'enseigne plus ce charme. Mais tu n'en as pas besoin. Les méthodes les plus sûres — les « nouvelles » méthodes — te fourniront presque tout ce dont tu as besoin.

*A l'exception de Tristan.*

Si je parvenais à assimiler les anciennes méthodes de magie, je pourrais arriver à mes fins. Je pourrais mettre en place le charme d'atténuation de l'envie de sang afin que je puisse côtoyer en toute sécurité des Descendants comme ma mère et Tristan.

*Peut-être même pourrais-je étouffer complètement ma part vampirique.*

Oh ! pouvoir de nouveau l'embrasser sans lui voler son énergie… Pouvoir de nouveau danser en public sans craindre de révéler ma force et ma rapidité de vampire aux yeux de tous…

— Tu sais suffisamment maîtriser ton envie de sang par toi-même, Savannah, a dit Granny d'une voix qui n'était plus qu'un murmure lointain. Et toute la magie sacrificielle du monde ne suffirait pas à arrêter le flux d'énergie si tu embrassais Tristan. Je suis désolée, mais même la magie a ses limites. Tu auras beau le souhaiter de toutes tes forces, elle ne peut changer ce que tu es.

J'avais l'impression d'entendre Sam Coleman dans le Cercle, quand je lui avais demandé de ramener Granny sans son âme. Frustrée, je me suis hissée sur un coude, bien décidée à savoir comment elle avait réalisé le charme d'atténuation — même si je devais en mourir.

Mais j'étais de nouveau seule, assise dans la lumière éclatante de cet après-midi d'été.

Un souffle de vent a soulevé une mèche de mes cheveux, et j'aurais pu jurer que je sentais la main de Granny la remettre en place.

*J'ai donné ce que j'avais pour toi et ta mère, et je n'ai aucun regret*, a murmuré le vent. *Mais rien ne vaut que tu sacrifies ta vie. Du moins, pas encore. Il te reste tellement de choses merveilleuses à faire. Alors écoute ta grand-mère, contente-toi de la magie moderne, et rends-moi fière de toi. Je t'aime.*

— Moi aussi, je t'aime, Granny, ai-je chuchoté.

J'avais la gorge si serrée que j'avais du mal à déglutir. Une larme a roulé le long de ma joue. Je ne l'ai pas essuyée. Elle donnait corps à la réalité de cet instant, empêchait que la partie rationnelle de mon esprit classe ce moment au rang du rêve qu'il était peut-être.

J'avais besoin de croire que j'avais vu Granny, que je lui avais parlé. Que c'était vraiment arrivé. Que mon esprit surmené, épuisé, n'avait pas construit de toutes pièces la conversation que je venais d'avoir avec ma grand-mère. Qu'elle était vraiment là, quelque part, attendant de me faire passer un jour de l'autre côté, là où elle se trouvait maintenant, et veillant sur moi en attendant ce moment.

Je me suis rallongée mollement sur l'herbe, trop fatiguée pour me relever tout de suite. Au-dessus de moi, le soleil m'envoyait ses rayons à travers les branches presque dépouillées du vieux pécanier. De longs rubans de nuages s'étiraient dans le ciel parfaitement bleu comme de minces serpentins d'écume.

Granny voyait-elle ce ciel, ces nuages, ce jardin avec toutes ses plantes, de là où elle était ?

Les yeux fermés, je me suis détendue et j'ai imaginé qu'un ruisseau argenté coulait sur moi. Et de nouveau, un courant électrique de faible intensité a parcouru mon corps partout où il était en contact avec le sol.

J'ai souri. Pour la première fois depuis bien trop longtemps, un sentiment de paix m'a envahie tout entière. Il était impossible que j'aie rêvé cette conversation avec Granny. La preuve, c'était qu'enfin, j'avais le pouvoir de puiser de l'énergie.

Après avoir regagné assez de forces pour me sentir appartenir de nouveau au monde des vivants, je me suis remise sur mes pieds, j'ai rassemblé tous les livres de magie pour les remettre dans leur boîte, et j'ai rangé celle-ci au fond du placard de la chambre de Granny.

C'était la première fois que j'y pénétrais depuis longtemps. Je n'en avais pas eu le courage quand ma mère et moi avions débarrassé la maison. C'était l'espace privé de ma grand-mère, un espace où je n'avais plus ma place après sa mort tragique. A présent, le poids de la culpabilité avait presque déserté ma poitrine, et cette chambre m'était redevenue accessible : ce n'était qu'une pièce vide, après tout.

Granny prétendait que je n'avais pas besoin de livres pour pratiquer la magie moderne. J'allais donc lui faire confiance et laisser les grimoires ici. Je risquais d'avoir des problèmes si je les ramenais chez moi ou les laissais dans le coffre de ma voiture, où n'importe qui pouvait tomber dessus. En revanche, ici, ils seraient à l'abri dans la mesure où cette maison était censée rester inoccupée jusqu'à ce qu'elle me revienne.

Quel dommage que je ne puisse pas transmettre ces livres à mon propre enfant, un jour — pas seulement comme des outils d'apprentissage, mais comme un héritage de ma famille. A présent que ma part vampirique prenait le dessus, mon père m'avait dit que, comme tous les autres vampires de sexe féminin, je deviendrais sans doute stérile. Je serais la dernière représentante de la lignée Evans.

J'ai secoué la tristesse qui, comme un lourd manteau, tentait de m'envelopper. Mes parents avaient fait des choix auxquels je ne pouvais rien changer. Je ne pouvais rien changer non plus à ce que j'étais en train de devenir. Tout ce que je pouvais faire, c'était tirer le meilleur parti de ce qu'on m'avait donné. Et avec l'aide de Granny, reprendre ce que le Clan m'avait volé… mon héritage de sorcière.

Sur le sol de linoléum où je l'avais laissé, mon téléphone s'est mis à vibrer. Je l'ai ramassé afin de vérifier mes messages.

Tristan m'avait envoyé un texto ! D'abord, son message m'a troublée, puis il m'a effrayée pour de bon : *comment avait-il pu sentir que j'étais en train de mourir ?* Son charme de connexion avait cessé de fonctionner au moment où son cœur s'était presque arrêté de battre après l'accident. A moins qu'il n'ait repris effet quand Emily s'était occupée de lui ?

La gorge serrée, je lui ai répondu :

> Je vais bien. Ne m'envoie plus de messages. C'est interdit. Garde plutôt tes textos pour ta nouvelle amoureuse.

Quelques secondes plus tard, je reçus sa réponse :

> Mon amoureuse ? ? ?

*Arrête ton char*, ai-je pensé. Il devait bien savoir qu'à Jacksonville, absolument tout le monde était au courant, pour lui et Bethany. Mon agacement était tel que je n'ai même pas pris la peine de répondre. S'il préférait mentir et me faire croire qu'il ne sortait avec personne, c'était son problème. Mais je refusais de perdre mon temps à débattre d'un sujet qui était déjà de notoriété publique. J'avais mieux à faire. Comme m'exercer à pratiquer mes tout nouveaux pouvoirs. J'allais avoir besoin de chaque minute cet été pour pouvoir être prête à la rentrée. Maintenant que je commençais réellement à pratiquer la magie, j'avais beaucoup de retard à rattraper.

Dylan et les Jumelles Pimbêches allaient avoir une sacrée surprise s'ils essayaient de s'en prendre à moi ou à mes amies cette année.

L'apprentissage de la magie m'insufflait une confiance en moi que je n'avais pas éprouvée depuis trop longtemps. Je n'avais plus envie de servir de paillasson aux Descendants du Clan, plus envie de faire profil bas et d'attendre qu'ils viennent me piétiner.

J'étais prête à sortir le grand jeu. Et ça commencerait à l'anniversaire d'Anne, en août, deux semaines avant la reprise des cours. Cela me semblait une excellente occasion de me faire la main et de mettre en œuvre le début de ma liste des « choses magiques à faire ».

Cette année, Anne donnait sa fête annuelle dans la petite cabane de chasse que sa famille avait construite sur une parcelle de terrain qu'elle possédait à la campagne entre Jacksonville et Rusk. Anne disait que c'était là qu'ils aimaient chasser le chevreuil chaque automne. Elle m'avait envoyé par e-mail l'itinéraire à suivre, qui n'était pas bien compliqué, et bientôt, ma voiture s'est engagée dans un nuage de poussière sur un long chemin de terre entouré de champs clôturés, jusqu'à ce que je débouche sur la maison de rondins et sa minuscule terrasse au milieu de la propriété.

J'avais fait exprès d'arriver en retard. Comme j'étais la dernière arrivée, toutes les autres voitures étaient déjà garées en file indienne sur le chemin, ce qui me donnait l'occasion idéale de placer un charme de protection sur chaque pare-chocs arrière.

Déjà une bonne chose de faite.

La première phase de ma mission de ce soir terminée, j'ai monté les étroites marches de bois menant à la porte de la cabane et j'ai frappé. Anne est venue ouvrir, et la première chose qui m'a marquée en pénétrant dans le petit une pièce, c'est l'odeur. J'ai dû lutter de toutes mes forces pour ne pas me couvrir le nez de la main et partir en courant tellement la puanteur était forte.

— Savannah, a murmuré Anne sur le seuil en me serrant rapidement dans ses bras. Tu n'as rien mangé depuis le début des vacances, ou quoi ? Tu es maigre comme une sauterelle !

— Merci, ai-je marmonné en retour.

Je lui ai tendu son cadeau en ajoutant :

— Moi aussi, je suis contente de te voir. Bon anniversaire.

— Savannah ! Ouah, tu es splendide ! s'est alors exclamée Michelle.

Elle était à plat ventre au milieu du salon.

— Tu fais un nouveau régime ? a-t-elle demandé.

Avec un sourire forcé, j'ai ignoré sa question et suis venue la rejoindre pour m'asseoir entre elle et Carrie. Je m'efforçais de ne pas respirer trop profondément. Quelque chose dans la maison dégageait une odeur épouvantable qui me soulevait l'estomac à chaque inspiration.

Michelle m'a tendu son poignet :

— Sens mon nouveau parfum ! Je l'ai trouvé en faisant les magasins pour m'acheter un maillot de bain, avec les autres. Tu aurais dû venir, d'ailleurs.

J'ai respiré sa peau avec précaution. Des fleurs au parfum capiteux noyées dans l'alcool. De quoi me faire éternuer dans quelques secondes, mais ce n'était pas là la source de la puanteur qui régnait dans la maison.

Je me suis recentrée sur ce qu'elle venait de me dire :

— Attendez, les filles, c'est sans regret ! Si vous m'aviez vue en maillot, vous seriez aveugles, à l'heure qu'il est...

Carrie a laissé échapper un petit rire.

— Oui, je vois ce que tu veux dire. Et qu'est-ce que

tu as fait, tout l'été, à part nous éviter ? Pas trop de bronzette, à ce que je vois. Tu sais, ce n'est pas parce qu'il est recommandé de protéger sa peau pour éviter les coups de soleil que tu es obligée de passer ta vie dans une grotte. Tu devrais sortir un peu du manoir de la famille Addams, de temps à autre, ça ne te ferait pas de mal, un peu de lumière. Le soleil, ça apporte des vitamines C et D.

A mon tour, je me suis mise à rire.

— Merci, je vais essayer de ne pas l'oublier.

C'est alors que je me suis souvenue du petit paquet que j'avais dans la poche.

— Oh ! au fait, je vous ai fait un truc, à toutes les trois.

J'ai sorti le paquet et leur ai tendu les bracelets que j'avais passés des heures à confectionner, suivant les instructions d'un livre de travaux manuels que j'avais trouvé à la bibliothèque municipale.

— Des bracelets d'amitié ! s'est écriée Michelle avec ravissement.

Elle en a pris un dans ma paume ouverte.

— Génial !

Anne est sortie de la cuisine pour nous rejoindre. Carrie a souri et choisi un bracelet.

— Super. Merci ! On a déjà eu un truc comme ça, dans le groupe ?

— Non, a répondu Anne.

Elle s'est penchée au-dessus de mon épaule, a pris son bracelet et a ajouté :

— Mais on aurait dû le faire depuis longtemps. Bonne idée, Savannah. Tiens, tu veux me l'attacher ?

Je lui ai noué autour du poignet en tâchant de ne pas me sentir coupable à l'idée que mon cadeau avait un autre objectif que simplement celui de leur faire plaisir.

Je leur avais tout de même offert en toute amitié… même si mon idée première était de les assortir d'un charme de protection. Ce qu'elles n'avaient pas besoin de savoir.

Quand tous les bracelets ont été noués, Anne a lancé :

— Alors, tout le monde est prêt à faire la fête ? Dans ce cas, passons au gâteau pour que je puisse ouvrir mes autres cadeaux !

— Pas si vite, est alors intervenue Mme Albright depuis la cuisine.

Elle est entrée dans le salon, chargée d'une pizza maison géante qu'elle venait de sortir du four, puis elle l'a déposée, fumante, sur la minuscule table où le couvert était mis pour quatre.

— Tu connais la musique, Anne : d'abord la pizza, ensuite le gâteau et les cadeaux.

Mon estomac s'est noué et, aussitôt après, j'ai eu l'impression que mon œsophage se refermait sur toute sa longueur. *Aïe.* Je n'avais prévu aucune excuse pour éviter de manger ce soir.

— Madame Albright, c'est une véritable œuvre d'art, s'est exclamée Michelle avec admiration tandis que nous nous rassemblions autour de la table.

Le compliment n'était pas exagéré. En effet, chaque champignon, chaque morceau de pepperoni et de saucisse était disposé à intervalles réguliers pour former une spirale aussi parfaite que si elle avait été dessinée par une machine.

*Mais cette odeur…* Quelle horreur, j'avais envie de vomir !

Nous nous sommes assises à table. Comme les chaises manquaient, les parents d'Anne sont restés debout derrière leur fille.

— Baissez la tête, a ordonné Mme Albright.

Aussitôt, nous avons toutes incliné la tête pendant qu'elle disait les grâces — même Michelle dont les parents n'étaient pas pratiquants. En silence, j'ai ajouté ma propre prière : *mon Dieu, faites que j'aille au bout de ce repas sans vomir partout sur la table.*

Et le supplice a commencé. Sous le regard inquisiteur de Mme Albright, je découpais des bouchées aussi petites que possible, utilisant mes doigts pour détacher de minuscules morceaux de la part qu'elle m'avait servie. Ainsi, avec un peu de chance, peut-être aurais-je l'air d'avoir mangé quelque chose.

— C'est bon ? m'a-t-elle demandé.

— Oh ! oui, bien sûr ! C'est excellent.

J'ai affiché un sourire de façade et me suis forcée à porter une bouchée de bonne taille à ma bouche, à la mâcher puis à l'avaler.

Ma prière a été exaucée… d'une certaine façon. Je n'ai pas vomi sur la table. Mais ça ne m'a pas empêchée d'être malade. Je me suis contenue aussi longtemps que possible, puis j'ai balbutié une excuse — il fallait absolument que j'aille chercher quelque chose dans ma voiture — avant de me précipiter hors de la cabane.

Anne m'a trouvée pliée en deux derrière ma voiture, sous un magnifique soleil couchant, retenant l'extrémité de ma queue-de-cheval d'une main et me bouchant le nez de l'autre tandis que j'essayais vainement de vomir en silence.

— Je suis vraiment désolée, ai-je articulé péniblement entre deux haut-le-cœur. S'il te plaît, dis à ta mère que sa pizza est parfaite. Ce n'est pas…

— Dis donc, tu ne peux vraiment plus avaler de vraie nourriture, c'est ça ?

Avec une grimace pitoyable, j'ai confirmé d'un mouvement de tête.

— Tu n'imagines pas comme ça me soûle. Quand je pense qu'avant, j'adorais les pizzas !

— Mais pourquoi te bouches-tu le nez ? Je ne sens rien.

— Pour que ça ne me ressorte pas par les narines, pardi !

— Beurk !

Elle m'a tapoté maladroitement le dos avant d'ajouter :

— Ne t'inquiète pas, je vais te trouver un alibi. Tiens, je leur dirai que tu es sortie pour m'aider à préparer les quads.

— Des quads ?

Acceptant la bouteille d'eau qu'elle m'offrait, je me suis rincé la bouche. Après une dernière série de nausées, mon estomac s'est enfin calmé.

— Oui. Tu verras. Je reviens tout de suite avec les filles.

Anne a disparu dans la maison. J'ai eu à peine le temps de m'éloigner de quelques mètres et d'afficher un sourire serein qu'elle ressortait déjà, précédée de Carrie et Michelle.

— Je croyais que tu voulais passer au gâteau et ouvrir tes cadeaux, a lancé sa mère d'une voix pleine de reproches depuis l'intérieur de la cabane.

— Plus tard, maman ! a crié Anne en refermant la porte derrière elle.

Génial. J'étais en train de saboter son anniversaire.

— Désolée, lui ai-je de nouveau chuchoté.

Carrie et Michelle avaient pris les devants et se dirigeaient vers quatre quads garés de l'autre côté de la cabane.

Anne a balayé mes excuses d'un geste.

— C'est bon, ne t'en fais pas. Pour le gâteau et le reste, on verra tout à l'heure. Allons d'abord nous amuser. Enfin, si tu te sens d'attaque, je veux dire.

— Ça ira.

Pas question que je laisse ces stupides problèmes de vampire gâcher davantage sa fête.

Michelle était revenue en arrière. Elle m'a donné un coup d'épaule.

— Un nouveau régime, hein ?

Avant que je puisse lui sortir une nouvelle excuse, elle a repris :

— Tu sais, je trouve dommage de perdre du poids juste pour récupérer un garçon. Même pour ce garçon-là.

— Je n'ai pas... je veux dire, je ne fais pas de régime...

Michelle a poursuivi, comme si je n'avais rien dit :

— Bien sûr, j'admets que cette fois, la concurrence est rude. Bethany est tellement mince, et d'après ce qu'on dit, ils ont passé tout l'été à se voir. En plus, tout le monde raconte qu'elle part favorite pour être élue capitaine des *Charmeuses* l'année prochaine.

*Il sortait donc toujours avec Bethany ?* Mes épaules se sont affaissées. Avant moi, il n'était jamais sorti plus de deux mois avec la même fille.

— Mais ne t'en fais pas : on voit tout de suite qu'elle est beaucoup trop petite pour lui, a ajouté Michelle avec un geste éloquent tout en enfourchant un quad comme une pro. A force de se pencher tout le temps pour l'embrasser, il va finir par attraper une scoliose. Ça finira par lui porter sur le système et il se rendra compte à quel point vous étiez parfaits, tous les deux.

L'image de Tristan embrassant Bethany a failli me provoquer de nouveaux haut-le-cœur.

Anne, qui était en train d'expliquer à Carrie comment démarrer le quad, s'est interrompue pour houspiller Michelle :

— Ne sois pas stupide ! Savannah n'est pas au régime. Et surtout pas pour Tristan Coleman !

Je n'aurais jamais cru qu'entendre son nom puisse me blesser autant. Mais j'allais devoir m'y habituer. *Quand les cours reprendraient, j'entendrais ce nom partout.*

Anne m'a expliqué à mon tour comment démarrer mon quad, le faire avancer et s'arrêter. Comme il s'agissait d'un embrayage automatique, c'était simple comme bonjour. Pas de levier de vitesse à manœuvrer ou de pédale à enfoncer : il suffisait de pousser un petit bouton en forme de levier situé sous mon pouce.

— Ne roulez pas les unes derrière les autres, nous a averties Anne avec un sourire tout en enfourchant son propre quad. Ces champs sont pleins de bouses de vache.

Au début, j'ai commencé par avancer lentement pour m'habituer à la sensation de conduire sur un terrain accidenté au volant d'un engin sans pare-brise, portières ni ceinture de sécurité. La propriété était plus vaste que je ne l'avais cru au premier abord, ce qui nous laissait toute la place de nous pourchasser mutuellement tout en dessinant de grands cercles dans l'herbe haute. Et puis nous sommes entrées dans un champ en terrasse, formé d'une série de longues collines horizontales.

C'est alors que les choses sérieuses ont commencé.

C'est Anne qui a déclenché les hostilités en nous défiant de négocier les terrasses un peu plus vite chaque fois. L'instant d'après, mon quad et moi avions décollé, le vent fouettant sauvagement mes cheveux tandis qu'un hurlement strident entrecoupé de fou rire s'échappait de ma bouche.

Plus j'allais vite, plus je me délectais du vent qui sifflait autour de moi, frais et pur, dans la lumière déclinante et emplissait mes poumons, tandis que mon sang chargé d'adrénaline se précipitait dans mes veines, irriguant tout mon corps. Voilà ce dont j'avais besoin — me lâcher, m'enfuir, partir quelque part, un endroit où personne ne me regardait à la dérobée pour savoir si j'allais bien, comme mon père, à la maison, quand il croyait que je ne le voyais pas. Pas de coups de téléphone ou de textos « juste pour savoir comment tu te sens », comme j'en recevais deux fois par jour de ma mère. Et plus de secrets — du moins envers Anne.

J'aurais voulu que cela ne finisse jamais.

Malheureusement, les parents d'Anne lui avaient fait promettre de rentrer les quads avant la nuit. Alors, quand le soleil a achevé sa lente descente dans le ciel rougeoyant, notre folle équipée a pris fin. J'ai été la dernière à garer mon engin et à les suivre vers la cabane.

— Tu viens, Savannah ? a appelé Anne depuis le haut des marches.

Carrie et Michelle étaient déjà à l'intérieur. A contrecœur, je les ai rejointes. Mme Albright était justement en train d'allumer la dernière bougie sur le gâteau.

Elle m'a adressé un bref regard, les sourcils froncés, puis a plaqué un sourire de circonstance sur ses lèvres pendant que nous entonnions « Joyeux anniversaire » et qu'Anne soufflait ses bougies.

Puis Mme Albright m'a tendu une assiette de gâteau.

— Tu te sens mieux, maintenant ? m'a-t-elle demandé.

Il y avait plus de défiance que de compassion dans sa voix.

— Euh, maman, Savannah est… Enfin, elle suit un régime spécial, est intervenue Anne. Désolée, j'ai complètement oublié de te prévenir. Elle ne peut pas manger de gâteau, sinon elle risque d'être malade.

Je lui ai décoché un regard plein de reconnaissance. Sa mère a étouffé une exclamation et reculé d'un pas, comme si j'étais porteuse d'un virus mortel.

— C'est vrai, Savannah, tu es malade ?

— Non, maman, a répondu Anne à ma place. Ce n'est pas comme la grippe ou quoi que ce soit de contagieux. J'ai juste dit que le gâteau risquait de la rendre malade. Elle suit un régime à base de produits naturels.

L'expression alarmée de sa mère s'est estompée lentement.

— Ah. Bon, je suppose que je peux comprendre. Moi aussi, j'essaie de faire manger des produits sains à Anne et Tom. Mais tout ce qu'Anne accepte d'avaler, ce sont des cochonneries grasses et sucrées.

Elle a souligné son propos en désignant le plat de pizza vide dans l'évier derrière elle — même si sa pizza s'était révélée si peu grasse que j'aurais pu jurer qu'elle avait épongé la graisse du fromage après l'avoir fait cuire.

— Et si j'apportais les fraises ? a alors suggéré M. Albright d'une voix basse et pleine de gentillesse.

En l'entendant, je comprenais mieux pourquoi Anne n'hésitait jamais à affirmer fièrement qu'elle était la « fille à son papa ».

Mme Albright a sorti du frigo un bol de fraises émincées et les a apportées sur la table. Sentant que tout le monde avait les yeux posés sur moi, je me suis dépêchée de prendre une tranche de fraise et de la porter à ma bouche. Au moins, mon corps supportait assez bien les fruits frais.

J'ai failli m'étouffer. Ils avaient dû saupoudrer les fraises de sucre ou de miel. Cette saleté était tellement sucrée que j'en avais littéralement mal aux mâchoires.

— C'est… bon, suis-je parvenue à dire tandis que les muscles de mes mâchoires se crispaient de toutes leurs forces.

J'ai mâché une fois, deux fois, puis j'ai avalé tout rond avant d'offrir à tous un sourire forcé.

— Elles sont délicieuses. Merci.

Mme Albright s'est enfin déridée et s'est laissée aller sur la chaise que j'avais libérée un peu plus tôt.

— Vas-y, manges-en autant que tu veux.

Carrie a secoué la tête et s'est remise à déguster sa part de gâteau tout en me dévisageant d'un air curieux pendant que j'essayais de trouver une échappatoire pour éviter de m'étouffer en avalant ces fruits affreusement sucrées.

Une fois ouverts tous les cadeaux d'Anne, ses parents se sont retirés dans l'unique chambre de la cabane et nous nous sommes installées pour regarder des films sur une pile de sacs de couchages étalés devant le petit poste de télévision. Lors de nos soirées d'anniversaire, il était de tradition que nous regardions les films préférés de la reine de la fête. Dans la pile de DVD apportée ce soir, il y avait un mélange éclectique de films de Johnny Depp, dont tous les *Pirates des Caraïbes*, et une œuvre moins récente intitulée *Cry Baby*.

Anne a entamé la soirée avec le premier *Pirate des Caraïbes*, mais je ne prêtais guère attention au film. Je ne cessais d'être distraite par les odeurs qui m'assaillaient depuis la cuisine, à quelques mètres derrière nous. Il y avait aussi une foule d'autres odeurs que je ne parvenais pas à identifier, et c'étaient les pires. Mais pas parce qu'elles sentaient mauvais. Pour tout dire, elles me mettaient même l'eau à la bouche.

Pourquoi ne m'avait-on pas servi la source de ces odeurs au dîner ? Mme Albright avait-elle cuisiné autre chose plus tôt dans la journée ? Peut-être Anne me permettrait-elle de manger les restes s'il y en avait.

En arrière-plan, je percevais un son qui détournait lui aussi mon attention du film. Les parents d'Anne étaient peut-être en train de regarder la télévision dans leur chambre eux aussi ? Ce son s'apparentait à un battement sourd, comme si plusieurs personnes jouaient du tambour en même temps, mais de façon désynchronisée.

C'est alors que j'ai entendu des bribes de conversation à travers la porte de la chambre.

— Eh bien, on peut dire que Savannah est bizarre, en ce moment, marmonnait Mme Albright. Mais avec la famille qu'elle a, on devait s'y attendre. Du temps du lycée, Joan a toujours été plus qu'étrange, elle aussi.

Je me suis tendue, puis j'ai jeté un coup d'œil à mes amies. Elles étaient toutes scotchées à la télé. Apparemment, j'étais la seule à pouvoir entendre la discussion dans l'autre pièce.

— Il paraît que Joan a fait sa valise après la mort de sa mère et qu'elle a abandonné Savannah, poursuivait Mme Albright. Le père de Savannah a été obligé de déménager ici pour s'occuper d'elle. Je crois que cette pauvre fille est à plaindre.

— C'est ça que tu appelles « s'occuper d'elle » ? est intervenu M. Albright d'un ton sec. Il faut vraiment être un père indigne pour acheter un taudis pareil et obliger son enfant à y vivre. Cette maison est tout simplement insalubre. Et pour couronner le tout, il est manifestement trop occupé à chasser les rats de cette bâtisse pour prendre le temps d'aller lui acheter une paire de chaussettes neuves de temps à autre. Tu as vu le trou dans celles qu'elle portait aujourd'hui ? On dirait une va-nu-pieds !

Toujours allongée sur le ventre, j'ai replié les jambes et regardé par-dessus mon épaule. En effet, le gros orteil de mon pied gauche me faisait de l'œil à travers ma chaussette passablement déchiquetée. Je n'avais rien remarqué en les enfilant ce matin. Tout ce qui m'importait, c'était qu'elles soient propres.

— Oui, je vois ce que tu veux dire, a alors repris M. Albright. Ça ne m'étonne pas que cette pauvre enfant finisse par avoir des troubles de l'alimentation : elle vit dans un piège à rats avec un père qu'elle connaît à peine. J'ai fait mon possible pour dissuader Michael d'acheter cette maison quand il a appelé au bureau pour l'assurance. Mais il n'a rien voulu entendre. Il l'a qualifiée de « monument historique inestimable ».

Il s'est interrompu et a émis un petit rire sarcastique avant de poursuivre :

— Il a sans doute dépensé toutes ses économies en essayant de rendre cette baraque habitable et maintenant, il n'a plus de quoi acheter des chaussettes neuves à sa fille.

Une lente nausée m'a secouée, m'obligeant à m'asseoir. Anne a détourné les yeux de son film pour me regarder.

— J'ai besoin de prendre l'air, ai-je murmuré en enfilant mes baskets sur mes chaussettes trouées.

J'étais presque à la porte quand Michelle s'est exclamée :

— Mais tu ne peux pas sortir, il y a des coyotes, dehors !

Je suis parvenue à lui adresser un demi-sourire :

— Ne t'en fais pas, pour moi, tout ira bien.

Sitôt franchi le seuil, j'ai refermé la porte derrière moi, et les odeurs ont changé. C'est alors que j'ai entendu un bruissement dans les hautes herbes jaunes du pré voisin. Au même instant, un souffle de vent m'apportait une nouvelle fragrance. Il y avait là-bas quelque chose de tiède et de sauvage.

Puis la porte s'est ouverte derrière moi et Anne est sortie. Quand elle s'est arrêtée près de moi, je me suis figée. Elle amenait avec elle la délicieuse odeur que j'avais perçue à l'intérieur un peu plus tôt. Cette odeur aurait dû s'affaiblir et disparaître. Mais ce n'était pas le cas. C'était…

*Oh ! non, pas ça.* Ça ne pouvait pas arriver. Pas ici, pas maintenant, avec mes amies…

*L'envie de sang.* L'envie d'un sang normal, pas celui, chargé de magie, des Descendants. Mon père m'avait avertie que cela arriverait, mais je ne l'avais pas cru. Je ne *voulais* pas le croire. J'avais besoin de me dire que je pouvais continuer d'être amie avec des humains et que tout irait bien. Sauf que rien n'allait plus — vraiment rien. J'avais mal aux dents à force de vouloir les planter dans quelque chose…

J'ai plaqué une main sur ma bouche ; mon cœur battait à tout rompre. Il fallait que je m'en aille d'ici. Maintenant.

Sans un mot, j'ai foncé en ligne droite vers ma voiture.

— Savannah, que se passe-t-il ? m'a-t-elle demandé en m'attrapant par l'épaule pour m'arrêter.

Là, elle s'est approchée de moi afin de me regarder dans les yeux. Je me suis dérobée, maudissant en silence la lueur de la pleine lune qui lui permettait sans nul doute de distinguer mes dents.

*Mes crocs.*

Oh ! mon Dieu. C'était une chose qu'elle connaisse ma nature, mais c'en était une autre de la lui laisser voir. Même moi, je n'avais pas envie de savoir ce à quoi je ressemblais à cet instant.

— Il faut que j'y aille, ai-je dit en parcourant les derniers mètres qui me séparaient de ma voiture.

J'ai ouvert la portière, me suis glissée derrière le volant et ai jeté un coup d'œil dans sa direction pour m'assurer qu'elle n'était pas trop près de mon véhicule.

Anne a étouffé un cri.

— Tes yeux… ils sont argentés…

Vivement, elle a reculé d'un pas, les bras ballants. Je me suis immobilisée, une main sur le volant, l'autre sur la poignée de ma portière ouverte. Je percevais la peur dans sa voix et dans l'atmosphère.

*Ma meilleure amie avait peur de moi.*

J'ai claqué ma portière, et ma voiture a tremblé sous l'impact. Comment les choses avaient-elles pu reprendre ce tour catastrophique ? Au cours du dernier mois, je m'étais sentie vraiment en accord avec moi-même pour la première fois de ma vie, comme si le fait d'apprendre la magie m'avait redonné la maîtrise de mon corps et de mon existence.

Et maintenant, *ça*.

— Je suis désolée, ai-je lancé par la vitre en espérant qu'elle saurait lire sur mon visage combien la situation me désespérait.

Dans le silence de la nuit, je l'ai entendue déglutir.

— Ça va. C'est juste un anniversaire. J'en ai un chaque année, non ?

Mes yeux me brûlaient. Je les ai fermés, j'ai inspiré un grand coup pour essayer de reprendre mon sang-froid. Là, j'ai de nouveau perçu cette délicieuse odeur et réalisé mon erreur. Je n'arriverais pas à me maîtriser, pas ici, pas maintenant. Comme meilleure amie, j'étais au-dessous de tout.

— Je… On se voit au lycée, d'accord ?

Tout en m'éloignant dans un crissement de pneus, je me suis efforcée de trouver un moyen de dénouer le nœud dans ma gorge.

Peut-être n'étais-je pas une amie aussi affreuse que je le pensais. Après tout, ce soir, j'avais réussi à distribuer tous mes charmes de protection.

Sauf qu'Anne n'était pas au courant, pour eux. Par conséquent, ça ne rachetait pas mon départ précipité de sa soirée d'anniversaire.

Mais tout bien considéré, je me serais sentie infiniment plus coupable si j'avais persisté à rester et que je m'étais retrouvée à attaquer l'une de mes amies au beau milieu de la nuit.

Mes yeux m'ont brûlée de plus bel ; j'avais l'impression qu'ils baignaient dans de l'acide.

Non, il fallait que je cesse de me mentir à ce sujet : elles n'avaient vraiment pas de veine de m'avoir comme amie.

Au lieu d'un charme de protection, j'aurais peut-être dû inclure à ces bracelets un sort pour repousser les vampires.

# 14

*Savannah*

Il m'a fallu vingt minutes — le temps du trajet — pour m'apercevoir que je pleurais. Quand je suis rentrée dans la maison, mon père a bondi du canapé où il était assis pour se retrouver, en un éclair, debout à côté de moi dans l'entrée.

— Que s'est-il passé ? m'a-t-il demandé, les sourcils froncés.

— Quoi ? Pourquoi ?

J'ai entrevu mon reflet dans le miroir accroché au-dessus de la console. Mes joues scintillaient de larmes. Je les ai essuyées du revers de la manche.

— La pizza m'a fait vomir, et ensuite l'envie de sang s'est réveillée. *Tu avais raison.* Tu es content ?

— Pourquoi devrais-je me réjouir de ta détresse ? m'a-t-il répondu avec un nouveau froncement de sourcils. Viens avec moi. Il est temps que tu apprennes à te nourrir.

— Pas question ! Je refuse de sucer le sang de quelqu'un comme une espèce de…

Il s'est tourné pour me faire face et j'ai refermé la bouche avant d'avoir pu prononcer le mot *monstre.*

— Tu préfères peut-être retourner à cette soirée

d'anniversaire ? Je suis sûr que tes amies t'accueilleront à bras ouverts.

Je me suis représentée enfermée dans cette minuscule cabane de chasse, cernée de cœurs battants et tièdes — et je me suis mise à saliver.

L'instant d'après, mon estomac s'est soulevé. J'ai fermé les yeux.

— Je ne veux pas être…

J'ai passé en revue mon vocabulaire, à la recherche d'un mot qui ne serait pas blessant pour lui. *Une sangsue. Une tique.* Un danger pour mes amies, ma mère et tous les êtres humains du monde.

— Je… Je ne veux pas être *ça* !

Mon père m'a considérée avec patience.

— Nous sommes ce que nous sommes, Savannah. Tu ne peux pas arrêter la transformation. Tu ne peux que décider de prendre les rênes de ta nouvelle vie, ou de te laisser dominer par ta nature. Tout est histoire de maîtrise.

*La maîtrise.* Un mot qui appartenait au passé.

— Je refuse de tuer des gens. Ou même de les blesser.

— Je ne te permettrais jamais de tuer quiconque, Savannah. Et j'ai entendu dire que, si c'était bien fait, les humains dont on boit le sang pouvaient même trouver l'expérience agréable.

Comme si ça justifiait de prendre des humains pour proie !

— Il doit bien y avoir un autre moyen ? ai-je demandé.

Silence. Enfin, après un long moment, il a soupiré.

— Je dois pouvoir passer un ou deux coups de fil et trouver une solution.

— Merci.

A l'idée que je ne serais pas obligée de trouver

quelqu'un à mordre, je me suis sentie tellement soulagée que mes jambes se sont dérobées sous moi.

— Je peux aller me coucher, maintenant ?

Il m'a fait signe que oui, et je suis partie me réfugier dans ma chambre.

Le lendemain matin, nous avons reçu un colis « très spécial ».

La sonnerie de l'entrée a retenti peu après 8 heures, à peu près au moment où le facteur passait en général. C'était sans doute un autre arrivage de poignées de porte d'époque, ou quelque chose dans le même style…

— Savannah, tu peux y aller ? a crié mon père par-dessus le bruit de la ponceuse qu'il passait dans l'une des chambres d'amis.

Je suis descendue, ai ouvert la porte — et suis restée pétrifiée de surprise. Le livreur était incroyablement sexy. Il devait avoir la vingtaine, des cheveux châtains coupés court derrière et assez longs devant pour qu'il doive les balayer régulièrement de devant ses yeux. Comme disait Michelle, j'en aurais bien fait mon petit déjeuner.

Puis j'ai remarqué la couleur de ses yeux… la même nuance argentée, presque blanche, que la mienne ; la même que celle de mon père et de tous les autres vampires que j'avais rencontrés.

Et il ne portait pas l'uniforme de la FedEx, ni celui de UPS ou de la Poste.

Avec un sourire, il m'a tendu une petite glacière et dit :

— Quelqu'un a commandé du sang ?

En parlant de sang… le mien s'est glacé dans mes veines.

— Euh, attendez un instant, ai-je balbutié.

Mon cœur battait tellement fort qu'il devait l'entendre. Sans le quitter du regard, j'ai appelé :

— Papa !

Celui-ci est apparu à côté de moi une seconde plus tard et, comme moi l'instant d'avant, il s'est figé.

Silence. Puis un large sourire s'est affiché sur son visage.

— Gowin ! Tu ne m'avais pas prévenu que tu prévoyais de me rendre visite. A quoi devons-nous le plaisir de recevoir un membre du Conseil ?

Voilà pourquoi il me semblait avoir déjà vu ce jeune homme quelque part. C'était l'un des vampires présents lors de mon « épreuve » en France au printemps dernier.

— Le Conseil des Vampires a eu vent que notre Savannah, ici présente, éprouve certaines difficultés à s'adapter à son nouveau mode de vie, a-t-il expliqué sans cesser de sourire. Et comme je n'avais pas vu mon propre protégé depuis un moment, et que j'étais dans les parages de surcroît, j'ai proposé d'effectuer moi-même la première livraison et de voir comment vous alliez tous les deux.

J'avais l'impression de débarquer en cours et d'apprendre que nous allions avoir une interro surprise. En pire. En bien pire.

Attendez. *Protégé ?*

— Vous êtes… le créateur de mon père ?

— Le terme adéquat est *Parrain*, a souligné mon père. Et oui, c'est lui.

J'ai dévisagé Gowin : comment quelqu'un qui paraissait aussi jeune pouvait-il être plus âgé que mon père ?

Son sourire s'est élargi sous mon regard scrutateur.

Il a poussé un soupir faussement embarrassé et a fait un geste de la main pour désigner mon père.

— Ah, les enfants ! Ils quittent la maison, et ils n'appellent pas, n'écrivent pas, ne viennent même plus nous rendre visite.

J'ai senti mes lèvres s'étirer en un sourire involontaire.

Mon père a hésité à peine une fraction de seconde avant de reculer d'un pas pour laisser entrer Gowin.

— C'est toujours un plaisir de te revoir. Veux-tu entrer et voir ma dernière œuvre en date ?

*Euh… Parlait-il de la maison ou de moi ?*

Peu après, mon père a informé les ouvriers qui travaillaient avec lui à la rénovation des sols qu'ils pouvaient rentrer chez eux dès à présent, après quoi notre petite assemblée de vampires s'est réunie autour de la table de la cuisine.

Je ne pouvais m'empêcher de dévorer notre invité des yeux. Pas parce qu'il était extraordinairement mignon : seul Tristan était réellement à même de me couper le souffle. Mais il était étrange de voir un vampire d'apparence aussi juvénile, et pourtant plus âgé de quelques siècles que mon père. Gowin était le premier vampire que je rencontrais qui paraissait avoir plus ou moins mon âge.

Cependant, les apparences pouvaient être trompeuses. Je me suis efforcée de bien garder ce fait à l'esprit pendant que Gowin et mon père discutaient. Pour être franche, Gowin était l'antithèse de mon père. Contrairement à celui-ci, qui semblait toujours un peu guindé et démodé, Gowin était complètement détendu, que ce soit dans sa façon de s'habiller ou de s'exprimer.

En ce moment, il portait un T-shirt assez serré pour mettre en valeur ses biceps bien dessinés et sa taille étroite, assorti d'un jean délavé et de baskets.

Il aurait pu se fondre à la population de n'importe quel campus universitaire. Et pourtant, alors que lui et mon père parlaient du bon vieux temps, j'ai dû faire un effort pour me rappeler que le « bon vieux temps » en question datait probablement d'avant la guerre d'Indépendance et qu'en réalité, Gowin n'avait rien de l'étudiant inoffensif qu'il semblait être. Mais là encore, on avait du mal à ne pas l'oublier, surtout quand il racontait des blagues.

— Dites, savez-vous comment l'Empire romain a été coupé en deux ? a-t-il soudain demandé.

Emergeant brusquement de mes pensées, j'ai secoué la tête en même temps que mon père.

— Avec une paire de Césars ! s'est exclamé Gowin.

Pour toute réponse, mon père et moi avons émis un grognement désolé.

— L'époque de la toge et des sandales te manque, vieil homme ? l'a taquiné mon père.

— Ah, c'est vrai que c'était le bon temps !

Avec un soupir, Gowin s'est affaissé sur sa chaise.

— La mode masculine n'a jamais rien fait de mieux que la toge pour mettre en valeur des jambes comme les miennes, a-t-il ajouté en dépliant l'une des siennes dans ma direction. Maintenant, il faut que j'attende l'été et la période des maillots pour pouvoir les montrer. Et bien sûr, je passe le reste de l'année à faire des UV pour que les dames ne se moquent pas de moi quand je sors de la piscine.

Pendant tout son discours, j'étais restée bouche bée. Enfin, j'ai osé prendre la parole :

— Vous étiez un Romain ? A l'époque de l'Empire ?

*Si c'était le cas, il devait avoir au moins dans les deux mille ans !*

— Tu es face à l'un des plus jeunes sénateurs que Rome ait connus, a-t-il déclaré avec un large sourire. J'avais à peine vingt-cinq ans quand j'ai rejoint le Sénat.

— Gowin est également le troisième des plus anciens vampires encore vivants, a ajouté mon père dans un murmure.

— Et qui sont les deux autres ? me suis-je enquise.

— Caravass est le deuxième, a dit mon père. Et la plus ancienne de tous est Lilith.

A ces mots, Gowin s'est tendu, et son attitude a changé d'un seul coup. L'étudiant désinvolte avait disparu, remplacé en un instant par une créature figée qui n'avait plus grand-chose d'humain.

Le silence s'est installé dans la cuisine, puis mon père a repris la parole :

— Je suis désolé. J'avais oublié tes convictions.

— Il ne s'agit pas que de *mes* convictions, a grommelé Gowin. Ceux qui la connaissent savent aussi que prononcer son nom, c'est attirer son attention. Et croyez-moi, c'est la dernière chose à faire.

— Je croyais qu'elle dormait sous le sable d'un désert, ou quelque chose dans le genre, ai-je dit.

Je me suis mordu la langue. *Serait-il plus prudent de chuchoter quand je parlais d'elle ?* Moitié vampire ou pas, je commençais à avoir vraiment la trouille. Qui était cette Lilith pour que les plus anciens vampires eux-mêmes aient peur de prononcer son nom ?

— Elle est peut-être endormie physiquement, mais elle continue d'écouter, a répondu Gowin. Prononcer son nom, même ici, revient au même que se tenir devant la porte d'une chambre et hurler le nom des personnes qui y dorment. Par le sang, nous sommes tous ses enfants et en tant que tels, elle est reliée à nous en permanence. Il lui suffit de décider de se réveiller, et elle peut être ici en un instant, sous la forme qu'elle aura choisie.

De nouveau, un silence.

Gowin a toussé pour s'éclaircir la voix, puis jeté un coup d'œil par la fenêtre de la cuisine avant de sourire d'un air forcé.

— Mais assez parlé d'elle. A quelle heure le soleil se couche-t-il, par ici ?

— L'été, entre 8 et 9 heures, a répondu mon père.

Gowin a consulté la montre de sport noire à son poignet.

— Ça me laisse tout le temps d'aller visiter les environs avant que notre jeune fille ait sa première dose de sang. J'ai conduit vite et sans m'arrêter pour venir ici, mais il m'a semblé en arrivant que vous avez choisi une bien jolie ville pour vous installer.

Il nous a adressé un sourire puis a repris :

— Je ne sais pas si vous seriez d'accord pour que Savannah me fasse une petite visite guidée ? Et me montrer les magasins du centre-ville tant qu'on y est ? Je suis à la recherche d'une petite table basse de style Queen Anne.

Remarquant mon air interrogateur, mon père m'a expliqué :

— Gowin est fournisseur de meubles anciens pour un certain nombre de clients très illustres.

Le sourire de Gowin s'est élargi et soudain, j'ai eu l'impression de faire face au chat du Cheshire dans *Alice au pays des merveilles*. Un frisson de mise en garde a parcouru mon échine, me rappelant une fois de plus que Gowin n'était pas le jeune homme sympathique et décontracté qu'il laissait paraître.

Ce qui signifiait qu'en me demandant de lui faire une « petite visite guidée » de Jacksonville, il n'avait sans doute pas réellement en tête d'admirer les curiosités locales.

Il était membre du Conseil des Vampires. Et de toute évidence, il était là pour me surveiller, et peut-être même pour m'interroger, hors de la présence et de la protection de mon père.

Après un silence tendu, mon père a fini par répondre :

— Bien sûr, pourquoi pas ? Savannah, ça t'ennuierait de lui montrer rapidement la ville ?

— Euh, non, pas du tout.

Sollicitant les muscles de mes joues, j'ai plaqué sur mon visage un semblant de sourire. Il était inutile d'essayer de me défiler. Si je refusais, Gowin n'aurait qu'un mot à dire pour, en tant qu'aîné, forcer mon père à quitter Jacksonville.

Autant me la jouer polie le temps de sa visite.

Quittant la table, nous nous sommes dirigés vers la porte. Dans l'entrée, j'ai ostensiblement glissé mon téléphone dans ma poche, prenant soin de le faire au vu et au su de mon père.

— Je te fais confiance pour conduire particulièrement prudemment, a dit mon père avec un sourire tendu. Je te rappelle que tu as un membre du Conseil à bord.

*Il savait que je roulais toujours prudemment.* En réalité, il me recommandait donc à demi mot de ne pas oublier avec qui j'étais et de surveiller chacun des mots que je prononcerais. J'ai hoché la tête pour lui signifier que j'avais compris, et son sourire s'est imperceptiblement détendu.

Gowin a éclaté de rire et ouvert la porte.

— Ah, Michael, tu te fais trop de soucis. Même si elle nous envoie dans le décor, nous sommes immortels et nous nous en remettrons… au bout d'un moment !

Sans cesser de rire, Gowin est sorti et je lui ai emboîté le pas jusqu'à ma voiture. Là, nous sommes montés, j'ai mis le moteur en route, puis j'ai jeté un coup d'œil en direction de la maison. Mon père était toujours sous le porche ; la pose décontractée qu'il avait adoptée, appuyé contre l'une des colonnes sculptées, ne suffisait pas à masquer sa tension sous-jacente.

— Alors, on va où ? me suis-je enquise.

— Oh ! je ne sais pas… Si on commençait par les boutiques du centre-ville ?

— D'accord.

Nous avons traversé la voie de chemin de fer en face de la maison et, quinze secondes plus tard, nous nous garions en face du centre de loisirs *Jaycee*, de l'autre côté du Tomato Bowl.

— Nous y sommes.

Gowin a étouffé une exclamation de surprise.

— Tu plaisantes ?

— Pas du tout. Vous voulez sortir et marcher un peu ?

Je n'aimais pas être enfermée avec lui dans un véhicule. J'étais obligée de prêter attention à ma conduite et à la circulation, et cela m'empêchait de me concentrer sur la conversation et de surveiller chaque mot qui sortait de ma bouche.

Il est descendu le premier, et je l'ai rejoint sur le trottoir. Il a désigné le Tomato Bowl, notre stade de plein air en pierres sombres doté de magnifiques arches à l'entrée, et situé au sommet d'une colline, de sorte qu'on le voyait de loin.

— Pourquoi l'appelle-t-on le « Tomato Bowl » ?

Sa question m'a déroutée. Je m'étais persuadée qu'il commencerait son interrogatoire sans attendre. Mais peut-être s'agissait-il d'une simple prudence stratégique : en effet, à cette distance, et avec l'ouïe surnaturelle de mon père, nous nous trouvions encore à portée de voix.

— Euh, historiquement, Jacksonville était la capitale régionale de la tomate.

Bien entendu, je ne me souvenais pas de la moitié de ce qu'on nous avait appris à l'école sur l'histoire locale, mais j'ai fait de mon mieux pour me prêter à la mascarade, répondant à certaines questions — et avouant mon ignorance dans d'autres cas. Nous avons parcouru la rue, longeant les banques et les boutiques, puis nous sommes passés sous le pont routier dans le vacarme des voitures qui roulaient à toute allure au-dessus de nous. Nous avons poursuivi notre chemin en direction des magasins et boutiques d'artisanat local. De son vivant, Granny vendait ses ouvrages et couvertures au crochet à plusieurs d'entre eux.

Plus nous marchions, plus les émotions qui émanaient de Gowin me déconcertaient. Il semblait sincèrement curieux de tout. Je percevais également une certaine chaleur de sa part, une chaleur dirigée vers moi. Certes, je savais qu'il ne s'intéressait pas à moi au sens romantique du terme, mais à travers l'intérêt qu'il me manifestait, j'avais l'impression qu'il avait vraiment envie de m'apprécier. C'était étrange. Lors de mon jugement, le Conseil des Vampires avait paru absolument terrifié par moi ; pourtant, l'un des Conseillers était là en ce moment même, marchant et bavardant avec moi, aussi à l'aise que si nous étions deux lointains cousins qui venaient de se retrouver.

Nous nous sommes arrêtés devant une boutique, et il a jeté un coup d'œil à l'intérieur par la vitrine.

— Je suis sûr que tu es en train de te demander pourquoi j'ai souhaité que tu me fasses visiter la ville.

— Euh… un peu, ai-je admis. Je me suis dit que vous vouliez en quelque sorte m'amadouer avant de démarrer l'interrogatoire.

Il a éclaté de rire et soutenu mon regard, sourcils arqués.

— Un interrogatoire ? Rien de tel, rassure-toi. Même si, je l'avoue, tu m'intrigues beaucoup — tout comme mes collègues du Conseil des Vampires. Tu es un objet d'étonnement pour tous ceux de notre race. Un véritable miracle, si tu veux. Il y a des milliers de questions que j'aimerais te poser, sur ta vie, tes pouvoirs, et comment tu as vécu cette lente évolution dans notre monde jusqu'à présent. Manifestement, cela n'a pas été facile.

J'ai ébauché un haussement d'épaules, sans savoir très bien quoi répondre pour le moment. Jusque-là, tout se passait trop bien. Cela me rendait encore plus nerveuse.

— J'ai peut-être quelques questions pour vous aussi.

— Des choses que tu n'oses pas demander à ton père ? a-t-il dit. Vas-y, pose-moi tes questions. C'est une des raisons pour lesquelles le Conseil a accepté que je vienne te voir.

— D'accord. Comment ça fait d'être transformé ? Je veux dire, transformé de façon classique ?

— Eh bien, je suppose que chacun d'entre nous le ressent de façon différente. Mais en général, le vampire draine ton énergie quand il te donne son sang et ensuite, tout se passe très vite ; c'est à la fois terrifiant et exaltant. A un moment donné, tu es humain, et l'instant d'après, tu te réveilles et ne te souviens plus de rien. La mémoire finit par te revenir, mais lentement. En général, il faut des jours ou même des semaines, souvent parce que dans l'intervalle, tu es trop occupé à absorber toutes les nouvelles données que te fournissent tes sens surdéveloppés.

— Alors tout vous paraît différent, après la transformation ?

— Oui. C'est un énorme changement. Pour nous, du moins. C'est comme si tu avais passé toute ta vie affligée d'une terrible myopie et que tout à coup, on te faisait chausser une paire de lunettes parfaitement adaptée à ta vue. Le monde autour de toi semble plus vivant, plus beau et plein de relief. Au bout d'un certain temps, on s'y habitue et on commence même à considérer ses nouveaux sens comme allant de soi. Certains d'entre nous oublient combien le monde paraissait terne quand ils le voyaient à travers leurs yeux d'humains.

Il s'est interrompu un instant, a paru réfléchir, puis a repris :

— Et il y a aussi toutes ces nouvelles capacités — la force, la rapidité, les réflexes… il faut du temps pour s'y accoutumer, parce qu'au début, ton corps est littéralement capable de se mouvoir plus vite que l'esprit peut le concevoir. C'est là qu'est le véritable danger pour les néophytes.

Il a prononcé ces derniers mots presque à voix basse, comme s'il me confiait un secret.

— J'imagine que l'envie de sang ne doit pas aider non plus, ai-je ajouté.

Gowin a acquiescé. Enfonçant les mains dans les

poches arrière de son jean, il a continué d'avancer sur le trottoir.

— Pour les vampires nouvellement transformés, dans les heures qui suivent la mutation, le besoin de se jeter sur le moindre humain qui leur passe à portée de crocs est irrésistible. Et du fait de leur rapidité de déplacement, quand ils ressentent cette pulsion, ils n'ont pas le temps de réfléchir que déjà leur corps est en mouvement avec un seul objectif : satisfaire la soif de sang.

*Mince alors.* Pas étonnant que mon père tienne tellement à ce que je pratique le tai-chi chaque matin, sans faute…

— Je suppose que c'est pour cela que nous devons apprendre à ralentir nos gestes ?

— Ton père a-t-il commencé à t'enseigner le tai-chi ?

J'ai fait signe que oui, et il a souri d'un air approbateur.

— C'est la méthode que j'ai utilisée avec lui, a-t-il dit avant de pousser un long soupir. Tu sais, tu as une chance incroyable. Et ton père aussi. Tous les deux, vous disposez de tout le temps nécessaire pour vous faire à ton nouvel état et t'entraîner correctement avant qu'il ne devienne problématique.

J'ai repensé à la poignée de porte que j'avais arrachée lors du bal de printemps, et une boule s'est formée dans ma gorge.

— Que se passe-t-il si on attend trop pour former un…

— *Néophyte,* a complété Gowin.

— Voilà.

— Eh bien, en général, il part en chasse et se met à massacrer les gens à tort et à travers jusqu'à ce qu'on arrive à l'attraper et à le planter.

*Le planter ?*

Devant mon expression étonnée, il a ajouté :

— A lui planter un pieu dans le cœur.

J'en suis restée sans voix.

Nous étions arrivés au bout de l'avenue. Rebroussant chemin, nous nous sommes dirigés vers ma voiture d'un pas plus vif, à présent qu'il avait vu tous les magasins.

— Alors le Conseil des Vampires vous a envoyé pour… je ne sais pas, pour être sûr que mon père m'éduque correctement ?

Il a confirmé d'un signe de tête.

— Nous souhaitons nous assurer qu'il n'est pas déstabilisé par le fait que tu es sa fille biologique, et qu'il ne néglige pas ses devoirs envers toi en tant que Parrain.

— C'est tout ? Le Conseil ne vous a pas donné d'autre mission ?

Il a jeté un coup d'œil alentour, comme pour s'assurer que personne ne pouvait nous entendre.

— Il y a eu des signes d'agitation dans les villes où se sont établis à la fois des Descendants et des vampires. Le Conseil veut être certain que ces troubles ne se propagent pas jusqu'au quartier général du Clan.

Sa réflexion m'a arraché une grimace :

— Qu'entendez-vous par « troubles » ? Je croyais qu'il y avait un traité de paix.

— Les traités de paix sont bafoués en permanence, Savannah, a-t-il dit avec douceur, comme un professeur d'histoire reprenant son élève. Le Conseil a besoin de savoir si c'est le cas ici.

— Et comment êtes-vous censé faire ce travail en une journée ?

— Oh ! mais je ne suis pas là que pour la journée. Ton

père a besoin d'aide pour dénicher toute une panoplie d'objets d'époque pour son actuel projet de rénovation. Qui est mieux placé que moi pour les lui trouver et lui livrer en personne ?

— Et tout en faisant ces recherches, vous allez prendre la température du lieu, ai-je conclu.

*Génial*. Comme si on avait besoin que des membres du Conseil débarquent régulièrement à Jacksonville. Le Clan allait adorer.

— Vous savez que si un Descendant vous repère et apprend que vous êtes membre du Conseil des Vampires, le Clan va piquer une crise.

Ma réflexion l'a fait sourire.

— Dans ce cas, je pense que toi et ton père feriez mieux de ne pas leur dévoiler mon identité, non ?

— Ne craignez rien de ce côté-là, ai-je répondu avec une moue désabusée, si je leur disais, ça ne ferait que rendre les choses plus difficiles pour moi.

— Ah oui ? J'en déduis donc qu'ils ne se sont toujours pas remis de ta relation avec Tristan.

— Ah ça, ils ont carrément *adoré* que je sorte avec lui ! Cela dit, ils ne m'appréciaient déjà pas beaucoup avant…

— Et maintenant que vous avez rompu ?

J'ai fait un geste évasif.

— Au moins, ils me laissent tranquille.

— Ce qui signifie qu'avant, ils te cherchaient des noises.

A son ton, j'ai compris qu'il s'agissait d'une affirmation, non d'une question. *Mince*. J'en avais peut-être un peu trop dit.

— Pas tous, et ce n'était jamais bien sérieux. Quelques insultes, rien de plus.

Gowin a émis un bruit de gorge dubitatif.

— On dirait que le Clan a vraiment besoin d'être surveillé. Pourtant, j'avoue que je suis un peu surpris. Je pensais qu'au contraire, ils feraient tout pour que tu te rallies à eux et t'opposes à nous.

— Ils ont banni ma famille du Clan avant même ma naissance ! ai-je rétorqué. Je doute qu'ils aient très envie que je rejoigne leurs rangs maintenant.

Nous étions arrivés à la voiture. J'ai déverrouillé les portières.

— Peut-être, a-t-il dit.

Il a ouvert la portière passager et s'est engouffré à l'intérieur du véhicule.

— Cela dit, a-t-il repris, le Conseil pense que les Descendants doivent être surveillés d'un peu plus près. Ton père ne nous fournit pas toutes les informations dont nous avons besoin.

J'étais en train d'insérer la clé dans le contact ; en entendant ces mots, j'ai suspendu mon geste.

— Vous êtes en train de me dire que la raison de sa présence à Jacksonville est d'espionner le Clan pour votre compte ?

Il a haussé les épaules.

— Espionner, les surveiller... Ce n'est qu'une question de vocabulaire. Appelle ça comme tu veux, je pense pour ma part qu'il est grand temps que le Conseil s'intéresse de plus près à leur cas.

Réprimant mon irritation, j'ai mis le moteur en marche.

— J'imagine que vous et mon père n'avez pas d'autre choix que de faire le nécessaire pour satisfaire le Conseil. Mais j'apprécierais que vous me teniez en dehors de tout ça, d'accord ? J'ai tenu ma promesse envers le Conseil ; j'ai rompu avec Tristan. Et à partir de maintenant, je ne veux plus avoir affaire au Clan. Toutes ces manœuvres politiques ne mènent à rien de bon.

Gowin s'est installé sur le siège aussi confortablement que le lui permettaient ses grandes jambes.

— Pour les vampires, la politique est un véritable mode de vie. Nous sommes en guerre contre le Clan depuis des siècles. Le traité de paix entre nous est fragile, et je sais qu'il touche à sa fin. Ce n'est qu'une question de temps. Bien sûr, avec une super-vampire comme toi à nos côtés, les prochains affrontements pourraient être de courte durée.

— Je n'ai jamais dit que je voulais prendre parti.

— Tu sous-entends que tu resterais neutre ? s'est-il étonné. Alors même que ta part vampirique s'affirme de plus en plus chaque jour ?

— D'abord, je ne vois pas pourquoi on devrait forcément en arriver à des affrontements. Les vampires comme les sorciers ne peuvent révéler leur véritable nature au grand jour. Il me semble que ça devrait déjà être une bonne raison pour que vous vous serriez les coudes au lieu de vous dresser les uns contre les autres, non ?

Gowin a étouffé un petit rire.

— Voilà un point de vue tout à fait exceptionnel. Malheureusement, je ne crois pas que quiconque le partage, d'un côté ou de l'autre. Tu as déjà entendu cette chanson, « *Everybody wants to rule the world* » ?

J'ai pincé les lèvres et pris le parti de me taire. Il était membre du Conseil des Vampires, et moins je lui en disais sur le Clan, mieux c'était.

Il nous a fallu moins de trente secondes pour retraverser la voie ferrée et nous garer dans l'allée devant chez moi. Mais Gowin ne semblait pas disposé à quitter le véhicule. Peut-être profitait-il comme moi du chauffage, que j'avais mis à fond dans l'habitacle, pour réchauffer son sang glacé ?

— Comment êtes-vous entré au Conseil, exactement ? lui ai-je alors demandé.

A peine avais-je prononcé ces mots que j'ai compris ce que ma question avait d'intrusif. *Trop tard.*

— Désolée. Je veux dire…

D'un geste, il a balayé mes excuses.

— Par cooptation. Quand un siège se libère au Conseil, les membres en place choisissent généralement quelqu'un qu'ils connaissent et en qui ils ont confiance pour l'occuper. La plupart du temps, il s'agit de vampires très anciens qu'ils ont personnellement parrainés.

— Vous avez dit que Lil…, je veux dire, *celle qu'on ne doit pas nommer*, était la plus ancienne de tous, et que Caravass arrivait juste après. Qu'en est-il de tous les autres vampires qu'elle a parrainés ?

Cette fois, il n'y avait pas l'ombre d'un sourire sur le visage de Gowin quand il a répondu :

— Dieu les a tués.

— Vous plaisantez ?

— Pas du tout. Selon la croyance, elle était la première femme d'Adam, et quand elle en a eu assez de son comportement, elle l'a quitté et commencé à fréquenter des démons. La légende raconte qu'alors, elle est elle-même devenue une démone, ou la toute première vampire. J'imagine que jusque-là, Dieu pouvait tolérer son attitude, mais ensuite, elle a décidé de céder à ses pulsions maternelles et s'est mise à engendrer d'autres créatures de sa race. C'est alors que la fameuse colère divine s'est abattue et que Dieu a commencé à tuer cent de ses enfants chaque jour. Bien sûr, il y était sans doute obligé, sinon les vampires auraient éradiqué l'humanité tout entière. Toujours selon la légende, prise d'une colère folle, elle s'est mise à engendrer des vampires plus vite que les humains ne pouvaient se reproduire.

— Alors à part Caravass, Dieu les a tous tués ?

— En fait, pas tous. Un bon nombre d'entre eux ont été éliminés par des veilleurs humains au fil des ans. L'Inquisition espagnole, par exemple, a contribué à en supprimer des centaines, et les procès en sorcellerie n'ont pas contribué non plus à arranger les choses.

Une question me taraudait l'esprit :

— Pourquoi n'ont-ils pas simplement résisté ? Pourquoi ne se sont-ils pas enfuis ?

— Entre nous, je crois que les vampires les plus anciens ont fini par se lasser de vivre et se sont laissé attraper. Peut-être craignaient-ils pour leur âme s'ils mettaient eux-mêmes fin à leurs jours, ce qui explique qu'ils aient laissé les humains faire ce travail à leur place. En vieillissant, les vampires ont tendance à se laisser gagner par la dépression. Du moins, c'était le cas il y a quelque temps. Aujourd'hui, avec la technologie qui se développe à toute vitesse, la vie est redevenue intéressante, d'une certaine façon.

Le silence s'est installé quelques secondes, et j'étais sur le point d'ouvrir ma portière quand il a ajouté :

— Tu sais, je suis vraiment désolé que le fils Coleman et toi ayez été forcés de mettre fin à votre relation. Au Conseil, tous les membres n'estimaient pas cette séparation nécessaire. Mais notre opinion a été rejetée.

— Rejetée ? Comment ça ?

— Par Caravass. Les votes étaient divisés, et les rares fois où cette situation se présente, c'est au chef du Conseil de trancher s'il le souhaite.

Ainsi, il avait suffi d'une seule voix pour que notre

destin bascule du mauvais côté. A cette pensée, ma gorge s'est serrée douloureusement, et j'ai dû déglutir à plusieurs reprises avant de pouvoir répondre :

— Eh bien, je suppose que c'était la bonne décision, de toute façon. Je représente un danger pour Tristan. Si j'avais su que je pouvais absorber toute son énergie vitale par un simple baiser, je ne serais jamais sortie avec lui, un point, c'est tout. En outre, vous autres vampires n'êtes pas les seuls à m'avoir fait promettre de rompre avec lui. Par conséquent, même si le résultat du vote avait été différent, cette rupture n'en était pas moins inévitable.

Gowin s'est appuyé du coude sur le rebord de la vitre avant de se frotter le menton de la main.

— Oui, ton père m'a dit ce que le Clan avait fait à ta grand-mère dans les bois. C'est le tribut à payer dans toute guerre. Il y a toujours des innocents qui sont sacrifiés en dépit de tous les efforts qui sont faits pour les protéger. Cela ne rend pas pour autant les choses plus faciles pour ceux qui doivent subir de telles pertes.

Il a tendu la main pour la poser sur la mienne ; sa peau était aussi froide que la mienne et, de nouveau, je me suis sentie décontenancée.

— Je suis désolé pour ta grand-mère, a-t-il ajouté. J'ai entendu dire que c'était une femme formidable.

J'ai détourné les yeux pour regarder par le pare-brise, à présent maculé de gouttes de sève et d'insectes morts.

— Merci, ai-je répondu d'une voix rauque.

De nouveau, je me suis éclairci la gorge tout en battant des paupières pour chasser les larmes qui me brûlaient les yeux.

— Ton père était impressionné par ses pouvoirs magiques. Apparemment, c'était la seule sorcière à être parvenue à mettre au point un charme capable d'atténuer l'envie de sang d'un vampire sans le blesser ou l'affaiblir, même à proximité de Descendants.

— C'est grâce à cela que mes parents ont pu rester si longtemps ensemble.

Je me suis tournée vers lui et l'ai surpris en train de me dévisager, avec la même immobilité irréelle que je surprenais parfois chez mon père.

Quelque part au fond de mon cerveau, un signal d'alarme s'est discrètement déclenché.

— Dommage qu'elle n'ait noté ce charme nulle part ou qu'elle ne nous ait pas appris à le mettre en œuvre, à moi ou à ma mère.

— Elle ne l'a pas non plus enseigné à ta mère ? s'est étonné Gowin.

— Non. Granny disait qu'elle avait dû recourir aux anciennes pratiques et que celles-ci exigeaient trop de sacrifices — d'après elle, elles mettaient en danger quiconque s'en servait. Et puis, comme ma mère n'a jamais voulu faire partie du Clan, elle a toujours refusé d'approfondir ses pouvoirs magiques. Il lui arrivait de balancer des assiettes sans les toucher quand elle était en colère, mais ce n'est jamais allé plus loin. Et je ne suis même pas sûre qu'elle en soit encore capable aujourd'hui.

Mon anecdote a fait sourire Gowin.

— Ta mère balançait des assiettes sur ton père par la force de sa pensée ?

— C'est ce qu'ils m'ont raconté.

— Ah. Je comprends pourquoi elle est partie, alors.

A mon tour, je n'ai pu m'empêcher de sourire.

— Non, ça n'a rien à voir avec ça. C'est juste que nous ne voulions pas prendre le risque qu'elle éveille notre envie de sang maintenant que le charme de protection de ma grand-mère a disparu avec elle. Ma mère… est plus en sécurité loin de nous.

Enfin, Gowin a ouvert sa portière. Nous sommes tous deux sortis de la voiture et avons remonté l'allée en direction de la maison.

— J'imagine qu'avoir perdu d'un seul coup ta grand-mère, ta mère et le garçon que tu aimes doit être un terrible fardeau pour toi.

Le regard fixé sur la maison, j'ai répondu :

— A moins que ce soit ma punition pour avoir enfreint les règles. Mon karma.

— Je ne crois pas au karma, a-t-il répondu alors que nous arrivions sur le pas de la porte. Je ne crois qu'au destin que nous nous forgeons nous-mêmes. Et je suis convaincu que tu ne mérites pas d'endurer autant de souffrances à ton âge.

S'il s'essayait à la compassion, il fallait qu'il arrête tout de suite, parce que chaque mot qu'il prononçait me faisait l'effet d'une gifle. Et chaque gifle me laissait des marques.

— Karma, accident, appelez ça comme vous voulez. En tout cas, vous pourrez informer le Conseil des Vampires que j'ai bien retenu ma leçon.

Il m'a lancé un regard énigmatique, puis nous avons pénétré dans la maison.

Mon premier repas de vampire s'est révélé moins traumatisant que prévu. Mon père avait mélangé le sang du donneur anonyme fourni par Gowin avec le contenu d'une bouteille de cocktail de jus de fruits.

Pour ne pas sentir le goût du sang, j'ai décidé d'avaler le tout d'un trait.

Aussitôt après, une vive lumière m'a éblouie, et mes jambes se sont mises à flageoler.

*Que m'arrivait-il ?*

— Papa… Je vois des choses, ai-je balbutié.

— Michael, tu ne l'as pas avertie, au sujet de la mémoire du sang ? a demandé Gowin, la voix pleine de reproches.

— Je ne m'attendais pas à ce qu'elle engloutisse la préparation d'un seul coup ! J'avais prévu de tout lui expliquer au fur et à mesure qu'elle siroterait son sang comme une jeune vampire bien élevée.

— Laisse tomber les bonnes manières, suis-je intervenue. Quelqu'un peut me dire ce qui m'arrive ?

J'avais l'impression d'avoir brutalement été coiffée d'un casque de vision en trois dimensions. Partout où je regardais, je voyais se dérouler des scènes avec des gens que je ne connaissais pas, qui m'appelaient par un nom qui n'était pas le mien, dans des décors qui m'étaient inconnus. Et pourtant, en arrière-plan, je continuais à entendre les voix de Gowin et de mon père.

— Le sang contient des traces des souvenirs de son propriétaire, a expliqué mon père.

Lui ou Gowin m'a prise par le coude pour me guider je ne sais où.

— Je te conduis dans ta chambre. Fais un pas. Un autre. Encore un autre.

Nous avons progressé ainsi jusqu'à l'escalier, montant les marches une à une pour finir par arriver dans ma chambre. Là, je me suis laissée tomber sur le lit. Mon père a remonté ma couette sur mes épaules.

— Ça va durer combien de temps ? ai-je demandé.

Les scènes continuaient de se succéder tout autour de moi. A cet instant, un anniversaire a commencé à se dérouler face à moi, et le volume sonore a augmenté d'un coup, me faisant sursauter dans mon lit.

— Quelques heures, a répondu la voix de mon père. Je suis désolé de n'avoir pas eu le temps de t'expliquer tout ça plus en détail. Repose-toi, à présent, et essaie de ne pas lutter contre la mémoire du sang. Toutes ces images finiront par se dissiper et disparaître.

— J'ai un entraînement avec les *Charmeuses* demain matin, lui ai-je opposé d'une voix mal assurée. A 7 heures.

Sur ma gauche, j'ai entendu une série de bips.

— Je t'ai mis le réveil. D'ici là, tout devrait être rentré dans l'ordre. Quoi qu'il en soit, je viendrai voir régulièrement comment tu vas, et je m'assurerai que tu es réveillée à temps. Juste au cas où.

Au cas où *quoi* ? Où je ne reprenais jamais le contrôle de mon esprit ?

Ça a été ma dernière pensée ce soir-là. Après cela, j'ai perdu la notion du monde réel pour sombrer dans la vie d'un inconnu.

# 15

*Savannah*

A mon réveil le lendemain matin, mon père m'a informée que Gowin avait passé la nuit à la maison afin de s'assurer que je réagissais bien au sang que j'avais absorbé. Il était parti tôt ce matin, mais il reviendrait. Il avait loué un appartement à Tyler pour pouvoir nous rendre visite chaque fois que le Conseil le jugerait nécessaire, comme me l'a expliqué mon père.

Un membre du Conseil des Vampires qui s'installait à l'est du Texas ? Les Descendants allaient être transportés de joie ! Et quand ils s'en apercevraient, j'avais une vague idée de la personne qu'ils en tiendraient pour responsable…

Je ne me suis pas donné la peine de souligner à quel point j'avais détesté ce qu'ils appelaient la « mémoire du sang ». J'étais sûre que c'était inscrit en toutes lettres sur mon visage. Mon père m'a promis que je n'aurais pas à me nourrir plus d'une fois par semaine. Il se débrouillerait pour que le rituel ait lieu le week-end ; ainsi, je pourrais me reposer des scènes infligées par la mémoire du sang et attaquer la semaine suivante en pleine forme.

Etre forcée de revivre des bribes confuses de la vie d'un autre était une expérience éprouvante. Pendant toute la durée de ce mauvais moment à passer, je n'avais plus aucune maîtrise de mon esprit. Mais au moins, absorber le sang d'un donneur m'évitait d'avoir à planter mes crocs dans la nuque de malheureux innocents. Ou d'avoir à lutter contre l'envie de sang durant le camp d'entraînement des *Charmeuses*, qui se tenait la dernière semaine des vacances, de 7 heures à 11 heures chaque jour. Les *Charmeuses* mettaient ce camp à profit pour intégrer les élèves de Seconde, qui venaient d'entrer dans l'équipe. Les « Braves », c'est-à-dire les élèves de Première, paraissaient soulagées de n'être plus les petites nouvelles de l'équipe. Quant aux « Chiefs », les danseuses de Terminale, c'étaient manifestement elles qui s'amusaient le plus — avec la nouvelle capitaine et ses assistantes. Elles prenaient un malin plaisir, la semaine durant, à harceler les nouvelles pour qu'elles soient au maximum de leur forme physique, leur intimant de faire des tours de stade, des pompes et des abdos, en alternance avec de véritables exercices de danse durant lesquels tout le monde répétait les nouveaux enchaînements pour le spectacle d'automne et les matches de football de la saison à venir.

Quand je ne m'occupais pas de la sono pendant les répétitions de l'équipe, je faisais connaissance avec les nouvelles régisseuses en rangeant et nettoyant le bureau de Mme Daniels. J'avais du mal à ne pas sourire en les entendant se plaindre de la chaleur qui régnait au troisième étage. La climatisation n'y serait remise en route que la semaine suivante, quand les cours reprendraient au lycée. Pour ma part, la chaleur me faisait du bien, elle permettait à mes muscles glacés de se détendre un peu.

Le mercredi venu, nous avons reçu plusieurs colis de

nouveaux pompons et avons passé toute la matinée à les faire bouffer à la main les uns après les autres, de sorte qu'ils aient plus de volume et que les rubans métalliques captent mieux la lumière quand les *Charmeuses* danseraient avec. J'essayais de ne pas trop penser à ce que je ressentirais en dansant avec une paire de pompons lors d'un match de football. Ce rêve-là était mort et enterré, autant l'oublier définitivement.

Mais d'autres rêves se rappelaient à moi, et ils avaient la vie plus dure. Tout en faisant l'inventaire des accessoires de scène, je me suis retrouvée plus d'une fois perdue dans mes souvenirs, le bout de mes doigts pressés contre mes lèvres, parcourus du picotement délicieux qu'y avaient laissé les baisers répétés de Tristan. Ça c'était passé là, dans l'ombre, cette dernière nuit avant que Dylan nous surprenne ensemble et que tout se mette à tourner au cauchemar.

Par ailleurs, le fait que les *Indians*, l'équipe de football du lycée, s'entraîne tôt le matin pour éviter les grosses chaleurs, donc en même temps que les *Charmeuses*, ne me facilitait pas la tâche. En effet, cela signifiait que chaque matin, Tristan se trouvait quelque part sur le campus, probablement sur le terrain secondaire en compagnie de ses coéquipiers, vêtu d'un débardeur en filet et couvert de sueur…

Malheureusement, même si l'essentiel de mes journées était rempli avec le camp des *Charmeuses* le matin et mes exercices de magie l'après-midi, rien ne venait combler mes soirées. J'ai donc entrepris de les occuper en pratiquant le tai-chi dans ma chambre le soir, afin de lutter contre la tension croissante qui nouait chacun de mes muscles.

Pour autant, il m'était de plus en plus difficile de

tenir mes émotions à distance. Peut-être n'étais-je pas assez volontaire, ou assez concentrée. A moins que ma nervosité ne soit due à la rentrée imminente — les cours commençaient dans quelques jours, et je ne me sentais absolument pas prête.

Dans la soirée du vendredi précédant le dernier week-end des vacances, mon père m'a surprise dans ma chambre, suant sang et eau pour essayer de ne penser à rien d'autre que mon prochain mouvement de tai-chi. Quand il a frappé, je lui ai lancé : « Entre ! » En me voyant, il a ouvert la bouche comme pour dire quelque chose puis, se ravisant, est resté là à me regarder m'entraîner, une expression préoccupée sur le visage.

— Quoi ? Je ne fais pas ça comme il faut ? ai-je demandé en glissant mes mains au-dessus de ma tête comme des nuages passant dans le ciel — ainsi qu'il me l'avait appris.

— Si. Mais…

Il m'a considérée en silence pendant quelques secondes de plus.

— A te voir, on dirait que c'est une corvée pour toi de pratiquer ces enchaînements, a-t-il commenté. Tu as l'air malheureuse comme les pierres.

— Merci bien, ai-je grommelé.

— Le tai-chi est censé t'apporter la paix et la sérénité.

— *Je sais.*

— Est-ce le cas ?

Avec un soupir, je me suis positionnée pour le mouvement suivant.

— Je ne me concentre sans doute pas assez.

— Tu devrais peut-être danser, à la place…

Sa réflexion m'a figée sur place, et un bref élan de colère m'a noué l'estomac.

— Je te demande pardon ? Je croyais que la danse, c'était terrain interdit, pour moi.

— En public. Le Conseil n'a rien dit en ce qui concernait la maison.

Sur le point de perdre patience, j'ai pris une longue inspiration.

— Ils n'ont pas dit non plus que j'étais autorisée à danser chez moi. Alors je vais peut-être m'en tenir au tai-chi, ça me paraît plus sage.

*Du moins, jusqu'à ce qu'ils m'interdisent ça aussi.*

J'ai repris mes enchaînements depuis le début.

— Mais danser te rendait heureuse, non ?

J'ai haussé légèrement les épaules.

— Oui, sauf qu'au final ça ne m'a apporté que des ennuis. Pourquoi insister ?

En outre, je n'avais plus envie de danser. Je ne l'avais pas fait depuis la mort de Granny. Chaque fois que j'essayais, je me souvenais de ma grand-mère, les yeux brillants de fierté, assise dans le public du théâtre *Lon Morris* avec ma mère et mon père lors de mon premier récital de danse. Qui avait aussi été le dernier. Et durant les semaines suivantes, qui avaient passé beaucoup trop vite, je me rappelais Granny installée sur une chaise longue dans le jardin, m'applaudissant et m'encourageant pendant que je répétais pour l'audition de l'équipe des *Charmeuses*. Une audition qui s'était révélée fatale pour ma carrière de danseuse…

Tant que mon père resterait planté là à me critiquer, le tai-chi ne m'aiderait pas à me détendre. Je me suis interrompue et j'ai posé les mains sur mes hanches.

— Tu as besoin de quelque chose ?

Sourcils froncés, il s'est approché de mon placard et en a ouvert les portes.

— Les cours commencent lundi.

— Je sais.

*Oh que oui, je sais, crois-moi…*

Il a soulevé la manche d'un des polos que je portais depuis des années. En pensée, j'ai soudain revu les mains de Tristan glisser le long de mes bras revêtus de ces mêmes manches…

— Je m'étais dit que tu avais peut-être besoin de faire quelques achats pour te préparer à cette nouvelle année scolaire.

— C'est prévu. Je pensais aller à *Walmart* demain, en fin d'après-midi, quand il y a moins de monde, pour acheter mes fournitures scolaires.

— Et que dirais-tu d'une nouvelle garde-robe ?

J'ai tiqué.

— Comment ça, une nouvelle garde-robe ? Je n'ai pas grandi depuis l'année dernière, tous mes vêtements me vont encore.

— Mais si j'en crois les magazines, ils ne sont plus tellement à la page.

*Mais qu'est-ce qui lui prenait ?*

— Tout le monde se fiche de ce que je porte, papa.

Il a pivoté pour me faire face, bras croisés.

— Ce n'est pas la meilleure stratégie pour se fondre dans la masse.

— Euh, si, en fait. C'est une excellente stratégie. Personne ne va remarquer la fille qui fait tapisserie avec ses frusques vieilles de trois ans. Fais-moi confiance, je serai pratiquement invisible.

— Non, je ne pense pas. Tu vas… comment ta mère dirait-elle ça ? On va te voir comme…

— *Comme le nez au milieu de la figure*, ai-je achevé à sa place.

— Exactement.

A court d'arguments, je l'ai considéré d'un regard furibond. Je ne partageais pas du tout son point de vue.

— Le mieux serait peut-être d'en discuter avec ta mère, qu'en dis-tu ? J'ai vu qu'elle était en ligne sur Skype en ce moment, si tu veux faire un appel vidéo avec elle.

Parfait ! Ma mère serait à fond avec moi : c'était une anticonsumériste de la première heure.

— D'accord.

Je me suis assise à mon bureau, ai allumé mon ordinateur portable et me suis connectée sur Skype. Comme je m'y attendais, dès que je suis apparue en ligne, ma mère m'a envoyé une demande de *chat* vidéo. Quelques secondes plus tard, la liaison était établie et son visage a fait irruption sur mon écran tandis qu'elle découvrait le mien sur le sien.

Elle a poussé un cri étouffé.

— Que se passe-t-il ? me suis-je étonnée.

Instinctivement, je m'étais à demi levée de ma chaise, comme si elle avait un problème — et que je pouvais lui venir en aide de là où j'étais…

Elle m'a considérée bouche bée avant de se pencher sur l'écran et d'en régler l'inclinaison à plusieurs reprises.

— C'est la lumière qui fait ça ? a-t-elle demandé.

— Non, ce n'est pas la lumière, a dit mon père, debout derrière moi. Ce qui nous amène à la raison pour laquelle j'ai suggéré à Savannah de te skyper ce soir.

— Je vois ce que tu veux dire, a murmuré ma mère.

— Quoi ? les ai-je coupés en m'agrippant au bord de mon bureau. Qu'est-ce qui ne va pas ?

Ma mère a affiché cette petite moue qui signifiait qu'elle était en train de choisir soigneusement ses mots.

— Eh bien, ma chérie, ça fait un moment que je ne t'ai pas vue, et tu parais si… différente.

— Elle ressemble à un vampire, a dit mon père d'une voix égale.

— Vraiment ?

Des deux mains, je me suis touché les joues. Je n'avais pas l'impression d'avoir changé. Cela dit, il y avait des semaines que je ne m'étais pas vraiment regardée dans un miroir — depuis l'anniversaire d'Anne, en fait. Je n'avais pas eu d'autres occasions de sortir ; le soir, je restais à la maison et ne voyais que mon père et Gowin.

— C'est peut-être dû à ta nouvelle alimentation, a suggéré mon père.

Je lui ai lancé un regard noir par-dessus mon épaule.

— Je t'avais bien dit que c'était une mauvaise idée !

— Trésor, c'était indispensable, est intervenue ma mère. Tu te transformes, et personne ne peut rien contre ça. Et ce n'est pas comme si tu avais enlaidi. Au contraire, tu es devenue… très belle.

*Alors pourquoi le ton de sa voix contrastait-il aussi étrangement avec ses paroles ?*

— J'ai essayé de convaincre notre fille qu'elle a besoin d'une nouvelle garde-robe pour cette année, a déclaré mon père. Une qui soit suffisamment à la page pour distraire l'attention.

— Il veut dire qu'il a décidé de gaspiller son argent dans des vêtements ridiculement chers, ai-je corrigé. Toutes mes vieilles affaires me vont encore très bien. Je ne vois pas l'intérêt d'investir des sommes folles dans le renouvellement complet de ma garde-robe. Tu n'es pas d'accord avec moi, maman ?

Sur l'écran de mon portable, l'intéressée a esquissé une grimace embarrassée.

— Trésor, pour une fois, j'aurais tendance à donner raison à ton père.

*Hein ?* Moi qui étais censée être dotée d'une ouïe exceptionnelle, sur le moment, j'ai cru que j'étais soudainement devenue sourde. Mon économe de mère ne venait-elle pas de dire qu'elle était *d'accord* avec son ex-mari pour qu'il dilapide son argent afin de m'offrir des vêtements dont je n'avais pas besoin ?

— Considère ça comme du camouflage, a ajouté mon père. Comme les oiseaux. Si tu retournes en classe avec les mêmes vêtements que l'année dernière, tout le monde sera obligé de remarquer tous les changements qui se sont produits dans ton apparence physique. Mais si tu arrives en portant des nouveaux vêtements, et qu'en plus il s'agit d'articles dernier cri que la plupart des autres ados n'ont pas, c'est ta tenue qui retiendra leur attention, pas ton physique à proprement parler. Le peu de changements qu'ils remarqueront, ils les mettront sur le compte de ta nouvelle apparence vestimentaire.

— C'est complètement idiot, ai-je protesté en me laissant aller en arrière, bras croisés, sur ma chaise.

Je n'arrivais toujours pas à croire que cette fois, ma mère ait fait cause commune avec mon père. Eux qui n'étaient jamais d'accord sur rien, d'habitude !

— Allons, Savannah, a repris ma mère. Faire les magasins est censé être amusant, ce n'est pas une séance de torture !

Je n'ai pas eu le courage de la regarder en face pour lui avouer la vérité :

— Mais… Je ne lis pas les magazines. Je ne sais même pas ce qui est à la mode en ce moment.

Bon sang, j'ignorais même quels magazines de mode étaient à la mode actuellement ! C'est dire...

— Ah, mais moi je sais, est intervenu mon père avec un grand sourire.

Je l'ai dévisagé avec étonnement. *Il plaisantait, c'était évident.*

— Et alors ? a-t-il demandé. Il est essentiel que les vampires n'attirent pas l'attention en se présentant sous un jour complètement archaïque.

Venant d'un type qui parlait comme un vieux dictionnaire, c'était la meilleure de l'année ! Plissant les yeux, je l'ai étudié attentivement ; peut-être pouvais-je lui jeter un sort qui le fasse changer d'avis ? En y réfléchissant bien, et connaissant ma chance, non seulement mon père s'apercevrait que j'avais utilisé la magie contre lui, mais Gowin l'apprendrait également, et le Conseil des Vampires dans son entier en aurait les sangs tout retournés.

— Trésor, fais confiance à ton père, a dit ma mère. Quand nous étions ensemble, les serveuses, au restaurant, ne remarquaient jamais combien il était pâle, ou à quel point il mangeait peu. Tout ce qu'elles voyaient, c'étaient son beau costume et ses jolies chaussures.

— Merci bien, a répondu mon père un peu sèchement.

— En fait, je dois avouer qu'il est plutôt doué pour les questions de mode, a-t-elle ajouté avec une pointe de réticence. D'ailleurs, il m'est même arrivé de le laisser choisir certains de mes vêtements à ma place.

— Uniquement quand j'en ai eu assez de ton look « Fripes, Bohème et Compagnie », a rétorqué mon père, toujours vexé.

Sentant que la tension montait entre eux, je me suis levée pour couper court à une éventuelle dispute :

— D'accord, papa. Achète-moi ce que tu jugeras nécessaire. Vous êtes contents ?

— Oh ! et organisons un petit défilé de mode par webcam dimanche soir pour que je puisse voir ton nouveau look ! s'est exclamée ma mère.

Visiblement, elle était à deux doigts de se mettre à battre des mains.

— D'accord, maman, ai-je soupiré. A bientôt.

*Et merci pour ton soutien…*

Elle m'a envoyé un baiser et nous nous sommes déconnectées. J'ai fait pivoter ma chaise pour faire face à mon père ; je m'attendais à ce qu'il soit encore derrière moi, tout content d'avoir remporté la bataille, mais au lieu de cela, il était déjà en train de fourrager dans mon placard, comme pour y faire l'inventaire de mes vêtements.

— Excuse-moi, *mais qu'est-ce que tu fais, là* ?

Il était peut-être temps de poser quelques limites.

— Je regarde s'il y a quelque chose à sauver dans ce fatras.

— Euh, ce n'est pas parce que j'ai accepté de renouveler ma garde-robe que je suis d'accord pour jeter mes vieilles affaires. J'ai toujours le droit de porter ce que je veux à la maison, n'est-ce pas ?

Il a poussé un soupir impatient.

— Très bien. Sois prête tôt demain matin. J'ai fait quelques recherches sur les centres commerciaux, et il semblerait que le *Galleria* de Houston propose toutes les marques qu'il te faut.

*Moi, faire les magasins avec mon papa ? Là, on nageait en plein délire !*

— Non, merci.

— Mais tu viens juste d'accepter…, a-t-il commencé, la mine soucieuse.

— De porter ce que tu choisiras pour moi. Mais tu n'as pas besoin de moi pour faire ton choix. Tu n'as qu'à noter mes mensurations à partir des vêtements que j'ai — des vêtements qui sont parfaitement à ma taille, je te rappelle — et tu te débrouilles avec ça.

Quoi qu'il m'achète, c'était mort : j'allais de toute façon avoir l'air ridicule. Tout le monde savait que la mode et moi, ça faisait deux. Mon look actuel aurait fait le désespoir du plus obscur des chroniqueurs de mode. Si mon père pensait que j'allais lui prêter main-forte dans sa quête pour me convertir en fashionista, il avait perdu la tête. Sans compter que cette conversion ne tromperait personne, et qu'à la seconde où j'apparaîtrais, je serais la risée générale. On mettrait sans doute ma nouvelle garde-robe sur le compte d'une tentative pathétique pour regagner les faveurs de Tristan. J'entendais d'ici les réflexions désobligeantes des Jumelles Pimbêches…

— Très bien, a lancé mon père sèchement. Excuse-moi d'avoir supposé que tu souhaitais avoir ton mot à dire.

— Eh bien, tu t'es trompé.

De nouveau, j'ai fait pivoter ma chaise pour me retourner vers mon bureau.

— Parfait !

— Génial ! ai-je rétorqué. Et n'oublie pas que demain soir, je dors avec les *Charmeuses* pour la soirée de clôture du camp.

Je lui ai lancé ces derniers mots en me retournant à demi, au moment où il franchissait la porte de ma chambre.

Aussitôt, il a réapparu dans l'embrasure.

— Je ne crois vraiment pas qu'il soit sage que tu te rendes à cette soirée.

— Ils font ça tous les ans. Je suis obligée d'y être ! C'est l'un des meilleurs moments quand on fait partie des *Charmeuses* !

Il m'a décoché un regard noir.

— Tu seras enfermée dans une pièce avec des *dizaines* d'humains. Si l'envie de sang s'invite à votre petite fête, comme dirait ta mère, que comptes-tu faire ?

— Tout ira bien, ai-je répliqué d'un ton sans appel. On va juste jouer à des jeux débiles et écouter de la musique.

Et remplacer nos vieux bracelets de l'équipe par des neufs tout en apprenant les cris de ralliement et la chanson des *Charmeuses* pour l'année à venir. Et cette fois, je tiendrais officiellement le rôle de chef régisseuse.

— Je garderai mon téléphone sur moi en permanence, ai-je promis en essayant de masquer la note de supplication dans ma voix.

Il m'a considérée en silence.

— S'il te plaît, papa !

Cette fois, j'étais *vraiment* en train de le supplier. Finalement, j'aurais peut-être dû utiliser ce sort pour le faire changer d'avis, tout à l'heure…

— En échange, tu me promets de porter tout ce que je t'achèterai pour ta nouvelle garde-robe ? Y compris les accessoires et les chaussures ?

Voilà qui commençait à sentir le piège.

— D'accord, mais dans certaines limites. Je veux dire, il faut que ça reste conforme au règlement intérieur du lycée, sinon ils vont passer leur temps à me renvoyer chez moi pour me changer.

Il m'a regardée d'un air un peu condescendant.

— J'ai déjà consulté le site du lycée pour vérifier les règles à respecter en matière d'habillement, et je te promets de les garder en tête pendant que je choisirai tes nouvelles tenues.

— Très bien, c'est promis : je porterai tout ce que tu m'achèteras.

*S'il vous plaît, faites qu'il ne me ramène rien de trop repoussant ou qui fasse de moi la risée du lycée*, ai-je ajouté dans une prière silencieuse.

— Parfait. Tu peux aller à ta soirée des *Charmeuses* demain soir, a-t-il conclu, juste avant d'ajouter : Tant que tu te nourris ce soir.

J'allais contester ce dernier point, mais en voyant la détermination dans son regard, j'ai compris que ce serait peine perdue. Et, tout bien réfléchi, ce n'était pas une si mauvaise idée, après tout. Mieux vaut prévenir que guérir : si je me nourrissais maintenant, la mémoire du sang se serait probablement effacée quand j'arriverais à la fête demain, vers 18 heures.

— D'accord, ai-je grogné à contrecœur.

L'air satisfait, il s'est éloigné, et j'ai eu la nette impression que, d'une façon ou d'une autre, je venais de me faire avoir sur toute la ligne. Mais peu importe : au moins, je pouvais aller à cette fête.

# 16

*Savannah*

La soirée des *Charmeuses* s'est avérée bien plus pénible que je ne m'y étais attendue. Pourtant, le temps que j'arrive au gymnase principal du lycée, la mémoire du sang s'était complètement effacée.

La fête de l'année dernière avait été un succès. Bien sûr, elle avait eu lieu à l'époque où je ne ressemblais pas encore à un croisement entre une humaine et un mannequin de plastique… Au bout de quelques heures, j'avais perdu le compte du nombre de fois où j'avais dû m'expliquer sur la pâleur de ma peau et la quasi-disparition de mes taches de rousseur (« C'est l'éclairage du gymnase qui donne cette impression »), ou encore sur le fait que je n'avalais rien (« J'ai mangé juste avant de partir »).

Plus un autre petit détail : *maintenant, j'entendais les pensées de tout le monde.*

En entrant dans le gymnase, j'avais d'abord cru que le niveau sonore élevé était dû à la présence de multiples enceintes disposées un peu partout dans la pièce, diffusant chacune une émission radio différente, ou quelque chose de ce genre. Il m'avait fallu quelques minutes pour reconnaître mon erreur. En comprenant la nature de ce que j'entendais réellement, j'avais été obligée de me réfugier dans les toilettes le temps de me calmer. *C'était sans doute la faute de cette saleté de sang absorbée la veille.*

Mais au moins, l'envie de sang l'avait mise en veilleuse, elle…

— Comment ta soirée s'est-elle passée ? a lancé mon père depuis la cuisine quand je suis rentrée chez moi le lendemain matin.

— Bien, ai-je répondu dans un soupir, sachant qu'il m'entendrait même si je chuchotais, quelle que soit la pièce dans laquelle il se trouvait.

Je n'ai pas fait plus de commentaires. Pas question que je lui parle de mes pouvoirs télépathiques. Si je le faisais, le Conseil des Vampires l'apprendrait aussi et essaierait de me recruter comme espionne ou quelque chose comme ça.

D'un pas fatigué, j'ai monté l'escalier jusqu'à ma chambre, j'ai retiré mes baskets et les ai ramassées pour aller les ranger dans mon placard. Là, je me suis immobilisée.

Quand j'avais donné à mon père le feu vert pour renouveler ma garde-robe, je pensais qu'il achèterait quelques vêtements pour la compléter, rien de plus.

Visiblement, nous avions encore beaucoup de travail à faire sur la communication…

— Une jupe ? ai-je marmonné en attrapant un cintre d'où pendait une chose noire en dentelle enveloppée dans une housse transparente.

Juste à côté était suspendue une sorte de robe noir et blanc. Avait-il échappé à mon père que jusque-là, mon placard était exclusivement rempli de *jeans* ? Si je n'avais ni robes ni jupes, c'est qu'il y avait une bonne raison.

S'il croyait que j'allais porter ces machins au lycée, il délirait complètement. La robe et la jupe étaient certainement destinées à être portées pour des occasions particulières — sauf que je ne voyais vraiment pas lesquelles. Peut-être pour Noël et le banquet de fin d'année des *Charmeuses*, et encore…

C'est alors que j'ai repéré la pile de boîtes à chaussures. Retenant mon souffle, j'ai ouvert la première — et j'ai aussitôt exhalé un soupir de pure horreur.

A ce moment, mon téléphone s'est mis à sonner dans ma poche. Je l'ai attrapé et j'ai décroché sans quitter ces « merveilles » des yeux.

— Alors, parée pour reprendre les cours lundi ? a lancé la voix d'Anne sans préambule.

L'avantage du téléphone, c'est que je ne pouvais pas percevoir ses pensées…

Puis j'ai pris conscience de ce qu'elle venait de dire : demain, j'allais devoir affronter le lycée, les rumeurs nous concernant, Tristan et moi, ainsi que les ragots au sujet de Tristan et Bethany, puisqu'ils continuaient de sortir ensemble. Sans compter les pensées des uns et des autres, qui allaient m'assaillir sans relâche toute la journée. *Génial.*

— Tu parles, j'ai trop hâte d'y être, ai-je maugréé. Comment se sont passés les achats de rentrée ?

Hier après-midi, les filles s'étaient rendues ensemble à Tyler pour profiter des promotions de rentrée.

Anne s'est lancée dans le récit de leur périple sans omettre aucun détail… les magasins où elles s'étaient arrêtées, la montagne de gadgets inutiles que Carrie et Michelle l'avaient convaincue d'acheter, et j'en passe.

— J'avais besoin de toi, s'est-elle plainte. Toi, tu les aurais empêchées de me racketter !

J'ai souri ; mes amies m'avaient manqué, vraiment. Au moins, il y aurait un avantage à retourner en cours demain : j'allais les revoir toutes les trois dans un lieu public, sûr et protégé.

— On dirait que vous vous êtes bien amusées, ai-je commenté en me laissant tomber sur ma chaise de bureau. Mon père a insisté pour m'acheter des tas de nouveaux vêtements pour cette année. Attends de voir ce qu'il m'a dégotté. C'est à mourir de rire.

— Il t'a complètement relookée, c'est ça ?

— Encore pire, ai-je soupiré. Il est allé à la *Galleria*. Et je ne te raconte pas les trucs qu'il m'a trouvés. Des robes, des jupes… et des chaussures à *talons* !

A ces mots, Anne a émis un son hilare.

— A ton avis, il croit vraiment que je vais me trimballer sur le stade et grimper dans les tribunes avec des talons aiguilles pendant les entraînements de *Charmeuses* ?

Anne a cessé de glousser pour dire :

— Tu peux toujours emporter une tenue un peu plus adaptée et te changer tous les matins en arrivant au lycée.

J'ai fait la moue.

— C'est tentant. Sauf que j'ai promis à mon père de porter tout ce qu'il m'achèterait.

— Pourquoi as-tu fait un truc pareil ? s'est exclamée Anne.

— C'était le seul moyen qu'il me laisse aller à la soirée des *Charmeuses* hier.

— Ah oui ? Et ça valait le coup ?

— J'aimerais pouvoir te répondre que oui. Mais au

final, j'ai passé toute la nuit à mentir pour expliquer pourquoi je ne mangeais pas et comment je faisais pour être si pâle.

— Oui, bon, tu as toujours été pâle.

— D'accord, sauf qu'à en croire ma mère, je viens d'établir de nouveaux records dans le domaine de la lividité, ces derniers temps.

*Depuis que j'avais commencé à me nourrir comme une authentique vampire, pour tout dire.* Mais il n'était pas question que j'aborde ce sujet avec Anne.

J'ai poussé un soupir à fendre l'âme.

— Dis, si nous n'avons pas de cours en commun avant le déjeuner, garde-moi une place à notre table habituelle, d'accord ? Même si je ne mange pas, nous pourrons au moins passer en revue nos emplois du temps respectifs. Et, avant que tu me le demandes, oui, je te donne d'ores et déjà la permission de te moquer de mes chaussures autant que tu veux.

— Ma grand-mère m'oblige à porter des talons pour aller à l'église, a répondu Anne avec un petit rire. Alors il y a des chances que je compatisse trop à ton malheur pour me moquer de toi.

— Merci ! lui ai-je fait en levant les yeux au ciel.

— Bonne chance pour demain. Et fais attention de ne pas te tordre les chevilles, a-t-elle ajouté avec un dernier gloussement avant de raccrocher.

J'ai jeté mon téléphone sur le lit tout en gardant un œil sur les autres boîtes à chaussures. Je n'avais pas foncièrement envie de savoir ce qu'elles renfermaient, mais de toute façon, il faudrait bien que je les ouvre un jour ou l'autre, alors…

J'ai pris une profonde inspiration pour me donner du courage, puis je me suis avancée vers le lit avant d'ôter vivement le couvercle des autres boîtes. Là, j'ai poussé un nouveau soupir — de soulagement, cette fois.

Mon père m'avait acheté des ballerines. Des tas et des tas de ballerines dans des matières différentes et de toutes les couleurs. Et elles étaient *a-do-ra-bles*.

Je me suis assise, et j'en ai attrapé une paire pour les examiner de plus près. J'ai dû me mordre les lèvres pour ne pas crier de ravissement. Maintenant que je les avais vues, tout le reste de ma nouvelle garde-robe me semblait supportable.

C'est alors que, levant les yeux, j'ai remarqué les fiches, glissées dans des pochettes en plastique, qui étaient fixées à un anneau de métal accroché à la porte de mon placard. En les parcourant rapidement, j'ai compris qu'elles contenaient d'innombrables suggestions de tenues, chaussures et accessoires compris. De quoi tenir au moins un mois. Mon père avait même pris des photos de chaque tenue étalée sur mon lit pour que je m'y retrouve facilement !

— Seigneur, ai-je murmuré, partagée entre la panique et la gratitude.

Mon père était totalement psychorigide. Serais-je pareille, quand j'aurais trois cents ans ?

Le lendemain matin, en me préparant pour aller au lycée, je me suis efforcée de ne pas me regarder de trop près dans le miroir. Je ne tenais pas à me poser trop de questions sur mon nouveau look, ni à me demander s'il risquait de mettre les autres élèves mal à l'aise. J'étais déjà assez nerveuse comme ça.

*S'il vous plaît, faites que je ne tombe pas sur Tristan !* suppliait une part de moi à chaque inspiration que je prenais. Sauf qu'à chaque expiration, une autre part de moi espérait l'apercevoir, juste un peu, juste le temps d'entendre sa voix ou son rire…

Quand j'ai descendu l'escalier, mon père m'attendait devant la porte d'entrée.

— Je vois que tu as trouvé mes fiches, a-t-il dit en détaillant ma tenue avec un hochement de tête approbateur.

J'ai pincé les lèvres pour me retenir de lui dire ce que j'en pensais, de ses fiches. A la place, j'ai cherché une façon plus diplomatique de lui répondre. Donc, j'ai fini par dire :

— Merci pour les ballerines. Elles me plaisent beaucoup.

— Et le reste ?

Là encore, j'ai passé mentalement en revue quatre réponses possibles et opté pour la plus aimable :

— Je suis sûre que je finirai par m'y habituer.

J'ai assorti ma remarque d'un sourire qui n'avait rien de très spontané. Au moins, aucun de mes nouveaux vêtements n'était trop original ou provocant. C'était déjà ça…

Mon père a esquissé une grimace, puis, me tendant un objet qui ressemblait à un court stylo noir et or, il m'a lancé :

— Je veux que tu gardes cela sur toi en permanence. Si tu appuies sur le dessus, c'est un simple stylo. Mais si tu dévisses la base, tu y trouveras une dose de sang. En cas d'urgence.

Cette fois, j'ai souri franchement.

— L'équivalent d'un stylo d'épinéphrine, mais pour vampire ?

— Exactement. Comme il contient des anticoagulants

qui lui permettent de rester fluide, il risque d'avoir un goût bizarre. Mais si tu en arrives au point d'être obligée d'avaler cette dose, ce sera le cadet de tes soucis.

*Miam.*

— Merci.

Je l'ai rangé dans mon nouveau sac à main de marque avec l'impression d'être devenue une James Bond girl, version vampire.

— Quant à moi, je ne me séparerai pas de mon téléphone portable, bien entendu, a-t-il ajouté.

Sa réflexion m'a arraché un nouveau sourire.

— Ça va aller, papa. Tu sais, ce n'est pas exactement la première fois que je fais ma rentrée scolaire. C'est le même lycée, les mêmes gens, dans la même bonne vieille ville.

— Mais toi, tu n'es plus la même.

*Pas faux.*

— A ce soir, alors. Je rentrerai vers 17 heures environ, après l'entraînement des *Charmeuses*.

Je me suis appliquée à afficher une attitude calme, détendue et confiante en lui disant au revoir d'un petit signe désinvolte de la main.

Cinq minutes plus tard, je me garais sur ma place de parking habituelle devant le lycée. En descendant de la voiture, j'ai senti une brise fraîche caresser mes jambes sous l'ourlet de ma robe. Alors, en effet, j'ai bien dû l'admettre : cette rentrée ne serait peut-être pas tout à fait comme les autres…

L'entraînement matinal des *Charmeuses* commençait tôt et se poursuivait jusqu'à la fin de la première heure chaque matin ; en préparant le matériel, je songeais que, de ce côté-là au moins, la routine était restée la même. En revanche, une chose avait bel et bien changé :

j'entendais à présent les pensées de la directrice avant qu'elle les ait formulées, et j'avais bien du mal à le cacher. Il fallait que je l'observe et attende que le mouvement de ses lèvres corresponde avec les mots dans sa tête avant de les noter sur mon bloc-notes.

J'ai passé le reste de la première heure à travailler sur la musique et à envoyer les régisseuses de Seconde chercher des sacs de glace pour deux danseuses qui avaient des problèmes de genoux. Quand j'ai enfin rapporté la sono dans le bureau de Mme Daniels, la répétition de tous ces gestes familiers m'avait presque fait oublier les autres changements dans ma vie. En outre, comme j'avais choisi de porter mes ballerines noires au lieu des talons hauts préconisés pour cette tenue par les fiches de mon père, je pouvais me déplacer aisément. A ce moment précis, j'évoluais dans le confort de la routine, et tout me semblait se dérouler au mieux dans ce chaos qu'était devenue ma vie dernièrement.

Pourtant, quand je suis entrée dans le hall principal pour la deuxième heure de cours, tout m'a sauté au visage : les pensées des uns et des autres m'ont assaillie au même moment, balayant d'un coup ma nonchalance. J'ai dû lutter pour ne pas m'enfuir aussitôt et échapper à la foule. Dans le mouvement de recul que j'ai alors ébauché, j'ai failli bousculer les Jumelles Pimbêches. A ce moment, j'ai constaté que Vanessa et sa sœur arboraient exactement le même sac à main Coach que moi. Seule la couleur différait : celui de Vanessa était bleu pastel, Hope en avait un rose vif, et le mien était noir — assorti à la robe cache-cœur noir et blanc que mon père m'avait suggéré de porter aujourd'hui.

— Est-ce que c'est un…, a commencé Hope, les yeux rivés sur mon sac.

J'ai dû lire sur ses lèvres pour comprendre ce qu'elle disait, car j'étais incapable de l'entendre par-dessus le brouhaha de pensées qui régnait dans le hall.

— C'est une contrefaçon ! a assené Vanessa.

Elle a tendu le bras et tiré sur mon sac jusqu'à ce qu'elle puisse voir la plaque de métal où était inscrite la marque. Aussitôt, elle s'est raidie.

— Où as-tu trouvé *ça* ?

A voir son attitude, on aurait dit que je venais de voler ce sac dans son armoire.

— A la *Galleria*, ai-je répondu avec un sourire.

En réalité, je me retenais pour ne pas éclater carrément de rire. Finalement, cette nouvelle garde-robe allait peut-être avoir des avantages, après tout !

Vanessa a passé en revue ma robe, mon collier et mes chaussures. Je suis parvenue à saisir au vol quelques-unes de ses pensées au moment où elle envisageait de me prendre le poignet pour mieux inspecter mon bracelet, pour se raviser sur-le-champ : elle préférait ne pas me toucher, moi la bannie.

— Et ça, c'est un, un…, a balbutié Hope qui, elle, avait bien l'intention d'examiner mon bracelet de plus près.

Vanessa a éloigné sa main d'une tape.

— Tais-toi, Hope. Allez, on va être en retard en cours.

Mais avant de s'éloigner, elle a tiré un grand coup sur le sac pendu à mon avant-bras pour essayer de le faire tomber. Je l'ai rattrapé bien avant qu'il ne touche le sol. Mon geste ne m'avait pas paru particulièrement vif, mais les deux jumelles ont poussé un cri de terreur et fait volte-face avant de s'éloigner au trot, jetant un regard par-dessus leur épaule toutes les deux secondes.

*Et zut.* Avais-je fait sans m'en apercevoir un de ces mouvements ultrarapides dont les vampires ont le secret ? J'allais devoir sérieusement intensifier mes entraînements de tai-chi si je voulais me fondre dans la masse cette année.

Lentement, donc, j'ai remis en place la bretelle de mon sac sur mon épaule. Puis, me ravisant, je l'ai fait glisser le long de mon bras, jusqu'au creux de mon coude. *Flûte.* Comment ça se portait, un sac à main de marque ? Les fiches de mon père ne mentionnaient rien à ce sujet, et je n'avais jamais possédé de sac à main classique auparavant, encore moins un qui soit assez tendance pour déclencher la colère des Jumelles Pimbêches.

Autant laisser tomber le sujet pour l'instant, ai-je décidé, et je me suis dirigée vers ma salle de classe, m'efforçant d'ignorer la douleur trop familière qui montait dans ma poitrine et mon ventre, une douleur qui m'avertissait de la proximité de Tristan. Il était assez grand pour être visible même au milieu d'une foule. Mais comme je ne voyais pas sa tête auréolée de cheveux blonds dépasser des élèves qui se tenaient dans le hall, il devait sans doute déjà se trouver dans sa classe, quelque part dans le bâtiment. *Parfait.* Si je pouvais éviter de tomber sur lui ce matin, ça m'arrangeait.

Tandis que les élèves s'écartaient sur mon chemin, je captais des bribes de pensées s'échappant du fouillis de réflexions général. Certaines m'étaient destinées.

*« Ce sac, c'est un Coach ? »*

*« Ces chaussures, ce sont des Jimmy Choo ? Non, ce n'est pas possible. Tout le monde sait qu'elle n'a pas les moyens de s'offrir ça. Ce sont sûrement des fausses. »*

*« Où a-t-elle trouvé l'argent pour s'offrir ça ? Oh ! je sais, c'est son père. Je suis sûre qu'il deale de la drogue. A moins qu'il ne soit dans la mafia, ou un truc comme ça. Dommage*

*qu'il dépense tout pour lui acheter des fringues ; il ferait mieux de retaper cette ruine où ils habitent maintenant. »*

Une fois de plus, j'ai dû lutter pour ne pas partir en courant et m'enfuir aussi loin que possible. Mon père avait en partie raison : tout le monde s'intéressait à mes vêtements plutôt qu'à moi. Mais de toute évidence, cela n'avait rien changé à ce qu'on pensait de moi.

Sans savoir comment, j'ai résisté à l'envie de recourir à ma vitesse de vampire pour m'échapper de la foule. Tout était question de self-control. J'ai forcé mes jambes à avancer à vitesse humaine, puis plus lentement encore. Je suis entrée en classe au moment où retentissait la deuxième sonnerie.

J'avais anglais, et c'était ma matière préférée, celle où j'avais les meilleures notes. Mais quand j'ai pénétré dans la salle et vu tous les élèves encore debout, leurs livres à la main, j'ai poussé un soupir las. Il ne pouvait y avoir qu'une seule raison pour laquelle mes camarades n'étaient pas encore assis : le prof devait s'apprêter à attribuer les places par ordre alphabétique.

Des yeux, j'ai fait le tour de la pièce. En croisant le regard de Tristan, je suis restée pétrifiée.

*Mon sang s'est glacé d'un coup dans mes veines.*

A cet instant précis, j'ai compris combien j'avais eu tort d'espérer que mes sentiments pour lui s'étaient atténués pendant l'été. Le voir me procurait un véritable choc physique. Le souvenir de tous les moments passés ensemble m'a écrasée en un instant, me coupant la respiration et me forçant à admettre combien son visage m'avait manqué.

J'étais toujours aussi amoureuse de lui, sinon plus.

*Sauf qu'à présent, il sortait avec Bethany.*

Et j'allais me retrouver assise à côté de lui, comme

d'habitude, à cause de cette stupide histoire de placement par ordre alphabétique. C'était inévitable. Pour la première fois, je me suis surprise à souhaiter que le pouvoir du Clan s'étende à l'organisation administrative du lycée et qu'ils puissent mettre leur nez dans le système d'emplois du temps informatisé ; ainsi, je n'aurais plus jamais de cours en commun avec Tristan.

J'ai essayé de détourner le regard, je le jure. Je savais que c'était moi qui avais rompu avec lui, et que dans ces circonstances, le dévisager avait quelque chose de grossier. Mais je n'arrivais pas à m'en empêcher, alors même que la souffrance brutale que je lisais dans ses yeux me brûlait de part en part.

Mme Knowles, notre professeur, a désigné le bureau de la première rangée le plus proche de la porte, a prononcé un nom, et quelqu'un est venu s'y asseoir. Elle a répété le processus avec le bureau contigu. De toute évidence, au contraire de M. Smythe dans tous ses cours d'histoire, elle allait attribuer les places de façon horizontale et non verticale. Ce qui signifiait que cette année, Tristan allait se retrouver *à côté* de moi au lieu de *derrière* moi. *Génial.* Je ne pourrais même pas m'empêcher de le regarder du coin de l'œil. Je devrais peut-être me mettre à porter mes cheveux détachés au lieu de les rassembler en queue-de-cheval. Ainsi, ils me bloqueraient la vue.

J'ai tâché de reporter mon attention sur Mme Knowles, mais je ne parvenais pas à l'entendre par-dessus le tintamarre de pensées dégagé par mes camarades de classe. J'avais l'impression d'être reliée à un iPod émettant à plein volume.

La prof a poursuivi son appel et désigné le troisième bureau de la rangée de devant. Tristan est allé s'y asseoir ; au moins, à présent, je n'étais plus sous l'emprise de son regard. Malheureusement, cela ne contribuait aucunement à baisser le volume des voix dans ma tête, ni à calmer les battements de mon cœur.

Je n'allais pas y arriver. Il était impossible que je passe une nouvelle année pendant laquelle, un jour sur deux, j'allais me retrouver à quelques centimètres de Tristan. Chaque fois que j'entrerais dans cette classe, je serais obligée de m'asseoir tout près de lui pendant une heure et demie. Certes, j'étais parvenue à supporter cette torture durant les dernières semaines de cours l'année dernière. Mais je venais de passer tout un été loin de lui. Et bien qu'il m'ait manqué, cette séparation avait aussi été un soulagement après avoir enduré la souffrance d'être collée contre lui.

Je ne voulais pas rejouer cette bataille. Pas cette année. Pas après tout ce que nous avions traversé, les souvenirs que nous avions bâtis ensemble, et cet amour que je continuais de ressentir pour lui…

*Sans compter le désir de sang.*

Soudain, les cheveux coiffés en casque de Mme Knowles sont venus remplir mon champ de vision. Désarçonnée, j'ai battu des paupières et jeté un coup d'œil autour de moi. A présent, tout le monde était assis à sa place. Un seul bureau était encore inoccupé. Le deuxième de la première rangée… à côté de Tristan.

Mme Knowles était en train de me dire quelque chose, mais je n'arrivais pas à l'entendre. J'ai essayé de lire sur ses lèvres et me suis dit qu'elle devait être en train de m'ordonner de m'asseoir à ma place.

Tout le bruit dans ma tête m'empêchait de savoir à quel volume je parlais. J'ai donc pris le parti de murmurer :

— Euh, s'il vous plaît, ne pourrait-on pas choisir soi-même sa place ?

Elle a froncé les sourcils, le visage pincé dans une grimace qui suggérait qu'elle venait de trouver un cheveu dans sa soupe. Puis elle a prononcé un seul mot, qui ressemblait à : « Comment ? »

J'ai réitéré ma demande, un peu plus fort cette fois, pour être sûre qu'elle m'entende, mais elle a prononcé sa réponse si rapidement que je n'y ai rien compris. Au bord de la panique, j'ai essayé de nouveau et dit à haute voix :

— J'aimerais vraiment pouvoir choisir ma place, s'il vous plaît.

Son visage est subitement devenu livide, et aux pensées choquées qui émanaient de mes camarades, j'ai compris que je venais de hurler sur notre prof. *Oh non.*

# 17

*Savannah*

Précipitamment, j'ai murmuré :

— Je suis vraiment désolée. Je suis un peu sourde depuis… depuis tout à l'heure, à force de rester près des enceintes pendant les répétitions des *Charmeuses*.

Elle m'a longuement scrutée pendant que son visage reprenait peu à peu ses couleurs. Après avoir pris une profonde inspiration, elle m'a désigné le bureau vide en disant :

— Va t'asseoir. Tout de suite.

Je n'ai pas osé regarder les autres élèves tandis que je prenais place sur la chaise honnie. Réagissant à la proximité de Tristan, ma peau s'est mise à me picoter douloureusement. Les pensées de mes camarades étaient très claires, cette fois : je venais de passer pour une folle devant tout le monde. J'ai pris place sur ma chaise, aussi loin de Tristan que je le pouvais, et mes ongles se sont enfoncés dans la paume de mes mains.

Dans ma tête, les pensées parasites se faisaient de plus en plus fortes.

*« Je n'y crois pas, ces deux-là n'arrivent même pas à se regarder dans les yeux ! »*

*« Incroyable. Je n'ai jamais vu quelqu'un serrer les mâchoires*

*aussi fort. Il a l'air assez furieux pour étrangler Savannah. Qu'est-ce qu'elle a bien pu lui faire, l'année dernière ? »*

*« Dans le mille ! Ces photos vont faire le tour de Facebook, on n'a pas fini d'en parler ! »*

Je me suis retournée ; au fond de la salle, une fille était en train de jouer avec son téléphone sous son bureau.

*« De la drogue. Cette fois, c'est sûr, elle deale de la drogue. Sinon, comment elle ferait pour avoir tout cet argent, d'un coup ? Ou alors, c'est sa grand-mère qui lui a laissé une grosse assurance-vie, et elle a tout dépensé en vêtements. Typique d'une petite-bourgeoise dans son genre ; elle aurait mieux fait de garder ce fric pour se payer des études. »*

Les insultes quotidiennes des Jumelles Pimbêches commençaient presque à me manquer. Au moins, elles me disaient ce qu'elles pensaient en face.

*« Ce n'est pas la meilleure amie d'Anne ? Oui, je me souviens, elle déjeune avec elle tous les midis. Je me demande si elle a déjà vu Anne, aujourd'hui. »*

Soulagée d'avoir perçu une pensée à peu près sympathique à mon égard, je me suis concentrée sur son fil. *Qui pouvait bien en être l'auteur ?* N'y tenant plus, j'ai discrètement lorgné sur ma gauche, entre mon bureau et la porte. Mais oui, bien sûr. C'était Ron Abernathy, le seul et unique ex-amoureux d'Anne.

Ecouter les pensées de Ron me donnait l'impression de violer son intimité. Mais jusqu'à ce que je me débrouille pour mettre en veille mes pouvoirs de télépathie, je violais déjà l'intimité de tout le monde autour de moi… Et au moins, suivre les pensées de Ron était plus sain que de me concentrer sur la douleur lancinante qui irradiait de Tristan sur ma droite. Peut-être qu'en me focalisant sur les pensées d'une seule personne à la fois, j'allais réussir à ne pas devenir folle avant la fin de la journée.

Ce qui était intéressant, c'est qu'il semblait que la force du « signal » émis par chaque personne soit proportionnelle à la conviction de la pensée qui les agitait à un moment donné. Les émotions de Ron concernant Anne étaient assez fortes, mais comme il ne pensait pas à elle en permanence, je ne parvenais pas à déchiffrer chacune de ses pensées. Seules celles qui se rapportaient à Anne étaient assez puissantes pour que je les capte.

Quand est arrivée la fin du cours, je commençais vraiment à me demander quels étaient les secrets qu'Anne gardait si jalousement. Il était évident que Ron était toujours très amoureux d'elle, et que c'était mon amie qui avait rompu avec lui, et pas le contraire. Peut-être cela avait-il quelque chose à voir avec l'étrange obsession de Ron pour les chats noirs ? Il y pensait presque autant qu'à Anne.

Désireuse d'éviter autant que possible la cohue de fin de cours, j'ai été la première debout quand la cloche de midi a sonné. J'ai cédé à la tentation de marcher au moins à vitesse humaine dans le couloir, ne ralentissant qu'après avoir franchi les portes et atteint la passerelle bétonnée, surmontée d'un auvent métallique, qui reliait la petite vallée entre les deux collines sur lesquelles étaient bâtis le bâtiment principal et les locaux scientifiques. J'ai ralenti encore davantage en atteignant la rampe qui menait d'une extrémité de la passerelle au bâtiment au rez-de-chaussée hébergeant la cafétéria. Loin des pensées des uns et des autres, les lieux étaient agréablement calmes, et j'étais tentée de rester là. Mais mes amies m'attendaient…

Sitôt que j'ai ouvert les portes du réfectoire, un raz-de-marée de pensées m'a submergée avec une telle force que j'ai littéralement reculé de quelques pas sous la violence de cet assaut.

*Seigneur.* Si ça continuait comme ça, les rumeurs qui affirmaient que j'étais complètement folle — après mon coup d'éclat en cours d'anglais : normal — allaient vraiment se vérifier, parce que j'allais finir par péter les plombs pour de bon.

D'un pas mal assuré, je me suis dirigée vers la table habituelle de mes amies. Pour une fois, j'étais bien contente qu'elle soit située le long de l'allée centrale qui scindait en deux le bâtiment de briques cylindrique. Les filles avaient dû sortir un peu plus tôt de leur dernier cours, car leurs affaires étaient là, près de leurs chaises, et elles faisaient déjà la queue, un plateau à la main.

Je savais que j'aurais dû acheter mon repas habituel — des frites au chili et au fromage et une cannette de soda — ou au moins une salade, pour donner l'impression que j'allais manger comme tout le monde. Mais la pensée de devoir faire semblant d'avaler un repas me semblait une épreuve insurmontable. Je me suis assise et j'ai enfoui ma tête dans mes mains, les yeux clos. Et prié pour que toutes ces pensées parasites cessent de me hanter.

L'année dernière, quand j'avais commencé à percevoir les émotions autour de moi, j'avais remarqué que cette capacité s'accroissait quand j'étais nerveuse.

Entendre les moindres pensées des uns et des autres était infiniment pire que de capter leurs émotions, mais peut-être pouvais-je malgré tout réguler ce flux de la même façon. Je ne perdais rien à essayer. Je me suis donc efforcée de me calmer et me suis concentrée sur ma respiration, comme quand je faisais du tai-chi. Inspirer lentement. Bloquer la respiration. Souffler lentement.

Je me suis projetée dans ma chambre à la maison, en train d'enchaîner des mouvements de tai-chi. J'ai essayé de sentir les gestes maîtrisés qui me donnaient l'impression d'être un courant d'eau s'écoulant au ralenti.

Voilà. A présent, les voix s'éloignaient. Maintenant, c'était gérable, je pouvais y arriver. Il fallait juste que je garde mon calme.

— Voilà notre top model, a lancé Anne quand elle et les autres ont rejoint notre table.

Elles se sont assises après avoir déposé un plateau chargé de récipients exhalant des relents pestilentiels. Mes yeux m'affirmaient que la nourriture qu'elles avaient choisie était parfaitement comestible, mais mon nez et mon estomac me racontaient une tout autre histoire. C'était comme si on venait de me parachuter au beau milieu d'une décharge publique dans la canicule d'un plein été. Mes narines étaient emplies d'une odeur de pourriture qui menaçait de me donner la nausée.

Je me suis efforcée de sourire pour donner le change — tout en essayant de ne pas respirer par le nez.

Michelle a poussé un petit cri aigu et tendu le bras par-dessus la table pour toucher mon nouveau bracelet.

— Oh ! mon Dieu, c'est ton père qui t'a acheté ça ?

Elle a levé la tête, les yeux écarquillés et brillants de convoitise. Puis elle a repéré mon sac à main, posé près de moi.

— Non, mais je rêve ! Tu as aussi un sac Coach ? Laisse-moi voir ça !

Consciencieusement, je lui ai passé mon sac.

— Et ces fameux talons, alors ? est intervenue Anne, l'air interrogateur.

Cette fois, le sourire que je lui ai adressé était sincère.

— Après notre conversation téléphonique d'hier soir, j'ai découvert que mon père m'avait aussi acheté des chaussures sans talons !

J'ai levé une jambe sur le côté de la table pour lui montrer mes nouvelles ballerines.

Anne a fait la grimace.

— Si c'est à moi qu'on les avait offertes, je crois que j'aurais quand même porté les escarpins à talons... Ce genre de trucs, sur moi, ça fait chaussures de lutin.

Michelle a plongé la tête sous la table pour se rendre compte par elle-même — et a poussé le même cri qu'en voyant mon bracelet.

— Jimmy Choo ne fait pas de chaussures de lutin ! En plus, celles-ci sont noires.

— Si, pour les lutins gothiques, a insisté Anne avec un large sourire tout en ouvrant sa cannette de soda.

— Arrêtez, les filles, suis-je intervenue en riant. Vous êtes juste jalouses parce que grâce à mes chaussures de lutin, mes pieds sont tout légers et reposés alors que depuis ce matin, vous êtes obligées de traîner vos baskets puantes qui pèsent des tonnes.

Un bruit de plastique m'a interrompue. Carrie venait de jeter ses couverts sur son plateau et de se lever pour quitter précipitamment la table.

— Qu'est-ce qu'elle a ? me suis-je étonnée.

Michelle a fait une grimace désabusée.

— C'est sûrement à cause des pauvres petits enfants d'Afrique. Enfin, je crois que c'est l'Afrique, en ce moment. Elle aimerait bien qu'ils puissent tous porter de jolies chaussures comme ça.

Anne s'est penchée davantage vers nous et a ajouté, à mi-voix :

— Je crois que c'est surtout parce que, d'après ce que je sais, les parents de Carrie ont du mal à mettre assez d'argent de côté pour lui payer ses études de médecine.

Depuis que je la connaissais, Carrie avait toujours affirmé vouloir devenir médecin. Mais je ne m'étais jamais demandé combien lui coûterait ce genre d'études, ni si ses parents avaient les moyens de les lui payer... Comme ils vivaient dans une grande maison en briques près du lac, j'étais partie du principe qu'ils avaient pas mal d'argent.

— Elle pourrait peut-être bénéficier d'une bourse ou d'un emprunt ? ai-je suggéré.

Michelle, qui avait fini d'admirer mon sac à main, me l'a tendu et je l'ai déposé sous la table. Dans ma tête, les pensées ambiantes sont devenues un peu plus fortes.

— Elle va essayer d'obtenir une bourse, mais ses notes de l'année dernière et de cette année seront prises en compte dans le montant qu'on lui attribuera, a expliqué Anne, la bouche encore pleine. Et manifestement, elle n'a pas fait d'étincelles dans toutes les matières, comme elle l'aurait voulu.

Elle s'est tue pour aspirer bruyamment le soda de sa cannette.

Quand je pense qu'avec mon nouveau look, j'avais fait étalage de la fortune de mon père devant elle... Quelle idiote j'étais ! C'était tellement étrange, pour moi, de me retrouver tout à coup pleine aux as après avoir été plus ou moins dans le besoin toute ma vie. Mais même cela, ce n'était pas une excuse.

— Mince, ai-je enfin dit. Je ne savais pas. Je suis désolée.

Dans ma tête, les voix sont montées d'un ton.

— Si tu étais restée un peu plus longtemps à ma

soirée d'anniversaire, tu serais au courant de tout ça, a murmuré Anne.

Elle a prononcé cette phrase d'une voix si faible qu'elle n'avait sans doute pas l'intention que je l'entende. Mais je l'ai bel et bien entendue, et ses mots m'ont blessée. Elle savait parfaitement pourquoi j'avais été obligée de partir si vite.

— Au fait, ça va mieux, maintenant ? s'est enquise Michelle. Je sais qu'Anne nous a expliqué que tu ne te sentais pas bien et tout ça, mais tu aurais quand même pu nous dire au revoir, tu sais.

Le volume des voix dans ma tête a continué d'enfler. Il était presque au maximum, à présent, et je devais prendre sur moi pour ne pas hurler.

— Je suis désolée d'avoir dû partir comme une voleuse. Je… J'ai quelques soucis de santé, en ce moment. Des migraines, quelquefois des troubles auditifs. Des problèmes de digestion, aussi. Ce genre de choses.

Michelle a affiché une mine stupéfaite.

— Mais tu as vu un médecin, au moins ?

— Ne t'inquiète pas, ce n'est rien de grave, ai-je répondu en m'efforçant de respirer lentement.

Il fallait juste que je me calme, de nouveau, et sans doute que j'arrive à penser à quelque chose d'autre pendant quelques minutes.

J'ai tenté une diversion.

— Au fait, devine avec qui j'ai dû travailler en binôme, en cours d'anglais, ce matin ? Ron Abernathy.

Anne a eu un mouvement de recul, comme si je l'avais frappée. Elle a battu des paupières à plusieurs reprises puis a haussé les épaules d'un air faussement désinvolte :

— Et alors ?

J'ai imité son haussement d'épaules.

— Alors il semble un peu… triste. Comme si, peut-être, il avait du mal à faire une croix sur toi.

— Il a dit quelque chose à mon sujet ? m'a demandé Anne en me fixant intensément.

— Pas directement.

A ce moment précis, j'aurais aimé pouvoir lire dans ses pensées, mais celles de Michelle, avide d'obtenir des réponses à ses questions, noyait la voix d'Anne sous la sienne.

Anne s'est mise à regarder dans le vide. Sur son visage, les émotions défilaient si rapidement que je ne parvenais pas à les déchiffrer.

— Eh bien, si c'est notre rupture qui lui pose problème, je suis sûre qu'il va finir par s'en remettre.

Elle a extrait une fourchette en plastique de la pile apportée par Michelle et fixé ses nachos avec une expression meurtrière.

— Parce que je ne suis carrément pas la fille qu'il lui faut.

Elle a planté sa fourchette dans sa nourriture et enfourné un énorme morceau de fromage dans sa bouche avant de reprendre :

— Je n'ai plus envie d'en parler, d'accord ?

Pendant qu'elle mâchait, elle a massacré ses malheureux nachos de coups de fourchette rageurs pour les casser en morceaux. Si elle continuait comme ça, elle allait finir par transpercer son assiette en carton. Heureusement que la fourchette était en plastique…

Cela dit, depuis quand Anne utilisait-elle autre chose que ses doigts pour manger des chips ?

Je me suis inclinée vers elle pour lui demander :

— Anne, tu es vraiment certaine de ne pas vouloir en parler ?

Un éclair mélancolique a brièvement traversé son regard avant de disparaître comme il était venu.

— Oui, sûre et certaine.

Elle a esquissé une grimace satisfaite puis agité sa queue-de-cheval dans le petit mouvement de tête dont elle avait l'habitude.

— Le sujet est clos, a-t-elle conclu.

*« Non mais regarde-moi cette folle. Combien de temps va-t-il lui falloir pour qu'elle comprenne enfin qu'elle n'est pas comme nous ? »*

*« Je me demande ce que je vais mettre pour notre premier rendez-vous, vendredi… »*

*« Si elle croit que j'ignore ce qu'elle a dit de moi dans mon dos ! La prochaine fois que je tombe sur cette Sally Parker, je jure que… »*

Le grondement des voix dans ma tête, mêlé à ma propre frustration, m'a poussée à insister :

— Mais Anne, Ron a l'air tellement gentil ! Il est malheureux, sans toi, et de toute évidence, la réciproque est vraie…

Elle a balancé sa fourchette sur la table et s'est tournée pour me lancer un regard noir :

— S'il est tellement génial, pourquoi tu ne sors pas avec lui, toi ?

*« Il n'est pas celui qu'on croit »*, a-t-elle pensé assez fort pour que je parvienne enfin à l'entendre.

— Parce que je suis amoureuse de…

Je me suis interrompue juste à temps.

— Tu sais très bien pourquoi, ai-je fini à la place.

Les grands yeux de Michelle se sont écarquillés

encore plus tandis qu'elle nous regardait tour à tour, Anne et moi.

Anne a mis la paille dans sa bouche et aspiré la plus longue gorgée de soda du monde, comme si elle comptait vider sa cannette d'un coup.

J'ai porté une main tremblante sur ma tempe. Le coup de la respiration ne marchait pas. Du tout. Les voix ne se calmaient pas. Au contraire, on était passé au stade du hurlement, à présent. Et je n'arrivais plus à aligner deux pensées cohérentes.

Saleté de perception extrasensorielle. Elle avait pris le pas sur tout le reste — aujourd'hui du moins.

Il fallait que j'aille dans un endroit calme pendant quelques minutes, que je fasse une courte pause avant la reprise des cours ; sinon, ma tête allait exploser.

— Dites, je suis désolée, mais je crois que j'ai une migraine qui commence à monter.

— Tu veux de l'aspirine ? a proposé Anne en tendant la main vers son sac à dos.

— Non, merci, ai-je marmonné. Je ne peux pas en prendre. Il faut juste que je trouve un endroit calme.

— La bibliothèque est ouverte pendant le déjeuner, si tu arrives à entrer sans passe, a suggéré Michelle. Sinon, tu peux demander à l'infirmière si tu peux t'allonger quelques instants.

— Merci, c'est ce que je vais faire.

J'étais déjà debout, cherchant à tâtons mon sac de sport et mon sac à main sous la table. Fallait-il que j'aille m'enfermer dans les toilettes pour avaler ma dose de sang, celle que mon père m'avait donnée en cas d'urgence ? D'emblée, je ne pensais pas que cela contribuerait à atténuer mes facultés de télépathie. En fait, nourrir ma part vampirique risquait même d'aggraver mon problème. Sans compter qu'ensuite, j'allais devoir affronter la mémoire du sang, ce qui n'arrangerait pas mes affaires…

Anne m'a attrapée par le poignet. Dans sa tête, l'excuse qu'elle m'offrait était assez forte pour que je la perçoive clairement. Elle ne voulait pas que nous nous disputions.

J'ai oublié d'attendre qu'elle prononce effectivement ces paroles pour dire :

— Ne t'inquiète pas. Tout va bien. Je ne t'en veux pas. N'y pense plus. Je n'aurais pas dû te parler de lui. C'est juste que… cette migraine, elle me rend bête. Je t'appellerai ce soir, quand ma tête aura cessé d'essayer de partir en morceaux, d'accord ?

Je suis parvenue à agiter la main pour leur dire au revoir, puis je suis sortie de la cafétéria, les jambes flageolantes. Là, je me suis engagée sur la passerelle, sous l'auvent qui me protégeait de la lumière vive du soleil.

J'ai accueilli avec un soulagement immense le calme qui m'a assaillie d'un coup. Mais je ne pouvais rester ici pendant le reste de la pause déjeuner, sinon un prof allait sûrement me surprendre et m'ordonner d'aller en étude. Personne n'était autorisé à traîner dehors pendant la durée du déjeuner. En consultant ma montre, j'ai poussé un grognement. Il restait encore vingt minutes avant mon prochain cours. Je pouvais aller à l'infirmerie, effectivement, mais pas sans être soumise à un feu roulant de questions… Et je n'avais pas la moindre envie de me cacher aussi longtemps dans les toilettes.

La bibliothèque me paraissait la meilleure option. Je me suis donc glissée dans le hall principal, passant d'abord lentement devant les cloisons vitrées des bureaux administratifs. Ensuite, les lieux étant déserts, je me suis autorisée à foncer à toute allure pour rejoindre la double porte bleue marquant l'entrée de la bibliothèque.

Avec précaution, j'ai entrouvert l'une des portes, juste assez pour jeter un coup d'œil furtif en direction de l'accueil. Pas de bibliothécaire en vue. A en juger par l'odeur putride qui flottait dans l'air, elle devait être en train de déjeuner dans son bureau. Parfait. Si elle me voyait débarquer ici sans passe, elle me jetterait dehors.

Je me suis glissée à l'intérieur puis, mettant à profit ma vitesse de vampire, j'ai parcouru en un éclair les allées moquettées le long des immenses étagères de bois. J'étais à la recherche d'une table hors de vue afin d'éviter que le premier venu ne révèle ma présence à la bibliothécaire. J'ai fini par repérer le coin d'une table, tout au fond d'une rangée, et me suis précipitée vers elle.

J'ai failli crier de surprise en découvrant qu'elle était déjà occupée.

# 18

*Savannah*

A la dernière seconde, je suis parvenue à ravaler mon exclamation. A la place, j'ai chuchoté :

— Pardon, je n'avais pas vu que tu étais là.

Ron a levé les yeux du livre qu'il était en train de lire.

— Oh ! salut, Savannah.

Il parlait si fort que j'ai sursauté. Et puis je me suis rappelé qu'en cours d'anglais, tout à l'heure, j'avais expliqué ma conduite bizarre par un accès de surdité.

— *Chut.* Je ne suis plus sourde. Je t'entends très bien, maintenant.

Avec un sourire, il a tendu la main vers la chaise qui lui faisait face.

— Assieds-toi, si tu veux.

J'ai ouvert la bouche pour décliner son offre.

*« Ce serait sympa de ne pas être obligé de manger tout seul, pour une fois »*, a-t-il pensé à ce moment.

Bon, il est vrai qu'il occupait l'unique table qui soit invisible depuis l'accueil de la bibliothèque. Et puis, peut-être qu'en m'asseyant en sa compagnie, je pourrais écouter ses pensées assez longtemps pour connaître la vérité au sujet de sa rupture avec Anne…

J'ai donc pris place sur la chaise de bois en face de

lui — chaise qui grinçait horriblement, bonjour la discrétion.

— Alors, qu'est-ce qu'une fille comme toi fait dans un endroit pareil ? a-t-il demandé avec un sourire en coin.

Sauf que derrière, j'entendais :

« *La meilleure amie d'Anne. Elle pourrait peut-être me dire comment arranger les choses avec elle. Ça fait des mois, maintenant. Ça devient ridicule.* »

— Je pourrais te retourner la question, ai-je répondu sur le même ton de voix. Je ne savais pas que les footballeurs aimaient lire.

Son sourire s'est effacé, et il a haussé les épaules.

— C'est plus calme que dans cette espèce de jungle, à la cafétéria.

— Tu m'étonnes, ai-je approuvé sans réfléchir.

Comme il me dévisageait d'un regard surpris, j'ai ajouté :

— C'est affreusement bruyant, là-bas. Ici, c'est beaucoup plus calme.

— Pendant le cours d'anglais, j'ai vraiment cru que tu étais sourde.

A mon tour, j'ai haussé les épaules.

— Perte d'audition temporaire. Maintenant, c'est revenu, mais ce n'est pas forcément un cadeau, crois-moi. Bon, c'est quoi cette histoire entre Anne et toi ?

A ces mots, il s'est figé.

— Pourquoi ? Que t'a-t-elle raconté ?

— Rien, justement. C'est bien pour cela que je me pose des questions. Tout ce qu'elle a bien voulu me confier, c'est qu'elle n'était pas une fille pour toi.

J'ai hésité avant de compléter :

— Et aussi que tu n'étais peut-être pas ce que tu semblais être.

*Euh… Non, ça, je l'avais probablement seulement lu dans l'esprit d'Anne.*

— Personne n'est ce qu'il semble être, par ici. Prends Tristan et toi, par exemple. C'est quoi, votre truc ? Personne n'était au courant que vous sortiez ensemble depuis des mois.

*Aïe.* Voilà bien un terrain sur lequel je refusais absolument de m'aventurer.

— Au lieu d'essayer de changer de sujet, pourquoi tu ne me dirais pas plutôt ce qui se passe réellement entre toi et ma meilleure amie ? Tu as fait du mal à Anne ? Parce que si c'est le cas…

— N'importe quoi ! s'est-il exclamé en s'accrochant des deux mains au rebord de la table. Je ne ferais jamais rien qui puisse la blesser.

J'ai entrepris de fouiller dans ses pensées. Mais il était trop tendu pour que j'arrive à en extraire une individuellement ; ses émotions les emmêlaient de manière inextricable. Pourtant, je *savais* qu'il disait la vérité.

— Tu avais vraiment des sentiments pour elle.

Pendant quelques secondes, il a semblé comme paralysé, puis il s'est repris et a acquiescé d'un bref hochement de tête.

— Sauf que maintenant, elle refuse de me voir ou de m'adresser la parole. Je ne sais pas quoi faire. J'ai essayé d'être patient, mais là, elle est en train de me rendre marteau.

J'ai croisé les bras sur ma poitrine :

— Elle a peut-être une bonne raison pour ça.

— Ou alors, c'est juste une tête de mule, m'a-t-il répliqué.

— Peut-être. On parle d'Anne, après tout…

Nous avons échangé un sourire complice.

— Il vaut mieux que tu la laisses venir, elle le fera quand elle sera prête. *Si ça arrive*, ai-je repris. Sinon, tu peux toujours passer à autre chose. Sortir avec quelqu'un d'autre, je veux dire.

A sa façon discrète, il était plutôt mignon. Il avait le sourire facile, des yeux bleus et une masse de cheveux blond clair et raides. Il n'aurait aucun mal à se trouver une autre amoureuse. L'année dernière, avant qu'Anne ne jette son dévolu sur lui, il était brièvement sorti avec Vanessa Faulkner, et il était de notoriété publique qu'elle ne s'affichait qu'avec des garçons de premier choix.

Il m'a longuement dévisagée.

— A t'entendre, se remettre d'une rupture est simple comme bonjour !

— Il me semble qu'après Vanessa, tu t'es remis assez vite, non ?

Il a levé les yeux au ciel avant de se laisser aller contre le dossier de sa chaise.

— On ne peut pas vraiment dire que je sois sorti avec elle. J'avais plutôt l'impression d'être une poupée Ken géante, le genre qui sert de faire-valoir permanent à la princesse Barbie. Et si tu veux tout savoir, c'est moi qui l'ai larguée, pas le contraire.

En voyant mon expression étonnée, il a ajouté :

— Anne m'a raconté la conversation que tu as surprise entre Vanessa et sa sœur en histoire. Vous imaginiez quoi ? Que j'allais rester là sans rien faire en attendant que Vanessa me jette la première ?

*Intéressant*. Mon respect pour lui a monté d'un cran.

— En parlant de se faire jeter, a-t-il poursuivi, j'ai entendu parler de ce que tu as fait à Tristan. D'après les rumeurs, la séparation a été brutale, même selon nos critères d'adolescents en pleine crise hormonale ! Tu l'as vraiment largué devant toute sa famille ?

Je n'ai pu réprimer un tressaillement. Je préférais ne pas savoir quelle version de la véritable histoire il avait entendue. Comme lui juste avant, je me suis reculée sur ma chaise et j'ai de nouveau croisé les bras d'un air décidé.

— D'abord, je n'ai pas *largué* Tristan.

— Vraiment ? Parce que ce n'est pas ce qu'on dit. J'imagine que je devrais m'estimer heureux qu'Anne ne soit pas aussi radicale que toi. Elle, elle s'est contentée de m'annoncer la rupture par texto.

J'ai planté mon regard dans le sien.

— Ron, ma rupture avec Tristan n'a *rien* à voir avec ta rupture avec Anne. Crois-moi.

Je ne comprenais même pas comment il pouvait comparer les deux !

— Ah oui ? Et comment peux-tu en être si sûre ?

J'ai émis un petit reniflement de mépris. A moins que Ron ne soit moitié sorcier, moitié vampire, et qu'Anne n'ait subitement rejoint le Clan sans m'en parler, il était impossible que les circonstances de leur rupture soient semblables aux miennes, même de très loin.

— Ecoute, tu ne sais rien de nous deux ou de ce qui s'est réellement passé…

— Parce que toi, tu sais, pour Anne et moi, peut-être ?

Non, mais dans son cas c'était uniquement parce qu'elle refusait de m'expliquer ce qui s'était passé. Les dents serrées, j'ai cherché une bonne repartie à lui envoyer.

C'est alors que la sonnerie a retenti. Il a sauté sur ses pieds.

— On se voit en cours d'anglais.

Il s'est éloigné, les épaules basses, les mains enfouies

dans les poches de son jean, ses cahiers et ses livres coincés contre lui avec son avant-bras gauche. Mais comment arrivait-il à les porter comme ça, sans les faire tomber ? Sans doute à force d'aller marquer des essais dans l'équipe des *Indians*, dont il était le meilleur ailier…

En me penchant pour rassembler mes affaires, j'ai remarqué le livre qu'il avait laissé ouvert sur la table, côté couverture. Il était intitulé *Légendes et monstres du Texas de l'Est*. Qu'est-ce que c'était que ça ? J'ai retourné l'ouvrage. Un chat noir aux babines retroussées, presque de la taille d'une panthère, s'étalait sur la moitié de la page. Toutes griffes sorties, il semblait prêt à bondir sur le villageois qui lui faisait face.

Ces garçons, quand même… ils se passionnaient toujours pour les sujets les plus étranges.

Le lendemain, je me suis aperçue que Ron et moi avions également en commun le cours de chimie en deuxième heure.

— Dis, ça te dirait qu'on se mette en binôme pour les expériences ? m'a-t-il demandé à voix basse en se penchant vers moi.

M. Knouse venait de nous demander de nous mettre par deux et de choisir nos paillasses.

Sur le point d'accepter, j'ai hésité en me rappelant notre conversation houleuse de la veille, à la bibliothèque. Avais-je vraiment besoin de nouveaux sujets de tension dans une vie déjà tumultueuse par ailleurs ?

Avec un soupir, je me suis résignée à suivre ma première impulsion.

— D'accord, pourquoi pas ? Par contre, je préfère

t'avertir : je suis vraiment nulle pour tout ce qui a trait aux chiffres. Même en chimie.

Un petit sourire a relevé un coin de sa bouche.

— Dans ce cas, c'est ton jour de chance. La science, c'est un peu mon domaine d'expertise. Enfin, avec le football.

En souriant, je l'ai suivi jusqu'à la paillasse qu'il avait choisie.

— Ça reste à prouver pendant le match de cette semaine. Les *Tigres* du Texas sont notre plus gros adversaire, non ? Si mes souvenirs sont bons, ils vous ont fait mordre la poussière, l'année dernière.

— Oh ! arrête ! s'est-il esclaffé. La chance n'était pas de notre côté, c'est tout. Fais-moi confiance, cette année, quand nous en aurons fini avec eux, les *Tigres* ne seront plus que des chatons en manque de sommeil.

Après avoir laissé tomber mes sacs par terre, je me suis assise sur l'un des deux tabourets flanquant notre paillasse. Quand je me suis appuyée sur celle-ci, le noir du revêtement a fait ressortir la pâleur de mes mains et de mes avant-bras dans un contraste aveuglant.

Précipitamment, j'ai reposé mes mains sur mes genoux.

— Tu sais, si tu es aussi doué que tu le prétends — en chimie, je veux dire — je veux bien faire un échange de bons procédés avec toi. Tu m'aides à faire mes devoirs de chimie, et je te donne des cours particuliers en littérature anglaise. Tu sais, tu n'es pas le seul à écouter les rumeurs de temps à autre, et si j'ai bien compris, l'anglais ne fait clairement pas partie de tes domaines d'expertise.

— C'est Anne qui t'a dit ça ?

Le malheureux garçon semblait plein d'espoir en attendant ma réponse ; il émanait de lui un désir un peu suppliant qui me mettait les nerfs à vif, tout en éveillant une douloureuse compassion dans mon ventre.

J'ai tenté de tourner sa question en dérision :

— Elle a peut-être mentionné qu'elle t'avait donné un coup de main l'année dernière. Ce qui n'est pas peu dire quand on sait que c'est grâce à mon aide constante que sa moyenne est passée de 13 à 15.

Ron a souri.

— Je comprends maintenant. Je trouvais que certaines de ses explications ne lui ressemblaient pas. Il n'y a qu'en cours d'anglais que je l'ai entendue prononcer, une fois, un mot de plus de trois syllabes.

— C'est Anne tout craché, ça.

Pendant que le prof nous donnait les consignes pour notre première expérience, j'ai jeté des coups d'œil furtifs au visage de Ron. Comme Anne lors de notre conversation à la cafétéria, ses yeux, brillants quelques minutes plus tôt, semblaient presque vides à présent. Il avait les traits soudain tirés, crispés, comme s'il risquait de sursauter d'un instant à l'autre.

*Comme s'il souffrait physiquement.*

J'ai repensé à la réaction d'Anne la veille, au déjeuner, et au brusque accès de mélancolie que j'avais perçu dans son attitude. Quelles que soient ses raisons de rompre, elle était toujours profondément amoureuse de Ron, ça se voyait.

Quelle paire d'idiots ils faisaient ! Comment deux personnes aussi amoureuses l'une de l'autre pouvaient-elles refuser d'être ensemble ? Moi, au moins, j'avais des raisons valables de repousser Tristan. Anne et Ron, au contraire, n'étaient évidemment pas dans ce cas. Rien d'aussi grave ne pouvait les éloigner. Impossible. Il devait s'agir d'un simple malentendu. Peut-être

Anne l'avait-elle déjà compris à l'heure qu'il était, et cela expliquait qu'elle refuse d'en parler. Elle savait qu'elle avait commis une erreur, mais elle était trop orgueilleuse pour l'admettre auprès de quiconque. Elle préférait être malheureuse plutôt que de faire savoir à ses proches qu'elle avait eu tort.

Eh bien, il n'était pas question que je la laisse fiche sa vie amoureuse en l'air. C'était fini, tout ça.

Je ne pouvais rien arranger entre Tristan et moi. *Mais je pouvais aider Anne.*

L'année dernière, Ron avait toujours été très discret quand il venait manger avec nous le midi, et je ne le connaissais pas si bien que ça. Si je parvenais à mieux faire sa connaissance cette année, en particulier grâce à mes pouvoirs télépathiques, je devrais pouvoir trouver un moyen de les aider à résoudre leurs différends. Bien sûr, peut-être cela ne suffirait-il pas à les réconcilier ; après tout, Anne était la personne la plus têtue que j'aie jamais rencontrée, et je n'étais pas une faiseuse de miracles. Mais si je pouvais au moins les convaincre de redevenir amis, ce serait déjà mieux que de les regarder patauger dans tout ce malheur. Une fois ce premier cap franchi, s'ils décidaient de ne pas revenir à une relation amoureuse, ce serait un choix de leur part, et j'aurais au moins la satisfaction d'avoir fait tout ce qui était en mon pouvoir pour les aider.

Heureuse de m'être trouvé un nouvel objectif, j'ai reporté mon attention sur le prof. M. Knouse avait fini de nous donner ses instructions. Ron et moi avons donc entrepris de nous lancer dans notre première expérience de laboratoire en commun.

J'ai regardé Ron verser un liquide bleu d'un bécher dans un autre à l'aide d'une gigantesque pipette. J'étais à l'affût de ses pensées, impatiente d'y découvrir un indice qui m'aurait permis de mettre mon plan à exécution.

Malheureusement, pour le moment, son esprit ne contenait que des formules scientifiques !

Il a remarqué que je le regardais.

— Quoi ? Je ne fais pas ça bien ?

— C'est à toi de me le dire. C'est toi qui es censé être l'expert, après tout, ai-je répliqué avec un sourire. En fait j'étais en train d'essayer de comprendre pourquoi Anne a rompu avec toi.

Il a froncé les sourcils — peut-être simplement parce qu'il était concentré sur l'expérience — et ajouté une autre goutte de liquide bleu dans le bécher.

— C'est parce que je lui ai dit… quelque chose. Quelque chose qui concerne ma famille.

*Quelque chose concernant des chats noirs courant dans les bois, à en croire ses pensées.*

Ron a paru hésiter.

— Elle a commencé par dire que ce n'était pas grave, que ça ne changeait rien entre nous. Sauf qu'après, elle est devenue de plus en plus taciturne ; ensuite, chaque fois que je l'appelais sur son portable, elle refusait de décrocher, et quand je l'appelais chez elle, c'est sa mère qui me répondait pour me dire qu'Anne n'était pas à la maison ou qu'elle était sous la douche. Pour finir, elle m'a envoyé un texto, un lundi matin, pour me dire qu'elle ne voulait plus me voir, que ça ne pouvait pas marcher entre nous. Depuis, elle refuse d'aborder le sujet.

*Curieux.* Voilà qui ne ressemblait pas du tout à Anne. Elle avait toujours été du genre à affronter l'ennemi en face, sans faire de quartiers.

— Bon sang, mais qu'est-ce que tu lui as dit pour qu'elle flippe comme ça ?

Une unique pensée s'est échappée de son esprit vers le mien :

« *Gardiens. Mais maman m'a dit que Savannah n'est pas au courant, alors…* »

Il a secoué la tête.

— Je ne peux vraiment pas t'en parler. C'est une histoire de famille, c'est trop intime. Mais je t'assure que rien de tout cela n'est susceptible de blesser Anne.

C'est alors qu'il a commencé à chantonner une chanson dans sa tête, en silence. M'empêchant ainsi de capter la moindre pensée de sa part.

Il affirmait donc que les « Gardiens », quels qu'ils soient, ne représentaient pas un danger pour Anne. Si c'était vrai, alors pourquoi avait-elle rompu avec lui à cause de ça ?

Et pourquoi avait-il discuté des Gardiens et de moi avec sa mère ?

*Etais-je censée savoir qui étaient les Gardiens ?*

Quand la fin du cours est arrivée, Ron avait tellement chanté ce satané morceau en boucle dans sa tête que je ne pouvais plus le sortir de la mienne. Et je n'étais pas plus avancée sur les raisons de sa rupture avec Anne.

Que cachait-il, au sujet de sa famille, qui soit susceptible de faire si peur à Anne ? C'était l'une des personnes les plus courageuses que je connaissais ! Il n'y avait qu'à voir comment elle avait encaissé la nouvelle, quand je lui avais révélé que j'étais mi-vampire, mi-sorcière. Elle n'avait pas manifesté la moindre peur, même lors de son anniversaire, quand le désir de sang s'était manifesté chez moi et que je m'étais montrée sous mon vrai jour de vampire. *Qu'est-ce qui pouvait être pire que ça ?*

C'était peut-être lié à ces fameux chats noirs auxquels

Ron pensait, et au sujet desquels il lisait ce bouquin, hier, à la bibliothèque…

Ron et sa famille étaient-ils des trafiquants de chats, ou quelque chose du même acabit ? Peut-être élevaient-ils des chats exotiques pour les vendre sur internet ? A moins qu'il ne s'agisse d'une obscure croyance religieuse… La famille Abernathy idolâtrait-elle les chats ?

Non, ça ne collait pas. Il devait exister une autre raison, quelque chose d'assez effrayant pour qu'Anne mette un terme à cette relation comme elle l'avait fait. Mais j'avais beau me creuser la cervelle, je ne trouvais aucune explication valable.

Quand la sonnerie a retenti, nous avons rassemblé nos livres et nous nous sommes dirigés vers la sortie, Ron sur mes talons. A peine franchie la porte, le brouhaha chaotique du couloir m'a agressée, je me suis arrêtée net — et Ron m'est rentré dedans. Jusqu'à présent, je n'avais pas pris conscience du calme qui régnait en cours de chimie.

— Pardon. Parée pour affronter la jungle ? m'a demandé Ron, hurlant presque pour se faire entendre par-dessus le vacarme ambiant.

— Euh, je ne sais pas.

Je ne voyais pas l'intérêt d'aller au réfectoire alors que j'avais complètement cessé d'ingurgiter de la nourriture normale, à part pour voir mes amies, avec lesquelles je n'avais malheureusement aucun cours en commun cette année.

D'un autre côté, vu le bazar que j'avais créé hier à cause de cette saleté de perception extrasensorielle, mes copines seraient sans doute soulagées de ne pas me voir aujourd'hui.

— Tu retournes à la bibliothèque ? lui ai-je demandé.

Il a opiné.

— Je pensais prendre un peu d'avance sur mes devoirs. En général, je suis crevé après les entraînements de football, et ma mère aime bien qu'on dîne tôt, le soir. Et après le repas, je n'ai qu'une seule envie, c'est de m'écrouler sur mon lit et dormir.

Sur ce point, j'arrivais parfaitement à me mettre à sa place. J'essayais de boire aussi peu de sang que possible chaque semaine afin de réduire le flux de la mémoire du sang. Par conséquent, j'étais épuisée la majeure partie du temps, dernièrement. Sans compter les cauchemars — je rêvais presque chaque nuit de Granny et de Tristan.

Comme si je l'avais invoqué par la pensée, j'ai senti ma poitrine et mon estomac se crisper tandis qu'une série de fourmillements parcourait mes bras et ma nuque. Deux signes que Tristan était dans les parages… et qu'il était en colère. J'ai jeté un regard sur ma gauche, en direction du hall principal, et je l'ai aperçu.

Il a traversé le hall avant de passer devant moi sans me regarder. Mâchoires serrées, je me suis dirigée vers mon casier, à quelques mètres de là. Ron m'a accompagnée. Je savais qu'il me parlait parce que je voyais ses lèvres bouger, mais avec la cacophonie de pensées ambiantes, je ne l'entendais pas. Arrivée devant mon casier, j'ai hoché la tête, comme si j'avais compris chacune de ses paroles, puis j'ai composé mon code d'ouverture et tiré sur la porte.

Quelque chose de collant tapissait la poignée. Et mes doigts, à présent.

— Beurk !

Le nez plissé de dégoût, j'ai examiné ma main, et d'un coup, le souffle m'a manqué. La substance qui me maculait les doigts était rouge foncé et ressemblait affreusement à du…

*Du sang.*

— Eh, ça va ? s'est exclamé Ron en m'attrapant la main. Tu saignes !

— Non, ce n'est pas moi. C'était sur la poignée de mon casier.

Je n'arrivais pas à détacher le regard de mes mains. Ma bouche s'est remplie de salive, et j'ai dû déglutir plusieurs fois.

Ron était en train d'examiner la poignée de mon casier.

— C'est vraiment infect ! Qui a pu faire ça ?

Puis il m'a regardée, et sa stupeur s'est muée en embarras.

— *Le Clan,* a-t-il murmuré.

Autour de nous, le hall commençait à se vider ; chacun partait en cours ou à la cafétéria. Quant à moi, j'étais toujours pétrifiée.

— Bon, si tu allais te laver les mains aux toilettes pendant que je trouve quelque chose pour nettoyer ça ? a dit Ron.

Avec fermeté, il m'a prise par les épaules et guidée vers la porte des toilettes les plus proches.

Chancelante, je suis entrée et me suis dirigée vers le lavabo. Mes bras et mes jambes semblaient ne plus obéir à mon cerveau, ils bougeaient tellement lentement, et de façon saccadée. Avec ma main propre, j'ai ouvert le robinet dans l'intention de me passer l'autre main sous l'eau — puis j'ai hésité.

*Le sang…* Je sentais son odeur. Avant, pour moi, le sang avait une odeur agressive et métallique. Mais c'était avant que ma nature de vampire ait commencé à se manifester.

*A présent, c'était différent.*

J'ai porté mes doigts rougis à mon visage et les ai humés intensément, les yeux fermés. Des milliers de parfums différents ont empli mes narines et mon esprit.

Quelque chose dans ce sang me paraissait familier. Pris dans son ensemble, il était nouveau, unique. Mais en fouillant dans les odeurs qu'il contenait, je percevais autre chose. Une nuance de…

*Tentation. Perfection.* Comme du chocolat, comestible et absolument divin.

Une impression de déjà-vu m'a submergée, et j'ai su que j'avais déjà senti de tels effluves auparavant.

*C'était le sang d'un Descendant.*

# 19

*Savannah*

Il ne s'agissait pas du sang de Tristan, sinon je l'aurais reconnu instantanément. Mais cette nuance familière que j'avais perçue… impossible de se tromper : c'était bel et bien le sang d'un Descendant. Aucune des doses de sang anonyme que j'avais avalées jusque-là n'avait jamais eu ce parfum irrésistible.

La douleur a éclaté dans ma bouche. Avec un gémissement, je l'ai ouverte et je me suis regardée dans le miroir.

Mes incisives étaient plus longues et plus acérées qu'avant.

Seigneur. *J'avais de nouveau les crocs.*

Il fallait que je me débarrasse de ce sang. Tout de suite.

J'ai essayé de le nettoyer. Les distributeurs de savon étaient tous vides, et j'ai donc dû me contenter d'eau claire et je me suis frotté la main pour faire partir ce sang. J'avais l'impression d'être Lady Macbeth dans la pièce de Shakespeare que nous avions étudiée l'année dernière en littérature anglaise. Va-t'en, maudite tache, va-t'en, je t'en conjure ! Mais le sang, comme s'il avait sa volonté propre, refusait de s'en aller. Dylan ou les Jumelles Pimbêches l'avaient-ils chargé d'un charme quelconque afin de le rendre indélébile ?

J'ai insisté, et il a fini par partir. Heureusement. Quand ma main a enfin été propre, j'étais hors d'haleine et au bord de la panique. Le Clan avait une sacrée veine qu'il existe un traité de paix entre Descendants et vampires, sinon je les aurais fait payer pour ce sale tour qu'on venait de me jouer. S'ils continuaient sur cette voie, je n'aurais d'autre alternative que de poser un charme de protection sur chaque objet avec lequel j'étais susceptible d'entrer en contact. Et tant que j'y étais, j'ajouterais un sortilège pour couvrir de boutons et de verrues quiconque s'aviserait d'y toucher.

Ron m'attendait près de mon casier.

— J'ai trouvé une femme de ménage qui m'a aidé à nettoyer. Il a fallu insister un peu, mais je crois qu'on a réussi à tout faire partir.

A ces mots, j'ai expulsé l'air que, sans m'en rendre compte, j'avais gardé tout ce temps dans mes poumons.

— Merci, Ron.

Il a haussé légèrement les épaules.

— Il serait vraiment temps que quelqu'un remette ces Descendants à leur place.

*Les grands esprits se rencontrent,* ai-je pensé.

J'ai opiné d'un air navré et j'ai commencé à me diriger vers la bibliothèque.

— Dommage qu'ils dirigent la moitié du monde…, ai-je commenté.

— La moitié du Texas, en tout cas, a-t-il ajouté, hilare.

Je lui ai retourné son sourire.

Dans la bibliothèque, nous avons repris nos places à la même table que la veille, l'un en face de l'autre. Ce qui me faisait penser que…

— Au fait, hier, tu avais laissé ton livre sur la table. Tu sais, celui qui parlait des mythes et légendes du Texas ?

Il a eu un geste évasif.

— Aucune importance. Je l'ai tellement lu et relu que je le connais presque par cœur.

— C'est le genre de sujets qui te passionnent ?

— Carrément. D'ailleurs, certaines de ces histoires sont véridiques. Ou pas loin.

Avec un petit rire moqueur (et calculé, je l'avoue), je lui ai demandé :

— Ah ouais ? Et quoi, par exemple ?

Il s'est appuyé au dossier de sa chaise, et dans sa tête, j'ai surpris cette pensée : « *Peut-être que maman a tort et qu'elle est au courant, finalement. Sa mère peut très bien lui avoir raconté.* »

— Eh bien, par exemple, ce livre rapporte des faits réels concernant la présence de chats noirs géants dans les bois, près de Palestine.

— Des chats noirs géants. Ici, au Texas ? Les panthères sont des animaux de la jungle, non ?

— Pas cette espèce-là. Ceux dont je te parle sont arrivés il y a des centaines d'années, en même temps que les colons irlandais et écossais.

Cette fois, j'étais sûre et certaine que Ron se payait ma tête.

— Et pourquoi ces colons auraient-ils eu de gros matous exotiques comme animaux de compagnie ?

— Pas comme animaux de compagnie. A l'origine, les seigneurs irlandais et écossais comptaient sur eux pour garder leurs châteaux et se battre à leurs côtés contre les Anglais et leurs autres ennemis. Quand ils ont décidé de partir en Amérique pour investir le Nouveau Monde, il leur a semblé naturel d'emmener ces protecteurs avec eux pour assurer leur défense contre les ours et autres prédateurs locaux.

— Et à présent, les chats noirs vivent à l'état sauvage dans les bois, ai-je conclu sans chercher à masquer le scepticisme qui teintait ma voix.

Il a approuvé d'un signe de tête tout en soutenant mon regard.

— Au cours du siècle précédent, ces colons ont eu recours à la technologie en plein essor et aux armes pour se protéger. Ils n'avaient plus besoin des chats.

Après un long moment de silence, j'ai secoué la tête, perplexe.

— Je vis ici depuis ma naissance, et je n'ai jamais entendu parler de ces prétendus chats géants. Pourquoi ne les a-t-on jamais évoqués en histoire ?

Pendant nos dernières années de cours élémentaire, l'histoire du Texas était obligatoire — nous en avions non plus une, mais deux heures par semaine. Les profs nous avaient fait tout un topo sur Alamo, Davy Crockett et Sam Houston, sur les lupins, les oiseaux moqueurs et la rose jaune. Bref, rien que du très classique.

Nous avions même été obligés d'apprendre à chanter *The yellow rose of Texas* et à réciter le serment d'allégeance au drapeau texan — c'est dire.

Mais à aucun moment ils ne nous avaient parlé de légendes au sujet de ces chats noirs.

« *Non, maman a raison*, a-t-il pensé à ce moment. *Elle n'est au courant de rien.* »

J'ai réprimé un grognement de frustration. De *quoi* aurais-je dû être au courant ?

— Tout le monde ne connaît pas leur existence. Les chats préfèrent s'enfoncer au plus profond de la forêt, hors de la vue des hommes. Mais certaines personnes les ont aperçus en chassant. Moi, par exemple.

— Sérieux ?

— Sérieux, a-t-il rétorqué avec un sourire. J'en ai vu un en plein jour, à moins de vingt mètres. Il était carrément énorme, au moins un mètre quatre-vingts de long, et aussi massif qu'un tigre.

Je me suis penchée vers lui.

— Et alors, qu'est-ce que tu as fait ?

— Rien. Il ne m'a pas sauté dessus, ni rien. Il avait l'air plutôt gentil, en fait.

— Tu chassais le chevreuil, à ce moment-là ?

— Oui, pourquoi ?

— Si tu t'es roulé dans l'urine de chevreuil, comme c'est apparemment la coutume chez les chasseurs, tu puais sans doute trop fort pour qu'il ait eu envie de te dévorer.

Renversant la tête en arrière, Ron a éclaté de rire.

— Comment tu savais, pour la pisse de chevreuil ? Toi aussi, tu chasses ?

Sourcils froncés, il a regardé d'un air dubitatif les talons hauts que mon père avait fini par me convaincre de porter avec ma tenue du jour.

— Non, c'est Anne qui m'en a parlé. Elle va chasser avec son oncle tous les ans…

Il a tressailli. Là, j'aurais mieux fait de me taire.

— Désolée, ai-je marmonné.

Il a baissé les yeux sur la table.

— On devrait se mettre au travail. La pause déjeuner est presque finie.

— C'est vrai.

Avec une toux embarrassée, je me suis penchée pour ramasser mon sac. C'est alors que quelqu'un est arrivé près de notre table. La bibliothécaire.

*Et zut.*

Ron a réagi le premier :

— Oh ! salut maman.

*Pardon ?* La bibliothécaire était la mère de Ron ? Pas étonnant qu'il puisse passer du temps ici chaque jour sans avoir besoin d'un passe.

— Salut, fiston. Tu fais tes devoirs ? a-t-elle demandé en haussant les sourcils d'un air interrogateur.

Tout à coup, la ressemblance avec Ron me sautait aux yeux. Ils avaient les mêmes expressions, et la même couleur d'yeux et de cheveux.

— Ouais, a-t-il répondu en piquant un fard. Oh ! pardon, je te présente…

— Savannah Colbert, a fini Mme Abernathy à sa place. Oui, je sais.

*Pourquoi ce ton solennel ?*

Surprise d'apprendre qu'elle me connaissait, je l'ai dévisagée avec curiosité. Mais pour une raison que j'ignore, je ne suis pas parvenue à déchiffrer ses pensées. Tout ce que je percevais, c'était l'air indéfinissable qu'elle fredonnait dans sa tête.

Le Clan avait-il parlé de moi en ville ? Peut-être avait-elle entendu les rumeurs nous concernant, Tristan et moi, des rumeurs qui continuaient de se répandre dans tout le lycée comme une traînée de poudre ?

— Je suis contente de faire enfin ta connaissance, a-t-elle repris. Tu peux venir ici quand tu veux pendant les pauses déjeuner.

Avec un sourire, elle a tendu le bras pour ébouriffer les cheveux de Ron, et puis elle est repartie.

Une fois qu'elle a été hors de portée de voix, je me suis penchée et j'ai chuchoté :

— Comment savait-elle qui j'étais ?

— Ma mère dirige la société généalogique de la ville. Elle connaît tous les Descendants.

Le cœur battant la chamade, je me suis collée au dossier de ma chaise, au point que le bord de l'assise mordait dans l'arrière de mes cuisses. *Les Descendants.* Ce n'était pas la première fois que Ron prononçait ce mot. Il l'avait dit tout à l'heure, après l'incident du casier. Sur le moment, j'avais été beaucoup trop bouleversée par la vision du sang pour y prêter attention.

— Comment sais-tu qu'on les appelle « Descendants » ? Ta famille appartient au Clan ?

Seuls les Descendants eux-mêmes se désignaient sous ce terme. Si Ron en était un, le Clan aurait vite fait de considérer qu'en passant du temps seule avec lui, j'enfreignais de nouveau les règles.

— Non, a-t-il lâché. Mais ma famille a beaucoup entendu parler d'eux.

*« Pourquoi sa famille ne lui a-t-elle pas parlé des Gardiens ? »*, a-t-il pensé.

Je mourais d'envie de lui demander ce qu'étaient ces fameux Gardiens. L'ennui, c'est que cela reviendrait à lui révéler que j'arrivais parfois à lire dans ses pensées… Et je ne me voyais pas aborder le sujet comme si de rien n'était.

— On ferait mieux de se mettre au boulot, a-t-il répété en sortant son livre de chimie pour l'ouvrir à la leçon d'aujourd'hui.

Comme je ne faisais pas mine de bouger, il a levé les yeux vers moi.

— Tu veux toujours que je t'aide pour le cours ?

Il ne semblait pas en colère, et ses pensées étaient entièrement focalisées sur les devoirs, à présent. Mais de toute évidence, son attitude avait changé.

Avec un soupir, j'ai provisoirement renoncé à en savoir plus et j'ai pris mon livre de chimie.

***

Le lendemain, je pensais avoir trouvé une idée pour aborder le sujet des Gardiens pendant notre heure d'étude. Mais alors que j'allais me rendre en cours d'anglais, je suis tombée sur Michelle, dans le hall principal, au moment où elle sortait du secrétariat.

— Salut, tu nous as manqué pendant le déjeuner, hier ! Tu seras là, aujourd'hui ?

— Euh, bien sûr.

Il fallait peut-être que j'essaie de nouveau de manger au réfectoire, et que j'affronte ma peur grandissante de la foule… Que je voie si je pouvais apprendre à contrôler mon pouvoir de lire dans les pensées. Pour l'instant, cela n'avait vraiment pas été le cas, et dans aucun de mes cours. Sans les plans des leçons que certains profs projetaient sur l'écran de la salle, la lecture intensive de livres et l'aide de Ron en chimie, j'aurais eu de sérieux problèmes à suivre cette année. Ecouter les cours magistraux demeurerait impossible tant que je n'aurais pas trouvé un moyen de baisser le volume général des pensées de tous ceux qui se trouvaient avec moi en classe.

— Génial ! On se voit tout à l'heure, alors.

Avec un grand sourire, Michelle s'est éloignée en agitant la main avant de bifurquer dans un couloir pour se rendre en cours.

Poussant un soupir résigné, j'ai rejoint ma salle d'anglais.

Pendant que le prof ânonnait ses notes, j'avais toutes les peines du monde à tenir en place et à m'empêcher de regarder Tristan à la dérobée. Celui-ci était nonchalamment assis sur sa chaise, les jambes étendues devant lui et les chevilles croisées, les bras également croisés sur son large torse. Une adorable moue concentrée complétait le tableau.

Il n'avait pas bougé d'un iota depuis que j'étais entrée dans la salle, comme si ma présence lui était on ne peut plus indifférente.

Ce qui n'était malheureusement pas le cas pour moi. Plus je pensais à lui, plus les pensées ambiantes devenaient envahissantes. Il fallait que je me calme, que je pense à autre chose.

J'ai donc fermé les yeux et me suis imaginé que je me trouvais quelque part sur une colline ensoleillée en train de faire du tai-chi pendant qu'une brise fraîche me caressait la peau…

— Mademoiselle Colbert.

J'ai ouvert les yeux d'un coup. Mme Knowles, debout devant le tableau blanc, me dévisageait d'un air sévère.

— Auriez-vous l'amabilité de rester éveillée pendant la durée de mes cours ?

Au fond de la classe, quelqu'un a ricané. Mais au moins, j'avais retrouvé assez de calme pour évacuer l'essentiel des pensées envahissant ma tête : pour une fois, j'arrivais à entendre la prof.

— Oui, madame. Je suis désolée.

— Merci. Maintenant, comme je le disais à l'instant…

Mme Knowles a repris son cours et s'est retournée pour prendre des notes au tableau.

Malheureusement, à présent que j'avais réussi à faire baisser le volume des pensées dans ma tête, j'avais l'impression de percevoir davantage les émotions de Tristan. Et celles qui émanaient de lui en ce moment n'avaient rien de très réjouissant. Il débordait de colère et de souffrance, elles jaillissaient par vagues sombres que j'aurais pratiquement pu voir si j'avais osé le regarder.

Peut-être notre rupture avait-elle davantage blessé son orgueil que j'avais bien voulu le croire.

Quand la sonnerie a retenti, j'ai bondi au plafond. Tristan a pris tout son temps pour se lever et quitter la salle. J'en ai profité pour rassembler mes livres à toute allure et m'échapper pour ne pas avoir à sortir de la salle en même temps que lui.

— Salut !

Une voix masculine sur ma gauche m'a fait sursauter au moment où je franchissais la porte. Le cœur battant, je me suis tournée dans sa direction. C'était Ron.

— Oh. Salut, Ron.

Nous nous sommes éloignés du couloir dans lesquels les deux classes d'anglais déversaient peu à peu leurs élèves et nous nous sommes mêlés à la foule qui commençait déjà à se diriger vers le hall principal.

— On se retrouve pour le déjeuner ? a-t-il demandé.

— Euh, en fait, ce matin j'ai promis à Michelle qu'aujourd'hui, je déjeunerais avec les filles. On se voit plutôt demain ?

J'ai perçu un soupçon de déception dans l'esprit de Ron, en même temps que le refrain de *All by myself*, version Céline Dion. Je me suis mordu les lèvres pour ne pas éclater de rire.

Bon joueur, il m'a adressé un petit sourire assorti d'un haussement d'épaules.

— Bien sûr, je comprends. A plus tard.

Il m'a salué d'un geste de la main avant de prendre la direction de la bibliothèque. Sans plus me retenir de sourire, à présent, je l'ai regardé s'éloigner seul dans le hall. Si ce n'était pas Ron lui-même, il était en tout cas certain que quelqu'un dans sa famille était fan de Céline Dion. Ses pensées étaient plus difficiles à déchiffrer au milieu de celles engendrées par la foule d'élèves alentour, mais malgré cela, je parvenais encore à l'entendre fredonner le reste de la chanson dans sa tête.

Il avait l'air d'être vraiment gentil. Pourquoi donc n'avait-il aucun ami ? C'était le genre de garçon qui aurait au moins dû passer sa pause déjeuner à la cafétéria en compagnie d'autres footballeurs du lycée, non ?

J'en étais là de mes réflexions quand un fourmillement douloureux m'a parcouru les bras et la nuque. Tristan m'a dépassée. Grâce à ses longues jambes, il n'avait aucun mal à mettre de la distance entre lui et moi. Pour rester à sa hauteur, n'importe qui de plus petit aurait dû se mettre à courir.

Les picotements sur ma peau se sont atténués avant de disparaître, emportant avec eux ma bonne humeur. Cependant, je n'arrivais pas à chasser de mon esprit l'attitude de Tristan. De toute évidence, il était furieux. Contre moi ? Contre le Clan et le Conseil des Vampires ?

Sans doute les trois à la fois.

Mes yeux se sont emplis de larmes brûlantes qui m'ont obligée à battre des paupières pour les ravaler avant qu'elles ne me coulent sur les joues. *Il savait que tout ce que j'avais fait, c'était uniquement dans le but de le protéger.* Croyait-il vraiment que j'aimais me sentir malheureuse à l'idée d'avoir renoncé à lui pour toujours ?

De toute façon, maintenant, il avait sa chère Bethany pour lui tenir compagnie.

Je l'ai vu rejoindre les élèves qui sortaient en masse à l'autre bout du hall. Alors, seulement, j'ai réussi à bouger. Par précaution, j'ai quand même pris tout mon temps pour me rendre à la cafétéria.

Sitôt que je suis entrée, j'ai eu le sentiment de débarquer au beau milieu du public d'un match de tennis : presque tout le monde s'est mis à tourner alternativement la tête dans un bel ensemble, vers moi pour commencer, puis vers Tristan, et ainsi de suite. Il était assis à la table des *Charmeuses*, à côté de Bethany.

Une boule s'est formée dans mon estomac.

Je me suis assise à côté d'Anne, puis j'ai ouvert un livre. Je sentais le regard de mes amies peser sur moi. Avec un sourire forcé, j'ai levé les yeux de ma page pour les regarder d'un air innocent.

— Quoi ?

— Tu vas manger, ou pas ? a demandé Carrie.

— Euh, non, pas maintenant, en fait. Je n'ai vraiment pas faim.

— Je l'avais bien dit, a grogné Carrie à l'adresse de personne en particulier.

« *Troubles de l'alimentation, c'est clair comme de l'eau de roche* », a-t-elle ajouté en pensée.

Michelle s'est penchée vers moi :

— Savannah, il y a des choses que tu voudrais nous confier ? Je veux dire, tu sais que nous sommes là pour toi, n'est-ce pas ? Nous savons que tu as traversé des moments difficiles, ces derniers temps, avec la mort de ta grand-mère, le fait que tu aies emménagé dans une maison hantée avec ton père, et bien sûr toute cette affaire avec Tris… enfin, je veux dire, tous ces autres trucs. Mais sois certaine que rien de ce qui est arrivé n'est dû à ton physique, ou à ton apparence.

A ces mots, je l'ai dévisagée bouche bée, complètement désarçonnée.

— Oui, je sais que vous êtes là pour moi, les copines. Merci.

— Ton père est au courant que tu es anorexique ? a laissé échapper Carrie, les mains serrées l'une contre l'autre et posées sur la table devant elle.

*Anorexique ?* Carrément ! Ainsi, les grands mots étaient sortis. J'ai poussé un soupir avant de poser mon front sur ma main.

— Vous pouvez dissoudre la cellule de soutien, les filles : je ne suis pas anorexique.

— Je vous l'avais dit ! est intervenue Anne sur un ton qui frisait l'exaspération.

— Il ne s'occupe sans doute pas assez d'elle pour l'avoir remarqué, a poursuivi Carrie comme si elle n'avait rien écouté.

J'ai failli m'étouffer.

— Comment ? Mon père s'occupe très bien de moi.

Parfois un peu trop, d'ailleurs. Ses mises en garde permanentes et sa façon bien lourde de me demander toutes les cinq minutes comment je me sentais, tout cela commençait à me peser.

Carrie a enchaîné, toujours comme si je n'avais rien dit :

— Même si ton père n'a pas remarqué que tu es en train de te tuer à petit feu, même s'il s'en fiche, ce n'est pas notre cas. Et tu as besoin de te faire aider.

Dans un mouvement las, je me suis laissée aller en arrière sur ma chaise. Voilà un déjeuner qui promettait d'être long, *très* long.

— Je n'ai pas de troubles alimentaires. Je fais juste un nouveau…

— Un nouveau régime ? a coupé Carrie d'un ton sec. Je t'en prie, celle-là, tu nous l'as déjà faite ! Tu nous prends pour des idiotes ? Tu as un problème, ça saute aux yeux. Sinon, pourquoi aurais-tu zappé l'anniversaire d'Anne ? Et hier, tu as sauté le repas de midi. La veille, tu n'as rien mangé non plus. Et voilà qu'aujourd'hui, tu refuses une fois de plus d'avaler quoi que ce soit.

Je ne savais pas si je devais me sentir touchée par leur attention, ou agacée par leur obstination à ne pas me croire. *Ou encore inquiète de n'avoir aucun plan valable pour les tranquilliser.* Si je mangeais quoi que ce soit, j'allais tout vomir sur-le-champ, ce qui ne contribuerait certes pas à les faire changer d'avis sur mon état.

Une fois de plus, j'ai essayé de les convaincre :

— Les filles, je vous jure que je n'essaie pas de perdre du poids. J'ai juste du mal à manger comme avant.

— C'est ce que je vous disais, est intervenue Anne en se tournant vers moi. Je leur ai dit que tu souffrais juste de problèmes d'estomac. Mais Madame Futur Docteur du Monde ici présente est convaincue du contraire.

Michelle nous a dévisagées tour à tour, l'air de compter les points.

— J'ai toujours pensé que tu avais un estomac à toute épreuve, Savannah. C'est à force de manger toutes ces frites au chili et au fromage l'année dernière que tu as attrapé un ulcère ?

Avec une expression plus que réticente, Carrie a repris la parole :

— En fait, il arrive qu'on développe des troubles digestifs après avoir subi des périodes de stress prolongées. Je suppose que ça pourrait expliquer l'apparition d'un ulcère, et rendre difficile l'absorption d'aliments tant que les parois de l'estomac ne sont pas guéries.

— Et c'est vrai qu'elle a subi pas mal de stress, dernièrement, a ajouté Michelle en me décochant un sourire plein de compassion.

— Alors, pourquoi tu n'es pas venue au réfectoire, hier ? a demandé Anne.

— Euh, à ce sujet, ai-je commencé d'une voix hésitante, je voulais justement te dire… Tu ne devineras jamais avec qui je suis en chimie et en littérature anglaise.

— Ron Abernathy ? m'a demandé Anne sèchement.

— Ouais, ai-je poursuivi, l'air de rien. Il a besoin d'aide en anglais, et je suis une bille en chimie. Du coup, nous nous sommes mis d'accord pour nous entraider de temps à autre à la bibliothèque, pendant la pause déjeuner.

Anne m'a regardée d'un air inquisiteur.

— A la bibliothèque, hein ?

— Parce que c'est tranquille, là-bas. Et sa mère est bibliothécaire, alors elle nous laisse y travailler sans qu'on ait à lui fournir de passe.

— Je comprends, a marmonné Anne, comme si c'était sans importance.

Pourtant, la virulence des émotions que j'ai perçues à cet instant démentait ses paroles. Presque comme si… Comme si elle était *jalouse.*

— Anne, ça n'a rien à voir avec ça, ai-je dit précipitamment.

Soudain, j'avais l'impression d'avoir affaire à un animal sauvage auquel il fallait s'adresser d'une voix la plus calme possible pour pouvoir l'apaiser.

— Je n'irais jamais courir après ton ex, jamais de la vie. En plus, ce n'est pas mon genre de garçon.

— Ah bon ? a demandé Carrie. Je croyais pourtant que ton genre, c'étaient les grands footballeurs blonds au regard franc ?

Si le sous-entendu n'avait pas été si insultant, j'aurais éclaté de rire.

— Ron ne ressemble pas du tout à… qui vous savez.

Carrie m'a lancé un regard noir pendant qu'Anne faisait semblant de s'intéresser au contenu de sa cannette de soda.

J'ai posé une main sur l'épaule d'Anne :

— Je t'en prie, Anne. Tu me connais. Tu sais que je ne jetterais jamais mon dévolu sur un garçon qui te plaît. Et je sais que tu es toujours amoureuse de Ron. Et même si ce n'était pas le cas, je ne sortirais pas avec lui de toute façon.

Après mes deux derniers échecs amoureux, il n'était pas question que je ressorte avec qui que ce soit. Deux désastres de cette ampleur suffisaient pour toute une vie !

— Je sais bien, a murmuré Anne.

Sauf qu'elle n'avait pas l'air convaincu. Elle a levé les yeux sur moi, soupiré et répété, d'une voix plus assurée :

— Je sais bien. Je sais que tu ne sortirais jamais avec Ron.

— N'empêche, il aurait pu demander à quelqu'un d'autre de l'aider, a déclaré Carrie sur un ton contrarié.

— Est-ce qu'il a des amis ? ai-je demandé, curieuse à présent.

Ma question a suscité haussements d'épaules et mouvements négatifs de la tête : de l'avis général, Ron n'avait aucun vrai ami connu. Je me suis retournée vers Anne :

— Je veux juste me montrer gentille et l'aider à passer son examen d'anglais. Y aurait-il une raison pour moi de ne pas le faire ?

— Tu veux dire, en dehors du fait que c'est l'ex de ta meilleure amie ? a déclaré Carrie.

— C'est Anne qui l'a largué, pas le contraire ! a souligné Michelle.

Anne n'a rien répondu.

— Anne, c'est à toi de décider, ai-je dit. Tu n'as qu'à dire un mot : je me trouverai un autre binôme en chimie et je dirai à Ron de se débrouiller tout seul pour l'anglais.

Si cela la dérangeait tellement, je n'étais peut-être pas obligée d'essayer d'arranger leurs histoires, après tout.

— Tu n'as pas à me raconter ce qui s'est passé entre vous, ai-je repris. Mais dis-moi au moins une chose : est-ce que je dois lui botter les fesses de ta part ? Parce que dans ce cas, je n'hésiterai pas à le faire. J'irai à la librairie sur-le-champ, et je lui collerai une bonne claque dans la face. Encore une fois, tu n'as qu'à dire un mot, et je l'assommerai à coups de dictionnaire.

Michelle a poussé un gloussement. Même les lèvres de Carrie ont frémi.

Anne m'a adressé un sourire réticent.

— Non, pas besoin de lui botter les fesses. Tu risquerais de te faire mal, de toute façon. Et puis vous avez raison : c'est moi qui ai rompu avec lui, pas l'inverse. Et... je crois que ce n'est pas sa faute, de toute façon. Je veux dire, ce n'est pas à cause de quelque chose qu'il a fait. C'était juste que... j'y étais obligée, c'est tout.

Dans l'esprit d'Anne, j'ai entraperçu une série de chatons noirs qui détalaient en courant. *C'était quoi, ce truc qu'ils avaient tous, avec les chats noirs ?*

— Alors ça ne te dérange pas si je le retrouve un jour sur deux pendant la pause déjeuner pour l'aider à bosser son anglais ?

Elle a levé les yeux au ciel en soupirant bruyamment.

— En tout cas, ce n'est certainement pas moi qui vais

l'aider — plus maintenant. Et ce type est vraiment nul en anglais. Si tu ne l'aides pas, il va sûrement rater son examen et il ne pourra pas jouer au football à la fac. Et ça, ce serait vraiment la fin du monde pour lui.

A ces mots, Carrie a étouffé un rire moqueur.

— Alors oui, fais ton possible pour aider ce grand dadais avec ses cours d'anglais. Tu as ma bénédiction.

D'un air détaché, Anne s'est emparée de sa cannette, comme si cette conversation était parfaitement banale.

Sauf que je voyais parfaitement clair dans son jeu. Le déluge d'émotions qu'elle émettait était on ne peut plus révélateur : elle était toujours folle de Ron, et elle aurait souhaité plus que tout au monde pouvoir être à ma place pendant nos séances à la bibliothèque.

Ce qui signifiait qu'il y avait encore de l'espoir pour ces deux-là.

Avec un sourire, je me suis inclinée pour lui donner une bourrade de l'épaule.

— Au fond, tu es une grande sentimentale.

Elle a failli s'étrangler en buvant son soda.

— Ne dis plus jamais une chose pareille ! s'est-elle exclamée.

Les yeux écarquillés comme des soucoupes, elle a balayé la salle du regard, l'air exagérément horrifié.

— J'ai une réputation à assurer !

Le lendemain, pendant le cours de chimie, j'ai lancé :

— J'ai dit à Anne que je te donnais des cours d'anglais et que tu m'aidais en chimie.

Ron, qui était sur le point d'attraper une pipette de verre, a suspendu son geste.

— Comment a-t-elle réagi ?

— Elle n'avait pas l'air enchantée, mais elle a dit que ça ne la dérangeait pas.

— Comment ça, « elle n'avait pas l'air enchantée » ?

— Je crois que ses paroles exactes étaient du genre : « Bon, moi je ne vais pas l'aider, mais il est nul en anglais, alors il faut bien que quelqu'un lui donne un coup de main. »

Le liquide vert contenu dans le bécher s'est mis à bouillonner, et Ron a souri, les yeux dans le vague.

Suivant les instructions que venait de nous donner le prof, j'ai noté la réaction chimique avant d'ajouter :

— Ron, dis-moi franchement : tu ne m'as pas demandé de t'aider dans tes devoirs uniquement pour rendre Anne jalouse, j'espère ?

— Quoi ? N'importe quoi ! a-t-il répondu avec une moue de dédain. C'est toi qui as eu l'idée, je te rappelle. En plus, pourquoi aurais-je besoin de la rendre jalouse ? Elle connaît très bien mes sentiments à son égard.

A l'aide de sa pipette, il a mesuré deux gouttes d'eau qu'il a déposées dans le bécher, et le mélange a viré au bleu.

— Elle sait que si elle change d'avis, je suis là.

— Et tu accepterais de ressortir avec elle ? Juste comme ça ? Même si c'est elle qui t'a largué ?

Il a haussé les épaules.

— L'orgueil ne nous avance à rien, dans la vie. Moins on en a, plus il est facile d'arriver à ses fins.

— Ah. Et tu en as déjà touché un mot à Anne ?

Sourcils froncés, il s'est penché sur sa feuille d'instructions.

— J'espère qu'elle s'en rendra compte par elle-même, un jour.

— Tu te rappelles à quel point elle est têtue, non ?

— C'est l'une des choses qui me manquent le plus chez elle, a-t-il rétorqué avec un large sourire.

Après avoir ajouté deux gouttes d'eau supplémentaires dans le bécher, il m'a lancé un coup d'œil curieux.

— Tu sais, je pourrais te poser la même question : est-ce que tu travailles avec moi pour rendre un certain garçon jaloux ?

A mon tour, j'ai grimacé :

— Non ? Pourquoi je ferais ça ? J'ai rompu avec lui.

— Je me suis laissé dire que lui et une certaine *Charmeuse* forment un véritable couple, depuis quelque temps.

La gorge serrée, j'ai dégluti et j'ai fait mine de me concentrer sur mes notes.

— Tant mieux pour lui. Il mérite d'être heureux.

*Il était en sécurité. C'était tout ce qui comptait.*

— Même si c'est avec quelqu'un d'autre ? a relancé Ron.

*J'ai pris sur moi.*

— Si elle le rend heureux, oui.

— C'est généreux de ta part. Je ne suis pas sûr que je pourrais réagir comme ça.

Il a basculé en arrière sur son tabouret, et les pieds de métal ont grincé.

J'ai esquissé un sourire.

— C'est un travail de tous les jours, crois-moi.

Au cours de semaines suivantes, une routine s'est installée dans ma vie. Routine qui, pour n'être pas enthousiasmante à proprement parler, était du moins confortable.

Enfin, la plupart du temps. A part en cours d'anglais,

je parvenais à rester concentrée sur mes activités. Aider les *Charmeuses* pendant les entraînements, les spectacles d'avant-match et les matches eux-mêmes… Aider mes amies à faire leurs devoirs, écouter Michelle me raconter les derniers ragots au réfectoire, un midi sur deux… Travailler et plaisanter avec Ron en cours de chimie et pendant nos séances à la bibliothèque… Pratiquer le tai-chi avec mon père et Gowin lorsque celui-ci venait nous rendre visite le soir, juste avant de finir mes devoirs et de m'écrouler sur mon lit. Et bien sûr, trouver des ruses pour aller pratiquer la magie chez Granny chaque fois que je le pouvais. Le seul problème à ce sujet, c'est que pendant deux ou trois jours après m'être nourrie, je n'arrivais pas à faire émerger mes talents de sorcière. Je m'expliquais la chose par le fait que le sang que j'ingurgitais débridait trop ma part vampirique pour que mes pouvoirs de Descendante parviennent à s'exprimer.

Ou alors, c'était parce que le sang humain dont j'abreuvais mon corps me rendait temporairement trop humaine et pas assez sorcière.

Les cours d'anglais et les week-ends, au début desquels je me nourrissais, représentaient pour moi de mauvais moments, je ne pouvais pas prétendre le contraire. Tous les vendredis soir, après les matches de football, et quelle que soit l'heure à laquelle je rentrais, mon père et Gowin m'attendaient toujours ensemble dans la cuisine, armés d'une fiole de sang qui m'était destinée. Il fallait que je la vide, je n'avais pas le choix. J'avais déjà trouvé toutes sortes d'excuses pour me défiler, mais en vain.

— Un jour, tu en viendras à aimer la mémoire du sang, avait promis Gowin.

C'était le jour où il m'avait trouvée assise par terre, dans ma chambre, trempée de sueur, la tête dans les mains. Des scènes qui ne me concernaient pas défilaient à toute vitesse dans ma tête.

— Comment pourrait-on aimer ce truc ? étais-je parvenue à articuler.

— Penses-y comme à de petites vacances que tu prendrais par rapport à ta vie. Pendant quelques heures, tu as la possibilité d'être quelqu'un d'autre.

— Mais rien de ce que je vois n'a de sens ! Je ne sais pas qui sont ces gens ou même dans la tête de qui je suis dans ces souvenirs.

— Alors représente-toi ça comme un de ces petits films d'art prétentieux où tu n'es pas censée comprendre quoi que ce soit. Ta propre vie a-t-elle toujours un sens ? Le monde autour de toi a-t-il toujours un sens ? Bien sûr que non. Et il n'est pas non plus supposé en avoir un. La vraie vie, c'est le chaos, ma chérie, pas l'ordre. Il n'y a que les humains, et la part résiduelle d'humanité chez nous autres vampires, pour essayer de tirer un sens de tout ça.

Sauf que je détestais le chaos. Je détestais perdre ainsi la maîtrise de mon esprit. Et je détestais par-dessus tout que quoi que ce soit m'empêche d'accéder à mes pouvoirs innés de sorcière.

Ça ne se passait pas mieux en cours d'anglais. Dans tous les autres cours, j'étais parvenue à contrôler suffisamment mes pouvoirs de perception extrasensorielle pour ne plus être perturbée par les pensées des autres. Malheureusement, cela ne me rendait que plus réceptive aux émotions de Tristan. Et maintenant, je commençais à discerner, de temps à autre, ses pensées qui pénétraient mon esprit.

C'était à la fois un plaisir et un tourment. Dans ces moments, quand je pouvais l'entendre parler librement dans ma tête, je me sentais plus proche de lui que jamais. En revanche, j'avais encore plus de mal qu'avant à maîtriser mes sentiments pour lui.

Surtout en cette période où tout le monde se préparait pour le bal masqué annuel organisé par les *Charmeuses*, l'événement qui nous permettait de récolter l'essentiel de nos fonds. Pendant les entraînements, je devais me concentrer en permanence pour bloquer le bavardage mental surexcité de Bethany chaque fois qu'elle se demandait quels costumes — assortis, bien entendu — Tristan et elle allaient porter pour le bal. Apparemment, il lui avait donné carte blanche sur le choix des tenues.

L'année dernière, c'est lui qui avait insisté pour que, secrètement, nous assortissions nos costumes : lui s'était déguisé en chevalier et moi en ange, comme Leonardo DiCaprio et Claire Danes dans *Roméo + Juliette*. C'est alors que Bethany était apparue déguisée en Guenièvre, et ce soir-là tout le monde avait cru qu'en fait, Tristan était costumé en Lancelot, son chevalier. A l'époque, déjà, Bethany s'était débrouillée pour avoir l'air d'être faite pour lui.

Cette année, elle allait pouvoir choisir ouvertement l'assortiment de costumes qu'elle voudrait. Elle passerait la soirée pendue à son bras, tout comme elle l'avait fait à l'occasion du bal de rentrée en septembre. Et bien sûr, elle pourrait l'embrasser tant qu'elle voudrait sans risquer de le tuer.

Pendant ce bal masqué, ils allaient s'afficher comme le couple parfait. Et, comme d'habitude, je serais reléguée aux tâches subalternes, en cuisine ou à servir des boissons et des petits-fours dans les stands où nous récoltions la moitié de nos fonds. Pendant qu'elle danserait dans les bras de Tristan, je transpirerais au-dessus d'une grosse marmite pleine de sauce au fromage et d'une boîte en plastique remplie de *pickles*. J'avais vraiment hâte qu'Halloween soit passé. Quel dommage qu'il faille encore attendre des semaines.

# 20

*Tristan*

Cette année, j'entretenais avec les cours de littérature anglaise un rapport d'amour autant que de haine.

Parfois, j'étais enchanté à l'idée de pouvoir m'asseoir à côté de Savannah et de la regarder à la dérobée quand elle était occupée à lire ou à écrire.

Sauf que, si elle voulait que je l'oublie, elle ne me facilitait pas la tâche, avec ses jupes et ses talons hauts qui mettaient en valeur ses jambes magnifiques. Avait-elle décidé de me torturer ? Avant, je n'aurais jamais cru qu'elle était du genre sadique. C'était peut-être le signe que sa part vampirique prenait le dessus.

Elle a décroisé les pieds pour les ramener sous son bureau, et de petits strass incrustés sur ses talons ont étincelé dans le mouvement. *Seigneur.* Je n'avais jamais fait attention aux chaussures des filles, jusque-là.

Savannah était en train de faire de moi un obsédé de l'escarpin.

Les pieds de Savannah ont tressauté. Alors que j'étais justement en train de penser à eux. Une coïncidence, forcément. Non ?

Je me suis légèrement tourné vers elle pour voir si

elle me regardait. Elle s'est tournée dans la direction opposée et s'est penchée pour fouiller dans son sac de sport. Une excuse pour éviter d'avoir à me regarder dans les yeux ?

*Je devrais peut-être essayer de lui parler après le cours, pour voir comment elle réagit.*

Elle a sursauté puis s'est figée sur sa chaise en rentrant les épaules. Presque comme si elle m'avait entendu.

Non, c'était impossible. Tout le monde savait que les vampires et les sorciers ne pouvaient lire dans les esprits les uns des autres. Il s'agissait d'un mécanisme basique de survie que nos deux espèces avaient développé au fil des siècles afin de se protéger.

Alors, si je prenais mon livre et que je le jetais par terre…

J'ai fait mine d'attraper mon livre de cours sur mon bureau, et tout son corps a tressailli, comme si j'avais déjà laissé tomber le bouquin.

Lentement, elle s'est redressée sur sa chaise et a fait semblant de se remettre à prendre des notes à partir des phrases affichées au tableau.

Avec mille précautions, j'ai pensé : « *Savannah, tu m'entends ?* »

La main qui tenait le stylo a fait un brusque écart, laissant une large traînée d'encre sur la page. J'ai attendu qu'elle me regarde. Au lieu de cela, elle est retournée à sa prise de notes, les lèvres pincées. C'était la première trace d'émotion que je voyais sur son visage depuis des mois — depuis notre dispute à l'entraînement des *Charmeuses* l'année dernière. J'avais commencé à me demander si son visage ne s'était pas figé pour toujours dans ce masque de Reine de Glace que j'allais vraiment finir par haïr. Elle qui, auparavant, était si facile à deviner, elle dont les émotions s'affichaient sans fard sur son visage ou dans ses yeux, voilà qu'elle ne laissait plus rien transparaître. Ces derniers temps, je n'arrivais plus à lire quoi que ce soit dans ses prunelles gris argent, à part une froideur glacée.

Alors, j'ai fait exprès de repenser à la dernière fois que je l'avais tenue dans mes bras. C'était dans le jet du Conseil des Vampires. Je me la suis représentée assise sur mes genoux, sa tête sur mon épaule, ses bras autour de mon cou. La façon dont, du bout des doigts, elle dessinait des cercles minuscules sur mon torse, par-dessus mon T-shirt. L'odeur de lavande de ses cheveux sous mon menton. Comme c'était bon, de l'embrasser…

Elle a poussé un long soupir. Mais il pouvait s'agir d'une autre coïncidence.

Alors j'ai eu recours à une autre tactique qui, je l'espérais, susciterait une réaction plus vive de sa part. Je me suis imaginé embrassant Bethany sous les gradins, près du terrain d'entraînement. Une scène qui, en réalité, n'avait jamais eu lieu. Je prenais toujours soin de ne pas laisser Bethany se faire de faux espoirs, et pour lui dire au revoir, je l'embrassais généralement sur la joue. On nous voyait sans doute déjà trop souvent traîner ensemble, mais Bethany était une bonne amie — et rien de plus.

Sauf que, pour l'occasion, il me fallait oublier les faits et laisser libre cours à mon imagination. J'ai donc pensé que je tenais Bethany dans mes bras, que je lui caressais le dos, que je plongeais mes mains dans ses cheveux…

Le stylo de Savannah s'est brisé en deux, répandant de l'encre partout sur sa main et son cahier. Mâchoires serrées, elle s'est levée pour aller le jeter dans la corbeille près de la porte avant de demander au prof l'autorisation d'aller aux toilettes se laver les mains.

*A présent, il ne faisait plus aucun doute que Savannah était capable de lire dans mes pensées.* Restait à savoir si, moi, je pouvais lire les siennes, en m'appliquant.

Bien carré sur ma chaise, j'ai fait semblant de prendre des notes, comme les autres. Quand Savannah est revenue, je n'ai pas levé le nez. J'ai attendu qu'elle se soit rassise et qu'elle ait recommencé à écrire. Ensuite, j'ai fait un effort de volonté pour entrer dans sa tête. En général, cela suffisait à m'ouvrir les portes de l'esprit de quiconque, sauf si j'avais affaire à un Descendant habitué à bloquer l'accès à ses pensées.

Je n'ai rien capté. Pas même une image ou un mot en passant. Pas de parasites, de musique, ni aucun signe qu'elle essayait activement de m'interdire l'accès à son esprit.

J'ai encore essayé, cette fois en la regardant bien en face, et en concentrant toute mon énergie sur mon objectif. Elle a aspiré une grande goulée d'air par le nez et a frotté ses bras couverts de chair de poule.

Zut. J'avais oublié de maîtriser mon flux énergétique.

« *Désolé* », ai-je pensé en passant à un niveau d'énergie inférieur.

— Ce n'est rien, a-t-elle répondu avant de se pétrifier, les yeux écarquillés.

— Comment cela, ce n'est rien ? a demandé le prof depuis son bureau, à deux mètres de là.

— Oh ! je… euh…, a commencé Savannah.

— J'étais en train de m'excuser d'avoir oublié notre session de révision, est alors intervenu Ron.

C'était évidemment faux. Savannah ne lui avait même pas adressé un regard.

Ron mentait pour la protéger. *Mais pourquoi ?* Elle était allée régulièrement à la bibliothèque avec lui, ces derniers temps, pendant la pause déjeuner. Pour qu'ils révisent ensemble ? Alors pourquoi ne révisaient-ils pas plutôt au réfectoire, là où tout le monde pouvait les voir ?

L'année dernière, Ron était sorti avec Anne. Peut-être Savannah sortait-elle avec lui, maintenant, et elle essayait de le cacher à sa meilleure amie ?

Non, elle n'aurait jamais fait cela. Elle n'irait pas risquer de blesser Anne en sortant dans son dos avec son ex-petit copain.

Cela dit, Savannah était secrètement sortie avec moi pendant des mois, l'année dernière…

Quand la sonnerie a retenti, j'ai pris tout mon temps par ramasser mes affaires afin que Ron et elle puissent sortir avant moi. Puis je les ai suivis dans le hall principal. Je me suis arrêté devant mon casier et j'ai feint d'y prendre des livres tout en les observant se diriger ensemble au bout du hall. Ron a dû dire quelque chose de drôle, parce que Savannah a éclaté de rire. Elle lui a décoché une bourrade de l'épaule. Ensuite, il s'est arrêté pour ouvrir la porte et la lui tenir pour qu'elle puisse entrer en premier.

Je suis resté là, immobile, à les regarder, pendant que la seule fille que j'aie jamais aimée disparaissait dans la bibliothèque avec un autre. Mais cette fois, penser qu'elle sortait avec Ron était bien pire que quand elle était sortie avec Greg, ce crétin de footeux. Parce que cette fois, je savais ce que c'était de la tenir dans mes bras, de l'embrasser, de la voir rougir et d'être conscient que j'en étais la cause. Cette fois, en la voyant avec un garçon, je comprenais que je l'avais vraiment perdue.

L'après-midi même, pendant l'entraînement de football, je n'ai pas arrêté d'observer Ron. Ce type a carrément eu le culot de me saluer d'un signe de tête quand nous nous sommes dirigés vers le terrain !

Je n'ai pas répondu.

Ron était ailier, et j'étais défenseur de première ligne. Techniquement, mon travail consistait à lui passer des balles ou à l'aider à aller marquer des essais. Je m'étais démené comme un fou pendant des mois pour regagner ma place sur le terrain après avoir été absent la moitié de la saison. Mais malgré le risque de déclencher la fureur de l'entraîneur, je n'ai pas pu résister à l'envie de rater quelques plaquages censés déblayer le terrain pour Ron — qui, par conséquent, a manqué plusieurs essais.

Au quatrième, Ron a fini par comprendre.

— C'est quoi, ton problème, mec ? a-t-il grogné en ôtant rageusement des paquets d'herbe et de terre de la grille de son casque.

— Oups. J'oublie tout le temps les règles de ce fichu jeu. Les crochets, c'est de quel côté, déjà ? A gauche ou à droite ? ai-je demandé avec le sourire le plus hypocrite de ma panoplie.

Il m'a considéré en silence pendant quelques secondes, puis il est parti d'un pas plein de colère.

A la fin de l'entraînement, nous avons quitté le terrain en même temps. Cette fois, il ne m'a pas adressé le moindre signe de tête pour me dire au revoir. J'ai été tenté de le balancer par terre avec mes pouvoirs magiques, et j'étais tellement concentré pour résister à cette envie que j'ai failli bousculer Bethany qui m'attendait devant les vestiaires.

— Oh ! salut.

Surpris de la trouver là, je l'ai regardée sans rien dire. Avions-nous prévu de nous retrouver ici ? Avais-je oublié, une fois de plus, un rendez-vous que nous nous étions fixé ? Ce ne serait pas la première fois. Qu'elle ne se soit jamais fâchée à ce sujet m'étonnait chaque fois.

— Salut !

Avec un sourire, elle a repoussé une mèche de cheveux derrière son oreille.

— Euh, je suis désolée de te demander ça, mais tu veux bien me raccompagner à la maison ? Ma voiture refuse de démarrer.

— Bien sûr, pas de problème.

La reconduire chez elle était la moindre des choses ; après tout, elle n'avait pas arrêté de m'aider tout l'été, d'abord en m'apportant mes devoirs et en me faisant réviser pour les examens de fin d'année pendant que j'étais à l'hôpital après mon accident, puis en m'emmenant à mes séances de kinésithérapie pendant des semaines après cela. Je ne comptais plus les heures qu'elle avait passées à me remonter le moral durant une convalescence qui s'était souvent révélée pénible, et ce n'était rien de le dire…

— Merci.

D'embarrassé et hésitant, son sourire est devenu reconnaissant.

Nous sommes allés au parking ensemble en traversant par le local des entraîneurs et les bâtiments des sports et des arts, auprès desquels j'avais pris l'habitude de me garer ces derniers temps.

— Tout le monde est déjà parti ? ai-je demandé, juste histoire de parler.

Bethany ne semblait jamais se préoccuper du silence

qui régnait fréquemment entre nous, mais moi, il me gênait. Savannah et moi n'avions jamais été à court de sujets de conversation. Si nous ne discutions pas, avec Bethany, c'était entièrement ma faute. Je n'étais pas assez attentif à elle pour trouver des choses à lui dire.

— Oui. Sauf Savannah, je crois qu'elle est encore quelque part par là. Au cas où tu aurais déjà été parti, je pensais aller la trouver pour lui demander de me ramener.

Comme mus par une volonté propre, mes pieds se sont mis à ralentir. J'ai jeté un coup d'œil en direction du parking que je pouvais entrapercevoir entre le réfectoire et le bâtiment des maths. En effet, la petite voiture grise de Savannah se trouvait encore là ; c'était même le seul véhicule encore présent dans l'obscurité naissante. Ce qui signifiait que sa propriétaire était probablement au troisième étage du gymnase, en train de fermer les salles de danse. Seule.

*A moins que Ron ne soit avec elle…*

Arrivé près de ma voiture, j'ai déverrouillé la portière côté conducteur puis j'ai essayé d'ouvrir l'autre portière pour Bethany en appuyant sur la commande électrique intérieure — avant de me rappeler que ma nouvelle voiture n'en avait pas. Il s'agissait d'un véhicule d'occasion qui n'était pas doté de toutes les options dont disposait le précédent, y compris un système d'ouverture centralisée.

Avec un soupir, je me suis penché au-dessus des sièges et j'ai soulevé le loquet de la portière côté passager afin que Bethany puisse monter. Pendant qu'elle s'asseyait, j'ai balayé les alentours du regard.

La Mustang noire de ce crétin de Ron était déjà partie. Savannah était donc bel et bien seule sur le campus. Je n'aurais pas dû m'en soucier. Elle m'avait largué. *Deux fois*, alors même que je l'avais quasiment suppliée de revenir sur sa décision. En plus, elle avait un nouvel amoureux, non ? C'était à lui de s'occuper d'elle, désormais. Elle avait été on ne peut plus claire là-dessus : de nous deux, j'étais le seul à continuer de m'accrocher au passé.

Sans compter que c'était une vampire. Et les vampires étaient en mesure de se protéger par eux-mêmes. *Normalement*. Bon sang, on pouvait même considérer qu'à présent, c'était elle, l'ennemi à abattre, l'un des rares monstres sur la planète que j'étais censé craindre.

Tout cela constituait toute une série de bonnes raisons de quitter les lieux sans me retourner.

Sauf que je ne pouvais pas.

En étouffant un juron, j'ai ouvert ma portière.

— Tristan ?

Zut. J'avais oublié Bethany.

— Euh, attends une seconde, j'ai oublié un truc. Verrouille les portières. Je reviens tout de suite.

J'ai mis le moteur en marche pour allumer le chauffage, puis je suis retourné sans hâte vers les vestiaires du terrain de football en gardant un œil sur l'entrée du gymnase que Savannah devrait emprunter en partant.

Arrivé aux vestiaires, je me suis rendu compte que je n'avais aucune raison de me trouver là. J'ai donc fait semblant de chercher quelque chose dans mon casier. Puis je suis revenu vers ma voiture, encore plus lentement qu'à l'aller. Arrivé au coin du gymnase, je me suis arrêté. Les mains enfoncées dans les poches de mon blouson orné du blason de l'équipe, je me sentais parfaitement stupide. Le soleil était à présent couché, et la fraîcheur du crépuscule montait dans l'air automnal.

Heureusement, je n'ai pas eu longtemps à attendre : quelques minutes plus tard, Savannah a émergé du gymnase.

Je suis retourné d'un pas lent vers ma voiture tandis qu'elle descendait la rampe de béton du bâtiment. Nous devions être à au moins cent mètres l'un de l'autre, et l'endroit était à peine éclairé par deux lampadaires. Pourtant, elle a regardé droit dans ma direction. Pendant une seconde, elle s'est arrêtée, au bout de la rampe, comme si elle hésitait sur la conduite à tenir. J'avais beau savoir qu'elle n'éprouvait plus rien pour moi, mon cœur s'est mis à battre la chamade.

Ses mains se sont crispées autour des bretelles de son sac de sport, et puis elle s'est éloignée dans la direction opposée pour traverser la pelouse devant le bâtiment des maths et la cafétéria.

Je suis retourné à ma voiture, et Bethany s'est penchée pour m'ouvrir la portière.

— Tu l'as trouvé ? m'a-t-elle demandé tandis que je me glissais derrière le volant.

— Trouvé quoi ?

J'ai bouclé ma ceinture, trafiqué le chauffage et les boutons de la radio pour gagner du temps. Enfin, des phares sont apparus à la sortie du parking avant de s'éloigner.

J'ai enclenché la marche avant et suivi la voiture à quelques mètres de distance.

— Je ne sais pas, le truc que tu cherchais. Tu l'as trouvé ? a répété Bethany avec patience.

J'ai serré les mâchoires.

— Non, je ne l'ai pas trouvé.

# 21

*Savannah*

L'expression du visage de Tristan était gravée au fer rouge dans ma tête, et elle me perturbait. Je ne m'étais pas attendue, surtout maintenant, à le voir afficher un tel regard. Il avait l'air si… malheureux. Et en colère.

Je croyais qu'il m'avait oubliée. Il sortait avec Bethany depuis des mois. Comment pouvait-il encore être en colère contre moi ? J'avais choisi la seule solution raisonnable, et c'était pour sa sécurité à lui !

Peut-être était-ce parce que j'étais l'une des rares filles à avoir rompu avec lui au lieu du contraire. C'était sans doute juste son orgueil qui était meurtri, pas son cœur.

Quel que soit le motif de sa colère, maintenant qu'il avait compris que je pouvais lire dans ses pensées, il semblait déterminé à me punir à la moindre occasion.

Au bout de deux semaines de tortures — qui consistaient à m'envoyer de façon très claire toutes sortes d'images mentales allant de souvenirs de nous deux à des scènes entre lui et Bethany — j'avais perdu toute compassion pour la douleur que notre rupture lui avait occasionnée. Il se conduisait comme un enfant gâté. S'il continuait sur cette voie, j'allais devoir appeler Emily et la supplier de me préparer un charme de brouillage des souvenirs, ou l'équivalent de ce que Tristan utilisait pour neutraliser les victimes de mon regard pétrifiant, qui n'avaient cessé de me harceler l'année dernière jusqu'à ce qu'il intervienne.

Ensuite, s'il avait de mauvaises notes en anglais et qu'il finissait sur le banc de touche au football à cause de ça, il n'aurait à s'en prendre qu'à lui-même — ça lui apprendrait à se conduire comme un imbécile !

Le pire de tout, c'est que la voiture de Bethany étant toujours en réparation, j'étais obligé de le voir aux entraînements des *Charmeuses.* Tous les matins et tous les après-midi, il était là, le play-boy de Jacksonville. Il escortait Bethany comme un toutou d'un bout à l'autre de la piste qui entourait le terrain d'entraînement où les danseuses répétaient pendant toute la saison de foot quand le temps le permettait. Quant aux jours où la pluie nous obligeait à nous entraîner au rez-de-chaussée du gymnase, Tristan était encore plus près de moi puisqu'il accompagnait Bethany jusqu'à la porte, à quelques mètres de l'endroit où je m'occupais de la sono.

S'il avait toujours eu recours à la même stratégie de torture, j'aurais sans doute fini par réussir à l'ignorer. Mais Tristan était d'une créativité diabolique. Le fait qu'il me connaisse si bien n'y était évidemment pas pour rien.

Il savait que la simple vision de Bethany accrochée à son bras suffisait à me faire grincer des dents. Il conservait donc cette image pour me la projeter pendant les cours d'anglais, tout en me restituant les conversations qu'ils avaient pendant les entraînements des *Charmeuses.*

J'avais renoncé à me lever pour aller nettoyer aux toilettes ma main maculée d'encre. J'en étais à mon sixième stylo cassé pendant le cours d'anglais... Heureusement pour moi, mes gènes de vampire avaient quelques bons côtés : j'étais désormais capable de lire à toute allure, et j'avais développé une mémoire photographique quasi-parfaite. Ainsi, j'apprenais sans peine dans mon livre de cours ce que j'avais manqué en classe.

Cela dit, tout ceci ne contribuait pas à abaisser mon niveau de stress, lequel était déjà plus qu'élevé.

La semaine d'Halloween, j'ai décidé de contre-attaquer à ma façon. Le mardi, en cours d'anglais, j'ai commencé à prendre mes notes au crayon à papier au lieu de mon habituel stylo. Chaque fois que les pensées de Tristan me prenaient par surprise et me faisaient casser le crayon, je n'avais qu'à utiliser le taille-crayon que j'avais également pris soin d'amener afin d'affûter les morceaux que j'utilisais ensuite pour écrire. A la fin du cours, mon crayon était réduit à un moignon de cinq centimètres. Ce que Tristan, bien entendu, a trouvé follement amusant.

« *Bon sang, vous les vampires, il faut vraiment que vous appreniez à gérer votre colère* », a-t-il pensé en prenant une pose désinvolte sur sa chaise, les bras croisés et ses longues jambes étendues devant lui.

S'il avait lui aussi été capable de lire dans mes pensées, je lui aurais passé un de ces savons !

« *Vous avez des groupes de soutien pour ça ?* », a-t-il encore pensé tandis que ses lèvres pleines esquissaient un sourire. « *Je suis sûr que s'il existait des psys pour vampires, ils auraient un succès fou. A condition qu'ils survivent à leur clientèle, en tout cas.* »

Cette fois, l'ébauche d'un sourire s'est dessinée sur mes lèvres. Voilà qui était peut-être une bonne option de carrière pour moi. Psychiatre *et* vampire, spécialisée dans les problèmes de gestion de la colère. Si j'apprenais d'abord à maîtriser mon sale caractère, du moins…

Et puis, pour un thérapeute vampire, c'était le succès assuré : il aurait vite rassemblé une clientèle de mordus. Je pourrais peut-être me faire recommander des patients par le Conseil des Vampires et leur proposer d'aider les vampires caractériels sortis du droit chemin à retrouver leur équilibre…

*« Bien sûr, je devrais peut-être suivre quelques séances moi-même »*, comme l'a encore pensé Tristan. Sa voix dans mon esprit était plus lointaine, cette fois. Etait-il encore en train de me « parler » ? « *Bon sang, l'autre jour, quand j'ai appris, pour toi et Ron, j'ai failli…* »

Les mots se sont dissipés, remplacés par des images très réalistes de Tristan qui martelait le visage de Ron à coups de poing. Je ne savais pas ce qui était le plus choquant : le fait qu'il pense que Ron et moi sortions ensemble et que cela le mette en colère, ou la vitesse à laquelle ma propre fureur s'est déclenchée pour devenir incontrôlable.

— Si tu fais ça, je te…, ai-je lancé avec une grimace féroce en fondant sur lui, les ongles enfoncés dans le bois du bureau.

— Tu feras quoi ? a murmuré Tristan en tournant à peine la tête pour me regarder dans les yeux avec une expression provocante.

« *Que serais-tu capable de faire pour protéger ton petit chéri ?* »

Quelqu'un m'a attrapé les épaules par-derrière, mais je me fichais de savoir qui c'était. Tout ce qui m'importait c'était la façon dont les yeux de Tristan étincelaient de rage, comme deux émeraudes placées devant des flammes. Des yeux que je brûlais d'envie de crever sur-le-champ.

— Savannah, calme-toi, a chuchoté une voix dans mon oreille.

C'était Ron, qui s'était rapproché depuis son bureau à ma gauche. Pourtant, ce n'est pas son intervention qui, en définitive, m'a ramenée sur terre. Pas plus que celle de Mme Knowles qui était venue se planter devant moi en exigeant elle aussi que je me calme.

Non, ce qui m'a refroidie instantanément, c'est la sensation de deux crocs aigus grossissant contre ma lèvre inférieure. Une sensation qui, à elle seule, a eu sur moi l'effet d'un seau d'eau glacé qu'on m'aurait balancé au visage : une terreur sans nom s'est emparée de mon corps, noyant aussitôt la fureur qui m'avait saisie quelques instants plus tôt. Puis, une seconde plus tard, ces saletés de larmes ont suivi, me brûlant les yeux comme une substance toxique que mon corps aurait refusé d'assimiler. Elles ont surgi et se sont écoulées le long de mes joues, trop vite pour que je parvienne à les essuyer du revers de la main. Et mon embarras à me donner ainsi en spectacle devant Tristan n'a pas arrangé les choses : les larmes ont redoublé.

— Pourquoi n'iriez-vous pas quelques minutes aux toilettes pour vous rafraîchir ? a proposé Mme Knowles sur un ton qui laissait entendre qu'il s'agissait plus d'un ordre que d'une suggestion.

Mes crocs ne s'étant toujours pas rétractés, je me suis contentée de hocher la tête en silence avant de m'éclipser aussi vite que possible tant que j'avais encore — du moins, je l'espérais — figure humaine.

Dans les toilettes, j'ai essuyé avec du papier-toilette les bavures de mascara sous mes yeux. Puis je suis restée plantée là, devant le lavabo de porcelaine.

Comment Tristan pouvait-il me faire cela ? Personne

sur cette planète n'était capable de me faire rire ou pleurer avec autant de facilité que lui. A un moment donné, il semblait déterminé à me faire éclater de rire en plein cours, et la seconde d'après, j'avais failli l'étrangler de mes propres mains !

Pour ce qui était de me rendre folle, même Dylan et les Jumelles Pimbêches n'arrivaient pas à la cheville de Tristan.

Ce qui m'amenait à me demander si le trio infernal ne risquait pas bientôt de reprendre du service, lui aussi. En dehors du sang sur la poignée de mon casier, il y avait longtemps qu'ils ne m'avaient pas cherché des noises. S'étaient-ils lassés de s'en prendre à moi ? Leurs parents leur avaient-ils ordonné de me laisser tranquille ?

A moins qu'ils ne soient au courant que Tristan avait repris le flambeau en tant que tourmenteur attitré de Savannah Colbert, dite « le monstre ». Dans ce cas, il était parfait dans ce rôle. Quels que soient mes efforts pour me blinder contre lui, Tristan trouvait sans cesse de nouveaux angles d'attaque pour percer mes défenses.

Et puis, c'était quoi, toutes ces allusions à Ron, et cette réflexion comme quoi c'était « mon petit chéri » ? Il se comportait comme si moi et Ron nous sortions ensemble ! Et d'ailleurs, même si cela avait été le cas, qu'est-ce que ça pouvait faire à Tristan ?

Il avait sa Bethany, maintenant, et il était clair pour tout le monde sur le campus qu'elle était inconditionnellement amoureuse de lui. Pourquoi Tristan ne se contentait-il pas de filer le parfait amour avec elle et ne me fichait-il pas la paix au lieu d'essayer de me punir de je ne sais quoi ? Il y avait des mois que nous avions rompu. De toute évidence, il n'éprouvait plus rien pour moi, à en juger par son acharnement à me rendre malheureuse.

Quelle que soit la raison de son comportement, la torture avait assez duré. Le fait que mes crocs se mettent à pousser en plein cours n'allait certainement pas plaire au Conseil des Vampires ou au Clan. Si Tristan continuait de me harceler ainsi, j'allais devoir lui lancer un sort ou poursuivre mes études par correspondance. J'étais au bout du rouleau.

J'ai attendu que sonne la fin du cours puis je suis retournée en classe, m'attendant à ce que la pièce soit vide. A ma grande surprise, ce n'était pas le cas. Deux personnes m'attendaient.

*Ron et Tristan.*

— Pardon, Savannah, a marmonné Tristan.

Il se tenait dans l'allée entre nos bureaux, penché en avant, les mains posées sur le dossier de nos chaises, évitant soigneusement mon regard. Et pour une fois, je n'arrivais pas à lire dans ses pensées.

Mes crocs s'étaient rétractés pendant ma pause dans les toilettes. Malgré cela, j'ai trouvé plus prudent de lui répondre par un simple hochement de tête. Puis j'ai mis mes affaires dans mon sac et suis sortie de la salle en compagnie de Ron. Je préférais ne rien dire à Tristan. Si je lui adressais un seul mot, ce serait pour l'insulter.

Heureusement, aujourd'hui, je devais passer la pause de midi à la bibliothèque avec Ron. Nous nous sommes donc retirés dans notre sanctuaire, et j'ai essayé de me calmer. Peine perdue ! Mes mains tremblaient en feuilletant mon livre d'anglais, et je n'arrivais pas à me concentrer suffisamment pour trouver un sens aux mots qui s'étalaient sous mes yeux.

Cette fois, Tristan était allé trop loin. Beaucoup trop

loin. Quand il s'en était pris à Dylan et à Greg, j'avais compris. Mais vouloir frapper Ron uniquement parce qu'il pensait que je sortais avec lui ?

Et d'abord, comment s'était-il mis cette idée en tête ? Tout le monde savait que Ron et moi étions amis, rien de plus. Tristan n'aurait-il pas pu se renseigner avant de tirer ce genre de conclusion ? Si c'était comme ça, il n'avait qu'à être jaloux d'Anne, de Carrie et de Michelle, tant qu'il y était !

Tout cela était grotesque. Tristan se comportait comme un gamin.

La voix de Ron m'a tirée de mes sombres pensées, me faisant sursauter.

— Tu veux qu'on en parle ? a-t-il demandé.

— De quoi ?

— Oh ! je ne sais pas. Par exemple de ce que Tristan pensait en classe, pour qu'il arrive à te faire perdre ton sang-froid de cette manière.

— C'est… Attends, qu'est-ce que tu veux dire par là, « ce que Tristan *pensait* » ?

— Il paraît que les Descendants sont capables de lire dans les pensées. Comme Tristan n'a rien dit tout haut, tout à l'heure, je suppose que vous avez communiqué par télépathie.

*Le choc.* J'ai plissé les yeux, curieuse.

— Comment en sais-tu autant au sujet des Descendants ?

Ron a eu un geste évasif de la main.

— J'entends des tas d'histoires à leur sujet depuis tout petit. Dans ma famille, tout le monde est au courant.

*Bon sang, mais de quoi discutaient-ils pendant les réunions du club généalogique que présidait sa mère ?*

— Je suis à peu près persuadée de n'être pas autorisée à parler des pouvoirs du Clan à un étranger, ai-je marmonné avec un sentiment de malaise.

Il s'est penché vers moi et a souri :

— Mais c'est vrai que tu peux lire dans ses pensées, non ?

En bruit de fond, j'ai entendu la voix de sa mère qui, depuis le bureau de l'accueil, avait pris assez d'ampleur pour porter jusqu'au fond de la bibliothèque où nous étions assis. Je ne sais pas avec qui elle discutait au téléphone, mais il en prenait pour son grade.

— Qu'est-ce qu'elle a, ta mère ? l'ai-je interrompu.

— Oh ! elle est furieuse parce que des voyous sont entrés par effraction dans les bureaux de la société de généalogie, et qu'ils ont tout saccagé.

— Mince. Ils ont vraiment tout cassé ?

— Ils ont fracturé les serrures des classeurs et répandu tout le contenu des dossiers dans la pièce. Sans doute des crétins qui s'ennuyaient et qui n'avaient rien de mieux à faire. Ne t'inquiète pas, ça ira mieux une fois qu'elle se sera fatiguée d'entendre les inspecteurs de police lui répéter qu'ils n'ont aucune piste sur l'identité des vandales.

Jacksonville était une jolie ville, mais en dehors du cinéma, des festivals annuels et des spectacles de rodéo, elle offrait peu de distractions aux jeunes. La plupart du temps, quand rien n'était programmé le week-end, les adolescents de la ville allaient se distraire à Tyler, à une demi-heure de route, ou même à Dallas ou Houston, encore plus loin.

Cela dit, qui aurait pu s'ennuyer au point d'aller vandaliser les bureaux d'un club de généalogie ?

— Maintenant, arrête d'essayer de changer de conversation, a repris Ron. C'est pour ça que tu as pété les plombs, ce matin, non ? Parce que tu arrives à lire dans l'esprit de Tristan. Il le sait, et il essaie de te mettre en colère avec ses pensées. Je suis tombé juste ?

*Et zut.* A la lueur qui brillait dans les yeux de Ron, j'ai compris qu'il était aussi déterminé qu'un pitbull. Il n'allait pas lâcher le morceau.

J'ai soupiré, épuisée par tous ces secrets qu'on s'attendait à ce que je garde pour moi.

— Oui, je lis dans ses pensées. Et oui, il est en train de me rendre folle. Quand il ne ressasse pas des images de nous deux avant, il pense aux moments où Bethany et lui s'embrassent, pour ne pas dire pire.

— Quel salaud !

Le ton de Ron, exagérément compatissant, m'a arraché un sourire.

— Oui, ces derniers temps, on peut dire ça.

J'ai baissé les yeux sur mon livre et me suis aperçue que je n'étais pas du tout à la bonne page. Vérifiant mes cours, j'ai rectifié mon erreur et trouvé la bonne leçon.

— Que lui as-tu dit, tout à l'heure, avant que je revienne des toilettes ? Quand je suis arrivée, il n'a pas attendu une seconde pour me présenter ses excuses.

Ron a affiché une expression angélique.

— Rien du tout.

— C'est ça, ai-je rétorqué avec un sourire. Qu'est-ce que tu as fait, tu as menacé de lui casser la figure, ou quoi ?

Si c'était le cas, voilà bien une bagarre à laquelle je n'avais nulle envie d'assister. Les adversaires potentiels dépassaient tous les deux le mètre quatre-vingts, ils étaient larges d'épaules, musclés, et la pratique du football américain les avaient rendus rapides comme des flèches. Physiquement, ils se valaient. La seule manière pour Tristan de prendre le dessus sur Ron serait de recourir à la magie.

Avant aujourd'hui, j'aurais juré mes grands dieux que Tristan ne s'abaisserait jamais à cela face à un adversaire n'appartenant pas au Clan.

Mais après l'incident de ce matin, je n'en étais plus aussi sûre.

— Non, je te jure, nous n'avons pas échangé un mot, a affirmé Ron.

J'ai planté mon regard dans le sien, mais il n'a pas cillé.

— Il a peut-être eu honte de t'avoir fait pleurer.

Ma gorge s'est serrée, et j'ai répondu d'une voix rauque :

— Ça faisait très, très longtemps que je n'avais pas pleuré par sa faute.

Ron a tendu le bras par-dessus la table pour me tapoter l'épaule.

— Tu veux que je lui casse la figure, pour lui apprendre ?

A ces mots, j'ai éclaté de rire.

— Figure-toi que j'ai proposé la même chose à Anne à ton sujet !

— J'imagine qu'elle a décliné ? a-t-il demandé avec un petit air satisfait.

Le sourire aux lèvres, j'ai fait semblant de me concentrer sur le cours que j'avais manqué ce matin.

— Peut-être pas, ai-je répondu après un silence. Et si elle m'avait commandé une attaque-surprise, hein ?

Il a gonflé les joues.

— Ça ne m'étonnerait qu'à moitié. Cette fille, il ne faut pas l'énerver…

— Oui, c'est une véritable guerrière. Si quelqu'un

commet une injustice à ses yeux, elle ne le lâchera pas, tu peux me croire.

— C'est bien pour ça que je sais qu'elle ne t'a pas demandé de me casser la figure.

Avec un petit rire, j'ai répondu :

— Bien sûr qu'elle ne me l'a pas demandé — elle préfère s'en charger elle-même.

# 22

*Tristan*

Aujourd'hui, j'avais fait pleurer Savannah.

Je l'avais déjà vue au bord des larmes, avant. Je l'avais vue avec les yeux et le nez rouges quand Greg Stanwick l'avait fait pleurer juste avant leur rupture. Je l'avais vue agenouillée sous la pluie pendant que sa grand-mère agonisait, la pluie qui masquait les larmes qui roulaient sur ses joues.

Mais aujourd'hui, je n'avais pas l'ombre d'un doute sur ce qui s'était passé pendant le cours d'anglais. Savannah avait éclaté en sanglots.

*A cause de moi.*

J'étais le plus immonde crétin de tout le Texas.

Qu'est-ce que j'avais, ces derniers temps ? J'étais furieux en permanence ! Et rien ne semblait pouvoir me calmer, même le football.

— Tristan ?

— Moui ? ai-je répondu par réflexe.

— As-tu entendu un seul mot de ce que je viens de te dire ?

Le ton de voix de Bethany a fini par me tirer de mes ruminations. Pour une fois, elle semblait au bord de l'agacement.

— Oh ! pardon. Qu'est-ce que tu disais ?

Elle a prononcé une phrase où il était question de costumes.

— Super, ai-je murmuré.

Savannah était-elle dans les bras de Ron, en ce moment ? Peut-être était-il en train de l'embrasser derrière les rayons de la bibliothèque pour la réconforter. *Sûrement*. En tout cas, c'est ce que j'aurais fait à sa place. Une chose était certaine : elle n'était pas au réfectoire. Et donc, où pouvait-elle se trouver, à part à la bibliothèque, avec lui ?

Bethany continuait de disserter sur nos costumes pour le bal, auquel j'avais accepté de l'accompagner. Elle s'était plainte de ne pas avoir de cavalier, et il m'avait semblé sympa de lui proposer de l'emmener.

L'année dernière, Savannah et moi avions passé des jours et des jours à choisir des costumes secrètement assortis. Nous nous étions lancé des piques, avions plaisanté sans fin à ce sujet. C'était pendant l'un de ces essais de costumes que je lui avais dit « *je t'aime* » pour la première fois. Pendant le silence qui avait suivi, dans l'attente de sa réaction, je m'étais senti au bord du précipice.

Et alors, elle avait à son tour prononcé ces trois petits mots, tout en me regardant droit dans les yeux avec ce merveilleux sourire qui n'appartenait qu'à elle…

Bethany s'était tue. Son silence prolongé m'a fait lever les yeux vers elle. Elle me considérait d'un regard noir.

— Quoi ? ai-je demandé.

— J'ai dit que j'ai fait livrer nos costumes par colis express. Alors quand le tien arrivera aujourd'hui ou demain, aurais-tu la gentillesse de te rappeler de l'essayer et de me dire s'il te va ?

— Bien sûr, ai-je répondu en aspirant une longue gorgée de soda.

J'ai jeté un regard en direction de la table où Savannah aurait dû être assise en compagnie de ses amies. La chaise vide à côté d'Anne m'a fait l'effet d'un coup de poing dans le ventre.

Anne et ses amies étaient en train de rire. J'enviais leur insouciance et en même temps, je me demandais comment Anne pouvait ignorer ce qui se passait entre sa meilleure amie et moi, son ex.

Bethany a dit quelque chose au sujet d'un match.

— Oui, quel match ? ai-je murmuré, les yeux toujours rivés sur la chaise vide à l'autre bout du réfectoire.

Le soupir bruyant qu'a poussé Bethany a fini par attirer mon attention. Je lui ai adressé un sourire penaud qui l'a amadouée.

— Je te demandais si tu étais toujours d'accord pour me ramener chez moi après le match de vendredi.

— Oh ! oui, bien sûr.

Cette semaine, on jouait à l'extérieur, contre Pine Tree, je crois. Quoi qu'il en soit, toutes les équipes feraient le voyage en bus, mais une fois de retour au lycée, Bethany aurait besoin qu'on la raccompagne chez elle. A un moment donné dans la semaine, j'avais dû le lui proposer… Je ne m'en souvenais plus.

La sonnerie a retenti. Bethany a souri et m'a donné un rapide baiser sur la joue avant de se dépêcher d'aller en cours. Pour ma part, j'ai rejoint ma classe sans me presser. Si je lançais à Savannah un sort d'anti-amour pour qu'elle oublie Ron, est-ce que ce serait mal ?

Le fait qu'elle sorte avec lui prouvait irréfutablement qu'elle avait perdu l'esprit. Si j'arrivais à les séparer avant qu'Anne ne découvre le pot aux roses, je pouvais sauver l'amitié des deux filles.

En entrant dans le hall principal, j'ai laissé échapper un

profond soupir. Non, il valait mieux que je m'abstienne de me mêler de sa vie amoureuse, aussi catastrophique qu'elle soit. Si elle tenait à mettre en danger l'amitié qui la liait à Anne, je ne vois pas ce que je pouvais y faire.

*Savannah*

En général, quand j'avais le sentiment d'être observée, j'arrivais à classer cela au registre de la paranoïa vampirique. Mais jeudi matin, pendant l'entraînement des *Charmeuses*, puis de nouveau pendant le cours de chimie, j'avais vraiment l'impression que tout le monde avait les yeux rivés sur moi et qu'on parlait de moi dans mon dos. Manifestement, le bouche à oreille avait fait son œuvre : chacun était au courant de mon coup d'éclat en anglais la veille. Par conséquent, j'allais avoir un mal de chien à évincer les pensées qui ne manqueraient pas de s'immiscer de plus belle dans ma tête pendant quelques jours.

Au cours d'une de nos expériences de chimie, Ron s'est penché vers moi et m'a dit, à voix basse :

— C'est moi, ou tout le monde parle de nous, aujourd'hui ?

Mâchoire serrée, j'ai secoué la tête.

— Non, ce n'est pas toi. Je pense qu'ils ont dû entendre parler de ce qui m'est arrivé hier.

D'un air étonné, il a demandé :

— Et qu'est-ce que ça peut leur faire ?

— Tout ce qui a trait à tu-sais-qui les passionne, apparemment. Il faut croire qu'ils n'ont rien d'autre à faire dans la vie !

Sous le coup de la colère, j'ai prononcé cette phrase un peu plus fort que je n'en avais eu l'intention.

Quelqu'un a ricané, et les messes basses ont repris de plus belle. J'avais envie de me boucher les oreilles, mais cela n'aurait fait qu'alimenter les ragots.

Avec un soupir, j'ai ajouté :

— Ignorons-les. Bon, alors, qu'est-on censés faire exploser aujourd'hui ?

Au terme de l'entraînement des *Charmeuses*, j'étais épuisée. Bloquer les pensées des uns et des autres exigeait de moi une énergie folle, et je n'en avais déjà pas tant que ça à dépenser. Tout cela à cause de cette petite scène que Tristan et moi avions jouée hier pendant le cours d'anglais…

J'ai traversé le parking en traînant les pieds, mon sac de sport avec le blason des *Charmeuses* ballottant assez fort contre ma hanche pour me meurtrir les os.

Encore mieux : en arrivant devant ma voiture, j'ai découvert qu'un visiteur indésirable m'attendait.

— Va au diable, Williams ! me suis-je exclamée en ouvrant ma portière et en posant mon sac à l'intérieur pour n'être pas tentée de le balancer dans la figure de Dylan.

Je n'étais pas d'humeur à tergiverser avec lui aujourd'hui. Et je n'aimais pas du tout sa façon de s'appuyer contre ma voiture comme si elle lui appartenait.

— Je suis au courant, pour Tristan et toi, en anglais, hier.

Il s'est décollé de ma voiture, a rejeté ses longues mèches blondes en arrière d'un mouvement de tête, puis s'est rapproché de moi.

J'ai refusé de reculer, même s'il empiétait clairement sur mon espace vital, à présent.

— Lâche-moi la grappe, Dylan. C'était une dispute, pas une réconciliation.

— Vraiment ? Parce que d'après ce qu'on m'a dit, vous avez fait assez d'étincelles tous les deux pour allumer un feu d'artifice.

Je n'ai pu retenir un soupir, et j'ai eu l'impression que j'exhalais le peu d'énergie qui me restait.

— Qu'attends-tu de moi ? J'ai rompu avec lui il y a des mois, et il n'est pas question que nous ressortions ensemble. Alors, que veux-tu ?

*« Je te veux, toi. »*

J'ai battu des paupières, comme paralysée. J'avais sûrement mal interprété sa pensée.

Il a hésité avant de répondre, à haute voix cette fois :

— Je suis ici pour te donner un avertissement. Ne crois pas que le Clan a cessé de te surveiller, parce que ce n'est pas le cas. Nous savons que Tristan est revenu traîner autour des *Charmeuses* pendant leurs répétitions. Et nous connaissons ton talent pour attirer tes victimes avec tes saletés de regards pétrifiants.

J'ai remarqué qu'il prenait grand soin de ne pas me regarder dans les yeux. A la place, il laissait traîner son regard à hauteur de ma bouche. Son appréhension m'aurait amusée si je n'avais pas jugé ses propos aussi pénibles.

— Eh bien, si tu étais un aussi bon espion que tu le dis, tu saurais déjà que si Tristan passe autant de temps avec les *Charmeuses*, ces temps-ci, c'est pour amener Bethany aux entraînements et la ramener chez elle ensuite.

Une moue méprisante a tordu la bouche de Dylan.

— C'est possible. Ou alors, c'est juste une excuse pour pouvoir te revoir.

La portière que je tenais toujours s'est mise à grincer. J'ai pensé qu'il fallait que j'arrête de la serrer aussi fort, sinon elle allait se tordre entre mes doigts.

— Ou alors, tu es complètement parano, et tu te fais des films, ai-je contre-attaqué. Tristan me hait, maintenant, grâce à toi et à ton stupide Clan.

Dylan a esquissé un sourire grimaçant.

— Tu penses vraiment qu'on va y croire, à votre petite mise en scène pendant le cours d'anglais ? Nous ne sommes pas dupes.

A présent, il commençait franchement à me courir sur les nerfs.

— J'en ai marre de t'entendre répéter toujours la même chose, Williams. Je rentre chez moi. Merci pour cette petite conversation, c'était charmant, comme d'habitude.

Je me suis glissée derrière le volant de ma voiture.

Il a souri de nouveau et m'a adressé un regard torve à travers les mèches qui lui tombaient sur les yeux.

— Fais attention sur la route.

Et puis, tournant les talons, il s'est éloigné sur le parking d'une démarche nonchalante. Je me suis prise à espérer qu'une voiture allait déboucher et le renverser. C'était tout ce qu'il méritait.

Quelques secondes plus tard, une voiture de sport noire a surgi de l'arrière du parking. Dans un crissement de freins, elle s'est arrêtée net à côté de la mienne en dérapant un peu sur le bitume. La portière côté conducteur était baissée, mc révélant un visage au bord de la panique. Ron.

— Eh, tout va bien ? s'est-il écrié en serrant le frein à main.

Tandis qu'il descendait de voiture, j'ai répondu :

— Euh, oui, pourquoi ?

Je n'avais qu'une envie, c'était rentrer chez moi. J'avais l'intention de prendre la douche la plus longue et la plus chaude du monde, d'enfiler ma chemise de nuit la plus douce et la plus confortable, de faire quelques devoirs si j'en avais le courage, puis de m'endormir comme une souche.

J'ai introduit la clé dans le contact.

— J'ai entendu dire que Dylan préparait un coup pour s'assurer que Tristan et toi n'étiez pas en phase de rapprochement, ou un truc dans le genre.

De la main, je lui ai fait signe que cela me passait au-dessus de la tête.

— Ne t'inquiète pas, tout va bien.

J'ai tourné la clé dans le contact pour faire démarrer ma voiture.

*Rien.* Pas même le toussotement d'une batterie morte. J'ai essayé de nouveau, sans plus de résultat. Alors, j'ai posé le front sur mon volant.

— Génial. Ma voiture ne démarre pas.

— Ouvre le capot.

J'ai appuyé sur la manette qui déclenchait l'ouverture du capot. Il s'est soulevé de quelques centimètres, et Ron a attrapé la poignée qui permettait de l'ouvrir complètement. J'ai hésité à sortir pour aller vérifier moi-même, mais j'étais tellement éreintée que je préférais m'épargner des efforts inutiles. Je n'y connaissais rien en moteurs, de toute façon.

— Aïe. Je crois que je vois d'où vient le problème, a déclaré Ron.

— Mouais ? C'est réparable avec du scotch et du fil de fer ?

Anne plaisantait toujours sur ce qu'elle considérait être les outils favoris du mâle texan.

— Même un mécanicien chevronné et bardé d'outils ne pourrait pas réparer ta voiture, à moins d'avoir un paquet de pièces de rechange sous la main. Viens voir par toi-même.

Avec un soupir, j'ai quitté mon siège. A peine avais-je posé le regard sur le moteur que j'ai moi aussi compris le problème.

*Mon moteur était de toutes les couleurs.* Rouge, bleu, blanc et vert s'entremêlaient un peu partout sur ses diverses pièces.

— C'est normal, ça ? ai-je fait un peu bêtement. Parce que la dernière fois que mon père et moi l'avons emmené au garage pour une vidange, je ne me souviens pas d'avoir eu un arc-en-ciel sous le capot.

— Non, ce n'est absolument pas normal. Tous les circuits électriques ont fondu.

Pardon ? Au mois d'octobre ? Même dans cette partie du Texas, l'automne n'était pas si chaud !

— Bon sang, mais comment est-ce arrivé ? me suis-je exclamée.

*Et soudain, j'ai su.* Bien sûr, c'était évident, à présent. Mon estomac s'est noué.

— Dylan.

— Ouais, ça m'en a tout l'air. On dirait qu'il a fait fondre tous les fils du moteur.

J'ai humé l'air ; ça sentait plutôt mauvais, en effet. Une odeur d'ozone. J'étais tellement fatiguée et occupée à me débarrasser de Dylan que je ne l'avais pas remarquée auparavant.

— Allez, viens, je vais te raccompagner chez toi.

Ron a replié la tige métallique qui maintenait le capot en place puis a refermé celui-ci dans un grand claquement qui m'a fait sursauter.

— Je suis désolé de jouer les oiseaux de mauvais augure, mais j'ai l'impression que tu vas avoir besoin d'une nouvelle voiture.

— Tu plaisantes ? ai-je gémi. On ne peut pas remplacer les circuits ?

— Je suppose que ce serait possible, si. Mais tu sais, je donne parfois un coup de main le week-end à mon oncle, dans son garage à Palestine, et dans ce genre de cas, il affirme que refaire tout le système électrique d'une voiture coûte généralement plus cher que racheter une voiture d'occasion. Surtout pour une voiture comme la tienne — sans vouloir t'offenser.

J'ai soupiré.

— Ne t'en fais pas, je sais. Mes parents me l'ont achetée l'année dernière pour mes seize ans. Ma mère n'avait pas beaucoup d'argent, et elle refusait que mon père paye à sa place.

Malgré cela, ç'avait été une bonne petite voiture, fiable, et qui démarrait au quart de tour par tous les temps. Jamais elle ne m'avait posé le moindre problème. *Jusqu'à ce que Dylan l'assassine.*

Les dents serrées, je me suis penchée pour attraper mes sacs, puis j'ai refermé la portière. En montant dans la voiture de Ron, j'ai fait de mon mieux pour ne pas me retourner sur la mienne, complètement saccagée. Pourtant, tandis que nous nous éloignions, je n'ai pu m'empêcher de jeter un dernier coup d'œil dans le rétroviseur où, petit à petit, elle s'est perdue au loin.

— Je n'arrive pas à croire qu'il ait fait une chose

pareille, ai-je lancé pendant que Ron nous conduisait hors du campus. Comment savais-tu ce que Dylan préparait ?

— Je l'ignorais. Je veux dire que je ne savais pas exactement ce qu'il comptait faire, juste qu'il préparait un mauvais coup. Je suis désolé de ne pas être arrivé à temps. L'entraîneur Parker m'a fait faire des tours de terrain parce que je n'étais pas assez attentif pendant l'entraînement. Sinon, je serais arrivé ici plus tôt, et j'aurais peut-être pu l'empêcher de massacrer ta voiture. Il t'a causé d'autres problèmes ? a-t-il ajouté avec un regard plein de sous-entendus.

— Non, il m'a juste fait son numéro de parano, comme quoi je faisais des pieds et des mains pour ressortir avec Tristan, lui ai-je confié.

En revanche, pas question que je lui avoue que j'avais cru entendre Dylan penser qu'il me *voulait*. Moi-même, je n'avais qu'une envie, c'était d'oublier cet aspect de notre confrontation. Rien que d'y songer, j'en avais la chair de poule.

— Alors, où allons-nous ? s'est enquis Ron quelques minutes plus tard.

— Chez moi, ai-je répondu dans un soupir.

Je lui ai indiqué le chemin, puis je me suis laissée aller contre l'appuie-tête et j'ai fermé les yeux.

Peu après, j'ai senti que la voiture s'arrêtait net.

— On dirait que c'est la fête, ici, a murmuré Ron.

Ouvrant les yeux, je me suis redressée. L'allée conduisant à la maison était encombrée de voitures, de 4x4 et d'une caravane que j'aurais reconnue entre mille. Apparemment, non seulement ma mère venait me rendre visite pour la première fois depuis que j'avais emménagé avec mon père, mais Anne, Carrie et

Michelle avaient décidé de franchir le pas elles aussi. Qu'est-ce qui me valait cet honneur ?

Soudain, je me suis souvenue.

— Nom d'un chien, ça m'était complètement sorti de l'esprit ! C'est mon anniversaire.

— Aujourd'hui, c'est ton anniversaire ? s'est étonné Ron.

J'ai hoché la tête. Avec le chaos qu'était devenue ma vie ces derniers temps, j'avais oublié quel jour on était. Depuis 16 h 22 exactement, j'avais dix-sept ans. Et manifestement, tout le monde avait décidé de fêter cela.

Ma première réaction a été de penser que c'était adorable de leur part. C'était la première fois que j'avais le droit à une fête-surprise pour mon anniversaire !

L'instant d'après, la raideur dans ma nuque et la tension dans mes épaules m'ont rappelé à quel point j'étais éreintée. Toute la journée, j'avais dû me blinder contre les ragots horripilants qui circulaient, en parole comme en pensée, au sujet de Tristan et moi, et pour couronner le tout, je venais de découvrir que Dylan avait saboté le moteur de ma voiture. Je n'avais qu'une envie, c'était de grimper l'escalier, à genoux s'il le fallait, et de m'écrouler sur mon lit. Afficher un sourire de circonstance et feindre le ravissement devant tous mes amis était au-dessus de mes forces. Tous les gens qui se trouvaient dans ma maison me connaissaient bien, et je comptais sincèrement pour eux. Il leur faudrait moins d'une minute pour s'apercevoir que je faisais semblant. Eux aussi comptaient beaucoup pour moi, et je n'avais pas la moindre envie de les décevoir ni de les inquiéter.

Malheureusement, peu importaient mon état de fatigue et mon aversion à l'idée de faire la fête à ce moment précis : c'était ma maison, et il me serait impossible de m'excuser et de tirer ma révérence comme j'aurais pu le faire si nous nous trouvions dans un espace public.

En outre, mon père et ma mère allaient se retrouver dans la même pièce pour la première fois depuis la mort de Granny, et l'ambiance risquait d'être aussi tendue qu'à l'accoutumée dans ces circonstances. Bien sûr, par égard pour leur fille chérie, ils allaient se forcer à être polis l'un envers l'autre et à masquer leurs différends — avec une maladresse visible de tous.

*Et puis, ce serait mon premier anniversaire sans Granny.*

La voix de Ron m'a tirée de mes sombres pensées :

— Eh bien, joyeux anniversaire !

— Euh... Merci. Et merci de m'avoir raccompagnée.

J'ai ouvert la portière passager pour descendre de la voiture, avant de m'arrêter, un pied sur le trottoir. Ron était mon ami, lui aussi. Qu'allait-il penser si je ne l'invitais pas ?

L'ennui, c'est qu'Anne était là, et elle n'allait certainement pas apprécier le fait de se retrouver coincée à une fête en compagnie de Ron.

Seigneur, plantez-moi un pieu dans le cœur et qu'on en finisse avec tous ces dilemmes !

Cela dit, Anne allait sûrement s'en charger elle-même quand elle découvrirait qui j'avais ramené chez moi...

— Tu veux entrer ? ai-je finalement demandé à Ron en lui jetant un regard par-dessus mon épaule. Je suis sûre qu'il va y avoir de la pizza et du gâteau à volonté.

Ron avait les yeux fixés sur la voiture d'Anne. J'aurais dû m'en douter.

— Je ne suis pas sûr que ce soit une bonne idée.

J'ai respiré un grand coup.

— Si, tu devrais venir. Anne doit pouvoir tenir le

coup. Elle m'a dit que c'était elle qui avait rompu, et que tu n'avais rien fait de mal. Elle sait que nous sommes amis. Et puis, c'est *mon* anniversaire, pas le sien. Je crois que j'ai le droit d'inviter qui je veux à ma fête, non ?

Sourcils froncés, Ron a semblé réfléchir un instant.

— Vu sous cet angle…

Nous sommes sortis ensemble de la voiture et avons traversé la pelouse pour nous diriger vers le porche. Arrivée devant l'entrée, je me suis arrêtée et j'ai pris une autre grande goulée d'air pour me donner le courage d'affronter la nouvelle épreuve qui m'attendait. Un sourire plaqué sur le visage, j'ai contemplé un instant mon reflet dans le verre teinté de la porte. Parée pour la fête.

— C'est parti, ai-je marmonné.

J'ai ouvert la porte. Aussitôt une explosion de « joyeux anniversaire ! » a retenti, assortie de sifflements enthousiastes et du couinement aigu des mirlitons.

Quelqu'un a mis en marche la chaîne hi-fi qui trônait dans le salon refait à neuf sur notre gauche, et les premières notes de « *We are young* » ont résonné dans la maison.

— Je n'y crois pas ! ai-je crié par-dessus la musique et les cris. C'est génial, vous n'auriez pas dû !

Cette fois, mon sourire n'était pas feint.

Anne était en train de souffler dans un mirliton quand elle a vu Ron avancer dans l'entrée sur mes talons. Elle l'a dévisagé, et le son strident de son mirliton a décru lentement, comme l'air s'échappant d'un ballon de baudruche.

— Ma voiture est tombée en rade, ai-je expliqué à la ronde. Ron a été assez gentil pour me raccompagner.

*Désolée*, ai-je articulé en silence à l'adresse de mon amie quand son regard s'est enfin posé sur moi.

Elle s'est de nouveau tournée vers lui. Puis elle a relevé le menton.

— Ça craint carrément. *Pour ta voiture*, je veux dire. Mais bon, il y a du gâteau et des cadeaux à profusion, alors tout va bien, non ?

— Ma pauvre chérie ! s'est exclamée ma mère en se faufilant entre les invités massés dans l'entrée pour venir m'embrasser. Et le jour de ton anniversaire, en plus !

*Merci*, ai-je prononcé sans bruit en passant devant Anne. Ma mère m'a entraînée dans la cuisine, décorée d'immenses guirlandes de papier crépon tressées, de banderoles arborant « Joyeux anniversaire » en lettres scintillantes, et de ballons accrochés dans tous les recoins imaginables, y compris aux poignées des placards.

Au centre du buffet que mon père avait dû construire lui-même pour le caser dans le coin de notre immense cuisine, trônait le plus étrange gâteau d'anniversaire que j'aie jamais vu. Si on pouvait appeler cela un gâteau, d'ailleurs. Ma mère s'est emparée d'allumettes géantes pour embraser les bougies qui y étaient plantées de façon précaire — deux bougies en forme de un et de sept qui menaçaient dangereusement de se renverser à chaque instant.

— C'est un gâteau à la gelée de fruits ! a lancé Michelle en souriant d'une oreille à l'autre.

Elle a agité les mains dans une série d'arabesques artistiques autour de la masse gélatineuse et couverte de chantilly, comme une assistante présentant le prochain prix dans un jeu télévisé.

Incapable de masquer ma confusion, je l'ai dévisagée sans répondre. *De la gelée de fruits ?*

— Mais oui, tu te souviens, à l'anniversaire d'Anne, tu avais tellement adoré les fraises, a expliqué Michelle avec une expression où l'attente le disputait à l'inquiétude.

Derrière elle, Anne et Carrie l'ont pointée de l'index et j'ai lu sur les lèvres d'Anne : « *Désolée, on n'a pas pu l'arrêter.* »

J'ai dû pincer les lèvres pour réprimer un éclat de rire — je ne voulais pas que Michelle pense que je me moquais d'elle. Une fois que je me suis reprise, j'ai adressé à Michelle mon sourire le plus sincère de la journée.

— Merci, merci beaucoup ! Tu es fantastique.

Même si je ne pouvais pas le manger, savoir que mon amie s'était donné tout ce mal afin de confectionner cet incroyable gâteau rien que pour moi me mettait les larmes aux yeux.

— Allez, ne pleure pas, Sav !

Michelle a fait le tour de la table pour venir me prendre dans ses bras.

— Je te jure qu'il ne m'a fallu qu'une heure hier soir pour le préparer. Mais je crois qu'on devrait se dépêcher de chanter « Joyeux anniversaire » avant que la chaleur des bougies ne le fasse fondre.

Comme si elle venait de donner le coup d'envoi, toute l'assemblée s'est mise à entonner le chant à tue-tête.

Debout dans un coin au fond de la cuisine, mon père me regardait avec un drôle de sourire. Ses lèvres étaient agitées d'un petit tic, comme s'il essayait de se retenir de rire. Je n'avais guère envie de m'attarder sur l'ironie de la situation — la fête d'anniversaire d'une demi-vampire probablement destinée à ne jamais vieillir. Et pourtant, j'ai tout de même fini par éclater de rire.

Finalement, j'avais peut-être juste besoin de faire la fête, après tout.

A la fin de la chanson, Michelle s'est écriée :

— Vite, fais un vœu !

C'est alors que ce bref moment de bonheur a pris fin. Parce que je savais exactement quel vœu j'avais envie de faire.

Je voulais être de nouveau avec Tristan, mais sans que cela pose problème. Je voulais sortir ouvertement avec lui, sans cachoteries, sans masquer aux autres les sentiments que nous éprouvions mutuellement.

Je voulais pouvoir déambuler avec lui dans les couloirs, entre deux cours. Je voulais qu'on se tienne la main. Qu'on s'embrasse en public. Qu'on aille ensemble au restaurant sans avoir à se terrer au fond de la salle en priant pour que personne ne nous reconnaisse.

Et je voulais que Granny soit en vie.

Je ne pouvais rien avoir de tout cela. Quel était l'intérêt de faire un vœu ?

Alors j'ai fermé les yeux et soufflé les bougies sans rien souhaiter.

# 23

*Savannah*

Ma mère a distribué à chacun un bol de « gâteau ». Elle n'a rempli le mien qu'à moitié, et m'a adressé un clin d'œil et un sourire complices en le posant devant moi.

— Prête à ouvrir tes cadeaux, ma chérie ?

Michelle et Carrie se sont levées d'un bond de leur chaise et ont commencé à me faire passer des paquets.

En général, j'aime bien prendre mon temps pour ouvrir mes cadeaux et faire durer le suspense. Mais cette fois, j'ai déchiré les emballages à toute allure et fait semblant d'être trop absorbée par ma tâche pour manger. Les emballages se sont empilés devant moi, recouvrant le bol auquel je n'avais pas touché. Un peu plus tard, ma mère l'a emporté en même temps que la montagne de papiers multicolores et a discrètement jeté le tout dans la poubelle.

Mon père a refusé de toucher au gâteau, arguant avec la créativité qui lui était coutumière qu'il avait déjà mangé un peu plus tôt et ne pouvait rien avaler de plus… Il a passé toute la soirée à prendre des photos de nous tous avec l'appareil de ma mère, ce qui, comme je l'ai réalisé plus tard, lui donnait la meilleure excuse du monde pour ne pas apparaître sur les clichés.

J'aurais sans doute dû prendre des notes. L'observer

pendant cette fête, c'était comme assister à un cours — « Le camouflage en dix leçons, catégorie vampire ».

Les pensées des uns et des autres m'avaient appris que mon père avait fait visiter la maison à ma mère et aux filles avant mon arrivée. L'endroit s'était révélé bien au-delà de leurs attentes, et elles étaient enthousiasmées. Anne avait confié à Carrie et Michelle qu'elle avait dû lutter pied à pied avec sa mère pour qu'elle l'autorise à simplement mettre les pieds ce soir dans « ce trou à rat infesté de plomb ». A présent, elles devaient affronter le problème inverse : intimidées par ce que mon père avait fait de cette maison, mes amies se tracassaient à l'idée que maintenant, j'étais devenue trop riche pour avoir envie de continuer à les fréquenter.

En percevant cette dernière pensée, j'ai eu un mal fou à ne pas éclater de rire. Si elles savaient à quel point je craignais moi-même qu'elles me retirent leur amitié à cause de mes secrets de famille…

Pour mettre tout le monde à l'aise, une fois ouverts mes cadeaux, j'ai invité Michelle, Carrie et ma mère à se joindre à moi dans le petit salon attenant que mon père venait juste de finir de rénover, et à nous lancer dans un karaoké sur l'appareil apporté par Michelle. Nous avons chanté un certain nombre de morceaux tirés de nos films et séries télévisées préférés, ainsi que « *Raise your glass* » que j'ai entonné à tue-tête en dépit de mon manque évident de talent pour ce genre d'exercice.

A l'instar de cette soirée où j'avais chevauché pour la première fois un quad lors de l'anniversaire d'Anne, c'était une occasion pour moi de m'oublier un peu, une occasion dont j'avais vraiment besoin. En outre, nos délires musicaux ont finalement permis à tout le monde de se détendre et de se lâcher.

Enfin, tout le monde sauf mon père, Anne et Ron.

A un moment donné, ma mère nous a laissées pour rejoindre mon père et l'aider à nettoyer la cuisine, et j'ai remarqué l'absence d'Anne et de Ron. Par les fenêtres du petit salon, des mouvements ont attiré mon regard en direction du porche. Ils étaient là tous les deux, en grande conversation. La lumière des réverbères les plongeait dans un contre-jour qui m'empêchait de distinguer leurs traits. Ron avait les mains posées sur la rambarde, et Anne faisait les cent pas. Malheureusement, comme fenêtres et portes étaient fermées, je ne parvenais à percevoir ni leur voix ni leurs pensées.

Que se passait-il ? Avaient-ils enfin décidé de régler leurs problèmes ?

J'aurais aimé sortir moi aussi, et leur demander s'ils avaient besoin d'un médiateur. Surtout connaissant la propension d'Anne à monter sur ses grands chevaux…

— Oh ! si on chantait celle-là ! s'est soudain écriée Michelle en désignant le CD que tenait Carrie.

— Qu'en penses-tu ? m'a demandé Carrie avec un sourire. Ça te dirait qu'on se fasse un dernier morceau avant de partir ?

— Comment ça, avant de partir ? a protesté Michelle. Mais…

Carrie l'a interrompue d'un geste de la main.

— Tu ne vas pas commencer ! Tu sais très bien qu'on doit réviser pour ce satané devoir sur table, et tu m'as promis de me faire réciter mes fiches.

Tout en râlant tout bas, Michelle s'est penchée pour mettre le dernier morceau.

Cette fois, j'ai dû me forcer pour joindre ma voix

aux leurs. Au milieu de la chanson, j'ai vu les ombres devant l'entrée disparaître et quelques secondes plus tard, Anne est entrée dans le salon tandis que Ron refermait la porte d'entrée derrière elle.

— Que se passe-t-il ? lui ai-je demandé à voix basse.

Elle a secoué la tête et pincé les lèvres, les bras serrés autour d'elle comme pour se réchauffer ou se réconforter. Au lieu de se mettre à chanter avec nous, elle est allée s'asseoir dans un fauteuil près de la fenêtre, à l'autre bout du petit salon.

Quant à Ron, il est resté immobile dans l'encadrement de la porte, appuyé contre les moulures blanches. Il avait sur le visage l'expression la plus renfrognée que je lui aie jamais vue.

Je me suis concentrée sur les pensées d'Anne. Elle était en train de se repasser la fin de leur conversation et regrettait déjà la manière dont elle s'était déroulée.

« *Tu plaisantes, ou quoi ?* », avait-elle sèchement demandé à Ron. Dans le même temps, elle s'était dit qu'elle aurait dû lui parler plus gentiment.

« *Savannah n'a pas besoin d'être au courant de ce genre de choses, pas plus que moi à l'époque.*

— *Eh bien, mes parents et moi pensons que tu as tort, Mademoiselle Je-sais-tout*, avait-il répondu. *Ils m'ont autorisé à lui dire. Et je pense que ça l'aiderait beaucoup à se sentir mieux, à prendre confiance en elle.*

— *Et tu peux me dire où et quand tu envisages exactement de lui balancer tes idioties ?*

— *Je ne sais pas. Peut-être demain, à l'endroit où je vais toujours. Pourquoi ?*

— *Pour que je sache à quel moment elle va m'appeler pour m'insulter, voyons !*

— *Anne…* »

Il avait tendu la main pour toucher son bras nu, elle avait frissonné et s'était écartée, refusant à la fois le contact et la mélancolie qu'elle percevait dans la voix de Ron.

« *Arrête. Ça ne marchera jamais entre nous, et tu le sais très bien. C'était fichu dès le départ. Je ne suis pas une fille pour toi. Tu devrais… trouver quelqu'un comme toi. Quelqu'un de ton espèce.* »

Et, bien qu'Anne ne l'ait pas dit tout haut à Ron, elle avait pensé :

« *Quelqu'un qui ne soit pas aussi banale et ennuyeuse que moi. Quelqu'un que toutes tes histoires concerneraient vraiment. Quelqu'un d'assez intéressant pour que tu ne te morfondes pas avec elle.* »

C'est alors que leur discussion avait pris fin et qu'elle et Ron étaient rentrés dans la maison.

*Oh ! Anne*, ai-je pensé en secouant la tête. J'aurais aimé pouvoir lui avouer que je lisais dans ses pensées afin de traverser la pièce sur-le-champ et les serrer tous les deux dans mes bras.

Pourquoi se montraient-ils si butés ? Et que diable Ron voulait-il me raconter qui inquiétait tant Anne ?

Ron s'est éclipsé dans la cuisine. Je l'ai entendu dire quelque chose à ma mère, mais ils étaient trop loin pour que je capte leurs pensées.

— Allez, c'est l'heure, on remballe ! a ordonné Carrie à Michelle quelques instants plus tard, quand les dernières notes de la chanson ont retenti.

A contrecœur, celle-ci a sorti le CD de l'appareil à karaoké et l'a rangé dans sa boîte. Carrie a attrapé la machine par la poignée pour essayer de la soulever. A en juger par son grognement, elle devait être diablement lourde. Avec un sourire, j'ai dit :

— Attends, laisse-moi faire. Occupez-vous plutôt des CD et du micro.

Obtempérant, Carrie a enroulé le câble du micro pendant que Michelle rassemblait les disques. Puis nous avons transporté nos fardeaux respectifs dans l'entrée.

— Ça ne te dérange pas qu'on se tape tout le boulot ? a lancé Carrie à Anne en passant devant elle.

Perdue dans ses pensées, Anne a murmuré :

— D'accord…

Carrie, Michelle et moi avons échangé des regards perplexes, puis nous sommes sorties pour aller charger la voiture de Michelle. Je les ai remerciées pour tout, les ai regardées partir et suis rentrée dans la maison au moment où Ron quittait la cuisine.

— On se voit demain, a-t-il murmuré tout en jetant un coup d'œil à Anne, qui était restée dans le petit salon. Et, euh, joyeux anniversaire.

— Merci. Salut, lui ai-je répondu d'une manière un peu maladroite.

Tout en se frottant la nuque, il est sorti de la maison.

Anne s'est retournée sur son fauteuil juste à temps pour le voir par la fenêtre. J'ai attendu que le grondement de la voiture de Ron s'éloigne, puis j'ai appelé mon amie.

— Anne ?

Elle s'est retournée d'un bond pour me faire face.

— Zut de zut, tu m'as fait une de ces peurs !

— Zut de zut, je suis désolée, l'ai-je taquinée, plantée devant elle les mains sur les hanches. Et désolée aussi d'avoir ramené un invité-surprise.

Elle a haussé les épaules ; ses doigts pianotaient nerveusement sur l'accoudoir du fauteuil.

— Ce n'est rien. Tôt ou tard, nous aurions fini par nous retrouver dans la même pièce, de toute façon.

— Ça va ?

— Oui, a-t-elle répondu machinalement. Pourquoi ça n'irait pas bien ?

Je n'avais pas besoin de lire dans ses pensées pour savoir qu'elle mentait. Mais j'avais décidé de ne pas la harceler, alors je n'ai pas relevé.

Après quelques minutes de silence, elle a soupiré et regardé autour d'elle comme si elle avait oublié où elle se trouvait.

— Au fait, où sont Michelle et Carrie ?

— Elles sont parties pour réviser. Carrie a un devoir sur table important, demain.

Anne a froncé les sourcils.

— Ah. Je crois que je ne les ai pas entendues s'en aller.

Elle s'est levée paresseusement.

— Bon, joyeux anniversaire, alors.

— Merci.

Je l'ai raccompagnée à la porte d'entrée. Elle s'est arrêtée sur le seuil et s'est à demi retournée vers moi, la bouche ouverte comme pour dire quelque chose.

— Oui ? l'ai-je encouragée.

Elle me faisait penser à un robot à court de batterie.

— Non, rien. Bonne nuit. A demain.

Avec un petit mouvement d'épaules étrangement semblable à celui qu'avait parfois Ron, elle s'est éloignée à pas lents vers sa voiture.

Quelques minutes après s'être assise derrière le volant, elle a fini par sortir de l'allée pour s'engager dans la rue en roulant à moitié sur le trottoir pendant quelques mètres.

Dis donc. Je ne l'avais jamais vue si distraite. J'ignorais

ce qui se passait entre elle et Ron, mais cette histoire la perturbait profondément.

J'ai poussé un long soupir d'impuissance avant de rentrer à la maison. Mes parents, toujours dans la cuisine, devaient être en train de se livrer à leur jeu favori — la destruction émotionnelle mutuelle. Mieux valait que j'intervienne avant que la situation ne devienne trop tendue.

Je les ai trouvés assis dans la cuisine, chacun à une extrémité du buffet. A ma grande surprise, ils avaient l'air… *calme.*

J'aurais été moins étonnée de les trouver en train de se balancer des assiettes à la figure — comme l'avait déjà fait ma mère par le passé, soit dit en passant.

— Euh, que se passe-t-il ? ai-je demandé.

J'ai essayé de déchiffrer l'expression de ma mère, puis celle de mon père, hésitant à m'approcher davantage pour capter leurs pensées. Ce que j'allais y lire risquait de ne pas me plaire, je le sentais.

— Comment ? s'est enquise ma mère. Oh ! rien, ma chérie. On se rappelait juste le jour de ta naissance.

Mon père a souri.

— Tu étais si mignonne, si…

— Eblouissante, ont-ils lancé en même temps.

Ils se sont souri.

*Bien.*

— C'est… chouette. Mais dis, maman, tu ne devrais pas être… ?

D'un mouvement de tête, j'ai indiqué l'emplacement de sa caravane.

— Oh ! tout à fait ! Ça me fait penser qu'on a encore un cadeau pour toi.

A ce moment, nous avons entendu la porte d'entrée

grincer et, aussitôt après, la voix de Gowin a retenti dans le couloir :

— Dites, j'ai manqué la fête ou quoi ?

Mon père et moi avons aussitôt échangé un regard horrifié.

— Maman, tu devrais y aller, ai-je murmuré d'une voix tendue. Sors par-derrière. Vite !

Trop tard. Un bruit de pas s'est fait entendre, et Gowin est entré dans la cuisine. Je me suis retournée pour lui faire face, le cœur battant à tout rompre dans ma poitrine.

Deux vampires, une *dhampir* et une Descendante, tout cela dans une seule pièce qui paraissait soudain être devenue minuscule. Cela ressemblait au début d'une mauvaise blague. Malheureusement, il n'y avait pas de quoi rire.

— Oh ! on dirait que j'arrive en pleine réunion de famille ! Désolé de vous interrompre.

Gowin a marqué un temps d'arrêt sur le pas de la porte et s'est mis à tripoter nerveusement le paquet rose et argent qu'il avait apporté.

— Toutes mes excuses, vraiment. Je voulais juste déposer ça pour Savannah.

Sans bouger de l'entrée de la cuisine, il a tendu le paquet devant lui.

J'ai traversé la pièce pour le lui prendre des mains, un sourire figé aux lèvres.

— Merci. Vous n'auriez pas dû.

Il m'a décoché un petit sourire.

— C'est une tablette dernier cri. J'ai pensé que ça pourrait te servir pour tes devoirs ou pour tweeter.

— Oh ! génial ! Merci !

Ma voix sonnait aussi faux que celle d'une pom-pom

girl en représentation. J'avais du mal à résister au besoin de me jeter devant ma mère pour la protéger. Non que cela soit d'une grande utilité si Gowin perdait soudain tout contrôle.

Ma mère s'est levée.

— Une tablette ? C'est vraiment généreux de votre part, a-t-elle commenté en traversant la cuisine, main tendue. Ravie de faire votre connaissance. Je suis Joan Evans, la mère de Savannah. Vous devez être...

Seigneur, était-elle vraiment obligée de faire étalage de bonnes manières *maintenant* ? D'affreuses visions me traversaient l'esprit. Gowin sautant à la gorge de ma mère, mon père qui se ruait sur Gowin pour l'en empêcher, ou au contraire qui bondissait sur ma mère pour se joindre à la boucherie.

Ma respiration s'est bloquée dans ma poitrine. Ma mère ne pouvant recourir à la magie, elle était vulnérable au plus haut point. Et même si mon père intervenait pour la sauver des griffes de Gowin, celui-ci n'avait qu'un mot à dire pour l'arrêter. Il était son aîné, et mon père ne pouvait lui désobéir. Pour assurer sa protection, ma mère devrait se contenter d'une demi-vampire geignarde à peine capable de lancer trois sorts minables.

Mon père est apparu au côté de ma mère à l'instant même où Gowin prenait sa main entre les siennes.

— Je te présente Gowin. Il est mon Parrain, et actuellement membre du Conseil des Vampires.

Ma mère s'est figée.

— Oh ! Euh... Enchantée, Gowin.

— J'ai tellement entendu parler de vous, a déclaré celui-ci d'une voix enjôleuse.

Etait-ce mon imagination, ou bien venais-je de voir une petite lueur féroce s'allumer dans son œil ?

Gowin s'est tourné vers moi, sans lâcher la main de ma mère, toutefois.

— Quand j'ai vu que ton véhicule n'était pas garé dans l'allée, j'ai cru que la fête n'avait même pas commencé. Ton père t'a offert une nouvelle voiture, ou quoi ?

— Eh bien, pas exactement, ai-je répondu. Ma voiture est morte. Un ami a examiné le moteur et m'a dit que les circuits électriques avaient fondu. Il a été obligé de me ramener chez moi.

Gowin a esquissé une grimace.

— Quelle plaie ! Et le jour de ton anniversaire, en plus.

Ma mère a souri mais cette fois, son expression était beaucoup moins chaleureuse.

— C'est exactement ce que je lui ai dit tout à l'heure. Bon, ne t'inquiète pas, je suis sûre que demain, ton père pourra la faire remorquer jusqu'à un garage.

— Ou jusqu'à la casse, a murmuré mon père.

Ma mère a poussé un soupir exaspéré :

— Ne commence pas, Michael. Elle est très bien, pour une première voiture.

— C'est un tas de boue qui aurait dû partir à la décharge depuis longtemps, a rétorqué mon père. En ce qui me concerne, je suis bien satisfait de constater qu'elle est enfin arrivée au terme de son espérance de vie. Cela me fournit une excellente occasion d'offrir à Savannah une voiture digne de ce nom. Peut-être pourra-t-elle la choisir elle-même, cette fois ?

— C'est tout toi, ça ! a lancé ma mère d'un ton sec. Pourquoi réparer quelque chose qui peut encore faire de l'usage quand on peut simplement le jeter ?

Mon père l'a dévisagée froidement.

— Je crois qu'il s'agit plutôt de ta propre méthode, à vrai dire.

Un lourd silence s'est installé dans la pièce. Le visage de ma mère avait viré au rouge, et elle fusillait mon père du regard. Je luttais de toutes mes forces pour empêcher leurs pensées d'envahir mon cerveau.

Après un long moment, elle a dit :

— Très bien. C'est toi le responsable, maintenant. Fais ce que tu veux. Mais pas de moto, accorde-moi au moins ça. Elle n'a pas le permis deux-roues. Et elle n'a que dix-sept ans.

Mon père a acquiescé avec la même solennité que si nous étions en pleines négociations entre vampires et Descendants.

— C'est entendu. Pas de moto.

J'ai pris une grande inspiration que j'ai relâchée lentement. Quand je pense que mes amies se demandaient pourquoi je ne voulais pas que mes parents reviennent vivre ensemble. Si je devais affronter ce genre de zizanie au quotidien, je serais tentée de partir en courant de chez moi en un rien de temps !

Je me suis éclairci la gorge :

— Merci pour le cadeau, Gowin. Ma mère était sur le point de partir. Il ne faut pas qu'elle traîne, elle a une réunion de vente tôt demain matin. Pas vrai, maman ?

Elle m'a dévisagée une seconde, puis elle a reporté son regard sur Gowin, et enfin sur mon père.

— Tout à fait. Savannah, tu veux bien m'accompagner pour voir ce dernier cadeau que je t'ai promis ? Il est dans la caravane.

— Avec plaisir !

J'ai failli sursauter en entendant ma propre voix, exagérément enjouée.

— C'était un plaisir de vous rencontrer, a dit Gowin.

Il a serré rapidement la main de ma mère avant de

la relâcher. Enfin ! Je commençais à croire qu'il allait la lui couper et la garder comme souvenir.

— Le plaisir est partagé, a répondu ma mère.

Elle s'est tournée vers mon père, projetant une aura de tristesse et de regret dont j'ai ressenti le poids sur mes épaules.

— Je suis contente de t'avoir revu, Michael.

— Moi aussi, a répondu mon père à mi-voix, le regard plein de chaleur.

Puis il a fait un pas de côté pour que nous puissions passer entre lui et Gowin.

Tout en me dirigeant vers l'entrée, ma mère sur les talons, j'ai jeté un coup d'œil en arrière. *Deux vampires face à face devant la porte de la cuisine.* Allaient-ils se battre comme des animaux qui défendent leur territoire ? La panique qui grandissait en moi a fait sauter mes barrières mentales et leurs pensées m'ont assaillie.

« *Encore amoureux, mon vieil ami ?* pensait Gowin avec un petit sourire désabusé. *Tu sais pourtant qu'avec elle, ce n'est pas possible. Tu as toujours été un peu masochiste.* »

Mon père a soupiré.

« *Ne t'inquiète pas, j'ai bien retenu la leçon. Je ne prendrai pas le risque de succomber au désir de sang en côtoyant Joan de trop près. Surtout maintenant que sa mère est partie en emportant toute trace de son charme d'atténuation…* »

« *Oui*, a pensé Gowin avec regret, *c'est vraiment une grande perte.* »

J'ai entraîné ma mère vers la porte puis, une fois sortie, en bas des marches. Au moment où elle a posé le pied sur la pelouse, elle a pensé :

« *Je me retrouve seule dans le noir avec une jeune vampire, et sans le moindre charme de protection…* »

Je me suis figée, soulagée qu'elle ne puisse lire dans

mes pensées ou voir mon visage. La crainte que je lui inspirais m'avait fait l'effet d'un coup de poing dans le ventre.

« *Non*, a-t-elle décidé une seconde plus tard. *C'est ma fille, Michael m'a dit qu'elle se maîtrisait parfaitement, et je leur fais confiance à tous les deux.* »

Elle a continué d'avancer sur la pelouse pour monter les marches de sa caravane, s'arrêtant à la porte pour me regarder, l'air un peu désorienté.

— Tu viens, ma puce ?

Avec un sourire, je l'ai rejointe en prenant soin de me mouvoir à une allure aussi humaine que possible.

Sitôt que nous sommes entrées dans la caravane, j'ai entendu les jappements.

— Qu'est-ce que c'est que ça… un chien ?

Le visage de ma mère a revêtu une expression malicieuse :

— Ça, ma chérie, c'est ta surprise.

Elle est passée devant le chauffage électrique et l'écran plat de la télé afin de se diriger vers la chambre. Là, elle a ouvert la porte et s'est penchée, attrapant au passage une boule de poils bondissante au moment où elle tentait de lui filer entre les pieds pour se jeter sur moi.

— Je te présente Lucy, ton cadeau d'anniversaire !

Le chien n'arrêtait pas d'aboyer. Ma mère le serrait contre elle et je craignais qu'il ne la morde, mais apparemment, le cabot n'en avait qu'après moi.

— Génial ! Tu n'aurais pas dû. Vraiment.

Ma mère a baissé la tête et souri au chien en caressant sa longue fourrure soyeuse. Un nœud à pois roses et bruns retenait une touffe de poils entre ses oreilles pointues, sans doute dans une tentative ratée pour le rendre mignon. A présent, le nœud menaçait de tomber tellement le chien mettait d'énergie à m'aboyer dessus.

— Il faut juste qu'elle s'habitue à toi, a assuré ma mère en haussant la voix pour se faire entendre par-dessus les aboiements. Elle est vraiment adorable ! Ton père et moi l'avons payée les yeux de la tête, mais je suis allée la chercher moi-même chez l'éleveur. C'est un yorkshire pure race.

*De mon point de vue, c'était plutôt un suppôt de Satan pure race sorti tout droit des enfers.*

— Fantastique, ai-je commenté.

— Tu veux la tenir ?

Ce qui revenait à dire : « Tu veux te faire déchiqueter les doigts, ma chérie ? »

— Euh, on devrait peut-être la laisser se calmer un peu, d'abord.

— D'accord.

Ma mère est allée s'asseoir sur le canapé. Sans lâcher le chien qui s'agitait contre sa poitrine, elle a libéré une main pour tapoter le coussin à côté d'elle.

— Allez, viens me raconter tout ce que j'ai raté depuis la dernière fois. J'ai l'impression de ne pas t'avoir vue depuis une éternité !

Le regard toujours rivé sur le chien dont les petits yeux noirs suivaient chacun de mes mouvements, j'ai pris place à côté de ma mère.

La bestiole démoniaque a cessé d'aboyer pour se mettre à grogner férocement.

— Elle est vraiment délicieuse, ai-je lâché.

— N'est-ce pas ? s'est exclamée ma mère. C'est un trésor !

Elle a adressé une grimace béate au chien tout en le portant devant son visage. Mon cœur s'est arrêté :

j'imaginais déjà « la chose » lui arracher le nez d'un coup de dents. Mais le cabot s'est contenté de lui lécher la joue avant de se remettre à me gronder dessus.

— C'est un vrai petit chien de garde. Et elle est aussi d'excellente compagnie. Je dois t'avouer qu'elle va me manquer. Mais au moins, je pourrai toujours lui rendre visite en même temps qu'à toi, n'est-ce pas ?

— Bien sûr.

J'ai essayé de me représenter cette boule de poils hargneuse dans ma maison. Elle allait sans doute décider de se mettre à l'affût sous le canapé pour pouvoir planter ses crocs dans toutes les chevilles qui passeraient à sa portée ; à moins qu'elle ne préfère se planquer sous mon lit pour pouvoir me sauter à la gorge chaque fois que j'entrerais sans me douter de rien.

Certes, elle pouvait tout aussi bien choisir de me dévorer le visage dans mon sommeil, au moment où j'étais la plus vulnérable.

— Alors, qui a eu l'idée ? ai-je demandé.

— Ton père. Il m'a appelée il y a deux jours et m'a demandé si je pouvais te trouver un petit chien. Il m'a laissée choisir la race et tout le reste !

*Mon père avait suggéré de me prendre un chien ?* Cela signifiait sans doute que les vampires ne mettaient pas tous les chiens hors d'eux. Juste celui-là. Quelle veine ! Ou alors, ça venait de moi — cette bestiole me détestait personnellement.

— Tu devrais lui donner ta main pour qu'elle s'habitue à l'odeur, a déclaré ma mère.

*Ça ne va pas, non ?* ai-je failli répondre d'instinct.

— Allez, vas-y, a répété ma mère.

Retenant mon souffle, j'ai lentement avancé ma main dans sa direction. Ma mère souriait pour m'encourager, et le chien me menaçait du regard, tous crocs dehors. Quand ma main n'a plus été qu'à quelques centimètres du chien, celui-ci a tenté de bondir des bras de ma mère pour me mordre.

Seuls mes réflexes de vampire m'ont évité de perdre dieu sait combien de doigts.

Saleté de cabot !

Ma mère a froncé les sourcils et, d'un doigt, a donné une tape paresseuse sur le museau de la bête, sans doute en guise de punition.

— Lucy, non ! Il faut que tu sois gentille avec ta nouvelle maman si tu veux qu'elle t'aime.

— Euh, maman, je me disais, justement… Je suis super occupée avec mes devoirs, les *Charmeuses* et mes entraînements de tai-chi. J'ai peur de ne pas avoir le temps de m'occuper d'un animal en ce moment. Je veux dire, elle est mignonne et tout, mais…

Le chien de l'enfer s'est mis à gronder de plus belle.

— … mais elle resterait toute seule la plupart du temps. Tu pourrais peut-être la garder à ma place pendant quelque temps, jusqu'à ce que mon planning soit un peu moins chargé ?

— Oh ! comme si mamie jouait les baby-sitters pour sa petite-fille ? a roucoulé ma mère à l'adresse de la boule de poils. Dis, tu veux bien rester avec ta mamie ? Tu veux bien, dis ?

Le chien lui a léché le bout du nez à plusieurs reprises, et j'ai retenu une exclamation de dégoût.

— Tu veux bien, dis, tu veux bien ? Oh oui, Lucy aime sa mamie !

Ma mère a relevé la tête, un sourire radieux aux lèvres.

— Je pense que c'est une excellente idée ! Elle pourra me tenir compagnie, et dès que tu seras prête à l'accueillir, tu n'auras qu'à me passer un coup de fil et nous accourrons !

*Parfait. Mais ne sois pas trop pressée, surtout.*

— Merci, maman.

J'allais me pencher pour la serrer contre moi, oubliant presque ce démon de chien, quand il m'a rappelé sa présence en claquant des mâchoires. Je me suis écartée d'un bond, évitant de justesse de me faire égorger.

Ma mère a remis Lucy dans sa chambre pour que nous puissions parler un peu plus tranquillement en dépit des jappements qui nous parvenaient derrière la porte close. Nous avons discuté pendant une heure, évoquant les détails du travail de ma mère et passant en revue les quelques nouvelles que je pouvais lui donner de la rupture d'Anne et de Ron — ma mère était au courant de leur histoire et elle la suivait comme un feuilleton chaque fois qu'elle m'appelait.

— Ce garçon, Ron Abernathy... Il est gentil, avec toi ? a-t-elle demandé sur un ton un peu trop désinvolte.

Me méprenant sur ses intentions, j'ai répondu en riant :

— Je n'ai pas du tout envie de sortir avec l'ex d'Anne. Lui et moi, nous sommes amis, et on révise ensemble en chimie et en littérature anglaise. Ça ne va pas plus loin.

— Bien. Donc, vous êtes bons amis.

J'ai haussé les épaules.

— En général, on parle de devoirs, de nos travaux pratiques en chimie et d'Anne. Il est encore amoureux d'elle, je crois. Quant à elle, je suis persuadée qu'elle est toujours aussi folle de lui, même si elle préférerait mourir que de l'admettre. J'espère qu'un jour, ils finiront par ressortir ensemble.

— En tout cas, c'est bien que tu l'aies comme ami,

répéta-t-elle d'une voix pleine d'approbation. Je suis contente que tu te sois rapprochée de lui.

*Cause toujours.* Quels que soient les sous-entendus bien lourds de ma mère dans ce sens, il n'était pas question pour autant que je sorte avec lui.

Il se faisait tard. A contrecœur, j'ai étreint ma mère pour lui dire au revoir, l'ai remerciée de « prendre soin de mon cadeau », et je suis rentrée dans la maison. J'ai trouvé mon père seul dans la cuisine en train d'enlever les décorations. Gowin était parti.

Je me suis précipitée pour l'aider, mais il m'a arrêtée d'un geste.

— Demain, tu as cours. Tu devrais aller te reposer.

— Il n'est pas si tard. Et le moins que je puisse faire, c'est de t'aider à ranger. Merci de m'avoir fait la surprise, au fait.

Il a opiné et souri.

— Je suis content d'avoir enfin pu être présent pour célébrer ton anniversaire. Alors, comment as-tu trouvé ton dernier cadeau ?

Sachant qu'il attendait de moi la vérité, et qu'il ne s'en offusquerait pas, je n'ai pas hésité à répondre :

— Oh ! seigneur... Ce chien est un démon. Il me hait !

Tout de suite après, j'ai ajouté :

— Mais ne le dis pas à maman, d'accord ? Elle croit que je la laisse le garder parce que je n'ai pas le temps de m'occuper d'un animal de compagnie.

Mon père a esquissé un sourire.

— Je me doutais de ce qui allait se passer.

— Vraiment ? Pourquoi ?

— Tu es à demi vampire. En général, les animaux ne nous aiment pas beaucoup. Ils sentent le prédateur en nous.

— Et pourtant, c'est bien toi qui as suggéré à maman de m'offrir un chien ?

C'est alors que j'ai lu la vérité dans ses pensées.

— Ce chien ne m'a jamais vraiment été destiné, n'est-ce pas ?

Mon père a eu un geste évasif.

— Ta mère a toujours voulu un petit chien. Mais jusque-là son orgueil l'a empêchée d'en acheter un. Elle pensait que ce serait faire preuve de trop de complaisance envers elle-même. Cependant, quand elle t'appelait, ces derniers temps, je trouvais qu'elle avait l'air de plus en plus seule, et quand elle est sur les routes, elle peut avoir besoin de se sentir protégée. Un petit chien me semblait résoudre tous ces problèmes d'un coup. Alors j'ai seulement… réuni les conditions pour qu'elle puisse s'en offrir un à moitié prix.

— Pourquoi ne pas lui en avoir tout simplement acheté un que tu lui aurais donné directement ?

— Elle n'aurait jamais accepté pareil cadeau de ma part. Elle a même refusé de me laisser payer seul pour le chien alors que c'était censé être mon cadeau pour ton anniversaire !

— Oui, elle m'a dit que vous étiez tous les deux dans le coup.

Je suis venue m'appuyer de la hanche contre le comptoir, et je l'ai dévisagé avec attention, bras croisés.

— Tu l'aimes toujours, n'est-ce pas ?

Au lieu de me retourner mon regard, il s'est concentré sur la guirlande de crépon suspendue au chandelier au-dessus du buffet.

— L'amour ne disparaît pas forcément quand la personne aimée ne souhaite plus partager votre vie.

Une vague de nostalgie m'a envahie, si forte que

j'aurais été incapable de dire si elle provenait de la souffrance de mon père ou de la mienne propre.

J'ai dégluti pour évacuer la boule qui s'était formée dans ma gorge et j'ai dit :

— Tu sais, je crois que je suis fatiguée, finalement. Je vais aller au lit.

— Bonne nuit, Savannah. Et encore bon anniversaire.

En sortant de la cuisine, j'ai aperçu le cadeau de Gowin sur le comptoir, toujours enveloppé dans son papier rose et argent. Après quelques secondes d'hésitation, je l'ai pris et emporté avec moi dans ma chambre. Au moins, ce cadeau-là n'essaierait pas de me sauter à la gorge.

Un peu plus tard dans la nuit, j'ai commencé à rêver. Je me suis retrouvée dans le jardin derrière la maison de Tristan.

J'ai regardé autour de moi, sachant qu'il devait se trouver là, quelque part.

Ce rêve me semblait trop réel, trop précis et détaillé pour être autre chose qu'une connexion nocturne. Je sentais pratiquement sa présence sur ma peau. Pourtant, même si je le sentais qui m'observait, Tristan n'était nulle part en vue. Je me suis assise sur l'herbe, ai ramené mes jambes contre ma poitrine sous ma longue chemise de nuit, et je me suis servie de mes genoux comme d'un oreiller pour poser ma tête. J'ai fermé les yeux. *Combien de temps faudrait-il à Tristan pour perdre patience et se montrer enfin ?*

Soudain, une odeur alléchante m'a fait ouvrir les yeux. La peur m'a saisie. *Du sang de Descendant ?*

Pas du tout. Ce qui m'avait mis l'eau à la bouche, c'était un gâteau d'anniversaire, rond et à plusieurs étages, qui trônait sur un plateau d'argent posé à ma gauche sur le gazon parfaitement entretenu. Et je savais exactement de quel genre de gâteau il s'agissait.

Je me suis penchée pour plonger le bout du doigt sur le dessus. Un gâteau aux fraises nappé de crème à la vanille. Mon préféré. Tristan s'était souvenu.

Mais de toute évidence, il y avait autre chose qu'il avait oublié, par contre… J'étais une vampire, à présent. Je ne pouvais plus avaler ce genre de nourriture sans la régurgiter aussitôt.

Sauf que… dans la vraie vie, mon gâteau d'anniversaire n'avait pas dégagé cette merveilleuse odeur.

D'un geste hésitant, j'ai détaché un petit morceau et l'ai goûté. J'ai laissé échapper un gémissement de plaisir. Délicieux. Exactement comme était censé l'être un gâteau à la fraise.

J'ai pensé à une fourchette, et elle est apparue sur le bord du plateau.

— Merci, Tristan, ai-je murmuré à l'adresse du créateur de ce petit chef-d'œuvre.

Mardi, pendant le déjeuner, Anne s'est conduite de façon étrange. J'ai mis cela sur le compte de sa dispute avec Ron la veille au soir, lors de ma fête d'anniversaire. Bien que tentée de plonger dans ses pensées pour en avoir la confirmation, j'ai résisté à l'envie de faire intrusion dans son esprit.

Ma patience a été partiellement récompensée un peu plus tard, quand nous sommes sorties ensemble, après la pause.

Dès que nous sommes arrivées sur la passerelle, elle m'a attrapée par le coude pour m'arrêter.

— Ecoute, il faut que je te dise quelque chose. En

tout cas, je voudrais te le dire, mais je ne peux pas. Tu vois, il s'agit d'un secret qui concerne quelqu'un d'autre, et j'ai promis de ne pas le révéler…

A ce moment, des picotements m'ont envahi les bras et la nuque, et la voix d'Anne est devenue lointaine. Tristan se trouvait-il dans les parages. ?

Me tournant à demi, j'ai aperçu Dylan qui remontait la rampe menant de l'entrée de la cafétéria jusqu'à la passerelle où nous nous trouvions, à moins de dix mètres de là. *Génial.* Instinctivement, j'ai rentré la tête dans les épaules. Mais, aussitôt, je me suis forcée à me redresser, j'ai levé le menton et me suis astreinte à rester calme.

Il s'est arrêté à trente centimètres de moi, me surplombant de toute sa hauteur. J'étais obligée de lever la tête pour le regarder. Quand il s'agissait de Tristan, notre différence de taille était loin d'être désagréable ; je me sentais entourée, protégée. Avec Dylan, j'éprouvais une sensation de menace. Il se dressait au-dessus de moi comme un prédateur au-dessus de sa proie. Il savait que cela me mettait sur les nerfs et il adorait cela.

— Il faut que je te remercie, je crois, ai-je déclaré en essayant de contenir le tremblement dans ma voix.

— Ah oui ? s'est-il exclamé avec un large sourire. Et pourquoi ?

— Les circuits électriques de ma voiture ont fondu.

— Oh ! quel dommage ! Tu as besoin d'un chauffeur pour aller au lycée ? Je peux faire le détour par ta crypte le matin, si tu veux.

— Ce ne sera pas nécessaire. Mon père va m'acheter une voiture toute neuve pour remplacer l'ancienne.

A présent, je ne faisais plus aucun effort pour retenir l'acidité dans mes propos.

— C'est pour cela que je voulais te remercier. Sans ton… aide hier, j'en serais encore à conduire ce vieux tacot au lieu de me retrouver bientôt au volant d'une belle petite voiture dernier cri.

Le sourire de Dylan s'est effacé, et le mien s'est élargi. Il s'est penché sur moi.

— Si tu ne quittes pas bientôt la région, il n'y a pas que tes circuits électriques qui vont fondre.

Avec un bâillement d'ennui, j'ai feint d'examiner mes ongles.

— Il faut vraiment que tu changes de disque. Celui-là, il commence à devenir rasoir.

Son regard s'est mis à étinceler tandis qu'il plissait les yeux.

— Si je suis obligé de me répéter, c'est parce que tu ne m'écoutes pas. Dans quelle langue faut-il que je te l'explique ? Personne ne veut de toi, ici. Quitte Jacksonville.

Sans crier gare, il m'a craché au visage, et sa salive m'a coulé sur la joue. Tous mes instincts me criaient de m'éloigner de lui. Mais j'en avais assez de fuir et de me cacher, et il y avait des mois que je me préparais à cette confrontation. Alors, calmement, je me suis essuyé la joue, j'ai relevé la tête et l'ai défié du regard.

— Je suis née ici, Williams. J'aime cette ville. Pas question que je m'en aille.

*Et alors, maintenant, tu vas faire quoi ?*

Il a baissé les yeux pour regarder ma bouche, et la noirceur qui émanait de lui s'est faite plus épaisse encore. Cependant, derrière la méchanceté qu'il irradiait, je sentais surtout de la peur. *Oui, il avait peur.* De moi ? J'ai plongé plus avant dans ses pensées. Non, c'est son père qu'il craignait. Il avait peur de ce que son père allait lui faire s'il ne parvenait pas à me pousser hors de mes gonds.

Sauf qu'en réalité, ce n'était pas son père qui voulait que je quitte la ville. C'était Dylan lui-même, et les raisons qui le motivaient étaient trop embrouillées pour que je les démêle. Son père aspirait à quelque chose d'autre. Il avait des projets plus ambitieux, et trop complexes pour que je parvienne à interpréter les trop brèves images et bribes de conversations qui tournoyaient dans l'esprit de Dylan.

— Que veut-il, au fond ? ai-je murmuré.

Je me suis approché de lui, et j'ai entendu les battements de son cœur s'accélérer.

— Dis-moi, Dylan. Que veut vraiment ton père ?

Une expression effrayée est apparue sur son visage.

— Tu peux lire dans les pensées des Descendants, maintenant ? Qu'as-tu entendu ?

Avant que j'aie eu le temps de réagir, Dylan m'avait brusquement empoignée par le cou et soulevée sur la pointe des pieds, me coupant la respiration.

Il m'a poussée en arrière jusqu'à me bloquer contre la rambarde métallique de la passerelle.

— Sors de ma tête ! a-t-il hurlé, le regard fou. Tu m'entends ? Sors de ma tête et n'y reviens plus !

Je l'entendais à peine. Ses pensées étaient devenues omniprésentes dans ma tête, sans doute exacerbées par le contact de sa main sur mon cou dénudé.

Dans ses souvenirs, Dylan hurlait, son corps était en feu des pieds à la tête et son père se tenait au-dessus de lui en hurlant :

« *Pourquoi n'as-tu pas fait ce que je t'avais demandé ?*

— *J'ai essayé !* répondait Dylan. *Mais ils sont trop*

*intelligents. Savannah ne le laissera jamais enfreindre de nouveau les règles.*

*— Tu vas trouver un moyen, imbécile, sinon… »*

A côté de moi, j'ai entendu Anne proférer un juron d'une voix sifflante. Ensuite, un petit poing bronzé a traversé mon champ de vision et j'ai entendu un craquement quand il s'est écrasé sur le nez de Dylan.

La surprise lui a d'abord fait écarquiller les yeux, puis, une fraction de seconde plus tard, la douleur l'a obligé à me relâcher. Il a laissé tomber ses livres et s'est plié en deux avec un grognement, se tenant le nez à deux mains.

Malheureusement, il n'était pas le seul à avoir mal : Anne s'était tournée dans l'autre sens, pliée en deux elle aussi, et c'est sa main droite qu'elle serrait en gémissant contre sa poitrine.

— Anne !

J'ai essayé de toucher son poignet pour constater l'étendue des dégâts.

— Aïe ! Arrête ! a-t-elle crié. Oh ! zut, je crois qu'il est cassé.

J'ai entendu qu'on bougeait derrière nous. Je me suis retournée. Dylan s'était redressé. Il tenait toujours son nez entre ses paumes. Il a tiré d'un coup sec, et j'ai entendu un nouveau craquement qui m'a soulevé l'estomac. Dylan venait de se remettre le nez en place.

Puis une nouvelle série de fourmillements m'a hérissé la nuque. Le filet de sang qui lui coulait sous le nez s'est arrêté, est remonté puis a disparu. Les affreux picotements qui me parcouraient la peau ont cessé, et Dylan a reniflé d'un air dédaigneux.

— Et voilà. Il est comme neuf, a-t-il déclaré avec satisfaction.

A son tour, Anne a essayé de se redresser, mais la douleur l'en empêchait. Elle lui a lancé un regard noir par-dessus son épaule.

Dylan a éclaté de rire.

— On dirait que tu as réussi à te casser la main, Albright. Je crois que tu peux dire adieu à ta saison de volley.

Sans cesser de rire, il a ramassé ses livres et s'est éloigné d'un pas allègre sur la passerelle, en direction du hall principal.

Sitôt qu'il a tourné les talons, Anne s'est écroulée sur le ciment.

— Savannah, mon poignet… Je crois qu'il est vraiment cassé !

Elle a levé les yeux vers moi, les traits déformés par la peur et la douleur.

— Qu'est-ce que je vais faire ?

J'ai examiné son poignet. A moins qu'Anne soit dotée d'une incroyable souplesse qui aurait permis à son pouce de reposer naturellement à deux centimètres de son avant-bras, son poignet était bel et bien fracturé.

— Je vais t'accompagner à l'infirmerie, ai-je décrété en la prenant par les épaules pour l'aider à se relever.

— Non ! Je vais manquer le tournoi demain !

*Elle allait manquer bien plus qu'un seul tournoi,* ai-je pensé. Elle risquait d'être carrément dispensée de sport jusqu'à la fin de l'année.

— Tu ne peux pas faire quelque chose pour le réparer ? m'a-t-elle demandé d'un air suppliant qui m'a déstabilisée.

— Comment ça ?

— Tu sais, un truc magique.

Elle a prononcé ces derniers mots à mi-voix, comme

si elle craignait que quelqu'un l'entende, bien que nous soyons seules sur la passerelle.

J'ai consulté ma montre, le cœur battant à toute allure. Il ne nous restait que quelques minutes avant la sonnerie, et les élèves n'allaient pas tarder à quitter la cafétéria en masse. Parmi eux, il y aurait des Descendants.

Déjà, quelques élèves sortaient, seuls ou à deux, par les diverses issues du réfectoire. Heureusement, jusqu'à présent, ils passaient tous au-dessous de nous pour rejoindre les bâtiments du rez-de-chaussée.

Seigneur. Etais-je prête pour ça ? Etais-je seulement capable de réparer ce poignet ? Ne risquais-je pas d'aggraver les choses ?

— Je t'en prie, Savannah, a-t-elle gémi.

Anne ne gémissait *jamais*. Ce n'était pas le genre de fille à geindre ou à supplier.

Elle s'était cassé le poignet et avait compromis sa saison de volley pour me venir en aide. Le moins que je puisse faire, c'était d'essayer.

— Si ça ne marche pas, promets-moi que tu iras à l'infirmerie, lui ai-je demandé.

Avec un hochement de tête plein d'espoir, elle a répondu :

— Promis.

— Tiens tes deux poignets devant toi.

Elle a obtempéré. Prudemment, j'ai posé mes paumes sur chacun d'entre eux pour mémoriser la forme de son poignet intact afin d'avoir une idée du résultat à atteindre. Carrie, qui s'intéressait de près à tout ce qui était médical et rêvait de devenir médecin, aurait été bien mieux préparée que moi à ce genre d'exercice.

Si les choses tournaient mal et que je replaçais mal ses os…

*Non*. Je n'allais pas laisser ma meilleure amie handicapée. Anne comptait sur moi, et j'allais assurer. En outre, Granny affirmait que la magie provenait essentiellement de ma volonté et de mes intentions.

Et j'avais l'intention de faire les choses bien.

J'ai fermé les yeux, concentrée sur son poignet, et j'ai visualisé les os fracturés avant de les remplacer par une image où ils étaient aussi parfaitement alignés que dans son autre poignet. Anne a poussé un petit cri puis a pincé les lèvres pour l'étouffer du mieux qu'elle pouvait.

— Désolée. C'est bientôt fini, ai-je marmonné.

J'ai intimé aux os, bien alignés à présent, de se ressouder, en y mettant toute ma détermination. J'ai imaginé mon énergie qui affluait de ma main gauche pour envelopper son poignet blessé.

— Je sens de la chaleur, a-t-elle chuchoté. Et ça s'est arrêté de palpiter. Je crois que ça marche !

Les yeux toujours fermés, j'ai acquiescé et continué d'envoyer ma volonté et mon énergie dans ses os brisés.

Tout à coup, la sonnerie a retenti et les portes du réfectoire se sont ouvertes à la volée. Il était l'heure.

— Comment tu te sens ?

— Mieux. Ça fait encore mal, mais beaucoup moins qu'avant.

— Essaie de ne pas trop te servir de ce poignet.

— Pendant combien de temps ?

— Je ne sais pas, je ne suis pas médecin ! ai-je rétorqué en ramassant les livres qu'elle avait laissés tomber. Anne, tu es sûre de ne pas vouloir aller à l'infirmerie ? Je pense vraiment que tu devrais faire examiner ce poignet. Imagine que je l'aie mal remis ?

Avec prudence, elle s'est massé le poignet avant de lever les yeux vers moi.

— Je crois que ça va.

J'ai poussé un long soupir et secoué la tête.

— S'il recommence à te faire mal, ou que tu as des sensations bizarres, ou…

— Oui, docteur Savannah, j'irai consulter un professionnel, a-t-elle répondu sur un ton exagérément solennel, tout en réprimant un sourire à grand-peine.

Elle a tendu le bras pour attraper ses livres.

— Pas avec cette main ! ai-je crié.

Mais si Anne s'était remise à plaisanter, c'est qu'elle devait vraiment se sentir mieux.

— Oui, chef !

De la main gauche, elle a esquissé un salut militaire. Puis elle a souri et s'est détendue.

— Merci, Sav. Tu viens juste de sauver ma carrière de volleyeuse.

— Non. C'est à moi de te remercier pour ce magnifique crochet du droit.

— Je n'arrive toujours pas à croire que ce crétin a essayé de l'étrangler, ai-je entendu pendant qu'elle se mettait en marche. Je devrais peut-être le dénoncer anonymement auprès du principal. Sauf que comme son père est au conseil du lycée, à moins que Savannah n'accepte de porter plainte…

Tout en regardant droit devant moi, j'ai répondu, dents serrées :

— A l'heure qu'il est, je n'aimerais rien tant que de porter plainte contre Dylan. Mais Tristan en entendrait parler, et je suis sûre qu'il réagirait en faisant une bêtise, et c'est exactement ce qu'attend le père de Dylan. On ne peut pas leur faire ce plaisir. Alors pas de dénonciation anonyme, d'accord ?

Le fait que Dylan soit l'objet de violences magiques de la part de son père n'influait pas sur mes sentiments envers mon agresseur. Vraiment pas. Ce n'était pas parce que le père de Dylan était une brute abusant de ses pouvoirs que son fils avait le droit de s'en prendre à une femme, et encore moins de l'étrangler. En revanche, je refusais également que ma colère me pousse à commettre l'erreur tactique qu'ils attendaient tous deux de moi.

Anne s'est arrêtée de marcher.

— Pardon ? Je n'ai rien dit.

A mon tour, je me suis arrêtée.

— Mais si. Tu parlais de dénonciation anonyme et…

— Non, je n'ai rien dit. Je l'ai pensé, mais je ne l'ai pas dit.

Elle m'a considérée un instant, les yeux plissés.

— Tu sais lire dans les pensées, maintenant, je me trompe ? C'est pour ça qu'il était dans tous ses états.

Je lui ai adressé un sourire penaud :

— Surprise !

Avec un grognement, elle s'est remise en marche.

— Si tu ne venais pas de me réparer le poignet, je te jure que… Depuis combien de temps tu joues les télépathes ?

J'ai haussé les épaules à demi.

— Quelques mois, je crois.

Elle a poussé un petit cri rageur.

— Et tout ce que tu trouves à dire, c'est « surprise ! ». Tu sais, ce soir, je vais m'en souvenir, de tout ça. Oh ! au fait, Ron a dit qu'il te ramènerait chez toi après l'entraînement. Il a dit qu'il avait déjà tout arrangé avec tes parents à la fête hier soir. Il a quelque chose à te dire en privé.

— Ron ? Quelque chose à me dire à moi ?

J'ai feint d'être étonnée tout en ouvrant pour elle les lourdes portes de verre et de métal à l'arrière du bâtiment principal. Je suis entrée à sa suite et j'ai ajouté :

— A propos de quoi ?

— Tu verras bien.

Avec un sourire satisfait, elle m'a saluée d'un grand geste de la main droite.

— A tout à l'heure.

Ainsi, Ron avait des choses à me confier. *Il était temps.* Voilà qui risquait d'être intéressant.

# 24

*Savannah*

Le soleil automnal s'enfonçait déjà derrière la ligne de pins qui bordait Jacksonville quand l'entraînement des *Charmeuses* a pris fin cet après-midi-là. Dans l'obscurité grandissante, je suis descendue le long de la colline pour me rendre à la sortie du terrain, barrée par une chaîne. Là, j'ai aperçu une voiture de sport familière qui ronronnait près du trottoir.

Je m'en suis approchée et me suis penchée pour passer la tête par la vitre côté passager.

— Salut ! a lancé Ron avec un sourire qui, pour une fois, m'a paru forcé. Anne m'a dit qu'elle t'avait parlé à midi. Tu es prête ?

— Absolument.

Quelques minutes plus tard, j'étais installée sur le siège passager et nous étions en route pour sortir du campus.

— Anne m'a dit que tu voulais me raconter quelque chose ? ai-je commencé.

Ron m'a jeté un coup d'œil.

— Ouais. Enfin, te raconter et te montrer quelque chose, en fait.

Arrivé au carrefour, au lieu de prendre l'embranchement qui m'aurait ramenée chez moi, il a continué tout droit, vers la sortie de la ville.

— Où allons-nous ?

— Dans un endroit un peu plus intime.

A ces mots, mon imagination a commencé à m'envoyer des visions de films d'horreur. Je l'ai fait taire sur-le-champ : il s'agissait de *Ron* ; en plus, Anne, mes parents et ceux de Ron étaient au courant de notre petite escapade, n'est-ce pas ? Je me suis donc forcée à me détendre.

— Nous allons à Palestine ?

Il venait juste de prendre la route 79 qui menait à la ville voisine. Palestine était aussi le lieu où la famille de Ron avait habité jusqu'à ce qu'elle déménage quand il était en Troisième.

Derrière nous, les lumières de la ville étaient à présent hors de vue. Le soleil avait achevé de se coucher, et nous roulions dans l'obscurité glacée du crépuscule.

— Non, pas aussi loin. Encore un peu plus d'un kilomètre, et nous y serons.

Ron a tourné la tête vers moi en souriant. L'éclairage du tableau de bord donnait à son visage une pâleur verdâtre.

— Je t'emmène dans cet endroit où j'aime aller pour être seul et… réfléchir.

Son expression était la même que d'habitude, avec le même petit sourire rassurant, et dans les émotions qu'il projetait, je percevais un rien de nervosité, mais surtout de l'espoir. Bref, rien dans son attitude n'indiquait qu'il avait l'intention de me tuer avant de se débarrasser de mon corps dans un fourré…

En outre, j'étais mi-vampire, mi-sorcière, tout de même, et donc en mesure de me défendre, non ?

Je me suis mise à chercher un sujet de conversation pour chasser ces pensées idiotes.

— C'est quoi, ce groupe ? ai-je demandé en montrant l'autoradio qui diffusait de la musique à faible volume.

— Ça te plaît ? Ils s'appellent les Flogging Molly.

— Flogging Molly ? Ça sonne irlandais.

— Oui, a-t-il confirmé. Ils sont géniaux. Oh ! attends, écoute ce morceau. C'est mon préféré.

Il a monté le volume et appuyé sur un bouton pour passer au morceau suivant.

J'ai extrait un boîtier en plastique de l'espace entre nos sièges et lu le titre des chansons. Celle que nous écoutions s'appelait *If I ever leave this world alive.*

*Si jamais je m'en tire ? Charmant comme titre. Parce que nous sommes sur le point de mourir, peut-être ?* me suis-je bêtement demandé avant que j'intime de nouveau à mon imagination de la boucler. En dehors du fait que je me faisais des films avec les paroles d'une simple chanson, cette musique me plaisait bien, et j'ai commencé à marquer le rythme de la tête.

Dix minutes plus tard, Ron a ralenti et bifurqué sur une petite route de bitume qui a bientôt laissé la place à un chemin de terre. Peu après, les phares de sa voiture ont révélé une Ford F150 verte garée sur le bord de la route devant nous. Une voiture que je connaissais bien.

— On dirait..., ai-je commencé.

— Oui, c'est le pick-up d'Anne. Mais qu'est-ce qu'elle fiche ici, bon sang ?

Il n'avait pas l'air ravi.

— Ce n'était pas prévu qu'elle nous retrouve ici ?

Il a secoué la tête tout en se garant à quelques mètres derrière mon amie. Cependant, il a laissé ses phares allumés.

Anne est sortie de son véhicule, une expression décidée sur le visage. Elle est allée à l'arrière et a refermé le hayon dans un claquement sonore qui m'a fait sursauter. Ron et moi sommes descendus de voiture à notre tour. Je sentais qu'il était aussi perplexe que moi.

— Anne, qu'est-ce que tu…, a-t-il balbutié.

— Je chasse le sanglier, évidemment, l'a-t-elle coupé. J'ai apporté mon arc et tout le barda. Oncle Danny n'a pas pu m'accompagner cette fois-ci, malheureusement, alors j'ai décidé d'y aller toute seule.

Ron l'a fusillée du regard.

— Toute seule ? Tu allais partir chasser *toute seule* ? Tu es folle, ou quoi ? Tu pourrais te faire tuer !

Anne a levé vers lui un visage qui était l'innocence même.

— Oui, je sais, et alors ? Toi, tu le fais tout le temps. En plus, tout le monde sait qu'il y a trop de sangliers, par ici, leur population devient incontrôlable. Et demain, c'est Halloween. Tous ces gosses en quête de friandises courent un vrai danger si on n'élimine pas un maximum de ces bestioles d'ici là.

— *Non,* a lancé Ron en avançant d'un pas vers elle. Non et non. Il n'est pas question que je te laisse seule par ici.

La bouche d'Anne s'est étirée en un sourire moqueur.

— Oh ! je t'en prie, lâche-moi la grappe, Néandertal. Je plaisantais. Je ne suis pas complètement idiote, figure-toi. Si je suis venue, c'est uniquement parce que tu m'as dit que tu emmènerais Savannah ici pour discuter.

Ron a esquissé une mimique étonnée, et Anne a laissé échapper un petit rire dénué d'humour.

— Tu croyais vraiment que j'allais te laisser annoncer

une nouvelle pareille à ma meilleure amie sans lui offrir de soutien psychologique ? Non, mais tu rêves !

D'un bond, elle s'est assise à l'arrière de son pick-up avant de nous inviter à la rejoindre :

— Allez, Sav, viens t'asseoir. Installe-toi confortablement, c'est l'heure d'écouter une histoire. Et Ron a tendance à partir dans tous les sens, autant te le dire tout de suite…

Je n'avais pas la moindre idée de ce qui se tramait, et je n'étais pas franchement certaine d'avoir envie de le découvrir en plongeant dans leurs pensées. Nous avions beau être dehors, l'atmosphère entre Anne et Ron était lourde, bien trop lourde. Pourtant, histoire de conserver la fragile entente qui subsistait entre eux, j'ai obtempéré et me suis assise à côté d'elle. Puis j'ai indiqué d'un signe de tête à Ron que j'étais prête à l'entendre.

Il a soupiré, s'est frotté la nuque puis a fixé les cercles de poussière éclairés par les phares de sa voiture. Il a semblé hésiter et enfin, il s'est lancé.

— D'accord. Savannah, tu te souviens du jour où nous avons parlé du livre que je lisais, à la bibliothèque ? Celui sur les mythes et légendes du Texas ?

J'ai hoché la tête.

— Et tu te rappelles ce que je t'ai dit au sujet des panthères noires que les colons irlandais ont amenées avec eux ?

— Bien sûr, ai-je répondu. Elles les aidaient à protéger leurs châteaux sur le vieux continent, puis leurs domaines en Amérique, jusqu'à ce que leurs maîtres les laissent redevenir sauvages.

Ron a frémi.

— En fait, pour que les choses soient claires, les colons

n'étaient pas leurs maîtres. Ensuite, ces gros « chats » s'appellent en fait les Gardiens. Au départ, ils étaient les alliés des colons, jusqu'à ce que ceux-ci n'aient plus besoin de leur aide. Troisièmement, ces colons n'étaient pas simplement des immigrants irlandais…

Il a hésité avant de reprendre :

— Il s'agissait des fondateurs du Clan.

*Mais pourquoi en revenait-on toujours au Clan ?*

— Alors c'est pour ça que tu pensais que je connaissais déjà les Gardiens ? Parce que ma famille appartenait au Clan, autrefois ?

Il a acquiescé.

— Sauf qu'il y a un autre détail crucial, dans cette histoire, que j'ai dû laisser de côté à ce moment-là dans la mesure où tu ignorais tout des Gardiens, et que je n'étais pas sûr que mes parents soient d'accord pour que je t'en parle. En réalité, ce sont les Descendants qui ont *créé* les Gardiens.

— Tu veux dire qu'ils ont croisé des chats pour aboutir à cette race de panthères ?

Anne a étouffé un petit rire. Ron lui a lancé un regard réprobateur, et elle a levé les mains en signe de reddition. Il a reporté son regard sur moi.

— Non, ce n'est pas exactement cela. Ils les ont bel et bien créés, oui, mais… à l'aide du sort le plus puissant que le Clan ait sans doute jamais mis en œuvre. Ils ont jeté ce sort, que certains préfèrent aujourd'hui appeler une malédiction, sur quelques familles humaines triées sur le volet. En échange, ces familles ont promis d'aider le Clan chaque fois qu'il en aurait besoin.

*Incroyable.* Pas étonnant que certains y voient une malédiction. Je n'imaginais même pas à quel point je serais malheureuse si une poignée de magiciens me transformait en chat !

— D'accord. Donc, il y a dans les parages un certain nombre d'humains qui en veulent au Clan de les avoir transformés en chats géants puis abandonnés, ai-je résumé. Et… tu veux quoi ? Que je leur redonne leur enveloppe humaine ? Parce que, quoi qu'Anne ait pu te raconter, je ne suis pas encore à la hauteur pour ça, en toute franchise. Il n'y a que quelques mois que je m'entraîne à la magie. Si je suis parvenue à réparer son poignet, c'est un coup de chance, rien de plus.

Ron s'est crispé, puis il a fait un grand pas en avant et a attrapé Anne par les deux mains.

— Eh ! s'est-elle écriée. Qu'est-ce que tu fais ? Bas les pattes !

Il lui a retourné les mains avant de passer ses doigts sur ses poignets en dépit des efforts qu'elle faisait pour se libérer.

— Que s'est-il passé ?

Il l'a dévisagée longuement. Comme elle était assise sur le pick-up, leurs yeux étaient à la même hauteur.

— Pourquoi ne m'as-tu pas dit que tu t'étais blessée ?

— Je ne t'ai rien dit parce que, premièrement, ce ne sont pas tes affaires, et deuxièmement, parce que c'est fini, maintenant. Savannah a tout arrangé avec ses passes vaudoues.

D'un mouvement sec, elle s'est dégagée et m'a lancé un regard noir :

— A ce propos, c'est un secret que j'ai gardé, moi. Merci bien pour ta discrétion !

Sourcils froncés, Ron s'est tourné vers moi, cherchant une réponse dans mes yeux.

— Savannah ?

Anne m'a adressé une série de mimiques m'avertissant de ne rien lui dire. Mais elle ne m'avait pas fait promettre de me taire à ce sujet. Et comme j'étais la reine des romantiques, je ne parvenais pas à rester insensible à l'angoisse et au trouble qui émanaient de son ex-amoureux.

— Nous… disons que nous avons eu une petite altercation avec Dylan ce midi, ai-je fini par dire.

— Sav, sérieux, ça ne le regarde pas, a-t-elle sifflé.

— Si, ça me regarde complètement, a déclaré Ron. Qu'a-t-il fait ?

— Il s'en est pris à Savannah, alors je lui ai rendu la monnaie de sa pièce, a expliqué Anne. Fin de l'histoire.

Ignorant son intervention, Ron a soutenu mon regard, comme pour exiger davantage de détails. J'ai cédé.

— Oui, bon. En gros, c'est bien ce qui s'est passé. Il s'est aperçu que je pouvais lire dans ses pensées et il a pété les plombs. Quand il a commencé à m'agresser, Anne s'est blessé le poignet en essayant de lui mettre son poing dans le nez.

— Ce qui aurait été parfait si ce crétin n'avait pas utilisé ses pouvoirs pour réparer son nez aussitôt après, a commenté Anne. Mais comme Savannah a guéri mon poignet dans la foulée, globalement, nous sommes quittes. Voilà, tu es content ?

Pendant quelques secondes, il s'est tu, mais je voyais les muscles de sa mâchoire saillir de plus en plus. Enfin, il a reculé et a croisé les bras. Je m'attendais à ce qu'il me harcèle de questions concernant mes pouvoirs de sorcière, mais au lieu de cela, j'ai senti une vague de reconnaissance émerger de lui.

— Dans ce cas, je crois qu'il faut que je te remercie, Savannah.

— Ce n'était rien, ai-je répondu avec un haussement d'épaules. Elle ne se serait pas blessée si elle n'avait pas essayé de me protéger.

*Pourquoi ne manifestait-il aucune curiosité concernant mes capacités de guérisseuse ?*

Une brève intrusion dans ses pensées m'a fourni la réponse.

— Ta mère t'a parlé de moi, n'est-ce pas ?

Il a fait signe que oui.

— Elle m'a aussi expliqué pourquoi ta famille avait été bannie du Clan et pourquoi tu ignorais l'existence des Gardiens.

Ainsi, il savait que j'étais mi-vampire, mi-sorcière. Pour autant, il ne semblait pas avoir peur de moi.

— Depuis combien de temps es-tu au courant ?

— Depuis le jour où je t'ai parlé des panthères du Texas.

J'ai repensé aux mois qui s'étaient écoulés entretemps. Il avait deviné que je pouvais percevoir les pensées de Tristan, mais cela n'avait pas semblé le déranger. Il y avait aussi eu cet incident, quand Dylan — probablement — avait enduit de sang la poignée de mon casier, et que Ron avait réagi au quart de tour pour me venir en aide. Et surtout, il n'avait jamais manifesté la moindre peur quand nous nous retrouvions seuls à la bibliothèque.

En repensant à cela, j'ai senti ma gorge se serrer.

— Merci de ne pas être parti en courant, ai-je murmuré.

Avec un sourire désarmant, Ron a répondu :

— De rien.

Et voilà : à présent, deux êtres humains normaux savaient tout de moi. Et cela ne les dérangeait pas.

J'ai respiré un grand coup.

— Bon, mais rien de tout cela n'explique pourquoi nous sommes ici ce soir. Je veux dire, j'ai de la peine pour les Gardiens… crois-moi, j'ai eu plus que ma part de misères de la part du Clan, moi aussi. Mais que veux-tu que je fasse pour eux ? Même si nous pouvions dénicher et capturer l'une de ces malheureuses créatures, je serais incapable de les retransformer en êtres humains. Surtout si, pour commencer, il a fallu tout un groupe de Descendants pour créer le sort à l'origine de leur malédiction. Je ne suis pas aussi puissante, et je ne saurais même pas par quel bout prendre le problème.

Anne a réprimé un sourire.

— Oh ! nous n'avons pas besoin de partir à la chasse aux Gardiens. Ils sont beaucoup plus faciles à trouver que tu ne crois. En fait, si nous restons ici quelques minutes de plus, je parie que Ron peut t'en ramener un, n'est-ce pas ?

Elle a planté son regard dans le sien et lui a lancé un regard plein de défi.

Il lui a adressé une grimace avant de soupirer.

— Mais bien sûr. Je reviens tout de suite.

Sur ces mots, il a tourné les talons et s'est dirigé vers les bois.

Tiens donc. Avait-il des tendances suicidaires ?

— Tu ne m'avais pas dit que ces bois étaient truffés de sangliers ? Ce n'est pas dangereux pour lui de…

— Ne t'inquiète pas, a-t-elle coupé. Les sangliers auront plus peur de lui que l'inverse. Tu verras.

Le bruit des pas de Ron s'est éloigné, faisant place au silence.

— Alors, pourquoi affirmais-tu que j'avais besoin de soutien psychologique au sujet de cette histoire de Gardiens ? ai-je demandé. Ou alors, c'est juste que tu avais besoin d'une excuse pour voir quelqu'un — tu sais, un grand blond, beau garçon ?

Souriant de toutes mes dents, je lui ai envoyé un petit coup d'épaule.

— Oh ! je t'en prie ! En réalité, je voulais juste gagner du temps en étant sur place. Sinon, après tu m'aurais envoyé des tas de textos furieux pour ne pas t'avoir tout raconté moi-même.

— Attends, je ne comprends rien : pourquoi je me mettrais en colère contre toi ? A cause des Gardiens ?

— Parce qu'il s'agit d'un secret que j'ai juré de ne pas révéler. Même à toi.

Il y avait quelque chose de bizarre, dans le ton de sa voix — une note douloureuse, mêlée à un terrible sentiment de perte que je percevais dans ses émotions. J'ai reçu tout cela en plein cœur, et ma gorge s'est serrée de nouveau. Pourquoi donc refusait-elle de faire ce qu'il fallait pour mettre fin à cette souffrance et récupérer Ron ?

— Dis-moi, cette histoire de Gardiens, cela a quelque chose à voir avec votre rupture ?

Peut-être Ron était-il tellement obsédé à l'idée de lever la malédiction des Gardiens qu'Anne en avait eu assez et qu'elle avait décidé de mettre fin à leur relation ?

Non, ce n'était certainement pas la raison de leur rupture. Anne avait ses propres obsessions, comme améliorer son service au volley et ses talents de vedette de l'équipe des *Maidens*. Elle aurait pu comprendre Ron.

Elle m'a pourtant surprise en acquiesçant et en déglutissant si fort que je l'ai entendue avaler sa salive.

Alors c'était bien ça ? Elle avait rompu avec Ron à cause de son obsession pour les Gardiens ?

J'ai essayé de trouver quelque chose à lui dire pour la réconforter :

— Tu sais, personne n'est parfait. Tout le monde a ses petites fantaisies. As-tu essayé de débusquer des Gardiens avec lui ? On ne sait jamais, ça pourrait créer des liens entre vous, comme une sorte de hobby que vous auriez en commun…

Lèvres pincées, elle a secoué la tête.

— Je t'ai déjà dit que les Gardiens sont très faciles à trouver. Et crois-moi, ce n'est pas le genre d'occupation qu'on pourrait qualifier de « hobby ».

— Très bien. J'essayais juste d'aider.

Sentant l'irritation me gagner, je me suis tue et j'ai écouté les bruits de la forêt dans la nuit. Une chouette qui ululait au loin, la brise qui faisait bruire les arbres autour de nous. Ce vent frais amenait avec lui l'odeur familière des pins et de la terre ainsi que celle, plus insolite, des créatures sauvages qui peuplaient ces bois.

*C'est le son d'une respiration que j'ai perçu en premier.* Forte et ample, presque menaçante. Je me suis figée.

— Anne, tu as entendu ?

Elle m'a regardée.

— Entendu quoi ?

— Une respiration. Très forte, comme si quelque chose de gros arrivait…

*C'est alors que je l'ai vue.* Sa fourrure noire brillait dans la lumière des phares tandis qu'elle sortait des bois, avançant sans bruit sur des pattes aussi grandes que mes mains. Ses yeux jaunes, fendus de pupilles verticales au lieu de rondes, étaient posés sur nous. Elle avançait d'un pas sûr, directement sur nous.

*Oh, mon Dieu.*

La dernière fois que mon cœur avait battu à cette

allure, c'était le jour où Granny était suspendue dans les airs, retenue dans le Cercle par les charmes du Clan.

Ce soir, je ne voulais pas que ça finisse aussi mal. Je ferais tout ce qui était en mon pouvoir pour m'en assurer. Mon père affirmait que les vampires étaient immortels, à moins qu'on leur plante un pieu dans le cœur, qu'on les décapite ou qu'on les brûle. Tant que je tiendrais mon cou à l'écart des griffes de cette bête, je m'en sortirais. En revanche, Anne était une simple mortelle. Je devais la mettre à l'abri. Tout de suite.

Il fallait qu'elle rentre à l'intérieur de la cabine de son pick-up. La bête ne pouvait sûrement pas traverser les vitres ou le pare-brise. Enfin, c'était à espérer…

Prenant garde de ne pas faire de mouvements brusques, j'ai levé une main pour la poser sur l'épaule d'Anne en espérant que cela l'aiderait à conserver son calme.

— Anne ? Je ne veux pas te faire peur, et je ne veux pas que tu bouges. Mais écoute-moi très attentivement. Je te jure sur la tombe de Granny qu'il y a un énorme animal tout près de nous.

Elle a tourné la tête dans la direction indiquée.

— Moui, je le vois.

— D'accord. Voilà ce que nous allons faire : je veux que tu ramènes tes jambes tout doucement sur la plate-forme. Bouge aussi lentement que possible, ne fais aucun bruit, et peut-être qu'il ne nous attaquera pas. Je veux que tu ailles jusqu'à la vitre arrière, et que tu essaies de l'ouvrir.

— Elle est déjà ouverte. Comme ça, j'ai accès plus facilement à mon arc et à mes flèches…

*Etait-elle en train de penser à tirer sur cette… panthère ?*

— Oublie ton arc pour le moment. Je ne tiens pas

à ce que tu joues les héros. Je veux que tu entres dans la cabine pour te mettre à l'abri.

Elle s'est tournée vers moi avec un petit sourire.

— Ah oui ? Et toi, que vas-tu faire ?

Sourcils froncés, j'ai continué de regarder la bête monstrueuse qui venait de sortir des bois. Elle s'était arrêtée de l'autre côté du chemin, quelques mètres plus loin. J'ignorais sur quelle distance elle pouvait bondir. A voir sa taille, peut-être bien jusqu'à la plate-forme où nous étions assises.

— Ne t'en fais pas pour moi. Je suis une vampire, tu te rappelles ? Tant que ce monstre ne me coupe pas la tête…

— Oh ! ne sois pas ridicule ! Laisse-moi attraper mon arc et mes flèches, et je vais lui régler son compte.

Anne a sauté sur ses pieds, trop vivement pour que je puisse l'arrêter.

D'une voix sifflante, j'ai ordonné :

— Pas de gestes brusques ! Et je t'interdis d'aller chercher ton arc et tes flèches. Contente-toi d'entrer dans la cabine et…

Un bruit caractéristique m'a indiqué qu'elle venait de faire coulisser la vitre arrière. J'ai risqué un regard par-dessus mon épaule. Elle avait passé son bras et son épaule à l'intérieur, mais le reste de son corps, toujours en dehors de la cabine, était plus vulnérable que jamais.

— Que se passe-t-il ? Tu es coincée ?

— Non, tout va bien.

Elle parlait à voix haute.

— Pas si fort ! ai-je sifflé.

Bon sang, elle cherchait à inciter la bête à nous attaquer, ou quoi ?

Elle s'est redressée, et je me suis retenue pour ne pas

la plaquer au fond de la plate-forme. Elle tenait un arc à poulies auquel étaient fixées des flèches, et elle avait une sorte de crochet bizarre fixé au poignet.

— Nom d'un chien, Anne, je t'ai dit *non* ! Rentre à l'intérieur, et mets-toi en sécurité. Tout de suite.

Comme si je n'avais rien dit, elle a commencé à insérer une flèche dans l'arc, puis elle l'a crochetée avec l'accessoire qu'elle avait au poignet.

— Non, Anne !

Si elle manquait sa cible ? Peut-être cela ferait-il fuir la bête. Mais plus sûrement, cela la mettrait suffisamment en rage pour qu'elle nous saute dessus.

— Arrête de t'inquiéter, a-t-elle dit tranquillement.

Elle a ramené la flèche et l'une des trois cordes contre sa mâchoire, et puis, avec un petit sourire, elle a posé le bout de son nez contre la corde.

— Je maîtrise la situation. Tu es prête ? Un, deux…

Elle a avancé l'index droit pour presser la détente du crochet fixé à son poignet. Le crochet en question a libéré la flèche, et celle-ci s'est envolée. Elle a manqué le monstre d'au moins trente centimètres.

La panthère a tendu une patte et a attrapé la flèche aussi facilement qu'un chat bondissant sur une souris.

J'en suis restée bouche bée. Une panthère normale n'aurait jamais fait cela. C'était donc un de ces « Gardiens », comme je m'en doutais. De pire en pire…

Anne a gloussé :

— Bravo, joli coup ! Mais je t'interdis de l'abîmer avec tes griffes ou tes crocs. Pose-la par terre, et je la récupérerai plus tard.

Un rire masculin a retenti. Il était à la fois lointain et étrangement proche, comme si je l'entendais à travers des écouteurs. Comme s'il résonnait dans ma tête.

Un rire qui, en outre, me semblait familier.

— *Ron ?* ai-je chuchoté.

J'ai quitté la panthère des yeux pour balayer les environs du regard, laissant à Anne le soin de surveiller la bête. Si je l'entendais rire, c'est que Ron ne devait pas se trouver bien loin.

« *Ah oui ?* »

C'était clairement la voix de Ron. Est-ce qu'il était monté dans un arbre ?

— Où es-tu ? Ne t'approche pas ! Il y a un…

« *Un chat noir géant qui te regarde ? Ouais, je sais…* »

Il avait l'air de se moquer de moi. Ils avaient tous perdu la tête, par ici, ou quoi ?

— Oui, eh bien ce « chat », comme tu dis, n'est pas du tout normal. Où es-tu ? Peux-tu monter sans risque dans ta voiture ? Sinon, reste où tu es, et nous allons entrer dans le pick-up d'Anne pour venir te chercher.

Anne a éclaté de rire.

— C'est ça, Ron. On va venir te sauver.

Son rire a redoublé.

Je lui ai décoché mon regard le plus noir.

— C'est quoi, ton problème ? Tu ne vois pas cette énorme bête noire là-bas, prête à nous sauter à la gorge ?

— Si c'est pour nous faire des suçons, c'est possible. Mais ne t'inquiète pas, il ne nous fera pas de mal.

Elle a levé le menton et, d'une voix forte, a appelé :

— C'est bon, Ron, tu as fini de te payer sa tête ?

D'une démarche ondulante, la panthère s'est rapprochée. Lentement, mais sûrement. A présent, elle était juste à côté du pick-up. Abandonnant toute prudence, j'ai sauté sur mes pieds et me suis interposée entre la bête et Anne, lui faisant un rempart de mon corps.

« *Quelle rapidité !* », s'est étonné Ron.

La panthère s'est élancée sur le plateau du pick-up, et l'arrière du véhicule s'est affaissé sous son poids. J'avais beau serrer les dents de toutes mes forces, je n'ai pu retenir un cri. L'animal devait mesurer au moins deux mètres de long.

— Monte dans cette fichue voiture ! ai-je hurlé à Anne en continuant de m'interposer entre elle et le monstre.

Je n'avais pas la moindre idée de la façon dont j'allais pouvoir le combattre. Restait à prier pour que ma force de vampire soit suffisante face à la taille et au poids de mon adversaire…

Ce corps velu renfermait-il encore un esprit humain avec lequel je pouvais envisager de parlementer ? Peut-être que si je lui présentais mes excuses pour la conduite d'Anne et cette malheureuse flèche… ?

— Eh, mec, fais attention à ma voiture, a lancé Anne à la panthère, par-dessus mon épaule.

L'animal s'est assis en émettant une sorte d'éternuement dédaigneux.

« *Je n'y crois pas*, a dit Ron. *Elle trimballe des cochons morts dans cet engin, mais elle me demande, à moi, de faire attention à sa voiture ?* »

Pour la première fois depuis l'apparition de la panthère, j'ai cessé de me demander comment protéger Anne et me suis concentrée sur la voix de Ron.

— Ron ? ai-je demandé.

« *Présent.* »

La panthère a incliné la tête. Sa queue balayait paresseusement le plateau.

— Où es-tu ? Fais-moi un signe de la main, ou n'importe quoi d'autre, que je puisse te voir.

*Lentement, la panthère a levé une patte.*

Je devais être en train de rêver… ou de devenir folle.

— Oui, tu es très drôle, a dit Anne sur un ton un peu blasé. Mais ce n'est pas pour ça que je vais t'en taper cinq. Pas sous cette forme, en tout cas.

— C'est... les Gardiens sont..., ai-je bégayé.

— Des *métamorphes*, a complété Anne en tripotant son arc d'un air blasé.

Voilà. C'était évident. Parce que, si sorcières et vampires existaient en ce monde, pourquoi pas des humains capables de se transformer en chatons géants ?

— Alors, c'est ça, un Gardien ?

— Affirmatif.

« *Je suis l'un de leurs représentants, en tout cas* », a dit Ron.

— Parce qu'il y en a d'autres, comme toi ?

« *Oh oui. Bien trop, en fait. C'est pour cela que ma famille a dû quitter Palestine. Là-bas, les bois sont infestés de Gardiens, et ils vont devoir se disperser un peu avant de risquer d'attirer davantage l'attention. Je veux dire, on nous a déjà tellement repérés dans les parages, au fil des ans, qu'il existe carrément une mascotte à notre effigie, au lycée du coin !* »

J'ai adressé une grimace perplexe à la panthère. Enfin, à Ron, je veux dire.

— Pourquoi est-ce que j'entends ta voix dans ma tête ?

« *Cela fait partie du sort lancé par le Clan, à l'origine. Quand nous revêtons notre forme animale, cela nous permet de communiquer avec les Descendants ou, dans ton cas, des créatures partiellement issues de Descendants. Très pratique en temps de guerre, j'imagine, ça simplifie la transmission d'informations. Cela dit, les Descendants n'ont pas spécialement cherché à nous impliquer dans aucun de leurs agissements depuis un bon siècle. Et, au fait, ça marche dans les deux sens : moi aussi je peux lire dans tes pensées, quand je suis sous cette forme.* »

*Ah oui ?* ai-je pensé pour le mettre à l'épreuve.

« *Oui* », a-t-il confirmé sur un ton enjoué.

Génial.

— Bon, je m'ennuie, est intervenue Anne. On peut rentrer à la maison, maintenant ?

« *Bien sûr* », a pensé Ron en sautant souplement à bas du pick-up.

— Savannah monte avec moi, a lancé Anne tandis que la panthère s'éloignait.

Elle a rangé son attirail de chasse au fond du pick-up avant de s'engouffrer dans l'habitacle pour se mettre au volant.

Sans dire un mot, je suis montée à côté d'elle. J'étais encore sous le choc de la révélation de Ron concernant les Gardiens. Ce que le Clan avait fait à ces familles — ensorceler le patrimoine génétique de lignées entières — relevait de la magie pure et dure, pas du simple tour de passe-passe. Ce sort affectait fondamentalement et durablement ses victimes, de génération en génération. Pourtant, je comprenais pourquoi le Clan avait agi ainsi. Durant une bataille, les Gardiens devaient être de fantastiques alliés. Mais alors, pourquoi le Clan avait-il laissé cette alliance s'étioler jusqu'à disparaître ?

Après réflexion, je me suis dit que c'était une question d'ego. Les membres du Clan étaient devenus prétentieux : ils étaient convaincus que, dans le monde moderne, leur magie était amplement suffisante pour assurer leur protection.

C'était pitoyable. A présent, les Gardiens demeuraient affligés de cette malédiction, qu'ils le veuillent ou non, et personne n'avait plus besoin d'eux.

— Alors, que penses-tu de tout cela ? a demandé Anne quand elle en a eu assez du silence qui régnait dans l'habitacle.

— Euh, je pense que… quel est le mot que je cherche ? « Scotchée » me paraît adapté.

— Carrément. C'est du lourd, cette affaire. J'ai essayé de dissuader Ron de t'en parler, mais il était convaincu que ça t'aiderait à te sentir moins seule, ou moins différente. Quel idiot !

Elle a roulé des yeux de façon éloquente. J'ai préféré la rassurer :

— Non, franchement, je suis contente qu'il l'ait fait. Dans un sens, il a raison, ça me fait du bien de savoir ça.

Avec un regard en coin, j'ai ajouté :

— Et donc, je suppose que c'est pour cette raison que tu as rompu avec lui ?

Elle a acquiescé, et ses lèvres se sont pincées :

— J'ai eu le temps de me faire à l'idée, à présent. Surtout après avoir appris que toi aussi… Enfin, tu vois. Mais la première fois qu'il m'en a parlé…

Elle a secoué la tête, les yeux rivés sur la route devant elle. Nous arrivions à proximité de Jacksonville, et les lumières de la ville lui éclairaient le visage.

— Mais au début, ça faisait beaucoup trop de choses à digérer d'un coup. Il faut vraiment être malade pour balancer ce genre d'informations à une fille que tu fréquentes depuis seulement quelques mois, tu ne crois pas ? Ça m'a fait l'effet d'une bombe.

— Mais vous êtes sortis pendant *huit mois* ensemble, plus ou moins. Je me trompe ?

— Oui, on parle bien de *mois*, pas d'années, justement. Il n'était même pas censé me parler des Gardiens, alors de là à me les montrer ! Personne, en dehors du Clan ou des Gardiens eux-mêmes, n'est supposé connaître leur existence. Mais lui, il y est allé franco, et l'année dernière, il m'a tout raconté. Et tu t'étonnes que je sois partie en courant ?

La lumière des réverbères a souligné la lueur furieuse qui étincelait dans son regard. Nous étions entrées dans la ville, et les pins avaient fait place à des alignements de bâtiments sombres.

— Donc, si je résume bien, tu l'as largué parce qu'il était différent.

— Mais non, bien sûr que non ! m'a-t-elle fait, exaspérée. Tu sais bien que je ne suis pas comme ça. Ce n'était pas le fait qu'il soit un métamorphe qui me posait problème. En revanche, je n'ai pas supporté qu'il me balance cet énorme secret de famille à la figure. Je trouve ça complètement inconscient ! Tu imagines, si je m'étais mis en tête de le filmer en pleine transformation avec mon téléphone sans qu'il s'en doute, et que j'avais mis la vidéo sur YouTube ?

— Arrête, Anne. Tu ne ferais jamais une chose pareille.

— Mais j'aurais très bien *pu*, qu'est-ce qu'il en savait ? Sans parler du fait que c'était mon premier petit copain et que j'avais à peine seize ans quand il m'a montré ça. Je peux te dire que pour une première relation, c'est un peu trop lourd à vivre au quotidien. Si ça se trouve, comme c'était parti, il allait me demander en mariage la semaine d'après !

— Alors tu l'as largué. Parce qu'il t'a fait confiance en te révélant son secret le plus obscur et le plus personnel ?

Au carrefour, nous nous sommes arrêtées au feu et avons attendu en silence qu'il passe au vert. Un silence qui s'est prolongé quand nous avons redémarré.

— Tu sais, ai-je dit après quelques instants, je suis un peu étonnée que tu m'aies gardée comme amie après que je t'ai révélé mes propres secrets de famille.

— C'est différent et tu le sais très bien. Je ne sors pas avec toi. Et puis, ça fait des années qu'on est amies. Ron est juste un type avec qui je suis sortie pendant quelques mois.

Elle disait vraiment n'importe quoi.

— Tu te racontes des histoires, Anne.

— *Quoi ?*

— Tu m'as bien entendue : tu te cherches des excuses. Tu sais très bien que tu n'aurais jamais dû rompre avec lui. Mais tu ne veux pas le reconnaître parce que ça reviendrait à admettre que tu as eu tort.

— Je n'ai pas tort ! Ron est allé beaucoup trop vite, il m'a poussée dans mes retranchements ! A quoi s'attendait-il, en me balançant cette histoire ? Et je tiens à te faire remarquer que ça, c'était avant que j'apprenne par ma meilleure amie que les vampires et les sorciers existent bel et bien. Quand tu m'as assené la nouvelle, j'avais eu des mois pour m'habituer à ce genre de révélations hallucinantes.

J'ai senti la colère me gagner et je me suis forcée à la faire refluer. Confrontée à une réalité qui la dépassait, Anne avait paniqué, et c'était bien normal. A présent, elle réagissait de façon agressive, comme un animal acculé. Pourtant, il était temps qu'elle se réveille et qu'elle affronte cette réalité en face, qu'elle se sente prête ou non ! En perdant Granny puis Tristan, j'avais appris que la vie pouvait être incroyablement courte et que l'amour ne tenait qu'à un fil. Il fallait qu'elle aussi le comprenne.

— Tu as peur.

— Pardon ?

— Tu as peur, ai-je insisté, et tu pars en courant. A un moment donné, tu t'es rendu compte que tu étais amoureuse de Ron. Jusque-là, c'était gérable. Mais quand il t'a révélé son secret, tu t'es aperçue que lui aussi t'aimait, sinon il ne t'aurait pas fait confiance à ce point. Et ça t'a fait fuir.

— Je n'ai pas peur, a-t-elle répondu sèchement.

Au carrefour suivant, elle est passée à l'orange sans ralentir.

— Je te rappelle que je vais tout le temps à la chasse. Et certains des sangliers que j'abats pèsent trois cents kilos ! Les petites filles effarouchées restent dans les jupes de leur mère, elles ne vont pas chasser des animaux qui font cinq fois leur poids.

— Et alors ? Je veux bien reconnaître que tu n'as pas peur d'aller chasser le sanglier. En revanche, tu as bel et bien peur de l'amour. Et ne brûle pas ce feu rouge.

Elle a enfoncé la pédale de frein, et la voiture s'est arrêtée à quelques centimètres du passage piéton.

— C'est ridicule ! J'aime mes parents, mes oncles, mes tantes, et même mes boulets de cousins…

— Ce n'est pas la même chose, et tu le sais très bien.

Un lourd silence s'est installé dans l'habitacle tandis que nous attendions le feu vert. Quand elle a redémarré, elle a tourné à gauche sans mettre son clignotant et j'ai remercié le ciel que les rues soient pratiquement désertes. En arrivant devant le Tomato Bowl, elle a accéléré, et en traversant la voie de chemin de fer, la voiture a décollé et nous nous sommes retrouvées les fesses à deux centimètres au-dessus de nos sièges. Heureusement, le virage menant à ma rue l'a obligée à ralentir. Parvenue devant ma maison, elle a freiné à mort et les pneus ont hurlé tandis que nous étions projetées en avant, puis contre le dossier de nos sièges. *Vive les ceintures de sécurité*, ai-je pensé avec un soupir de soulagement. Anne a mis le moteur au point mort avant de l'éteindre.

Le cliquètement du moteur qui refroidissait était à présent le seul bruit qu'on entendait dans l'habitacle. J'aurais pu descendre et la laisser fuir cette conversation. Mais je n'en avais pas fini avec elle, et je ne voulais pas qu'elle s'en sorte comme ça. Pas cette fois. J'étais son amie, et je tenais à ce qu'elle comprenne le mal qu'elle se faisait, et qu'elle faisait à Ron.

— Tu sais, je ne suis pas la seule à avoir peur, ici, a-t-elle enfin grommelé. Toi et Tristan, par exemple…

J'ai failli m'étouffer.

— Comment ça, Tristan ?

— Tu t'es trouvé des tas de raisons pour te convaincre que votre amour est impossible. Mais regarde les choses en face : si tu voulais vraiment continuer de sortir avec lui, tu te débrouillerais pour le faire, et tant pis pour les conséquences. C'est ce que tu as fait au début, rappelle-toi.

— C'était la plus mauvaise décision que j'aie prise l'année dernière, ai-je martelé. Je ne me doutais pas que ma grand-mère en paierait le prix. Quand j'ai compris quelles étaient les conséquences de ma relation avec Tristan…

Anne m'a coupée net.

— Tout ça, ce sont des bêtises, et tu le sais très bien. Tu avais pris la décision de rompre avec lui des heures avant le décès de ta grand-mère, tu te souviens ? Tu m'as dit que tu avais promis au Conseil des Vampires de mettre fin à votre relation alors que tu te trouvais encore en France.

— Parce que je me suis aperçue que je risquais de le tuer rien qu'en l'embrassant !

Là, elle allait décidément trop loin. J'ai essayé de me tourner sur le côté pour la regarder bien en face. La ceinture de sécurité m'en a empêchée, me mordant les côtes. Avec un grognement de frustration, je me suis battue avec la boucle pour me libérer.

— Et alors, que devrais-je faire, à ton avis ? Le tuer accidentellement, et m'en laver les mains ? Ne pas me soucier du fait que je mettais sa vie en danger, tant que j'étais heureuse, moi ?

Elle a marqué un temps d'hésitation et je l'ai entendue penser : « *Eh bien, non, mais…* »

— Tu trouveras un moyen. Pourquoi tu ne le transformerais pas ?

J'avais l'impression d'entendre Tristan ! Cet argument était plus qu'éculé, et je n'aurais pas dû avoir besoin d'en débattre avec ma meilleure amie.

— Je ne peux pas, Anne. Premièrement, je ne suis que partiellement vampire. Et même si mes gènes de vampire étaient assez puissants pour prendre le dessus, cela n'empêcherait pas Tristan de mourir pendant la transformation. Tous les Descendants qui ont essayé de se faire transformer en vampires sont morts. *Tous.*

Elle a détourné le regard.

— Je crois plutôt que c'est une excuse bidon.

— Moi, ce que je crois, c'est qu'ici et maintenant, tu continues de fuir ! Pourquoi faire face à la dure réalité de tes propres erreurs alors qu'à la place, tu peux retourner la situation et faire les mêmes reproches à ta meilleure amie qui, elle, n'a pas le choix ?

J'ai saisi la poignée de la portière et ai tiré dessus d'un coup sec avant de la pousser d'un coup d'épaule et de descendre.

— Si je pouvais être avec Tristan sans mettre sa vie en danger, je le ferais, crois-moi. Mais il n'existe aucun moyen d'y parvenir. Je ne peux pas aller à l'encontre de ma nature. Toi, en revanche, tu es malheureuse uniquement parce que tu te comportes comme une idiote décérébrée !

Elle en est restée comme deux ronds de flan.

— Je ne suis pas une *idiote décérébrée* !

— C'est vrai. C'est bien pour cela que j'ai dit que tu te *comportais* comme telle. Et maintenant que tu le sais, que je le sais et que Ron, j'en suis sûre, le sait aussi, tu veux bien nous rendre à tous un immense service et te sortir la tête du sable ? Appelle-le. Dis-lui que tu as commis une erreur et excuse-toi. Et je te jure que s'il n'accepte pas sur-le-champ de te pardonner et de ressortir avec toi, je… je…

J'étais tellement en colère que je n'arrivais pas à trouver de promesse assez forte.

— J'irai chasser le sanglier avec toi ! Là !

J'ai claqué la portière avec force, heureusement sans froisser le métal, et la voiture a tremblé sur ses essieux. Ensuite, j'ai traversé en un éclair la pelouse pour rejoindre le porche. Une fois à l'intérieur, j'ai dû lutter de toutes mes forces pour ne pas claquer aussi la porte d'entrée et réduire en miettes le vitrail coloré qui l'ornait.

Dehors, Anne a fait redémarrer sa voiture, a monté le volume de l'autoradio à fond, puis elle s'est éloignée dans un rugissement de moteur.

— Tu as fait une petite sortie culturelle dans les bois avec le fils Abernathy ? m'a lancé mon père en guise de salutation depuis le salon.

Assis sur le canapé, il lisait le journal.

— Oh ! oui ! ai-je répondu d'un ton cassant. C'était très instructif.

Imbéciles d'humains ! Anne avait une chance de connaître l'amour, sans doute même le parfait amour — quelque chose que moi je ne connaîtrais plus jamais — et elle la jetait aux orties ! Elle n'imaginait pas tout ce que je donnerais pour pouvoir retrouver Tristan.

— Je vais au lit, ai-je annoncé avant de me transporter à toute vitesse dans ma chambre à l'étage.

Arrivée au pied de mon lit, j'ai allumé ma station MP3, ôté mes chaussures et mis *What doesn't kill you* de Kelly Clarkson.

Pendant une minute, j'ai écouté les paroles en battant la mesure avec mes pieds sur le parquet. Puis ma tête a commencé à se balancer elle aussi. Enfin, sans que je sache comment, mon corps s'est mis à tournoyer, à onduler et à bondir au rythme du morceau — et c'était *bon* ! Assez bon pour m'empêcher d'appeler Anne et de lui redire encore une fois le fond de ma pensée.

Une minute plus tard, j'ai senti quelque chose d'humide me glisser le long du nez. Ça ne pouvait pas être une larme. Les vampires ne pleuraient pas. Les yeux fermés, je l'ai chassée du revers de la main. Presque aussitôt, une autre m'a coulé sur la joue, puis encore une et soudain, ma gorge et mes poumons se sont mis à me brûler, exactement comme quand j'étais encore humaine et que j'essayais de courir pendant plus de trente secondes.

Même chanter cette chanson, qui parlait d'être plus forte, me semblait un mensonge envers moi-même.

Je me suis affalée sur mon lit et me suis pris la tête dans les mains. Quelle idiote j'étais de m'immiscer dans la vie amoureuse de ma meilleure amie ! Comment avais-je pu penser être en mesure de régler ses problèmes à elle alors que j'étais incapable de solutionner les miens ?

# 25

*Tristan*

Le gâteau à la fraise ne constituait pas simplement un cadeau d'anniversaire. Il s'agissait également d'un gage de réconciliation. Je n'avais plus envie de me battre avec Savannah, même si le fait qu'elle refuse de lutter pour retrouver ce que nous avions tous deux perdu continuait de me blesser et de me frustrer. Elle était passée à autre chose. Maintenant, elle avait Ron. Il était temps que je prenne exemple sur elle.

Vendredi soir, les *Indians* se sont battus comme des lions lors d'un match à domicile. Mais même après m'être démené sur le terrain, j'avais encore les nerfs à fleur de peau et je ne tenais pas en place. J'avais l'impression d'être incapable de trouver mon équilibre. Et le bavardage constant de Bethany après le match, alors que nous nous trouvions tous les deux face à l'entrée du Tomato Bowl, là où tout le monde pouvait nous voir, ne contribuait pas à m'apaiser.

Une main s'est abattue entre mes omoplates, me faisant vaciller en avant.

— C'est un sacré spectacle que tu nous as offert, fiston !

*Mes parents.* Je les ai gratifiés d'un sourire forcé.

— Merci.

Le silence s'est fait entre nous, contrastant fortement avec le bruit des rires et des conversations alentour.

— Je suis contente de te revoir, a dit ma mère à Bethany avec chaleur.

Elle m'a adressé un sourire plein de sous-entendus assorti d'un hochement de tête approbateur, et puis elle s'est tournée vers mon père :

— Tu sais, je crois que je ne dirais pas non à une petite glace. Qu'en penses-tu, mon chéri ? Tu as encore de la place après tes quatre hot-dogs ?

Mon père a souri tout en se caressant la barbe, feignant de réfléchir à sa proposition.

— En fait, je crois qu'il reste effectivement une petite place dans cette bonne vieille panse, a-t-il ironisé en se tapotant l'estomac. Après, je crois que ça dépend du genre de glace. Tu serais plutôt Coca *float*, ou coupe glacée aux biscuits ?

Sur ces derniers mots, ses sourcils épais se sont mis à frétiller de façon éloquente. Ma mère a éclaté de rire et d'une main délicate, elle a lissé ses cheveux, comme pour remettre en place son chignon impeccable.

— Coupe glacée, bien sûr !

Mon père s'est tourné vers moi, le visage radieux.

— Ne rentre pas trop tôt, fiston. D'ailleurs peut-être devrais-tu toi aussi emmener ta jeune amie manger une glace ?

Il s'est incliné pour me dire à l'oreille, assez fort pour que tout le monde entende :

— Les femmes aiment le chocolat. Si tu gardes ça à l'esprit, ça te simplifiera la vie à un point que tu n'imagines même pas.

Bethany a étouffé un petit rire et mes parents se sont éloignés bras dessus, bras dessous, avant de descendre l'escalier de béton, s'arrêtant toutes les deux marches pour saluer des connaissances, c'est-à-dire la moitié des gens qu'ils croisaient.

— Tes parents sont trop mignons !

J'ai reporté mon regard sur elle.

— Mouais. Adorables.

Son sourire s'est estompé.

— Quelque chose ne va pas ?

— Non. Tout est absolument parfait.

*Selon mes parents, en tout cas.*

Une petite brise s'est levée, annonciatrice des premières véritables fraîcheurs automnales. J'ai basculé la tête en arrière pour contempler le ciel en essayant de distinguer les constellations. Mais les lumières du stade étaient trop vives et me bloquaient la vue.

J'étais en nage, à cause du match, et aussi parce que j'étais habillé trop chaudement. J'avais enfilé plusieurs couches de vêtements, et j'étais trop serré dans mon blouson de sport. Je me sentais oppressé. J'ai défait les boutons de métal, et le vent s'est engouffré entre les pans du vêtement, comme une main familière venue apaiser ma peau brûlante. Voilà qui était mieux. J'ai soupiré. Cette sensation me rappelait une autre soirée d'octobre un peu fraîche, sous les étoiles, et comment une certaine fille avait réchauffé ses mains toujours gelées en les nouant autour de mon cou pendant que nous dansions…

— Tristan ? Allô, ici la Terre, j'appelle mon frère !

Une petite main s'agitait frénétiquement devant mon visage. J'ai battu des paupières. C'était Emily.

— Salut, sœurette ! Que fais-tu ici ?

Je me suis penché pour la serrer rapidement dans mes bras.

— Comment ça, je ne peux plus venir applaudir les exploits de mon petit frère sur le terrain ?

J'ai souri.

— Dois-je en déduire que la vie d'étudiante ne correspond pas tout à fait à ce que tu attendais ?

— Bien sûr que si ! C'est juste que ça me manquait de ne pas te voir jouer.

*Tu parles.* Si elle disait vrai, pourquoi souriait-elle d'une oreille à l'autre sans raison apparente ?

Elle a poussé un soupir.

— Bon, d'accord, tu m'as eue. Je voulais aussi aller voir mon ancienne équipe de danse et vérifier que la fille qui me remplace s'en sortait.

— Et alors, comment ça se passe pour elle ? a demandé Bethany.

Emily a fait la grimace.

— Bah, tu connais Sally Parker !

Bethany a éclaté de rire.

— Qui ne la connaît pas ?

Puis elle a jeté un coup d'œil par-dessus son épaule avant de s'exclamer :

— Oh ! c'est Jill, là-bas ! Il faut que j'aille la voir, elle a des chaussures à me rendre, s'est-elle écriée avant de se pencher vers nous pour ajouter à mi-voix : C'est la pire voleuse de chaussures que je connaisse ! Il y a un mois, elle m'a emprunté mes baskets préférées, et depuis, elle n'arrête pas de répéter qu'elle compte me les rendre mais qu'elle les oublie tout le temps dans sa voiture.

Avec les doigts, elle a ponctué ses derniers mots de guillemets tracés dans l'air.

— Je reviens tout de suite !

Sitôt qu'elle s'est éloignée, le sourire d'Emily a disparu.

— Tristan, il est possible qu'il y ait un petit problème. En écoutant les pensées de Sally il y a quelques minutes, pour essayer de voir comment elle s'en sortait avec l'équipe de danse, j'ai appris qu'elle avait surpris une conversation entre les jumelles Faulkner, dans laquelle elles parlaient de leur intention de saboter la fête d'Halloween de Savannah, ce soir.

J'ai jeté un coup d'œil dans la direction que j'avais essayé d'éviter du regard toute la soirée, de l'autre côté de la voie de chemin de fer. Contrairement à la dernière fois où j'y avais mis les pieds, la demeure victorienne était illuminée *a giorno*, et une file de voitures était garée dans l'allée et le long du trottoir. Apparemment, la fête avait déjà commencé.

J'ai balayé du regard la pelouse qui entourait le stade.

— J'ai déjà vérifié, a dit Emily. Pas de jumelles en vue. Je pense qu'elles sont déjà…

J'ai opiné et ajouté :

— On devrait aller là-bas et jeter un coup d'œil. Juste pour être sûrs.

Elle m'a arrêté en me posant la main sur le bras.

— D'accord, mais… Tristan ? Promets-moi de ne rien faire d'idiot si tu la vois.

Par « la », elle entendait Savannah.

— T'inquiète, sœurette, ai-je répondu avec une grimace.

Nous avons traversé la pente herbeuse pour rejoindre la rue en serpentant parmi les voitures pleines de supporters qui lançaient des acclamations par les vitres ouvertes.

Les réverbères qui éclairaient la voie ne nous permettaient pas de rendre notre approche discrète, mais nous ne pouvions rien y faire.

Heureusement, les jumelles étaient trop absorbées pour nous voir. A demi cachées derrière un tronc d'arbre, elles ricanaient en tripotant un objet posé devant elles.

— Dylan va adorer ! s'est esclaffée Vanessa, ce qui a provoqué un nouveau gloussement de la part de Hope.

J'ai compris de quoi il s'agissait *quand elles ont lancé l'objet en question.*

— Eh ! a crié Emily de sa plus belle voix de capitaine.

Je n'ai pas eu le temps de dire quoi que ce soit. Je m'étais rué du trottoir sur la pelouse de la maison, tout en me servant de la magie pour arrêter l'objet en plein vol.

— Qu'est-ce que vous faites ? a hurlé Emily de toutes ses forces.

Avec des couinements affolés, les jumelles sont parties en courant vers les lumières du Tomato Bowl.

Tous ces cris avaient attiré dehors les occupants de la maison qui s'étaient rassemblés devant le porche pour voir ce qui se passait. En toute hâte, j'ai laissé l'objet retomber sur l'herbe avant d'aller le ramasser en courant. *Une brique.* Les éclairages de la façade illuminaient l'allée où elle reposait à présent. Les jumelles avaient utilisé un élastique à cheveu bleu et or pour y fixer un morceau de papier.

— Un chouchou ? Comme c'est décoratif, a murmuré Emily tandis que je détachais la feuille de papier pour y déchiffrer le message qui y était inscrit.

*Quittez la ville, bande de monstres !*

— Et leur créativité ne s'arrête pas là, ai-je commenté en lui tendant la note.

Les invités de la soirée ont continué à envahir la pelouse en demandant ce qui s'était passé.

— Juste quelques voyous qui ont essayé de saboter

une belle fête, leur ai-je expliqué avec un sourire en leur montrant la brique mais en prenant soin de cacher le message.

Quelques personnes ont émis des sons réprobateurs, et quelqu'un s'est écrié :

— Félicitations pour votre intervention, les enfants ! Vous devriez entrer et prendre un verre. Il n'y a que des boissons non alcoolisées, bien entendu.

Derrière lui, d'autres convives ont renchéri sur sa proposition.

— Je suis désolée, mais nous sommes attendus à la maison, a répondu Emily sur un ton aussi poli que mature.

— Allez, sœurette, on peut bien rester quelques minutes, non ?

Il aurait fallu que je sois fou pour laisser passer ma chance de constater les changements dans la maison de Savannah alors que la moitié de la ville avait déjà bénéficié d'une visite guidée de la grande demeure victorienne.

— Ce serait grossier de refuser pareille invitation, tu ne crois pas ?

Emily m'a décoché son regard le plus noir avant de reporter son attention sur les gens rassemblés devant nous. Un large sourire aux lèvres, elle a dit :

— Eh bien, je suppose que nous pouvons bien rester quelques minutes, en effet.

Sur ces mots, nous sommes tous entrés dans la maison.

Avec son caractère sociable, Emily n'a eu aucune difficulté à se joindre aux conversations en cours, me laissant seul pour arpenter la demeure et en admirer les différentes pièces. M. Colbert avait fait un travail remarquable. La dernière fois que j'avais mis les pieds ici, l'endroit était lugubre, plein de recoins sombres. Les murs étaient couverts de papier peint à moitié décollé, aux motifs floraux défraîchis, et les parquets de bois étaient si sales qu'ils semblaient noirs. A présent, les pièces étaient éclairées d'appliques et de petites suspensions, et d'un immense chandelier suspendu dans la cage d'escalier. Celui-ci attirait le regard sur la verrière teintée qui s'ouvrait dans le plafond, deux étages plus haut. Le père de Savannah avait remplacé la tapisserie murale par de la peinture, et il avait nettoyé et poncé toutes les boiseries et huisseries, ainsi que les parquets qui avaient retrouvé leur teinte blonde d'origine. L'ameublement avait également été choisi avec goût et parcimonie, de sorte qu'aucune pièce n'était encombrée et qu'on pouvait s'y mouvoir aisément sans risquer de rien renverser. Les lieux étaient assez vastes pour accueillir sans peine les quelque cent personnes venues ici ce soir pour constater les transformations de la vieille demeure mais aussi, sans nul doute, satisfaire la curiosité que leur inspirait son nouveau propriétaire.

M. Colbert avait rénové la maison de façon judicieuse sous bien des aspects, et il avait en outre fait preuve d'une grande finesse en décidant d'y organiser une fête d'Halloween ouverte au public. A tort ou à raison, les habitants de Jacksonville accordaient beaucoup d'importance à l'endroit où vivaient leurs concitoyens. Après avoir vu ce que M. Colbert avait fait d'une bâtisse qu'ils auraient d'emblée vouée à la destruction, ils seraient moins enclins à faire circuler des rumeurs désobligeantes sur son compte ou celui de sa fille.

C'est alors que j'ai compris une chose… il ne s'agissait pas seulement du projet de M. Colbert, mais de la *maison* de Savannah. L'endroit où elle vivait. Un petit détail auquel je n'avais prêté qu'une attention fugace lors de ma précédente visite.

J'ai essayé de me représenter Savannah évoluant dans les pièces disposées de chaque côté de l'entrée, ou descendant quatre à quatre l'escalier le matin pour aller au lycée, sa queue-de-cheval rousse et bouclée sautillant dans son dos. Ma poitrine s'est serrée et soudain, j'ai eu du mal à respirer.

L'escalier menait à un palier en coursive qui circulait sur toute la longueur du premier étage, lequel, à en croire le nombre de portes visibles, devait comporter plusieurs chambres et salles de bains. L'une de ces pièces était le refuge de Savannah, c'était là qu'elle vivait, lisait et dormait chaque nuit, et c'était sans doute là aussi qu'elle dansait. Avant, elle adorait danser, bien qu'elle ne le fasse que quand elle pensait que personne ne la regardait. Je l'avais surprise plusieurs fois dans la salle de danse des *Charmeuses* après les cours ; elle ignorait ma présence, et j'avais même pu l'observer une fois ou deux dans nos rêves connectés avant qu'elle s'aperçoive que je l'avais rejointe.

Tout à coup, j'ai *senti* que Savannah arrivait. Je me suis trouvé un coin près de l'escalier, sous la coursive, à l'écart du passage, afin de pouvoir la regarder quand elle franchirait le seuil. Mon Dieu, elle était magnifique, même avec cette simple queue-de-cheval et vêtue de son coupe-vent bleu et or orné du blason des *Charmeuses*.

D'un geste de la main, elle a retiré l'élastique de ses cheveux qui se sont répandus sur ses épaules.

Dans un brouhaha de voix, Ron est arrivé derrière elle. Il a tiré sur une mèche de ses cheveux, et elle s'est retournée pour lui sourire et lui dire quelque chose que la musique tonitruante ne m'a pas permis d'entendre. Quelques secondes plus tard, Anne, Carrie et Michelle se sont jointes à eux dans l'entrée, suivies de quelques gamins en quête de bonbons. Savannah s'est emparée d'un grand bol en plastique orange posé sur une console et l'a tendu aux enfants qui s'y sont servis à pleines poignées. Elle a remis le bol sur la table avant de s'adresser à ses amies et à son… *petit copain*, et ils se sont séparés pour s'éloigner dans des directions différentes.

Restée seule devant la porte d'entrée, Savannah allait déposer son sac de sport près de la console quand soudain, elle s'est figée. Ses yeux se sont écarquillés.

C'était loin d'être la première fois que je la voyais se pétrifier ainsi. Cette attitude signifiait qu'elle savait que je me trouvais quelque part dans les parages.

Elle a tourné la tête à gauche et balayé attentivement la pièce bondée du regard, puis elle a fait de même avec celle située à sa droite. Sourcils froncés, elle a ôté ses baskets avant de les prendre à la main pour monter l'escalier en courant. Arrivée en haut, elle a longé la coursive au pas de course pour aller ouvrir la dernière porte, puis elle a disparu dans la pièce.

Il fallait que je m'en aille. Maintenant qu'elle savait que j'étais ici, elle avait probablement décidé de se cacher. En outre, Emily n'allait pas tarder à se mettre à ma recherche.

Je suis malgré tout resté planté là pendant quelques minutes, déchiré entre mon devoir et mon envie. Finalement, j'ai laissé mes jambes me porter jusqu'à l'escalier, et je me suis dirigé vers ce que je devinais être la chambre de Savannah.

J'ai frappé, et un long moment s'est écoulé avant qu'elle ne réponde :

— Oui ?

J'ai ouvert la porte et suis entré.

Assise devant le miroir de sa coiffeuse, Savannah était en train de se brosser les cheveux. Elle a interrompu son geste en me voyant.

— Tristan ! Que fais-tu ici ?

— Désolé. Je croyais que c'étaient les toilettes, ai-je menti sans me donner la peine d'adopter un ton convaincant.

— Qu'est-ce que tu fais dans ma maison, d'abord ? Tu es fou, ou quoi ? a-t-elle grommelé. Il y a un membre du Conseil des Vampires sous ce toit, ce soir. S'il te voit…

J'ai enfoncé mes poings dans mes poches.

— Il vient souvent inspecter ta chambre ?

Elle a fait une grimace.

— Non.

— Alors comment saura-t-il que je suis là avec toi ?

Elle a ouvert la bouche pour parler, mais je ne lui ai pas laissé le temps de répondre.

— Et ne me parle pas d'ouïe surnaturelle, parce qu'avec tout le bruit qu'il y a en bas, même le plus chevronné des vampires ne peut pas nous entendre.

Elle a soupiré.

Je me suis mis à marcher lentement dans la chambre, détaillant les étagères chargées de ballerines de verre soufflé et de photos de ses amies et des *Charmeuses*. Bien entendu, il n'y avait de photo de moi nulle part. C'est alors que j'ai aperçu la boule à neige que je lui avais offerte l'année précédente à Noël ; cette vision m'a arraché un sourire que j'ai pris soin de masquer en tournant le dos à Savannah. *Oui, elle pensait toujours à moi.*

Reportant mon regard sur le sol, j'ai déclaré :

— Joli parquet. Ça doit être génial pour danser, non ?

— Je ne danse plus.

— Depuis quand ?

Avec un haussement d'épaules, elle a achevé de nouer ses cheveux en chignon. Elle s'était changée et avait revêtu un justaucorps et des collants roses, ainsi qu'un tutu bleu scintillant.

Soulignant l'évidence, je lui ai demandé :

— Tu ne danses plus, mais cette année, tu te déguises en ballerine pour Halloween ?

— Non. En *fée*, m'a-t-elle aussitôt corrigé. Il faut juste que j'enfile ça.

Elle a ramassé sur son lit une paire d'ailes transparentes et pailletées que je n'avais pas remarquées jusqu'alors, et les a enfilées avant de nouer une série de rubans pour les faire tenir. Les rubans, cependant, n'étaient pas assez longs pour qu'elle les enroule elle-même autour de sa poitrine. Elle avait sans doute prévu de demander à Anne de l'aider à fixer ses ailes. *Ou à Ron.*

— Attends.

Je me suis rapproché d'elle et lui ai pris des mains l'extrémité des rubans. Ses doigts tremblaient. J'ai noué les rubans de satin dans son dos, résistant à la tentation de toucher sa peau. Il était déjà miraculeux qu'elle ne m'ait pas expulsé de sa chambre.

— Merci, a-t-elle murmuré.

Elle s'est assise au bout du lit pour enfiler ses chaussons tout en me décochant des regards interrogateurs.

— Alors, qu'est-ce qui t'amène à cette fête ? Tu étais tellement curieux de voir comment les vampires vivent, de nos jours ?

Je l'ai fixée intensément, lui laissant comprendre en silence combien j'appréciais peu ce genre d'humour.

Elle me connaissait suffisamment pour savoir que la curiosité malsaine, ce n'était pas mon truc.

Elle a baissé la tête afin d'enrouler les rubans de ses chaussons autour de ses mollets.

— Au fait, j'ai entendu pas mal de choses intéressantes vous concernant, toi et ton nouvel amoureux.

*Et zut.* Ces mots m'avaient échappé.

— Qui ça ?

— Ron Abernathy.

Avec une moue agacée, elle s'est levée pour contempler son reflet dans le grand miroir accroché au mur près de son placard ouvert.

— Je ne sors *pas* avec lui. C'est l'ex d'Anne. Je croyais te l'avoir déjà expliqué.

— Ça ne t'empêche pas de continuer à le voir. Anne est au courant, pour vous deux ?

Avec un gros soupir, elle a répondu :

— Quoi que tu aies entendu à notre sujet, c'est faux. Ron et moi sommes amis, rien de plus. Je ne sortirais jamais avec l'ex de ma meilleure amie. Point final.

Elle m'a considéré sourcils froncés, comme pour réaffirmer que j'aurais dû le savoir.

Sauf que ce n'était pas le cas. Depuis quelque temps, j'avais le sentiment de ne plus la connaître du tout. Et ça me tuait.

— Alors si tu veux qu'on ne se fasse pas de fausses idées sur votre relation, tu devrais peut-être éviter d'aller le rejoindre en douce à la bibliothèque le midi.

Elle s'est retournée et, mains sur les hanches, m'a adressé un regard furieux.

— Je ne vais nulle part « en douce », comme tu dis. Anne m'a même autorisée à aider Ron en anglais. En échange, il me donne un coup de main en chimie.

Et franchement, ce ne sont plus tes affaires, tout ça. D'ailleurs, qu'est-ce que tu fiches ici ce soir ? Tu ne devrais pas plutôt être avec ton amoureuse ?

— Qui ça ?

Elle m'a dévisagé d'un air atterré, comme si j'étais subitement devenu fou.

— Bethany Brookes, la fille avec qui tu sors depuis des mois. Où est-elle, à propos ? Tu l'as laissée en bas devant les petits-fours pendant que tu montais me faire la morale, c'est ça ?

*Mince.* Bethany. Elle était toujours au Tomato Bowl. J'avais oublié que je devais la ramener chez elle. J'ai louché sur le cadran de ma montre.

— Elle est sans doute repartie avec une autre *Charmeuses* ou avec ses parents.

Du moins, je l'espérais.

— Et de toute façon, ai-je ajouté, ce n'est pas mon amoureuse. C'est juste une copine.

— Ah bon ? Alors il va falloir que tu la mettes au courant, parce qu'elle est persuadée que, depuis que nous avons rompu, toi et elle formez un couple magnifique.

— Tu veux dire, depuis que *tu* m'as largué ?

*Deux fois.*

— Je ne t'ai pas largué. Je t'ai sauvé la vie, nuance.

J'ai laissé échapper un profond soupir.

— Ce sont des foutaises, et tu le sais très bien, Savannah. Tu ne m'as pas sauvé la vie. Tu as juste eu la trouille. Et je ne suis jamais sorti avec Bethany.

Elle a tressailli et ouvert la bouche ; puis elle l'a refermée avant d'incliner la tête sur le côté.

— Tu n'es jamais sorti avec Bethany ?

— Exact.

— Et toutes ces images dans ta tête, de vous deux en

train de vous embrasser sous les gradins, à la sortie du gymnase et absolument partout ailleurs sur le campus ?

Je n'ai pu m'empêcher de sourire.

— Que veux-tu que je te dise ? J'ai une imagination débordante.

Elle m'a regardé longuement avant de secouer la tête. Ses joues avaient viré au rose. Elle savait qu'elle venait de me faire une scène de jalousie. Se doutait-elle seulement combien elle était adorable quand elle était jalouse ?

J'ai fait quelques pas dans sa direction. Quand il n'est plus resté entre nous que quelques centimètres, elle a ouvert de grands yeux et jeté des regards affolés dans la pièce, comme un oiseau pris au piège cherchant à s'envoler.

Soudain, elle a disparu pour réapparaître presque aussitôt près de la porte, penchée au-dessus du sol, à l'endroit où elle avait laissé tomber ses baskets. Elle s'est évanouie de nouveau, puis a resurgi devant son placard où elle a jeté ses chaussures. Elle a donné un grand coup sur les portes pliantes, sans doute dans l'intention de les refermer, mais au lieu de cela, elle n'est parvenue qu'à en faire sortir une du rail supérieur. Sur la pointe des pieds, elle a tenté de repousser la roulette de plastique dans son compartiment, mais elle était trop petite pour atteindre le haut du placard. A pas lents pour ne pas l'effrayer de nouveau, je l'ai rejointe afin de l'aider à réparer la porte.

— Tu croyais vraiment qu'après t'avoir perdue, j'allais t'oublier aussi vite ? lui ai-je demandé.

Pendant des secondes qui m'ont paru durer des siècles, elle a évité mon regard. Enfin, elle s'est décidée à me regarder en face.

— J'ai entendu les pensées de Bethany. Si tu ne sors pas vraiment avec elle, alors tu as menti à deux filles. Elle croit réellement que toi et elle, vous êtes ensemble.

— Je ne lui ai pas menti. Elle s'est peut-être seulement fait des idées. Un peu comme je l'ai fait avec toi.

— De quoi parles-tu ? a rétorqué Savannah d'un air perplexe. Je ne t'ai jamais menti !

— Même pas toutes les fois où tu as prétendu m'aimer ?

Ma réflexion a semblé lui couper le souffle. Quand elle a repris la parole, elle a dit, presque à voix basse :

— Je ne mentais pas.

— Alors pourquoi ? Pourquoi rompre, dans ce cas ? Pourquoi avoir baissé les bras, au lieu de m'aider à les affronter ?

Sans le vouloir, j'avais lâché ces derniers mots avec agressivité, laissant libre cours à la colère accumulée et réprimée depuis des mois. J'avais envie de la prendre par les épaules et de la secouer, mais j'ai gardé mes poings serrés le long de mes cuisses.

— J'ai fait ce qu'il fallait, a-t-elle riposté. J'ai fait une promesse au Conseil des Vampires et au Clan, et je l'ai tenue. J'ai fait ce qu'il fallait pour assurer *ta sécurité*. Et un jour, tu me remercieras.

J'ai explosé.

— Tu t'attends réellement à ce que je te remercie de m'avoir brisé le cœur, d'avoir piétiné mon amour ?

— Absolument ! Tu le feras, un jour, quand tu auras cessé de réagir aussi bêtement à la situation, espèce de tête de mule !

— *Tête de mule* ?

Elle a levé la main. Nous nous tenions si près l'un de l'autre qu'il aurait été plus confortable pour elle de laisser reposer sa main sur mon torse. Pourtant, il était clair qu'elle faisait bien attention de ne pas me toucher.

— Je n'ai vraiment plus envie de me disputer avec toi, Tristan. Ce qui est fait est fait.

— Tu sais, moi aussi j'en ai ma claque de me chamailler avec toi tout le temps !

— Alors arrête !

— C'est toi qui as commencé.

— Qui est entré dans cette chambre et a mis le sujet sur le tapis ? C'est moi, peut-être ?

Sur ce point, elle avait raison.

— C'est le seul moyen que j'ai trouvé pour te parler, me suis-je défendu. En anglais, tu te sauves toujours de la classe comme une voleuse, je n'ai même pas le temps de placer deux mots !

— Oh ! je t'en prie ! Tu as tout le temps du monde pour me hurler ce que tu veux sans discontinuer pendant une heure et demie. L'anglais, pour moi, c'est devenu un long monologue que je dois subir sans broncher.

— Crois-moi, je préférerais mille fois être capable d'entendre tes pensées à toi.

Que ne donnerais-je pas pour être doté du même pouvoir que Savannah, pour être capable d'entendre ses pensées libres de toute censure, pour une fois !

Elle a respiré un grand coup et sous mes yeux, ses iris ont viré du vert au gris argent.

— Tristan, écarte-toi.

— Sinon quoi ? Tu vas me mordre ?

Incapable de résister plus longtemps, j'ai laissé courir le bout de mon doigt sur la courbe de sa joue. Bien que sa peau incroyablement douce et lisse soit froide, j'avais l'impression que mon doigt s'était réchauffé, comme si nos deux peaux, en entrant en contact, avaient déclenché une étrange réaction chimique.

Son menton s'est mis à trembler.

— S'il te plaît, ne fais pas ça.

J'avais envie de la serrer contre moi, de l'embrasser — rien qu'une fois. Mais je savais que ce ne serait pas assez. Un baiser en entraînerait un autre, puis encore un autre, et nous étions enfermés entre quatre murs, bien loin du sol où je pouvais puiser l'énergie qu'elle me ravirait. A l'instant où elle sentirait mon niveau d'énergie baisser, elle mettrait fin à notre étreinte. Elle s'en voudrait une fois de plus d'être incapable d'arrêter ou de modifier ce phénomène, et elle s'en servirait comme d'une excuse supplémentaire pour creuser le gouffre entre nous.

Avec un soupir, j'ai reculé vers la porte de la chambre en haïssant chaque centimètre qui m'éloignait d'elle.

A ce moment, quelqu'un a frappé, faisant sursauter Savannah.

La porte s'est ouverte et la tête d'Anne est apparue dans l'entrebâillement.

— Oh ! pardon !

Elle a fait mine de battre en retraite, et je l'ai arrêtée :

— J'étais sur le point de partir.

J'ai hésité un instant, au cas où Savannah aurait ajouté quelque chose. Comme me dire de ne pas m'en aller. Qu'elle avait eu tort et que nous n'aurions jamais dû rompre.

Mais elle n'a pas ouvert la bouche.

— Amuse-toi bien, lui ai-je dit avant de quitter la pièce.

Je me suis dirigé vers l'escalier d'un pas lourd. Chaque fois que je mettais les pieds dans cette maison, j'en ressortais vaincu. Je pouvais bien dire ou faire ce que je voulais, je pouvais bien rendre Savannah jalouse ou me disputer tant que je pouvais avec elle, je ne parviendrais pas à la faire changer d'avis. Rien qu'à voir nos dernières confrontations, il relevait du miracle que je sois parvenu, juste avant, à la convaincre de me laisser lui adresser la parole. Elle m'aimait, et pour cette raison, elle refusait à tout prix de me laisser risquer ma vie.

Si cela ne nous avait pas rendus si malheureux tous les deux, j'aurais presque trouvé admirable cette volonté d'acier qu'elle m'opposait sans faiblir.

J'ai rejoint l'entrée de la maison juste au moment où Emily passait sous l'arche qui reliait le salon. Au début, elle ne m'a même pas remarqué : elle était trop occupée à rire de quelque chose qu'un type à côté d'elle lui disait. Pour ce qui était de dénicher le seul étudiant fêtard de la soirée et flirter avec lui, je pouvais compter sur ma sœur !

Enfin, elle a levé les yeux et s'est aperçue de ma présence — pas trop tôt !

— Tristan, tu es là ! On n'a pas arrêté de te chercher partout.

*Tu parles.*

Au-dessus de ma tête, un mouvement a attiré mon regard. Savannah était en train de sortir sur la coursive, accompagnée d'Anne.

Savannah s'est arrêtée et m'a retourné mon regard. Surprenant notre échange, ma sœur a lancé :

— Tiens donc… Il est temps de partir !

— Appelle-moi, a dit le type tandis qu'Emily et moi nous apprêtions à quitter la maison.

*
* *

— C'est la plus chouette fête dans laquelle je me sois jamais incrustée ! s'est exclamée Emily alors que nous traversions la pelouse pour retourner à sa voiture.

*Mouais*. Quel dommage que nous n'ayons pu rester plus longtemps…

Une fois rentré à la maison, j'ai envoyé valser mes chaussures dans le placard, et j'étais sur le point de m'effondrer sur mon lit quand j'ai entendu un bruit sourd dans le couloir. J'ai entrebâillé ma porte juste à temps pour voir ma sœur refermer la sienne derrière elle tout en jetant un regard furtif en direction de la chambre de nos parents.

*Emily avait clairement quelque chose en tête.*

Je me suis précipité pour la rattraper en haut de l'escalier.

— Salut, sœurette. Je pensais qu'à cette heure, tu serais repartie dans ta chambre à la fac.

— Chut ! m'a-t-elle intimé en se retournant à demi pour vérifier que nous n'avions pas alerté les parents.

Cette fois, j'en étais sûr : ma grande sœur préparait un sale coup.

— Tu fais le mur ? lui ai-je demandé avec un sourire.

— Non, je ne fais pas le mur, a-t-elle répondu à voix basse. Je vais rejoindre une copine chez elle. Maman est au courant.

*Menteuse.*

— Ta « copine » ne serait pas de sexe masculin, par hasard ?

Emily a affiché une expression volontairement neutre.

— Pourquoi tu me demandes ça ?

— Oh ! je ne sais pas. Peut-être à cause de cette

minijupe que tu portes. Ou du parfum que tu viens d'ajouter ? A moins que ce ne soit le maquillage, va savoir... Tu es sûre que tu ne vas pas plutôt à une autre fête d'Halloween ?

Elle a hésité une fraction de seconde et puis, levant les yeux au ciel, elle m'a intimé le silence en posant un index sur ses lèvres avant de me faire signe de la suivre dans l'escalier, jusque dans la cuisine.

Une hanche appuyée contre l'îlot central, elle a croisé les bras en me considérant d'un air renfrogné.

— Bon, d'accord, tu m'as eue. Je vais à une fête. Tu es content ? Mais ne dis rien à papa ou maman, sinon ils vont me tuer, d'accord ?

J'ai laissé le silence s'installer en faisant semblant de réfléchir à sa question, tout en passant devant elle pour aller explorer les étagères du frigo à la recherche de restes à grignoter.

Enfin, j'ai poussé un profond soupir.

— D'accord. Mais c'est à charge de revanche. Et d'abord, pourquoi toutes ces cachoteries ? Tu es en fac, à présent, tu peux aller faire la fête où et quand bon te semble, non ? Pourquoi ne pas dire la vérité aux parents ?

— Quand on est rentrés à la maison, maman avait un comportement bizarre. Elle a dit que tante Cynthia l'avait appelée pendant qu'elle et papa étaient partis manger leur glace. D'après tante Cynthia, elle et oncle James sont victimes de harcèlement. Elle a dit qu'ils avaient tous les deux l'impression d'être observés où qu'ils aillent. Ils voulaient savoir si d'autres Descendants étaient dans ce cas. Du coup, maman joue les mères surprotectrices. C'est elle qui a eu l'idée que je dorme à la maison ce soir pour m'éviter de traverser le campus dans le noir.

Tante Cynthia était la sœur de ma mère. Chaque année, pour le nouvel an en général, nous allions lui rendre visite ainsi qu'à l'oncle James et à Kristie et Katie, leurs deux filles.

Mon regard s'est arrêté sur une boîte en plastique remplie d'un reste de crevettes à l'étouffée. Ma mère avait ressorti son livre de recettes de Paula Deen.

J'ai enfourné la boîte dans le micro-ondes et j'ai enfoncé le bouton de réchauffage automatique.

— Tiens donc. Tante Cynthia n'est pourtant pas du genre parano, d'habitude. Maman n'a rien dit de plus précis ?

— Non.

Contournant l'îlot, Emily a arrêté le micro-ondes, soulevé un coin du couvercle rouge et redémarré le four.

— Quoi qu'il en soit, je serai de retour bien avant que les parents se réveillent, alors ne t'en fais pas et va te coucher, d'accord ?

— Amuse-toi bien. Et appelle-moi si tu as besoin que je vienne te chercher.

— Merci, petit frère. Mais je n'ai pas l'intention de boire, ce soir. Ce qui signifie que je finirai certainement capitaine de soirée…

Elle a ouvert le micro-ondes deux secondes avant qu'il ne sonne ; comme à l'accoutumée, elle jouait la prudence pour éviter que nos parents ne nous entendent et ne décident d'aller enquêter dans la cuisine.

— Laisse la capote relevée, comme ça ils pourront vomir par-dessus les portières au lieu de salir les tapis, ai-je plaisanté en attrapant une fourchette pour mélanger mes crevettes fumantes.

— Beurk. Mais bonne idée.

Le nez plissé de dégoût, elle a souri et agité les doigts

par-dessus son épaule en empruntant la porte qui menait au garage.

Une minute plus tard, une série de grincements m'a indiqué qu'elle venait d'ouvrir le volet roulant du garage. J'ai souri en imaginant ma sœur maudire ce bruit en silence pendant qu'elle essayait de prendre la poudre d'escampette.

D'une main, je me suis emparé d'une cannette de soda. De l'autre, j'ai pris les crevettes en me brûlant les doigts sur le fond de la boîte, et j'ai couru dans ma chambre pour avaler mon en-cas tout en regardant un vieil épisode de *South Park*.

Pourtant, quelque chose n'allait pas, et pour une fois, il ne s'agissait pas de ma relation avec Savannah. Cette conversation avec Emily m'avait mis mal à l'aise. Quand je l'avais surprise à se faire la belle, son sourire m'avait paru un peu trop penaud pour être vrai. Et elle avait complètement éludé ma question au sujet du sexe de la personne qu'elle était censée rejoindre. Sans compter cette hésitation et l'étrange lueur dans ses yeux avant qu'elle me confesse ce que j'espérais être la vérité, et cette diversion bien pratique sur les craintes de ma tante Cynthia…

*Elle mentait, c'était clair.*

Je l'avais vue faire devant nos parents bien trop souvent pour m'y méprendre ce soir. Mais pourquoi me mentirait-elle *à moi* ? Ce n'était jamais arrivé — du moins pas que je sache.

J'avais bien l'intention de la cuisiner à ce sujet dès demain matin au petit déjeuner.

***

Le lendemain, quand je suis descendu dans la cuisine, Emily était déjà repartie à la fac. D'après ma mère, elle avait affirmé qu'elle avait une tonne de devoirs à faire et de cours à réviser.

*Ben voyons.* Elle savait que je n'allais pas la lâcher, et elle s'était enfuie pour se planquer à la fac, oui !

J'ai essayé de l'appeler à deux reprises un peu plus tard dans le week-end, mais apparemment, elle refusait de prendre les appels de frères trop suspicieux.

Elle me cachait quelque chose, oui, mais quoi ?

*Savannah*

Après le départ de Tristan, je suis descendue et j'ai joué les parfaites hôtesses pour la fête organisée par mon père : souriante et prévenante, essayant de donner le change et de faire croire à tous que je m'amusais follement. Pourtant, à la minute où les invités ont commencé à prendre congé, je me suis dirigée tout droit vers le frigo, puis vers ma chambre, un jus de fruits mêlé de sang à la main.

C'était la première fois que j'appréciais réellement l'échappatoire que m'offrait la mémoire du sang.

Le lendemain, mon père m'a laissée faire la grasse matinée, reportant notre séance de shopping à dimanche. Après m'être contrainte à une heure de tai-chi, je me suis douchée et mon père m'a prêté sa voiture afin que je me rende au Livestock Barn, en bordure de la ville, pour aider les autres *Charmeuses* à préparer le bal masqué annuel destiné à récolter des fonds, qui avait lieu ce soir. Comme j'allais me salir et que de toute façon, personne ne se souciait de ce que je porterais, j'avais décidé que cette année, je ne me déguiserais pas et que j'irais vêtue de mon coupe-vent aux couleurs des *Charmeuses*.

L'idée de revêtir mon costume de fée de la veille et de me coiffer de nouveau en chignon ne m'amusait plus du tout.

Arrivée dans l'immense grange qui abritait les festivités, je me suis jetée à corps perdu dans le nettoyage des sols de ciment, ôtant poussière et toiles d'araignée — et refusant de penser qu'ici même, un certain garçon arborant une armure de plastique rutilante m'avait rattrapée dans ses bras alors que je tombais d'une échelle branlante. Avec les autres filles de l'équipe, nous avons passé plusieurs heures à décorer les lieux et à disposer des tables pliantes destinées à accueillir les desserts confectionnés par les *Charmeuses*. Ces desserts récompenseraient les plus beaux costumes et les gagnants au jeu des chaises musicales. Il nous a fallu encore une heure pour déballer et préparer tous les petits-fours, les sucreries et les sodas dont je superviserais la vente dans le stand pendant toute la soirée.

Et puis, beaucoup trop tôt, il a été l'heure d'ouvrir la grande porte pour laisser entrer les premiers danseurs.

Quand Tristan et Bethany sont arrivés, j'ai fait mine d'être trop absorbée dans la préparation d'une sauce au fromage pour lever les yeux. Je n'avais pas besoin de voir la façon dont leurs costumes étaient *évidemment* si bien assortis, et je ne tenais pas non plus à être témoin du bonheur qu'afficherait Bethany en arrivant au bras de son chevalier servant.

Un peu plus tard, Carrie, Michelle et Anne ont fait leur entrée et se sont arrêtées près de mon stand pour me saluer. A voir l'originalité de leurs trois costumes,

Carrie et Anne avaient réussi à dissuader Michelle de les habiller toutes trois de la même façon.

— Et si vous y alliez, toutes les deux ? a proposé Anne. Je vous rattraperai tout à l'heure.

Tandis que nos deux amies s'éloignaient en direction de la piste de danse, Anne s'est retournée vers moi :

— Ecoute, au sujet de notre dispute de l'autre soir… Je n'ai pas eu l'occasion de te présenter mes excuses à la fête d'hier, en partie à cause de la présence inattendue d'un certain garçon du Clan, mais je tenais à te demander pardon. Tu as peut-être raison, et toute cette histoire avec Ron m'a sans doute mise sur les nerfs.

— Tu l'as appelé ?

Son regard balayait la table où étaient disposés les petits-fours, comme si elle se demandait lequel elle allait acheter. Mais je la connaissais : *elle évitait mon regard.*

— Anne…, ai-je soupiré.

— Je travaille à ce que je vais lui dire, d'accord ?

Bon sang, elle était limite agressive, ce soir. Sans doute parce qu'elle savait que j'avais raison.

— Très bien. Mais quand tu appelleras et qu'il acceptera sur-le-champ de ressortir avec toi, rappelle-toi que je te l'avais bien dit.

Elle a étouffé un petit rire.

— Mouais. De ton côté, souviens-toi de ta promesse s'il refuse.

*Moui : une chasse au sanglier.*

— Aucun risque. Maintenant, dépêche-toi de l'appeler.

Elle s'est mise à pianoter nerveusement sur la table.

— Oh ! pourquoi me donner cette peine alors qu'il va sûrement venir ce soir ? Je lui parlerai à ce moment-là.

— Sauf si tu te dégonfles une fois de plus, lui ai-je murmuré avec un sourire.

— Je ne me dégonfle *jamais*, a grogné Anne.

C'est alors que la porte d'entrée s'est ouverte sur un nouvel arrivant. Ron lui-même.

— Je ferais mieux d'aller retrouver les filles, a dit Anne en s'éloignant dans la direction opposée, comme si elle ne l'avait pas vu.

— Poule mouillée ! lui ai-je lancé avant d'émettre quelques caquètements à son adresse.

Mais elle s'était littéralement précipitée dans la salle de bal, sans se retourner une seule fois.

D'un pas sautillant, Ron est arrivé à mon stand. Il était vêtu d'un costume de chat noir géant, et il faisait tournoyer sa fausse queue. Apparemment, je n'étais pas la seule à être venue déguisée en moi-même, ce soir.

— Quelle mouche a piqué ses jolies fesses ?

J'ai étouffé un éclat de rire.

— Oh ! elle t'en parlera sûrement plus tard.

— Je ferais peut-être mieux de partir à sa poursuite pour lui dire bonjour.

— Excellente idée ! Tu me diras comment ça s'est passé. Et bonne chance !

Tout en agitant une patte à mon intention, il s'est dirigé vers l'immense porte qui séparait le hall d'entrée de la grande salle à l'arrière.

Après sa visite, les clients se sont succédé sans discontinuer. J'ai donc passé mon temps à prendre des commandes et à les préparer. Le travail constituait une excellente distraction : pendant des heures, il me permettait de garder les pieds sur terre sans penser à quoi que ce soit de personnel.

*Jusqu'à ce que Bethany débarque pour prendre son service au stand.*

La pièce située derrière la fenêtre ouverte était petite,

et les tables pliantes surchargées de nourriture, sans oublier les réserves de soda et les glacières pleines de boissons qui n'arrangeaient pas les choses ; il était difficile de s'y mouvoir. Pour une raison ou une autre, ce soir, Bethany avait décidé de ne pas croiser mon regard, ce qui m'allait très bien dans la mesure où je ne savais pas non plus trop quoi lui dire.

Ignorait-elle vraiment que, pour Tristan, leur relation était strictement amicale ?

Une part de moi aurait voulu l'avertir. Mais à quoi cela servirait-il ? Tout le monde savait qu'elle était folle de lui. Quoi qu'il arrive, elle était promise à une énorme déception amoureuse, et si je lui disais quoi que ce soit, il était tout à fait possible qu'elle ne me croie pas ou qu'elle m'en veuille. Par conséquent, j'ai décidé de rester en dehors de tout cela. C'était à Tristan d'assumer ses responsabilités, pas à moi.

Pour autant, je me sentais désolée pour Bethany. Quelle fille aurait pu résister aux sourires charmeurs de Tristan, à sa façon de rire ou de vous effleurer le bas du dos pour vous entraîner dans une pièce, à sa manière de pencher la tête pour se rapprocher de vous quand vous lui parliez ?

Le bal touchait presque à sa fin quand j'ai informé Bethany que j'allais commencer à nettoyer la salle de bal. Elle a acquiescé sans rien dire, occupée à revisser le couvercle d'un bocal de plastique géant contenant des pickles.

La salle de bal, une pièce aux allures de caverne, n'était éclairée que par les spots stroboscopiques aux couleurs changeantes disposés sur la scène. Dans un coin, une machine à fumée faisait des heures supplémentaires, soufflant sur la piste de danse des nuages gris qui s'accrochaient à mes chevilles tandis que j'évitais les danseurs. Même de loin, je voyais que la table des desserts, près du mur, ressemblait à un champ de bataille. Elle était parsemée de cannettes vides et d'assiettes en carton. Autant commencer le nettoyage par là et évacuer tous les déchets accessibles. Ainsi, nous pourrions tous rentrer chez nous plus vite après la fin du bal.

Mais avant que j'aie pu atteindre cette fichue table, mes amies m'avaient repérée et attrapée par les bras.

— Une danse ! a hurlé Carrie pour se faire entendre par-dessus la musique assourdissante. Ça ne va pas te tuer !

Elles m'ont entraînée au milieu de la piste alors qu'une chanson s'achevait. *Mais où était Ron ?* Et puis, un morceau de country au rythme effréné a pris le relai, un morceau que je reconnaissais comme étant un des préférés d'Anne, et nous avons échangé un sourire. Les paroles étaient contagieuses — le chanteur parlait de la vie qui allait de mal en pis, et de traverser l'enfer. Au bout d'une minute, nous chantions toutes les quatre le refrain à tue-tête tout en remuant les hanches en rythme.

Pendant trois petites minutes, j'ai tout lâché… le stress, la tristesse, la solitude, et le fait que Tristan me manquait constamment. J'ai tout mis de côté et fait semblant d'être une fille normale sautant dans tous les sens en chantant à pleine voix en compagnie de mes amies dans une grange au beau milieu de nulle part.

Nom d'un chien, comme c'était bon !

Hélas, beaucoup trop tôt, le DJ a annoncé le dernier morceau de la soirée. Evidemment, il s'agissait d'un slow plein de nostalgie, ressassant des peines de cœur.

Il était temps que je m'échappe.

Je me suis éloignée en direction de la table des desserts afin de la débarrasser, heureuse qu'au moins, le travail soit là pour me distraire du reste. C'est alors que, du coin de l'œil, j'ai aperçu Ron se diriger sur la piste et inviter Anne à danser. Elle a accepté, et je n'ai pu m'empêcher de m'arrêter de nettoyer pour les regarder. Ils formaient un couple tellement parfait, tellement adorable, que j'en avais des frissons. J'avais l'impression de regarder un film d'amour, en plus intense parce que les protagonistes étaient tous les deux mes amis.

Au même moment, j'ai aperçu Tristan et Bethany qui dansaient ensemble. Elle avait la joue posée contre son torse, et son menton à lui reposait sur sa tête.

*Exactement comme il le faisait avec moi, avant.*

Comme s'il avait senti mon regard sur eux, Tristan s'est tourné vers moi, les yeux plissés dans les lumières mouvantes de la piste de danse. En dépit de l'obscurité où était plongé le coin où je me tenais, pétrifiée, nos regards se sont croisés.

## *Tristan*

Le col de mon costume de prince me serrait le cou comme une corde de pendu, et mes mains étaient moites dans mes gants trop étroits. Pourquoi diable avais-je accepté de porter ce truc ?

J'ai retiré mes gants dans le dos de Bethany et les ai fourrés dans la poche de mon pantalon puis, d'une main, j'ai déboutonné mon col. Mais j'avais toujours l'impression d'étouffer.

Je ne pouvais pas continuer comme ça.

Cette expression accusatrice dans les yeux de Savannah m'avait fait l'effet d'une gifle qui m'avait réveillé.

Sans compter que Bethany, ravissante dans sa robe de Cendrillon, m'enlaçait si étroitement la taille que je n'arrivais plus à respirer.

*Qu'étais-je en train de faire ?*

Tous ces mois, les signes avaient été là, et j'avais été trop perturbé par le fait que Savannah m'avait brisé le cœur pour voir que j'étais en train de faire la même chose à quelqu'un d'autre.

*Bethany était complètement folle de moi.*

Je m'étais persuadé que nous n'étions qu'amis et que Bethany l'avait compris, elle aussi. Je m'étais fixé pour règle de ne pas lire dans les pensées des autres, mais j'aurais mieux fait de l'enfreindre et d'user de mon pouvoir pour m'assurer dès le départ que nous étions bien sur la même longueur d'onde !

Emily et Savannah avaient raison. Elles avaient tenté de me mettre en garde et, comme un imbécile, je ne les avais pas écoutées.

Bethany était une chouette fille et une bonne amie. Mais je n'éprouverais jamais envers elle les sentiments que j'avais pour Savannah, même s'il restait vain de vouloir lutter contre le Clan et le Conseil des Vampires.

Même si nous ne pouvions plus jamais nous retrouver comme avant, Savannah restait l'élue de mon cœur. Elle l'avait toujours été, et elle le serait à jamais.

Quand j'ai baissé les yeux, Bethany était en train de me dévisager, les yeux brillants de larmes.

*Elle savait.* D'une façon ou d'une autre, aujourd'hui, elle avait découvert la vérité. Toute la soirée, elle avait été taciturne et morose, à l'opposé de son comportement habituel.

Il fallait que je trouve un moyen d'arranger les choses.

— Et si on trouvait un endroit plus calme pour discuter ? ai-je proposé.

Ses yeux se sont agrandis, et elle a secoué la tête vivement.

— Non. Je préfère rester ici et continuer à danser. Tout va bien…

— Non, c'est faux.

Je me suis arrêté de danser. Mes mains reposaient sur ses épaules nues. Alors, je me suis lancé.

— Je pense que tu t'es fait des idées sur nous. Mais c'est ma faute. Depuis quelques mois, je n'ai pas les idées claires. Je croyais que tu avais compris que nous étions amis, rien de plus. Mais j'aurais dû te le dire ouvertement dès le départ, le jour où tu es venue me voir à l'hôpital.

J'ai respiré un grand coup avant de poursuivre :

— Je ne peux pas être l'homme dont tu rêves, Bethany, parce qu'il y a quelqu'un d'autre, et que je n'ai toujours pas réussi à l'oublier.

— Tu parles de Savannah…

J'ai hésité un instant avant d'acquiescer. Je détestais constater combien la vérité la blessait. J'aurais aimé lui avoir tout avoué d'emblée pour éviter de vivre ce moment.

Une larme a glissé le long de sa joue. Elle a levé une main tremblante pour l'essuyer.

— Tu l'aimes toujours. C'est pour ça que tu n'arrêtes pas de la regarder. J'ai appris que tu étais allé chez elle hier soir, que toi et ta sœur avez empêché quelqu'un de balancer une brique dans les vitres. C'est bien là que tu étais, non ?

— Oui, mais je n'y suis pas allé pour la voir.

*Du moins, pas au départ.*

— J'ai fait quelque chose de mal ? a repris Bethany d'une petite voix. Je parle trop, ou pas assez, ou…

A ces mots, mon estomac s'est serré.

— Non. Tu n'as rien fait de mal.

— Mais je ne suis pas une fille pour toi. Je ne suis pas Savannah.

J'ai hoché la tête. Bon sang, je craignais vraiment, sur ce coup.

Elle a reculé, le menton tremblant. Détournant le regard, elle a cligné des yeux rapidement pour chasser ses larmes, puis elle a secoué la tête.

— Il faut que j'y aille.

— Bethany…

Que pouvais-je bien dire pour me rattraper ?

De toute évidence, rien qu'elle ait envie d'entendre.

Tournant les talons, elle a relevé la traîne de sa longue robe avant de s'éloigner, forçant le passage entre les danseurs entassés au bord de la piste de danse afin de s'échapper vers le hall d'entrée et retrouver ses amies.

# 26

*Tristan*

Le lundi suivant le bal masqué s'est révélé être l'un des plus longs jours de ma vie, tout cela grâce aux *Charmeuses* furieuses qui, prenant la défense de Bethany, étaient désormais persuadées que j'étais le pire salaud de la planète. Comme elles avaient sans doute raison, je ne me suis pas donné la peine de me justifier quand elles se sont rassemblées en petits groupes dans la cafétéria pour me lancer des regards meurtriers et chuchoter entre elles d'un air conspirateur. Je me suis contenté de faire profil bas, d'aller m'asseoir sous mon arbre habituel pendant le repas, et d'attendre que la colère ambiante retombe.

A la fin de la journée, j'étais plus que soulagé de rentrer chez moi. Tout ce dont j'avais envie, c'était d'avaler un morceau, de bâcler mes devoirs puis de m'écrouler sur mon lit.

J'ai garé ma voiture dans le garage quatre places de la maison. Puis, après avoir poussé un soupir, je me suis décidé à franchir les quelques mètres qui me séparaient de la porte d'accès à la cuisine. A mi-chemin, un bruit m'a arrêté net. *Des plaintes.* Les plaintes les plus déchirantes qu'il m'ait été donné d'entendre.

Je me suis précipité vers les marches et j'ai ouvert la

porte à la volée, persuadé que j'allais découvrir quelqu'un étendu par terre, en train de se vider de son sang.

A la place, je suis tombé nez à nez avec mes parents. Mon père, un bras passé autour des épaules de ma mère, était en train de pianoter furieusement sur les touches de son téléphone portable avec sa main libre.

*Que diable se passait-il ?*

Il a relevé la tête au moment où j'ouvrais la porte, et j'ai entrevu un éclair de soulagement dans ses yeux.

— Tristan, tu es rentré. Très bien. Appelle ta sœur pour moi, tu veux ?

Il m'a lancé son téléphone, que j'ai rattrapé par pur réflexe.

— Mais qu'est-ce qui…, ai-je commencé.

— Ils sont morts ! a gémi ma mère en plantant ses doigts maigres dans les avant-bras musclés de mon père. Cynthia, James, les filles… Ils ont été abattus comme des animaux par ces saletés de morts-vivants. Je vais les tuer. Je vais tous les tuer !

Pour la calmer, mon père l'a prise dans ses bras, lui caressant le dos de sa large main. Après quelques secondes, il a levé la tête pour me dévisager avec intensité.

— La police a trouvé Cynthia, James et tes cousines morts chez eux. Apparemment, ils ont été assassinés…

— Par des vampires ! s'est exclamée ma mère d'une voix sifflante.

De la salive maculait les commissures de ses lèvres, et ses yeux semblaient prêts à lui sortir de la tête. Je ne l'avais jamais vue dans un tel état. Elle paraissait sur le point de perdre la raison. Elle avait l'air… dangereuse.

Ce n'est qu'à cet instant que j'ai vraiment compris ce qu'ils venaient de m'apprendre ; mes jambes se sont dérobées sous moi et j'ai dû me retenir au chambranle pour ne pas tomber.

*Ma tante, mon oncle et mes cousines étaient tous morts.* Peut-être tués par des vampires.

Nous nous voyions une fois l'an, et nous n'étions donc pas réellement proches. Mais quoi qu'il en soit, c'était ma famille…

Je me suis remémoré Katie et Kristie comme elles étaient la dernière fois que nous leur avions rendu visite. Leurs sourires, leurs boucles blondes et leurs rires enfantins.

Cette année, elles auraient eu dix ans.

— Vous êtes sûrs qu'il s'agissait bien de…

Mon père a opiné.

— Ta mère n'arrivait pas à joindre Cynthia, alors elle a demandé à d'autres Descendants de New York d'aller vérifier chez eux. Ils les ont trouvés, et ils ont appelé la police…

Ma mère s'est remise à gémir.

— Viens, ma chérie, je t'emmène là-haut, il faut que tu te reposes un peu, a dit mon père en essayant d'entraîner ma mère vers l'entrée.

— Je veux aller à New York, a-t-elle décrété. Il faut que je les voie.

Mon père et moi avons échangé un regard. Ma mère ne pouvait quitter Jacksonville dans cet état. Elle était dotée de pouvoirs magiques presque aussi considérables que ceux de mon père, et mêmes plus redoutables encore dans certains domaines. Cela faisait d'elle une bombe prête à éclater, et impossible à désamorcer. En temps normal, son sens de la bienséance et son désir de protéger les secrets du Clan suffisaient à maîtriser ses pouvoirs. Mais à présent, sa sœur unique et toute sa famille avaient été assassinées, sans doute par un vampire. Je ne voyais pas ce qui pouvait la retenir de dévaster New York.

Cette semaine, mon père allait devoir déployer des trésors d'ingéniosité pour maîtriser la colère et le désir de vengeance de ma mère.

— Je vais appeler Emily pour la mettre au courant, ai-je dit tandis que mon père, soutenant toujours ma mère, s'éloignait en direction de l'escalier.

Emily a décroché à la deuxième sonnerie.

— Qu'y a-t-il ?

— Emily, j'ai de mauvaises nouvelles. Très mauvaises. Tante Cynthia, oncle James et les filles…

Ma gorge s'est serrée, et j'ai eu toutes les peines du monde à retrouver ma voix.

— Ils sont… ils sont morts, Emily.

— *Quoi ?* Qu'est-ce que tu racontes, Tristan ? s'est-elle écriée.

— On pense qu'ils ont été attaqués par des vampires.

Rien que de prononcer ces mots me rendait littéralement malade. Je me suis appuyé d'une main sur l'îlot de granit froid, tête baissée.

— Oh ! mon Dieu, a murmuré Emily. On en est sûrs ?

— Papa affirme qu'ils en sont pratiquement certains. C'est un Descendant qui a découvert les corps.

— Est-ce que le crime n'aurait pas pu être maquillé pour qu'on le mette sur le dos de vampires ?

Derrière Emily, la rumeur de klaxons a retenti avant de mourir rapidement. Elle devait être en train de traverser Tyler à une allure encore plus folle qu'à son habitude.

— Peut-être. Je ne sais pas… Tu rentres à la maison ?

— Oui. J'arrive tout de suite.

— D'accord.

J'allais raccrocher, mais j'ai hésité.

— Ecoute, sois prudente au volant, d'accord ? Je crois que si tu as un accident, maman va péter définitivement les plombs.

— Ouais, ouais. Je serai là d'ici une demi-heure.

Je l'ai entendue étouffer un sanglot, puis elle a raccroché.

Je me suis laissé tomber sur un tabouret et j'ai enfoui ma tête dans mes mains.

*Ce n'était pas possible.* Autant que je sache, il y avait des dizaines d'années qu'un membre du Clan n'avait plus été agressé par des vampires. Comment ceux-ci pouvaient-ils avoir éliminé toute une famille sans crier gare ? Et en particulier ma tante et mon oncle ? Tante Cynthia et oncle James étaient des sorciers presque aussi puissants que mes parents.

Vingt-trois minutes plus tard exactement, la voiture d'Emily s'est engagée dans l'allée avant de s'engouffrer dans le garage. Pour arriver aussi vite, elle avait dû faire de sacrés excès de vitesse. Quelques secondes après, elle a fait irruption dans la cuisine et m'a serré très fort dans ses bras avant de se précipiter dans l'escalier.

— Emily, a gémi ma mère quand ma sœur a ouvert la porte de la chambre de mes parents. Ils sont morts ! Ils sont tous morts !

Emily a murmuré quelque chose d'indistinct, et ma mère s'est mise à sangloter avant que la porte ne se referme derrière elles.

Quelques minutes après, mon père est descendu. Il s'est assis sur le tabouret à côté du mien, le faisant grincer sous son poids.

— Bien, je crois que nous allons partir à New York,

a-t-il déclaré avec un soupir. Pas moyen de l'en dissuader, pas tant qu'elle sera dans cet état, du moins.

— Dans ce cas, tu ferais bien de la mettre sous calmants, ai-je répondu le plus sérieusement du monde. Sinon, elle est capable de tout.

— Je sais. Je vais emmener une provision de somnifères. Pendant notre absence, Emily restera avec toi…

— Arrête, papa. J'ai dix-sept ans. Je n'ai pas besoin d'une baby-sitter.

— Ne discute pas, Tristan. Ta mère et moi ne te laisserons pas seul ici. Elle aurait préféré que toi et ta sœur veniez avec nous, mais pour être honnête, je ne crois pas qu'il soit judicieux que vous mettiez les pieds à New York. S'il y a un vampire incontrôlable dans le coin, je tiens à ce que vous vous teniez à l'écart. En outre, un Descendant adulte restera avec vous à la maison jusqu'à notre retour.

— Tu plaisantes ? En terme de pouvoirs, je les ai certainement déjà tous surpassés !

Ce n'était pas de la vantardise, et nous le savions tous les deux. Mon père m'avait entraîné pour qu'un jour, je sois le cinquième Coleman à diriger le Clan. Au cours des deux dernières années, nos séances de magie hebdomadaires m'avaient permis d'acquérir presque autant de savoir qu'il en avait lui-même. Parfois, au cours de nos exercices, il arrivait même qu'il ait du mal à contrer mes sorts.

Mais de toute évidence, il avait oublié ce détail.

— Fiston, as-tu une idée de la gravité de la situation ? C'est la paix entre vampires et Descendants qui est en jeu, et si nous ne reprenons pas très vite les choses en main, nous n'avons plus qu'à dire adieu au traité. Je te rappelle que la famille du *chef* des Descendants vient juste d'être abattue par un ou plusieurs vampires, en violation directe des clauses du traité. Nous devons découvrir le fin mot de l'histoire avant que le Clan décide d'en appeler aux armes et de déclencher une nouvelle guerre.

*Une guerre ?* Il y avait des dizaines d'années que nous ne nous étions battus contre des vampires !

J'ai étudié son visage. A la virulence de son regard et à la crispation déterminée de ses mâchoires, j'ai compris qu'il était sérieux.

— Tu ne crois pas qu'il pourrait s'agir d'un vampire solitaire qui a accidentellement succombé au désir de sang ? ai-je demandé d'une voix pleine d'espoir.

Mon père a secoué la tête.

— J'aimerais bien. Mais New York est une ville immense, tu le sais. Quelles sont les probabilités pour qu'un vampire perde les pédales dans une ville de cette taille et s'en prenne justement à la famille de ta mère, et à elle seule ? En outre, il n'y a eu aucun raté dans cette attaque : ils ont été surpris chez eux, sans témoins, et il n'y avait pas de signe d'effraction.

Des deux mains, il s'est frotté le visage, faisant crisser sa barbe contre ses paumes.

— Ta mère est convaincue que cette agression est un message, et que les vampires nous déclarent presque ouvertement la guerre.

— Et toi, qu'en penses-tu ?

— Je pense que tout cela a été soigneusement planifié. Mais à part ça, je ne sais pas. Il nous reste à découvrir s'il s'agissait d'une attaque isolée ou d'une agression approuvée par le Conseil des Vampires. Et il nous faut agir vite, en tout cas avant que le Clan ne soit pris d'hystérie collective.

Il a levé la tête, le regard perdu dans le vague.

— J'ai passé toute ma vie, et mon père la moitié de la sienne avant cela, à œuvrer avec le Conseil pour mettre en place ce traité de paix. Il n'est pas question que je prenne des décisions hâtives qui risqueraient de réduire à néant tout ce travail. Il faut que je sache ce qui se passe exactement, et je vais tout faire pour que cette terrible affaire ne dégénère pas en une lutte meurtrière.

— Tu peux te mettre en contact avec le Conseil ?

— Je vais essayer. Mais avec ta mère sur mon dos, ça ne va pas être facile. Elle ne veut rien entendre. Pour elle, la seule réponse est une déclaration de guerre immédiate à tous les vampires.

J'ai laissé échapper un long soupir en me passant une main dans les cheveux. Si les choses continuaient d'aller aussi vite, nous courions au désastre.

— Il faut que tu la calmes, papa. Et que tu calmes tous les autres aussi.

— Je sais. Notre opérateur téléphonique va nous adorer, ce mois-ci.

Il a relevé un coin de la bouche dans une ébauche de sourire qui ne masquait pas son amertume.

— Pendant ce temps, je veux être certain que ta sœur et toi serez en sécurité. Alors tu crois que tu pourrais aider ton vieux père et accepter la présence d'une Descendante à la maison le temps que durera notre absence ?

J'ai soupiré.

— Ouais, ça doit pouvoir se faire.

Si cela le tranquillisait et lui permettait de se concentrer sur la résolution de cette affaire, je n'allais pas rester buté. J'aurais juste aimé qu'il change d'avis et qu'il m'autorise à l'accompagner à New York pour l'aider dans son enquête, c'est tout.

De retour dans la cuisine, Emily nous a rejoints autour de l'îlot. Sous son bronzage habituel, elle avait le visage pâle et marbré de rouge.

— Maman a dit qu'il fallait réserver des places d'avion. Elle a déjà commencé à faire ses bagages.

Mon père a acquiescé.

— Tant que j'y suis, je ferais bien d'appeler tous les membres du Clan.

Il s'est dirigé vers l'entrée avant de prendre la direction de son bureau.

— N'oublie pas ton chargeur de téléphone, lui a lancé Emily.

— Bien vu. Merci, Emily ! a-t-il répondu sans se retourner.

Le silence régnait à présent dans la cuisine. Emily et moi nous sommes dévisagés. Nous n'avions pas besoin de parler pour savoir ce que pensait l'autre. Tout comme moi, elle ne parvenait pas à croire à ce qui venait d'arriver.

Elle a soupiré.

— Il vaut mieux que j'aille voir comment s'en sort maman. Je veux être sûre que ce sont bien des vêtements et pas un arsenal qu'elle fourre dans ses valises.

Elle est remontée à l'étage, les épaules basses et le pas traînant, elle que j'avais toujours vue escalader ces marches avec la légèreté et la grâce d'une gazelle.

Un peu perdu, je l'ai suivie pour aller dans ma chambre. Là, je me suis allongé sur mon lit et j'ai contemplé le plafond. Comme tout le monde ici, j'avais laissé ma porte ouverte. Par conséquent, les pensées de mes parents circulaient librement dans toute la maison, comme des postes de radio allumés un peu partout. Ils devaient être particulièrement bouleversés pour abaisser ainsi leur garde mentale, même chez eux. En général, ils faisaient bien plus attention.

Pourtant, je ne percevais pas les pensées d'Emily. Apparemment, elle avait appris à garder ses barrières mentales en place dans n'importe quelles circonstances. Peut-être parce qu'elle ne souhaitait pas que nos parents apprennent les frasques commises par leur parfaite petite princesse depuis des années. Je n'aurais pas été surpris d'apprendre qu'elle avait trouvé un moyen de maintenir ces barrières jusque dans son sommeil…

C'étaient les pensées de ma mère qui étaient les plus facilement déchiffrables et les plus envahissantes. Entre deux accès de souffrance, elle se demandait à quelle heure mon père et elle pourraient être à New York, de quelle façon elle allait bien pouvoir traquer le tueur, et toutes ces questions étaient entrecoupées de souvenirs de son enfance avec sa sœur Cynthia.

De façon surprenante, j'ai soudain capté des images d'une vieille ferme au beau milieu de nulle part dans laquelle ma mère semblait affreusement effrayée d'entrer.

Un peu plus tard, celle-ci a fait irruption dans ma chambre comme une tornade. Ses cheveux d'un noir d'ébène étaient de nouveau soigneusement attachés en chignon à la base de sa nuque, et elle était entièrement vêtue de noir.

Elle avait à la main un large bracelet de cuir, noir également, dont les lisières étaient gravées d'un motif celtique, et le centre d'un symbole circulaire.

— Donne-moi ta main, a-t-elle ordonné.

Ses yeux et ses joues étaient secs, à présent, et ses lèvres étaient pincées jusqu'à former une mince ligne.

Je me suis redressé et lui ai tendu la main gauche.

Elle a passé le bracelet autour de mon poignet et l'a attaché à l'aide d'un fermoir métallique.

— Qu'est-ce que c'est ?

Je l'ai fait glisser pour inspecter le symbole celtique. A y regarder de plus près, ce dessin ressemblait plutôt à des armoiries. Elles m'étaient familières : c'étaient celles du Clan. Je les ai reconnues pour les avoir vues gravées sur le dossier du trône de pierre sur lequel mon père siégeait lors des réunions du Clan dans le Cercle.

— Un talisman pour repousser les vampires, a répondu ma mère.

# 27

## *Tristan*

Aussitôt, j'ai tendu la main vers le fermoir pour ôter le bracelet. Pas question que je porte ce machin.

Sa main est venue se poser sur la mienne.

— Tu vas porter ce bracelet, Tristan. Ne me force pas à lui ajouter un charme pour t'empêcher de l'enlever. Je tiens à ce que tu sois en sécurité.

Elle m'a dévisagé, ses ongles toujours enfoncés dans le dos de ma main. Elle semblait au bord de la folie.

— D'accord, maman. Si ça peut te soulager, je le porterai. Mais en échange, il faut que tu me promettes une chose : ne fais pas de bêtise, à New York.

— Voyons, Tristan ! a-t-elle rétorqué avec une moue dédaigneuse. Réfléchis un peu. Tu crois que ton père serait resté chef du Clan aussi longtemps s'il avait épousé une écervelée ?

*Pas faux.*

— Fais attention à toi.

A ces mots, sa moue a disparu.

— Toi aussi, mon chéri.

Elle s'est penchée afin de déposer, de ses lèvres froides, un rapide baiser sur ma joue, puis elle a fait demi-tour pour quitter la pièce, faisant claquer ses talons sur le parquet. Quelques minutes plus tard, mes parents sont sortis de leur chambre, et le bruit des roulettes de leurs valises s'est joint à celui des talons de ma mère avant d'être étouffé par la porte de la cuisine qui se refermait sur eux.

Emily est entrée dans ma chambre et s'est assise au bout de mon lit, les traits tirés.

— Je n'arrive pas à y croire…

— Oui, je sais. Moi aussi j'ai l'impression d'être dans un mauvais rêve.

Après un temps d'hésitation, j'ai ajouté :

— Selon papa, maman pense que la guerre est de nouveau déclarée avec les vampires. Elle est folle, ou bien… ?

— Je ne sais pas. Espérons seulement qu'elle dramatise. D'après ce que j'ai entendu, la situation était abominable avant que le traité de paix soit signé. En tout cas, je crois que ces bracelets vont revenir à la mode, du moins pendant un certain temps.

Le regard fixe, elle ne semblait pas s'apercevoir que, de la main gauche, elle avait attrapé un bout de ma couette de satin noir et qu'elle le triturait entre le pouce et l'index. Après un temps, surprenant mon regard insistant sur ses doigts, elle m'a demandé :

— Quoi ? Qu'est-ce qu'il y a ?

D'un mouvement du menton, j'ai désigné sa main :

— Tu n'avais pas fait ça depuis que nous étions tout petits, tu te souviens ?

Avec un sourire forcé, elle a lâché ma couette et caché ses mains entre ses cuisses.

— Il faut dire qu'il y a longtemps que je n'ai pas été aussi angoissée.

Mon sourire s'est évanoui. Oui, la situation était on ne peut plus alarmante.

Un détail m'est revenu en tête.

— Maman t'a déjà parlé d'une vieille ferme ?

Elle m'a adressé un regard perplexe, et j'ai ajouté :

— J'ai surpris maman en train d'y penser, ce soir. Pour une raison qui m'échappe, elle semblait absolument terrorisée par cet endroit.

Emily a fait la moue.

— Je ne me souviens pas qu'elle ait évoqué quoi que ce soit à ce sujet. Mais tu n'aurais vraiment pas dû écouter ses pensées.

— Je n'ai pas pu m'en empêcher, désolé. Elle les hurlait presque. Et tu la connais, quand elle est remontée comme ça, elle pense sacrément fort !

Emily a soupiré.

— Oui, je vois ce que tu veux dire… Moi non plus je n'ai pas complètement réussi à bloquer ses pensées, ce soir.

— Oui, mais tu y es parvenue un peu mieux que moi, n'est-ce pas ?

Elle m'a adressé un petit sourire contraint avant de hausser les épaules :

— Tu ne vas quand même pas m'en vouloir d'être plus douée que toi, petit frère ?

En bas, la sonnette de la porte d'entrée s'est soudain fait entendre, interrompant la superbe repartie que je m'apprêtais à lui décocher.

Emily s'est levée.

— C'est certainement Mme Faulkner, elle vient passer la semaine avec nous, expliqua-t-elle en me lançant un regard en coin. Papa te l'a dit, non ?

— Il m'a dit que quelqu'un viendrait, mais il ne m'a pas donné son nom. Bon sang, pourquoi lui avoir demandé à elle en particulier ?

De l'extérieur, Mme Faulkner avait tout de la femme trophée bien comme il faut. Mais en réalité, elle aurait pu en remontrer aux sorcières les plus aguerries, toutes générations confondues. Tout ce que les Jumelles Pimbêches savaient en matière d'intolérance et de méchanceté gratuite, elles le tenaient de leur mère.

— Non, papa n'y est pour rien. C'était l'idée de maman. C'est elle qui a appelé Mme Faulkner et lui a demandé de venir nous garder.

La sonnette a retenti de nouveau. Cette fois, notre « baby-sitter » a gardé le doigt appuyé dessus et les tintements se sont succédé sans interruption.

— Il vaut mieux aller ouvrir avant qu'elle ne casse la porte, ai-je marmonné avant de rouler sur moi-même pour faire face au mur.

— Tu ne descends pas lui dire bonjour ?

— Pas question. Tu trouveras bien une excuse.

Dès qu'Emily a quitté ma chambre, j'ai tiré sur mon bracelet pour l'enlever, puis je suis descendu sur la pointe des pieds avant de m'éclipser par la porte de derrière en direction du Cercle.

Les sorts disposés autour de la clairière empêcheraient Mme Faulkner de sentir ma présence ici pendant que je pratiquais quelques exercices de magie. Si mon père ne se trompait pas, les jeunes du Clan seraient sur le sentier de la guerre dès demain.

Il était temps de fabriquer de nouveaux charmes de protection pour Savannah.

Le lendemain, j'ai commis l'erreur de passer par la cuisine pour aller chercher un bol de céréales, pensant que j'aurais quitté la pièce bien avant que les femmes de la maison ne se réveillent. Mais de toute évidence, Mme Faulkner était une lève-tôt. Elle était là, à m'attendre assise à table dans la lumière de l'aube, une tasse de café fumante à la main, comme si elle était chez elle.

J'ai changé de direction pour aller vers la porte du garage. Je n'avais pas la moindre envie de prendre mon petit déjeuner avec une version adulte des Jumelles Pimbêches.

— Tu peux me dire où tu vas ?

Nom d'un chien, elle avait la même voix haut perchée et le même ton doucereux que ses filles ! L'entendre me faisait l'effet d'un grincement de craie sur un tableau noir.

— A mon entraînement de football. On commence tôt le matin, lui ai-je répondu sans me retourner.

J'avais la main sur la poignée de la porte. La liberté était juste derrière.

— Tu n'iras pas sans le bracelet que ta mère t'a donné. Elle m'a avertie que tu essaierais de l'enlever.

A ces mots, je me suis retourné, les dents serrées.

— Je n'en ai pas besoin.

Elle m'a adressé un sourire faussement angélique. Avec sa peau tannée d'avoir trop pris le soleil, elle me faisait penser à un alligator.

— Ta mère pense que si.

— Oui, mais elle n'est pas là.

— Peut-être, mais moi, si.

Elle a avalé une gorgée de café sans me quitter un instant des yeux.

Pendant quelques secondes, j'ai envisagé de me servir de la magie contre elle. Sauf qu'en apprenant ça, ma mère péterait définitivement les plombs.

Avec un soupir à fendre l'âme, je suis retourné vers

l'escalier pour remonter chercher mon bracelet avant de retourner d'un pas plein de colère dans la cuisine.

— Mets-le, s'il te plaît, a-t-elle ordonné.

J'ai fixé la porte. Je n'avais que quelques pas à faire pour m'échapper. De ma propre maison !

— Vous savez que je suis censé devenir le prochain chef du Clan, n'est-ce pas ?

— Peut-être, mais en attendant, tu es surtout censé obéir à tes aînés. Et ta mère t'a expressément demandé de porter ce bracelet.

J'ai pris sur moi pour maîtriser mon niveau d'énergie, et j'ai enfilé le bracelet autour de mon poignet avant de claquer le fermoir d'un coup sec.

— Voilà, vous êtes contente ? Je peux y aller, maintenant ?

— Conduis prudemment. Je ne voudrais pas que tu aies un nouvel accident alors que tu es sous ma responsabilité, suis-je bien claire ?

*Qu'insinuait-elle par là ?*

Quand je me suis mis en route, j'étais dans une colère noire ; j'espérais presque que ce serait elle qui sortirait de la route quand elle rentrerait à la maison ce soir.

Sur le chemin, je me suis arrêté et, par la simple pensée, j'ai réduit en cendres mon bracelet sur le bord de la route avant de remonter en voiture.

J'avais envoyé un texto à Savannah pour lui demander d'éviter le lycée et de rester chez elle le temps que les choses se calment, mais je n'avais pas obtenu de réponse, et elle ne répondait pas non plus quand j'essayais de l'appeler. J'espérais qu'après avoir parlé avec mon père, le Conseil des Vampires demanderait à Savannah de faire profil bas. Mais au cas où cela ne se produirait pas, ou qu'elle décide malgré tout de venir en cours aujourd'hui, je lui avais préparé quelques charmes particulièrement ingénieux.

J'ai attendu la fin de l'entraînement de football, puis j'ai fait en sorte de partir le premier du terrain pour arriver dans le hall principal avant Savannah. En entrant dans celui-ci par la porte de derrière, j'ai recraché le morceau de chewing-gum ensorcelé que je venais de mettre dans ma bouche, et je l'ai collé sur le mur de briques, juste au-dessus de la porte. Ensuite, au lieu de me rendre directement en cours d'anglais, j'ai filé en direction de l'autre bout du hall, j'ai fait semblant de sortir par la porte de devant, et j'ai collé un nouveau morceau de chewing-gum au-dessus du chambranle.

Alors seulement, j'ai rejoint ma classe en me disant que je pourrais protéger les portes de la cafétéria au moment du déjeuner, et celles du bâtiment des sports et des arts après les cours, quand il n'y aurait plus personne.

*Savannah*

— Tu n'iras pas, a lancé mon père mardi matin. Je te l'interdis. Il y a fort à parier qu'ils porteront tous des charmes répulsifs.

— Il faut que j'y aille, papa, ai-je rétorqué en m'efforçant de garder mon calme.

J'étais plantée dans l'entrée, prête à partir, les poignées de mon sac de sport des *Charmeuses* dans une main, les clés de ma voiture flambant neuve — on me l'avait livrée la veille — dans l'autre.

— Tu ne comprends pas, papa, ai-je tenté de lui expliquer. Je n'ai peut-être jamais résisté physiquement à un Descendant, mais en tout cas, je ne me suis jamais aplatie devant eux. Si je ne vais pas en cours aujourd'hui, ils vont penser qu'ils ont gagné. Ils croiront qu'ils peuvent m'exclure définitivement du lycée. Et ensuite, jusqu'où ça va aller ? Avant qu'on ait eu le temps de dire ouf, on ne pourra plus mettre les pieds au supermarché parce qu'un Descendant ou un autre y sera avec ses charmes répulsifs. Et alors, ils me pousseront à quitter la ville, à moins qu'ils ne me retiennent prisonnière de ma propre maison.

Mon père m'a considérée avec gravité. A son silence, j'ai deviné que j'avais touché un point sensible.

— Il *faut* que j'y aille.

— Je n'aime pas ça.

— Et tu crois que ça me plaît, à moi ? Je n'ai pas dit que j'avais *envie* d'y aller. Mais je dois le faire, sinon ça ne s'arrêtera jamais. Il faut juste que je leur prouve que je suis assez forte pour leur tenir tête jusqu'à ce que le père de Tristan revienne et les fasse rentrer dans le rang.

Mon père a poussé un soupir, mais il s'est écarté de mon chemin.

— Appelle-moi si tu as besoin que je vienne te chercher.

— D'accord. Merci, papa.

Bien entendu, je n'avais nullement l'intention de l'appeler. Pas aujourd'hui. Il n'était pas question que le Clan prenne l'ascendant sur moi, pas maintenant que je disposais enfin de mes propres pouvoirs magiques et d'un nouveau moyen de transport à tomber par terre. Dimanche matin, en effet, nous étions sortis m'acheter une voiture neuve. Enfin, pour moi, elle était neuve. Quand je m'étais connectée pour un chat vidéo avec ma mère, elle n'avait pas été franchement ravie d'apprendre que j'étais à présent l'heureuse propriétaire d'une Corvette Stingray gris argent de 1971. Elle n'avait pas aimé m'entendre lui dire à quelle vitesse mon nouveau bolide pouvait rouler, ni savoir que sa carrosserie était en fibre de verre au lieu d'acier. Mais à l'instant où j'avais vu les courbes rutilantes du véhicule sur le parking de la concession, je n'avais plus eu qu'une envie : conduire ce merveilleux engin.

Pour apaiser ma mère, mon père avait fait installer une cage de sécurité à l'intérieur de la voiture, payant une somme fabuleuse pour qu'un atelier local la fabrique dans la journée et la livre chez nous ce matin. Il lui avait également fait poser un nouvel autoradio, bien que je ne lui ai rien réclamé, autoradio qui comportait une prise jack où brancher mon MP3 et écouter mes morceaux préférés pendant que j'étais au volant.

Et donc, je me suis vraiment régalée à conduire ma nouvelle voiture jusqu'au lycée pour la première fois, et j'ai eu du mal à résister à l'envie d'écraser l'accélérateur, juste pour le plaisir d'entendre rugir le moteur. La seule chose qui m'a contrainte à respecter les limites de vitesse, c'est qu'en dépit de ma démonstration de confiance face à mon père un peu plus tôt, je redoutais d'aller en cours. En effet, je ne doutais pas qu'il soit dans le vrai : les rejetons du Clan n'allaient pas manquer de se déchaîner sur moi.

En arrivant sur le campus du lycée, je me suis garée à ma place habituelle. Là, j'ai dû prendre sur moi pour sortir de ma voiture. La journée promettait d'être longue. Mais l'idée de faire le trajet retour au volant de mon nouveau véhicule, ce soir, allait me permettre de tenir le coup.

Du moins, si je m'en sortais vivante…

# 28

*Tristan*

Finalement, Savannah est venue en cours. Il m'a fallu une volonté d'acier pour l'empêcher de lire les pensées furieuses que sa conduite m'inspirait. Manifestement, elle refusait de prendre en compte le danger de la situation, et tout ce que j'aurais pu lui dire à ce stade n'aurait fait que la buter davantage.

Je me suis donc assis à ma place habituelle en essayant de ne pas penser *du tout*, alors même qu'une douleur sourde me tordait l'estomac. Je n'avais plus qu'à prier pour que les charmes de protection que j'avais disposés un peu plus tôt dans le lycée opèrent comme je le souhaitais…

Ces charmes ont d'ailleurs fait leurs premières preuves à la fin du cours d'anglais. Juste avant la sonnerie, mes bras et ceux de Savannah se sont couverts de chair de poule en même temps que des fourmillements douloureux nous parcouraient la peau. Quelqu'un utilisait son énergie sur le campus.

Le souffle coupé, Savannah m'a adressé un regard interrogateur.

« *Cette fois, ce n'est pas moi* », lui ai-je répondu en silence tandis qu'une deuxième explosion de douleur, tout aussi intense, me faisait frissonner des pieds à la tête. *Que diable se passait-il ?*

Son regard est venu se poser sur les petites fenêtres donnant vers l'extérieur, situées trop haut pour offrir d'autre vue que le ciel. Ses sourcils se sont rapprochés et, une expression préoccupée sur le visage, elle s'est dépêchée de rassembler ses affaires.

Quand la deuxième sonnerie a retenti, Savannah était comme d'habitude la première debout. J'ai pris mon temps pour caler mes papiers dans mon cahier. Je faisais exprès de traîner, car j'avais l'intention de la suivre à distance et de m'assurer qu'elle ne risquait pas d'être blessée par des charmes de protection anti-vampires dans le hall principal.

*Elle n'est pas arrivée jusque-là.*

Les Jumelles Pimbêches l'attendaient devant la porte, dans le petit couloir sur lequel débouchaient deux classes d'anglais. Elles utilisaient ce couloir comme un goulet d'étranglement, laissant passer tous les élèves sauf Savannah.

— Toi, a sifflé Vanessa sitôt qu'elle l'a aperçue.

Elle a levé les mains, paumes vers le haut. Elles étaient couvertes de quelque chose qui ressemblait à de la peinture rouge.

— C'est toi qui as fait ça !

— Dis-lui de nous enlever ça, est intervenue Hope d'une voix geignarde.

Elle se tenait derrière sa sœur et se frottait furieusement les paumes l'une contre l'autre.

Depuis mon bureau où je finissais de ranger mes affaires, il m'a suffi d'une brève intrusion dans leurs pensées pour apprendre que les jumelles avaient encore tenté de faire un de leurs mauvais coups. Pendant la deuxième heure, elles s'étaient retrouvées sur le parking avec Dylan afin de balancer de la peinture ensorcelée sur la nouvelle voiture de Savannah. Il s'agissait sans doute des deux vagues d'énergie que Savannah et moi avions perçues un peu plus tôt. Mais apparemment, leur sort s'était retourné contre elles et la peinture avait atterri sur les mains des jumelles plutôt que sur la carrosserie de la voiture.

Je n'ai pas tenu compte des pensées révélant que Vanessa était persuadée que Savannah avait posé un charme répulsif sur sa voiture. De toute évidence, cette conviction relevait de la paranoïa manifestée depuis peu par la plupart des Descendants. En revanche, je ne parvenais pas à comprendre que les jumelles soient assez bêtes pour n'avoir pas pensé à annuler leur propre sort afin de faire disparaître la peinture qui leur maculait les mains.

— Que se passe-t-il, vous vous êtes repeint les mains ? a murmuré Savannah en étouffant un petit rire.

— Espèce de s…

S'étranglant de rage, Vanessa s'est avancée d'un pas en levant la main comme pour gifler Savannah. Une nouvelle vague de picotements m'a couru le long des bras.

Les jumelles se servaient de leur pouvoir ? Ici, sur Savannah, et *devant tout le monde* ? Elles devaient avoir perdu l'esprit !

— Eh !

Je me suis rué vers la porte sans faire attention aux notes et aux livres que j'entraînais par terre dans le même mouvement. Savannah m'a jeté un coup d'œil par-dessus son épaule. La douleur s'est arrêtée.

— A plus tard, les filles, a-t-elle dit aux jumelles.

Puis elle s'est éloignée vers le hall principal.

— Qu'est-ce que vous fichez, vous deux ? me suis-je alors écrié à l'adresse de ces deux idiotes.

J'aurais aimé avoir affaire à des garçons plutôt qu'à ces deux pimbêches ; ainsi, j'aurais pu les emmener dehors et les balancer contre un mur de briques.

— Ce n'est pas nous ! a bafouillé Vanessa, les yeux encore plus ronds que d'habitude.

Sous leur couche d'autobronzant, les jumelles étaient livides.

— Je te jure, Tristan. C'était elle ! Elle a appris à utiliser la magie.

Je n'ai même pas pris la peine de leur répondre. Les évitant, je suis parti à la recherche de Savannah dans le hall. Là-bas. Elle était collée contre des casiers, à cinquante mètres de là.

A côté d'elle, j'ai cru reconnaître les cheveux blonds ébouriffés de celui qui la maintenait contre les casiers. Dans la foule d'élèves mouvante, j'ai alors vu que c'était bien Dylan qui la maintenait prisonnière, les mains posées de part et d'autre d'elle. Il portait un bracelet de cuir à chaque poignet. *Des talismans anti-vampires.* Voilà d'où provenaient les derniers fourmillements que j'avais perçus. Il essayait soit de la mettre à terre, soit de la tuer, mais les charmes que j'avais posés avant d'aller en anglais étaient en train de bloquer l'énergie diffusée par ses protections.

— C'est Dylan, ai-je informé les jumelles qui se cachaient derrière mon dos. C'est son pouvoir que vous sentez.

Mâchoires serrées, je me suis dirigé vers le hall en courant presque, jouant des coudes pour écarter les élèves qui se trouvaient sur mon chemin tout en me demandant où j'allais frapper cette ordure pour commencer. Oui, heureusement que j'avais posé ces charmes. Sans eux, Savannah serait par terre, inconsciente, ou peut-être même morte. Les bracelets de Dylan se trouvaient à quelques centimètres à peine de son visage.

A présent, il contemplait ces derniers d'un air incrédule ; de toute évidence, il ne comprenait pas pourquoi ses talismans n'avaient aucun effet sur Savannah. *Crétin.*

Une seconde plus tard, c'était à son tour de se retrouver plaqué contre le casier à la place de Savannah. *Sauf que ce n'était pas moi le responsable.* J'avais prévu de m'en tenir aux règles du Clan, de ne pas utiliser de magie sur lui et de me contenter de lui balancer mon poing dans la figure... Mais j'étais encore trop loin pour pouvoir l'atteindre.

Des milliers d'aiguilles se sont plantées dans ma peau.

Sans que je sache comment, les positions Dylan-Savannah s'étaient inversées et cette fois, c'était *elle* qui immobilisait son agresseur. Pourtant, elle ne l'avait pas touché ; ses mains reposaient le long de ses cuisses, doigts écartés.

Comme si elle recourait effectivement à la magie pour le maintenir là.

Non. *Ce n'était pas possible.* Sauf que... j'en avais la preuve, autant visuelle que sensorielle. J'ignorais comment, mais Savannah avait appris à se servir de son énergie. Et, à en juger par la façon dont Dylan se démenait sans pour autant parvenir à se libérer, elle n'était plus une débutante. Il devait y avoir des mois qu'elle s'entraînait à développer ses capacités. Mais comment ? Et qui aurait été assez fou pour lui enseigner les arcanes de la magie ?

Se penchant sur Dylan, Savannah a incliné la tête sur

le côté, d'une façon qui m'évoquait une lionne jouant avec sa proie. Elle a souri et s'est léché les lèvres sans le quitter du regard.

— Dylan, Dylan, Dylan, a-t-elle dit. Tu as essayé de démolir ma nouvelle Corvette, n'est-ce pas ? Tu avais déjà saboté mon ancienne voiture. Pourquoi fais-tu cela ? Tu veux me forcer à me déplacer en volant comme une chauve-souris ?

Elle lui a souri en faisant mine de m'ignorer, alors qu'elle avait dû me sentir approcher, tout comme je percevais sa présence lorsqu'elle se trouvait à proximité.

Je me suis arrêté à un mètre d'eux, des picotements effroyables sur la peau. *Seigneur, Savannah était une puissante sorcière, déjà presque aussi forte qu'Emily.* J'avais une envie pressante de me frotter les bras et la nuque, mais j'ai préféré me concentrer sur elle.

Pour la première fois, elle ne ressemblait pas à la Savannah que je connaissais. Elle ne ressemblait plus à personne. Elle était devenue une créature complètement étrangère à notre planète, avec des yeux d'un gris si clair qu'ils paraissaient presque blancs, et une peau si lisse et si pâle qu'elle contrastait de façon surréaliste avec le rouge sanglant de sa chevelure.

*Sa part vampirique prenait le dessus.*

Ses yeux se sont posés sur le cou de Dylan tandis que ses lèvres murmuraient des paroles, trop bas pour que je les entende. Les yeux de Dylan se sont écarquillés.

Avec le choc et la peur, il a abaissé ses défenses mentales, et j'ai pu entendre chacune de ses pensées.

« *Oh ! seigneur, elle va le faire*, pensait-il. *Elle va me tuer ici, devant tout le monde. Regardez-la ! Elle se fiche complètement qu'on la voie.* »

J'ai balayé les alentours du regard, craignant que

la scène n'attire des voyeurs. De manière ironique, personne ne semblait curieux de voir ce que Dylan trafiquait avec sa « victime » qu'il acculait contre les casiers quelques minutes avant encore. Tous les élèves étaient bien trop occupés à se rendre en classe ou au réfectoire avant la deuxième sonnerie…

— Je devrais peut-être te donner ce que tu veux, après tout.

Elle s'est rapprochée davantage de lui pour mieux planter son regard argenté dans le sien.

— C'est ça, que tu veux, n'est-ce pas ? Tu veux que je sorte de mes gonds et que je te morde ? Le problème, c'est que je n'arrive pas à savoir si c'est ton père qui te l'a ordonné, ou si cette idée vient de toi.

Savannah était proche. Trop proche. Dylan a poussé un cri étouffé et ses genoux se sont dérobés sous lui.

— Ah, mais attends, on n'a pas encore fini de causer, a-t-elle repris.

Une nouvelle décharge de douleur s'est abattue sur moi tandis qu'elle se servait de son énergie pour le redresser.

— Bon, qu'est-ce que je disais ? Ah, oui : nous discutions de ton envie d'être mordu.

« *Oui, fais-le,* a pensé Dylan. *Plonge tes crocs dans mon cou !* »

Je n'en revenais pas : il avait vraiment envie de lui faire perdre les pédales !

— Mais tu n'as pas répondu à ma question, a-t-elle poursuivi. Veux-tu que je te morde parce que cela aidera ton père à devenir chef du Clan et qu'ainsi, il cessera de se servir de la magie pour te punir ? Ou bien est-ce parce que tu en pinces pour les vampires ?

— Je ne sais pas de quoi tu parles, espèce de monstre, a rétorqué Dylan, les dents serrées.

Cependant, il ne pouvait empêcher son esprit de révéler la vérité.

*« Les deux. Je veux savoir ce que ça fait, et je veux que mon père arrête de me punir. »*

C'est alors que j'ai visualisé ses souvenirs, qui défilaient par milliers dans sa tête — son corps tordu de douleur sous les assauts ininterrompus de son père, qui préférait utiliser la magie plutôt que ses poings parce que ça ne laissait pas de trace. C'était abominable. J'ai ravalé un haut-le-cœur.

— Dylan, pourquoi tu n'as rien dit à personne ?

S'apercevant enfin de ma présence, les yeux de Dylan se sont tournés vers moi sans que sa tête, toujours fermement maintenue par Savannah, puisse pivoter d'un millimètre.

— Tristan ! Elle se sert de la magie, mec !

La deuxième sonnerie a retenti, vidant le hall autour de nous. J'ai lancé un coup d'œil derrière moi. Même les Jumelles Pimbêches s'étaient esquivées, craignant sans doute que Savannah s'en prenne à elles après avoir réglé son compte à Dylan. Il n'y avait plus que nous trois, à présent. Il était temps de reprendre la situation en main avant que les espions du Clan s'en aillent rassembler des volontaires pour lyncher Savannah.

— Dylan, tu te fais des idées. Savannah ne prendrait jamais le risque de déclencher une guerre, surtout maintenant, alors que la situation est déjà particulièrement tendue. Elle connaît les règles. Elle n'oserait jamais apprendre à se servir de la magie.

— Mais elle se sert de ses pouvoirs, en ce moment même ! a-t-il protesté, le visage tordu de douleur.

— Il veut que je le morde, Tristan, a murmuré Savannah d'un air absent. Est-ce vraiment enfreindre les règles, s'il me supplie de le faire ?

Je lui ai étreint l'épaule.

« *Ne fais pas ça, Savannah. Je sais que tu m'entends. A présent, fais-moi confiance, s'il te plaît. Tu lui as flanqué la trouille de sa vie. Ça suffit pour aujourd'hui. Si tu continues de recourir à la magie dans les minutes qui viennent, tous les Descendants adultes vont arriver en courant — si ce n'est pas déjà le cas.* »

Elle m'a dévisagé d'un air perplexe. Elle hésitait encore — mais au moins, elle m'écoutait.

« *Me fais-tu assez confiance pour reprendre les rênes et nous sortir de ce mauvais pas ?* », lui ai-je demandé dans une question muette.

Sa bouche s'est pincée, comme sous l'effet de la déception. Mais pour finir, elle a soupiré et esquissé un hochement de tête.

Tandis qu'elle retirait son pouvoir magique, j'ai laissé monter mon énergie pour maintenir Dylan à sa place.

— Dylan, ne sois pas stupide, ai-je dit tout haut. Je suis le seul à utiliser mes pouvoirs en ce moment même. Et au cas où tu aurais dans l'idée d'aller te plaindre aux Anciens, rappelle-toi que c'est *toi* qui as commencé. Ils ont ordonné à tout le monde de la laisser tranquille. Comment crois-tu qu'ils vont réagir s'ils apprennent que tu fricotes avec une vampire et que tu essaies de briser le traité de paix ?

Comme il ouvrait la bouche pour répondre, j'ai rapproché mon visage du sien pour ajouter :

— Avant tout, *moi* je t'ai dit de la laisser tranquille. Qu'attendais-tu que je fasse quand tu as refusé ? Tu devrais être content que je ne sois pas plus méchant.

« *Ce n'est pas elle… ?* », a-t-il pensé.

Son regard affolé passait de Savannah à moi.

« *C'était une ruse ! C'était un piège pour me déstabiliser. Elle voulait juste me faire croire que c'était elle qui se servait de magie pour m'immobiliser. Et sa voiture… Tristan a posé un charme de protection dessus, non ? Elle est sûrement venue pleurnicher auprès de lui au sujet de sa voiture, la semaine dernière, et il n'a pas pu s'empêcher de voler à son secours, une fois de plus !* »

— Libère-moi.

Cette fois, il me considérait d'un regard noir ; dans sa voix, la terreur s'était muée en furie à mesure que mon mensonge prenait.

— Tu vas arrêter de lui chercher des noises et apprendre à te tenir ? ai-je demandé.

Il a semblé réfléchir.

J'ai fait passer mon niveau d'énergie au cran supérieur, et des perles de sueur se sont formées sur son front et sur sa lèvre supérieure. L'épaule de Savannah a tressailli sous ma main.

« *Désolé,* lui ai-je dit. *Il faut que tu restes encore quelques instants.* »

— D'accord, a marmonné Dylan.

— Comment ? Je n'ai pas entendu.

— J'ai dit *d'accord,* je la laisserai tranquille.

Des gouttes de sueur se sont mises à lui dégouliner dans les yeux, et il a détourné le regard.

Je me suis écarté légèrement. Puis, mu d'une soudaine impulsion, j'ai tendu la main pour lui arracher l'un de ses bracelets. Sous ses yeux, j'ai fait brûler le talisman jusqu'à ce qu'il soit réduit en un petit tas de cendres blanches s'éparpillant sur le lino ciré.

— Pour la défense, un bracelet suffit bien, lui ai-je

dit. Deux, c'est de la provocation. La prochaine fois que je te vois porter plus d'un de ces bracelets répulsifs, je te promets que je le fais brûler *sans te l'enlever d'abord.*

J'ai reculé, et Dylan s'est empressé de s'échapper, prenant la direction de la cafétéria. J'ai attendu qu'il disparaisse par les portes du hall pour bouger.

Savannah a poussé un bruyant soupir et s'est appuyée contre les casiers. Puis ses jambes ont cédé sous elle et elle a commencé à glisser sur le sol.

— Holà, je te tiens, Rocky !

Je l'ai prise par la taille pour la soutenir. Elle m'a adressé un pâle sourire.

— Merci. Personne ne m'a jamais dit combien ce truc pouvait être fatigant.

— Dépenser de l'énergie exige de l'énergie, ai-je plaisanté.

J'ai passé son bras autour de mon épaule pour qu'elle puisse s'accrocher à moi.

— Il faut que tu refasses le plein. Est-ce que tu as du s…

— J'ai une réserve en cas d'urgence, oui. Mais si je m'en sers, il faudra que je rentre chez moi. Il y a des… complications. Mais je peux puiser de l'énergie, par contre. Aide-moi juste à sortir.

— Sinon, tu peux m'embrasser…

— Ne commence pas, Tristan.

Elle a fait mine de s'écarter.

— D'accord, d'accord. Je plaisantais, c'est tout.

*Enfin, presque.*

Nous nous sommes dirigés vers la sortie puis, une fois passé les portes, nous avons bifurqué à gauche en direction d'une petite cour. Là, nous nous sommes assis sur un banc de métal bleu, et Savannah s'est installée au bout pour être proche de la pelouse. Elle a retiré ses chaussures, posé ses pieds nus sur l'herbe, puis fermé les yeux et soupiré.

Une série de picotements m'a couru sur la nuque, mais je n'en ai pas tenu compte, trop absorbé dans la contemplation du jeu des émotions sur son visage.

Au bout de quelques secondes, elle a ouvert les yeux et, apercevant la chair de poule qui me couvrait les bras, elle a souri.

— Je suppose que c'est mon tour de m'excuser… encore une minute et ce sera fini.

— Ne t'en fais pas. Ce n'est pas si terrible que ça. C'est juste… bizarre.

Devant son air interrogateur, j'ai ajouté :

— Je veux dire, de te voir faire ça.

Je me suis penché pour poser mes coudes sur mes genoux.

— Pour une débutante, tu progresses drôlement vite. Quelqu'un te donne des cours, ou quoi ?

— Pas vraiment.

— Travailler sans professeur, c'est dangereux, Savannah, l'ai-je avertie d'un ton réprobateur.

— Sans rire ? a-t-elle déclaré en pouffant. La première fois que j'ai essayé de puiser de l'énergie, je suis tombée dans les pommes. Je ne m'étais pas aperçue que je libérais de l'énergie au lieu d'en attirer. Tu imagines ?

— Cet été ? ai-je demandé, pétrifié.

Elle a opiné.

— Le jour où tu m'as envoyé ce texto, en fait.

*Alors c'était cela, le danger que j'avais perçu !*

— Comment tu t'en es sortie ? En dormant quinze heures d'affilée ?

— Non, euh… Granny m'est apparue et m'a indiqué quoi faire.

*Elle avait parlé avec sa grand-mère disparue ?* Voilà qui signifiait qu'elle avait dû frôler la mort de très près. Dans un mélange de peur et de colère, je me suis relevé d'un bond. Je me suis planté devant elle pour la regarder bien en face.

— Tu es folle, ou quoi ? Tu as failli mourir, n'est-ce pas ?

— Il fallait que je le fasse, m'a-t-elle répliqué. Dylan menaçait de s'en prendre à Anne. Comment aurais-tu réagi, à ma place ?

— Tu aurais dû m'appeler à l'aide.

D'une voix lasse, elle a répondu :

— J'en ai marre de devoir toujours demander de l'aide aux autres. Il était grand temps que je me prenne en main et que je m'occupe de régler moi-même mes problèmes, pour une fois.

Elle a resserré ses bras autour d'elle et détourné les yeux.

Comment pouvait-elle être moitié vampire, moitié sorcière, donc censément représenter un danger pour moi ou n'importe quel autre Descendant, et cependant paraître si fragile ?

Mon estomac s'est noué. J'avais envie de la serrer contre moi, de lui dire qu'elle n'était pas seule, que j'étais là pour elle. Mais elle ne voulait pas en entendre parler.

Alors nous sommes restés plantés là un moment, dans une atmosphère de plus en plus lourde.

— Ce que tu as fait aujourd'hui était imprudent, ai-je fini par dire pour rompre le silence.

Après avoir enfilé ses chaussures, Savannah s'est levée et a commencé à se diriger vers l'entrée du bâtiment.

— Tu ne peux pas t'empêcher de me dicter ma conduite, n'est-ce pas ?

Je lui ai emboîté le pas.

— Je ne plaisante pas, Sav. Maintenant que des Descendants sont morts, la situation va être de plus en plus tendue. Si tu effraies trop Dylan, qui sait ce que tu risques de déclencher ?

— Sans rire ! s'est-elle exclamée.

Le rouge lui était monté aux joues.

Les pensées malsaines de Dylan me sont revenues à la mémoire et, à mon tour, j'ai détourné le regard. Je n'arrivais pas à croire qu'il soit aussi dérangé.

— Tu étais au courant pour son père ? a demandé Savannah. Tu savais qu'il se servait de la magie pour le maltraiter ?

J'ai secoué la tête en signe de dénégation.

— Il ne m'avait rien dit, je te le jure.

J'ai soupiré avant de reprendre :

— J'aurais bien aimé qu'il le fasse, pourtant. Le Clan aurait alors pu intervenir et forcer M. Williams à mettre fin à ses violences, ou même lui retirer la garde de son fils et le mettre à l'abri.

— J'ai de la peine pour lui, a repris Savannah après un silence. C'est à cause de son père qu'il en a après nous. Les Williams veulent t'obliger à enfreindre suffisamment les règles pour contraindre ton père à faire un choix crucial : soit il te protège, soit il soutient les lois du Clan. Selon eux, il prendrait ton parti plutôt que celui des Descendants, et alors ils seraient en position de réclamer un nouveau dirigeant.

Tout en traversant le hall en direction de la cafétéria, je lui ai répondu :

— Ce que fait son père est mal, c'est vrai. Mais ne

cherche pas trop d'excuses à Dylan. Il reste maître de ses décisions. Il n'est pas obligé d'entrer dans les jeux politiques de son père, après tout.

Arrivé devant la sortie, j'ai poussé la lourde porte métallique, la maintenant ouverte pour que Savannah puisse entrer la première. Elle s'est baissée pour passer sous mon bras et sortir. Puis, avec une grimace exaspérée, elle a répondu :

— Tu veux dire qu'il devrait simplement refuser d'obéir à ses parents et se faire taper dessus par son père sans réagir ?

— Non, bien sûr que non, ai-je repris. Mais soit il décide de lui tenir tête, soit il part de chez lui.

Savannah a secoué la tête.

— Mais s'il ne peut pas ? Si son père est trop fort et que Dylan n'a nulle part où aller ? Tu sais, tout le monde n'a pas des tonnes d'argent à sa disposition et des super-pouvoirs magiques en prime.

Elle a accéléré le pas, bras croisés, pour s'engager sur la passerelle. J'ai accéléré à mon tour et me suis maintenu sans peine à sa hauteur — mais j'ai préféré ne pas commenter sa réflexion sur l'argent.

— Dylan est un Descendant. S'il le souhaite, il peut obtenir le soutien de tout le Clan. Il suffit qu'il le demande.

*Sans compter qu'il aurait pu me parler de ses problèmes au lieu de me poignarder dans le dos.*

Savannah a secoué la tête pour manifester sa désapprobation.

— Quoi ? ai-je demandé. Tu crois que le Clan le laisserait tomber ? Attends, Savannah, ils sont loin d'être parfaits, mais ce ne sont pas des monstres.

Elle a haussé les épaules avant de s'engager sur la rampe menant à la coursive de la cafétéria.

— Apparemment, ils n'ont pas eu de scrupules à kidnapper et torturer ma grand-mère.

J'ai fait un geste d'impuissance.

— C'était une *erreur*. Une grave erreur. Mes parents étaient au désespoir, ils n'avaient plus les idées en place et ils ont paniqué. Sinon, mon père n'aurait jamais laissé faire une chose pareille.

Les lèvres pincées, elle a descendu la rampe sans rien dire. Bien que je n'aie nullement l'intention de déjeuner aujourd'hui et de devoir affronter des hordes de *Charmeuses* en colère comme la veille, j'ai continué de suivre Savannah. Je voulais faire durer notre conversation aussi longtemps que possible, même si elle n'était pas des plus gaies. Toutes les occasions de passer du temps avec Savannah étaient bonnes, et tant pis si nous ne faisions que nous disputer.

Tandis que nous contournions le bâtiment de briques pour rejoindre l'entrée la plus proche, je n'ai pu m'empêcher de lui dire :

— A propos d'erreurs, tu veux qu'on évoque ton petit numéro de vampire avec Dylan ? Tu as failli le mordre.

Elle a levé les yeux au ciel.

— Je voulais juste lui fiche la trouille. Jamais je ne l'aurais mordu. Ce n'est pas du tout mon truc.

— Jamais ?

— *Jamais*.

— Tu n'as jamais mordu personne ?

— Mais non !

Nous nous sommes arrêtés près des portes.

— Pourtant, je ne te vois jamais rien manger, là-dedans, ai-je affirmé en désignant le réfectoire du pouce.

— Mon père me fait avaler le sang d'un donneur une fois par semaine. Je vais juste à la cafétéria un jour sur deux pour retrouver mes amies, vu que cette année, nous n'avons aucun cours en commun.

— Le sang d'un donneur ? Pas mal, comme solution.

Finalement, de nos jours, il était peut-être beaucoup plus simple d'être un vampire que son père ne me l'avait laissé entendre. Sans doute les vampires disposaient-ils même de leur propre banque du sang et de leur propre système de coursiers. Passer une commande de sang était probablement aussi simple que de se faire livrer une pizza.

Savannah a émis un petit rire désabusé.

— Ne te méprends pas, Tristan, c'est loin d'être une partie de plaisir. Vivre du sang d'autres personnes comporte certains inconvénients.

— Ah oui ? Comme quoi, par exemple ? Trouver quel groupe sanguin a le meilleur goût ?

— Pas vraiment, non, m'a-t-elle rétorqué d'un air narquois. Chaque fois que je dois me nourrir, j'intègre les souvenirs du donneur, qu'ils soient bons, mauvais, déjantés, ou barbants. Ils déferlent sur moi comme un raz-de-marée, et je ne peux rien maîtriser pendant des heures. Franchement, c'est quelque chose que je ne souhaiterais pas à mon pire ennemi. Pas même à Dylan, c'est dire.

— Ni à moi ?

— Surtout pas à toi, a-t-elle murmuré.

— Ne devrais-tu pas me laisser en juger par moi-même ?

— Non, a-t-elle répondu en levant le menton. Parce que, même si par miracle la transformation fonctionnait sur toi, tu n'aurais pas la moindre idée de ses conséquences, pas avant qu'il soit trop tard, en tout cas. Et là, tu aurais beau regretter ton choix, il n'y aurait pas moyen de revenir en arrière.

— Je ne pourrais jamais regretter d'avoir la possibilité de passer l'éternité à tes côtés.

Savannah a dégluti et détourné les yeux. Après un long silence, elle a enfin accepté de me regarder de nouveau en face, non sans changer complètement de sujet :

— J'ai appris, pour toi et Bethany. Désolée que ça n'ait pas marché entre vous.

— Je croyais que tu voulais que j'arrête de la faire marcher ?

— Non, ce que je voulais, c'était que tu sois *heureux* avec Bethany. Et si ce n'était pas possible, qu'au moins tu sois honnête avec elle.

Incapable de résister, je me suis mis à détailler son visage pour en mémoriser les courbes, les boucles fines sur ses tempes, l'éclat nouvellement irisé de sa peau.

— Tu avais raison. Je l'ai laissée se monter la tête, mais je t'assure que c'était sans mauvaises intentions de ma part. Et quand je m'en suis enfin rendu compte, je lui ai dit la vérité.

Elle a esquissé un sourire désolé.

— A en juger par la réaction des *Charmeuses*, j'imagine qu'elle ne l'a pas très bien pris.

— Non, pas trop.

Reconnaissant pour sa compassion que je ne méritais pourtant pas, je lui ai retourné un sourire penaud.

Elle a ouvert la porte et, de nouveau, je l'ai tenue pour elle, profitant une dernière fois de l'occasion de me tenir près d'elle.

— Dis, Sav ?

Elle s'est arrêtée et s'est retournée, puis elle a levé les yeux vers moi. Nous étions assez proches pour nous embrasser.

— Fais attention à toi, d'accord ?

Je brûlais de lui toucher la joue.

— Dylan et les jumelles vont être sur leurs gardes, à présent. Ils risquent d'essayer de te pousser de nouveau dans tes retranchements, uniquement pour prouver aux Anciens que tu enfreins les lois. Ne les laisse pas te provoquer. Tu vaux mieux que ça. Tu vaux mieux qu'eux.

Elle m'a dévisagé, un léger sourire aux lèvres.

— Merci, Tristan.

Sans cesser de sourire, elle est entrée dans la cafétéria, laissant les portes se refermer entre nous.

J'ai respiré un grand coup, puis j'ai fouillé dans ma poche pour en retirer un nouveau morceau de chewing-gum ensorcelé.

# 29

*Tristan*

La semaine a été longue. Ayant appris que j'avais brûlé mon bracelet répulsif, mes parents se sont relayés au téléphone pour me crier dessus et proférer toutes sortes de menaces. Mais je refusais catégoriquement de porter un talisman anti-vampires qui risquerait de blesser Savannah. Je leur ai dit que je me fichais d'être de nouveau consigné dans ma chambre. Peu m'importait qu'ils rentrent à la maison et m'ordonnent de porter un bracelet, ou qu'ils mandatent Emily ou Mme Faulkner pour m'y inciter. Elles pourraient bien s'égosiller et taper à ma porte pendant des jours, je ne céderais pas, point barre.

De rage, ma mère est devenue hystérique. Quant à mon père, il m'a promis qu'en rentrant la semaine suivante, nous aurions tous les deux une petite conversation. Les choses en sont restées là.

Pendant toute la semaine, je ne suis pas resté oisif. J'ai mis à profit chaque minute de mon temps libre pour concocter de nouveaux charmes de protection pour contrer le pouvoir des talismans répulsifs portés par les membres du Clan. Comme tous les autres Descendants au lycée, Dylan et les Jumelles Pimbêches se contentaient de n'en porter qu'un chacun, mais même ces quelques bracelets suffisaient à épuiser le pouvoir de mes charmes protecteurs en une journée. Même en puisant régulièrement de l'énergie, j'avais l'esprit ailleurs et, au cours du match à l'extérieur qui avait lieu vendredi soir, j'ai offert une piètre performance. L'entraîneur Parker, dégoûté, a fini par me mettre sur le banc de touche pendant toute la seconde mi-temps.

Le week-end arrivé, j'ai refait le plein d'énergie et pensé à Savannah. Je m'inquiétais pour elle : allait-elle se montrer prudente, comme je le lui avais recommandé ? Ou bien continuait-elle de pratiquer la magie sans encadrement ? A quelle fréquence s'entraînait-elle ? Elle devait obligatoirement le faire ailleurs que chez elle pour que son père ne s'en aperçoive pas. En effet, il était inconcevable que le Conseil des Vampires l'autorise sciemment à cultiver ses pouvoirs de sorcière. Etait-elle dehors, seule, dans le froid ?

A part l'appeler et exiger qu'elle me laisse superviser ses séances d'entraînement, je ne pouvais pas faire grand-chose pour assurer sa sécurité. Au point que j'avais du mal à trouver le sommeil.

Cependant, le lundi suivant, elle était au lycée et, pendant la durée des cours, j'ai enfin pu me détendre. L'après-midi, après mon entraînement de football, je suis rentré à la maison où j'ai eu la surprise de trouver la voiture de mon père dans le garage. En fait, ils étaient rentrés tard la veille. Quand j'avais pris mon petit déjeuner ce matin, ma mère dormait encore et mon père était déjà parti au travail. J'ai consulté ma montre. Il était seulement 17 h 30. J'avais cru que, dans la mesure où il avait sans doute des tonnes de travail à rattraper, il ne serait pas à la maison avant des heures.

En espérant qu'il ne serait pas en train de se reposer sur le canapé, j'ai parcouru à pas de loup le couloir séparant la cuisine et le salon pour voir où il se trouvait. En passant devant la porte ouverte de son bureau, je l'ai vu, assis derrière sa table de travail, en train de téléphoner. Parfait. Peut-être serait-il trop occupé à travailler depuis la maison pour que nous ayons cette fameuse « petite conversation » qu'il m'avait promise.

J'ai repris la direction de l'entrée — mais je n'ai pas été assez rapide. D'un claquement de doigts intempestif, il m'a obligé à rebrousser chemin et à le rejoindre dans son bureau.

Je me suis installé juste en face de lui, dans le fauteuil de cuir qui craquait. Les choses se présentaient mal.

J'ai baissé les yeux sur mes mains. Mon genou tressautait, agité d'un tic nerveux. Pour me distraire de ma tension grandissante, j'ai commencé à prêter l'oreille à ce que disait mon père au téléphone.

— Non, vous ne pouvez pas faire cela, pour la simple raison que nous ignorons si les vampires sont réellement à l'origine de ces meurtres… Bien sûr que je suis sérieux ! Ces deux incisions dans le cou ne sont pas des preuves suffisantes.

Il s'est interrompu un instant avant de reprendre :

— Oui, c'est vrai, les corps ont été vidés de leur sang. Mais on aurait tout aussi bien pu les saigner ailleurs puis les transporter là où ils seraient découverts au plus vite. Réfléchissez-y. Ce pourrait être l'œuvre d'absolument n'importe qui. Si nous commençons à tirer des conclusions trop hâtives, nous risquons de tomber dans le piège qu'ils nous tendent. Voilà pourquoi, pour le moment, j'exige que tout le monde garde son calme, fasse profil bas et porte un talisman répulsif. Pour ce qui est de l'enquête, je m'en charge, avec l'aide du Conseil des Vampires. Je vous garantis que nous allons démasquer les auteurs de ces meurtres, et qu'ils seront châtiés pour leurs crimes.

De nouveau, il a cessé de parler pour écouter son interlocuteur.

— Oui, j'ai bien dit le Conseil des Vampires. Non, comme je vous l'ai déjà affirmé, ces agressions ne sont pas cautionnées par le Conseil. Bien. Faites attention, vous aussi, et prenez soin de rester en contact régulier avec les autres Descendants, au moins une fois par jour si possible. D'accord ?… Oui, vous aussi.

Il a raccroché, s'est passé une main dans ses cheveux gris clairsemés, puis il a soupiré bruyamment.

— Et voilà, résumée en quelques phrases, la vie du chef du Clan. Etouffer des foyers d'incendie les uns après les autres.

— On devrait monter un site internet ou une liste de diffusion pour transmettre un communiqué général à tous les Descendants d'un coup.

Ma réflexion l'a fait sourire.

— Tu sais que ce n'est pas une mauvaise idée ? Un peu plus d'organisation, ça ne nous ferait pas de mal.

La tension de mes épaules s'est relâchée légèrement. Peut-être n'entrait-il pas dans ses intentions de me punir, finalement…

J'ai posé le regard sur son bureau, envahi de piles de papiers et de documents en désordre, et j'ai émis un petit rire.

— Oui, à ce que je vois, l'organisation, dans cette maison, c'est ton truc.

A son tour, il a étouffé un rire.

— Sérieusement, papa, comment fais-tu ? Comment

arrives-tu à répéter les mêmes choses en boucle sans devenir fou ?

— N'importe quel dirigeant un tant soit peu digne de ce nom est obligé d'en passer par là. La patience est mon meilleur atout.

— Même avec ces imbéciles aux idées préconçues ?

— Même avec eux. Aucun chef de Clan n'est à l'abri de la mort ou d'une révolution.

— Je t'ai entendu leur ordonner de porter leurs talismans répulsifs. Et c'est justement de cela que je voulais te parler, en quelque sorte.

— Mouais. Moi aussi, je tiens à te toucher un mot à ce sujet, d'ailleurs.

J'ai alors compris que nous allions passer aux choses sérieuses.

— Je suis désolé d'avoir refusé de porter ce bracelet.

Un silence. Les sourcils froncés de façon éloquente, il s'est enfoncé dans son fauteuil et a croisé les doigts sur son estomac proéminent.

— Mais ?

— Mais je ne pouvais pas. Pas avec une demi-vampire sur le campus. Elle n'a aucun moyen de se prémunir de ces charmes répulsifs. Elle n'a pas demandé à être comme elle est, et elle n'y peut rien. Pourquoi devrait-elle payer pour des crimes commis à l'autre bout du pays ?

Le visage de mon père s'est fermé. Il s'est frotté le menton à travers sa barbe.

— Tu sais, ta mère en fait toute une histoire. Elle avait préparé ce charme elle-même.

— Oui, je sais qu'elle est furieuse. Mais ce n'était vraiment pas juste. Et ce n'est pas comme si je ne disposais pas d'autres moyens de me protéger.

Avec un lent mouvement de la tête, il a répondu :

— C'est ce que j'ai répondu à ta mère pendant qu'elle sanglotait sur son pauvre petit garçon démuni. Elle s'en est presque rendue malade.

J'ai réprimé une grimace devant cette tentative à peine masquée pour aiguillonner mon sentiment de culpabilité. Mon père a soupiré.

— Elle est en colère, mais elle s'en remettra. S'est-il passé quoi que ce soit d'autre pendant notre absence ?

Je me suis appuyé contre le dossier de mon fauteuil pour mieux réfléchir. J'avais l'impression qu'il me demandait de lui faire un rapport.

— Euh, pas vraiment... En fait, si, il y a eu un petit problème au lycée le jour où Dylan est arrivé avec deux bracelets répulsifs. Mais j'en ai discuté avec lui, et c'est arrangé.

— Ah oui ? Quel genre de discussion ?

Un large sourire aux lèvres, il s'est penché au-dessus de son bureau, comme s'il était impatient d'entendre mes explications.

— J'ai, euh... Disons que j'ai un peu brûlé l'un de ses bracelets.

Devant les yeux écarquillés de mon père, je me suis empressé d'ajouter :

— Mais je l'ai ôté de son poignet avant ! Et je me suis assuré qu'il n'y avait personne dans les parages.

— Ce qui signifie que je dois m'attendre à ce que son geignard de père m'appelle pour se plaindre d'une seconde à l'autre ?

— C'est possible.

En fait, j'étais même étonné que M. Williams ne l'ait pas déjà fait.

— Il est possible que Dylan n'ait rien raconté à son

père, cela dit. C'est arrivé alors que Dylan et moi avions une petite explication sur le fait qu'après avoir démoli la voiture de Savannah il y a quelques semaines, il était maintenant en cheville avec les jumelles Faulkner pour essayer de vandaliser sa nouvelle voiture.

Etouffant un juron, mon père a répondu :

— D'accord, je vais m'en occuper.

Sur un ton hésitant, j'ai ajouté :

— Si M. Williams t'appelle, tu devrais peut-être lui demander s'il se sert de la magie pour punir Dylan. Il n'arrête pas de forcer son fils à me provoquer pour que j'enfreigne les règles, te poussant ainsi à agir à l'encontre de tes intérêts pour me défendre. Ils veulent te mettre en position de faiblesse et te faire passer pour quelqu'un qui préfère protéger sa famille que de se conformer aux règles du Clan. Ainsi, ils pourront réclamer la nomination d'un nouveau chef. Et chaque fois que Dylan échoue à nous faire sortir de nos gonds, Savannah ou moi…

Les yeux de mon père ont lancé des éclairs avant de se rétrécir jusqu'à n'être plus que deux fentes dans lesquelles brillait une lueur menaçante.

— Tu plaisantes ? Tu insinues que Williams se sert de la magie pour punir son fils ?

J'ai opiné.

— Ça ne laisse pas de trace, par conséquent il n'y a aucune preuve de maltraitance.

De nouveau mon père a juré dans sa barbe.

— Il faut que j'en parle aux Anciens. Nous devons trouver un moyen de mettre un terme à cela. Williams serait bien avancé si ses plans échouaient et qu'il se retrouvait banni du Clan.

A ces mots, un sentiment de soulagement m'a envahi,

et j'ai compris combien j'étais inquiet, jusqu'alors, à l'idée que le Clan ne mette pas tout en œuvre pour aider Dylan.

— Merci, papa, ai-je dit en me levant.

— Eh, tu ne m'as pas dit comment s'était passé le match. Ta mère et moi étions désolés de ne pas pouvoir venir.

En ce qui le concernait, c'était certainement vrai. Quant à ma mère, nous connaissions tous les deux ses opinions au sujet des Descendants pratiquant des sports susceptibles de révéler leurs pouvoirs… Je me suis rassis et j'ai opté pour la franchise :

— Tu n'as rien manqué. J'ai joué comme un manche. Avec tout ce qui se passe…

— Pas facile de se concentrer sur le jeu, hein ?

J'ai acquiescé en silence.

— Bien, espérons que nous trouverons bientôt des réponses qui satisferont tout le monde et nous permettront de clore définitivement le problème.

— Tu pensais vraiment ce que tu as dit au téléphone, comme quoi ces meurtres pouvaient avoir été déguisés afin qu'ils aient l'air d'avoir été perpétrés par des vampires ?

Les épaules massives de mon père se sont soulevées puis abaissées lentement.

— Il est toujours possible que quelqu'un cherche à raviver les vieilles peurs. Au stade où nous en sommes, on ne peut même pas écarter l'éventualité qu'un Descendant soit derrière tout cela. Je me suis rendu à la morgue avec ta mère. J'ai vu les corps, et…

Il a dégluti, s'est raclé la gorge et a repris :

— Disons que j'ai l'intuition que la situation n'est pas aussi claire que ta mère voudrait qu'elle le soit.

— Tu sais, j'ai bien compris que les vampires représentent un danger pour nous. Mais ce qui me dépasse, c'est la raison de toute cette haine… Les gens ne reprochent pas aux lions et aux tigres de chasser leur proie, c'est dans leur nature et tout le monde l'accepte. Sans compter que nous sommes tout aussi dangereux que les vampires, nous aussi.

Mon père s'est appuyé du coude sur son bureau tout en se massant lentement la nuque. Après un instant, il a marmonné :

— Ne dis pas à ta mère que je t'ai dit ça, mais… elle a perdu ses quatre grands-parents lors de la dernière guerre contre les vampires. Les familles de ses parents étaient d'origine modeste et vivaient dans des fermes voisines. Après le mariage de ces derniers, les temps sont devenus difficiles et les familles ne pouvaient plus se permettre de conserver les deux fermes. Elles ont donc décidé d'habiter ensemble et de travailler conjointement pour sauver l'une des deux propriétés. Un soir, ta mère, sa sœur et ses parents sont sortis en ville. A leur retour à la ferme, tous les autres étaient morts. Les vampires avaient dû attaquer la maison en groupe. Elle affirme qu'elle se souvient encore de ce qu'elle a vu ce soir-là…

Mon père a inspiré longuement et a frotté ses yeux soulignés de cernes sombres.

— J'imagine combien cette vision d'horreur a pu la traumatiser, surtout à l'âge qu'elle avait. Il lui arrive encore d'en faire des cauchemars.

*La ferme que j'avais vue dans les pensées de ma mère la semaine dernière, celle dans laquelle elle avait peur d'entrer…* J'ai tenté de me représenter rentrant à la maison et découvrant ma famille massacrée, puis la rage que cela pouvait m'inspirer ensuite.

— Seigneur…, ai-je murmuré.

Il a hoché la tête.

— Et elle n'est pas la seule à avoir subi de telles pertes ou à avoir ce genre de souvenirs : la plupart d'entre nous ont perdu au moins un ou deux êtres chers dans cette guerre. Elle a laissé de nombreuses séquelles. Tu comprends peut-être mieux pourquoi il faudra plus que quelques pourparlers pour convaincre l'ensemble des Descendants de se calmer et d'oublier le passé.

Après quelques instants de silence, je me suis relevé et me suis dirigé vers la porte. La voix de mon père m'a arrêté alors que j'allais sortir.

— Oh ! au fait… Ta mère est partie à Tyler pour aller chercher ta sœur et la ramener à la maison.

— Pourquoi ?

Emily ne pouvait-elle pas rentrer toute seule ? Sa voiture était-elle en panne ?

— Emily a attrapé une vilaine grippe. Apparemment, elle n'arrête pas de vomir. Cette semaine, il vaut mieux que tu te gaves de jus d'orange et que tu évites ta sœur.

— En effet. Merci de m'avoir averti.

Je suis monté dans ma chambre pour m'allonger sur mon lit, les écouteurs de mon MP3 dans les oreilles. J'avais envie d'un peu de calme.

Malheureusement, je continuais d'être harcelé de pensées, et j'ai éteint ma musique. De toute évidence, diriger le Clan n'était pas aussi simple que je l'avais cru. J'étais toujours parti du principe que mon père détenait les pleins pouvoirs, qu'il n'avait qu'à donner un ordre pour que les autres obéissent. Mais à l'entendre, il n'était qu'un élu comme tant d'autres, qui devait convaincre sans relâche les gens qu'il représentait de se conformer à ses instructions.

Ce n'était clairement pas un rôle que j'avais envie d'endosser dans un avenir proche…

En fait, notre père devrait vraiment envisager de le confier à Emily. Elle avait toujours eu le talent de rallier les gens à son point de vue. Elle avait une telle force de conviction qu'elle était capable, en peu de temps, de vous faire croire que ce qu'elle vous imposait était en fait votre idée depuis le départ. Et tout cela sans même avoir à recourir à la magie !

Je devrais peut-être suggérer à mon père de considérer sérieusement cette possibilité.

En entendant du bruit dans l'escalier, j'ai pointé le nez hors de ma chambre, au moment même où ma mère et Emily atteignaient le palier.

— Salut, sœurette. Je suis désolé que tu sois malade. Tu as besoin d'aide, ou… ?

— Non, merci, a-t-elle grommelé en se dirigeant d'un pas mal assuré vers sa chambre pour s'effondrer sur son lit.

— Ça va aller, est intervenue ma mère en entrant à sa suite avec un verre rempli d'une mixture verdâtre qui ne pouvait être qu'un affreux mélange d'herbes et de magie.

» Il faut juste qu'elle arrive à avaler ça et à le garder dans l'estomac assez longtemps pour que ça agisse, a-t-elle expliqué.

D'une voix enrouée, Emily a protesté :

— Franchement, maman, je ne suis pas si malade que ça !

*Tu parles.* C'est juste qu'elle n'avait pas envie d'ingurgiter cette saleté que notre mère ne manquait jamais de nous forcer à boire au premier éternuement que nous lâchions devant elle.

— Oh ! je t'en prie, ça fait des heures que tu as la nausée, a rétorqué ma mère. Maintenant, tais-toi et laisse ta mère prendre soin de toi un moment.

J'ai refermé ma porte, soulagé de n'être pas à la place d'Emily à ce moment précis. Qu'est-ce qui était pire : se retrouver seule dans un dortoir avec la grippe, ou subir les tisanes infectes concoctées par notre mère ? Du moins ressortirait-il quelque chose de bon de tout cela : notre mère serait sans doute trop occupée à soigner d'Emily pendant quelques jours pour monter davantage les diverses branches du Clan contre les vampires. Voilà qui devrait donner à mon père une chance de calmer les esprits.

J'ai essayé de m'imaginer ma mère au téléphone avec chacun des Descendants. Cette image m'a fait frémir. Ce serait terrible. Il ne lui faudrait que quelques heures pour déclencher la troisième guerre mondiale. Aussi intelligente que soit ma sœur, je ne pensais pas qu'elle simule la grippe à seule fin d'empêcher notre mère de harceler notre père pour qu'il lance des représailles contre les vampires.

Plus tard ce soir-là, j'ai décidé d'aller voir comment allait Emily. A entendre les bruits qui émanaient de sa chambre, elle vomissait tout ce qu'elle avalait dans les toilettes de la salle de bains attenante à sa chambre.

J'ai entrouvert sa porte et appelé :

— Emily, tu as besoin de quelque chose ?

— Va-t'en, a-t-elle gémi.

Doucement, j'ai refermé la porte et me suis éloigné sans bruit de sa chambre. J'aurais dû me souvenir à quel point elle pouvait se montrer revêche quand elle était malade.

Ce n'était pas le genre de fille à courber le dos devant l'adversité.

# 30

*Tristan*

Le reste de la semaine s'est déroulé plutôt calmement, du moins au lycée.

Quelqu'un — mon père ou Savannah elle-même — avait dû faire suffisamment peur à Dylan et aux jumelles, car ils ne s'en prenaient plus à elle.

Côté maison, en revanche, c'était tout sauf calme. Non seulement les potions de ma mère ne marchaient pas, mais elle et Emily ne cessaient de se disputer. Ma mère insistait pour envoyer ma sœur à l'hôpital pour y faire une série d'examens. Apparemment, elle continuait de rejeter le peu qu'elle parvenait à avaler.

Connaissant l'aversion d'Emily pour les aiguilles, je n'étais pas surpris qu'elle refuse les examens. Pourtant, tôt ou tard, elle finirait par rendre les armes. Personne ne pouvait tenir tête bien longtemps à ma mère — excepté son mari ! Cela dit, vu l'orgueil d'Emily, il était fort probable qu'elle ait envie de voir un médecin, mais qu'elle s'y refusait dans le seul but de montrer à ma mère qu'à présent, elle était adulte et autonome.

Ce n'était pas la première fois que pareille joute se déroulait entre elles, et ce ne serait pas non plus la dernière… L'attitude la plus prudente à adopter en ce qui nous concernait, mon père et moi, ou n'importe quel innocent témoin de ce genre d'altercations, c'était d'éviter autant que possible la zone de conflit jusqu'à ce que l'une ou l'autre ait remporté la bataille, ou qu'une trêve soit déclarée.

Pourtant, le vendredi après-midi venu, quand je suis rentré de cours et que j'ai entendu ma sœur sangloter dans sa chambre, j'ai fini par craquer.

J'ai frappé à sa porte. Elle a reniflé et dit :

— Qu'est-ce qu'il y a, Tristan ?

J'ai entrouvert la porte.

— Comment savais-tu que c'était moi ?

— Parce que maman entre toujours en trombe et que papa a trop la frousse pour monter au front.

J'ai poussé un peu plus la porte.

— Comment te sens-tu ? Il y a quelque chose qui te ferait plaisir ? Le dernier numéro de *Cosmo*, une bouillotte, un spray pour le nez ?

Elle avait vraiment une sale tête. Ses yeux étaient tellement gonflés que je les distinguais à peine. Son nez était d'un rouge vif qui me faisait mal pour elle, comme si, à force de se moucher, elle s'était usé l'épiderme.

Elle a levé les yeux au plafond avant de soupirer :

— Je sais, je suis affreuse.

— Ce n'est pas que je veuille prendre le parti de maman, mais tu devrais peut-être aller voir un médecin, non ?

Aussi indigestes qu'elles soient, les tisanes de notre mère n'avaient jamais manqué de guérir n'importe quelle maladie dans les deux jours.

— Je sais. J'aurais dû y aller hier.

Elle a fixé la fenêtre en face de son lit.

— C'est juste que… je n'ai pas envie de voir maman afficher son petit air triomphant si je cède.

J'ai fait de mon mieux pour réprimer un sourire.

— Du coup, tu préfères être malade et défigurée. Très mature de ta part.

Elle m'a balancé un oreiller au visage. Il a largement manqué sa cible avant de rebondir de façon inoffensive contre le mur.

Sur la table de chevet, le portable de ma sœur s'est mis à bipper. Elle l'a attrapé et s'est figée en consultant l'écran, puis elle a relevé la tête, l'air troublé.

— Tes copines de fac se font du souci pour toi ? ai-je demandé en désignant du menton le téléphone qu'elle tenait à la main.

— Quoi ? Ah, oui. J'ai fait un statut sur Facebook pour dire que j'étais malade, histoire de leur confirmer que je n'étais pas encore morte. C'est pour ça que je reçois des textos.

— Allez, ne te laisse pas abattre, ma grande. La grippe ne dure en général que quelques jours. Tu ne devrais pas tarder à aller mieux.

Les larmes lui sont montées aux yeux.

— Oui. Je sais bien.

Elle a tendu la main pour prendre un mouchoir mais a raté la boîte de quelques centimètres. Je l'ai poussée pour la rapprocher d'elle.

— Merci, a-t-elle dit d'une voix étouffée par plusieurs couches de Kleenex.

Afin de m'asseoir sur le bord de son lit, j'ai pris son téléphone pour le poser ailleurs. A ma grande surprise, elle me l'a arraché des mains avant de le fourrer sous ses couvertures.

— Un petit accès de parano ? Tu sais, je n'allais pas lire ton message.

— Non, je sais bien, a-t-elle répondu sans me regarder.

C'est juste que… j'ai certains amis que maman n'apprécierait sans doute pas, et moins tu en sauras à leur sujet, moins elle pourra en lire dans tes pensées.

J'ai tiqué.

— De quel genre d'amis s'agit-il ?

J'avais entendu parler d'étudiants qui profitaient d'avoir quitté la maison pour pouvoir goûter à la drogue ou à ce genre de choses, mais Emily n'avait jamais semblé être de ce style. Elle avait son intelligence en trop haute estime pour prendre le risque de se ravager le cerveau !

— Oh ! des rockers. Des fondus d'informatique. Des fans de jeux vidéo. Le genre de types qui ne rentrent pas dans la catégorie que maman aimerait que je fréquente…

Notre mère était obsédée par l'image que renvoyait notre famille, c'était le moins que l'on puisse dire. J'avais parfois l'impression qu'en grandissant, elle avait dû avoir le sentiment d'être une sorte de paria de la société et qu'aujourd'hui, elle essayait de compenser à travers nous.

— Tu as toujours de la fièvre ?

Comme j'avais vu notre mère le faire lors des rares occasions où on avait attrapé un virus, j'ai tâté le front de ma sœur.

— Oui, tu es chaude. Je vais te chercher de l'aspirine.

Je me suis levée, mais elle a décliné mon offre d'un geste.

— Pas la peine. Ça me donne la nausée. Ça va bien finir par passer.

— Tu vomis souvent ?

Elle a renversé la tête sur son oreiller, les yeux clos.

— J'ai perdu le compte. Plus ou moins toute la journée et toute la nuit, entre deux brèves périodes de sommeil.

J'ai tellement dégobillé que mes abdominaux me font un mal de chien. Pourtant, avec le sport que je fais, je ne pensais pas pouvoir avoir ce genre de courbatures !

Me sentant un peu inutile, je suis allé remplir son verre d'eau à la salle de bains.

— Dis, et si tu prenais ces médicaments solubles contre la grippe, tu sais, ceux que papa a pris la dernière fois qu'il était malade et qu'il ne voulait pas que maman soit au courant ? Je crois qu'il lui en reste.

*Même notre père abhorrait les tisanes de maman.*

Emily a fait la grimace.

— On peut essayer. Mais je risque quand même de les régurgiter.

J'ai descendu l'escalier en courant pour me rendre dans la cuisine, et j'ai trouvé le médicament caché derrière la réserve de sucreries de mon père dans le placard au-dessus du réfrigérateur, celui que ma mère était trop petite pour atteindre. Après avoir dissous un sachet dans une tasse d'eau chaude comme indiqué sur l'emballage, je suis remonté l'apporter à Emily.

— Maman a laissé un message sur le frigo. Apparemment, elle va essayer une nouvelle tisane sur toi. Elle dit qu'elle est partie se ravitailler en ville.

— *Génial.*

Emily était en train d'envoyer un message sur son téléphone, et jamais je ne l'avais vue afficher une expression aussi sombre.

— Bon sang, tu es vraiment accro à ce truc, ai-je plaisanté.

Pour toute réponse, elle a poussé un grognement, m'octroyant à peine un regard tandis que je déposais la tasse fumante sur la table de chevet.

— Ma princesse aura-t-elle encore besoin de mes services ?

— Non. Merci, Tristan, a-t-elle répondu avec un sourire qui, en temps normal, ne m'aurait pas dérangé.

Aujourd'hui, il me paraissait terriblement forcé.

— Je sortirai peut-être, plus tard, pour prendre un peu l'air.

— Dans ce cas, couvre-toi bien et ne va pas trop loin, lui ai-je recommandé. Il doit faire à peine dix degrés, dehors.

J'étais certain qu'une fois rentrée, ma mère empêcherait Emily de mettre le nez dehors.

— Tu restes à la maison, ce soir ? a-t-elle marmonné tandis que ses pouces couraient sur le clavier de son téléphone.

— Je n'en sais rien, pourquoi ?

Elle a haussé les épaules dans un mouvement plein de lassitude.

— On est vendredi. Je m'inquiète juste pour ta vie sociale. Elle est inexistante depuis que tu t'es fait larguer. Deux fois.

*Paf. Dans les dents.*

— Tu sais, cette petite grippe fait vraiment ressortir ta méchanceté intrinsèque, sœurette.

— Désolée, a-t-elle soupiré. Je voulais juste dire que tu devrais sortir et t'occuper un peu. Il n'y a pas que le football et Savannah dans la vie.

A mon tour de répondre avec irritation !

— Arrête de t'en faire pour moi et repose-toi.

***

Un peu plus tard, notre mère est rentrée et est allée directement dans la chambre d'Emily. J'ai surpris leur conversation depuis l'autre côté du couloir.

— Oh ! Emily, soupirait maman, je viens juste de revenir du supermarché. Pourquoi tu ne m'as pas dit plus tôt que tu avais besoin de crackers et de Sprite ?

— Parce que je ne le savais pas, a rétorqué ma sœur. Je viens juste de lire sur Facebook que c'était la panacée pour combattre les nausées. Enfin, sauf en cas d'intoxication alimentaire, je suppose. Ils affirment que ça va me remettre l'estomac en place jusqu'à ce que j'aie combattu le virus.

Ma mère se tenait dans l'encadrement de la porte d'Emily.

— Je ne comprends pas pourquoi mes tisanes curatives ne fonctionnent pas, cette fois.

— Je crois que je ne suis plus vraiment malade, a hasardé ma sœur. Globalement, je me sens beaucoup mieux. J'ai juste l'estomac complètement irrité.

Manifestement, la poudre qu'elle avait avalée faisait effet. Mon père adorerait savoir que ses médicaments étaient plus efficaces que les tisanes et la magie de ma mère.

— Mouais. Tu as peut-être hérité des problèmes d'estomac de ton père, après tout, a marmonné ma mère. J'ai l'impression qu'il avale des pansements gastriques comme si c'était des bonbons, ces derniers temps.

Elle a poussé un soupir et, d'une main fine, s'est frotté le front avant de reprendre :

— Bon, je retourne au supermarché pour t'acheter du Sprite et des crackers.

— Il faut qu'ils soient nature, a précisé Emily.

— Très bien. Du Sprite et des crackers nature. C'est

noté. Je pense que j'appellerai ton père sur le trajet pour voir s'il a besoin de quelque chose, lui aussi.

— Merci, maman.

Une seconde plus tard, ma porte s'est ouverte et ma mère est entrée.

— Je vais au supermarché. Tu m'accompagnes ?

— Euh… Bien sûr.

*Ce n'est pas comme si j'avais eu un rendez-vous amoureux.* Du reste, je n'avais plus grand-chose de prévu maintenant que la saison de football était finie. Et je ne pouvais pas non plus passer mon temps à faire des pompes ou à écouter de la musique.

J'ai enfilé et lacé mes chaussures, j'ai prévenu Emily que je partais et j'ai descendu les marches quatre à quatre pour rejoindre le garage en passant par la cuisine.

Arrivé devant la voiture, au moment d'ouvrir la portière côté passager, j'ai pris conscience que je ne pouvais *absolument pas* accompagner ma mère au supermarché un vendredi soir. Tout le monde y serait ! C'était une chose de ne pas avoir de plans pour la soirée, c'en était une autre que de se rendre coupable de suicide social sans raison valable.

— Euh, tout bien considéré, ai-je lancé par la portière ouverte, je crois que je vais rester. Tu sais, au cas où Emily aurait besoin de quelque chose. Elle est malade, il vaut mieux ne pas la laisser toute seule.

Ma mère a froncé les sourcils et ses lèvres se sont étirées dans une parodie de sourire.

— Bien sûr. C'est vrai que nous sommes vendredi soir. Tu ne voudrais pas qu'on te voie faire les courses en compagnie de ta mère, n'est-ce pas ?

Avec un sourire penaud, j'ai refermé la portière pour

qu'elle puisse partir. Ensuite, j'ai essayé de penser à ce que je pourrais faire pour occuper ma soirée.

*Ma voiture.* Elle avait bien besoin d'être bichonnée. En général, je la nettoyais toutes les deux semaines, mais ces derniers temps, j'avais été trop occupé pour le faire. Autant m'y mettre maintenant.

J'étais penché au-dessus du tableau de bord pour le débarrasser de sa poussière quand un mouvement devant la porte du garage a attiré mon attention. C'était Emily. Manifestement, elle avait repris assez de forces pour aller prendre l'air, comme elle en avait eu envie un peu plus tôt.

Elle était en chaussettes et chaussons, et portait son long manteau ainsi qu'une écharpe. Satisfait de la voir chaudement habillée, j'ai reporté mon attention sur ma voiture. C'est alors que du coin de l'œil j'ai vu quelqu'un se diriger vers elle d'un pas rapide depuis l'autre côté de la maison. J'ai aussitôt relevé la tête. C'était un garçon plus ou moins de l'âge d'Emily, élégamment vêtu d'un pantalon à pinces, de mocassins, d'un long manteau et d'une écharpe écossaise. Il me semblait vaguement familier, mais ce n'était pas un des anciens élèves du lycée. Peut-être était-ce un ami d'Emily, un des étudiants qu'elle avait rencontrés récemment ? Il y avait à Jacksonville deux universités et un séminaire. Il pouvait venir de là, ou encore de la fac où étudiait Emily, à Tyler.

Quoi qu'il en soit, ma sœur semblait le connaître. Elle lui a fait la bise puis s'est mise à discuter avec lui, les mains dans les poches, souriant de temps à autre. Il était clair qu'avec un parfait inconnu, elle ne se serait pas comportée de façon aussi détendue.

A ce moment, mon père est arrivé en voiture et s'est

garé à côté du garage, sans doute pour que ma mère puisse entrer et décharger les courses plus facilement. J'ai cru qu'il allait rentrer directement à la maison mais au lieu de cela, il est resté pour parler avec Emily et l'inconnu. Après quelques minutes, tous trois se sont mis à marcher dans la cour.

Bien. Ce type était probablement l'un des associés de mon père. Heureusement, personne ne semblait avoir remarqué ma présence à l'intérieur de ma voiture, ce qui m'épargnait la corvée d'une conversation avec eux. Je pouvais encore rentrer et monter dans ma chambre sans qu'on s'en aperçoive.

Mon plan a fonctionné. Il y avait deux heures que j'étais allongé sur mon lit à zapper devant la télé quand j'ai enfin entendu Emily monter l'escalier et entrer dans sa chambre. Deux minutes plus tard, elle ronflait à faire trembler les murs. L'air frais avait vraiment dû l'assommer. Un jour, il faudrait que j'enregistre ses ronflements. Voilà qui m'offrirait d'innombrables opportunités de chantage !

Avec un sourire, j'ai monté un peu le volume de la télé pour atténuer le grondement sourd qui émanait de sa chambre.

Une demi-heure plus tard, ma mère est rentrée. Comme je m'ennuyais, j'ai décidé de descendre pour voir si elle avait acheté autre chose que des médicaments et des trucs pour Emily. Il arrivait que mon père lui demande de rapporter des cochonneries du genre chips ou cookies… Il était le seul dans cette maison à pouvoir la convaincre d'acheter ce type de nourriture mais au moins, il avait pitié de ses enfants et il partageait avec nous ce qu'il appelait son « trésor de guerre ».

— Ah, très bien, a dit ma mère, chargée de sacs remplis de provisions. Tu vas pouvoir m'aider à décharger.

— Je croyais que tu allais juste acheter du Sprite et des crackers ?

— Avec vous trois à la maison ? Impossible !

Je suis donc allé jusqu'à sa voiture et j'ai sorti les six sacs restants du coffre que j'ai refermé à l'aide de mon coude, avant de transporter le tout dans la cuisine.

— Ton père ! a grommelé ma mère tout en rangeant les courses. Il m'a donné une liste longue comme le bras ! Regarde ce qu'il m'a fait acheter : des cupcakes, des cookies aux céréales, des gâteaux à la crème. Franchement, s'il continue à manger ces saletés, il va mourir d'une crise cardiaque avant d'avoir soixante ans !

— Aucune chance ! Papa ne mourra jamais. Il sera le premier Descendant à vivre éternellement.

Avec un sourire, je lui ai tendu d'autres boîtes à ranger avant d'ajouter :

— Mais si cela t'inquiète, tu peux toujours essayer de le mettre au régime.

— Comme si ça marchait ! Ton père est une vraie tête de mule, tu le sais bien. Il va juste planquer encore plus de cochonneries dans son bureau en pensant que je ne me rends compte de rien.

Elle a consulté sa montre et grimacé :

— Il se fait tard. Il vaudrait mieux que je me mette aux fourneaux. Va demander à ton père ce qu'il veut manger avec ses côtes de porc.

— D'accord.

Je suis sorti dans le couloir pour aller frapper à la porte de son bureau. Pas de réponse. Sans doute n'était-il pas là. Pour m'en assurer, je l'ai entrouverte. La lumière était éteinte et, quand j'ai appuyé sur l'interrupteur, l'absence de mon père s'est confirmée.

Je suis revenu sur mes pas afin d'aller voir dans le salon. Là encore, les lieux étaient déserts, la télé et les lumières éteintes. J'ai allumé une lampe afin de vérifier que mon père ne s'était pas tout simplement endormi sur le canapé, comme cela lui arrivait parfois le week-end.

*Rien.*

Peut-être était-il allé à l'étage pour se changer, alors. Je suis monté en vitesse, j'ai frappé à la porte de la chambre de mes parents, ouvert, passé la tête. Une fois de plus, personne.

Je suis redescendu dans la cuisine.

— Je n'arrive pas à le trouver. Il était encore dehors quand tu es rentrée ?

— Non, m'a répondu distraitement ma mère. Il fait huit degrés, pourquoi resterait-il dehors ?

Avec un haussement d'épaules, j'ai répondu :

— Tout à l'heure, je l'ai vu discuter avec Emily et un type. Je me suis dit que ce devait être un collègue de papa. Emily avait l'air de le connaître, elle aussi.

Maman a froncé les sourcils.

— En tout cas, il y a quelques minutes, il n'y avait personne. Juste la voiture de ton père.

J'ai ouvert la porte de la cuisine et regardé par les fenêtres du garage. La voiture de mon père était toujours là, garée sur le côté.

— Sa voiture est là, en effet. Il est peut-être allé faire un tour avec ce type ?

— Sans me prévenir qu'il serait en retard pour le dîner ? s'est étonnée ma mère. Ce n'est pas son genre.

Elle a aussitôt attrapé le téléphone sans fil accroché

au mur et composé un numéro. Au bout de quelques secondes, sa mine s'est assombrie.

— Samuel Coleman, tu as intérêt à ce que la batterie de ton portable soit morte. Et si tu ne me rappelles pas ou que tu ne rentres pas à la maison tout de suite, c'est toi qui vas être mort ! Où es-tu, bon sang ?

Elle a raccroché, s'est immobilisée un instant, puis a claqué des doigts, produisant un son qui me rappelait le craquement d'une brindille.

— Va chercher une lampe torche, mets ton manteau, et va vérifier dans la clairière. Je te parie qu'il est là-bas.

J'ai consulté ma montre.

— Il est un peu tard pour travailler la magie, tu ne crois pas ? lui ai-je demandé en enfilant mon manteau et une paire de bottes que mon père avait laissée dans le garage.

— Oh ! tu connais ton père. Il aime bien aller dans le Cercle pour répéter ses discours. Il prétend que l'odeur des pins lui éclaircit les idées. Il a peut-être perdu la notion du temps.

Sans compter qu'il n'y avait pas de réseau dans la clairière.

— D'accord. Je reviens dans une minute.

— Dépêche-toi. Et n'oublie pas la lampe. Attends ! Il te faut un bracelet répulsif.

Elle a enlevé le sien.

— Maman, ce n'est pas la peine, ai-je soupiré.

Le seul endroit de la propriété qui n'était pas protégé par des talismans anti-vampires était la cour derrière la maison, et il ne fallait pas plus de dix secondes pour la traverser.

— *Mets-le,* m'a fait ma mère d'un ton sans appel. Ton père est relativement en sécurité là-bas, surtout avec toutes les protections disposées autour de la clairière, mais ce ne sera pas ton cas avant que tu y parviennes. Et je sais que tu es persuadé d'être aussi puissant que ton père, mais je te rappelle que tu es encore en apprentissage. Alors mets ce bracelet, arrête de discuter et va chercher ton père, s'il te plaît.

Elle a prononcé la dernière phrase d'un trait, sans reprendre son souffle, sans même tenter de cacher le tremblement dans sa voix.

J'ai donc pris ce fichu bracelet et l'ai attaché autour de mon poignet, puis je suis sorti, m'arrêtant juste le temps de refermer l'une des portes du garage avant de m'élancer dans la cour. Arrivé à l'orée de la forêt, j'ai ralenti et allumé la lampe torche. En général, la lueur de la lune filtrant à travers les branches des pins suffisait à éclairer le chemin. Mais ce soir, la lune ne semblait pas décidée à se montrer.

*Ce qui explique que j'aie failli lui marcher sur la main.*

# 31

*Tristan*

Il était étendu en travers du chemin, juste au milieu de la clairière. J'aurais pu l'imaginer assis sur une pierre ou faisant les cent pas, mais jamais dans cette position, étendu de tout son long. Pas même dans la clairière.

— Papa !

Je me suis accroupi et lui ai secoué l'épaule. Sa tête a roulé sur le côté. Ses yeux étaient grands ouverts — et il n'y luisait aucune des étincelles que j'avais l'habitude d'y voir.

— Papa ?

Retenant mon souffle, j'ai posé une main sur sa poitrine.

*Rien.* Elle n'était pas soulevée par les mouvements de sa respiration. Je ne sentais pas les battements de son cœur.

*Et sa peau était froide.*

Refusant encore de croire au pire, j'ai posé les doigts sur sa carotide. Pas de pouls non plus.

— Papa !

Plaçant les deux mains sur son torse, je lui ai envoyé une décharge d'énergie comme j'avais vu le Dr Faulkner le faire pour la grand-mère de Savannah au printemps dernier. Mais mes tentatives pour faire redémarrer son cœur se sont révélées tout aussi vaines. J'ai essayé de nouveau, l'exhortant à battre des paupières, à respirer, à crier, n'importe quoi qui prouve qu'il soit vivant. Au plus profond de moi, pourtant, je savais déjà qu'il était trop tard. Et malgré tout, il fallait que j'essaie.

J'ai perdu le compte du nombre de fois que j'ai essayé de faire repartir son cœur. J'ai fini par abandonner.

*Il était mort.*

C'est alors que j'ai remarqué les marques sur son cou. Alors j'ai su — mais à cela non plus je ne voulais pas croire. Il était impossible que mon père, le quatrième Coleman à diriger le Clan, ait été assassiné par un vampire. Surtout ici, dans cette clairière, alors qu'il était cerné des protections les plus puissantes du monde. Cette clairière qui était un lieu magique destiné à protéger des centaines de Descendants à la fois. Aucun vampire n'aurait pu franchir les abords de la clairière sans être accompagné d'un Descendant qui l'autorise clairement à pénétrer dans le Cercle, comme je l'avais fait avec le père de Savannah à notre retour de France. Et même si, pour une raison qui m'échappait, les protections n'avaient pas fonctionné, mon père était trop fort, c'était un sorcier extrêmement puissant. Il se serait défendu, Emily et moi aurions perçu l'énergie dégagée, et nous serions accourus pour l'aider.

*Il était forcément tombé dans un piège.*

Les yeux fixés sur son corps immobile, sur son regard affreusement vide, je ne parvenais pas à croire qu'il n'était plus. Mes yeux me brûlaient, et j'avais la gorge si serrée que je ne parvenais plus à respirer. Il était censé vivre éternellement, ou du moins jusqu'à ce qu'il ait quatre-vingts ou quatre-vingt-dix ans. J'étais censé suivre ses enseignements pendant encore des dizaines d'années. Il était invincible, c'était le plus puissant et le plus doué de tous les sorciers du Clan.

J'avais beau savoir qu'il était mort et que je ne pouvais plus le sauver, je me refusais à l'abandonner là. Pourtant, il le fallait. Je n'avais pas apporté mon téléphone, et celui de mon père était introuvable. Il fallait que je revienne à la maison et que je révèle à ma mère cette atroce découverte.

*Ma mère.*

Je me suis souvenu de sa réaction à la mort de sa sœur. Je ne voyais pas comment elle allait pouvoir supporter d'apprendre celle de son mari. D'ailleurs, quand le choc serait passé, je ne savais même pas si je serais moi-même capable de l'affronter. Pour le moment, la disparition de mon père me semblait tellement… irréelle. Et je voulais qu'elle le reste. Encore un peu.

Je suis revenu sur le chemin en direction de la maison et j'ai traversé la cour. La température était tombée, et l'herbe gelée craquait sous mes pas. Trop vite, je me suis retrouvé sur les marches menant dans la cuisine, puis dans la cuisine elle-même.

Ma mère était devant la gazinière, une spatule de métal dans une main, un verre de vin dans l'autre. En entendant la porte, elle s'est retournée :

— Alors, tu l'as trouv… ?

Un seul instant lui a suffi pour aller lire dans mes pensées, des pensées qui me bouleversaient trop pour que je lui en bloque l'accès.

Elle a secoué la tête.

— Non. Il est trop fort.

— Maman…

Ma voix s'était brisée. J'ai traversé lentement la cuisine,

la gorge plus serrée que jamais, incapable de prononcer les mots qui s'y pressaient.

— *Non*, a-t-elle chuchoté.

Le verre qu'elle tenait lui a glissé des mains et s'est fracassé sur le carrelage, projetant son contenu aux teintes sanglantes sur le sol et les placards, éclaboussant nos vêtements au passage. J'ai essayé de la prendre dans mes bras, de lui offrir un peu de réconfort, sachant qu'elle avait besoin que je la soutienne, comme mon père l'avait fait lors des funérailles de sa sœur la semaine précédente. Mais elle ne m'en a pas laissé le temps : me repoussant, elle s'est précipitée vers la porte, sans même enfiler un manteau ou prendre de lampe torche.

J'ai dû lui courir après. Elle n'a même pas ralenti en s'enfonçant dans l'obscurité de la forêt. A mi-chemin de la clairière, elle a trébuché sur une branche, et elle serait tombée si je ne l'avais pas retenue par le coude pour l'aider à garder son équilibre. Sans prononcer un mot, elle a dégagé son bras d'un mouvement brusque et s'est remise à courir.

J'ai réussi à placer le halo de la lampe devant nous juste à temps pour lui éviter de piétiner le corps de mon père.

Elle s'est arrêtée et, pendant quelques secondes, elle n'a pas bougé. Et puis un gémissement suraigu, déchirant, a franchi ses lèvres.

Si les vieilles légendes avaient un fond de vérité, je suis certain que les *banshee* auraient produit ce son.

Elle est tombée à genoux à côté de lui, et j'ai eu l'impression de revivre la scène cauchemardesque où la grand-mère de Savannah était morte dans les bras de celle-ci. Comme ce jour-là, je me retrouvais impuissant, inutile, et je ne trouvais même pas les mots susceptibles de nous aider à traverser tous les deux cette terrible épreuve.

Je suis allé vers ma mère et, de nouveau, j'ai tenté de la serrer contre moi, mais elle m'a repoussé.

— Il n'est pas mort, a-t-elle grondé d'une voix sourde.

Le regard sauvage, elle n'avait plus rien de la mère que j'avais connue. Au cours de ma vie, je l'avais déjà vue en colère, et plus d'une fois j'avais eu peur d'elle, surtout quand j'avais fait quelque chose de mal, mais jamais elle ne m'avait paru aussi animale qu'à présent.

Penchée sur le corps de mon père, elle a enchaîné sorts, charmes et incantations, s'acharnant à lui redonner vie. Pendant qu'elle se démenait, comme prise de folie, la clairière s'illuminait par à-coups et vibrait de la magie et de l'énergie dégagées par ma mère.

— Maman, arrête, c'est terminé, ai-je fini par crier.

— *Non*, ce n'est pas terminé ! Il faut juste que je trouve le bon sort. Ton père est trop fort pour mourir. Il est toujours là. Si je trouve le bon charme, je peux le ramener.

Mais personne ne connaissait plus la magie ancienne utilisée autrefois par le Clan, une magie qui affectait directement l'ADN des cellules et avait permis aux Anciens de ramener des morts à la vie. Ces méthodes s'étaient perdues, et personne ne pouvait ressusciter mon père.

Si seulement nous nous étions inquiétés pour lui quelques heures plus tôt ! Si seulement j'étais sorti discuter avec lui, Emily et cet inconnu au lieu de me planquer dans ma voiture…

*Emily*. Elle n'était pas au courant.

— Maman, il faut que nous le disions à Emily.

— Non, nous n'allons rien lui dire du tout parce qu'il n'est pas mort.

J'ai posé la main sur son épaule pour essayer de la ramener à la réalité. Elle a émis un son sifflant et m'a écarté la main d'une tape.

— Laisse-nous !

Elle s'est de nouveau penchée sur le corps sans vie de mon père en murmurant :

— Reviens à moi, Samuel. Je suis là, maintenant. Je ne partirai pas. Je sais que tu m'entends encore. Reviens à moi, maintenant.

Je ne pouvais pas la laisser là. L'auteur du meurtre de mon père, qu'il soit humain ou non, pouvait encore se trouver dans les parages. Mais je savais également qu'il me fallait aller chercher Emily. Elle ne nous pardonnerait jamais d'avoir attendu si longtemps avant de l'avertir. Elle allait être furieuse parce que, comme ma mère, elle serait persuadée qu'en arrivant plus tôt, elle aurait été capable de le sauver.

Il y avait aussi le Clan. J'allais devoir appeler les Anciens, leur apprendre qu'avec la mort de mon père, nous venions de perdre notre dirigeant.

*Mon père était mort…* J'allais sans doute être obligé de prendre ma mère à bras-le-corps pour la ramener de force à la maison. Elle était assez menue pour cela. Mais elle m'en ferait voir de toutes les couleurs.

A présent, elle s'était mise à frapper des deux poings sur la poitrine de mon père. J'ai détourné le regard, incapable de supporter ce spectacle. Ce n'était pas bien qu'elle s'acharne ainsi sur son corps, qu'elle s'entête aussi violemment à ramener à la vie quelqu'un qui, de toute évidence, n'était plus de ce monde.

— Maman, il est trop tard, arrête ! ai-je insisté, une note de désespoir dans la voix.

Elle m'a repoussé à deux mains, et j'ai dû me rattraper à un tronc d'arbre pour ne pas tomber. Ma mère était comme possédée. Il était impossible de lui faire entendre raison ou d'essayer de la calmer. Tout comme il serait impossible de lui faire quitter les lieux pour la ramener à la maison. Du moins, moi, je n'y parviendrais pas. Pas sans être obligé de recourir à la force.

Et cela, je m'y refusais. Pas après tout ce qui était déjà arrivé. Mon père était mort, et ma mère avait beau avoir temporairement perdu la tête, je n'allais pas me jeter sur elle pour l'embarquer en travers de mon épaule comme un homme de Neandertal.

A la place, voilà ce que j'allais faire : courir comme un dératé, téléphoner au Dr Faulkner, hurler pour alerter Emily et la faire revenir avec moi dans les bois, tout cela aussi vite que je pourrais.

J'ai ôté le bracelet répulsif de mon poignet et, avec mille précautions, je suis parvenu à l'attacher à celui de ma mère. Je ne pensais pas que cela servirait à grand-chose. Si c'était vraiment un vampire qui avait tué mon père, il y était parvenu en dépit des charmes cernant la clairière. Mais il fallait que je donne à ma mère le peu de protection que j'avais à ma disposition. J'ai également posé la lampe torche à côté d'elle, allumée et orientée vers le chemin menant à la maison. Cela pourrait l'aider, et permettrait en tout cas aux autres Descendants de se repérer plus facilement.

Alors, j'ai couru à toutes jambes, plus vite que je ne l'avais jamais fait pendant aucun match, et je suis retourné à la maison, ne m'arrêtant qu'une fois arrivé dans le bureau de mon père. Là, j'ai fouillé ses tiroirs à la recherche du carnet à spirale de cuir noir qui contenait les noms, adresses et numéros de téléphone de tous les membres du Clan.

Le Dr Faulkner a décroché tout de suite. Il a accueilli la nouvelle de la mort de mon père par un long silence, puis il a dit :

— J'arrive tout de suite. Qui as-tu appelé d'autre ?

— Personne. Il faut que je retourne dans le Cercle. Ma mère n'a pas voulu quitter… papa.

— Bien. Je me charge de prévenir les autres un peu plus tard. Occupe-toi juste de ta mère et de ta sœur le temps que nous arrivions.

J'ai raccroché le téléphone avant de me précipiter hors du bureau en hurlant le nom d'Emily.

Pas de réponse. Elle ronflait tellement fort qu'elle ne devait pas m'entendre. Elle avait toujours eu le sommeil lourd, de toute façon.

Devais-je monter en vitesse et lui annoncer l'affreuse nouvelle ?

Non, le plus important était de m'assurer que ma mère était en sécurité.

Sauf qu'Emily allait se retrouver seule dans la maison, et qui sait si l'agresseur de mon père ne risquait pas d'entrer et de s'attaquer à ma sœur ?

Etouffant un juron, j'ai monté les marches quatre à quatre, je suis entré en trombe dans sa chambre et je l'ai secouée pour la réveiller.

— Quoi…, a-t-elle marmonné d'une voix faible avant de se soulever sur un coude en se frottant les yeux.

— Emily, réveille-toi. C'est papa.

Elle a froncé les sourcils et battu des paupières pour chasser le sommeil.

— Quoi ? Que se passe-t-il ? Il est rentré ? Dis à maman que je n'ai pas très faim, d'accord ?

*Mais de quoi parlait-elle ?* Elle savait très bien que notre père était rentré. Je l'avais vue lui parler dehors, quelques heures plus tôt.

Elle devait être encore à moitié endormie, ou assommée par les médicaments.

— Emily, il faut que tu te réveilles, que tu te lèves et t'habilles. Les Descendants sont en route, mais il faut que je retourne à la clairière pour rester avec maman le temps qu'ils arrivent. Et ça veut dire qu'il faut que tu viennes avec moi, sinon, je ne pourrai pas vous protéger toutes les deux.

D'un pas mal assuré, elle est allée enfiler une robe de chambre pour s'y emmitoufler.

— Tristan, je te jure que si c'est une blague, je te t…

— Arrête, l'ai-je coupée. Ce n'est pas une blague. Papa est là-bas, dans le Cercle. Il est… Il est…

J'ai respiré un grand coup pour chasser le flux d'émotions qui menaçait de me submerger, et j'ai dit :

— Il est mort, Em. *Mort.*

Ses yeux se sont écarquillés, puis elle s'est élancée dans l'escalier pour débouler dans la cuisine. Une fois dans le garage, je l'ai soutenue pendant qu'elle enfilait une paire de bottes en caoutchouc. Alors, moi courant et elle trottant maladroitement dans ces bottes trop grandes pour elle, nous sommes retournés dans la clairière aussi vite que nous le pouvions.

En voyant ma mère prostrée à côté du corps de mon père, Emily a poussé un cri étouffé avant de tomber à genoux près de nos parents. Quand elle a pris ma mère dans ses bras, celle-ci s'est enfin laissé faire, enfouissant son visage au creux de l'épaule de ma sœur.

Le Dr Faulkner est arrivé le premier, avec M. Talbot, un policier, sur ses talons. Après avoir examiné mon père, ils ont confirmé qu'il était mort depuis plusieurs heures, puis ils sont restés avec nous tandis qu'une ambulance faisait son entrée pour enlever le corps de mon père. Ce n'est qu'alors qu'Emily est parvenue à faire ce dont nous autres avions été incapables : écarter notre mère du corps sans vie de son mari. Ensuite, elle l'a raccompagnée à la maison où elle lui a donné un somnifère avant de l'aider à se coucher. Somnifère ou non, ma mère s'était tellement épuisée en essayant de ramener mon père à la vie qu'elle se serait probablement écroulée de fatigue de toute façon.

Pendant qu'Emily s'occupait d'elle, Talbot et le Dr Faulkner me questionnaient dans la cuisine. Ils parlaient d'une voix calme, mais ils ne cessaient de me reposer les mêmes questions, sans relâche.

Et je leur répondais toujours la même chose.

— Je ne sais pas qui était ce type. Il était bien habillé : un pantalon à pinces, des mocassins noirs cirés, un long manteau de laine noire. Je n'ai pas vu sa voiture — il devait s'être garé devant la maison et avoir fait le tour à pied. Emily semblait le connaître. Elle l'a salué en lui faisant la bise. Vous devriez lui demander qui c'est. Je ne l'ai pas entendu parler, j'étais dans ma voiture. J'ignore ce qu'il voulait. Il est arrivé vers 17 heures.

Alors qu'ils continuaient de me harceler de questions, Emily est enfin descendue et Talbot l'a prise à part dans l'entrée, mais j'entendais leurs échanges.

— Je vous l'ai dit, il n'y avait personne. Je n'ai même pas vu mon père rentrer à la maison, affirmait-elle avec agitation. J'étais malade, dans ma chambre, j'ai dormi toute la journée. Demandez à ma mère, elle vous le dira.

Je savais qu'Emily était une comédienne de première, mais là, elle se surpassait dans le mensonge. Après l'avoir écoutée quelques minutes, je me sentais prêt à l'étrangler.

— Arrête tes foutaises, Emily !

Je suis passé devant le Dr Faulkner pour les rejoindre dans l'entrée.

— Dis-leur la vérité. C'est de notre père, qu'il s'agit. Toi et ce type, vous avez été les derniers à le voir vivant. Alors je t'en prie, dis la vérité !

Ses yeux se sont remplis de larmes et, le visage crispé dans une grimace suppliante, elle a gémi :

— Mais c'est la vérité, je t'assure ! Je me souviens que maman est partie faire les courses pour moi, et que tu devais l'accompagner. Je me suis rendormie, et ensuite, tu étais là, à me secouer pour que je me réveille, et tu m'as dit que papa était...

— Tu es en train de me faire croire que tu ne te rappelles pas avoir mis ton manteau, tes chaussons et ton écharpe, puis être sortie parler avec papa et un inconnu *pendant près de deux heures* ?

— Non !

— Non, tu ne te souviens pas de l'avoir fait, ou non, tu ne l'as pas fait ?

J'ai tenté de plonger dans son esprit pour y lire ses pensées, mais son cerveau, comme d'habitude, était une forteresse imprenable.

Etait-il possible qu'elle ait agi sous le coup d'une crise de somnambulisme ? Autant que je sache, elle n'en avait jamais fait avant. Mais elle était complètement épuisée. Peut-être les médicaments, les tisanes de ma mère ou la combinaison des deux avaient-ils provoqué chez elle une réaction inhabituelle ou une forme d'amnésie ?

— Ta sœur est-elle somnambule, de façon générale ? a demandé Talbot.

Au même moment, le Dr Faulkner a entrepris d'examiner les pupilles d'Emily à l'aide d'une lampe-stylo qu'il venait de sortir de sa poche.

— Emily, perds-tu souvent la notion du temps, ou entends-tu parler de choses que d'autres ont vues sans que tu t'en souviennes ?

— Non.

A présent, les larmes coulaient abondamment le long de ses joues.

— Et je crois que je m'en souviendrais, si quelqu'un avait fait du mal à mon père devant moi, a-t-elle ajouté en étouffant un sanglot.

— Ecoutez, suis-je intervenu, je vous ai dit ce que j'ai vu, et raconté tout ce que je savais. Peut-être quelqu'un a-t-il manipulé la mémoire d'Emily mais pour ma part, j'étais bien réveillé, je n'avais ni bu ni pris de médicaments, et je sais très bien ce que j'ai vu. Ce type était plutôt jeune, je dirais un peu plus de vingt ans, il avait les cheveux châtains, coupés court sur les côtés et la nuque, et plus longs sur le dessus. Il faisait à peu près la taille d'Emily, peut-être cinq centimètres de plus.

Ma description a semblé frapper Emily. Apparemment, elle lui évoquait quelqu'un.

— Qui connais-tu qui pourrait ressembler à ça ? ai-je demandé.

Elle a secoué la tête.

— Personne.

Pourtant, il y avait quelque chose au fond de sa voix qui trahissait ses doutes, un soupçon d'incertitude presque indécelable. Sauf que je connaissais trop bien ma sœur pour le laisser passer. J'ai essayé de lire de nouveau ses pensées, mais en vain.

— Et tu me dis que tu n'as pas relevé le numéro de sa plaque ? m'a demandé Talbot.

— Non, comme je vous l'ai déjà dit, je n'ai carrément pas vu sa voiture.

— L'as-tu entendu arriver ?

— Non plus. J'ai juste vu cet homme déboucher au coin de la maison, à pied, pour se diriger vers la cour.

Talbot et le Dr Faulkner ont échangé un regard entendu.

— Quoi ?

— Si c'était un vampire, il pouvait surgir de n'importe où, et repartir tout aussi vite, a souligné Talbot.

Je n'étais pas de cet avis.

— Avec les protections anti-vampires qui cernent la clairière et ses abords, un vampire aurait eu toutes les peines du monde à y pénétrer sans l'aide d'un Descendant, vous ne croyez pas ?

— A moins que ton père n'ait été attaqué hors de la clairière et qu'il ait ensuite rampé jusqu'au Cercle, à portée de ces protections, juste avant de mourir, a proposé Talbot.

— Je n'en sais rien, ai-je répondu avec une grimace de frustration. Il y a quelque chose dans tout ça qui ne colle pas. Mon père aurait dû se défendre, que son assaillant soit ou non un vampire. S'il avait eu affaire à un être humain ordinaire, il aurait aussitôt lu ses intentions dans ses pensées et il aurait pu le mettre sans peine hors d'état de nuire. Et dans le cas d'un vampire, il ne lui aurait jamais permis de l'approcher assez près pour se faire attaquer.

— Pas même s'il s'agissait d'un vampire qu'il connaissait et en qui il avait confiance ? a demandé Talbot.

Il plissait les yeux d'une façon qui ne me disait rien qui vaille. Sa question n'était pas innocente : il pensait à quelqu'un de bien spécifique.

— Comme qui, par exemple ?

— Oh ! je ne sais pas… il y a bien ces deux vampires qui habitent la ville, non ?

# 32

*Tristan*

— Savannah et son père ? Jamais ils ne s'en prendraient à mon père, pas plus qu'ils n'aideraient quelqu'un à l'assassiner !

J'ignorais ce qui était arrivé à mon père, mais sur ce point, je n'avais *aucun* doute.

— N'empêche, je pense que nous devrions aller leur rendre une petite visite pour voir où ils se trouvaient ce soir, a marmonné Talbot en posant la main sur la crosse du revolver accroché à sa taille.

— Elle n'a rien à voir avec cela, ai-je grogné. Elle n'était même pas là. Lisez dans mes pensées, vous verrez bien.

J'ai forcé mon esprit à rester ouvert pour qu'ils puissent y lire la vérité.

— Mais comment peux-tu savoir si elle était là ou non ? s'est étonné Talbot.

— Parce que je l'aurais sentie, ai-je aboyé, à court de patience.

Si cet idiot ne parvenait pas à dépasser ses préjugés stupides, tous les indices allaient lui passer sous le nez sans qu'il les reconnaisse, et le véritable meurtrier continuerait à sévir sans être inquiété.

— Comment ça, *tu l'aurais sentie* ? a demandé Faulkner, étonné.

— Quand elle est là, ça me fait l'effet d'un coup de poing dans l'estomac.

— Et ça n'arrive qu'au moment où tu la vois ? s'est enquis Talbot.

— Non. Je peux percevoir sa présence n'importe où dans un rayon de deux cent mètres.

— Intéressant, a murmuré le Dr Faulkner. C'est un peu comme si tu avais développé un mécanisme de survie spécifique.

— Ou autre chose, a commenté Talbot avec un petit sourire en coin.

— Dites, au contraire de certains, je ne laisse pas mes sentiments prendre le dessus au point d'en oublier la gravité de la situation, ai-je protesté. Que ça vous plaise ou non, je vous ai dit la vérité. Si Savannah s'était trouvée dans les environs ce soir, je l'aurais su. Quant à son père, jamais il ne s'en serait pris au mien. C'est un ancien membre du Conseil des Vampires. Le traité de paix lui tient trop à cœur pour qu'il commette ce genre d'impairs.

— Il n'en reste pas moins que c'est un vampire, a répliqué Talbot avec mépris. Par conséquent, si l'un de ses aînés lui a donné l'ordre de tuer ton père, il a bien été obligé de s'exécuter.

Tout cela était grotesque. M'emparant du téléphone mural dans la cuisine, j'ai composé de mémoire le numéro de Savannah en espérant qu'il n'avait pas changé depuis notre rupture.

A la quatrième sonnerie, elle a répondu d'une voix hésitante :

— Allô ?

— Sav, ai-je commencé.

C'est alors que sans crier gare, Talbot m'a arraché le combiné des mains.

— Où étiez-vous ce soir, toi et ton père, entre 17 et 19 heures ?

— Qui est à l'appareil ? a-t-elle demandé d'une voix plus assurée.

— Contente-toi de répondre à la question, s'il te plaît.

— Nous étions tous les deux à la maison. Pourquoi ? Qui êtes-vous ?

Talbot a raccroché.

— Je crois quand même qu'on devrait les faire venir pour les soumettre à un interrogatoire.

— Ecoutez, si vous voulez perdre du temps et vous en expliquer demain à ma mère, libre à vous de procéder à tous les interrogatoires inutiles que vous voudrez. Sinon, vous avez également l'option d'essayer de trouver le véritable coupable. Vu que ce mystérieux visiteur avait l'âge d'un étudiant, vous pourriez peut-être commencer par enquêter dans les universités du coin…

— Et de quelle façon, mon garçon ? a demandé le Dr Faulkner. Nous n'avons aucun élément pour démarrer l'enquête. Pas de nom, pas de marque de voiture ou de numéro de plaque minéralogique. Ce type peut venir de n'importe où. Et si nous faisons appel à quelqu'un pour établir un portrait-robot, cette affaire va attirer l'attention du public et de la presse. Samuel étant une figure locale et un homme d'affaires reconnu sur le plan national, nous allons déjà avoir bien du mal à ne pas nous laisser déborder. Sans compter la réputation de tes parents dans les associations caritatives.

— Mais…

— Pourquoi n'irions-nous pas faire quelques pas

dehors ? a poursuivi le Dr Faulkner en se dirigeant vers la porte d'entrée.

Je l'ai suivi avec le sentiment de vivre un mauvais rêve. Personne à la maison n'utilisait jamais cette porte, nous entrions et sortions toujours par le garage.

Une fois à l'extérieur, il s'est tourné pour me regarder bien en face.

— Je sais que tu tiens à ce qu'on mette la main sur l'assassin de ton père. Crois-moi, nous le comprenons tous. Et une fois que les membres du Clan seront au courant que leur chef vient d'être tué, ils vont réclamer la tête du coupable, eux aussi. Mais si les médias ont vent que ton père a été tué par un vampire, ou par quelqu'un qui se fait passer comme tel, tous les Descendants vont se mettre en chasse pour dénicher le nid de vampires le plus proche et y mettre le feu. Ton père était extrêmement apprécié, et il va beaucoup nous manquer. Mais il faut que tu laisses le Clan gérer cette histoire avec la plus grande discrétion, ou le traité de paix que ton grand-père et ton père ont passé l'essentiel de leur vie à mettre en place et à maintenir risque d'être réduit à néant en l'espace de quelques heures.

Je bouillais littéralement d'impatience.

— Je comprends, mais que voulez-vous que je fasse, exactement ?

J'espère qu'il ne s'attendait pas à ce que je reste assis sans rien faire, comme un gentil petit gars, pendant que les adultes se chargeaient de tout !

— A mon avis, il nous faut enquêter aussi discrètement que possible. Nous allons attraper ce tueur, n'en doute pas un instant. Il le faut, de toute façon, sinon ces meurtres vont continuer et nous ne serons jamais plus en sécurité. Mais il est essentiel que seuls le Clan et les vampires soient au courant de la situation. Gardons la presse et le grand public à l'écart de tout cela.

— Et en ce qui concerne Savannah et son père ? Talbot semble déterminé à les interroger coûte que coûte. Vous savez que le Conseil des Vampires ne le verra certainement pas d'un bon œil.

— Laisse-moi me charger de Talbot. Je vais le remettre sur le droit chemin en deux temps, trois mouvements.

J'ai soupiré, soudain épuisé. J'avais l'impression d'avoir vieilli d'un coup.

— Et pour mon père, que faisons-nous ? ai-je demandé d'une voix étranglée.

Après m'être raclé la gorge, j'ai ajouté :

— Je ne crois pas que ma mère sera en état d'organiser de nouvelles funérailles alors qu'elle vient tout juste d'enterrer sa sœur. Et je n'ai aucune idée de ce que mon père souhaitait en matière de…

Incapable de poursuivre, j'ai laissé ma phrase mourir sur mes lèvres, et le Dr Faulkner m'a posé une main sur l'épaule.

— Ne t'inquiète pas. Le Clan agira selon la tradition, et nous nous occuperons de tous les détails. Les obsèques pourront avoir lieu samedi. Ensuite, dans la soirée, il nous faudra profiter de la présence des Descendants sur place pour organiser les élections.

— Des élections ? Pour quoi faire ?

Derrière les verres épais de ses lunettes, il a cligné les yeux en me dévisageant ; j'avais l'impression d'avoir en face de moi une chouette éblouie par la lumière des projecteurs éclairant les abords de la maison.

— Pour nous choisir un nouveau dirigeant, bien sûr. Avec tous ces meurtres qui ont eu lieu récemment, le Clan ne peut se permettre de rester sans chef pendant plus d'une semaine. Si nous attendons davantage, la situation deviendra ingérable, et ce sera le chaos.

Après ce que j'avais déjà vécu ce soir, c'en était trop pour moi. Je tombais des nues.

— J'ignorais qu'en réalité, le chef du Clan était élu.

Les Coleman dirigeaient le Clan depuis quatre générations. Mon père était à la tête des Descendants avant même ma naissance, je n'avais donc jamais assisté à une passation de pouvoir.

— En général, il s'agit d'une simple formalité dans la mesure où chacun s'attend à ce que l'héritier mâle des Coleman se présente pour endosser ce rôle. Mais cette fois, la situation est particulière du fait de la disparition subite de ton père, et aussi parce que tu es mineur…

— Le chef doit avoir dix-huit ans ?

— Pour pouvoir diriger officiellement, oui.

— Existe-t-il une loi qui interdise à une femme de diriger le Clan ?

Emily, elle, était majeure.

— Toujours officiellement, non. Mais dans toute l'histoire du Clan, aucune femme n'a jamais été au pouvoir.

— Et pourquoi ?

Une note de désespoir dans la voix, j'ai ajouté, sans réfléchir :

— Emily est en âge de diriger. Et elle possède toutes les qualités pour le faire.

Le Dr Faulkner a hésité, toussé pour s'éclaircir la voix, puis répondu sans grande conviction :

— Le Clan est fondé sur des traditions très anciennes…

— Qui, de toute évidence, ont besoin d'être remaniées, ai-je rétorqué.

Pendant un long moment, il m'a dévisagé sans rien dire.

— Pour être honnête, mon garçon, a-t-il enfin déclaré, ta sœur aurait du mal à être élue, même dans les meilleures circonstances. Et celles qui prévalent aujourd'hui n'améliorent pas ses chances. Sans compter ses trous de mémoire, son refus de laisser les autres accéder à ses pensées, et toutes ces questions sans réponses concernant ses allées et venues au moment de la mort de ton père. Voyons les choses en face, personne ne va voter pour elle. Je suis désolé, mais c'est la vérité, aussi cruelle soit-elle.

— Parce qu'il se pourrait qu'elle sache quelque chose au sujet de la mort de papa, donc.

— Ou pire.

Je l'ai fixé d'un air incrédule ; je refusais de le suivre dans cette direction.

— Vous parlez de *ma sœur*. Elle aimait notre père. Elle n'aurait jamais…

— Je n'ai pas dit que c'était elle. Je connais cette enfant depuis qu'elle est née et je suis son parrain, bon sang ! Je sais qu'elle n'a rien à voir dans la mort de ton père. En revanche, tout le monde ne la connaît pas aussi bien que nous, et il te faut prendre en compte la façon dont d'autres pourraient envisager son rôle dans cette affaire. Le fait est que tu l'as vue en compagnie d'un inconnu en train de discuter avec ton père juste avant sa mort, et tout le monde peut lire dans tes pensées pour le vérifier. Emily, elle, affirme qu'elle n'en a aucun souvenir et malheureusement, personne n'a accès à ses pensées à elle pour savoir si elle ment ou non, soit parce qu'elle leur interdit cet accès, soit parce qu'elle ne parvient pas à le leur autoriser.

— Elle n'y parvient pas ? Comment ça ?

— Eh bien, on a connu des cas de Descendants qui avaient tellement l'habitude de bloquer l'accès à leurs pensées qu'ils ont fini par en oublier comment éliminer cette barrière.

*Connaissant ma sœur, voilà qui était bien possible…*

— D'aussi loin que je me rappelle, Emily a toujours bloqué cet accès, même vis-à-vis de moi, ai-je reconnu.

— D'accord. Alors imaginons qu'elle dise la vérité et qu'elle ne se rappelle rien. Auquel cas la situation est la suivante : elle est victime de problèmes psychiques qui la rendent instable. Et personne ne va vouloir de quelqu'un d'instable comme chef.

— Mais la mémoire pourrait lui revenir, ai-je soupiré.

— Certes. Mais d'ici là, Emily n'est pas une candidate crédible pour diriger le Clan. Ce qui nous ramène à toi. En temps ordinaire, les Descendants fermeraient les yeux sur ton âge pendant quelques mois et laisseraient ta mère assurer l'intérim en attendant le jour de tes dix-huit ans, date à laquelle elle te laisserait officiellement la place. Mais cette fois, il faut prendre en compte un fait nouveau : il existe un autre candidat à cette élection — Jim Williams.

*Le père de Dylan. Bien sûr.*

Si celui-ci prenait la tête du Clan, non seulement les Descendants entreraient en guerre contre les vampires à peine les élections closes, mais Jim Williams n'aurait de cesse de combattre jusqu'à ce que le moindre vampire ait été brûlé ou qu'on lui ait planté un pieu dans le cœur.

— A en croire mon père, il est toujours allé de soi que je lui succéderais à la tête du Clan, ai-je murmuré d'une voix faible.

A présent que le choc et la colère s'estompaient, je commençais à avoir du mal à tenir debout. Je n'avais aucune envie de réfléchir à toutes ces bêtises politiques maintenant. Tout ce que je voulais, c'était aller au lit.

— S'il avait vécu un an de plus, ç'aurait sans doute été le cas…

Malheureusement, il était mort. Et maintenant, tout ce en quoi mon grand-père et mon père avaient cru, tout ce pour quoi ils avaient œuvré, était sur le point d'être réduit à néant.

— Vous croyez vraiment que c'est un vampire qui a tué mon père ?

Le Dr Faulkner a marqué une pause avant de répondre :

— Disons qu'il est tout à fait possible de simuler une morsure de vampire avec une prothèse dentaire adaptée, ou même avec ces crocs de vampire en plastique qu'on voit partout à la période d'Halloween. Et on aurait pu le vider de son sang quelque part avant de le ramener à la clairière. Cela dit, il va falloir que je procède à quelques tests pour en être certain — examiner les traces éventuelles de salive sur la plaie et faire un examen ADN approfondi sur les échantillons prélevés. Je ne peux pas passer par les circuits officiels, bien entendu, alors cela prendra un peu de temps pour obtenir les résultats.

— Je vous serais reconnaissant de faire ça.

Le test ADN prouverait peut-être que nous n'avions pas affaire à une morsure de vampire. Ou du moins, il permettrait peut-être de déterminer que le meurtrier de mon père était le même que celui de ma famille à New York.

— Croyez-vous que le Conseil des Vampires ait le dossier ADN de tous les vampires connus ? ai-je demandé.

— J'en doute fortement. Conserver une telle base de données représente un risque énorme. Mais nous n'avons rien à perdre à leur demander. Tu sais, ton père ne mentait pas en affirmant qu'il collaborait avec le Conseil des Vampires pour enquêter sur les meurtres des Descendants. Maintenant qu'il est parti, et compte tenu de la réaction que sa mort va sans nul doute susciter au sein du Clan, il est plus crucial que jamais de maintenir le contact avec le Conseil. Si tu devais en appeler à eux personnellement, cela pourrait aider à préserver le traité de paix un peu plus longtemps, jusqu'à ce qu'on mette la main sur le meurtrier. Par ailleurs, cela renforcerait considérablement ta crédibilité en tant que prétendant à la direction du Clan.

J'ai ouvert la bouche, prêt à lui avouer la vérité : que je n'avais jamais vraiment voulu être chef du Clan. Que c'était le rêve de mes parents, non le mien, un rêve qui n'aurait jamais eu besoin de se réaliser parce que mon père était censé vivre éternellement. Et que j'étais presque certain d'être incapable de diriger des centaines de personnes disséminées un peu partout dans le monde, des gens que pour la plupart je ne connaissais même pas.

Puis j'ai réfléchi à ce qui se passerait si je ne prenais pas la succession de mon père — lui et grand-père auraient été terriblement déçus, sans parler de ma mère… J'ai réfléchi à la façon dont le Clan pouvait tourner s'il élisait à sa tête un vampirophobe comme Jim Williams. Et aux conséquences que tout cela aurait sur Savannah.

J'ai respiré un grand coup.

— Vous avez raison. Je vais voir ce que je peux faire pour entrer en contact avec le Conseil des Vampires.

Le père de Savannah en est un ancien membre. Je vais lui demander s'il peut me mettre en relation avec eux.

Le Dr Faulkner m'a regardé bien en face, une étrange expression sur le visage. Après un long silence, il a dit :

— Ton père serait incroyablement fier de toi, ce soir.

Je me suis senti oppressé, à tel point que respirer devenait un effort presque insurmontable.

— Merci, suis-je parvenu à articuler.

— Essaie de te reposer un peu. Demain, nous allons rallier nos alliés et commencer à inciter le Clan à mettre les élections en place. Il faut que les Descendants commencent à te voir comme leur choix naturel et spontané en tant que nouveau chef. Plus tôt cela arrivera, plus il sera difficile à Williams de trouver des voix pour le soutenir.

Je voyais ce qu'il voulait dire. Cela me rappelait également quelque chose que j'avais entendu en histoire ; quand un roi mourait, ses sujets criaient : « Le roi est mort, vive le roi ! » Jusqu'alors, je n'avais jamais compris ce qu'ils entendaient par là. A présent, je commençais à en avoir une idée, hélas. Pour autant, cela n'arrangeait pas la situation. La politique me donnait carrément la nausée. La politique ne tenait aucun compte d'éléments comme le chagrin, le deuil et le recueillement, ou l'état de choc, les peurs et les doutes.

Ferais-je un bon dirigeant ? Je ne savais même pas si j'étais à la hauteur de la tâche ! Je m'étais toujours dit que j'avais tout le temps d'apprendre, que mon père serait là pour assumer ce rôle pendant des dizaines d'années encore. Avait-il disposé d'assez de temps pour m'enseigner ce dont j'avais besoin pour réaliser son rêve, pour me voir marcher dans ses pas et poursuivre son œuvre ?

J'ai pris congé du Dr Faulkner et suis rentré dans la maison. Talbot était parti, Emily s'était réfugiée dans sa chambre, et j'entendais ma mère gémir dans son sommeil.

Après avoir verrouillé la porte d'entrée et activé le système d'alarme, je suis monté dans ma propre chambre et j'ai ôté mes chaussures. De l'autre côté du couloir, j'entendais les sanglots étouffés d'Emily. J'étais partagé. Une partie de moi avait envie d'aller frapper à sa porte, de lui ouvrir les bras pour me lamenter avec elle, comme nous l'avions toujours fait pendant les moments difficiles. En dépit de nos innombrables divergences, nous nous étions toujours serré les coudes. Chaque fois que je n'avais pas réussi à me sortir moi-même d'un mauvais pas, j'avais toujours pu compter sur ma sœur pour m'y aider.

Pourtant, après l'avoir vue mentir ou, du moins, cacher quelque chose en relation avec la mort de notre père, la plus grande partie de moi rechignait à lui tendre la main. Il subsistait trop de questions sans réponse, trop de secrets qu'elle gardait, alors que le plus minuscule indice pouvait nous mener au meurtrier. Tant qu'Emily ne se serait pas décidée à me dire ce qu'elle savait, je ne pourrais plus lui accorder ma confiance — pas comme avant.

Alors j'ai refermé la porte de ma chambre, et je me suis allongé sur mon lit, dans l'obscurité. En essayant d'oublier l'image des yeux sans vie de mon père fixés sur moi. Jusqu'à ce que la fatigue ait raison de moi.

# 33

*Tristan*

Pendant toutes ces années, j'étais resté persuadé que c'était ma mère qui avait placé dans ma chambre ce charme puissant qui m'empêchait de me connecter en rêve avec Savannah. Il s'est pourtant avéré que, en fait, c'était mon père qui avait créé et entretenu le charme en question à la demande de ma mère. A présent qu'il était mort, les dernières parcelles de magie émanant de ce sort déjà bien affaibli venaient de s'éteindre elles aussi.

Cela, je l'ai compris cette nuit-là, au moment où mon subconscient voyageait vers Savannah, connectant nos deux esprits endormis aussi facilement que si nous n'avions jamais cessé de le faire.

— Tristan !

Elle a couru dans ma direction pour traverser la cour obscure et me rejoindre.

— Que se passe-t-il ? a-t-elle demandé.

J'étais assis sur l'herbe, sans aucune envie de me lever, vidé de toute énergie et de toute volonté. J'ai attendu qu'elle soit tout près pour lui dire.

— Mon père est mort.

Elle a eu un hoquet de surprise, et puis elle est tombée à genoux à côté de moi.

— Oh ! mon Dieu ! Tristan, je suis affreusement désolée. Que s'est-il passé ?

— Quelqu'un l'a tué dans la clairière.

Cette clairière où tant d'autres événements avaient eu lieu : c'est là que Savannah et moi avions fait semblant de jouer dans nos rêves communs, en CM1 ; c'est là aussi que, toujours en rêve, nous avions dansé et nous étions embrassés, que nous avions discuté pendant des heures, l'année dernière. Et c'est là que sa grand-mère était morte.

A présent, je comprenais comment le souvenir d'un événement réel pouvait corrompre la version onirique d'un lieu. Je ne pourrais plus jamais mettre un pied dans cette forêt, ou même regarder ces arbres, sans que me revienne à la mémoire le corps froid et sans vie de mon père étendu sur le chemin.

— Il est mort tout seul, Savannah. Dans le froid. Dans le noir. Il n'avait pas pris de lampe. Il n'avait même pas l'air de s'être défendu ! Pourquoi ne s'est-il pas défendu ?

Sans m'en apercevoir, j'avais peu à peu haussé le ton et à présent, je hurlais presque, les doigts plantés comme des serres dans la terre de chaque côté de moi.

Il fallait que je me reprenne. Je ne voulais pas que Savannah me voie perdre mon sang-froid de cette façon.

— Chut, a-t-elle murmuré en m'enlaçant.

D'abord, je n'ai pas réussi à répondre à son étreinte, craignant qu'elle ne disparaisse si je la prenais dans mes bras. L'instant d'après, pourtant, nous étions serrés l'un contre l'autre, je m'accrochais à elle, et c'est à ce moment, alors que je m'abandonnais contre elle, que j'ai enfin compris pour de bon ce qui venait d'arriver.

Je ne verrais plus jamais mon père, je ne lui parlerais plus jamais, je n'aurais plus jamais l'occasion de lui demander des conseils sur la façon de diriger le Clan, ni quoi que ce soit d'autre. Il ne m'enseignerait plus jamais rien, que ce soit en magie ou en football, il ne m'expliquerait plus jamais comment affronter ma névrosée de mère sans la faire sortir de ses gonds. Tout se résumait à ce mot : *jamais*.

— Il est parti, Savannah. Il est vraiment parti.

J'ai enfoui mon visage dans le creux de son épaule, mes bras autour de sa taille, heureux, pour une fois, qu'elle soit si solide et que je n'aie pas à craindre de lui faire mal en la serrant tellement fort. La rage et la colère sont montées, menaçant de me noyer de l'intérieur, mais Savannah était mon ancre, mon rocher. Elle me maintenait à flot, m'empêchait de sombrer. Ses mains caressaient mon dos, apaisantes et sûres d'elles, me tirant peu à peu de l'obscurité où j'avais craint de m'enfoncer.

Elle savait ce que je ressentais. Elle était passée par là, elle aussi, après la mort de sa grand-mère. Quand c'était arrivé, je n'avais pas compris, j'étais incapable de me mettre à sa place. Il fallait en être personnellement passé par là pour appréhender un tel degré de chagrin, un tel sentiment de perte.

— Je sais, a-t-elle dit à voix basse. Tu as l'impression qu'on t'a arraché les entrailles, n'est-ce pas ?

J'ai acquiescé. Je ne me sentais plus capable d'articuler quoi que ce soit. Je ne me contrôlais plus, j'avais même trempé son T-shirt en lui pleurant sur l'épaule comme un gosse. C'était pourtant la dernière personne à qui je voulais donner cette image de moi.

Je me suis essuyé les yeux de la manche avant de m'écarter légèrement et de fouiller son regard. *Me trouvait-elle faible ?* Mais tout ce que j'y ai vu, c'était… de l'amour. Ses yeux en débordaient, prodiguant une lumière chaude, dénuée de jugement. Ils me disaient que nous étions toujours les mêmes. Vampire ou sorcier, que nous soyons ou non dans le tort au regard des autres, quand je regardais Savannah, je voyais au-delà des apparences. Je décelais sa personnalité profonde, et j'y reconnaissais la seule créature sur cette planète capable de me faire sentir entier ; elle me correspondait tellement bien que j'en avais le souffle coupé et en restais éperdu d'admiration. Elle ne me complétait pas, non ; elle ne comblait pas quelque vide imaginaire que j'aurais eu en moi. Et nous n'étions pas non plus comme deux pièces de puzzle qu'on aurait assemblées — c'était bien plus énorme que cela. Je n'avais pas de mots pour le décrire, seulement le sentiment indéniable que, quand nous étions ensemble, tout allait bien, et qu'au contraire, tout partait en vrille quand nous étions séparés.

— Je ne sais pas qui je suis sans toi, ai-je fini par murmurer en prenant délicatement son visage entre mes mains.

Je voulais qu'elle reste et m'entende, pas qu'elle s'enfuie comme elle le faisait systématiquement ces derniers temps.

— Je n'aime pas la personne que je suis quand tu n'es pas dans ma vie. Sans toi, rien ne va.

Des larmes se sont mises à briller dans ses yeux avant de déborder et de glisser sur ses joues.

— Je sais.

J'ai pris une profonde inspiration, espérant qu'elle accepterait de m'entendre et qu'elle me croirait.

— La situation est grave, Savannah, et ça ne va pas s'arranger avant un moment, ai-je commencé.

Elle s'est contentée d'opiner.

— Non, je suis sérieux, Sav. Cette fois, il faut vraiment que tu m'écoutes, d'accord ? Maintenant que mon père est mort, il n'y a plus de dirigeant jusqu'à samedi. En d'autres termes, il n'y a personne pour empêcher les Descendants de faire ce qu'ils veulent. Il faut donc que tu quittes Jacksonville pendant quelques jours.

Elle m'a interrogé du regard.

— Que va-t-il se passer samedi ?

Elle semblait ne pas vouloir prendre en compte ma dernière phrase. Mon ventre s'est noué tant j'avais peur qu'elle ne m'ait pas pris au sérieux.

— Samedi, après les obsèques de mon père, le Clan procédera à des élections.

— Et c'est à ce moment-là que tu deviendras officiellement chef du Clan, a-t-elle complété.

Je la sentais déjà qui s'éloignait de moi — une froideur nouvelle se lisait dans ses yeux.

— Pas nécessairement. Le père de Dylan veut la place.

A ces mots, elle a ouvert de grands yeux.

— Dans ce cas, il va falloir que tu rallies la majorité. Sinon…

— Oui, je sais : sinon, nous allons être entraînés dans une nouvelle guerre.

Elle a dégluti avec peine, et bien qu'elle n'ait pas dégagé son visage de mes mains qui l'encadraient toujours, elle a baissé les yeux.

— Alors je crois que je ferais bien de te souhaiter bonne chance pour samedi.

— Je ne veux pas diriger le Clan, Savannah. Mais il le faut, pourtant.

— Je sais.

— Alors qu'est-ce qui ne va pas ? Que se passe-t-il dans ta jolie tête ?

Pendant quelques secondes interminables, elle s'est mordu la lèvre, puis elle m'a adressé un sourire forcé et levé sur moi des yeux graves :

— Je suis certaine que tu seras élu malgré tout. La famille Williams est trop détestable pour que les Descendants votent pour elle. Et une fois que tu seras à la tête du Clan, mon père et moi serons en sécurité, n'est-ce pas ?

— Exactement. Quand je serai le chef, tout rentrera dans l'ordre. Je m'assurerai que le traité de paix soit respecté. Et je pense qu'avec le temps, je parviendrai même à convaincre les Descendants qu'ils n'ont pas à haïr les vampires. Enfin, peut-être. Certains de leurs préjugés sont profondément enracinés. Mais nous y travaillerons. Ils finiront par les surmonter.

— Ce serait fantastique.

Malgré ce dernier commentaire, je la sentais toujours distante.

— Que se passe-t-il ? ai-je soupiré. Tu sais, tu as beau être devenue vampire, je continue de lire en toi comme dans un livre ouvert. Tu me caches quelque chose.

Elle a secoué la tête et détourné le regard tout en arrachant des brins d'herbe de ses longs doigts pâles.

— Je suis heureuse pour toi, Tristan. Sincèrement. Tu vas pouvoir faire ce dont tes parents ont toujours rêvé pour toi. Accomplir ta destinée. C'est tout ce qui compte. Alors tenons-nous-en là, d'accord ?

Elle s'est penchée, a posé une main sur mon visage et, doucement, elle m'a embrassé sur la joue. Comme pour un baiser d'adieux.

— Tu vas être un excellent chef pour le Clan. Ton

père serait vraiment fier de toi. Et moi aussi, je le suis. Il faut que tu le fasses. Les Descendants ont besoin d'un dirigeant qui ait du cœur, comme toi.

Elle a essayé de détourner le regard et je lui ai attrapé le menton pour l'en empêcher.

— Alors pourquoi ai-je l'impression que tu me supplies de ne pas le faire ?

— C'est faux. Je te dis ce que tu *dois* faire.

— Menteuse.

Elle a dégagé ses pieds de dessous elle, comme si elle s'apprêtait à se lever.

Elle avait juste oublié une chose : dans nos rêves communs, elle n'avait pas le dessus, physiquement. J'ai devancé son geste et je me suis incliné sur elle jusqu'à l'obliger à s'allonger sur le dos dans l'herbe.

Toujours penché sur elle, j'ai grogné :

— Cesse de fuir.

Je l'ai embrassée légèrement dans le cou pour voir comment elle allait réagir. Si elle s'était tendue, si elle m'avait donné le moindre signe de rejet, je l'aurais aussitôt laissée tranquille. Mais au contraire, elle a tendu les bras pour encercler ma taille.

Appuyé sur mes coudes pour ne pas l'écraser, j'ai approché mon visage tout près du sien. A cette distance, elle se rendait bien compte qu'elle ne pouvait rien me cacher.

— Dis-moi que nous deux, ça ne te manque pas, ai-je chuchoté près de ses cheveux, la mettant au défi de me mentir.

— Si, ça me manque.

— Dis-moi que tu ne penses pas chaque jour à nous deux, que tu ne regrettes pas d'avoir rompu.

Ses cheveux étalés dans l'herbe formaient autour

d'elle un halo rougeoyant que je brûlais de toucher. J'y ai enfoui le nez, me suis empli les poumons de ce parfum tiède de lavande qui me manquait désormais chaque seconde de ma vie. En inspirant, ma poitrine a touché la sienne et elle a tressailli.

— Si, j'y pense. Et j'aimerais tant n'avoir pas eu à mettre fin à notre relation…

— Dis-moi que tu ne m'aimes pas.

Mon regard planté dans le sien, je me sentais frustré et blessé. Elle me manquait tant que j'en ressentais une souffrance physique bien réelle, une brûlure qui me ravageait le ventre, me remontant jusque dans la gorge.

— Parce que j'ai essayé, Savannah. J'ai vraiment essayé de ne pas être amoureux de toi, au point de blesser d'autres personnes à cause de cela. Mais je ne peux pas me forcer à ne pas t'aimer. Alors si tu as une solution, si tu as trouvé un sort ou n'importe quoi d'autre qui puisse mettre fin à mes sentiments pour toi, je suis tout ouïe.

Elle a fermé les yeux, s'est couvert le visage de ses mains et s'est mise à pleurer, les épaules secouées de sanglots.

— Je ne peux pas ! Je le voudrais tellement, pourtant ! Il ne se passe pas un jour sans que je souhaite trouver moi aussi un moyen de ne plus t'aimer. Mais je t'aime, je t'aime toujours. Je…

C'était tout ce que j'avais besoin d'entendre. J'ai posé mes lèvres sur les siennes, non sans prendre la précaution de poser une main à plat sur le sol pour y puiser de l'énergie.

C'est alors que cela m'est revenu : je m'étais endormi à l'intérieur, dans ma chambre, ce soir. Il n'y avait pas vraiment de sol sous moi dont je puisse tirer l'énergie que Savannah absorberait dans nos baisers.

Alors, à la place, j'ai embrassé ses joues, son nez, ses paupières humides, la naissance de son cou.

— Tout ira bien, lui ai-je répété entre deux baisers. Je serai bientôt chef du Clan, et alors plus personne ne pourra nous obliger à vivre séparés.

Ses mains, qui passaient de mes cheveux à mes épaules, se sont soudain figées.

Trop absorbé par les caresses que je lui prodiguais, il m'a fallu quelques secondes pour remarquer sa tension.

— Sav ?

J'ai levé la tête pour la regarder.

Cette fois, son expression était indéchiffrable.

— Tu dors dehors, cette nuit ?

— Non, dans ma chambre…

Elle a tourné la tête pour regarder ma main droite, posée sur son épaule. *Ma main tremblait*. D'un seul coup, elle s'est redressée et éloignée avant que j'aie pu faire un geste pour la retenir.

— Je t'en prie, Savannah ! ai-je protesté en me mettant à genoux. Tu vas me rendre fou, à force !

— Mais tu ne comprends donc pas ! Rien n'a changé entre nous. Apprendre la magie ne m'empêche pas d'être une vampire quand même. Quand je t'embrasse, je continue de te vider de ton énergie, et même dans nos rêves communs je te vole ton énergie psychique. Je n'ai absolument rien trouvé qui me permette de mettre fin à cette malédiction. Quant au fait que tu deviennes chef du Clan, cela ne change rien non plus. En fait, c'est même pire, il est encore moins question qu'avant que nous puissions être ensemble !

Maladroitement, elle s'est remise debout, et j'ai fait de même.

— Très bien. Je ne deviendrai pas chef.

Elle a levé au ciel des yeux exaspérés.

— Ne sois pas ridicule. Nous avons déjà passé en revue toutes les raisons que tu as de diriger les Descendants. Tu es *obligé* de le faire, Tristan. Cela n'a plus rien à voir avec toi et moi, ou ce que nous voulons. Cela dépasse largement notre relation, c'est la paix entre vampires et Descendants qui est en jeu !

Je me suis rapproché d'elle.

— On doit pouvoir y arriver. Ensemble, il y a tellement de choses que nous pourrions faire !

Elle a pris une profonde inspiration avant de croiser mon regard. Elle avait les larmes aux yeux.

— Comment ? En vivant dans une tente avec un trou au fond pour que tu puisses puiser de l'énergie chaque fois que nous nous embrasserons ?

— Je trouverai un moyen pour que le processus de vampirisation fonctionne sur moi. Alors nous serons semblables — deux vampires qui ne peuvent pas se faire de mal l'un à l'autre.

Dents serrées, elle a répondu :

— Si tu fais ça, le Clan choisira le père de Dylan pour le diriger. Et ensuite, à quoi ressemblera notre vie, à tous les deux, pendant que les Descendants, les vampires et des humains innocents périront dans une autre guerre inutile ?

J'ai ouvert la bouche, prêt à contester. Elle n'avait qu'une seule façon de me faire taire, et elle n'a pas hésité une seule seconde :

— Au revoir, Tristan. Et bonne chance pour samedi.

Ensuite, elle m'a embrassé, me vidant psychiquement

en dépit de la distance physique qui séparait nos deux corps, jusqu'à ce qu'il ne me reste plus suffisamment d'énergie pour maintenir la connexion entre nos rêves.

Je me suis réveillé dans ma chambre. Jurant à haute voix, j'ai roulé sur moi-même et bourré le matelas de coups de poing.

# 34

*Savannah*

Le lendemain matin, sitôt achevé mon rêve avec Tristan, je suis descendue en courant et j'ai raconté à mon père, assis dans le salon en train de lire son journal, ce qui était arrivé à Sam Coleman.

Il a sauté sur ses pieds avant de se pétrifier, et ses traits ont perdu le peu d'humanité qu'ils avaient jusque-là. Enfin, il s'est remis à respirer et à battre des paupières.

— Voilà une nouvelle bien inquiétante.

— Le Conseil des Vampires a-t-il réussi à trouver des indices sur l'identité du meurtrier de New York ?

Je ne tenais pas en place, il fallait que je trouve quelque chose sur quoi me concentrer. J'ai commencé à regarder partout autour de moi pour dénicher le livre de poche que j'avais posé je ne sais où la veille quand Tristan avait appelé.

— Ils ont mis Gowin sur le coup.

*Voilà qui expliquait que je l'aie si peu vu ces derniers jours.*

— Cependant, je ne crois pas qu'ils aient de nouveaux indices, a poursuivi mon père. Mais il y a un moment que je n'ai pas parlé avec Gowin, alors rien n'est sûr. L'enquête lui prend beaucoup de temps, ainsi que les rapports qu'il doit établir pour le Conseil. D'ailleurs, il faut que je contacte les membres au plus vite pour leur annoncer cette affreuse nouvelle.

— Euh, tant que tu les as au téléphone, pourrais-tu leur demander s'ils veulent bien rester en contact avec Tristan, au cas où il serait élu à la tête du Clan ?

Me mettant à genoux, j'ai commencé à fouiller sous le canapé. Pas de livre.

— Ce serait peut-être une bonne idée de commencer à mettre en place une sorte d'entente cordiale. A moins que le Conseil dispose d'un ambassadeur officiel qui pourrait les représenter dans les pourparlers avec le Clan ?

Je me suis relevée juste à temps pour voir mon père esquisser une grimace.

— Non, nous n'avons pas ce genre de représentants. Il y a seulement quelques dizaines d'années que la paix a été instaurée.

*Il se fichait de moi, ou quoi ?* Les poings sur les hanches, j'ai lancé :

— Vu ton âge canonique, « quelques dizaines d'années » ne représentent peut-être pas grand-chose, mais pour un Descendant, c'est l'équivalent de la moitié d'une vie. Le Conseil des Vampires a *vraiment* besoin d'un porte-parole officiel pour rencontrer les Anciens du Clan de temps à autre afin de s'assurer de l'état des relations entre les deux groupes.

Il m'a considérée un instant, sourcils froncés, puis il a répondu :

— Nous sommes toujours partis du principe que si un vampire tentait d'entrer en contact avec le chef du Clan, il serait réduit en cendres ou empalé.

Quand il s'y mettait, mon père pouvait parfois en faire des tonnes dans le drame !

— Je suis convaincue que cette charmante tradition qui consiste à abattre les messagers est passée de mode il y a plusieurs siècles.

— Oh ! n'en crois rien, ma fille.

— Bon, je voulais juste dire que Tristan sera probablement élu à la tête du Clan dans une semaine, et qu'il serait judicieux que le Conseil des Vampires fasse un geste officiel dans sa direction en signe de bonne volonté. Son père vient d'être assassiné, et tous les indices portent à croire que le meurtrier est un vampire. Sans compter un autre détail d'importance : le Conseil a *kidnappé* Tristan au printemps dernier. On ne peut pas dire qu'ils aient fait grand-chose pour laisser une bonne impression à Tristan et sa famille, ni même au reste du Clan, tu sais.

Mon père avait étalé ses journaux partout sur le canapé, et je n'avais nulle part où m'asseoir. J'ai commencé à les rassembler pour me faire un peu de place. Au bout d'une minute, je l'ai entendu dire :

— *Tu ferais sans doute une ambassadrice idéale.*

Horrifiée, je me suis retournée d'un bond :

— Moi ? Pas question. Laisse-moi en dehors de ça, s'il te plaît. Je déteste toutes ces histoires de politique vampirique…

— S'il est vrai que je n'ai pas prononcé ces mots, il se trouve que c'est en effet ce que je pensais, a marmonné mon père avec une expression irritée.

Oh ! zut. J'avais lu dans ses pensées. Mauvais plan. Maintenant, il était au courant que je possédais ce pouvoir, et bientôt, le Conseil des Vampires l'apprendrait lui aussi… Et voilà, mon dernier espoir de mener une vie normale était à l'eau.

— N'y pense même pas, papa. Je me fiche de ce que dit ou exige le Conseil.

Avec véhémence, j'ai agité la poignée de journaux que je tenais à la main.

— Je n'ai aucunement l'intention d'espionner le Clan pour votre compte. Et je ne serai pas non plus votre ambassadrice. Attends, tu imagines ? Outre le fait que je n'aie que dix-sept ans et que je ne connaisse rien aux règles du jeu politique, j'ai l'intention de vivre ma vie. Une vie *normale*, ou du moins, aussi normale que possible. Jouer les ambassadeurs de la paix n'entre pas dans ces plans !

Constatant que j'avais complètement chiffonné l'une des pages d'un journal, j'ai renoncé à essayer de replier correctement le reste et j'ai résolu le problème en posant le tout en vrac sur la table basse afin de pouvoir soulever les coussins du canapé pour y trouver mon livre.

— Au moins, réfléchis-y, a répondu mon père, toujours debout, sans me quitter des yeux. Maintenant que tu peux, de toute évidence, lire dans les pensées des vampires — et celles des Descendants aussi, je suppose — tu es idéalement placée pour démêler de façon infaillible la vérité du mensonge, dans un camp comme dans l'autre. Et tu possèdes déjà des… liens avec le Descendant qui, comme tu l'as souligné, pourrait très bien devenir le prochain chef du Clan. Cette « amitié » est d'ores et déjà forgée, ce qui constitue un excellent point de départ.

J'ai réprimé un sourire narquois.

— Les pauses et autres tournures alambiquées qui ponctuent tes phrases mettent en évidence les raisons qui font que tout ceci est une idée bonne pour la poubelle.

Bingo ! J'avais enfin remis la main sur mon livre ; il

était par terre, sous une pile de papiers posée sous la table basse. Je l'ai ramassé en essayant de retrouver la page où je m'étais arrêtée la veille.

— Ou une excellente idée, au contraire, a repris mon père sans broncher. Il t'écoute, et il tient compte de tes opinions.

— Tu rêves ? Je n'ai pas l'intention d'utiliser ce qui s'est passé entre Tristan et moi pour défendre les idées du Conseil !

— Tu considères les choses sous le mauvais angle. Je suggère simplement que, plutôt que d'avoir à traiter avec un vampire inconnu et, selon tes propres termes, « d'un âge canonique », Tristan en connaît déjà un du même âge que lui. Quelqu'un en qui il a confiance et qui se trouve également être la fille d'un ancien membre du Conseil qui…

— Qui est clairement en train de chercher un moyen de retrouver son siège au Conseil des Vampires, l'ai-je coupé avec un grognement de frustration.

— … qui est toujours en contact régulier avec le Conseil et pourrait facilement transmettre à celui-ci n'importe lesquels des soucis et requêtes de Tristan, a-t-il achevé avec un regard furibond.

Je détestais qu'il ait raison. Mais c'était le cas. Pourtant, tout ceci me semblait également susceptible de soulever pas mal de problèmes.

C'est alors que j'ai trouvé le contre-argument parfait :

— Le Conseil n'acceptera jamais. Tu te rappelles ? Ils m'ont fait promettre de ne plus l'approcher.

Les sourcils épais de mon père se sont soulevés, et il a rétorqué :

— Ce ne serait pas la première fois que les membres

du Conseil des Vampires changent d'avis s'ils considèrent que c'est dans leur intérêt.

*Peu importe.* Je continuais de penser qu'ils ne me choisiraient jamais comme ambassadrice des vampires. Pas tant que Tristan serait mon contact dans le Clan et qu'il subsisterait le moindre risque que mes sentiments pour lui l'emportent sur mon jugement, que je perde toute maîtrise et que je le tue. Mon père était juste en train de chercher une façon de se sortir de cette joute verbale sans perdre la face, c'était clair.

J'ai feuilleté mon livre jusqu'à ce que je retrouve le passage où j'avais été interrompue la veille.

— Et au fait, tu n'iras pas au lycée cette semaine, a-t-il ordonné en partant vers la cuisine.

Là, il est ressorti dans l'entrée, et puis est revenu dans le salon, avant de faire le trajet inverse.

*« Où est ce fichu téléphone portable ? Et pourquoi les fabricants insistent-ils pour les faire de plus en plus petits ? »*

Il avait encore réussi à perdre son portable quelque part dans la maison ! Ça faisait combien de fois, dix-sept ? Ou vingt ?

— Bien. Tu veux que je le fasse sonner ?

— Sonner quoi ?

— Ton téléphone. C'est bien ce que tu cherches, non ?

Il s'est redressé, a bombé la poitrine et m'a regardée bien en face, l'ai furieux.

— Arrête de lire dans mes pensées, je te prie. C'est malpoli. Et je suis un vampire. Je ne perds jamais rien.

— D'abord, je ne peux pas m'empêcher de percevoir tes pensées, pas plus que tu ne peux t'empêcher d'entendre mes conversations téléphoniques quand je suis dans ma chambre. Et même les vampires peuvent perdre ces minuscules téléphones qui ont tendance à glisser hors de la poche du pantalon chaque fois qu'on s'assoit pour lire le journal.

Saisie d'une intuition, j'ai de nouveau fouillé entre les coussins du canapé à ma gauche — et, triomphante, je lui ai tendu son téléphone. Mon père a étouffé un grognement. Il a pris l'appareil, en a ouvert le clapet et m'a demandé :

— Et donc, au sujet des cours que tu vas manquer cette semaine…

— Tu vas appeler le lycée, ou veux-tu que je m'en charge ?

Il m'a considérée d'un air surpris, les yeux plissés.

— Tu comptes accepter ma décision sans discuter ?

— Absolument. Je ne vois pas pour quelles raisons j'aurais envie de fréquenter le lycée cette semaine. As-tu la moindre idée de la façon dont les Descendants vont se comporter avec moi, maintenant que leur chef a été assassiné ? C'est déjà assez usant de les supporter en temps normal, alors là…

*Sans compter que Tristan serait lui aussi absent toute la semaine afin d'organiser les funérailles de son père. Ce qui l'éloignerait encore davantage de moi.*

D'un coup, une image de notre rêve de la veille m'est revenue, lorsqu'il avait craqué devant moi. J'ai frémi. Je ne l'avais jamais vu comme ça. Au début, pendant que je le serrais contre moi, je ne m'étais même pas rendu compte qu'il pleurait. Ce n'est qu'au moment où il s'était écarté que j'avais remarqué mon T-shirt trempé de larmes.

Il avait toujours été tellement… fort. Tellement sûr de lui, capable d'affronter absolument n'importe quoi. Je n'arrêtais pas de me dire qu'il devait me faire une confiance aveugle pour se laisser ainsi aller devant moi. Cette pensée me faisait monter les larmes aux yeux.

— Je suis content que tu voies les choses comme moi, a dit mon père.

Après quoi il a commencé à marcher en rond autour de moi avant de s'arrêter, sourcils froncés. Il a penché mon livre vers lui pour lire le titre sur la couverture.

— *L'art de la guerre* te fait pleurer ?

Laissant échapper un soupir, je me suis essuyé les joues du revers de la main.

— Je ne vois pas les choses comme toi. C'est uniquement une question de bon sens. Sun Tsu affirme qu'il faut choisir ses batailles, et c'est ce que je suis en train de faire. Et ne t'inquiète pas si je pleure. C'est juste que je viens de penser à… quelque chose de triste.

— A part ces larmes permanentes, qui étaient aussi l'une des caractéristiques malheureuses de ta mère, tu es bien plus facile à vivre qu'elle, a soupiré mon père.

Il m'a dévisagée avec attention, comme s'il avait dans l'idée que j'allais malgré tout prendre la tangente à la première occasion.

J'ai résisté à l'envie de lire ses pensées pour en avoir confirmation.

— Maman n'est pas une vampire, je te rappelle.

— C'est vrai. Remercions le facteur génétique. Maintenant, j'aimerais savoir pourquoi tu lis Sun Tsu ?

— C'est pour le lycée, ai-je menti sans relever les yeux.

En réalité, j'avais commencé à le feuilleter en me disant que ce livre m'aiderait à choisir mes batailles contre le Clan. Maintenant que Tristan allait devenir leur chef, je voulais le terminer rapidement au cas où il aurait besoin de conseils stratégiques dans son nouveau rôle de dirigeant. Mais mon père n'avait pas besoin de le savoir.

C'était peut-être comme ça que les vampires apprenaient à bien mentir. Ils étaient obligés de le faire si souvent que cela devenait une seconde nature.

Nouveau grognement étouffé de la part de mon père. Il a composé une série de chiffres sur son téléphone, si rapidement que je ne voyais même pas quelles touches il enfonçait. Puis, approchant l'appareil de son oreille, il a dit quelque chose dans une langue étrangère qui ressemblait vaguement à du français débité à toute vitesse. Au bout de quelques secondes, il s'est éloigné pour parler en anglais à Caravass de la mort du père de Tristan et des élections imminentes.

Seule dans le salon, j'ai essayé de lire. Mais à chaque instant, mes pensées dérivaient. J'étais trop agitée. Mon corps ne parvenait pas à se détendre. Il me fallait une occupation plus physique. Peut-être un peu de tai-chi ? Avec un soupir, j'ai reposé mon livre sur la table basse et suis retournée dans ma chambre.

J'ai allumé ma station d'accueil MP3, j'ai sauté tous les morceaux que j'écoutais habituellement et me suis arrêtée sur une chanson que je n'avais pas entendue depuis un bon moment.

Bientôt, le rythme entraînant de *Florence and the Machine* résonnait dans la pièce. Même les paroles, qui suggéraient de se débarrasser de ses regrets, me parlaient beaucoup. Je traînais culpabilité et remords depuis si longtemps, et pour tant de choses… Je me sentais coupable d'avoir enfreint les règles et provoqué la mort de Granny, coupable d'être ce que j'étais, coupable de mettre Tristan en danger chaque fois que nous nous embrassions, coupable pour tous les secrets que j'étais obligée de garder ; je me sentais même coupable de ma naissance et de tous les ennuis qu'elle avait valus à mes parents…

Cela me rappelait ce dicton qui affirmait qu'il était plus facile de juger le passé que le présent. Et en effet, avec le recul, comme il me semblait aisé de porter un jugement sur mes décisions d'alors ! Pourtant, au moment de faire chacun de ces choix, j'étais persuadée de prendre la bonne décision…

*Dis-moi que tu ne penses pas chaque jour à nous deux, que tu ne regrettes pas d'avoir rompu.*

La nuit dernière, j'avais dit la vérité à Tristan. J'aurais sincèrement voulu que nous continuions de sortir ensemble. Mais je ne regrettais pas d'avoir fait ce qui me semblait nécessaire pour le protéger. Et je ne le regretterais jamais.

C'était, jusque-là, sans doute la seule décision que je ne regrettais absolument pas, d'ailleurs. Et voilà pourquoi, en me réveillant ce matin, je n'avais pas pleuré. Le voir, lui parler, me blottir dans ses bras et le laisser m'embrasser, tout cela avait été difficile à perdre quand le rêve avait pris fin. Mais cette fois, j'avais été capable d'affronter la journée qui avait suivi sans faiblir parce que je savais jusqu'au plus profond de moi que j'avais raison. Pour le bien de nombreuses personnes, il fallait qu'il devienne chef du Clan. C'était sa destinée, et notre relation pouvait la mettre en péril. Il était le seul à pouvoir apprendre aux Descendants à se libérer de leurs peurs.

J'ai pensé aux Jumelles Pimbêches et à Dylan, qu'on avait éduqués depuis des années dans la terreur et la haine de tous les vampires, moi compris. Par le passé, il m'était bien souvent arrivé de me demander pourquoi ils ne parvenaient pas à surmonter ces préjugés…

Mais je suppose que, s'il avait été aussi simple de se débarrasser d'un sentiment négatif, j'aurais déjà surpassé mes propres remords. Peut-être fallait-il réaliser un effort conscient pour y parvenir. Et dans mon cas, cela impliquait le pardon, non pour des fautes commises par les autres, mais pour les miennes propres. Il me fallait trouver un moyen de me pardonner de n'être pas parfaite et de commettre des erreurs alors même que je faisais de mon mieux pour les éviter. Me pardonner d'être incapable de prévoir l'avenir et les conséquences de chacune de mes actions.

J'ai mis la chanson en boucle, puis je suis allée jusqu'à ma coiffeuse en me déplaçant d'instinct au rythme de la musique. M'inclinant, j'ai détaillé mon reflet dans le miroir. De l'extérieur, j'étais tellement parfaite, grâce à mes gènes de vampire ! Mais dedans, j'étais pleine de défauts.

— Je te pardonne, ai-je murmuré avec un sourire, en me sentant un peu ridicule malgré tout.

*Je te pardonne,* ai-je pensé de nouveau, en silence cette fois.

Mon sourire s'est effacé. A présent, cela ne me semblait plus aussi facile.

J'ai essayé encore. *Je te pardonne, Savannah Colbert. Je te pardonne de n'être pas parfaite. De n'être qu'une moitié de vampire, et qu'une moitié de sorcière, et sans doute complètement ratée dans les deux cas. Et je te pardonne d'avoir à boire du sang humain une fois par semaine.*

J'ai hésité avant de passer à la partie la plus difficile, bien décidée à en finir. Le regard rivé sur mon reflet dans le miroir, j'ai pensé : *Je te pardonne d'être tombée amoureuse de Tristan et d'être sortie avec lui à l'encontre des règles. Et par-dessus tout, je te pardonne d'avoir provoqué la mort de ta grand-mère sans le vouloir et d'avoir enlevé sa mère à ta propre mère avant l'heure.*

A présent, les larmes étaient là, elles me dégoulinaient sur les joues. Sauf que cette fois, c'était bon, et que je ne maudissais pas ma faiblesse et mes pleurs. Parce que je me pardonnais pour cela aussi.

*Je ne suis pas parfaite. Et je ne suis pas obligée de l'être. Je peux prendre des décisions au fur et à mesure qu'elles se présentent, et tant que je fais de mon mieux, je n'ai pas à m'en vouloir de me tromper.*

J'ai fermé les yeux, respiré un grand coup et expiré lentement.

Je me sentais plus légère. Je me sentais mieux. Un peu comme si, peut-être, une partie de cette culpabilité qui me minait depuis trop longtemps venait de disparaître.

Je me suis abandonnée au son de la musique, j'ai commencé à me balancer, laissant la mélodie m'emporter comme une vague et me laver de tous mes remords.

Et puis, pour la première fois depuis longtemps, je me suis mise à danser pour de vrai.

# 35

*Tristan*

Je venais de passer la semaine la plus éprouvante de ma vie. Ma mère était restée sous calmants tout le week-end, mais le lundi venu, elle a repris le dessus et nous a mené une vie d'enfer. Chaque fois que je me rendais dans la cuisine, je passais devant la porte ouverte du bureau de mon père et je la trouvais là, assise dans son fauteuil, derrière sa table de travail, au téléphone avec les Descendants, détruisant tous les efforts effectués leur vie durant par mon grand-père et mon père pour mettre en œuvre le traité de paix avec les vampires.

Sauf qu'elle voyait cela d'un tout autre œil.

— Ecoute, Lisbeth, tu n'y comprends rien, l'ai-je entendue aboyer.

Sa voix résonnait dans le couloir, jusque dans la cuisine où je fouillais dans le frigo, à la recherche de quelque chose à me mettre sous la dent.

— On ne peut absolument pas faire confiance aux vampires, a-t-elle poursuivi, et Tristan le sait mieux que quiconque. C'est tout sauf un partisan des vampires ! Il a commis l'erreur de tomber sous les charmes faussement innocents de la petite Colbert, tout cela pour se retrouver enlevé par elle et son père, puis drogué et envoyé au

Conseil des Vampires comme une espèce de trophée, après quoi ils l'ont torturé pour essayer de lui faire dire tout ce qu'il savait concernant le Clan. Mais Tristan est un Coleman, et ce n'est pas pour rien que le Clan est dirigé par des Coleman depuis quatre générations. Il a été fort, tout comme son père. Il a résisté bravement à toutes leurs tentatives pour le faire parler. Mon fils a fait la guerre, il a été dans les tranchées, derrière les lignes ennemies, et il a survécu. Si ça ne suffit pas à en faire le chef tout désigné du Clan, alors je ne sais pas ce qu'il te faut !

Il y a eu une longue pause pendant que son interlocutrice parlait, puis elle a répondu :

— Alors je peux compter sur ton vote et celui de ta famille pour élire Tristan samedi ? Parfait ! Je suis impatiente de vous voir, toi et John.

Je me suis rendu dans le couloir et me suis arrêté devant l'entrée du bureau au moment où, ayant raccroché le téléphone, elle notait quelque chose dans le carnet d'adresse des Descendants.

Elle a levé les yeux et m'a adressé un sourire crispé.

— Deux votes de plus pour toi. Honnêtement, mon chéri, je crois que c'est dans le sac.

*Oui, mais à quel prix ?*

— Tu sais, le traité de paix était essentiel aux yeux de papa, me suis-je risqué à lui rappeler. Grand-père et lui ont consacré toute leur vie à le mettre en place et à le préserver.

Elle a plissé les yeux :

— Oui, eh bien, ton grand-père délirait, et ton père vivait dans du coton. Sam n'avait pas la moindre idée de ce que sont vraiment les vampires, et il n'avait pas envie de voir la réalité en face. J'ai essayé de lui dire, pourtant ! Et maintenant, regarde où toute cette belle naïveté nous a menés. Mais ne t'en fais pas, mon chéri. Je vais faire en sorte que son meurtre soit vengé. En commençant par m'assurer que tu seras bien élu samedi. Ensuite, nous nous concentrerons sur l'essentiel : faire payer tous les vampires, jusqu'au dernier.

J'ai ouvert la bouche pour lui dire que je n'avais nullement l'intention de devenir comme elle un pourfendeur de vampires. Au dernier moment, pourtant, je me suis ravisé et je suis reparti sans rien dire. Je ne voyais pas l'intérêt de me disputer avec elle à ce stade. Elle venait de perdre l'amour de sa vie. Le temps qu'elle parvienne à faire son deuil, il allait être impossible de lui faire entendre raison. Et qui sait ? Peut-être que, si j'avais moi aussi été témoin des atrocités qu'elle avait vues, si j'avais perdu autant d'êtres chers à cause de vampires, je serais tout comme elle aveuglé par la rage.

Tout ce que j'espérais, c'est que je pourrais réparer les dégâts qu'elle allait causer cette semaine. *Si j'obtenais la majorité des votes à l'élection, en tout cas.*

Je n'ai pas vu Emily de la semaine. La plupart du temps, elle restait dans sa chambre. Les rares fois où je l'avais vue en émerger, nous n'avions rien trouvé à nous dire. J'aurais voulu lui pardonner son « trou de mémoire », mais je n'y arrivais pas. Pas encore. Chaque jour qui passait sans qu'elle se souvienne de ce qui était arrivé le soir du drame, c'était une nouvelle journée de perdue pour l'enquête, une journée qui accroissait le risque que les indices éventuels disparaissent.

Dimanche matin, les funérailles se sont déroulées dans le chaos le plus complet. Certes je m'étais attendu à ce que l'assistance soit fournie : des centaines de Descendants, venus des quatre coins du monde, étaient attendus pour les obsèques afin de rendre un dernier hommage à celui qui avait été leur chef. En revanche, je ne m'étais pas préparé à la présence de personnes n'appartenant pas au Clan, ni à celle des médias. Il y avait là des employés de l'usine de mon père, des politiciens locaux et des journalistes de tous bords, mêlés à des célébrités du monde des affaires et de la presse nationale. Jamais je n'aurais imaginé que mon père était si connu et aimé en dehors du Clan. Ce constat accentuait mon chagrin ; il me manquait encore plus.

Je devais lire son oraison funèbre. J'avais mis des jours à la préparer et à m'entraîner à la réciter. Le moment où j'ai prononcé mon discours est pourtant passé comme dans un rêve dont je me serais éveillé sans en avoir gardé le moindre souvenir.

Tout ce dont je me rappelais, c'était le cercueil dans lequel mon père était enfermé. Nous ne voulions pas risquer que quiconque puisse voir les prétendues marques de crocs sur son cou.

Après la cérémonie, ma mère avait organisé une veillée réservée aux membres du Clan dans un country club local. Là, la plupart des Descendants se sont levés les uns après les autres pour y aller de leur discours sur mon père. Une fois de plus, je ne me souviens pas de grand-chose. J'étais trop inquiet pour leur prêter réellement attention.

En effet, maintenant que la réalité avait pris le dessus, maintenant que j'avais vu la tombe se refermer sur mon père, l'élection imminente me préoccupait par-dessus tout.

Ainsi que les conséquences qui en découleraient.

Savannah avait raison. Il fallait que je devienne le prochain chef du Clan. Pour elle, pour son père, pour le bien de tous ces hommes, femmes, et enfants rassemblés aujourd'hui dans la salle de banquet.

Si la famille Williams prenait le pouvoir, personne ici ne serait plus en sécurité. Une fois qu'ils auraient déclenché une nouvelle guerre, il ne s'agirait plus d'un assaut unique, dirigé contre une cible bien identifiée. Aucun lieu ne serait épargné, la guerre s'étendrait dans les rues, sur les places publiques, mais elle toucherait aussi les foyers des uns et des autres, n'épargnant ni les affaires du Clan, ni ses sphères privées. Les Williams s'assureraient que cette guerre soit aussi impitoyable que possible, et personne n'en sortirait indemne, pas même les enfants. Et elle n'affecterait pas seulement le Clan et les vampires : les humains ordinaires en seraient également les victimes collatérales.

Pendant toute la semaine, j'avais fait mes recherches. J'étais resté longtemps au téléphone avec le Dr Faulkner afin qu'il me renseigne aussi précisément que possible sur l'histoire du Clan et de ses relations avec les vampires. Pendant des siècles, les uns et les autres s'étaient mené une guerre presque incessante, que les historiens avaient confondue avec toute sorte de conflits mondiaux, de fléaux meurtriers ou de révoltes populaires sanglantes. Des centaines de milliers de victimes avaient péri dans chaque camp, y compris des humains que le Clan ou les vampires avaient ralliés à leur cause.

Nous ne pouvions pas laisser une nouvelle guerre éclater. *Moi, en tout cas, je m'y refusais.* Je me devais de tout faire pour empêcher cela. Savannah avait raison : il n'était pas question que je fuie mes responsabilités. Si, par égoïsme, je me détournais de mon devoir, elle et moi ne serions plus jamais en sécurité nulle part sur cette planète.

On en revenait donc toujours au même point : il fallait absolument que je devienne le prochain chef du Clan.

Peut-être, alors, avec le temps, en déployant des trésors de persuasion et de bon sens, parviendrais-je à convaincre l'ensemble du Clan de se ranger à mes opinions. Je pourrais les aider à comprendre que nous pouvions coexister pacifiquement avec les vampires, pas simplement sous le joug d'un traité de paix fragile, mais dans un vrai esprit de compréhension mutuelle.

Nous n'avions pas à vivre dans la peur en permanence.

Mon père avait raison, lui aussi. Ces meurtres de membres du Clan n'étaient certainement pas l'œuvre d'un vampire isolé. Le fait qu'on se soit attaqué au chef des Descendants en personne après avoir massacré une partie de sa famille prouvait que les agressions étaient ciblées. Il me paraissait évident qu'elles étaient motivées par des ambitions politiques : quelqu'un cherchait à déclencher une nouvelle guerre. Mais qui ? Qui avait le plus à gagner en faisant éclater un nouveau conflit ?

En tant que chef du Clan, répondre à cette question serait mon premier objectif. Le père de Savannah m'avait mis en relation avec Caravass, le dirigeant du Conseil des Vampires. J'avais eu plusieurs occasions de lui parler cette semaine, et bien que nous n'ayons pas eu de nouvelles avancées à partager concernant nos enquêtes respectives, nous étions tombés d'accord sur le fait que quelqu'un essayait de nous manipuler. Quelqu'un qui jouait avec nos peurs et nos méfiances afin de nous monter les uns contre les autres. Je n'avais pas encore la certitude de pouvoir faire confiance à Caravass, mais mon intuition me disait que dans l'état actuel des choses, la meilleure solution était encore de me fier à lui. Et mon père m'avait toujours dit d'écouter mon intuition. Seul le temps me dirait si j'avais eu raison.

Pour l'heure, j'avais l'intime conviction qu'il représentait un allié nécessaire, et je nourrissais l'espoir que nous pourrions unir nos efforts pour mettre un terme à ces meurtres.

Il ne me restait plus qu'à être élu ce soir… Voilà pourquoi, quand j'ai vu ma mère qui allait de convive en convive comme une Première dame récoltant des votes de dernière minute aux élections présidentielles, je n'ai rien fait pour l'arrêter. Ses méthodes étaient certainement discutables, et j'allais devoir redoubler d'efforts pour en gérer les conséquences, mais si elles me permettaient d'accéder à la tête du Clan, j'étais prêt à m'incliner. Je commençais à comprendre pourquoi il émanait de certains politiciens une cruauté sous-jacente. Apparemment, faire le bien exigeait au préalable une foule de compromis et de manœuvres stratégiques.

Tout ce que j'espérais, c'est que dans un an, j'arriverais encore à me regarder dans un miroir.

Quand la veillée a pris fin et que tous les membres ont commencé à se diriger vers le Cercle, j'avais toutes les peines du monde à masquer ma tension.

*Tout le contraire de M. Williams.* Il était debout dans la clairière, en face du trône de pierre qu'avaient occupé mes aînés, depuis mon arrière-arrière-grand-père jusqu'à mon père, et comme moi, il aurait dû avoir l'air nerveux. Au contraire, son attitude était calme et décontractée, presque nonchalante. Mal à l'aise dans mon costume sombre, j'avais le sentiment d'être un gamin qui jouait au grand quand le père de Dylan paraissait prêt à devenir président des Etats-Unis plutôt que simplement chef du Clan.

Pour la première fois de ma vie, j'ai détesté être jeune. Si j'avais eu ne serait-ce que deux ans de plus, mon adversaire n'aurait pas fait montre d'autant d'arrogance.

Le calice de pierre passait dans la foule des Descendants rassemblés dans le Cercle. Il fallait avoir au moins dix-huit ans pour pouvoir voter, ce qui jouait probablement en ma faveur dans la mesure où Dylan et les Jumelles Pimbêches auraient de toute évidence voté contre moi. Malgré cela, les adolescents avaient été autorisés à assister à l'élection. Les enfants, eux, étaient restés chez eux afin que tout se passe de façon aussi ordonnée et officielle que possible. Le vote en lui-même était basé sur une procédure magique que ma mère m'avait expliquée cet après-midi. Les Descendants devaient utiliser leurs pouvoirs pour inscrire leur vote sur le bulletin afin que chacun des scrutins puisse être authentifié, évitant ainsi les malversations.

Enfin, Faulkner a rapporté le calice afin de le déposer sur le siège du trône de pierre.

Il a frappé quatre fois le bord de la coupe, aux quatre points cardinaux. Puis il s'est tourné vers l'assistance.

— Maintenant, passons aux résultats du vote !

*Savannah*

Cette semaine avait été la plus longue de ma vie, clôturée par ce qui s'avérait également être le plus long jour de mon existence. Impossible de tenir en place. Même après avoir dansé pendant des heures, je ne pouvais pas rester assise une seconde, même si cet exercice m'avait permis de relâcher un peu ma tension et de me réchauffer. En dernier ressort, j'avais même essayé de libérer de l'énergie dans les bois qui s'étendaient derrière chez moi, mais le processus n'avait fait qu'exacerber mes angoisses : allait-il me rester assez d'énergie pour me défendre si les élections se déroulaient à l'encontre de mes attentes, et que M. Williams entérinait son accession au pouvoir par une attaque en règle contre moi et mon père ? Pour finir, au lieu de libérer de l'énergie, donc, j'en avais puisé jusqu'à en déborder et à présent, j'étais survoltée.

En outre, mon père avait passé la journée au téléphone, à discuter en français avec un correspondant inconnu, ce qui n'avait fait qu'accentuer un peu plus ma nervosité. L'ennui, c'est qu'il pensait aussi en français... Comme j'avais pris espagnol au lycée, je n'avais pas la moindre idée de la teneur de ses propos.

A 18 heures, mon téléphone a sonné, me faisant bondir au plafond. *Ça y était ?* Ils avaient déjà voté, et Tristan m'appelait pour me donner le résultat ?

— Salut, tu tiens le coup ? m'a demandé la voix d'Anne.

Mes poumons se sont vidés de tout leur air.

— Oui, à peu près. Je suis un peu nerveuse. J'ai la nausée. Je ne tiens pas en place. Sinon, tout va bien...

Un peu plus tôt dans la semaine, j'avais expliqué à mon amie les tenants et les aboutissants de cette élection.

— Ça te dirait de sortir un peu pour tuer le temps ? Je suis devant chez toi.

— Pourquoi n'as-tu pas simplement sonné à la porte ?

— Parce que ton père est là et que lui aussi, il lit dans les pensées, figure-toi. Et j'imagine que je ne suis pas censée être au courant pour les vampires, le Clan, les

Gardiens et cette élection. L'ennui, c'est qu'aujourd'hui, je n'arrive à penser à rien d'autre !

— Je comprends. Ne bouge pas, j'arrive.

Je me suis précipitée en bas pour informer mon père que je sortais discuter avec Anne devant la maison. D'un signe de la main, il m'a indiqué son accord avant de reprendre une conversation animée en français.

Quand je suis sortie, j'ai vu que Ron était là aussi, assis sur la plate-forme du pick-up d'Anne.

— Ta voiture est en panne ? ai-je lancé en guise de plaisanterie.

— Non, a-t-il répondu en souriant. Nous avions juste besoin du pick-up tout à l'heure pour aller chasser le sanglier.

— Sans moi ?

J'ai adressé à Anne un regard inquisiteur. Cela signifiait-il qu'elle avait fini par suivre mes conseils, qu'elle avait appelé Ron pour s'excuser, et que j'avais eu raison sur toute la ligne ?

Anne a toussé d'un air embarrassé. Sous son bronzage, sa peau a viré au rose.

— J'avais besoin d'un rabatteur, et je pensais que ce ne serait pas trop dans tes cordes. Mais ne crois pas t'en tirer comme ça, tu m'as promis de m'accompagner à la chasse et tu viendras. Je te rappelle qu'on a un accord à ce sujet.

Tiens donc. Ainsi, Ron n'avait pas accepté sur-le-champ de ressortir avec elle.

Pour m'en assurer, j'ai lu dans ses pensées.

*« Oui, j'ai enfin trouvé le courage de l'appeler et de m'excuser. Mais il a insisté pour qu'on se voie et qu'on en parle en tête à tête pendant le déjeuner du lendemain. Du coup,*

*techniquement, on ne peut pas dire qu'il ait accepté mes excuses sur-le-champ. »*

— D'accord, ai-je dit. En effet, je te dois une partie de chasse.

Elle a accueilli mes paroles avec un large sourire :

— Carrément.

*« Et au fait, merci de m'avoir aidée à me sortir la tête du sable. »*

Je lui ai retourné son sourire.

— Pas de quoi.

Puis j'ai soupiré, heureuse qu'il y ait au moins deux personnes par ici pour qui les choses tournaient bien.

En m'approchant du pick-up, j'ai eu un mouvement de recul, assaillie par une odeur âcre.

— Je me trompe, ou la chasse a été bonne ? ai-je demandé en me bouchant le nez pour essayer de ne pas sentir cette horreur.

— Oh ! désolé pour ça, est intervenu Ron. Oui, on en a attrapé un et on l'a apporté au boucher pour qu'il le découpe. Il fait ça gratuitement, et ensuite il donne la viande à la banque alimentaire. Le problème, c'est qu'Anne n'est pas censée retourner à la chasse sans en avertir d'abord ses parents, et notre sortie d'aujourd'hui s'est un peu faite sur un coup de tête. Alors nous espérions que…

— Que tu pourrais nous prêter ton tuyau d'arrosage et un peu d'eau…, a fini Anne avec son sourire le plus aguicheur.

— Euh, d'accord. Allez-y. Je vais chercher du détergent.

Je me suis dirigée vers le pignon de la maison pour entrer dans l'arrière-cuisine où je me rappelais vaguement avoir vu traîner une bouteille d'eau de Javel sous l'évier.

C'est alors que mon père a surgi dans la petite pièce ; pour la première fois de la journée, il n'était pas pendu au téléphone.

— Savannah ! Nous avons un problème.

*Génial.* Que se passait-il, encore ?

J'ai soupiré :

— Qu'est-ce qu'il y a ?

*Avait-il lu dans les pensées d'Anne ?*

— Je viens juste de raccrocher avec le Conseil. Les membres viennent ici.

— Ici ? Tu veux dire à Jacksonville, le *quartier général des Descendants* ? ai-je demandé d'une voix que l'incrédulité rendait suraiguë.

Il a acquiescé.

— Ils ont déjà atterri à Rusk et ils arrivent ici en voiture.

— Mais pourquoi faire ?

Oh ! zut ! Zut, rezut et superzut ! Avaient-ils appris, d'une façon ou d'une autre, que je maîtrisais désormais la magie ?

— Ils ont entendu parler de l'élection du nouveau chef du Clan. Malheureusement, quelqu'un a réussi à les convaincre que ces élections ne sont qu'une couverture. Ils pensent que le Clan est en réalité en train de se réunir pour mettre en place la stratégie d'une nouvelle guerre.

J'en suis restée sans voix pendant quelques secondes. Puis je me suis écriée :

— Tu me fais marcher, là !

— Hélas, non. J'ai passé la journée à essayer de les assurer que les informations qu'on leur a fournies sont erronées, mais aucun des membres du Conseil ne veut rien entendre.

Et maintenant, le Conseil des Vampires était en route pour surprendre le Clan dans le Cercle. Et Tristan était là-bas…

# 36

*Savannah*

Utilisant pour une fois sans scrupule mes pouvoirs vampiriques, je suis allée rejoindre en un éclair Anne et Ron à côté du pick-up.

— Désolée, les amis, mais il faut que j'y aille. Tristan a des ennuis dans la clairière.

Puis je me suis éclipsée avant que mon père, Anne ou Ron aient le temps de m'arrêter.

Quelques minutes plus tard, j'ai atteint l'entrée de la propriété des Coleman, le visage et les mains engourdis par le vent froid qui m'avait giflée pendant ma course folle. Prudemment, je suis passée par-dessus la clôture de bois qui cernait la propriété et aussitôt, ma peau a commencé à crépiter. Soit ils se servaient de magie pour voter, soit j'étais arrivée trop tard, et la bataille était sur le point de commencer.

La cour derrière la maison de Tristan était déserte, mais partout ailleurs, et jusque dans l'allée qui menait au Cercle, une foule de véhicules était garée.

Quand je suis arrivée à la lisière du bois, j'ai considérablement ralenti, prenant garde de ne marcher que sur la mousse afin de ne pas trahir ma présence en posant les pieds sur les aiguilles de pins ou les brindilles qui couvraient l'allée.

En arrivant en vue de la clairière, j'ai compris que les hostilités ne s'étaient pas encore déclenchées. *Dieu merci !* Le Cercle n'était occupé que par des Descendants, tous tournés vers le siège de pierre vide qui trônait en son centre.

Une voix familière a retenti :

— Et notre nouveau dirigeant est… Tristan Coleman !

Je me suis figée, la gorge serrée. Finalement, il avait obtenu la majorité. A présent, il fallait que je l'aide à empêcher que ce soir, une nouvelle guerre n'éclate.

J'ai vu Tristan adresser à la foule un sourire tendu avant d'aller s'asseoir sur le trône où j'avais vu son père siéger autrefois.

— Beau boulot, mon cœur, ai-je murmuré en versant une larme.

Je l'ai essuyée du revers de la main. C'était une larme de fierté, rien de plus.

Puis, alors que les hourras des Descendants retentissaient dans la clairière, j'ai entendu des branches craquer non loin de là et j'ai détourné les yeux dans la direction du bruit. A ma stupéfaction, j'ai découvert Gowin qui avançait vers le Cercle, suivi d'au moins une vingtaine de vampires. Je n'en reconnaissais aucun. Au lieu de venir eux-mêmes, les membres du Conseil l'avaient-ils envoyé, lui, accompagné d'une petite armée, afin de les représenter ?

Plus important encore, comment diable Gowin et les autres vampires étaient-ils parvenus à atteindre les abords du Cercle ?

En ce qui me concernait, je savais que mon sang de Descendants m'avait permis de passer les protections anti-vampires qui cernaient le lieu. Mais je ne voyais pas comment Gowin et ses comparses avaient pu faire de même — c'était *impossible* ! Sauf si un Descendant présent dans la clairière leur permettait en toute conscience d'y entrer.

Peut-être étais-je en train de paniquer pour rien. Si les membres du Conseil avaient affirmé qu'ils se rendaient personnellement dans le Cercle, c'était certainement vrai. Par conséquent, soit Gowin était arrivé ici en éclaireur, soit…

*Attendez.* Gowin était censé enquêter sur les meurtres des Descendants. Avait-il été invité ici pour révéler l'identité de l'assassin devant le Clan tout entier ?

Souhaitant de tout mon cœur qu'il ait de bonnes nouvelles à leur annoncer, je me suis concentrée sur lui, m'efforçant de lire dans ses pensées.

Il a ouvert les mains le long de ses cuisses, paumes vers l'extérieur, et j'ai entendu :

« *Protections anti-vampires neutralisées.* »

Une série de picotements familiers a explosé dans mon cou et le long de mes bras, et j'ai laissé échapper, en même temps que les Descendants, un cri de surprise étouffé.

Seigneur ! Gowin venait d'annihiler d'un simple geste les protections anti-vampires.

Mais comment ? Gowin n'était pas un Descendant. Il ne disposait d'aucun pouvoir magique.

Pendant que les membres de l'assistance se dévisageaient les uns les autres afin de déterminer lequel d'entre eux venait de se servir de ses pouvoirs, je me suis concentrée de plus belle sur Gowin en essayant de faire barrière aux pensées de tous les autres. Quand j'ai fini par y parvenir, j'ai failli regretter de l'avoir fait.

*C'était Gowin le tueur.*

Il s'attaquait aux Descendants parce que en se gorgeant

de leur sang puissant, il acquérait temporairement les pouvoirs du Clan. Il essayait de se transformer en hybride, comme moi. Mais pourquoi ? Les effets de cette ingestion de sang magique n'étaient que provisoires. Même s'il vidait de leur sang chacun des Descendants sur terre, il finirait par être à court de pouvoir. Et, à moins que le Conseil des Vampires n'ait approuvé son plan et ne vienne à sa rescousse, les Descendants allaient le tuer avant qu'il commette d'autres crimes.

J'ai plongé plus loin dans ses souvenirs, et j'ai vu défiler des images comme les scènes d'un film montées au hasard… les Descendants qu'il avait tués, la glacière portable remplie des fioles du sang des membres du Clan qu'il avait amassées. Son « arsenal », comme il l'appelait. J'ai aussi vu des rayonnages chargés des archives sur les familles de sorciers qu'il avait volées à la mère de Ron, faisant passer son geste pour un acte de vandalisme dans les bureaux de la société de généalogie. Ces archives l'avaient aidé à localiser ses futures victimes sur tout le territoire des Etats-Unis. Les étagères contenaient également de nombreux livres de sorcellerie qu'il avait volés à ses victimes puis étudiés afin d'apprendre à se servir de la magie. Il y avait des jours qu'il s'entraînait à jeter sort après sort. Celui du feu était son préféré parce que, même en étant au plus près des flammes, pour une raison qu'il ignorait, sa peau ne brûlait pas. Il escomptait l'utiliser contre Caravass après le déclenchement de la bataille ; ainsi, il pourrait mettre la mort du dirigeant du Conseil des Vampires sur le dos du Clan et prendre la tête du Conseil sans résistance de la part des autres membres.

Mais ce n'était pas tout. D'instinct, j'ai compris qu'il manquait encore quelque chose, un élément crucial, mais j'en savais déjà assez pour avertir le Clan avant que le Conseil des Vampires ne débarque et que la situation ne devienne incontrôlable.

C'est alors que, quelques mètres sur la droite du bataillon de Gowin, un second groupe de vampires est arrivé aux abords de la clairière, Caravass à leur tête. Ils avançaient en ordre rangé, presque comme des soldats ; certains d'entre eux étaient impressionnants dans leurs costumes sombres.

*Il était trop tard pour prévenir qui que ce soit.*

Peut-être pouvais-je encore révéler la vérité et, dans le meilleur des cas, mettre en avant le vrai problème. Devançant les vampires, j'ai foncé dans la clairière. Les Descendants se sont retournés vers moi comme un seul homme. Ils ont froncé les sourcils en me reconnaissant, puis ils ont vu les vampires massés à ma suite. Des mains se sont levées pour me jeter des sorts.

— Non, arrêtez !, a hurlé Tristan en levant les mains à son tour.

J'ai senti son pouvoir créer un mur entre moi et les Descendants une fraction de seconde avant que les sorts lancés contre moi ne m'atteignent. Des boules de feu ont rebondi sur le bouclier de Tristan en projetant des étincelles, comme des roquettes heurtant un champ de force invisible.

En entendant l'ordre de leur nouveau chef, tous les Descendants se sont immobilisés.

— S'il vous plaît, écoutez-moi, ai-je crié. Je sais ce que vous pensez, et je connais les mensonges qu'on vous a racontés. Mais tous les vampires ne sont pas coupables de ces meurtres, et en tout cas le Conseil n'y est pour rien. Le seul véritable assassin, c'est lui.

J'ai clairement désigné Gowin de la main avant de reprendre :

— Son nom est Gowin. Il fait peut-être partie du Conseil des Vampires, mais il a agi sans leur consentement. Au lieu d'enquêter sur les meurtres comme on l'en avait chargé, il les a lui-même commis, collectant le sang des Descendants assassinés pour acquérir leurs pouvoirs magiques, non seulement contre le Clan, mais contre le Conseil des Vampires lui-même.

— Elle ment, a répondu Gowin avec calme tout en sortant de l'ombre. De toute évidence, ce jeune sorcier l'a convaincue de se ranger du côté du Clan. Pourquoi agirais-je contre ma propre espèce ? Je suis un vampire et un membre du Conseil depuis des siècles.

— Parce que vous essayez de créer une armée de super-vampires, ai-je lancé en arrachant les mots de son esprit à mesure qu'il les pensait.

— De toute évidence, en tant qu'alliée du Clan, tu ne peux que proférer des mensonges à mon encontre, puisque je suis un vampire, a rétorqué Gowin avec le même calme. Je suis ici pour soutenir mon Conseil. Tout le contraire de toi. De quel côté es-tu exactement, Savannah ?

Il souriait.

— Du côté de tout le monde, ai-je répondu. Il n'y a pas de raison de se battre, à moins que vous n'ayez l'intention de…

Gowin s'est déplacé si vite que je ne l'ai pas vu venir. A un moment, il était à dix mètres de moi en compagnie des autres ; l'instant d'après, il se tenait derrière moi, une main enserrant mon cou, l'autre autour de ma taille afin de m'immobiliser.

— Gowin, lâche-la ! a hurlé mon père en apparaissant à l'entrée de la clairière.

— Mais elle est passée à l'ennemi, Michael, a répliqué Gowin d'une voix toujours aussi incroyablement calme. Elle lance contre moi des accusations graves et sans le moindre fondement.

Mon père m'a dévisagée, une expression douloureuse sur le visage.

— Papa, j'ai lu dans son esprit et je te jure que c'est lui qui a tué tous les Descendants.

Je devais lutter de toutes mes forces pour ne pas laisser mes émotions prendre le dessus. Si je craquais, j'allais simplement passer pour une adolescente hystérique, surtout aux yeux de vampires âgés de plusieurs siècles.

— Il utilise le sang du Clan pour acquérir temporairement des pouvoirs magiques. C'est comme ça qu'il a réussi à passer la barrière des protections anti-vampires pour arriver dans la clairière, puis qu'il les a neutralisées pour faire entrer les autres.

— C'est peut-être toi qui les as neutralisées, m'a interrompue Gowin. Tu devrais faire attention, ma petite. Le Conseil sait que nous ne pouvons pas te forcer à nous dire la vérité, et personne ici n'est capable de lire dans tes pensées.

D'une voix mielleuse, il a ajouté :

— Bien sûr, c'est sans doute exactement là-dessus que tu comptes pour faire passer tes mensonges, n'est-ce pas ? Tu sais que tu peux proférer des affirmations fantaisistes concernant n'importe quelle personne présente ici, et qu'on n'ira pas lire la vérité dans ta jolie tête.

Les battements de mon cœur se sont accélérés d'un coup. Bon sang, il avait raison ! C'était ma parole contre la sienne et celle de sa petite armée. A moins que…

— Je peux vous prouver que je dis la vérité.

J'ai tendu le bras en direction du Conseil des Vampires, leur offrant mon poignet.

— Buvez mon sang. La mémoire du sang prouvera que je ne mens pas.

Derrière moi, Gowin s'est raidi, et j'ai souri.

*Je t'ai mis au pied du mur, sale traître. Maintenant, que vas-tu faire ?*

Mon père s'est retourné vers le Conseil.

— Eh bien ? Ma fille vous propose de son plein gré de boire son sang pour étayer ses accusations. Je suis certain que l'un de vous va accepter son offre afin de déterminer si ce qu'elle dit de l'un de vos conseillers est vrai ou non.

— Gowin, je t'en prie, arrête ! s'est soudain écriée une voix.

Emily a surgi à travers la foule, les joues striées de larmes. Elle avait une mine affreuse — ses yeux étaient soulignés de cernes noirs et sa peau blanche était tendue sur ses pommettes, lui donnant un aspect cadavérique.

Sauf que ce n'était pas ce que Gowin voyait. Pour lui, elle représentait toutes les possibilités qu'elle lui avait offertes, à commencer par ce sang qui lui avait permis d'approcher sans encombre ses premières victimes à New York. Ainsi que ce bébé qu'elle portait à présent, le sien, le premier représentant de la super-armée qu'il avait commencée à bâtir. Non, *bâtir* n'était pas le terme approprié… cette armée, il comptait *l'élever*, comme un troupeau.

Dans un flash, je venais de trouver la pièce manquante de ce puzzle infernal. Il n'avait nullement l'intention de partager le sang des Descendants avec les autres vampires, et il ne buvait pas non plus ce sang que pour les pouvoirs magiques qu'il lui conférait. Tout cela n'était que des moyens servant son objectif final. Il comptait se servir de la magie du Clan contre les représentants de sa propre espèce afin de forcer toutes les Descendantes à porter ses enfants. Des enfants qui, comme moi, seraient des hybrides, mais qui seraient assujettis pour toujours à son pouvoir. Ensuite, ils se reproduiraient entre eux, sans fin, dans une usine à fabriquer des soldats mi-sorciers, mi-vampires, et Gowin s'en servirait pour envahir le monde.

— Oh! mon Dieu, ai-je murmuré.

Il tenait cette idée de l'exemple que lui avaient donné à leur insu mes propres parents. A l'origine, il avait espéré me séduire afin que je sois la première génitrice hybride de sa portée de soldats meurtriers, mais il avait vite compris que mon cœur n'était pas à prendre, et que je ne succomberais pas à ses charmes. Alors, il avait entrepris de faire tomber dans ses filets une autre représentante du Clan, encore assez jeune pour être sensible à ses flatteries. Une Descendante qui lui donnerait son sang, lequel lui permettrait d'avoir accès à d'autres Descendants pour boire leur sang et poursuivre son entreprise. Une femme qui serait assez intelligente pour connaître l'emplacement des archives généalogiques tenues par les Gardiens, archives qui lui permettraient de localiser le reste de ses victimes.

Et Emily était tombée amoureuse de lui.

Gowin a émis un sifflement admiratif.

— Alors c'est vrai, ce qu'on dit? Tu as vraiment appris à lire dans les pensées? Eh bien, dans ce cas…

« *Rejoins-moi ou meurs* », a-t-il achevé en silence.

Mince. Lui aussi savait lire dans les pensées.

— Vous plaisantez, n'est-ce pas? ai-je sifflé.

Son étreinte autour de mon cou s'est resserrée, rendant ma respiration de plus en plus difficile.

— Pour qui vous prenez-vous ? suis-je parvenue à ajouter. Dark Vador ?

— Je suis désolé, Caravass, j'ai essayé, a lancé Gowin à son Parrain. Mais elle a bel et bien pris fait et cause pour le Clan, dirait-on. Elle refuse de s'allier aux vampires.

— Pas à tous les vampires, juste à toi, Gowin, ai-je rétorqué d'une voix étranglée. Pourquoi ne dis-tu pas la vérité à tout le monde ? Comme cela, tu verrais qui se range à tes côtés.

J'ai vu la réponse dans son esprit. Il avait déjà essayé de convaincre Caravass, mais le chef des vampires avait balayé son idée, préférant conserver une race de purs vampires. C'était donc pour cette raison que Gowin pensait que ce soir, il devait tuer son Parrain et s'autoproclamer chef du Conseil.

— Lâche-la, Gowin ! a hurlé Tristan.

Gowin m'a fait pivoter en même temps que lui pour faire face à Tristan. Il se tenait debout sur le tertre où était posé le trône et surplombait la foule, les mains levées.

— Tiens-toi à carreau ou je la tue ! a crié Gowin en retour.

Sur ma gorge, ses doigts étaient devenus des griffes prêtes à déchirer ma chair.

Tristan a baissé les bras ; jamais je ne l'avais vu à la fois si effrayé et si furieux. Il n'était pas le seul. J'étais moi-même prête à arracher la tête de Gowin — si je pouvais seulement me libérer…

— Gowin, tu ne peux pas gagner cette bataille, a lancé la voix de mon père.

— Tu es un imbécile, Michael.

Gowin s'est tourné afin de pouvoir garder à la fois Tristan et mon père sous les yeux.

— Tu as toujours été un imbécile, a-t-il repris. Ce soir, ces Descendants vont payer pour tous les vampires que leur arrogance et leur bêtise ont tués. Tu veux être dans le camp des vainqueurs, ou non ?

— Ce soir, il n'y a pas de camp, a répondu mon père. Seulement des gens qui veulent la vérité.

*Attendez.* Granny avait dit que je n'avais besoin que d'une chose : me concentrer sur mon objectif et injecter mes intentions avec toute la force de ma volonté.

Eh bien, ce soir, j'avais une volonté d'acier, justement. Et Gowin m'avait appris quelque chose de nouveau concernant la magie et les vampires.

Fermant les yeux, j'ai imaginé que je devenais une flamme vive, une flamme qui m'enveloppait des pieds à la tête sans me toucher.

*Tristan*

Quand j'ai vu le feu engloutir Savannah, j'ai poussé un hurlement de panique, persuadé que quelqu'un lui avait jeté un sort. Puis, à travers les flammes, j'ai vu le sourire qui étirait ses lèvres.

« *Bravo, ma chérie* », ai-je pensé avec un élan de fierté au moment où Gowin bondissait en arrière pour échapper aux flammes.

— Elle fait de la magie ! a-t-il crié. Voilà votre preuve, vampires ! Elle est de leur côté !

Les membres du Conseil l'ont sans doute cru, car à ces mots, tout a sombré dans le chaos. Des hurlements ont éclaté dans la clairière tandis que M. Colbert se jetait sur Gowin et que Gowin lui-même appelait l'armée des Conseillers à attaquer les Descendants sur deux fronts.

J'ai traversé en courant le champ de bataille qu'était devenu le Cercle, esquivant les sorts les uns après les autres jusqu'à me retrouver auprès de Savannah. Elle était accroupie par terre, et le feu qui l'enveloppait quelques secondes plus tôt avait disparu.

— Tu n'as rien ? ai-je crié pour me faire entendre par-dessus le fracas provoqué par les affrontements.

Je lui ai tapoté les épaules et les bras, puis j'ai pris son visage dans mes mains en coupe afin de m'assurer qu'elle ne s'était pas brûlée.

— Non, ça va ! a-t-elle répondu sur le même ton, les paumes à plat sur le sol. Je reprends juste un peu d'énergie.

Un vampire s'est avancé vers nous, tous crocs dehors. J'ai commencé à lever les mains, prêt à lui envoyer une boule de feu. Mais avant d'avoir pu lancer mon sort, une flèche s'est plantée dans sa poitrine et il s'est effondré sur le sol.

Stupéfait, j'ai regardé d'où provenait la flèche. A quelques mètres de moi, Anne, le regard fou, se battait dos à dos avec une panthère noire géante contre les vampires.

— Savannah ! ai-je hurlé en attirant son attention dans leur direction.

Elle s'est tournée et a poussé un cri de surprise étouffé par le chaos ambiant ; l'air était saturé de cris et du grésillement des sorts lancés de toutes parts.

— Ils sont fous, ou quoi ?

Il est vrai que l'on pouvait se poser la question. Des crocs et des griffes, ainsi qu'un arc à poulies et quelques flèches, c'était bien beau, mais ça ne faisait pas le poids face à une armée de vampires et de sorciers. Et où diable Anne avait-elle déniché une panthère apprivoisée de cette taille au Texas ? Ça ne pouvait tout de même pas être un…

Plié en deux pour éviter les projectiles magiques ou non, j'ai entraîné Savannah par la main jusqu'à l'étrange équipe.

— Que fais-tu ici ? ai-je crié à Anne dès que nous avons été à portée de voix.

— Savannah me devait une chasse ! m'a-t-elle répondu en souriant tout en décochant une nouvelle flèche.

Je me suis retourné juste à temps pour voir la flèche se planter dans le dos d'un autre des vampires de Gowin. Le vampire a hurlé avant de disparaître dans un nuage de cendres qui se sont accumulées en un petit monticule sur le sol. Pour le moment, ils étaient encore sous le coup de la surprise, mais quand les vampires auraient repéré Anne, ils n'en feraient qu'une bouchée.

— Heureusement que j'ai épuisé toutes mes flèches de carbone et que j'ai été obligée d'apporter celles de bois, pas vrai ?

— Il faut que vous partiez ! leur a hurlé Savannah. Vous n'avez rien à faire ici !

« *J'ai essayé de le lui dire, crois-moi,* a pensé Ron. *Mais elle ne veut rien entendre !* »

Un vampire s'est jeté sur notre petit groupe et la panthère s'est cabrée pour attraper le cou de l'assaillant entre ses mâchoires et ses griffes.

J'ai regardé Savannah.

— Je crois que… J'ai cru entendre Ron…

— Oui, la panthère, c'est Ron, m'a-t-elle crié dans les oreilles. C'est un Gardien, l'un des métamorphes que le Clan a créés pour s'en faire des alliés il y a des siècles de ça. Il…

Anne s'est levée pour pouvoir tirer ses flèches par-dessus nos têtes.

— Battez-vous, vous parlerez après !

— C'est une longue histoire, a achevé Savannah. Je te raconterai plus tard. Mais ta famille a bien dû t'expliquer que Descendants et Gardiens peuvent communiquer par la pensée, et tout le reste, non ?

— Albright ! a soudain hurlé Dylan à quelques mètres de là.

Il a levé les mains en l'air.

Anne est tombée comme une pierre en portant les mains à sa gorge, comme si elle étouffait. Une seconde plus tard, ses yeux se sont révulsés et les veines de son visage et de son cou ont viré rapidement au noir. Quel sort Dylan lui avait-il jeté ?

J'ai pivoté sur mes talons pour lui envoyer un sort à mon tour, mais un vampire lui avait déjà bondi dessus. Parfait, j'espérais que ce suceur de sang allait lui régler son compte.

Quand je me suis retourné, Ron, toujours sous sa forme de panthère, était couché près d'Anne et poussait des râles furieux tandis que Savannah pressait ses mains contre le cou de son amie inconsciente.

— Tristan, je n'arrive pas à l'arrêter ! Je ne sais pas ce qu'il lui a fait, on dirait qu'il l'a empoisonnée.

— Couvrez-nous, ai-je ordonné à Ron et Savannah en tombant à genoux près d'Anne.

Je l'ai examinée rapidement. Le sort qu'elle avait reçu était aussi pervers que celui qui l'avait lancé ; il se répandait comme une traînée de poudre dans les veines d'Anne. J'ai dû me concentrer de toutes mes forces pour l'éloigner de son cœur, qui était apparemment sa cible ultime. Pendant ce temps, Savannah et Ron s'acharnaient à parer sorts et assauts de vampires.

Les secondes s'écoulaient bien trop vite mais pour finir, j'ai senti le sort vénéneux s'estomper tandis que je le faisais remonter jusqu'aux poumons d'Anne et la forçais à l'expulser à chaque expiration.

Quand le poison a enfin été complètement rejeté, elle a recommencé à respirer normalement. Elle n'avait pas repris conscience, mais elle était en vie.

— Ron, ai-je appelé.

La panthère a balancé le corps du vampire qu'elle venait de réduire en lambeaux, puis elle a bondi pour nous rejoindre.

— Il faut que tu la transportes en lieu sûr. Elle va se remettre, mais il faut qu'elle se repose un moment.

L'énorme félin a hoché la tête avant de courir vers un bouquet d'arbres non loin de là. Un instant plus tard, nous avons vu Ron revenir vers nous sous sa forme humaine, toujours pieds nus, mais vêtu d'un jean et d'une chemise de flanelle qu'il n'avait pas pris le temps de boutonner.

— Merci, mon pote. Je te revaudrai ça.

Il a soulevé Anne et serré son corps inconscient contre lui.

— Savannah, nous devons assurer ses arrières pour qu'il puisse l'emmener loin d'ici, ai-je crié en allant me planter à côté d'elle tandis qu'elle parait les unes après les autres les boules de feu qui nous arrivaient de partout.

Elle a hoché la tête et nous nous sommes concentrés à la fois sur notre protection et sur celle de nos amis tandis que Ron s'éloignait à toutes jambes en emportant

Anne dans ses bras, traversant les bois en direction de ma maison où, je l'espérais, leur véhicule était garé.

Une fois qu'ils ont été hors de vue, Savannah a dit :

— Il faut qu'on réussisse à approcher Caravass. C'est l'aîné des vampires. Il est le seul à pouvoir leur ordonner de cesser le combat.

— D'accord.

Sans me redresser, j'ai gardé une main dans son dos, parant les sorts de l'autre tandis que nous courions vers le bord de la clairière où Caravass se tenait. Il nous a fallu nous frayer un chemin entre des vampires et des Descendants en plein affrontement. Caravass et les autres membres du Conseil se battaient eux aussi mais, à en juger par leur attitude, ils étaient plutôt sur la défensive, esquivant les sorts et frappant les Descendants qui les assaillaient juste assez fort pour les assommer, au contraire de la petite armée de Gowin qui, elle, n'hésitait pas à briser des nuques et à trancher des artères aussi vite qu'elle le pouvait.

— Par ici !

De la main, je l'ai guidée vers Caravass et ses acolytes.

— Pas si vite, a alors soufflé une voix dans mon oreille.

*Gowin*. L'instant d'après, la douleur a explosé dans ma poitrine.

# 37

*Savannah*

La douleur a explosé dans ma poitrine, et la main que Tristan gardait posée sur mon dos a glissé. Toujours pliée en deux, je me suis retournée, pensant qu'il s'était arrêté pour empêcher celui dont le sort venait de me frapper de venir m'achever.

Mais cet assaillant l'avait pris complètement par surprise. *Et ce n'était pas ma propre douleur que je sentais.*

Tristan s'était redressé, son corps tendu ployait vers l'arrière, et sur son visage, l'étonnement le disputait à la douleur.

C'est alors que j'ai vu Gowin derrière lui puis, saillant de sa poitrine, quelque chose qui ressemblait à des doigts. Comme si Gowin avait plongé la main à travers le corps de Tristan.

*Mon Dieu, non, je vous en supplie !*

A cet instant, le monde s'est effondré pour moi.

J'avais sans doute hurlé. Gowin a lâché Tristan comme il aurait jeté par terre un détritus, et il s'est éloigné, sans doute pour régler son compte à Caravass.

Mais je me fichais de ce qu'il allait faire, je me fichais du tour que prenait la bataille qui faisait rage autour de nous, je me fichais de qui allait gagner ou perdre. En cet instant, j'avais même oublié mon père, Anne ou

Ron. Plus rien ne comptait que Tristan, que j'ai rattrapé dans mes bras avant qu'il ne touche le sol.

Il a essayé de parler ; ses yeux ont roulé dans ses orbites pour venir se poser sur moi, et il s'est étranglé.

— Non, s'il te plaît, ne parle pas ! l'ai-je supplié.

Je suis tombée à genoux, serrant son torse contre moi, tout comme je l'avais fait avec Granny quelques mois plus tôt, au même endroit, dans cette clairière maudite.

Une fois de plus, le Cercle allait me prendre un être cher.

Non. Tristan ne pouvait pas mourir. Sans lui sur cette terre, je ne voulais plus exister. Il *fallait* qu'il vive.

J'ai posé ma main sur sa poitrine, mais j'étais incapable d'arrêter le flot de sang qui s'en échappait, de plus en plus lentement, au rythme défaillant de son cœur transpercé.

— Oh ! mon Dieu ! Dis-moi comment je peux te sauver, ai-je murmuré à son oreille, pressant ma joue froide contre la sienne qui commençait à refroidir elle aussi.

Granny affirmait que les paroles étaient inutiles. Alors j'ai fermé les yeux et me suis concentrée sur son cœur, souhaitant de toutes mes forces qu'il guérisse. Je lui ai insufflé de l'énergie, un peu pour commencer puis, à mesure que le désespoir m'envahissait, de plus en plus fort. Peu m'importait si je n'avais plus une once d'énergie en moi, tant qu'il vivait.

— Allez, Tristan, tu m'as toujours dit qu'il fallait se battre. C'est ton tour, maintenant. Bats-toi !

J'ai ordonné à son cœur de se réparer, tellement focalisée sur la magie et ma volonté que je ne me suis aperçue que mon père m'avait rejointe que lorsqu'il a posé sa main sur la mienne.

— Il est mourant, Savannah ! a-t-il crié. Transforme-le !

Le temps a ralenti ; chacun des battements de cœur de Tristan me paraissait durer plusieurs secondes.

— Je ne peux pas, ai-je essayé de répondre sur le même ton.

Ma réponse est sortie sous la forme d'un marmonnement que mon père a perçu malgré le tumulte ambiant.

— Si, tu peux. Fais-le, maintenant ! Sa blessure est trop grave et il a perdu trop de sang. Transforme-le avant que son cœur ne s'arrête et qu'il ne soit trop tard.

J'ai secoué la tête.

— Je ne sais pas comment faire. Toi, fais-le…

— Ce n'est pas possible, son corps va rejeter du sang de vampire pur. Tu dois lui donner le tien. C'est sa seule chance de survie.

— Mais il va mourir !

— Il est *déjà* en train de mourir. Son cœur va lâcher, ce n'est qu'une question de secondes. Transforme-le, *maintenant*, ou laisse-le partir.

Mon père m'a serré l'épaule avant d'ajouter :

— C'est ce qu'il voulait. Il t'aime. Et toi, l'aimes-tu ?

J'ai hoché la tête, la gorge trop serrée pour parler.

Dans un ultime effort, Tristan m'a soudain attrapé la main. Ses yeux se sont écarquillés et il m'a adressé un regard suppliant.

Priant pour que je sois en train de prendre la bonne décision, je me suis servie de mes dents pour pratiquer une incision dans mon poignet, puis j'ai présenté celle-ci devant la bouche de Tristan. Penchée sur lui, j'ai murmuré :

— Je suis désolée. Je sais que c'est égoïste. Mais je ne peux pas te laisser partir. Pas encore.

Ensuite, j'ai fait quelque chose que je m'étais juré de

ne jamais faire : j'ai plongé mes crocs dans le cou de Tristan, à l'emplacement où palpitait sa carotide, et j'ai bu.

*Tristan*

D'abord, je n'ai pas compris où j'étais, ni même qui j'étais. Quand j'ai ouvert les yeux, une brume rouge a envahi mon champ de vision, ce qui n'a guère contribué à me donner plus de repères.

Mais ce parfum, cette odeur tiède de lavande, qui emplissait mes narines et mes poumons… ça, je le connaissais. C'était rassurant, cela évoquait l'amour et tout ce dont j'avais besoin pour être heureux.

J'ai tendu la main pour toucher ce rideau flamboyant autour de mon visage. Cela aussi, je le connaissais. C'étaient des cheveux, longs et épais. Mes doigts se souvenaient de s'être enfouis souvent dans cette cascade rousse, pour mon plus grand plaisir.

Le rideau s'est éloigné de mon visage et de mes mains.

— Tristan ? a murmuré une voix féminine aux accents rauques.

Là encore, elle était familière et porteuse d'amour.

Puis un visage m'est apparu, et je l'ai aussitôt reconnu.

— *Savannah.*

La fille que j'aimais et pour qui j'aurais donné ma vie.

Peut-être étais-je mort. Je me souvenais de la douleur, une douleur telle que je m'y étais noyé. Elle avait commencé dans ma poitrine, s'était étendue à l'ensemble de mon corps, puis s'était de nouveau retirée dans ma poitrine avant de disparaître complètement. A sa place, des milliers d'images m'avaient submergé. Des souvenirs de Savannah quand elle était petite fille et jouait dans une cabane perchée dans un arbre, avec un petit garçon. Moi. C'était moi, le petit garçon, j'étais son meilleur ami.

Ensuite, les souvenirs avaient changé, nous y étions tous deux plus âgés… Le jour où je l'avais arrachée des griffes d'un dénommé Greg devant un bâtiment de briques… la nuit où nous avions dansé ensemble au clair de lune, tournoyant dans le bruissement des feuilles d'automne, moi engoncé dans une armure de chevalier en plastique, Savannah resplendissante dans une robe blanche, des ailes immaculées accrochées dans le dos.

— Es-tu un ange ? ai-je demandé à voix basse.

J'ai dû faire un effort pour me rappeler comment parler, comment mouvoir mon bras pour pouvoir toucher son visage. Elle a levé les yeux afin de regarder quelqu'un à côté d'elle, et un homme dont la voix me disait vaguement quelque chose nous a interrompus :

— Il va lui falloir un peu de temps avant de se souvenir de tout. Quelques jours au moins, et peut-être même des semaines.

Je n'ai pas prêté attention au reste de leur conversation. Rien de tout cela ne m'importait.

Tout ce qui comptait, c'était que la fille devant moi s'appelait Savannah, que moi j'étais Tristan, et qu'elle m'aimait.

C'est alors que j'ai perçu une autre odeur. Un parfum délicieux et chaud. Un parfum si étourdissant que j'en avais l'eau à la bouche et des crampes à l'estomac.

***

— Tristan ! a hurlé Nancy Coleman.

Se précipitant vers nous, elle est tombée à genoux devant lui, les joues couvertes de larmes.

— Mon bébé, mon chéri, tu vas bien ? Comment te sens-tu ? Que s'est-il passé ?

— Madame Coleman, il…, ai-je commencé.

— Ne m'adresse pas la parole, vampire ! a-t-elle sifflé sans se tourner vers moi.

Puis elle s'est de nouveau penchée sur son fils.

— Tristan, dis quelque chose. Je veux être sûre que tu vas bien.

Elle a pris l'une de ses mains entre les siennes. Ses yeux sombres se sont écarquillés. Lentement, son regard est passé du visage de son fils, dont elle distinguait la pâleur frappante à la lueur des feux disséminés dans la clairière, à ses yeux, à présent d'un étrange vert argent.

— Oh ! mon Dieu…, a-t-elle articulé dans un souffle en retirant ses mains. Tu es…

— Il est vivant, lui ai-je dit. Je n'avais pas le choix. C'était ça ou le laisser mourir.

Avec un cri étouffé, elle a lâché la main de Tristan.

— Qu'est-ce que tu as fait ?

— Il était mourant. J'ai fait la seule chose qui pouvait le sauver.

Le regard de Mme Coleman se posait à présent alternativement sur moi et sur Tristan. Les secondes se sont écoulées tandis que les émotions déferlaient en elle, les unes après les autres. Elle n'arrivait pas à savoir si elle devait se réjouir que son fils soit vivant ou se lamenter à l'idée qu'il appartienne désormais à l'espèce qu'elle redoutait plus que tout au monde.

— On devrait te tuer pour avoir fait une chose pareille, a-t-elle aboyé. Tout cela, c'est ta faute ! Si tu n'avais pas été là…

— Si Savannah n'avait pas été là, votre fils serait mort, madame, est intervenu mon père.

A cet instant, une voix forte a retenti dans la clairière :

— Arrêtez-vous, immédiatement ! ordonnait Caravass. Vampires, rejoignez-moi !

Aussitôt, la bataille a cessé et tous les vampires ont commencé à se rapprocher de leur chef, certains à reculons. Même mon père, happé par l'appel de Caravass, s'est mis à marcher dans sa direction. L'emprise qu'il avait sur eux était un soulagement, mais elle n'en était pas moins terrifiante. Heureusement pour moi, nos gènes de Descendants nous empêchaient, Tristan et moi, d'être affectés par la voix autoritaire du doyen des vampires.

*Mais où était Gowin ?*

Je me suis levée pour arpenter la clairière et j'ai fini par tomber sur Emily, agenouillée au-dessus d'un petit tas de cendres, à quelques mètres de Caravass. Ses épaules étaient agitées de sanglots. Une brève incursion dans ses pensées m'a révélé toute l'histoire.

Après avoir vu son petit ami essayer de tuer son frère, Emily avait choisi son camp et envoyé une boule de feu sur Gowin au moment où il bondissait sur Caravass. Elle avait sauvé le chef du Conseil des Vampires et tué le meurtrier de son père. Un meurtrier qui était aussi le père du bébé qu'elle portait…

Je suis retournée vers Tristan pour le soutenir tandis qu'il essayait de se redresser, le souffle encore court, les narines palpitantes.

— Regarde-le renifler comme un animal, a lancé

Nancy en se levant maladroitement pour s'écarter de nous. C'est le sang. Il est déjà possédé par l'envie de sang !

Son regard est revenu se poser sur moi, sombre et sauvage, et elle a crié :

— Tu m'as pris mon fils !

Dans le silence revenu, les Descendants qui avaient survécu au carnage l'ont entendue. C'est alors qu'ils ont compris ce qui était arrivé à Tristan. Des murmures sont montés, se muant en hurlements à mesure que leur rage trouvait une nouvelle cible. *Moi.*

— Elle a vampirisé notre chef !

— Tristan est un vampire, maintenant, il est de leur côté !

— Il faut tous les tuer, les punir de nous avoir pris notre chef !

Les vociférations prenaient de l'ampleur, tout comme ma peur. Avions-nous survécu à Gowin juste pour être aussitôt mis à mort par le Clan ?

Mon père s'est incliné pour murmurer quelques mots à l'oreille de Caravass. Le dirigeant du Conseil des Vampires a hoché la tête, et mon père nous a rejoints en adoptant le pas mesuré d'un humain.

— Savannah, nous devons éloigner Tristan d'ici.

— Mais… sa famille ?

J'ai lancé un regard en direction d'Emily qui, petit à petit, prenait conscience de la colère grandissante des Descendants à notre égard. Elle s'est levée, et, voyant Tristan, elle a pâli. Il n'y avait sans doute aucune aide à espérer de ce côté.

— Tristan, tu peux te lever ? ai-je dit à mi-voix.

Avec mon aide et celle de mon père, Tristan est parvenu à se mettre debout ; il n'avait pas cessé de humer l'air.

« *C'est quoi, cette odeur ?* demandait sa voix dans ma tête. *Ça sent tellement bon…* »

Seigneur, sa mère avait raison. Il ressentait déjà les effets du désir de sang.

« *C'est quoi, ce désir de sang ?* » a-t-il pensé.

J'ai bondi. Il percevait mes pensées.

« *Oui, tout comme tu perçois les miennes, non ?* »

Il m'a fait face, une expression confuse sur le visage. Il n'avait pas lâché mes mains auxquelles il s'agrippait fermement.

J'ai dégluti avec peine et opiné. « *C'est vrai. Dis, Tristan, je voudrais que pour le moment, tu essayes d'oublier cette odeur. C'est vraiment important. D'accord ?* »

« *Mais ça sent si bon ! J'en ai mal à l'estomac.* »

D'une démarche mal assurée, Emily s'est avancée vers nous.

— Tristan ? Tu es vivant !

Elle s'est rapprochée, sans doute dans l'intention de le serrer dans ses bras. Aussitôt, mon père s'est interposé, au moment même où Tristan inclinait la tête sur le côté et se mettait à examiner sa sœur d'un regard argenté ; manifestement, il ne la reconnaissait pas.

— A ta place, je ne m'approcherais pas, a murmuré mon père à Emily. Gowin a failli le tuer. Savannah a été obligée de le transformer avant qu'il ne meure. Et il est déjà aux prises avec la faim.

Emily a ouvert puis refermé la bouche sans rien dire, mais elle s'est arrêtée d'un bloc. Les bras serrés autour d'elle, sourcils froncés, elle s'est tournée vers les Descendants qui continuaient à s'égosiller.

« *Maman, arrête ça* », a pensé Emily. A quelques mètres de là, les épaules de Mme Coleman se sont affaissées, et elle s'est retournée pour faire face à ses deux enfants. « *Ne laisse pas la situation déraper davantage,* a poursuivi Emily. *Je sais que pour le moment, tu ne le comprends pas, mais ton fils est toujours en vie. Laisse-les l'emmener loin d'ici sans leur faire de mal pour qu'il puisse nous revenir un jour.* »

Pendant quelques instants, Mme Coleman a serré les mâchoires, et mon cœur s'est mis à battre plus fort dans ma poitrine. Enfin, elle a acquiescé d'un signe de tête et s'est retournée vers le Clan.

— Descendants ! Je sais que la perte de votre nouveau chef vous affecte autant que moi. Il…

*Il est… était…* Son esprit peinait à trouver les mots. Après une pause, elle s'est astreinte à dire :

— Il est toujours mon fils pourtant, même si, selon la loi du Clan, il ne peut plus être notre chef.

— Dans ce cas, j'accepte de prendre la direction du Clan, est alors intervenu M. Williams en sortant du groupe rassemblé devant Nancy Coleman.

A son tour, le Dr Faulkner s'est avancé d'un pas.

— Je suis désolé, mais la loi du Clan te l'interdit. Tu ne peux pas prendre les rênes tant qu'un parent du précédent dirigeant est encore en vie et disposé à endosser le rôle tenu par son enfant.

A l'entendre, il connaissait par cœur la moindre clause des lois du Clan.

Le silence s'est installé. Chacun attendait la réponse de Mme Coleman. Enfin, elle a parlé :

— En tant que parente survivante de Tristan, j'accepte la direction du Clan, et c'est avec joie que je l'endosse, avec effet immédiat.

Le visage de M. Williams a viré au rouge, puis à l'écarlate. Il n'a rien dit, mais j'ai lu dans ses pensées qu'il savait que Faulkner avait raison. Il ne s'attendait pas à ce que quiconque connaisse l'existence d'une loi aussi ancienne. Il allait devoir trouver un autre moyen d'accéder à la tête du Clan.

Il a fallu quelques minutes pour que le reste des Descendants comprenne que le Clan avait de nouveau changé de chef. Pendant ce temps, Tristan avait peu à peu accentué son étreinte sur mon poignet, au point qu'elle en devenait presque douloureuse.

Lisant dans mes pensées, il s'est efforcé de détendre ses muscles. « *Pardon. C'est à cause de cette odeur, elle me fait mal. Je n'arrive plus à l'ignorer. Il faut que je…* »

— Tristan, non !

Saisie de panique, j'avais crié au lieu de me contenter de penser.

Tristan a titubé vers l'avant et m'a lâché la main. Mon père a plongé pour le rattraper par les épaules et l'immobiliser.

J'ai poussé un cri étouffé.

— Mon Dieu ! Tristan, non !

— Savannah, il faut que nous partions, a lancé mon père en tirant Tristan en arrière.

Les yeux de Tristan s'étaient rétrécis, et ses lèvres retroussées dévoilaient des crocs acérés. Il a poussé un grognement.

Pétrifiée, je voyais pour la première fois un vampire aux prises avec l'envie de sang.

Nancy Coleman s'est de nouveau tournée vers nous, les yeux écarquillés. Elle a pris une profonde inspiration et je l'ai entendue penser : « *Il faut que j'y arrive, pour mon fils et pour le Clan.* » Puis, d'une voix assez forte pour être entendue de tous, elle a dit :

— Tristan Coleman, par les pouvoirs qui me sont

conférés, je te bannis du Clan. Quitte ce lieu, et n'y reviens jamais.

Comme s'il s'agissait d'une décision officielle des plus banales, tous les Descendants présents, à l'exception d'Emily et de sa mère, nous ont tourné le dos.

— Adieu, mon fils, a silencieusement articulé Mme Coleman, le visage baigné de larmes.

— Allons-y, a marmonné Emily en m'attrapant par le coude pour m'entraîner dans les bois.

Devant nous, mon père poussait Tristan pour le faire avancer sur le chemin de terre.

Plus nous nous éloignions du Cercle et du sang que les Descendants avaient versé dans cette bataille, moins Tristan luttait pour échapper à mon père. Après quelques dizaines de mètres, ses pensées sont redevenues cohérentes.

« *Pourquoi cela fait-il si mal ?*

— *Je sais, mon amour,* ai-je pensé. *Mais cela va s'arrêter si tu continues d'avancer avec mon père.*

— *Cet homme est ton père ?*

— *Oui. Fais-lui confiance. Il va nous mettre tous les deux en sûreté et t'apporter quelque chose à… manger pour que ton estomac cesse de te faire souffrir.*

— *D'accord. Je te fais confiance, et je vais donc lui faire confiance à lui aussi.* »

Nous avions presque atteint la cour de la propriété des Coleman mais, malgré la distance, les yeux de Tristan continuaient de louvoyer d'un côté et de l'autre, comme ceux d'un animal sauvage.

— Nous te retrouverons à la maison, a dit mon père sur un ton qui n'admettait pas de contestation.

Sur ces mots, ils sont partis ; mon père apprenait à Tristan à courir comme un vampire pour la première fois. Pour éviter d'être vus, ils avaient emprunté le chemin forestier qui longeait la route.

— Mon Dieu, ai-je murmuré quand les pensées de Tristan me sont devenues inaccessibles. Qu'ai-je fait ?

# Remerciements

Je tiens à remercier mon éditrice, Natashya Wilson, pour ses conseils brillants et inépuisables tout au long de l'écriture de cette série, ainsi que pour sa foi inébranlable en Tristan et Savannah. Natashya, je suis convaincue que personne au monde ne peut les adorer plus que toi !

J'aimerais aussi remercier toute l'équipe d'Harlequin pour son travail exceptionnel qui a fait de chacun des livres de cette série de magnifiques ouvrages, et qui a permis de les faire connaître de nombreuses façons, toutes aussi merveilleuses les unes que les autres. Vous êtes tous géniaux !

Comme toujours, je remercie mon agent, Alyssa Eisner-Henkin de Trident Media, d'avoir choisi de me représenter, ainsi que pour son soutien enthousiaste dans l'écriture de cette série.

Pour finir, j'aimerais remercier de tout mon cœur Walker Carrigan, spécialiste du tir à l'arc, d'avoir pris le temps, non seulement de m'apprendre l'essentiel sur les arcs à poulies, mais également d'avoir fait l'effort de m'enseigner à utiliser ces merveilleux objets sans me tirer dans le pied (ni sur les autres clients du magasin !). Si, dans ce livre, j'ai l'air d'être une professionnelle du tir à l'arc, c'est grâce à tout ce que tu m'as enseigné, Walker. Et si cet ouvrage comporte des erreurs, c'est la faute de Savannah qui n'y connaît rien en arcs à poulies — je le jure !

# Dans le prochain épisode…

*Savannah*

Cernée par la forêt de Rich Mountain, je parcourais le paysage des yeux, une main posée sur le tronc d'un arbre sans feuilles. Mon souffle entrecoupé produisait de petits nuages de brume dans l'air froid de l'après-midi, et le soleil pâle promenait une lumière timide sous les branches dénudées. L'atmosphère était chargée d'une fumée âcre et faussement prometteuse de chaleur, émise par la cheminée du petit chalet qui se trouvait derrière moi, et dont j'essayais de mon mieux d'ignorer la présence durant ces trop rares minutes de solitude.

La situation aurait dû être idéale… Tristan et moi dans un chalet isolé doté d'une cheminée où crépitait un feu, le tout niché sur une montagne dans l'Arkansas, en plein mois de décembre. Pas de Clan ou de Conseil des Vampires à proximité pour nous embêter. Plus de règles, plus de secrets entre nous. Plus aucun risque de tuer accidentellement Tristan en l'embrassant.

Pourtant, rien n'allait, et je chancelais à l'avance sous le poids de ce qui nous attendait.

Nous n'étions pas seuls. Mon père était venu avec nous, non pour assurer la sécurité de Tristan ou la mienne, mais plutôt celle de quiconque se serait approché de trop près, déclenchant ainsi l'envie de sang de Tristan et s'exposant à ses attaques. En effet, ce désir de sang ne devait pas être sous-estimé. Si mon père ne l'avait pas retenu, Tristan aurait sans doute massacré ce qui restait de sa famille dans le Cercle — la clairière du Clan dans les bois de notre ville natale — où tant de Descendants et de vampires avaient déjà versé leur sang quelques heures plus tôt.

Le simple souvenir du visage de Tristan à ce moment-là m'a arraché un frisson qui est descendu en vagues froides sur mon dos. Ses yeux, habituellement d'un doux vert émeraude, étaient devenus argentés et avides, et ses lèvres pleines s'étaient retroussées sur des crocs acérés tandis qu'il poussait des grognements de rage. Jusqu'à ce moment, je n'avais jamais vu de vampire sous l'emprise du désir de sang. A présent que j'avais été témoin de cette scène, elle resterait à jamais gravée dans ma mémoire.

Nous n'avions eu d'autre choix que de nous enfuir jusqu'ici pour trouver refuge dans ce chalet loin de tout. Notre séjour dans le coin, de toute évidence, ne serait pas de tout repos, et n'aurait rien d'amusant.

Juste après la bataille qui avait fait rage dans le Cercle, nous avions chargé à la hâte la voiture de mon père et avions roulé jusqu'ici afin de tenir Tristan à l'écart des humains avant que l'envie de sang ne le rende fou. Chaque fois que nous avions dû nous arrêter pour prendre de l'essence, ça avait été un véritable cauchemar. Dieu merci, le chalet ne se trouvait qu'à une journée de route de Jacksonville, au Texas — la ville où nous habitions tous —, et nous n'avions pas été obligés de nous arrêter souvent. A présent que Tristan était devenu un vampire comme moi, sa force était de nouveau bien supérieure à la mienne — comme toujours lors d'une transformation, les caractéristiques de départ de la personne étaient multipliées. Or, contrairement à moi, Tristan était à la base un sportif émérite qui s'entraînait en permanence pour le football — du moins, jusqu'à hier soir. La dernière fois que nous nous étions arrêtés dans une station-service, j'avais dû sortir moi-même faire le plein pendant que mon père maîtrisait Tristan à l'intérieur de la voiture afin qu'il n'essaie pas de s'approcher des humains présents dans les parages.

Ensuite, notre liaison télépathique n'avait fait qu'aggraver la situation : Tristan s'était mis à fouiller dans chacune de mes pensées pendant que, sans dire un mot, je faisais de mon mieux pour ne pas craquer.

Grâce à nos gènes de Descendants, qui permettaient à nos esprits de constituer naturellement une barrière mentale contre les vampires, mon père était heureusement incapable de pénétrer notre esprit. Hélas, Tristan et moi n'avions en revanche aucun mal à lire dans les pensées l'un de l'autre — ce qui aurait été génial si nous avions disposé d'une sorte de bouton à tourner pour mettre cette capacité en veille.

Pour le moment, en tout cas, nous n'avions pas cette option. La seule façon de faire barrage à nos pensées mutuelles, c'était de s'enfermer dans des pièces séparées. Voilà pourquoi, après que Tristan s'était endormi dans le chalet, encore blessé et désorienté par ma réaction à la station-service, je m'étais glissée dehors pour prendre un peu l'air en faisant quelques pas dans les bois. Et laisser libre cours aux milliers d'inquiétudes qui me taraudaient, et sur lesquelles je n'avais pas osé m'attarder pendant qu'il était éveillé.

Avec un soupir, je me suis appuyée contre le tronc

derrière moi. J'étais affreusement fatiguée, mais mes pensées ne me laissaient aucun répit.

Je me refusais à regretter d'avoir transformé Tristan en vampire. Tristan était l'homme de ma vie, le seul. Il l'avait toujours été, et le resterait à jamais. Je l'avais su en serrant contre moi son corps brisé et sanglant que même la magie ne pouvait sauver, ce corps sur lequel s'était acharné Gowin, le vampire qui avait trahi son propre Conseil. J'avais compris que, quelles que soient les conséquences de mon geste, je ne pouvais laisser Tristan mourir. Bonne ou non, ma décision de le transformer était la seule que je pouvais prendre sur le moment. A présent, la question était la suivante : *allions-nous survivre à cette décision ?*

Tristan et moi avions traversé tant d'épreuves avant d'en arriver là ! Pourtant, aucune d'entre elles ne m'avait préparée à celles qui allaient suivre. Mon père affirmait que c'était lors des jours qui suivaient la transformation que les tout nouveaux vampires — qu'il appelait les « néophytes » — couraient les plus grands dangers. En effet, pendant cette période, l'esprit humain luttait pour assimiler l'ADN vampirique, et le cerveau avait tendance à réagir comme après une commotion, occultant complètement les centres de la mémoire et opérant uniquement à partir des instincts et des sens. La mémoire reviendrait à Tristan en son temps, mais cela pouvait prendre plusieurs jours.

Entretemps, mon père m'avait prévenue que Tristan risquait d'avoir des réactions émotionnelles violentes et parfois irrationnelles, ainsi que des difficultés à se concentrer sur de longues périodes. En outre, il serait affligé de cette faim irrépressible propre aux vampires, qui le pousserait à se nourrir sans se demander pourquoi il ressentait de telles pulsions, et il serait doté de la vitesse, de la force et des réflexes d'un vampire mature.

En transformant Tristan, j'étais devenue sa créatrice ou *Marraine*, selon le terme consacré, et en tant que telle, j'avais pour responsabilité de veiller à sa sécurité et de m'assurer qu'il allait redevenir, plus ou moins, la personne qu'il était avant que je le transforme. Si j'échouais dans cette tâche, si Tristan révélait à la société humaine l'existence des vampires avant que j'aie pu l'aider à retrouver mémoire et maîtrise de soi, le Conseil des Vampires le tuerait.

Dans un craquement sinistre, la porte du chalet s'est ouverte, et tout mon corps s'est tendu.

« *Ce n'est que moi* », a pensé mon père en avançant d'un pas lent dans ma direction.

Je n'ai pu m'empêcher de soupirer de soulagement. Dieu merci, mon père était là, et je pouvais m'en remettre à lui pour me conseiller sur l'éducation des nouveaux vampires — parce que dans ce domaine, j'étais absolument désemparée.

— Tu es venue respirer l'air frais de la montagne ? m'a-t-il demandé.

— Non, j'avais besoin d'un peu d'espace pour réfléchir à Tristan. Il entend chacune de mes pensées, tout comme je perçois les siennes. Il est tellement perdu et désorienté, en ce moment... Comment allons-nous lui expliquer tout ce qui s'est passé ?

— Nous ne pouvons pas, a répondu mon père. Nous devons nous armer de patience et laisser la mémoire lui revenir d'elle-même. Il ne croira jamais que ce dont il se sera souvenu par lui-même, et au moment où nous parlons, il est dans un état beaucoup trop instable pour comprendre tous les tenants et aboutissants de la situation actuelle. Tu vas donc devoir le protéger de tes propres pensées.

— Il me fait entièrement confiance. Mais s'il ne se souvenait pas de tout ? Et que va-t-il se passer si je ne suis pas assez forte, ou pas assez intelligente, ou que nous ne l'éduquons pas assez bien ou pas assez vite… ?

Mon père m'a arrêtée d'une main sur l'épaule.

— Maintenant, tu sais ce par quoi je suis passé avec toi. Devenir responsable de la vie d'un autre est la plus lourde tâche qui soit sur terre. Mais avec le temps, elle devient de plus en plus simple.

*Le temps.* De combien de temps disposions-nous vraiment ?

— Le Conseil des Vampires va-t-il essayer de nous trouver ici ?

Il a secoué la tête.

— Ils se contenteront de lire les rapports qu'on leur enverra. En revanche, le Clan…

— C'est la mère de Tristan qui le dirige, à présent. Je ne vois pas pourquoi nous aurions des problèmes avec eux.

— Nous connaissons tous les deux les sentiments que lui inspire notre espèce.

Ainsi que ceux qu'elle éprouvait envers moi pour avoir transformé son unique fils en une créature qu'elle aurait dû abhorrer de tout son être…

— Elle me hait, c'est certain, ai-je admis. Mais elle n'enverrait jamais quelqu'un traquer son propre fils. Elle adore Tristan. Et elle sait qu'il a besoin de nous pour récupérer.

— C'est vrai. Mais en tant que nouveau chef du Clan, elle risque d'avoir besoin d'un peu de temps avant de reprendre le contrôle absolu des Descendants. Quand nous avons quitté le Cercle hier soir, le Clan n'était manifestement pas apaisé par la mort de Gowin. De nombreux Descendants affirmaient que selon eux, le Conseil des Vampires approuvait secrètement les actions de ce dernier, et il va sans doute falloir quelque temps à Nancy Coleman pour les convaincre qu'il n'en est rien. Jusque-là, il me paraît raisonnable de rester sur nos gardes au cas où certains Descendants jugeraient bon de se mettre à notre recherche afin de se venger de la transformation en vampire de leur chef nouvellement élu.

Poussant un soupir, je me suis perdue dans la contemplation des bois qui s'étendaient à perte de vue autour de nous, et qui, dans la lumière déclinante, commençaient à virer au gris.

— Même si le Clan envoie quelqu'un nous pourchasser, ils ne peuvent pas nous trouver ici. Nous n'avons laissé aucune trace, et personne ne connaît l'existence de cet endroit, n'est-ce pas ?

— Ils n'ont pas besoin de la connaître. Si les Descendants sont déterminés à nous trouver, tout joue en leur faveur pour qu'ils nous mettent la main dessus. N'oublie pas qu'ils ont la magie et les Gardiens pour leur venir en aide.

La gorge nouée, j'ai dégluti avec peine. Nous nous trouvions en pleine forêt, à des heures et des heures de route de Jacksonville. Comment les Gardiens étaient-ils censés retrouver notre piste — en suivant l'odeur de nos gaz d'échappement ?

— Si nous restons à l'écart des villes environnantes, nous devrions être en sécurité ici, a déclaré mon père. Mais nous devons demeurer prudents. Et si tu perçois de la magie, quelle qu'elle soit, tu dois m'en informer aussitôt. S'ils sont vraiment résolus à nous mettre la main dessus, ils risquent d'utiliser un charme pour nous retrouver.

Oh ! génial. Je n'avais pas pensé à cela. Ne sachant que répondre, j'ai hoché la tête pour lui signifier que je comprenais.

J'étais capable de percevoir la magie quand un sorcier y recourait près de moi, jusqu'à une certaine distance. Mais si quelqu'un utilisait son pouvoir *au-delà* de cette distance, allais-je tout de même percevoir quelque chose ? Il fallait espérer ! Toutefois, pour plus de sûreté, je devrais peut-être essayer de fabriquer un charme d'invisibilité destiné à masquer nos traces…

Granny m'avait dit un jour que sorts et charmes n'étaient qu'une question de volonté et d'intention. J'étais certainement capable de concocter quelque chose pour que notre refuge reste introuvable par quiconque, non ?

— Pour en revenir à l'éducation de Tristan…, ai-je commencé.

Mes doigts se sont mis à tambouriner sur le tronc de l'arbre contre lequel j'étais appuyée.

— Tu as un plan, n'est-ce pas ? ai-je repris.

— Pas exactement, a soupiré mon père. Chaque néophyte est un cas unique, et même les membres du Conseil échouent parfois à aider leur protégé à surmonter l'envie de sang initiale. Il faut également compter avec un autre problème : les pouvoirs magiques de Tristan, qu'il va falloir contenir en parallèle. Et je peux t'assurer qu'aucun Parrain ou Marraine n'a jamais eu affaire à pareille situation.

Ma tension venait de monter d'un cran.

— Tu veux dire qu'il va falloir qu'on se débrouille tout seuls ?

De nouveau, la porte du chalet a grincé, et les battements de mon cœur se sont précipités.

*Tristan.*

Avec un effort, j'ai vidé mon esprit de mon mieux.

Une seconde plus tard, Tristan nous rejoignait.

— Salut. Je viens de me réveiller, et il n'y avait personne.

— Nous prenions juste un peu d'air frais, a répondu mon père d'une voix calme. Quel joli coucher de soleil, vous ne trouvez pas ?

Voyant qu'il ne parviendrait pas à lire dans mes pensées, Tristan m'a dévisagée pour tenter au moins de déchiffrer mes émotions.

— Tout va bien ?

M'efforçant de sourire, j'ai répondu :

— Oui, tout roule. Tu as bien dormi ?

— Pas mal, je crois, a-t-il répondu en haussant les épaules. Sauf que j'avais une soif de tous les diables quand je me suis réveillé.

Mon père m'a lancé un regard à la dérobée, puis il s'est tourné vers nous.

— Nous devrions rentrer et manger.

Mais Tristan ne l'écoutait pas. Sourcils froncés, il a levé le menton et humé l'air.

— Qu'est-ce que c'est ?

L'imitant, j'ai reniflé.

— Quoi ?

Je sentais la fumée de cheminée, l'odeur des feuilles mortes sous nos pieds, celle de la terre humide. Mais rien de plus.

*Et soudain, Tristan a disparu.*

Il est parti si rapidement que même mes yeux de vampire ne pouvaient suivre ses mouvements.

Sous le choc, j'ai consulté mon père du regard.

— Des chasseurs, a-t-il grogné.

*Seigneur.* Tristan avait senti l'odeur d'humains quelque part dans les bois.

Nous nous sommes précipités à sa suite, avec pour seule piste les feuilles mortes qu'il avait dérangées sur son passage.

*(A suivre…)*

## Déjà parus dans la collection DARKISS
par ordre alphabétique d'auteurs

| | |
|---|---|
| Aimée Carter | Le Manoir des Immortels |
| | La reine des Immortels |
| P.C. Cast | La prophétie maudite |
| | Chamane |
| Kady Cross | L'étrange secret de Finley Jayne* |
| | L'étrange pouvoir de Finley Jayne |
| Melissa Darnell | Le baiser interdit |
| | Mortelle attirance |
| Laura Anne Gilman | Noire magie |
| Paige Harbison | Moi et Becca |
| Julie Kagawa | La princesse maudite |
| | Le passage interdit* |
| | La captive de l'Hiver |
| | Le serment d'une reine |
| | Dangereuse Faerie* |
| | Le prince exilé |
| | Je suis une Immortelle |
| | L'héritier oublié |
| Caren Lissner | La vie (pas) très cool de Carrie Pilby |
| Katie McGarry | Hors limites |
| Louise Rozett | Confidences d'une fille en colère |
| Gena Showalter | Dark attirance |
| | Les fiancés de l'ombre |
| | Le pacte de sang |
| | Alice au pays des Zombies |
| Cara Lynn Shultz | Envoûtement |
| | L'élixir magique |

* *exclusivement en e-book*

.../....

## Déjà parus dans la collection DARKISS
par ordre alphabétique d'auteurs

| | |
|---|---|
| Rachel Vincent | Mon âme en sursis*<br>De toute mon âme<br>La voleuse d'âmes<br>Sauve mon âme !<br>La rose et l'ombre<br>Le Faucheur d'âmes*<br>Survivante<br>N'ouvre pas les yeux |
| Allison van Diepen | Les secrets d'une blogueuse amoureuse<br>La blogueuse amoureuse se reconnecte ! |
| Maria V. Snyder | Le poison écarlate<br>Le souffle d'émeraude<br>Les secrets d'opale<br>Inside Out : Enfermée<br>Inside Out : Menacée* |

* *exclusivement en e-book*

14,50 €

## Confidences d'une fille en colère

de Louise Rozett 384 pages

**Bienvenue dans ma vie !**

1. Ma famille a explosé,
2. Mon lycée est une jungle,
3. Mes « camarades » de classe n'ont que deux mots de vocabulaire : *cool* et *fuck*,
4. Ma meilleure amie ne pense qu'à perdre sa virginité,

Et moi, je me sens comme au milieu des Aliens et j'ai constamment la rage.

Je donnerais tout pour remettre les compteurs à zéro : ramener papa à la maison, entendre de nouveau rire maman, me chamailler avec mon petit frère — comme avant. Seulement plus rien n'est comme avant, même pas MOI. La preuve, je viens de recevoir mon premier baiser…

16,41 €

## Mortelle attirance

de Melissa Darnell 672 pages

Au lendemain d'une étrange maladie, Savannah se réveille mi-sorcière comme sa mère, mi-vampire comme son père. Elle ne se reconnaît plus, ne se comprend plus. Ses amies non plus ne la comprennent plus. Mais le pire est ailleurs : elle est devenue un danger pour Tristan, le garçon qu'elle aime depuis l'enfance et qui appartient au puissant Clan des sorciers. On leur interdit de se revoir. Renoncer à leur amour ? Jamais. Savannah et Tristan sont des rebelles. Mais jusqu'où les entraînera leur désobéissance?…

*Tome 2 de la série «The Clann»*

Composé et édité par les

*éditions* HARLEQUIN

Achevé d'imprimer en Allemagne
par GGP Media GmbH, Pößneck
en mai 2013

Dépôt légal en juin 2013